国家社会科学基金项目"比较视野下的赵萝蕤汉译《荒原》研究"(项目编号：15BWW013)的结题成果；北京联合大学高级别重大重点培育项目"美国诗史研究"(项目编号：SK6020200)的研究成果；北京联合大学科研经费资助出版项目（编号：12213611605-002）的研究成果。

比较视野下的赵萝蕤汉译《荒原》研究

黄宗英 等著

中国社会科学出版社

图书在版编目(CIP)数据

比较视野下的赵萝蕤汉译《荒原》研究 / 黄宗英等著 . —北京：中国社会科学出版社，2021.8
ISBN 978-7-5203-8957-0

Ⅰ.①比… Ⅱ.①黄… Ⅲ.①诗歌—文学研究—英国—现代 Ⅳ.①I561.072

中国版本图书馆 CIP 数据核字(2021)第 173037 号

出 版 人	赵剑英
责任编辑	郝玉明
责任校对	张爱华
责任印制	王 超

出　　版	中国社会科学出版社
社　　址	北京鼓楼西大街甲 158 号
邮　　编	100720
网　　址	http://www.csspw.cn
发 行 部	010-84083685
门 市 部	010-84029450
经　　销	新华书店及其他书店

印刷装订	北京君升印刷有限公司
版　　次	2021 年 8 月第 1 版
印　　次	2021 年 8 月第 1 次印刷

开　　本	710×1000　1/16
印　　张	28
字　　数	459 千字
定　　价	158.00 元

凡购买中国社会科学出版社图书，如有质量问题请与本社营销中心联系调换
电话：010-84083683
版权所有　侵权必究

黄宗英与老师赵萝蕤

照片说明

赵萝蕤（1912—1998），浙江湖州人，著名欧美文学研究专家、文学翻译家和教育家，燕京大学学士、清华大学硕士、美国芝加哥大学哲学博士。1935—1944 年，执教于燕京大学西语系；1948—1952 年，任燕京大学西语系教授兼系主任；1952—1998 年，任北京大学英语系教授。主要著作和译著有 *The Ancestry of The Wings of the Dove*（博士学位论文）、《欧洲文学史》（与杨周翰、吴达元共同主编，上、下两卷）、《荒原》、《草叶集》等。1991 年，获得芝加哥大学百年校庆首次颁发的"专业成就奖"。

黄宗英（1961—   ），1996 年获北京大学文学博士学位并留校任教；1998—1999 年赴美国纽约州立大学访学，主讲"美国诗歌传统""惠特曼与威廉斯比较研究""弗罗斯特与艾略特比较研究"等多门课程；回国后，在北京大学主讲"19 世纪美国诗歌""20 世纪美国诗歌"两门研究生课程；2005 年调入北京联合大学；2008 年晋升教授，主讲"英美诗歌名篇选读"（首批国家级一流本科课程，2020 年）等英美文学类课程。主持完成国家社会科学基金项目一项、教育部人文社会科学研究项目两项、北京市哲学社会科学规划项目和北京市教育委员会人文社会科学研究计划重点项目各一项。出版《弗罗斯特研究》《爱默生与美国诗歌传统研究》《美国诗歌史论》等学术专著；编著高校英语专业教材两部：《英美诗歌名篇选读》和《圣经文学导读》（"十一五""十二五"国家级规划教材）。

纪念赵萝蕤先生

目　　录

绪论　"晦涩正是他的精神"
　　——赵萝蕤汉译《荒原》直译法互文艺术管窥 …………（1）
　　第一节　"晦涩精神" ……………………………………………（2）
　　第二节　"感受力涣散" …………………………………………（5）
　　第三节　"历史意识" ……………………………………………（9）
　　第四节　"个性消灭" ……………………………………………（13）
　　第五节　"客观对应物" …………………………………………（15）
　　第六节　"形式不是一张外壳" …………………………………（21）
　　第七节　"一堆破碎的偶像" ……………………………………（29）

第一章　"不失为佳译"
　　——艾略特诗学及汉译《荒原》评论述评 ………………（33）
　　第一节　"一位 T. S. 艾略特的信徒" …………………………（33）
　　第二节　"一种独特的诚实"
　　　　——叶维廉先生论艾略特的诗与诗学 ………………（47）
　　第三节　"博采众长，推陈出新"
　　　　——袁可嘉论艾略特的诗与诗学 ………………………（79）
　　第四节　"似同而非同的复杂关系"
　　　　——张剑先生论艾略特的反浪漫主义诗学理论 ………（90）
　　第五节　"文学翻译是文学接受"
　　　　——董洪川论赵萝蕤汉译《荒原》 ……………………（97）
　　第六节　"当前最优秀的翻译作品"
　　　　——王誉公论赵萝蕤汉译艾略特《荒原》 ……………（101）

第七节 "仍流利畅达，不失为佳译"
　　　　——读傅浩先生的《〈荒原〉六种中译本比较》 …(109)

第二章 "我用的是直译法"
　　　　——赵萝蕤汉译《荒原》直译法艺术管窥 …………(130)
　　第一节 "我用的是直译法" ……………………………(130)
　　第二节 "因循本旨，不加文饰" ………………………(134)
　　第三节 "译事楷模" ……………………………………(141)
　　第四节 "这样的直译" …………………………………(147)
　　第五节 "翻译文学之应直译" …………………………(157)
　　第六节 "荒地上生丁香" ………………………………(163)
　　第七节 "夏天来得出人意料" …………………………(180)
　　第八节 "这飘忽的城" …………………………………(193)

第三章 "奇峰突起，巉崖果存"
　　　　——赵萝蕤汉译《荒原》用典互文性研究 ………(226)
　　第一节 "夺胎换骨" ……………………………………(227)
　　第二节 "奇峰突起" ……………………………………(244)
　　第三节 "都译成了中文" ………………………………(252)
　　第四节 "翡绿眉的变相" ………………………………(264)
　　第五节 "在老鼠窝里" …………………………………(282)
　　第六节 "烧啊烧啊烧啊烧啊" …………………………(305)
　　第七节 "水里的死亡" …………………………………(325)
　　第八节 "迫使语言就范" ………………………………(333)

结语　"直译法是我从事文学翻译的唯一方法" ………(351)

附录 1　艾略特：《荒原》原文（1922 年） ……………(357)

附录 2　赵萝蕤译：《荒原》（1937 年版手稿） …………(379)

附录 3　赵萝蕤译：《荒原》（1980 年） ………………(396)

附录4 "灵芝"与"奇葩":赵萝蕤《荒原》译本艺术管窥……(412)

参考文献 ……………………………………………………(430)

后　记 ……………………………………………………(439)

绪论 "晦涩正是他的精神"
——赵萝蕤汉译《荒原》直译法互文艺术管窥*

托·斯·艾略特（T. S. Eliot，1888—1965 年）认为，第一次世界大战后的西方现代文明具有复杂性和多样性的特点，而且描写和呈现这么一种复杂、多样的西方现代文明的诗歌艺术形式也必须具有其自身的复杂性和多样性特征，因此诗人就变得越来越包罗万象，越来越深邃间接、晦涩，以至于"迫使［诗歌］语言就范"①，甚至允许多种语言在同一个诗歌文本中杂糅共生，或者打乱语序以表达诗人的思想，进而追求诗歌语言艺术形式与内容的高度契合。那么，如何将艾略特的《荒原》（*The Waste Land*，1922 年）这么一部既深邃、间接、晦涩，又包罗万象的西方现代主义代表性长篇诗歌翻译成汉语呢？作为我国最早汉译《荒原》的译者，赵萝蕤（1912—1998 年）先生在她 1937 年初版中译本《荒原》的"译后记"中就翻译这部长诗的"难处"讨论了三个问题：第一，译者如何面对"这首诗本身的晦涩"问题；第二，译者如何翻译"这首诗引用欧洲各种的典故诗句"问题；第三，译者如何给这首诗的译文添加"注释"的问题。②在这篇

---

* 该绪论主要内容曾经以"'晦涩正是他的精神'——赵萝蕤汉译《荒原》直译法互文性艺术管窥"为题目，发表于《北京联合大学学报》（人文社会科学版）2019 年第 3 期，第 52—59 页，其中在研读艾略特关于"感受力涣散""历史意识"和"个性消灭"三个核心诗学理论的基础上，结合《荒原》中文译本的比较释读，对赵萝蕤先生文学翻译直译法在互文性统一方面进行了讨论，但是没有涉及艾略特关于"客观对应物"这一关键诗学理论观点的讨论，因此本绪论在第五节中专门做了论述。

① ［英］托·斯·艾略特：《艾略特文学论文集》，李赋宁译，百花洲文艺出版社 1994 年版，第 24—25 页。原文见 T. S. Eliot, "The Metaphysical Poets", *Selected Essays*, London: Faber and Faber, 1932, p. 289。

② 黄宗英编：《赵萝蕤汉译〈荒原〉手稿》，高等教育出版社 2013 年版，第 238—243 页。

绪论中，笔者将重新研读艾略特关于"感受力涣散"（dissociation of sensibility）[①]、"历史意识"（historical sense）[②]、"个性消灭"（depersonalization）[③]、"客观对应物"（objective correlative）[④] 等核心诗学理论观点的相关论著，结合艾略特《荒原》中译本抽样案例的比较分析，进而窥见赵萝蕤先生所提倡的文学翻译直译法在互文性统一方面所做出的努力及其艺术造诣。

第一节 "晦涩精神"[⑤]

艾略特的长篇诗歌《荒原》在第一次世界大战后的西方风靡一时，是"一首当时震动了整个西方世界的热得灼手的名作"[⑥]。诗人通过描写第一次世界大战后西方社会生活的"极度荒唐、贫乏、枯涩和没有希望"[⑦]，尖刻地揭示了现代西方病态的文明、扭曲的心理和畸形的社会。然而，《荒原》又是一部十分难懂的西方现代史诗。艾略特创作《荒原》就是希望自己能够创造一种与他眼前那个世界同样复杂和多样的现代诗歌艺术形式。因此，在《玄学派诗人》（"The Metaphysical Poets"，1921）一文中，艾略特曾经说："在我们当今的文化体系中从事创作的诗人们的作品肯定是费解的（difficult）。我们的文化体系包含极大的多样性和复杂性，这种多样性和复杂性在诗人精细的情感上起了作用，必然产生多样的和复杂的结果。诗人必须变得愈来愈无所不包（comprehensive），愈来愈隐晦（allusive），愈来愈间接（indirect），以便迫使语

[①] T. S. Eliot, "The Metaphysical Poets", *Selected Essays*, London: Faber and Faber, 1932, p. 288.
[②] T. S. Eliot, "Tradition and The Individual Talent", *Selected Essays*, London: Faber and Faber, 1932, p. 14.
[③] T. S. Eliot, "Tradition and The Individual Talent", *Selected Essays*, London: Faber and Faber, 1932, p. 17.
[④] T. S. Eliot, "Hamlet", *Selected Essays*, London: Faber and Faber, 1932, p. 145.
[⑤] 黄宗英编：《赵萝蕤汉译〈荒原〉手稿》，高等教育出版社2013年版，第241页。
[⑥] 赵萝蕤：《我的读书生涯》，北京大学出版社1996年版，第2页。
[⑦] 赵萝蕤：《〈荒原〉题解与注解》，载王佐良、李赋宁等主编《英国文学名篇选注》，商务印书馆1983年版，第1236页。

绪论 "晦涩正是他的精神" 3

言就范，必要时甚至打乱语言的正常秩序来表达意义。"① 艾略特《荒原》的第一个中文译本于 1937 年 6 月 1 日在上海面世②，译者赵萝蕤在她的译后记中写道：

> 译这一首诗有许多难处。第一，这首诗本身的晦涩，虽然要经过若干斟酌，但译出来之后若不更糊涂，至少也不应该更清楚；而且有人说这首诗的晦涩正是他的精神。第二，这首诗引用欧洲各种的典故诗句，一本原文：或为意文，或为德文，或为拉丁，或为法文，或为希腊文，而译者都译成了中文，并且与全诗的本文毫不能分别。一则若仍保用原文，必致在大多数的读者面前，毫无意识，何况欧洲诸语是欧洲语系的一个系统，若全都杂生在我们的文字中也有些不伦不类；二则若采用文言或某一朝代的笔调来表示分别，则更使读者的印象错乱，因为骈文或各式文言俱不能令我们想起波德莱尔、伐格纳、莎士比亚或但丁，且我们的古代与西方古代也有色泽不同的地方，所以仅由注释来说明他的来源。第三，就是这诗的需要注释：若是好发挥的话，几乎每一行皆可按上一种解释（interpretation），但这不是译者的事，译者仅努力搜求每一典故的来源与事实，须让读者自己去比较而会意，方可保原作的完整的体统。又有人说念这一诗，先不必去理会他的注释，试多念几遍，在各种庞杂中获得一些意味，然后再细求其他枝节上的关系。③

在这篇译后记正文的结尾处，赵萝蕤先生说明了她翻译这首诗歌的具体时间，"译文除第一节是二十四年五月所成之外，其他都是去年［二十五年］十二月里的事"④，而最后的署名，以及日期和地点为"赵萝蕤//二

---

① ［英］托·斯·艾略特：《艾略特文学论文集》，李赋宁译，百花洲文艺出版社 1994 年版，第 24—25 页。
② ［英］托·斯·艾略特：《荒原》，赵萝蕤译，新诗社 1937 年版，第 147 页。
③ 赵萝蕤先生繁体字"译后记"手稿原文，以及现代汉语简化字"译后记"引文见黄宗英编《赵萝蕤汉译〈荒原〉手稿》，高等教育出版社 2013 年版，第 238—243 页。
④ 黄宗英编：《赵萝蕤汉译〈荒原〉手稿》，高等教育出版社 2013 年版，第 243 页。

十六年一月十四日//北平"①。所以，这篇译后记是赵萝蕤先生于中华民国二十六年［1937年］1月14日在北京完成的。根据赵萝蕤先生的回忆，她是1935年5月间无意中试译了《荒原》的第一节，然后又停了下来，因为当时赵萝蕤先生对艾略特诗歌创作的方法"有了一点改变"②，而且她原先对《荒原》的好奇心也"已渐渐淡灭"③。直到1936年年底，上海《新诗》杂志社主编戴望舒先生约她翻译《荒原》全诗的时候，她才在1936年年底大约一个月时间内完成了《荒原》其余章节的翻译。与此同时，赵萝蕤先生把自己平时记录下来的各种可供读者参考的注释材料整理成60个"译者按"，并且把艾略特《荒原》原作的50个注释连同一个全诗题解和一个第五章主题介绍都译成了中文，与《荒原》的诗歌文本一起出版。④ 1937年6月1日，赵萝蕤先生翻译的新诗社版《荒原》在上海正式出版，普及版300册，豪华版50册，实价4角。⑤

众所周知，艾略特的《荒原》原本长约一千行，经过他的好友庞德删订之后，才成为目前精练的433行。艾略特将此诗献给庞德，并称他为"最伟大的诗人"（il miglior fabbro）⑥，着力称颂他写诗的功力和鉴别能力。但是，在赵萝蕤先生看来，艾略特的《荒原》是一首"不可能完全解释清楚、并非处处有明确含义的长诗"⑦。在她的译后记中，她说："虽然要经过若干斟酌，但译出来之后若不更糊涂，至少也不应该更清楚；而且有人说这首诗的晦涩正是他的精神。"⑧ 可见，翻译《荒原》这部长诗

---

① 黄宗英编：《赵萝蕤汉译〈荒原〉手稿》，高等教育出版社2013年版，第243页。
② 赵萝蕤：《我的读书生涯》，北京大学出版社1996年版，第7页。
③ 赵萝蕤：《我的读书生涯》，北京大学出版社1996年版，第7页。
④ 参见赵萝蕤《我的读书生涯》，北京大学出版社1996年版。
⑤ 参见［英］托·斯·艾略特：《荒原》，赵萝蕤译，新诗社1937年版。
⑥ ［英］托·斯·艾略特：《荒原》，赵萝蕤译，新诗社1937年版，第18页。1980年，赵萝蕤先生将这一献辞改译成"最卓越的匠人"，参见《外国文艺》（双月刊）1980年第3期。有关这一献辞的译法，笔者在本书第一章第七节中有比较详细的阐述，认为"最伟大的诗人"和"最卓越的匠人"两种译法如出一辙，参见本书第115—119页。
⑦ 赵萝蕤：《〈荒原〉题解与注释》，载王佐良、李赋宁等主编《英国文学名篇选注》，商务印书馆1983年版，第1236页。
⑧ 赵萝蕤译：《荒原》，载黄宗英编《赵萝蕤汉译〈荒原〉手稿》，高等教育出版社2013年版，第239—240页。赵萝蕤先生译后记中的原文为"晦涩正是他的精神"。在现代汉语书面语里，代词"他"一般只用来称男性，但是在"五四"以前，"他"可以兼称男性、女性，以及一切事物。此处，赵萝蕤先生译后记原文中的"他"应该指《荒原》这首诗。

的首要困难就是译者如何解决"这首诗本身的晦涩"① 问题。那么，是什么原因让艾略特成为一位令人"费解的"（difficult）② 诗人呢？而他的《荒原》又成为一首"晦涩"的长诗呢？赵萝蕤先生认为：除了现代西方社会和个人生活变得十分复杂多样和令人难以琢磨之外，艾略特认为文学传统对现当代诗人同样具有极大的影响，实际上，诗人的博学多才制约了诗人的想象力和他的创作灵感，"诗人的创作绝非他个人的生活经历"③。在《荒原》一诗的创作中，艾略特不仅引入过包括梵语在内的六种外语④，而且引用了特别是包括但丁在内的"三十五种不同作家的作品和流行歌曲。"⑤ 这些直接嵌入艾略特《荒原》诗歌文本的引经据典往往代表着不同历史时期文化传统的经典瞬间，但笔者认为，艾略特个人才能的伟大之处就在于他善于将这些貌似风马牛不相及的经典瞬间融入他自己的诗歌文本之中，并使之与他的诗歌主题浑然一体，大大增强了现代诗歌的感染力，以及表达主题方面的艺术张力，而赵萝蕤先生汉译《荒原》的一个精妙之处也往往体现在译者对艾略特诗歌创作"晦涩精神"的深刻理解和精妙处理。

第二节 "感受力涣散"

"感受力涣散"这一诗学理论观点，是艾略特对17世纪英国玄学派诗歌（metaphysical poetry）晚期创作发展走向画龙点睛式的凝练和高度总结。《玄学派诗人》（"The Metaphysical Poets"）一文首先于1921年在《时代文学增刊》（*Times Literary Supplement*）上以一篇书评的形式面世。这篇书评的目的原本是评论赫伯特·格里厄森（Herbert J. C. Grierson）新近出版的一部题为"十七世纪玄学派抒情诗：邓恩到勃特勒"（*Metaphysical Lyrics and*

---

① 赵萝蕤译：《荒原》，载黄宗英编《赵萝蕤汉译〈荒原〉手稿》，高等教育出版社2013年版，第239页。

② T. S. Eliot, *Selected Essays*, London: Faber and Faber, 1932, p. 289.

③ 赵萝蕤：《〈荒原〉题解与注释》，载王佐良、李赋宁等主编《英国文学名篇选注》，商务印书馆1983年版，第1236页。

④ 包括英语在内，艾略特在创作《荒原》一诗中，实际上使用了七种语言。

⑤ 赵萝蕤：《〈荒原〉题解与注释》，载王佐良、李赋宁等主编《英国文学名篇选注》，商务印书馆1983年版，第1236页。

Poems of the Seventeenth Century: Donne to Butler)的诗集。然而，这篇书评与其说是在评论格里厄森教授主编的这部17世纪英国玄学派诗人的诗集，还不如说是艾略特借着写书评的机会，精辟地论述了17世纪英国玄学派诗歌作为一个独立的诗歌流派所特有的艺术魅力和作为一次诗歌运动所创造的经久不衰的艺术价值。在这部诗集的长篇绪论中，主编格里厄森教授指出，17世纪英国玄学派诗人，特别是最杰出的玄学派代表诗人邓恩（John Donne）的诗歌，要比弥尔顿（John Milton）的诗歌更加自然，更加具有"思想和感情的深度和广度"[1]。在赵萝蕤先生看来，艾略特的许多诗歌创作和诗学理论观点都与格里厄森这篇长篇大论中关于玄学派诗歌的论点相互契合，高度一致。格里厄森认为，以邓恩为代表的17世纪英国玄学派诗人不仅"博学多思"，拥有"强烈感情""严肃哲理""深挚热烈的情操"，善于挖掘"生动、鲜明、真实的表达方法"，而且采用了一种"高度创新而又强有力的、动人的、接近口语的语言风格"[2]。

艾略特认为，要准确定义17世纪英国玄学派诗歌"极其困难"（extremely difficult），而且要准确确定哪些诗人和诗歌作品属于玄学派诗歌同样困难。根据艾略特所列举的一个名单，17世纪英国玄学派诗人大致包括诗人约翰·邓恩（1571—1631年）、乔治·赫伯特（George Herbert, 1593—1633年）、亨利·凡恩（Henry Vaughan, 1622—1695年）、亚伯拉罕·亨利·考利（Abraham Henry Cowley, 1618—1667年）、理查德·克拉肖（Richard Crashaw, 1612—1649年）、安德鲁·马韦尔（Andrew Marvell, 1621—1678年）和金主教（Bishop Henry King, 1591—1669年），以及剧作家托马斯·米德尔顿（Thomas Middleton, 1570—1627年）、约翰·韦伯斯特（John Webster, 1580—1625年）和西里尔·特纳（Cyril Tourneur, 1575—1626年）。在艾略特看来，这些作家之所以能够被称为"玄学派诗人"，最显著的特征就是他们在诗歌创作中使用"玄学奇喻"（metaphysical conceit）的手法——一种时常被认为是玄学派诗人所特有的

---

[1] 赵萝蕤：《〈荒原〉题解与注释》，载王佐良、李赋宁等主编《英国文学名篇选注》，商务印书馆1983年版，第1245页。

[2] 赵萝蕤：《〈荒原〉题解与注释》，载王佐良、李赋宁等主编《英国文学名篇选注》，商务印书馆1983年版，第1245页。

隐喻手法。杨周翰先生曾经把"conceit"翻译成中文的"奇思妙喻"①，后来常被叫作"奇喻"。艾略特将这种"玄学奇喻"笼统地定义为："扩展一个修辞格（与压缩正相对照）使它达到机智所能构想的最大的范围。"② 艾略特同样是一位善于利用这种"玄学奇喻"的诗人，他能够不动声色地把一个夜晚的天空比作一个上了麻药躺在手术台上等候手术的病人。③ 可见，艾略特在此对"玄学奇喻"的定义实际上指诗人在诗歌创作中能够把一些貌似风马牛不相及的，或者根本就不可能的比喻变成人们能够为之心动的美丽诗篇的能力。艾略特认为，正是这种貌似牵强的比喻（far-fetched comparisons）使得17世纪英国玄学派诗人的诗歌创作既不失对人类肉体美的描写，又能够体现诗人挖掘人类精神之美的艺术追求。当然，这种诗歌创作技巧并不是人人都喜欢的创作方法。18世纪英国批评家、诗人约翰逊（Samuel Johnson，1709—1784年）就在其《诗人传》（The Lives of the Poets）的《考利传》（The Life of Cowley）中说，邓恩、克里夫兰（John Cleveland，1613—1658年）和考利等玄学派诗人是"强把风马牛不相及的思想拴缚在了一起"（the most heterogeneous ideas are yoked by violence together）④。然而，艾略特却认为，这种现象在诗歌创作中是司空见惯的，而且诗人的作用似乎也正在于此；诗人们善于把"一定程度上风马牛不相及的材料，经过诗人头脑的加工，强行做成一个统一体"⑤。可见，玄学派诗人的独到之处正是他们具备这种将风马牛不相及的东西灵妙相连的能力，而这种"玄学奇喻"实际上成为17世纪英国玄学派诗歌创作和诗学理论的核心艺术张力。不仅如此，艾略特发现玄学派诗人笔下一种意象叠缩和多层联想的诗歌艺术手法也恰恰是玄学派诗歌语言活力的一个集中体现。玄学派诗歌中这种鲜活动人的诗歌语言不仅深深地打动了

---

① 王佐良、李赋宁等主编：《英国文学名篇选注》，商务印书馆1913年版，第242页。

② [英]托·斯·艾略特：《艾略特文学论文集》，李赋宁译，百花洲文艺出版社1994年版，第14页。

③ 参见 T. S. Eliot, "The Love Song of J. Alfred Prufrock", *The Complete Poems and Plays 1909-1950*, New York: Harcourt, Brace & World, 1971。

④ T. S. Eliot, "The Metaphysical Poets", *Selected Essays*, London: Faber and Faber, 1932, p. 283.

⑤ T. S. Eliot, "The Metaphysical Poets", *Selected Essays*, London: Faber and Faber, 1932, p. 283.

艾略特，而且催生了艾略特关于"感受力涣散"的诗学理论观点。

艾略特不再继续悲叹继弥尔顿之后英国诗歌语言逐渐丧失活力的现象，而是鲜明地反对拜伦（George Gordon Byron，1788—1824年）、雪莱（Percy Bysshe Shelley，1792—1822年）、济慈（John Keats，1795—1821年）等19世纪盛行的浪漫主义诗歌创作，以及后来维多利亚时代的勃朗宁（Robert Browning，1812—1889年）、丁尼生（Alfred Tennyson，1809—1892年）的创作方法。他认为从17世纪中叶就开始英国诗歌中的"感受力涣散"。艾略特认为"感受力统一"（unification of sensibility）[1]就是"不断地把根本不同的经验凝结成一体"（it is constantly amalgamating disparate experience）[2]，或者把不同的经验"形成新的整体"（these experiences are always forming new wholes）[3]，也就是"把概念变成感觉"（transforming ideas into sensations）[4]，"把观感所及变成思想状态"（transforming an observation into a state of mind）[5]。他认为这正是玄学派诗歌的特点，而18—19世纪的英国诗歌背离了这个传统。艾略特认为，虽然玄学派诗歌语言是简单典雅的，但是句子结构并不简单，而是十分忠实于思想感情，并且由于思想感情的多样化而具有多样化的音乐性。由于玄学派诗人善于把他们的博学注入他们诗歌的感受力，因此他们能够把思想升华为感情，把思想变成情感。然而，这种"感受力统一"的特点在玄学派之后的英国诗歌中就逐渐开始丧失了，在雪莱和济慈的诗歌中还残存着，而在勃朗宁和丁尼生的诗歌中则少见了。于是，艾略特认为，玄学派诗人属于别具慧心的诗人（the intellectual poet），思想就是经验，能够改变他们的感受力；然而，勃朗宁和丁尼生属于沉思型的诗人（the reflective poet），他们

---

[1] T. S. Eliot, "The Metaphysical Poets", *Selected Essays*, London: Faber and Faber, 1932, p. 288.

[2] T. S. Eliot, "The Metaphysical Poets", *Selected Essays*, London: Faber and Faber, 1932, p. 287.

[3] T. S. Eliot, "The Metaphysical Poets", *Selected Essays*, London: Faber and Faber, 1932, p. 287.

[4] T. S. Eliot, "The Metaphysical Poets", *Selected Essays*, London: Faber and Faber, 1932, p. 290.

[5] T. S. Eliot, "The Metaphysical Poets", *Selected Essays*, London: Faber and Faber, 1932, p. 290.

"思考",但是"无法就像闻到一朵玫瑰的芬芳一样,立即感觉到他们的思想"(but they do not feel their thought as immediately as the odour of a rose);虽然他们对诗歌语言进行了加工,他们的诗歌语言更加精练了,但是诗歌中所蕴含的感情却显得格外粗糙。那么,艾略特断言,像弥尔顿(1608—1674年)和德莱顿(John Dryden,1631—1700年)那样的伟大诗人之所以有欠缺,是因为他们没有窥见灵魂深处。换言之,诗人光探测心脏是不够的,"必须进入大脑皮层神经系统和消化通道"(One must look into the cerebral cortex, the nervous system, and the digestive tracts)[1]。显然,艾略特《玄学派诗人》这篇短文的价值已经远远地超出了一篇书评的价值,而成为艾略特诗学理论创新的一篇标志性学术论文,为我们阅读、理解和评论艾略特的诗歌作品提供了一个可靠而且有益的标准。

第三节 "历史意识"[2]

在《玄学派诗人》一文发表两年之前,艾略特就曾经于1919年9月在伦敦发行的文学评论杂志《自我中心者》(The Egoist)上匿名分期发表了一篇题为"传统与个人才能"("Tradition and the Individual Talent")的文学评论文章。当时,艾略特在为《自我中心者》杂志担任诗歌助理编辑。1920年,艾略特把这篇文章编入他自己的第一部文学评论文集《圣林》(The Sacred Wood)。与《诗刊》(Poetry: A Magazine of Verse)、《小评论》(The Little Review)、《狂飙》(Blast)等当时众多发行量较小的杂志一样,《自我中心者》是伦敦一本名副其实的小杂志。《自我中心者》于1914年6月第一次世界大战爆发时开始发行,但是好景不长,于1919年年底第一次世界大战后不久就停刊了。虽然该杂志寿命不长,但是詹姆斯·乔伊斯(James Joyce,1882—1941年)、托·斯·艾略特等一批20世纪初在英国涌现出来的西方最杰出的现代主义青年作家都在该杂志上发表了他们的作品。《自我中心者》的前身是多拉·马斯登(Dora Marsden,

---

[1] T. S. Eliot, "The Metaphysical Poets", *Selected Essays*, London: Faber and Faber, 1932, p. 290.

[2] [英]托·斯·艾略特:《艾略特文学论文集》,李赋宁译,百花洲文艺出版社1994年版,第5页。

1882—1960年）创办的女权主义杂志《新自由女性》（*The New Freewoman*）。1914年，在发行13期之后，《新自由女性》更名为"自我中心者"，而且还附上了一个副标题叫"一个个人主义者的评论"（*An Individualist Review*）。① 然而，就在《自我中心者》停刊之前的最后两期中，艾略特分别在1919年9月和12月分两期发表了常常被认为是他最著名也是最具影响力的文学批评论文《传统与个人才能》。虽然这篇论文不足三千字，但是它却包含了一系列后来人们认为与阅读理解艾略特诗歌息息相关的核心诗学理论观点，而且这些诗学理论观点似乎直接催生了现代主义或者更具体一点说是新批评主义的文学评论方法。有意思的是，这篇文学评论的核心论点是诗人的创作过程是一个个性消灭的过程，而这一核心论点与《自我中心者》这本文学评论杂志的刊物名称以及副标题似乎大相径庭。在艾略特看来，所谓"传统"指已经存在了的一个民族或者甚至是一个多元文化的完整的文学统一体，而"个人才能"则指任何一位具体的活着的诗人。作为一个个人的诗人只能在这个现存的完整的文学统一体的基础上进行新的创作。换言之，每一位诗人都在为前人已经积累起来的这个完整的文学统一体添砖加瓦。虽然这种添砖加瓦可能微乎其微，但是它会调整或者修改整个现存的统一体。艾略特的这一观点告诉我们，过去存在于现在之中，即以往所有的创作都存在于现存的这个完整的统一体之中，而现在又将推陈出新，即现存的这个统一体又是一个不断变化的体系，它将不断地催生其自身终将成为过去的新的创作。虽然人们习惯将一首诗的诗中人与诗人本身等同起来，但是在诗人身上实际上存在着过去的现在，因为过去的诗歌是每一位成熟诗人个性的一部分。在这个意义上，诗人必须意识到自己现在的创新都是在过去诗歌传统基础上的创新。艾略特把这种意识归纳为"历史意识"：

> 这种历史意识包括一种感觉，即不仅感觉到过去的过去性（the pastness of the past），而且也感觉到它的现在性。这种历史意识迫使一个人写作时不仅对他自己一代了如指掌，而且感觉到从荷马开始的全

---

① James E. Miller, Jr., T. S. Eliot, he Making of an American Poet, *University Park*: The Pennsylvania State UP, 2005, pp. 290–291.

部欧洲文学,以及在这个大范围中他自己国家的全部文学,构成一个同时存在的整体,组成一个同时存在的体系。这种历史意识既意识到什么是超时间的,也意识到什么是有时间性的,而且还意识到超时间的和有时间性的东西是结合在一起的。有了这种历史意识,一个作家便成为传统的了。这种历史意识同时也使一个作家最强烈地意识到他自己的历史地位和他自己的当代价值。①

艾略特的这种"历史意识"显然与欧洲文艺复兴以来的传统智慧背道而驰,因为在传统的智慧中,古希腊罗马时代的作家,比如荷马(Homer,900-800BC)、索福克勒斯(Sophocles,496?-406BC)、塞内加(Seneca,4BC-65AD)、维吉尔(Virgil,70-19BC)、奥维德(Ovid,43BC-17AD)等,都是巨人,他们的智慧似乎远远胜过他们现代子孙后代的智慧。与这些古希腊罗马的智慧巨人相比,现代作家似乎都是一些微不足道的小矮人。然而,在艾略特看来,那些貌似微不足道的现代作家却代表着一种可以踩着前人的肩膀继续攀岩前进的可能性。虽然我们无法断定现代作家就一定比古代作家更加聪颖智慧,但是我们可以说现代作家是有机会修护和改进前人所留下的文学范式的,比如史诗、戏剧、抒情诗等。换言之,即便现代作家是微不足道的,他们仍然是有可能踩着传统巨人的肩膀,去超越传统,而这种可能性似乎也是现代作家唯一能够超越传统的道路。不难看出,艾略特这种思想的智慧在于当他描写和阐述传统的时候,并没有把新与旧、传统与现代当作两个二元对立的元素。在他看来,"艺术并不是越变越好,但艺术的原料却不是一成不变的"②。可见,不论过去还是现在,不论新的还是旧的,艺术的本质是不变的,但是呈现艺术的形式,以及再现艺术的主题是不断变化的,因此,"诗人必须知道欧洲的思想、他本国的思想——总有一天他会发现这个思想比他自己的个人思想要重要得多——这个思想是在变化的,而这种变化是一个成长过程,沿途并不抛弃任何东西,它既不淘汰莎士比亚或

---

① [英]托·斯·艾略特:《艾略特文学论文集》,李赋宁译,百花洲文艺出版社1994年版,第2—3页。
② [英]托·斯·艾略特:《艾略特文学论文集》,李赋宁译,百花洲文艺出版社1994年版,第4页。

荷马，也不淘汰马格德林期的（Magdalenian）画家们的石窟图画。从艺术家的观点出发，这个成长过程，或许可以说是提炼过程，肯定说是复杂化的过程，并不是任何进步"①。

不仅如此，艾略特还认为，传统是无法继承的，传统并非"只是跟随我们前一代人的步伐，盲目地或胆怯地遵循他们的成功诀窍"②。涓涓细流往往消失在砂砾之中，只有标新立异才能战胜老生常谈。可见，艺术的成长过程是一个漫长的"提炼过程"和一个不断"复杂化的过程"，而艺术家们要想标新立异，获得这种蕴含着传统的创新，他们必须付出更加艰辛的劳动。然而，艾略特这种主张诗人应该知道整个"欧洲的思想"和"他本国的思想"的观点却被认为是"荒谬的博学"（ridiculous amount of erudition）或者是"卖弄学问"（pedantry），因为"过多的学问会使诗人的敏感性变得迟钝或受到歪曲"③。尽管如此，艾略特仍然坚信，"在他的必要的感受能力和必要的懒散不受侵犯的范围内，一个诗人应该知道的东西越多越好"④，因为在这个不断"提炼"和不断"复杂化"的成长过程中，"诗人［会］把此刻的他自己不断地交给某件更有价值的东西。一个艺术家的进步意味着继续不断的自我牺牲，继续不断的个性消灭"⑤。显然，这种"更有价值的东西"就是艺术家们需要通过更加艰辛的劳动才能获得的"历史意识"。因此，艾略特断言，假如25岁以后还想继续创作的诗人就必须获得他所谓包括过去的过去性和过去的现在性的历史意识。于是，一位成熟的艺术家在其创作过程中就会自觉地牺牲自我和消灭个性。这或许就是艾略特在这篇文章中对传统概念的独到诠释。

---

① ［英］托·斯·艾略特：《艾略特文学论文集》，李赋宁译，百花洲文艺出版社1994年版，第4页。
② ［英］托·斯·艾略特：《艾略特文学论文集》，李赋宁译，百花洲文艺出版社1994年版，第2页。
③ ［英］托·斯·艾略特：《艾略特文学论文集》，李赋宁译，百花洲文艺出版社1994年版，第5页。
④ ［英］托·斯·艾略特：《艾略特文学论文集》，李赋宁译，百花洲文艺出版社1994年版，第5页。
⑤ ［英］托·斯·艾略特：《艾略特文学论文集》，李赋宁译，百花洲文艺出版社1994年版，第5页。

第四节 "个性消灭"[①]

艾略特在《传统与个人才能》一文中又是如何论证个人才能的呢？出人意料的是，艾略特通过一个化学明喻，把艺术家的思想比喻作一种催化剂，一种能够改变化学反应速度，而本身的量及其化学性质并不发生改变的物质。就像在化学反应的实验中，化学家可以通过在一些化学反应物质里加入必要的催化剂使之加速生成新的化合物一样，艺术家可以在其艺术创作过程中采用某种新的形式，把一些貌似风马牛不相及的经验捆绑在一起以便形成新的艺术作品。也就是说，当这种催化剂加快化学反应进而生成新的化合物时，这种催化剂本身是不受任何影响的，而且无论如何是不会发生变化的。就诗歌创作而言，当诗人使用新的诗歌形式进行创作时，虽然这种新的艺术形式本身不发生改变，但是那些貌似风马牛不相及的经验被这种新的艺术形式捆绑在了一起并且催生出新的艺术作品。这或许就是艾略特后来总结出来并且着力强调的代表17世纪英国玄学派诗人诗歌创作特点的"感受力统一"[②]，即我们前面提到过的关于玄学派及以前的传统诗人善于"不断地把风马牛不相及的经验凝结成一体"，或者把这些根本不同的经验"形成新的整体"，也就是"把概念变成感觉"（transmuting idieas into sansations），再"把感觉所及变成思想状态"（transforming an observation into a state of mind）。[③] 所以艾略特认为，诗歌创作实际上是一个消灭个性的过程，一个需要诗人不断地牺牲自我和消灭个性的过程。这个过程需要诗人的创造性和判断能力，但不涉及诗人生活经验之外的其他东西。如此看来，化学家可以使用催化剂不断地将各种不同的化学反应物质凝结成新的整体并催生各种新的化合物，而一

---

① ［英］托·斯·艾略特：《艾略特文学论文集》，李赋宁译，百花洲文艺出版社1994年版，第5页。

② T. S. Eliot, "The Metaphysical Poets", *Selected Essays*, London: Faber and Faber, 1932, p. 288.

③ T. S. Eliot, "The Metaphysical Poets", *Selected Essays*, London: Faber and Faber, 1932, p. 290.

位成熟的诗人的思想就像"一个更加精细地完美化了的媒介，通过这个媒介，特殊或非常多样化的感受可以自由地形成新的组合"①。当然，诗人的头脑是一种特殊的媒介。"这种媒介只是一个媒介而已，他并不是一个个性，通过这个媒介，许多印象和经验，用奇特的和料想不到的方式结合起来"②，并成为"一种集中，是这种集中所产生的新的东西"③。在这个意义上，"诗人的头脑实际上就是一个捕捉和储存无数的感受、短语、意象的容器，它们停留在诗人头脑里直到所有能够结合起来形成一个新的化合物的成分"④。因此，艾略特断言："诗人的任务并不是去寻找新的感情，而是去运用普通的感情，去把它们综合加工成为诗歌，并且去表达那些并不存在于实际感情中的感受。"⑤或许就是在这个基础之上，艾略特反对浪漫主义诗人华兹华斯的诗歌定义："诗歌是在平静中被回忆起来的感情。"⑥艾略特认为，"诗歌既不是感情，也不是回忆，更不是平静"⑦，诗歌是把大把大把的经验汇集在一起，但是这些汇集起来的经验并非有意识地、经过深思熟虑地"回忆起来的"经验，因此，"诗歌不是感情的放纵，而是感情的脱离；诗歌不是个性的表现，而是个性的脱离"⑧。

---

① ［英］托·斯·艾略特：《艾略特文学论文集》，李赋宁译，百花洲文艺出版社1994年版，第6页。
② ［英］托·斯·艾略特：《艾略特文学论文集》，李赋宁译，百花洲文艺出版社1994年版，第9页。
③ ［英］托·斯·艾略特：《艾略特文学论文集》，李赋宁译，百花洲文艺出版社1994年版，第10页。
④ ［英］托·斯·艾略特：《艾略特文学论文集》，李赋宁译，百花洲文艺出版社1994年版，第7页。
⑤ ［英］托·斯·艾略特：《艾略特文学论文集》，李赋宁译，百花洲文艺出版社1994年版，第7页。
⑥ Wordsworth, William, "Preface to the Second Edition of *Lyrical Ballads*", *Critical Theory Since Plato* ed., Hazard Adams. San Diego: HBJ, 1971, p. 441.
⑦ ［英］托·斯·艾略特：《艾略特文学论文集》，李赋宁译，百花洲文艺出版社1994年版，第10页。
⑧ ［英］托·斯·艾略特：《艾略特文学论文集》，李赋宁译，百花洲文艺出版社1994年版，第11页。原文："Poetry is not a turning loose of emotion, but an escape from emotion; it is not the expression of personality, but an escape from personality."

第五节 "客观对应物"

1919年9月26日,艾略特在《雅典娜神庙》(*The Athenaeum*)① 杂志上发表了《哈姆雷特与他的问题》("Hamlet and His Problems")一文。像《传统与个人才能》一样,艾略特第二年也把这篇文章收录在他的第一部诗歌与文学批评论文集《圣林》(*The Sacred Wood*, 1920)之中。那么,究竟哈姆雷特作为莎士比亚笔下的一个悲剧人物又有什么问题呢?从表面来看,艾略特的这篇论文是在评论英国学者罗伯逊(J. M. Robertson)和美国明尼苏达大学斯托尔(Elmer Edgar Stoll)教授分别完成出版的两部莎士比亚戏剧新论专著。艾略特之所以称这两部文学批评著作"很值得赞扬,[是]因为他们改变了[莎剧的]研究方向"②。艾略特认为,"在精神上他们更接近莎士比亚的艺术",因为他们改变了以往莎士比亚剧评家往往把注意力聚焦在哈姆雷特"主角的重要性"之上的习惯,而是把批评的注意力转向了剧本的整体"效果或整体的重要性"③ 之上。

在艾略特看来,罗伯逊先生可谓一针见血:"'阐释'《哈姆雷特》的批评家们之所以失败,是由于他们忽略了这一明显的事实:《哈姆雷特》是一个多层体(a stratification),它代表了一系列人物的努力。"④ 虽然《哈姆雷特》是所有莎剧中最长的一部剧作,莎士比亚费的心血也可能最多,但是它"在好几个方面令人迷惑不解……技巧和思想都处于一种不安

---

① 根据李赋宁先生的译本注释,《雅典娜神庙》(*The Athenaeum*, 1874—1878年)是英国作家兼旅行家詹姆斯·西尔克·白金汉(James Silk Buckingham, 1786—1855年)于1828年在伦敦创办的一家文学和艺术评论杂志。19世纪英国许多大作家都曾为该杂志撰稿。1921年,该杂志合并成为《民族与雅典娜神庙》(*The Nation and Athenaeum*)。1931年,合并后的杂志再度合并成《新政治家》杂志(*The New Statesman*)。参见[英]托·斯·艾略特《艾略特文学论文集》,李赋宁译,百花洲文艺出版社1994年版。
② [英]托·斯·艾略特:《艾略特诗学文集》,王恩衷译,国际文化出版公司1989年版,第9页。
③ [英]托·斯·艾略特:《艾略特诗学文集》,王恩衷译,国际文化出版公司1989年版,第9页。
④ [英]托·斯·艾略特:《艾略特诗学文集》,王恩衷译,国际文化出版公司1989年版,第10页。

定的状态中……是文学中的'蒙娜丽莎'"①，因此"确确实实是一部在艺术上失败了的作品"②。然而，《哈姆雷特》失败的原因并非一目了然。就主题而言，艾略特认为罗伯逊先生的结论无可非议：莎士比亚的《哈姆雷特》是一部"关于母亲的罪过对儿子的影响的剧作"③，因为"（哈姆雷特的）情调（tone）是因为母亲的堕落而倍加受折磨的人的情调"④，但是这部剧作又"充满了作者无法说清、想透或者塑造成艺术的东西"⑤，因此艾略特又创造了一个如同前面所讨论的"感受力涣散""历史意识""消灭个性"等一样著名的文学批评术语，即"客观对应物"⑥。艾略特认为，"客观对应物"是"用艺术形式表现情感的唯一方法"⑦。这意味着诗人在诗歌创作过程中必须设法寻找"一系列实物、场景、一连串事件来表现某种特定的情感"，而且诗人还必须追求这样的艺术效应，即"感觉经验的外部事实一旦出现，便能立刻唤起那种情感"⑧。莎士比亚比较成功的悲剧都包含着"这种十分准确的对应"（this exact equivalence），比如，麦克白夫人梦游时的复杂心绪是诗人莎士比亚通过一系列诗人想象的感觉印象来传达给观众的，因此诗人莎士比亚就必须做到让剧本中的外界事物与剧中人情感之间完美对应。在艾略特看来，这在艺术上是不可避免的。然而，同样作为一部悲剧作品，《哈姆雷特》所缺乏的恰恰就是这种完美对应，因为作为一个悲剧人物，哈姆雷特受剧中一种无从表达的情感所支

---

① ［英］托·斯·艾略特：《艾略特诗学文集》，王恩衷译，国际文化出版公司1989年版，第11—12页。

② ［英］托·斯·艾略特：《艾略特诗学文集》，王恩衷译，国际文化出版公司1989年版，第10页。

③ ［英］托·斯·艾略特：《艾略特诗学文集》，王恩衷译，国际文化出版公司1989年版，第11页。

④ ［英］托·斯·艾略特：《艾略特诗学文集》，王恩衷译，国际文化出版公司1989年版，第12页。

⑤ ［英］托·斯·艾略特：《艾略特诗学文集》，王恩衷译，国际文化出版公司1989年版，第12页。

⑥ ［英］托·斯·艾略特：《艾略特诗学文集》，王恩衷译，国际文化出版公司1989年版，第13页。

⑦ ［英］托·斯·艾略特：《艾略特诗学文集》，王恩衷译，国际文化出版公司1989年版，第13页。

⑧ ［英］托·斯·艾略特：《艾略特诗学文集》，王恩衷译，国际文化出版公司1989年版，第10页。

配。换言之，剧中支配哈姆雷特的"这种情感超越了剧中所出现的外部事实"①："他［哈姆雷特］的厌恶感是由他的母亲引起的，但他的母亲并不是这种厌恶感恰当的对应物；他的厌恶感包含并超出了她。因而这成了一种他无法理解的感情；他无法使它客观化，于是只好毒害生命、阻延行动。"② 因此，艾略特认为，哈姆雷特情感上找不到"客观对应物"的困惑，实际上就是作家莎士比亚自身需要解决的一个艺术难题，或者说是剧作家莎士比亚自身所面临的艺术困惑的一种延伸。

可见，哈姆雷特性格延宕的特征与他无法道白内心痛苦不无关联，而莎士比亚又不可能通过改变剧本情节来帮助哈姆雷特表达这种内心无法言状的感情，因此艾略特断言："正是这个问题的主题性质使客观对应关系成为不可能。"③ 同样，艾略特认为，哈姆雷特的"疯癫"在早期基德（Thomas Kyd，1558—1594年）等人的剧中只是一个计谋，但是在莎士比亚看来，"它够不上疯癫，但又不只是佯装"④。因此，艾略特认为，剧中哈姆雷特所表现出来的一系列轻率举动和一连串重复及一语双关的言语是他发泄情感的一种方式，而不是一种蓄意佯装。然而，"这种戏谑（buffoonery），对于剧中人物哈姆雷特来说，代表了在行动中无法发泄的情感，而对剧作家而言，它代表一种无法用艺术形式表达出来的情感"⑤。所以，艾略特最后说："我们得理解某些莎士比亚本人都无法理解的事情。"⑥ 换言之，在《哈姆雷特》这部戏剧中，莎士比亚似乎不应该让他痴迷的观众陷入一个朦胧晦涩的情境之中，而应该找到一个恰到好处的"客观对应

---

① ［英］托·斯·艾略特：《艾略特诗学文集》，王恩衷译，国际文化出版公司1989年版，第10页。
② ［英］托·斯·艾略特：《艾略特诗学文集》，王恩衷译，国际文化出版公司1989年版，第13页。
③ ［英］托·斯·艾略特：《艾略特诗学文集》，王恩衷译，国际文化出版公司1989年版，第13页。
④ ［英］托·斯·艾略特：《艾略特诗学文集》，王恩衷译，国际文化出版公司1989年版，第13页。
⑤ 原文："In the character Hamlet it is the buffoonery of an emotion which can find no outlet in action; in the dramatist it is the buffoonery of an emotion which he cannot express in art." T. S. Eliot, "Hamlet and His Problems", *Selected Essays*, London: Faber and Faber, 1932, p. 146.
⑥ ［英］托·斯·艾略特：《艾略特诗学文集》，王恩衷译，国际文化出版公司1989年版，第14页。

物"来表达哈姆雷特内心深处的纠结所蕴含的情感与道德的复杂性。在艾略特看来，成功的艺术作品总是能够恰如其分地将各种复杂的元素点化为一个"客观对应物"，并且最大限度地在作者所期待的读者或者观众的内心深处，激发出情感、道德、伦理、社会、美学等各种强烈的反应。显然，在这篇文章中，艾略特的判断充满着主观臆断的色彩，他并没有为莎士比亚找到具体的"客观对应物"，但是他似乎找出了莎士比亚四大悲剧之一《哈姆雷特》的一个重大艺术缺陷，而且更重要的是艾略特通过创造"客观对应物"这一崭新的并且是事实证明被文学批评界广泛接受的批评术语，大大提升了他作为一位文学批评家的地位。就诗歌艺术而言，艾略特认为诗人不可以仅仅在作品中点明某种情感，而必须在一个恰当的情境和一个恰当的时刻找到某种情感以外的"外在事物"来展示、表达、引发和点化这种诗人希望能够引起读者共鸣的情感。为了达到这种目的，诗人必须深切地明白自己所追求的某种或者多种效果，所以在艾略特看来，诗歌不是一种诗人自我情感的道白，而是一种对具体作品本身所蕴含的各种情感的精确表达。因此，在《传统与个人才能》等论作中，艾略特从诗歌艺术创作和诗人艺术家的视角，提出了诗歌必须"消灭个性"的观点。

　　与"历史意识""消灭个性"等文学批评术语一样，"客观对应物"从一开始就受到中国英美文学界学人的重视。早在1934年4月，叶公超先生在《爱略特的诗》一文中就注意到艾略特关于"惟一用艺术形式来传达情绪的方法就是先找一种物界的关联东西（objective correlative）"①的论述，但是叶公超先生说："其实这是一句极普通的话，象征主义者早已说过，研究创作想象的人也都早已注意到这种内感与外物的契合。"② 1937年4月5日，当叶公超先生在《北平晨报·文艺》第13期上发表《再论爱略特的诗》③时，叶公超先生将这个术语翻译成"客观的关联

---

① 叶公超：《爱略特的诗》，原载1934年4月《清华学报》第九卷第2期。陈子善编《叶公超批评文集》，珠海出版社1998年版，第118页。
② 叶公超：《爱略特的诗》，原载1934年4月《清华学报》第九卷第2期。陈子善编《叶公超批评文集》，珠海出版社1998年版，第118页。
③ 这篇文章为赵萝蕤译、上海新诗社1937年初版艾略特《荒原》的序言。参见［英］托·斯·艾略特《荒原》，赵萝蕤译，新诗社1937年版。

物"，并且认为"他［艾略特］主张用典、用事，以古代的事和眼前的事错杂着、对较着，主张以一种代表的简单的动作或情节来暗示情感的意态"①。可见，在"我国最早系统评述艾略特的深入通达的《爱略特的诗》和《再论爱略特的诗》"②的两篇文中，"物界的关联东西"或者"客观的关联物"都已经是叶公超先生关注的艾略特诗学理论的核心观点之一，而且叶公超先生首先注意到了"物界的关联东西"与象征主义文学的关联及象征主义文学强调用具体事物表现某种特殊意义的"这种内感与外物的契合"；其次，叶公超先生点明了艾略特关于寻找"客观的关联物"这一诗歌创作手法的含义，那就是艾略特主张在诗歌创作中"用典、用事，以古代的事和眼前的事错杂着、对较着"的借古讽今的手法，同时主张用一种具有代表性的、简单的动作或情节来暗示诗中人内心深处的情感或者情绪。③

1961年，在台湾师范大学英语研究所攻读硕士学位的叶维廉不仅翻译了《荒原》④，完成了他的学位论文《艾略特的方法论》（"T. S. Eliot: A Study of His Poetic Method"）⑤，而且在《艾略特的批评》一文中也注意到了艾略特的"客观应和的事象"（objecive correlative）是"要使情感及感觉化为一种新的艺术情绪"的手段："能够直接成为某种特别情绪的公式的一组事物、一个情境或一连串事故，而且当那些外在的事物置诸我们的感觉经验之时便能立刻直接唤起我们内心相同的情绪的东西。"⑥可见，当年年轻的中国台湾学者也已经注意到艾略特的这一诗学理论已经在考虑如何将"情感"和"感觉"通过某种"外在的事物"点化为"艺术情绪"的功用，而且近40年后，当我们在2009年12月人民文学出版社出版的《众树歌唱——欧美现代诗100首》中读到叶维廉先生关于艾略特的介绍时，仍然可以看到叶维廉先生对"客观对应物"的热爱："表达情绪

---

① 陈子善编：《叶公超批评文集》，珠海出版社1998年版，第122页。
② 陈子善编：《叶公超批评文集》，珠海出版社1998年版，第272页。
③ 关于艾略特的用典与"客观对应物"之间的关系问题，笔者将在第一章第二节"一位T. S. Eliot的信徒"，以及本书第三章"奇峰突起，巉崖果存"进一步展开讨论。
④ 叶维廉译：《众树歌唱——欧美现代诗100首》，人民文学出版社2009年版，第12页。
⑤ 叶维廉：《叶维廉文集》第三卷，安徽教育出版社2002年版，第40页。
⑥ 叶维廉：《叶维廉文集》第三卷，安徽教育出版社2002年版，第54页。

唯一的方法是找出一个'客观对应物',也就是说,找出某种特别情绪含涉的一组事物、一种情境,或一连串事故,当这些外在事象置诸我们的感觉经验之时能立刻直接唤起我们内心相同的情绪的表达公式。"①

在阅读袁可嘉先生的《现代派论·英美诗论》和《半个世纪的脚印——袁可嘉诗文选》两本著作的时候,笔者发现艾略特、新批评派、英美现代派诗歌始终伴随着袁可嘉先生半个多世纪研究现代派诗歌的足迹。从20世纪三四十年代那个袁可嘉先生称之为"中西诗交融而产生了好诗的辉煌年代"②开始,到60年代初他"发表文章批判艾略特、新批评派、英美现代派诗歌"③,再到"1979年我[袁可嘉]在政治上翻了身",袁可嘉先生说他"和全国人民一道进入了光明的新时期",又说:"我的笔头也重新活跃起来……'我要跑好最后一圈'。"④改革开放以后,在探讨和传播九叶派的诗歌理论和创作的同时,袁可嘉先生将自己的主要精力投入了西方现代派文学研究中,特别是现代派诗歌的研究、评论和译介上。他主编了《外国现代派作品选》和《现代主义文学研究》,撰写了《欧美现代派文学概论》,翻译了300多首英美现代派诗歌,主持编译了《欧美现代十大流派诗选》等。仅就艾略特的"客观对应物"诗学观点而言,1979年12月,在《现代派论·英美诗论》一书的开篇论文《略论西方现代派文学》中,袁可嘉先生就用艾略特的"客观联系物"(objective correlative)来解释奥地利诗人莱纳·里尔克诗歌中所体现的西方现代派诗歌采用的所谓"思想知觉化"的创作特点,并且引用艾略特关于"像你闻到玫瑰香味那样地感知思想"⑤的著名论断对西方现代派诗歌强调用"知觉来表达思想"及"把思想还原为知觉"等诗歌创作方法进行解释。⑥与此同时,在《外国现代派作品选》第1册(上)中介绍艾略特的时候,袁可嘉先生写道:"针对浪漫主义者关于诗歌是诗人情感的表现的观点,

---

① 叶维廉译:《众树歌唱:欧美现代诗100首》,人民文学出版社2009年版,第78页。
② 袁可嘉:《半个世纪的脚印——袁可嘉诗文选》,人民文学出版社1994年版,第2页。
③ 袁可嘉:《半个世纪的脚印——袁可嘉诗文选》,人民文学出版社1994年版,第4页。
④ 袁可嘉:《半个世纪的脚印——袁可嘉诗文选》,人民文学出版社1994年版,第6页。
⑤ 原文:"feel their thought as immediately as the odor of a rose"。T. S. Eliot, "The Metaphysical Poets", *Selected Essays*, London: Faber and Faber, 1932, p. 287.
⑥ 袁可嘉:《现代派论·英美诗论》,社会科学出版社1985年版,第16—17页。

他［艾略特］认为诗人的感情只是素材，要想进入作品必先经过一道'非人格化'的、将它转化为普遍性的艺术性情绪的过程；针对浪漫派直接抒情的表现手段，艾略特提出了一条寻找'客观对应物'以表现情绪的创作方法，即以一套事物、一连串事件来象征暗示的手法。"① 时隔 12 年之后，当袁可嘉先生于 1991 年 11 月发表《西方现代派文学的成就、局限和问题》的时候，他对艾略特"客观联系物"的认识又有了新的提高，认为艾略特提出寻找"客观对应物"的诗歌艺术方法与他倡导古典主义"非人格化"的诗学原则是相互吻合、有其内在的逻辑联系的，诗不是人格和情绪的表现，而是人格和情绪的逃避，因此为了更好地表现人格和情绪，诗人就必须找到与诗中人的人格和情绪相适应的"客观联系物"②。

可见，从我国大陆和台湾的三位外国文学、比较文学界前辈的研究和论著中，我们就能够看出，艾略特关于"客观对应物"诗学理论观点的论述不仅在他自己的诗歌与诗学理论体系中举足轻重，而且对他自己的诗歌创作也有重要的指导意义。因此，研究、理解、阐述这一诗学理论及如何翻译在这一理论指导下创作的诗歌作品始终是我国艾略特及其诗歌与诗学理论研究和翻译人员需要面对的一个重点和难点问题。

第六节 "形式不是一张外壳"

不难看出，以上关于"感受力涣散""历史意识""个性消灭"和"客观对应物"的文本释读和分析讨论，都是诗人批评家艾略特对现代主义诗歌创作和诗学理论所做出的一系列富有现代性的思考和挖掘，而且更加难能可贵的是艾略特把他自己关于现代主义诗歌创作和诗学理论的核心观点运用到了自己的诗歌创作之中，并且使之成为他创作西方现代主义开山之作《荒原》的理论基石。然而，面对这么一部"参合"着如此深邃复杂的诗学理论思考的西方现代主义代表性长篇诗歌《荒原》，赵萝蕤先生虽然"经过若干斟酌"③，却偏偏选择了一种貌似简单的直译法来翻译

---

① 袁可嘉、董衡巽、郑克鲁选编：《外国现代派作品选》第 1 册（上），上海文艺出版社 1980 年版，第 76 页。

② 袁可嘉：《半个世纪的脚印——袁可嘉诗文选》，人民文学出版社 1994 年版，第 273 页。

③ 黄宗英编：《赵萝蕤汉译〈荒原〉手稿》，高等教育出版社 2013 年版，第 239 页。

这首包罗万象、间接晦涩,而且是七种语言杂糅共生于同一个诗歌文本的现代长诗。这不能不说是我国现代诗歌翻译史上一次伟大的实践。众所周知,严复于1898年翻译赫胥黎的《天演论》时,提出了著名的信、达、雅说,被后人推崇为中国翻译理论的经典,尊为翻译标准,其理由是这简简单单的三个字抓住了翻译标准中最本质的三个要素:"信"——忠实原文,"达"——译文通畅,"雅"——译文文采。其实,严复的信、达、雅与一百多年前英国翻译理论家泰特勒(A. F. Tytler, 1747—1814年) 在《论翻译的原则》(1790年) 一书中所阐述的翻译三原则也有相似之处。泰特勒强调:第一,译作应完全复写原作的思想(ideas);第二,译作的风格应和原作一致(style and manner);第三,译作应具备原作的通顺(all the ease of original composition)。[①] 同样,赵萝蕤先生似乎强调"信""达"为先,她说:"'信'是译者的最终目的,'达'也重要,以便不违背某一语言它本身的规律。"[②] 但是赵萝蕤先生认为"独立在原作以外的'雅'似乎就没有必要了"[③]。难道赵萝蕤先生认为严复翻译标准中"雅"就不必要了吗?显然不是,赵萝蕤先生只是强调译者不可以"玩世不恭"地在译文中"自我表现一番",而是应该自觉地"遵循两种语言各自的特点与规律","竭力忠实于原作的思想内容与艺术风格"。[④] 这和泰特勒所强调的"译作应完全复写原作的思想"和"译作的风格应和原作一致"这两条原则也没有矛盾。当然,赵萝蕤先生所说的这个"信"绝非"僵硬的对照法",而是要求译者使用"准确的同义词"和"灵活的 [句法]"[⑤]。比如,艾略特《荒原》开篇7行的原文如下:

[①] Alexander Fraser Tytler, *Essays on the Principles of Translation*, Beijing: Foreign Language Teaching and Research Press, 2007, p. 10, p. 63, p. 112.
[②] 赵萝蕤:《我是怎么翻译文学作品的》,载王寿兰编《当代文学翻译百家谈》,北京大学出版社1989年版,第610页。
[③] 赵萝蕤:《我是怎么翻译文学作品的》,载王寿兰编《当代文学翻译百家谈》,北京大学出版社1989年版,第608页。
[④] 赵萝蕤:《我是怎么翻译文学作品的》,载王寿兰编《当代文学翻译百家谈》,北京大学出版社1989年版,第608页。
[⑤] 赵萝蕤:《我是怎么翻译文学作品的》,载王寿兰编《当代文学翻译百家谈》,北京大学出版社1989年版,第608—609页。

原文：

> April is the cruellest month, breeding
> Lilacs out of the dead land, mixing
> Memory and desire, stirring
> Dull roots with spring rain.
> Winter kept us warm, covering   5
> Earth in forgetful snow, feeding
> A little life with dried tubers.①

赵萝蕤先生 1937 年初版《荒原》中译本手稿译文：

> 四月天最是残忍，它在
> 荒地上生丁香，参合着
> 回忆和欲望，让春雨
> 挑拨呆钝的树根。
> 冬天保我们温暖，大地   5
> 给健忘的雪盖着，又叫
> 干了的老根得一点生命。②

    赵萝蕤先生的《荒原》中译本原创于 1937 年年底，当时她还在清华大学外国文学研究所攻读硕士学位，是一名研究生三年级的学生，年仅 23 岁，并没有多少文学翻译的经验。但她仅凭自己"对中英两种语言的悟性及用中文作诗的经验"③，就完成了这部被誉为"我国当前最优秀的翻译作品"④。就"准确的同义词"和"灵活的句法"而言，我们从简单

---

    ① T. S. Eliot, *The Complete Poems and Plays 1909–1950*, New York: Harcourt, Brace & World, 1971, p. 37.

    ② 赵萝蕤译：《荒原》，载黄宗英编《赵萝蕤汉译〈荒原〉手稿》，高等教育出版社 2013 年版，第 26 页。[英] 托·斯·艾略特：《荒原》，赵萝蕤译，新诗社 1937 年版，第 19—20 页。

    ③ 刘树森：《赵萝蕤与翻译》，载赵萝蕤译《中国翻译名家自选集·赵萝蕤卷——〈荒原〉》，中国工人出版社 1995 年版，第 4 页。

    ④ 王誉公、张华英：《〈荒原〉的理解与翻译》，《外国文学研究》1996 年第 2 期。

的平行比较中就能够看出赵萝蕤先生的原创性贡献。

　　一是"准确的同义词"。首先，赵萝蕤先生选用的形容词同义词十分"准确"：她用"残忍"翻译"cruel"，用"荒地"翻译"dead land"，用"呆钝"翻译"dull"，用"健忘的"翻译"forgetful"，用"干了的"翻译"dried"，用"一点"翻译"a little"。其次，译文中出现的一系列用这些形容词构成的现代汉语偏正结构词组也能证明赵萝蕤先生翻译同义词和同义词词组的基本遣词原则：她用"荒地"翻译"dead land"，用"呆钝的树根"翻译"dull roots"，用"健忘的雪"翻译"forgetful snow"，用"干了的老根"翻译"dried tubers"，用"一点生命"翻译"a little life"。唯独开篇第一句中的"the cruellest month"，赵先生选用了"四月天最是残忍"这么一个现代汉语的强调句式，来翻译英文形容词的最高级形式。为了更好地体现她的直译法文学翻译原则，赵萝蕤先生于1980年在《外国文艺》（双月刊）上发表了一个新的译本，把"1936年不彻底的直译法"改为"1979年比较彻底的直译法"①，其中开篇7行的译文如下：

　　　　四月是最残忍的一个月，荒地上
　　　　长着丁香，把回忆和欲望
　　　　参合在一起，又让春雨
　　　　催促那些迟钝的根芽。
　　　　冬天使我们温暖，大地
　　　　给助人遗忘的雪覆盖着，又叫
　　　　枯干的球根提供少许生命。②

在这个新的中译本里，赵萝蕤先生把《荒原》的开篇诗句改译成"四月

---

① 赵萝蕤：《我是怎么翻译文学作品的》，载王寿兰编《当代文学翻译百家谈》，北京大学出版社1989年版，第609页。
② 赵萝蕤译：《荒原》，《外国文艺》（双月刊）1980年第3期。袁可嘉、董衡巽、郑克鲁选编：《外国现代派作品选》第1册（上），上海文艺出版社1980年版，第88页。赵萝蕤先生的这两个艾略特《荒原》中译本的译文相同。前者参见《外国文艺》（双月刊）1980年第3期，后者参见袁可嘉、董衡巽、郑克鲁选编《外国现代派作品选》第1册（上），上海文艺出版社1980年版。

是最残忍的一个月"，与英文原作的遣词造句相比可谓毫厘不差，真可谓"是逐字地译"①了。此外，赵萝蕤先生还把原译的"呆钝的树根"改译为"迟钝的根芽"，把"健忘的雪"改译成"助人遗忘的雪"，把"干了的老根"改译成"枯干的球根"，把"一点生命"改译成"少许生命"。这些更改更加体现了赵萝蕤先生强调"信"与"达"为先的直译法基本原则，既忠实于原作的思想内容和艺术风格，又不违背译入语汉语本身的特点和规律，基本上做到了同义词（组）遣词精准。除了赵萝蕤先生1937年和1980年出版和发表的2个艾略特《荒原》中文译文之外，笔者选择了1985年及之后国内出版的5个艾略特《荒原》中译本作为翻译比较文本。因此，连同赵萝蕤先生的两个《荒原》中译本②，本书所涉及的艾略特《荒原》中译本共有7个，具体来源信息如下：

译本一：赵萝蕤译：《荒原》，新诗社1937年6月1日出版；

译本二：赵萝蕤译：《荒原》，载《外国文艺》（双月刊）1980年第3期；

译本三：赵毅衡译：《荒原》，载《美国现代诗选》，外国文学出版社1985年5月第1版，第196—222页；

译本四：查良铮译：《荒原》，载《英国现代诗选》，湖南人民出版社1985年5月第1版，第46—97页；

译本五：裘小龙译：《荒原》，载《四个四重奏》，漓江出版社1985年9月第1版，第67—96页；

---

① 赵萝蕤：《我是怎么翻译文学作品的》，载王寿兰编《当代文学翻译百家谈》，北京大学出版社1989年版，第609页。

② 由于上海新诗社1937年6月1日初版赵萝蕤译《荒原》中译本采用繁体字竖排形式，为了方便读者，本书所引用的赵萝蕤1937年初版艾略特《荒原》译文均引自黄宗英编《赵萝蕤汉译〈荒原〉手稿》（高等教育出版社2013年版）中的现代汉语简体字版本部分。此外，1979年，赵萝蕤先生对她原创的艾略特《荒原》中译本进行过修订，其修订版中译文先后发表在《外国文艺》（双月刊）1980年第3期和袁可嘉、董衡巽、郑克鲁选编的《外国现代派作品选》第1册（上），（上海文艺出版社1980年版，第88—121页）。当涉及赵萝蕤先生1937年和1980年两个《荒原》中译本比较研究时，本书选用《外国文艺》（双月刊）1980年第3期上的译本。但是，本书第一章第六节讨论王誉公、张华英《〈荒原〉的理解与翻译》（《外国文学研究》1996年第2期）一文时，由于原作者采用《外国现代派作品选》第1册（上）的译文，所以第一章第六节的引文脚注同样采用《外国现代派作品选》第1册（上）的译文。特此说明。

译本六：叶维廉译：《荒原》，载《众树歌唱：欧美现代诗100首》，人民文学出版社2009年12月第1版，第77—100页；

译本七：汤永宽译：《荒原》，载陆建德主编《荒原：艾略特文集·诗歌》，上海译文出版社2012年6月第1版，第77—114页。

假如把赵萝蕤先生修订版《荒原》中译文（译本二）中这开篇7行与其他5个中文译本进行平行比较，我们不仅能够看出赵萝蕤先生的原创性贡献，而且也能够看出赵萝蕤先生所提倡的尊重两种语言基本特点和规律的文学翻译直译法的一些艺术特点：

译本三：

四月是最残酷的月份，在死地上
养育出丁香，扰混了
回忆和欲望，用春雨
惊醒迟钝的根。
冬天使我们温暖，用健忘的雪　　　　　　　　　　5
把大地覆盖，用干瘪的根茎
喂养微弱的生命。①

译本四：

四月最残忍，从死了的
土地滋生丁香，混杂着
回忆和欲望，让春雨
挑动着呆钝的根。
冬天保我们温暖，把大地　　　　　　　　　　　5
埋在忘怀的雪里，使干了的
球茎得一点点生命。②

---

① 赵毅衡译：《荒原》，《美国现代诗选》，外国文学出版社1985年版，第197页。
② 查良铮译：《荒原》，《英国现代诗选》，湖南人民出版社1985年版，第46页。

译本五：

四月是残忍的月份，哺育着

丁香，在死去的土地里，混合着

记忆和欲望，拨动着

沉闷的根芽，在一阵阵春雨里。

冬天使我们暖和，遮盖着   5

大地在健忘的雪里，喂养着

一个个小的生命，在干枯的球茎里。①

译本六：

四月是最残忍的月份，并生着

紫丁香，从死沉沉的地土，杂混着

记忆和欲望，鼓动着

呆钝的根须，以春天的雨丝。

冬天令我们温暖，覆隐着   5

大地，在善忘的雪花中，滋润着

一点点生命，在干的块茎里。②

译本七：

四月是最残忍的月份，从死去的土地里

培育出丁香，把记忆和欲望

混合在一起，用春雨

搅动迟钝的根蒂。

冬天总使我们感到温暖，把大地   5

覆盖在健忘的雪里，用干燥的块茎

喂养一个短暂的生命。③

---

① 裘小龙译：《荒原》，《四个四重奏》，漓江出版社1985年版，第69页。
② 叶维廉译：《众树歌唱：欧美现代诗100首》，人民文学出版社2009年版，第79—80页。
③ 汤永宽译：《荒原》，载陆建德主编《荒原：艾略特文集·诗歌》，上海译文出版社2012年版，第79页。

就译文遣词而言，首先，赵萝蕤先生把"dead land"翻译成"荒地"似乎要比译本三译成"死地"、译本四译成"死了的/土地"、译本五和译本七译成"死去的土地"，以及译本六译成"死沉沉的地土"更加符合汉语的表达习惯，同时也更加准确地表达了原作的思想内容。其次，赵萝蕤先生把"健忘的雪"改译成"助人遗忘的雪"，因为赵萝蕤先生认为原文中"forgetful"一词在这里的本义是"令人遗忘"，所以原译"健忘的雪"显得意思不明，而且"助人遗忘"正好与上文的"回忆"意思相反，反衬了下文冬天反倒比阳春四月更加温暖的悖论之妙。① 可见，赵萝蕤先生改译后的这个带有主动行为的修饰语"助人遗忘的"不仅要比原本只起修饰作用的形容词"健忘的"更加传神，更加富有戏剧性，而且也比译本四"忘怀的"和译本六"善忘的"的译法更加精准，更加能够体现对原作内涵的深刻理解。

二是"灵活的句法"。就句法而言，艾略特《荒原》开篇的这7行诗歌可谓特点突出，而且赵萝蕤先生的译文似乎与它们如出一辙；不论是诗人艾略特还是译者赵萝蕤先生都用"断句"的方法，使原诗和译诗的"节奏迟缓起来"②。赵萝蕤先生说："在译文中我尽力依照着原作的语调与节奏的断续徐疾。"③ 这里所谓"断续徐疾"的语调和节奏"恐怕是表现孤独无序、焦躁不安的现代荒原人生命光景最真实有效的[语调和]节奏"④。原诗第1、2、3、5、6行均以一个及物动词的现在分词形式结尾。笔者认为，诗人艾略特选用一连5个现在分词"-ing"弱韵结尾（feminine ending）的目的同样是让诗中的"节奏迟缓起来"，但是译者赵萝蕤先生注意到了这些及物动词的位置均为诗句"断句"的"初开之时"⑤，即句首位置。虽然这5个及物动词被置于行末，但是其及物动词的属性还是让这些动词在句法和语义上与下一行中的宾语自然地联系了起

---

① 赵萝蕤：《我是怎么翻译文学作品的》，载王寿兰编《当代文学翻译百家谈》，北京大学出版社1989年版，第610页。
② 赵萝蕤：《艾略特与〈荒原〉》，《我的读书生涯》，北京大学出版社1996年版，第11页。
③ 赵萝蕤：《艾略特与〈荒原〉》，《我的读书生涯》，北京大学出版社1996年版，第10页。
④ 黄宗英、邓中杰、姜君：《"灵芝"与"奇葩"：赵萝蕤〈荒原〉译本艺术管窥》，《北京联合大学学报》（人文社会科学版）2014年第3期。
⑤ 赵萝蕤：《艾略特与〈荒原〉》，《我的读书生涯》，北京大学出版社1996年版，第11页。

来，同时让诗行之间的意义连贯了起来。然而，不论是行末的断句弱韵，还是诗行之间的意义连贯都是摆在译者面前的难题。首先，赵萝蕤先生模仿原作采用断句形式，直接使译诗与原诗在句法形式上保持一致；其次，赵萝蕤先生在新译本中将"长着""［把……］参合［在一起］""催促"等"近似分词"①的动词形式并列行首的方法，构成一种相对整齐的排比效果，来对译原诗中的意义连贯，让"形似"和"神似"相得益彰，取得了形神并蓄的艺术效果。

  译诗常常是形式移植完美无缺，但诗味荡然无存。赵萝蕤先生的文学翻译理论，简洁朴素，但意韵深邃。她说："直译法是我从事文学翻译的唯一方法。"②"直译法，即保持语言的一个单位接着一个单位的次序，用准确的同义词一个单位一个单位地顺序译下去"③，但是要传神地译出《荒原》中"各种情致、境界和内容不同所产生出来的不同节奏"④，译者需要选择相应的语言单位，使译作的形式与内容相互契合。她还说："我用直译法是根据内容与形式统一这个原则。"⑤虽然内容最终决定形式，但"形式不是一张外壳，可以从内容剥落而无伤于内容"⑥。实际上，赵萝蕤先生倡导的直译法既强调形似，也追求神似，属于形神并蓄的二维模式，有着深厚的文艺学和美学基础。

第七节 "一堆破碎的偶像"

  《荒原》之所以难懂，其主要原因之一是作者引经据典太多，而且诗

---

① 赵萝蕤：《我是怎么翻译文学作品的》，载王寿兰编《当代文学翻译百家谈》，北京大学出版社1989年版，第609页。
② 赵萝蕤：《我是怎么翻译文学作品的》，载王寿兰编《当代文学翻译百家谈》，北京大学出版社1989年版，第607页。
③ 赵萝蕤：《我是怎么翻译文学作品的》，载王寿兰编《当代文学翻译百家谈》，北京大学出版社1989年版，第608页。
④ 赵萝蕤：《艾略特与〈荒原〉》，《我的读书生涯》，北京大学出版社1996年版，第10页。
⑤ 赵萝蕤：《我是怎么翻译文学作品的》，载王寿兰编《当代文学翻译百家谈》，北京大学出版社1989年版，第607页。
⑥ 赵萝蕤：《我是怎么翻译文学作品的》，载王寿兰编《当代文学翻译百家谈》，北京大学出版社1989年版，第607页。

中的典故盘根错节,在结构上有许多交叉点,让人感到"剪不断理还乱"①。因此翻译《荒原》这类赵萝蕤先生称之为"严肃的文学作品"时,译者首先必须认真研究作者和研读作品。比如,《荒原》第一章《死者葬仪》中有一个画龙点睛的短语"A heap of broken images"②,7个中译本的译文如下:

  译本一:"一堆破碎的偶像"③
  译本二:"一堆破碎的偶像"④
  译本三:"一大堆破碎的形象"⑤
  译本四:"一堆破碎的形象"⑥
  译本五:"一堆支离破碎的意象"⑦
  译本六:"一堆破碎的象"⑧
  译本七:"一大堆破碎的形象"⑨

赵萝蕤先生把这一短语译成"一堆破碎的偶像",而其他几位译者则将其译成了"一大堆破碎的形象""一堆支离破碎的意象""一堆破碎的象"等。这一短语之所以画龙点睛是因为《荒原》一诗"确实表现了一代青年对一切的'幻灭'"⑩。第一次世界大战后,整个西方世界呈现出一派大地苦旱、人心枯竭的现代"荒原"景象;人们的精神生活经常表现为空虚、失望、迷惘、浮滑、烦乱和焦躁。艾略特"很可能把个人的思想和感

---

 ① 赵萝蕤:《〈荒原〉浅说》,《我的读书生涯》,北京大学出版社1996年版,第20页。
 ② T. S. Eliot, *The Complete Poems and Plays 1909 – 1950*, New York: Harcourt, Brace & World, 1971, p. 38.
 ③ 赵萝蕤译:《荒原》,载黄宗英编《赵萝蕤汉译〈荒原〉手稿》,高等教育出版社2013年版,第31页。
 ④ 赵萝蕤译:《荒原》,《外国文艺》(双月刊)1980年第3期。
 ⑤ 赵毅衡译:《荒原》,《美国现代诗选》,外国文学出版社1985年版,第198页。
 ⑥ 查良铮译:《荒原》,《英国现代诗选》,湖南人民出版社1985年版,第47页。
 ⑦ 裘小龙译:《荒原》,《四个四重奏》,漓江出版社1985年版,第70页。
 ⑧ 叶维廉译:《众树歌唱:欧美现代诗100首》,人民文学出版社2009年版,第80页。
 ⑨ 汤永宽译:《荒原》,载陆建德主编《荒原·艾略特文集·诗歌》,上海译文出版社2012年版,第80页。
 ⑩ 赵萝蕤:《〈荒原〉浅说》,《我的读书生涯》,北京大学出版社1996年版,第19页。

情都写进了社会的悲剧之中"①。从以上不同的译文看，这行诗中的"images"一词无疑是一个关键词，因为所有译者都动了心思，但是不论是"形象""意象"还是"象"，似乎都不如赵萝蕤先生翻译的"偶像"更加传神，更加灵动。或许是因为赵萝蕤先生对原作的理解更加深刻，所以她的译文就更加精准、更加丰富，能够让读者产生自然的互文联想，达到译文的最佳效果，译出了比较视野下原作与译作之间在语言、文学、文化等多个层面上所蕴含的互文关系。②

假如再次回到《荒原》开篇的7行诗来讨论其中的互文联想，我们很自然地会想起中世纪英国诗人乔叟（Geoffrey Chaucer）的《坎特伯雷故事》开篇的"春之歌"："当四月的甘露渗透了三月枯竭的根须，沐濯了丝丝茎络，触动了生机，使枝头涌现出花蕾；当和风吹香，使得山林莽原遍吐着嫩条新芽，青春的太阳已转过半边白洋宫座，小鸟唱起曲调，通宵睁开睡眼，是自然拨弄着它们的心弦：这时，人们渴望着朝拜四方名坛，游僧们也立愿跋涉异乡。"③ 此处，乔叟笔下的四月天是一幅春回大地、万物复苏的景象：阳春四月用其甘露送走了干裂的三月，沐浴着草木的丝丝茎络，顿时间百花齐放，生机勃勃；和风轻拂，留下缕缕清香；田野复苏，吐出绿绿的嫩芽；鸟儿呖呖，通宵睁眼；美丽的大自然不仅拨动着鸟儿的心弦，而且也象征着人性的复苏，因为只有在这种情境之中"人们[才会]渴望着朝拜四方名坛，游僧们也立愿跋涉异乡"。这是一副何等美妙的人间乐园！然而，在艾略特的现代荒原之上，乔叟笔下那些令人心醉的"甘露""和风""花蕾""嫩芽""小鸟"似乎已经消失得无影无踪。人们已经看不到"枝头的花蕾"，而只能偶遇生长在荒地上的丁香；人们已经看不到"通宵睁开睡眼"歌唱的鸟儿，而只能期盼那"催促那些迟钝的根芽"的春雨；人们已经看不到那些"渴望着朝拜四方名坛"的香客和那些"立愿跋涉异乡"的游僧，而只能看到眼前被那"助人遗忘的雪覆盖着"的大地和那"枯干的球根"所能够提供的"少许生命"。

---

① 张剑：《T. S. 艾略特：诗歌和戏剧的解读》，外语教学与研究出版社2006年版，第55页。

② 黄宗英：《"晦涩正是他的精神"：赵萝蕤汉译〈荒原〉直译法互文性艺术管窥》，《北京联合大学学报》（人文社会科学版）2019年第3期。

③ ［英］杰弗雷·乔叟：《坎特伯雷故事》，方重译，上海译文出版社1993年版，第1页。

生活在艾略特笔下现代荒原上的人们似乎还在经历着一个不愿苏醒过来的睡梦，好一幅极度空虚、贫乏、枯涩、迷惘的现代西方社会生活的荒原画卷！

总之，本书从认真研读艾略特诗学理论和诗歌作品入手，力求正确理解和深刻体会艾略特关于"感受力涣散""历史意识""个性消灭""客观对应物"等核心诗学理论观点，紧扣赵萝蕤先生初译《荒原》所遇到的三个"难处"（原作的晦涩问题、译文的体裁即文体问题及译文注释问题），通过学习赵萝蕤、叶公超、叶维廉、王誉公先生等国内外国文学研究先辈们所擅长的文本释读（interpretation）方法，结合《荒原》不同中译本的文本比较释读，把艾略特的诗学理论回归他的诗歌创作并在中文翻译中寻求印证，进而窥见赵萝蕤先生文学翻译直译法在互文性统一方面的独到之处。

# 第一章 "不失为佳译"
——艾略特诗学及汉译《荒原》评论述评

第一节 "一位 T. S. 艾略特的信徒"

众所周知，叶公超先生为赵萝蕤先生1937年初版汉译艾略特《荒原》一书写了一篇"十分精彩的'序'"①。根据赵萝蕤先生《怀念叶公超老师》一文中的回忆，当她请叶公超先生写序时，叶公超先生说："要不要提你几句？"赵萝蕤先生回答说："那就不必了。"后来，赵萝蕤先生觉得自己当时"年少无知，高傲得很"，后悔没有请叶公超先生在这篇序言里对自己的译笔做一些点评。用赵萝蕤先生自己的话说："现在想起来多么愚蠢，得他给我提些意见，不管是好是坏，该多么有'价值'呢！"②赵萝蕤先生不仅记得她的老师叶公超先生曾经在课堂上说过："他〔艾略特〕的影响之大竟令人感觉，也许将来他的诗本身的价值还不及他的影响的价值呢。"③而且认为叶公超先生当年的这个判断随着艾略特诗歌与诗学理论为全世界读者和文学批评家所认可和接受，"愈来愈被证明是非常准确的"④。

叶公超先生是赵萝蕤先生1932年考取清华大学外国文学研究所研究生之后的老师。她选修过叶公超先生主讲的文艺理论课程，并且认为叶公

---

① 赵萝蕤:《怀念叶公超老师》,《我的读书生涯》,北京大学出版社1996年版,第239页。
② 赵萝蕤:《怀念叶公超老师》,《我的读书生涯》,北京大学出版社1996年版,第239页。
③ 赵萝蕤:《怀念叶公超老师》,《我的读书生涯》,北京大学出版社1996年版,第239页。1995年10月20日，赵萝蕤先生还将叶公超先生的这句名言作为题词献给1995年10月5—7日由辽宁师范大学承办的在美丽的海滨城市大连召开的1995年全国美国文学研究会年会，暨"全国T. S. 艾略特"研讨会。南京大学刘海平教授在贺函中说："这是介绍T. S. 艾略特到中国的有史以来第一次全国规模的专题讨论会。"参见《外国文学研究》1996年第2期。
④ 赵萝蕤:《怀念叶公超老师》,《我的读书生涯》,北京大学出版社1996年版,第239页。

超老师学识特别渊博，就是"用十辆卡车也装不完"① 他的文艺理论知识。根据赵萝蕤先生的回忆，当戴望舒先生约赵萝蕤先生翻译《荒原》时，她已经是研究生三年级的学生，这一年也是她研究生学习阶段的最后一年。赵萝蕤先生说，她汉译《荒原》得益于两位老师，一位是美籍教授温德老师，一位就是叶公超老师。温德教授擅长把艾略特《荒原》中的"文字典故说清楚，内容基本搞懂"，而叶公超先生不仅能够讲透《荒原》内容与技巧的要点和特征，揭示艾略特诗学理论和诗歌创作实践对西方青年人的影响及其地位，而且还能够将艾略特的一些诗歌创作技巧与中国的唐诗宋诗进行比较。② 在《叶公超批评文集》的《编后记》中，编者陈子善先生指出，叶公超先生对艾略特的诗歌和诗学理论"推崇备至"，不仅指导卞之琳先生译出艾略特及其重要的文学批评论文《传统与个人才能》，而且"写下了我国最早系统评述艾略特的深入通达的《爱略特的诗》③ 和《再论爱略特的诗》④"⑤。

根据叶公超先生自己的回忆，他是 9 岁那年被家人送往英国读书的，两年之后又被送往美国去上了一年中学；回国后又在南开中学继续读书；然而，他中学还没有毕业，国内便爆发了五四运动；为了不让他天天参加游行，他再次被家人送往美国读书，那年，他才 13 岁。两年后，他在美国中学毕业回国，他的家人还是想送他到美国继续深造。遗憾的是，叶公超先生没有通过当时美国时兴的"New English College Board"的入学考试，因此失去了上哈佛、耶鲁等名牌大学的机会。于是，他被家人送到了美国东北部缅因州的贝兹大学（Bates）；一年之后，他又考取了马萨诸塞州的爱默斯特大学（Amherst）。根据叶公超先生自己的回忆，爱默斯特大学当时是美国一所"很老但很小的大学"，而叶公超先生是第一位来到这所大

---

① 赵萝蕤：《怀念叶公超老师》，《我的读书生涯》，北京大学出版社 1996 年版，第 238 页。
② 参见赵萝蕤《怀念叶公超老师》，《我的读书生涯》，北京大学出版社 1996 年版。
③ 参见叶公超《爱略特的诗》，原载 1934 年 4 月《清华学报》第九卷第 2 期；陈子善编《叶公超批评文集》，珠海出版社 1998 年版。
④ 参见叶公超《再论爱略特的诗》，原载 1937 年 4 月 5 日《北平晨报·文艺》第 13 期；陈子善编《叶公超批评文集》，珠海出版社 1998 年版。
⑤ 陈子善编：《叶公超批评文集》，珠海出版社 1998 年版，第 272 页。

学学习的中国留学生。① 然而，三年的爱默斯特大学生涯使他受益匪浅，因为叶公超先生特别喜欢爱默斯特大学所提供的人文教育。不仅如此，让叶公超先生感到特别幸运的是，他还选修过美国著名诗人罗伯特·弗罗斯特（Robert Frost，1874—1963 年）在该校教授的诗歌和小说课程。众所周知，弗罗斯特是一位喜欢不挂网打网球的诗人球员。叶公超先生说："弗罗斯特这个人只讲究念书不念书，不讲究上课不上课。"② 令人欣慰的是，在叶公超先生读大学四年级的时候，弗罗斯特给叶公超先生上过诗歌创作课程，并指导叶公超先生创作出版了一本自己的英文诗集 Poems。③

叶公超先生在美国大学本科毕业以后，又到英国剑桥大学的玛地兰学院（Magdalene College）攻读文艺心理学硕士学位，并且获得了英国剑桥大学的文学硕士学位。接着，叶公超先生又到法国巴黎大学做过短期研究。不过，叶公超先生还是在英国剑桥大学留学期间结识了艾略特，这位后来荣获诺贝尔文学奖的著名诗人和文学批评家。叶公超先生说他不仅经常见到艾略特，"跟他很熟"，而且很可能是最早把艾略特的诗歌和诗学理论介绍到中国来的人。④ 在叶公超先生看来，艾略特这个人"很守旧"，是个宗教观念很强的天主教徒，认为"一个人终其一生，一定要有个很平凡的职业，直至退休为止"⑤，然而艾略特却是当时美国诗坛的领袖人物，主张创造一种包罗万象、形式特殊，不仅能够囊括以往各种体裁，而且能让多种语言杂糅共生于同一个诗歌文本的诗体："他写诗主张维持中国用典的作风，用旧有的典故，将历代流传下来的观念联合起来，汇成文化的源流。一个人写诗，一定是要表现文化的素质，如果仅是表现个人才气，结果一定很有限。因为，个人才气绝不能与整个文化相比。这样一来，他

---

① 叶公超：《文学·艺术·永不退休》，原载 1979 年 3 月 15 日台北《中国时报》副刊；陈子善编《叶公超批评文集》，珠海出版社 1998 年版，第 265 页。
② 叶公超：《文学·艺术·永不退休》，原载 1979 年 3 月 15 日台北《中国时报》副刊；参见陈子善编《叶公超批评文集》，珠海出版社 1998 年版，第 265 页。
③ 参见叶公超《文学·艺术·永不退休》，原载 1979 年 3 月 15 日台北《中国时报》副刊；陈子善编《叶公超批评文集》，珠海出版社 1998 年版。
④ 叶公超：《文学·艺术·永不退休》，原载 1979 年 3 月 15 日台北《中国时报》副刊；陈子善编《叶公超批评文集》，珠海出版社 1998 年版，第 266 页。
⑤ 叶公超：《文学·艺术·永不退休》，原载 1979 年 3 月 15 日台北《中国时报》副刊；陈子善编《叶公超批评文集》，珠海出版社 1998 年版，第 266 页。

认为他的诗超出了诗人个人的经验与感觉,而可以代表文化。"①

笔者认为,叶公超先生以上这段评论真可谓画龙点睛!他的判断不仅体现了他对艾略特诗歌创作中用典的目的,以及对艾略特关于诗歌必须有"历史感"(historical sense)等核心诗学观点有深刻的认识和精辟的论述,而且已经高度概括了如同艾略特的长诗《荒原》这类既能抒发"个人对生活的牢骚"②,又能代表时代话语的现当代美国长篇诗歌抒情性与史诗性兼容并蓄的创作特点。从叶公超先生的论述中看,我们似乎也在艾略特的诗歌创作中看到了惠特曼《草叶集》中那种将个人的、瞬间的、抒情式的创作灵感融入民族的、历史的、史诗般的创作抱负的诗歌创作艺术追求③,而且叶公超先生所强调的艾略特关于诗歌创作中"个人才气"与"整个文化"相互融合的诗学观点似乎也印证了笔者将艾略特的《荒原》和《四个四重奏》纳入抒情性与史诗性兼容并蓄的抒情史诗范畴的观点。在这篇文章中,叶公超先生还谈到自己当时深受艾略特诗歌创作和诗学理论的影响,很希望自己也能够创作一首像艾略特的《荒原》那样,能够囊括"我国从诗经时代到现在生活"主题的长篇诗歌,所以徐志摩先生把叶公超先生称之为"一位 T. S. 艾略特的信徒!"④ 然而,遗憾的是叶公超先生"始终没有写成功"⑤。

叶公超先生于 1926 年秋季留学回国,被北京大学和北京师范大学英文系聘为讲师⑥,同时兼任《北京英文日报》和《远东英文时报》的英文编辑,并且加入了"新月社",成为胡适、徐志摩、梁实秋等文人的亲密友人。1927 年夏,叶公超先生南下上海,受聘为暨南大学外国文学系主任和图书馆馆长;与此同时,他还参与了上海新月书店的创建工作及《新

---

① 叶公超:《文学·艺术·永不退休》,原载 1979 年 3 月 15 日台北《中国时报》副刊;陈子善编:《叶公超批评文集》,珠海出版社 1998 年版,第 266 页。
② Valerie Eliot ed., *T. S. Eliot: The Waste Land: A Facsimile and Transcript of the Original Drafts*, New York: Harcourt Brace Jovanovich, 1971, p. 1.
③ 参见黄宗英《爱默生与美国诗歌传统》,高等教育出版社 2018 年版。
④ 叶公超:《深夜怀友》,原载 1962 年 3 月 1 日台北《文星》第九卷第 5 期;陈子善编《叶公超批评文集》,珠海出版社 1998 年版,第 245 页。
⑤ 叶公超:《文学·艺术·永不退休》,原载 1979 年 3 月 15 日台北《中国时报》副刊;陈子善编《叶公超批评文集》,珠海出版社 1998 年版,第 266 页。
⑥ 董洪川:"在美国大学毕业后,叶[公超]转到英国剑桥的玛地兰学院(Magdalene College)攻读文艺心理学,获得学位后回北京大学任教,时年 23 岁,成为国内最年轻的教授。"(《"荒原"之风:T. S. 艾略特在中国》,北京大学出版社 2004 年版,第 93 页)

月》杂志编辑工作；翌年秋，叶公超先生开始兼任中国公学英国文学教授。1929年秋，叶公超先生又重新北上，接受了清华大学外国语文系教授的职位，同时兼任北京大学外国文学系讲师。在清华大学和北京大学主讲过大学一、二年级英文和英文写作基础课程以及西方文艺理论、翻译史、英国短篇小说、英国戏剧、英美现代诗、18世纪英国文学、19世纪浪漫主义运动等专业课程；这些课程涉猎范畴之广实属罕见，充分展示了叶公超先生精湛的英文技能、精深的文学修养和渊博的学识。与此同时，叶公超先生既"熟稔英美文学"，又"潜心研读中国文化典籍"，"对于中国文学艺术猛力进修"。陈子善先生认为，"清华六年，是叶公超文学生涯中最为辉煌的时期"①。除了继续担任《新月》杂志最后六期的编务工作和创办《文学》月刊工作之外，叶公超先生还在沈从文主编的《大公报·文艺》和朱光潜主编的《文学杂志》上发表了一系列重要论文。叶公超先生在清华大学和北京大学所从事的英语语言文学的教学与科研工作，不仅成果丰硕而且影响深远，培养和影响了我国整整一代优秀学者。陈子善先生认为，"后来在中国现代文学和学术史上卓有建树、大名鼎鼎的钱锺书、杨联升、吴世昌、王岷源、卞之琳、季羡林、王辛笛、曹葆华、常风、赵萝蕤、张骏祥，以及西南联大时期的杨周翰、王佐良、李赋宁、赵瑞蕻等，都是叶公超的高足，都受到叶公超的赏识、吸引和指点，从而在治学、创作和翻译的道路上突飞猛进的"②。

这一时期，叶公超先生不仅为我国英语语言文学教学方面作出了杰出的贡献，而且在西方文艺理论、文学批评、文学翻译等多方面均有科研建树。他不仅是向中国介绍艾略特的第一人，而且对艾略特的诗歌技巧和诗学理论内涵进行过深入的研究、挖掘和阐释。比如，在《爱略特的诗》一文的开篇，叶公超先生便向读者推荐了三本关于艾略特诗歌创作与诗学理论研究的参考著作，其中包括威廉森（Hugh Ross Williamson）撰写的艾略特诗歌研究专论《T. S. 艾略特的诗》（*The Poetry of T. S. Eliot*，1932年）、麦格里维（Thomas McGreevy）的学术专著《T. S. 艾略特研究》

---

① 陈子善编：《叶公超批评文集》，珠海出版社1998年版，第271页。
② 叶公超：《爱略特的诗》，载陈子善编《叶公超批评文集》，珠海出版社1998年版，第271页。

(*T. S. Eliot：A Study*，1931 年）和艾略特自己选编的《T. S. 艾略特 1917—1923 年论文集》（T. S. Eliot's *Selected Essays* 1917 – 1932，1932 年）。接着，叶公超先生建议读者先读前两本专论，然后再读第三本论文集，以便能够获得一种"解铃还仗系铃人"的感觉。叶公超先生认为，艾略特"最反对的散文就是 19 世纪末的那种呓语似的散文"①。这里叶公超先生所谓的"呓语"就是"梦话""胡话"，酷似赵萝蕤先生描写艾略特当时所处的"窘境"及艾略特同时代诗人们诗歌语言中的"浮滑虚空"。

> 他［艾略特］前面走过不远便是一个非常腻丽而醉醺醺的丁尼生（A. Tennyson），一个流水般轻飘飘的史文朋（A. C. Swinburne），歌颂着古代的风流韵事，呼唤着燕子，恋爱着疲与病的美，注力于音乐，托情于梦想。四周又是些哈代（T. Hardy）的悲观命运的诡秘，梅士非尔（J. Masefield）的热闹与堆砌，窦拉玛（W. de la Mare）之逃避世界于空山灵雨，达维斯（Davis）的寄情天然，郝司曼（A. E. Housman）的复古与简朴，洛维尔（A. Lowell）之唯美维象，孔敏士（E. E. Cummings）的标新立异，甚至于艾略特的至亲密友——《荒原》献诗的对象庞德（E. Pound）的费劳于虚无，都是这复杂的现代，左奔右窜各种狼狈不胜的窘态的表现。②

赵萝蕤先生认为，这些诗人"都太浮滑而虚空了"③。由此，叶公超先生发现了艾略特诗歌及其诗论语言的魅力。艾略特喜欢在诗歌创作中使用一种"最准确、最清醒、最男性的"④ 的诗歌语言，因此他竭力推崇 16 至 17 世纪末在英国流行的那种宗教散文，特别是胡克（Richard Hooker，1553—1600 年）和安德鲁斯（Lancelot Andrewes，1555—1626 年）两位英格兰基督教神学家的文章。在《爱略特的诗》一文中，叶公超先生还引

---

① 叶公超：《爱略特的诗》，载陈子善编《叶公超批评文集》，珠海出版社 1998 年版，第 111 页。
② 赵萝蕤：《艾略特与〈荒原〉》，《我的读书生涯》，北京大学出版社 1996 年版，第 8 页。
③ 赵萝蕤：《艾略特与〈荒原〉》，《我的读书生涯》，北京大学出版社 1996 年版，第 8 页。
④ 叶公超：《爱略特的诗》，载陈子善编《叶公超批评文集》，珠海出版社 1998 年版，第 111 页。

用艾略特《兰斯洛特·安德鲁斯》（"Lancelot Andrewes"，1926年）一文中的一段话："胡克与安德鲁斯的文章，正如伊丽莎白朝代大体的政策，都明示着一种不离本质的决心，一种明白时代需要的知觉，对于重要的事抱定一种求明晰、求精确的愿望，而对于无关紧要的事只取一种冷淡的态度。"① 众所周知，20世纪20年代是第一次世界大战后西方社会一代青年人精神幻灭的时代，正如赵萝蕤先生所说的那样，"也许世界万物尽皆浮滑而虚空"，而且"大多数人正觉得越浮滑越空虚越美越好"，然而，在赵萝蕤先生看来，"浮滑就是没有用真心实意的胆识而尽量地装腔作势，空虚便是心知（或不知）无物，而躲闪于吹嘘。浮滑到什么程度，空虚到什么程度，必须那深知切肤之痛，正面做过人的人才能辨得出深浅。而艾略特最引人逼视的地方就是他的恳切、透彻、热烈与诚实"②。同样，叶公超先生认为，艾略特的文字是貌似"简要"，实则"严密"，"仿佛有故意不容人截取的苦心"③。由此可见，赵萝蕤先生对艾略特及其诗歌语言的判断与她的老师叶公超先生的观点是如出一辙的！除了诗歌语言以外，叶公超先生在文章的开篇部分还强调："要想了解他［艾略特］的诗，我们首先要明白他对诗的主张。"④ 只有了解了艾略特对诗歌和诗学的主张，我们才能不至于"盲从"，把他当作一个"神秘的天才"，也不至于"归降"于守旧的批评家，认为艾略特"不过又是个诗界骗子，卖弄着一套眩惑青年的诡术"。难能可贵的是，叶公超先生强调，艾略特的诗歌，尤其是以《荒原》为代表的诗歌作品，与他的诗学主张如出一辙。⑤

---

① 叶公超：《爱略特的诗》，载陈子善编《叶公超批评文集》，珠海出版社1998年版，第111—112页。叶公超先生这段译文的英文原文为："The writing of both Hooker and Andrewes illustrate that determination to stick to essentials, that awareness of the needs of the time, the desire for clarity and precision on matters of importance, and the indifference to matters of indifferent, which was the general policy of Elizabeth。"（*Selected Essays*, London: Faber and Faber, 1932, p. 343）

② 赵萝蕤：《艾略特与〈荒原〉》，《我的读书生涯》，北京大学出版社1996年版，第8—9页。

③ 叶公超：《爱略特的诗》，载陈子善编《叶公超批评文集》，珠海出版社1998年版，第112页。

④ 叶公超：《爱略特的诗》，载陈子善编《叶公超批评文集》，珠海出版社1998年版，第112页。

⑤ 叶公超：《爱略特的诗》，载陈子善编《叶公超批评文集》，珠海出版社1998年版，第112页。

在《爱略特的诗》一文中，叶公超先生比较推崇威廉森这本所谓"为普通读者写的"《T. S. 艾略特的诗》一书，因为书中作者处处引用艾略特自己的话语来解释他的诗歌创作与诗学理论，作者的工作主要是阐述艾略特引文的意义和解读艾略特重要诗篇的内容。然而，就麦格里维的《T. S. 艾略特研究》一书而言，虽然叶公超先生肯定了书中的部分内容，比如诗歌选例、拉福格（Jules Laforgue）对艾略特的影响及《荒原》中"死"与"复活"主题的讨论等，但是叶公超先生不同意麦格里维关于艾略特在《荒原》之后的《圣灰日》（"Ash Wednesday"）中"在技术与知觉方面都有跌落千丈之势"等判断，并且认为麦格里维"是一种趁火打劫的批评家"，因为"废话竟占了全书的大半"。① 笔者认为，叶公超先生在这篇文章中主要讨论了艾略特诗歌创作中三个十分重要的问题。

第一，叶公超先生不同意麦格里维书中对艾略特早年诗中"态度"问题的讨论。叶公超先生认为，艾略特在《荒原》前后所创作的诗歌作品中所蕴含的态度并不存在任何冲突，"不但没有冲突，而且是出于同一种心理背景"。② 从早年描写"环境的混沌与丑陋"的《J. 阿尔弗雷德·普罗弗洛克的情歌》（"The Love Song of J. Alfred Prufrock"）、《一位夫人的画像》（"Portrait of a Lady"）、《序曲》（"Preludes"）、《大风夜狂想曲》（"Rhapsody on a Windy Night"）、《窗前晨景》（"Morning at the Window"）等几首情诗，到"讽刺波士顿社会"的《波士顿晚报》（"The *Boston Evening Transcript*"）、《海伦姑姑》（"Aunt Helen"）、《南希表妹》（"Cousin Nancy"）、《阿波利纳克斯先生》（"Mr. Apollinax"）等，再到1920年出版的"描写现代人堕落与卑鄙"的《诗集》（*Poems*），叶公超先生认为，这些诗歌的背后无不"闪着一副庄严沉默的面孔"。而这副庄严沉默的面孔给人们的印象既不像是一位"倨傲轻世的古典者"，也不像是一位"冷讥热嘲的俏皮青年"，而是像一位"忍受着现代社会酷刑的、清醒的、虔诚的自白者"。③ 在叶公超先生看来，

---

① 叶公超：《爱略特的诗》，载陈子善编《叶公超批评文集》，珠海出版社1998年版，第113页。

② 叶公超：《爱略特的诗》，载陈子善编《叶公超批评文集》，珠海出版社1998年版，第114页。

③ 叶公超：《爱略特的诗》，载陈子善编《叶公超批评文集》，珠海出版社1998年版，第114—115页。

如果把《J. 阿尔弗雷德·普罗弗洛克的情歌》诗中人普罗弗洛克比作一名正在忍受严刑拷讯的罪犯，那么他的"口供诚然是创痛中的呻吟"："我真该是一副粗糙的蟹爪/急匆匆地掠过寂静的海底。"① 这是一种"何等悔悟自责的心境"！既然艾略特笔下诗中人的现实生活已成"幻灭"，那么"文明"自然就变成了"厂房里的一根破弹簧，/外表生锈，失去弹力/脆硬、卷曲，随时都会折断"②。紧接着，叶公超先生又别出心裁地把这根"破弹簧"的意象与一个"小老头"的形象相互捆绑："这就是我，一个干旱月份里的一个老头子，/听一个男孩为我读书，等待着雨。"③ 好一个在干旱月份里"等待着雨"的小老头！叶公超先生的引证真可谓画龙点睛！叶公超先生文中"这位刚到三十岁"就"感觉到衰老"的诗人不是别人，而正是艾略特自己，诗人与诗中人在艾略特的笔下似乎也已经融为一体，而且叶公超先生认为"等待着雨"当推艾略特《荒原》前诗人笔下最严肃的（serious）思想主题。④ 那么，在那个大地苦旱、人心枯竭的第一次世界大战后西方世界的现代荒原上，"等待着雨"自然也就成为艾略特《荒原》中核心主题的一个隐喻性象征写法。有意思的是，笔者发现叶公超先生引自艾略特1920年《诗集》（Poems）第一首诗歌《小老头》（"Gerontion"）开篇第一行诗中的那个"干旱月份"（a dry month），到了艾略特1922年发表的长诗《荒原》的开篇第一行中就变成了"四月是最残忍的一个月"（"April is the cruellest month"）；不仅如此，那个"小老头"的形象也被《荒原》中的"荒地""呆钝的树根""干了的老根"等典型意象代替。可见，艾略特诗歌中所表现出来的"态度"在创作《荒原》前后的确"并没有什么冲突"，因此叶公超先生对艾略特诗歌及其诗学理论的准确理解及他客观清晰的文学评论风格都是值得我们后人借鉴和学习的。

第二，是艾略特宗教信仰的问题。叶公超先生不同意麦格里维把艾略

---

① T. S. Eliot, *The Complete Poems and Plays 1909 – 1950*, New York: Harcourt, Brace & World, 1971, p. 5.

② T. S. Eliot, *The Complete Poems and Plays 1909 – 1950*, New York: Harcourt, Brace & World, 1971, p. 14.

③ T. S. Eliot, *The Complete Poems and Plays 1909 – 1950*, New York: Harcourt, Brace & World, 1971, p. 21.

④ 叶公超：《爱略特的诗》，载陈子善编《叶公超批评文集》，珠海出版社1998年版，第116页。

特的诗歌创作与宗教信仰混为一谈，因为这么做势必抹杀艾略特在诗歌创作技巧上的贡献。① 根据叶公超先生的叙述，麦格里维对于基督宗教的"辨正宗"（Protestantism，新教），特别是美国的"清净宗"（Puritanism，清教）②，采取了"未免太显然的攻击态度"。在麦格里维看来，艾略特的《荒原》及其之后的诗歌作品都是因受了天主教基本信条的影响才创作出来的。麦格里维"假设他不解脱早年所受'清净宗'的影响，他断不能从厌人愤世的消极态度中救出自己来，因为唯有天主教才是基于'希望'的，唯有信仰天主教的人才会有真正忏悔的心境；所以他的诗非天主教徒不能欣赏"③。

显然，艾略特的诗歌不是专门为天主教徒而作的，因此麦格里维以上的判断的确比较武断。但是，叶公超先生的批评比较客气："至少我们相信非天主教徒的人也有了解它的可能，同时和爱略特同信仰的人未必就能因此而了解他的诗。"④ 叶公超先生主张我们可以借用瑞恰慈（I. A. Richards, 1893—1979 年）关于"虚构的同意"（imaginative assent）与"可证实的信仰"（verifiable belief）两者可以相互分开的说法，去了解艾略特的宗教观及其与诗歌创作技巧之间的关系。叶公超先生直接引用了艾略特《文学、科学与教义》一文中的一个英文原句，其大意为"每个依靠思想思考和生活的人都必须有他自己的怀疑主义，或者停留在这个问题上，或者予以否定，或者导致信仰并且融入这种超越信仰的思想"⑤。在叶公超先生看来，艾略特的宗教信仰是他自己精神生活的一部分，是他自己的一种"思想的结论"和一种"理智的悟觉"。而这种"思想的结论"和"理智的悟觉"又是诗人艾略特自己"思想方面的生活"。当然，

---

① 参见叶公超《爱略特的诗》，载陈子善编《叶公超批评文集》，珠海出版社1998年版。
② 叶公超先生原文中用"辨正宗"（Protestantism）和"清净宗"（Puritanism）。
③ 叶公超：《爱略特的诗》，载陈子善编《叶公超批评文集》，珠海出版社1998年版，第116页。
④ 叶公超：《爱略特的诗》，载陈子善编《叶公超批评文集》，珠海出版社1998年版，第116页。
⑤ 叶公超先生此处使用艾略特英文原文，笔者译自叶公超《爱略特的诗》，载陈子善编《叶公超批评文集》，珠海出版社1998年版，第117页。英文原文为："Every man who thinks and lives by thought must have his own skepticism, that which stops at the question, that which ends in a denial, or that which leads to faith and which is integrated into the faith which transcends it."

假如一位诗人只有这种精神生活,他也未必就能创作出诗歌来。换言之,艾略特的宗教信仰是他的一种思想生活,这种思想生活将产生一种思想结论或者叫一种"理智的悟觉"。然而,如果一位诗人只有这种思想结论或者理智觉悟,而没有写诗的技巧,那么诗歌创作对这位诗人来说也可谓无本之木、无源之水,无从可谈。因此,诗人的思想生活(包括其"思想的结论"和"理智的悟觉")与他的诗歌创作技巧是可以分开考察的。紧接着,为了进一步证明诗人的宗教信仰与其诗歌创作技巧是可以分开的这一观点,叶公超先生引用了艾略特《但丁》("Dante",1929年)一文中的相关描述:"总之,我否认读者为了充分欣赏诗人的诗歌必须与诗人有共同的信仰。"① 此后,叶公超先生又引用了威廉森书中的一句话:"The man who suffers is still, to a certain extent, separate from the mind which creates。"也就是说:"在一定程度上,一个肉体受难的人仍然与其富有创造性的灵魂必须分开。"叶公超先生认为,威廉森这句话"说得很好"。最后,叶公超先生对这个问题的讨论下了个结论:艾略特的诗歌之所以受到人们广泛关注,不是因为他的宗教信仰,而是因为相较其他诗人,他有更加"深刻[的]表现[手]法,有扩大错综的意识,有为整个人类文明前途设想的情绪"②。叶公超先生的评论精辟透彻,特别是他认为艾略特的诗歌创作有其"深刻的表现手法"和"有扩大错综的意识"。但是,笔者认为,叶公超先生在强调我们应该区别对待艾略特的宗教信仰与诗歌创作技巧的时候,似乎忽略了两者之间的联系,有割裂两者的嫌疑。实际上,当艾略特在《但丁》一文第二部分的注释中说他"否认读者为了充分欣赏诗人的诗歌必须与诗人有共同的信仰"的时候,艾略特并没有把诗人的宗教观与他的诗歌创作主张对立起来。艾略特在这句话后面接着说:"我还断言我们能够把但丁作为一个普通人的信仰与他作为一位诗人的信仰区别开来。但是,我们不得不相信这两者之间存在着一种特殊的联系,

---

① 叶公超:《爱略特的诗》,载陈子善编《叶公超批评文集》,珠海出版社1998年版,第117页。原文:"I deny, in short, that the reader must share the beliefs of the poet in order to enjoy the poetry fully。"

② 叶公超:《爱略特的诗》,载陈子善编《叶公超批评文集》,珠海出版社1998年版,第117页。

那就是诗人'所说的话是当真的'。"① 可见,辩证联系的思想仍旧可以是我们做出客观判断的基础,尤其是像艾略特这样想通过"扩大古今错综"来包罗整个欧洲文明乃至整个人类历史意义的作家,他的思想内容就比较复杂。虽然他自己于1926年给他自己下过一个结论,说他"在宗教上是英国天主教徒,在文学上是古典主义者,在政治上是保皇派"②,但是这种带有自我剖析的结论仍然包含着自相矛盾的地方。叶公超先生认为,艾略特的诗歌实际上已经"打破了文学习惯上所谓浪漫主义与古典主义的区别",而且艾略特关于"历史意义"③ 这一核心诗学理论也已经囊括了"过去的过去性"和"它的现在性"④。那么,在这个意义上,"诗人必须意识到自己现在的创新都是在过去诗歌传统基础上的创新"⑤。因此,艾略特所谓的"古典主义"是一个融"过去"与"现在"为一体的古典主义,它不仅囊括从荷马开始的全部欧洲文学,而且还包括在全部欧洲文学这个大范围中"他自己国家的全部文学"⑥。关于艾略特诗歌的思想内容,赵萝蕤先生曾经说:"他真实地反映了一个时期的西方青年的精神状态。"⑦ 然而,艾略特似乎不接受人们送给他的各种美称和评语。艾略特既不承认他的诗歌反映了西方现代社会现实,也不承认他代表了第一次世界大战后一个时期西方世界的"精神幻灭";他既不同意人们说他受教育与思想的捆绑,也不同意诗评家们说他的诗歌相当客观,不受诗人个人思想感情的束缚;等等。但是,赵萝蕤先生说,"其实所有这些

---

① T. S. Eliot, "Dante", *Selected Essays*, London: Faber and Faber, 1932, p. 269. 原文为: "I have also asserted that we can distinguish between Dante's beliefs as a man and his beliefs as a poet. But we are forced to believe that there is a particular relation between the two, and that the poet 'means what he says'。"

② 原文为: "an Anglo-Catholic in religion, a classicist in literature, and a royalist in politics。" (See the introduction to *For Lancelot Andrewes*)

③ 笔者认为,叶公超先生此处的"历史意义"实际上指的就是艾略特的"历史意识"(historical sense) 这一诗学观点。

④ [英] 托·斯·艾略特:《传统与个人才能》,李赋宁译,载《艾略特文学论文集》,百花洲文艺出版社1994年版,第2页。

⑤ 黄宗英:《"晦涩正是他的精神":赵萝蕤汉译〈荒原〉直译法互文性艺术管窥》,《北京联合大学学报》(人文社会科学版) 2019年第3期。

⑥ [英] 托·斯·艾略特:《传统与个人才能》,李赋宁译,载《艾略特文学论文集》,百花洲文艺出版社1994年版,第2页。

⑦ 赵萝蕤:《〈荒原〉浅说》,《我的读书生涯》,北京大学出版社1996年版,第27页。

称号和评语,对他都十分相宜"①。

第三,就是艾略特通过隐喻(metaphor)来"造成一种扩大错综的知觉"。叶公超先生在《爱略特的诗》的结尾说:艾略特的重要性恰恰体现在他不拘泥于拟摹一家或一个时期的风格,而在于他着力打造一种"古今错综的意识"②。其一,艾略特的这种所谓"古今错综的意识"实际上是艾略特之所以能够在19世纪浪漫主义及维多利亚时期英国诗歌"坠落到不可收拾的地步"的时候为英国诗坛重新杀出一条生路③的诗学理论基础。在艾略特看来,过去与现在是相辅相成、相互包容的;过去的诗歌在一位成熟的诗人身上只能表现为他个性的一个部分;诗人不是一个个性,而只能是一种媒介,而诗歌就是诗人通过这个媒介,把许许多多的感觉印象和形形色色的经验,用奇特的和人们难以料想的方式组合起来。④ 因此,叶公超先生赞同威廉森的观点,认为艾略特是一位有一个具体计划的诗人。他一方面追求"综合古今作家的[思想]意识,扩大[诗歌]内容的范围";另一方面又力求使用"最准确、最清醒、最男性的文字"⑤,同时强调"紧缩用字的经济,增加音节的软韧性"⑥,因此,当《荒原》于1922年问世的时候,给整个英国诗坛带来了一个巨大的冲击和转变。⑦ 其二,叶公超先生此处提到的这个"紧缩用字的经济"实际上就是指艾略特从17世纪英国玄学派诗歌中学来的特殊的比喻手法——"玄学奇喻"(metaphysical conceit)。用艾略特自己的话说,"玄学奇喻"就是"扩展一个修辞格(与压缩正相对照)使它达到机智所能够想的最大的范围"⑧,

---

① 赵萝蕤:《〈荒原〉浅说》,《我的读书生涯》,北京大学出版社1996年版,第27页。
② 叶公超:《爱略特的诗》,载陈子善编《叶公超批评文集》,珠海出版社1998年版,第120页。
③ 叶公超:《爱略特的诗》,载陈子善编《叶公超批评文集》,珠海出版社1998年版,第120页。
④ 参见[英]托·斯·艾略特:《传统与个人才能》,李赋宁译,载《艾略特文学论文集》,百花洲文艺出版社1994年版。
⑤ 叶公超:《爱略特的诗》,载陈子善编《叶公超批评文集》,珠海出版社1998年版,第111页。
⑥ 叶公超:《爱略特的诗》,载陈子善编《叶公超批评文集》,珠海出版社1998年版,第118页。
⑦ 参见叶公超《爱略特的诗》,载陈子善编《叶公超批评文集》,珠海出版社1998年版。
⑧ [英]托·斯·艾略特:《传统与个人才能》,李赋宁译,载《艾略特文学论文集》,百花洲文艺出版社1994年版,第14页。

换言之，就是把一种貌似风马牛不相及的比喻的范畴扩展到极致。笔者认为，"正是这种貌似牵强的比喻使17世纪英国玄学派诗人的诗歌创作既不失对人类肉体美的描写，又能够体现诗人挖掘人类精神之美的艺术追求"①。叶公超先生认为，由于艾略特诗歌"技术上的特色全在他所用的'metaphor'的象征功效"之上，因此"要彻底地解释爱略特的诗，非分析他的'metaphor'不可，因为这才是他的独到之处"②。其三，就是叶公超先生讨论了威廉森认为是艾略特诗歌创作"独到技术"的"物界的关联东西"（客观对应物）。叶公超先生认为威廉森在书中并"没有交代清楚"。作为引证，叶公超先生从艾略特《哈姆雷特》（"Hamlet"，1919年）一文中译出了原文："惟一用艺术形式来传达情绪的方法就是先找着一种物界的关联东西（objective correlative）；换句话说，就是认定一套物件、一种情况、一段连续的事件来作所要传达的那种情绪的公式；如此则当这些外界的事实一旦变成我们的感觉经验，与它相关的情绪便立即被唤起了。"③叶公超先生认为艾略特的这段话不过是"一句极普通的话，象征主义者早已说过，研究创作想象的人也都早已注意到了这种内感与外物的契合［问题］"④。因此，叶公超先生认为艾略特诗歌创作的"技术特色似乎［并］不在这里"，而在艾略特1921年发表的《玄学派诗人》（"The Metaphysical Poets"，1921年）一文中那段脍炙人口的精辟论述：

> 我们只能这样说，即在我们当今的文化体系中从事创作的诗人们的作品肯定是费解的。我们的文化体系包含极大的多样性和复杂性，这种多样性和复杂性在诗人精细的情感上起了作用，必然产生多样的和复杂的结果。诗人必须变得愈来愈无所不包，愈来愈隐晦，愈来愈

---

① 黄宗英：《"晦涩正是他的精神"：赵萝蕤汉译〈荒原〉直译法互文性艺术管窥》，《北京联合大学学报》（人文社会科学版）2019年第3期。

② 叶公超：《爱略特的诗》，载陈子善编《叶公超批评文集》，珠海出版社1998年版，第119页。

③ 叶公超：《爱略特的诗》，载陈子善编《叶公超批评文集》，珠海出版社1998年版，第118页。

④ 叶公超：《爱略特的诗》，载陈子善编《叶公超批评文集》，珠海出版社1998年版，第118页。1937年4月5日，叶公超先生在《北平晨报》（第13期）上发表了《再论爱略特的诗》一文，后来用作赵萝蕤先生1937年原创性《荒原》汉译本的序言。

间接，以便迫使语言就范，必要时甚至打乱语言的正常秩序来表达意义。①

叶公超先生发现威廉森先生"似乎不觉得它〔这段引文〕十分重要"，但是叶公超先生强调艾略特在诗歌创作技巧上的贡献"可以说完全出于这句话的理论"②。

总之，因为艾略特是一位能够想出一个具体计划的诗人批评家或者批评家诗人，或者说，是一位其诗歌创作与其诗学理论"可以相互印证的"③诗人批评家或者批评家诗人，所以准确理解他的诗歌创作主张和核心诗学理论观点，是我们正确理解艾略特诗歌的基本方法。可见，正是在这个意义上，叶公超先生强调"解铃还仗系铃人"④。关于叶公超的《再论爱略特的诗》⑤一文，由于内容主要涉及艾略特诗歌创作与诗学理论"相互印证"问题及艾略特诗歌用典与中国宋人"夺胎换骨"诗歌技巧之间的比较问题，笔者将在第三章"'奇峰突起，巉崖果存'：赵萝蕤汉译《荒原》用典艺术管窥"中展开进一步的讨论。

第二节　"一种独特的诚实"
——叶维廉先生论艾略特的诗与诗学

中国台湾著名诗人痖弦曾经写道："早在20世纪五六十年代，他〔叶维廉〕便以领头雁的身姿，率先译介西方经典诗歌与新兴理论，掀起台湾现代主义的文学风潮，七八十年代，在'文学归宗'的呼声下，他更以比较文学的广阔视域，重新诠释古典诗词，赋传统以新义，把属

---

①　〔英〕托·斯·艾略特：《玄学派诗人》，李赋宁译，载《艾略特文学论文集》，百花洲文艺出版社1994年版，第24—25页。

②　叶公超：《爱略特的诗》，载陈子善编《叶公超批评文集》，珠海出版社1998年版，第119页。

③　叶公超：《再论爱略特的诗》，载陈子善编《叶公超批评文集》，珠海出版社1998年版，第121页。

④　叶公超：《爱略特的诗》，载陈子善编《叶公超批评文集》，珠海出版社1998年版，第111页。

⑤　参见陈子善编《叶公超批评文集》，珠海出版社1998年版。

于中国的诗学,传播向世界文坛,贡献至大,影响深远。"① 根据叶维廉先生自己的回忆,他伴随着"卢沟桥的残杀"于 1937 年出生于广东南方的一个小村落;他的母亲曾经冒着日寇突如其来的炮火和埋伏在野林里的强盗袭击的危险,趁着夜间的星光,翻山越岭去为一个农妇接生,而瘫痪在床的父亲常常在夜里给他兄妹四人讲述他曾在"支那"半岛奋勇抗日的英勇事迹。然而,抗日战争胜利后,解放战争又把他们全家赶到了英殖民地香港,当时叶维廉 12 岁。接着,他对诗歌发生兴趣,开始写诗,发表在《诗朵》《创世纪》等刊物上;他也从 20 世纪三四十年代诗人的翻译中汲取养分:他的手抄本里有戴望舒先生翻译的《恶之花》、卞之琳先生翻译的《西窗集》、梁宗岱先生翻译的瓦雷里的《海滨墓园》和《水仙辞》,等等。1955 年,叶维廉先生考进了台湾大学外文系,不久,他就参与了中国台湾现代主义诗歌运动。1959 年本科毕业时,他的学士学位论文就是把冯至、曹葆华、梁文星(吴兴华)和穆旦四位诗人的诗歌翻译成英文,与此同时,叶维廉先生注重挖掘汉语诗歌创作中"语言传义"的方式,并且深入研究我国 20 世纪三四十年代中文诗歌中的"韵味、字词、造句、气脉转折、题旨运转、境界重造和辩题变调"② 等元素。1960 年,叶维廉先生在台湾师范大学英语研究所攻读硕士学位,他的硕士学位论文为《艾略特诗的方法论》("T. S. Eliot:A Study of His Poetic Method")。从《叶维廉文集》(第 3 卷:"秩序的生长")中可以看出,1960 年至 1961 年,叶维廉先生连续发表《〈艾略特方法论〉序说》《艾略特的批评》《静止的中国花瓶——艾略特与中国诗的意象》和《〈荒原〉与神话的应用》等论文,阐述他对艾略特文学批评理论、诗歌创作与诗学理论方面的系统研究③,与此同时,叶维廉先生于 1960 年还在中国台湾的《创世纪》诗歌刊物上发表了他的译作《荒原》。正如中

---

① 叶维廉译:《众树歌唱:欧美现代诗 100 首》,人民文学出版社 2009 年版封底。
② 叶维廉译:《众树歌唱:欧美现代诗 100 首》,人民文学出版社 2009 年版,第 5 页。叶维廉先生说,35 年后,他在美国教授比较文学、文学理论、美国现代诗、中国古典诗和中国现代诗之余,再次把冯至、曹葆华、梁文星(吴兴华)和穆旦的诗歌翻译成英文,因为他觉得自己从这些诗人对字的凝练上学到了很多东西。他的译作名叫:*Lyrics from Shelters*:*Modern Chinese Poetry 1930 – 1950*(New York:Garland,1992)。
③ 参见叶维廉《叶维廉文集》第三卷,安徽教育出版社 2002 年版。

国台湾诗人、前《联合报》副刊主编陈义芝先生所言:"叶维廉曾被评选为台湾十大诗人之一。1960年代,他的'西学'直接影响同辈、后辈,包括《创世纪》诗人。他的'赋格'创作、'纯诗'实验,拓宽了诗的音乐之路;将西诗中译,中诗西译,则丰繁了诗的表现方法。"① 可见,在20世纪60年代初,叶维廉先生就对中西诗互译方面、中西诗学研究及中西诗歌比较研究有着浓厚的兴趣和较高的造诣。1961年,从台湾师范大学英语研究所获得硕士学位后,为了躲避在中国台湾就业需要服两年兵役的规定,叶维廉先生到中国香港教了两年中学。由于酷爱诗歌创作与研究,1963年冬天,他到了美国爱荷华大学攻读美学硕士学位,获得硕士学位之后,叶维廉先生又顺利地转入普林斯顿大学攻读比较文学博士学位。叶维廉先生博士学位论文的题目为 *Ezra Pound's Cathay*,论述庞德翻译的中国诗,1967年完成,1969年由普林斯顿大学出版社正式出版。这是一本通过翻译及翻译理论的讨论进入语言哲学、美学策略的比较文学论著。1970年,爱荷华大学出版社出版了叶维廉先生的译著《现代中国诗 1955—1965》(*Modern Chinese Poetry 1955 – 1965*)。② 此后,叶维廉先生出版了《比较诗学》(1982年)和《距离的扩散:中西诗学对话》(*Diffusion of Distances: Dialogues between Chinese and Western Poetics*,1993年)等重要比较文学著作。

一 "客观应和的事象"

如果说叶公超先生是我国最早系统地研究和评论艾略特诗歌及其诗学理论的文学批评家③,赵萝蕤先生是我国汉译艾略特《荒原》的第一人,那么叶维廉先生当推我国台湾最早系统地研究和评论艾略特诗歌及其理论的学者。在收录《叶维廉文集》第三卷第一部分共9篇外国文学评论的

---

① 叶维廉译:《众树歌唱:欧美现代诗100首》,人民文学出版社2009年版封底。

② 叶维廉先生说,这本书实际上是他在美国出版的第一本英文书,因为其中部分精选译作和序言已经于1964年先在洛杉矶的重要杂志 *Trace No.*54 上发表过〔参见叶维廉译《众树歌唱:欧美现代诗100首》,人民文学出版社2009年版〕。

③ 陈子善在他主编的《叶公超批评文集》的"编后记"中说:叶公超先生"写下了我国最早系统评述艾略特的深入通达的《爱略特的诗》和《再论爱略特的诗》"(第272页)。

文章中①，就有《〈焚毁的诺顿〉之世界》（1959年）、《〈艾略特方法论〉序说》（1960年）、《艾略特的批评》（1960年）、《静止的中国花瓶——艾略特与中国诗的意象》（1960年）和《〈荒原〉与神话的应用》（1961年）5篇论文专门论述艾略特的诗歌创作方法和诗学理论批评，而且直接涉及了艾略特主要的诗歌作品《荒原》《四个四重奏》等。即便是在其第一篇论文《陶潜的〈归去来辞〉与库莱的〈愿〉之比较》（1957年）中，叶维廉先生也直接翻译了艾略特《哈姆莱特》（1919年）一文中界定"客观应和的事象"（objective correlative）的论述："要用艺术形式来表现情感唯一的方法是设法找寻'客观应和的事象'；换言之，即能够直接成为某种特别情感的公式的一组事物、一个情境，或一连串事故，而当那些外在的事物置诸我们的感觉经验之时，便能立刻直接唤起我们内心相同的情感的东西。"②在叶维廉先生看来，艾略特这段论述的意义在于"意象的把握"，即"能直接唤起我们内心相同的情感的意象的把握"。叶维廉先生认为，"一首成功的诗应该是声色俱备的，即是说，除节奏之外，尚应以意象将全诗具体化，但意象的安排并非随意的，必须经过诗人心灵的统合，使其与节奏内容调和一致，结为一不可分之体，一首诗才能引人入胜"③。可见，叶维廉先生对诗歌及其创作的理解是十分深刻的，他强调一首好诗不仅需要有声色俱备的意象，而且需要经过诗人心灵的统合，方可使意象与诗歌的节奏和内容协调一致，融为一体。在叶维廉先生看来，陶潜的《归去来辞》和库莱（Abraham Cowley，1616—1667年）的《愿》（"The Wish"）表面上都是写由于"政治生涯理想的幻灭"而引起的"梦的起源"和"一连串的梦的象征"，因此这两首诗歌有一个共同的主题："远离攘攘的尘世而托梦自然界。"但是，在意象的应用上，叶维廉先生认为，陶潜更胜一筹。陶诗中叙述甚少，意象很多，"几乎全诗都以意象来唤起我们的情感；从'舟摇摇以轻飏'句起，一直给读者思维中一叠叠的意象，而这些意象都不是单独的展露，而是'一连串梦的象征'，而每一个象征都在带领、提醒和开启我们的意识状态，直到最后，整个自

---

① 叶维廉著《叶维廉文集》第三卷，共收录22篇论文，分成三个部分，第二、三部分主要论述中国文学批评方法和中国现代诗及其语言问题。
② 叶维廉：《叶维廉文集》第三卷，安徽教育出版社2002年版，第6页。
③ 叶维廉：《叶维廉文集》第三卷，安徽教育出版社2002年版，第6—7页。

然——满载着意义的自然——在外面眼前展开,等待我们去细细认识和了解"①。

二 "沉思的展现"

《〈焚毁的诺顿〉之世界》(1959年)一文,严格地说,似乎不算是一篇文学评论文章,而更像是一篇散文诗,由一段序诗导入:"我们似乎握不着。无形的伸展。无尽。但陆地的实感包围了时间于一首诗之中。情感也被包围着。记忆出现。"②《焚毁的诺顿》描写的是艾略特在第一次婚姻破裂而深感沮丧痛苦的情境下,在女友艾米丽·赫尔(Emily Hale)的陪伴下于1934年夏天游览英格兰格洛斯特郡的一座叫"焚烧的诺顿"的贵族庄园的情形。该庄园主威廉·基特是18世纪40年代的一位爵士;当时庄园里有花园、池塘、灌木、小径,十分美丽壮观,但因主人无嗣挥霍而导致精神失常,最终烧园自焚。艾略特《焚烧的诺顿》的开篇记录了他看到庄园里玫瑰花园一片荒凉的萧瑟景象,顿时感慨万千,陷入沉思,将荒废的花园比作自己的过去和人类的往日。他的沉思把自己带回到了梦幻般的过去:

> 现在的时间与过去的时间
> 两者似乎都存在于未来的时间之中,
> 而未来的时间却包含在过去的时间里。
> 假如一切时间永远是现在,
> 那么一切时间就无法赎回了。③

然而,叶维廉先生的释读别具一格,包括五个"动向"。第一动向以"沉思的展现"开篇:

> 沉思的展现。过去现在将来。存在于"永久的现在"。存在于柏

---

① 叶维廉:《叶维廉文集》第三卷,安徽教育出版社2002年版,第7页。
② 叶维廉:《叶维廉文集》第三卷,安徽教育出版社2002年版,第9页。
③ T. S. Eliot, *The Complete Poems and Plays 1909–1950*, New York: Harcourt, Brace & World, 1971, p. 117.

格森时间的长廊。在心中。记忆回响的足音溜下我们从未行过的通道。诗人说。亲爱的看管。我的说话也如此回响在你的心中,于是一节记忆升起。真实迫人的一刻升起在你心中……我们越入花园。记忆的彩色的小屋。满溢着回音。可能存在的。此刻均存在。在静止中,在无声中。在光里。将来的与过去的发生过的未发生的。此刻均真实。我们的第一个世界。我们的孩提的世界。我们人类原体的世界。在感觉的世界中。在此一刻的领悟。人类天真未凿的梦一再显露……①

或许,叶维廉先生是将艾略特此处对时间"过去现在将来"的"沉思的展现"置于柏格森生命哲学的"时间的长廊"里了,因为它存在于"永久的现在"之中。从认识论来说,流行于 19 世纪末 20 世纪上半叶欧洲德、法等国的唯心主义生命哲学,继承并且发展了叔本华、尼采等人哲学中的反理性主义和直觉主义倾向,认为传统哲学和科学的理性概念和方法只能把握凝固的、静止的、表面的东西,而无法把握作为真正的实在的活生生的生命。由于生命在运动,始终处于不断变化、发展的过程之中,其中没有任何相对静止和稳定的元素,人类只有依靠非理性的直觉才能深入生命本身并且把握生命。② 所以,"时间的属性是超然的,既无起始,也无终止"③,它融"过去现在将来"为一体,而且存在于"永久的现在"之中。当诗中人"越入花园"时,当年那"彩色的小屋""满溢着回音"等一切"可能存在的"东西,"此刻均存在"于他的"记忆"之中。不仅如此,"在静止中,在无声中。在光里",此刻"将来的与过去的发生过的未发生的"一切的一切"均真实",而这才是"我们人类原体的世界"。这才是"我们的孩提的世界"。这才是"我们的第一个世界"。我们"此一刻的领悟"才是那"感觉的世界!"此外,在这个"感觉的世界"中,还"一再显露"着"人类天真未凿的梦"。可见,通过叶维廉先生的释读,我们似乎看到了艾略特《焚烧的诺顿》中交织着一种"记忆""感

---

① 叶维廉《叶维廉文集》第三卷,安徽教育出版社 2002 年版,第 10 页。
② 参见全增嘏主编《西方哲学史》(下),上海人民出版社 1985 年版。
③ 黄宗英:《美国诗歌史论》,中国社会科学出版社 2020 年版,第 250 页。

觉"和"梦［想］"的特殊的"真实"。这种此刻的"真实"不但包容着"过去现在将来"而且"存在于'永久的现在'"之中。诗境至此,叶维廉先生似乎已经把我们带回到了奥古斯丁的时间哲学之中:"过去事物的现在、现在事物的现在和将来事物的现在三类。这三类存在于我们的头脑之中,别处找不到。过去事物的现在便是记忆,现在事物的现在便是感觉,将来事物的现在便是期望。"① 此外,在第 2 至第 5 动向中,叶维廉先生释读以下面这些句子的开篇:"富于和谐的变化""捉不到时间完整的认识","空茫的薄暮占领着花园"和"说话照旧移动"。②

三 "诉诸古代的神话"③

《〈艾略特方法论〉序说》(1960 年)是叶维廉先生根据他 1960 年在台湾师范大学完成的英文版硕士学位论文《艾略特方法论》(*T. S. Eliot: A Study of His Method*) "用中文重写而成"④ 的一篇绪论。叶维廉先生《艾略特方法论》一书通过发掘艾略特"诗的骨骼与方法"来讨论艾略特的重要诗篇。叶维廉先生发现,艾略特在《但丁》("Dante",1929 年)一文中强调一首诗中骨骼(scaffold)的重要性,并且认为只有从《神曲》的"原委和结果"中挖掘出一个"构架来——亦即是促成'一切情绪作有秩序的展露'的方法",我们才能够正确地理解它。此外,叶维廉先生注意到,艾略特曾经在未发表过的《克拉克演讲稿》中公开承认"但丁是构成他的文学背景之一部分"⑤。因此,叶维廉先生希望把表面上貌似充满着"多样性及分歧性"的艾略特诗歌"复归于一个和谐之个体",进而审视艾略特在诗歌创作中是否像但丁一样,做到"一切情绪作有秩序的展露"。首先,叶维廉先生认为,诗人的创作方法或者技巧取决于每个"具有特别的、个人的先见的诗人,［是］如何感应当代历史中的社会动力"⑥,换言之,取决于诗人与社会之间互为因果的关系:"当代历史的独

---

① ［古罗马］奥古斯丁:《忏悔录》,周士良译,商务印书馆1981年版,第247页。
② 叶维廉:《叶维廉文集》第三卷,安徽教育出版社2002年版,第11—13页。
③ 叶维廉:《叶维廉文集》第三卷,安徽教育出版社2002年版,第41—42页。
④ 叶维廉:《叶维廉文集》第三卷,安徽教育出版社2002年版,第40页。
⑤ 叶维廉:《叶维廉文集》第三卷,安徽教育出版社2002年版,第40页。
⑥ 叶维廉:《叶维廉文集》第三卷,安徽教育出版社2002年版,第41页。

特性""诗人个人气质的独特性"和"这两种动力所造成的进退维谷的境遇"。① 因此，艾略特厘清了第一次世界大战后西方现代主义诗人所面临的困境："我们只能说，我们现有文化下的诗人们，显然必须变得难懂。"②

叶维廉先生认为，战前欧洲的文化基形是"有限的、固定的"，然而第一次世界大战后现代诗人所面临的是战前文化基形消退后所留下的一个凌乱混沌的"皇位空虚时代"。此外，由于科学技术突飞猛进及人类学、社会学和新哲学的兴起，拓展了人们的视野，诗人们看到了一个包罗万象的世界，一个不仅包含着部分过去的世界，而且包含着人类全部历史的过去，一个不仅熟悉本国艺术的世界，而且熟悉世界各国艺术的世界。因此，在叶维廉先生看来，诗人的职责就是要：

> 找出一个能包罗其所感应的分歧多样的经验总和之统一的基形，一个能"包孕极大变化及繁复性"的骨骼。诗人必须同时表露社会面之痛楚及极内精神之刀搅，并借以展示背后具有一共同原理之各层经验，使二者妥协合一。艾氏把表面的繁复性记录下来或加以评价，然后就设法回到一个根，与"生命之源"交通。首先他介入一束代表层层经验，暴露现代社会"不洁性"的感觉意象（Sensory Images），然后穿过感受性与想象而提升至"绝对"之共相，如此，他就可以同时兼及抽象了的"纯粹性"和意象之"不洁性"。③

叶维廉先生的这段论述不仅体现了他对艾略特诗学思想核心观点的精准理解，而且也可谓画龙点睛式地总结了艾略特诗歌创作的核心方法。从艾略特《玄学派诗人》（"The Metaphysical Poets"，1921年）一文中的引文来

---

① 叶维廉：《叶维廉文集》第三卷，安徽教育出版社2002年版，第41页。

② 叶维廉：《叶维廉文集》第三卷，安徽教育出版社2002年版，第41页。叶维廉先生此处翻译引用了艾略特《玄学派诗人》中的一段话："我们只能说，我们现有文化下的诗人显然必须变得难懂；我们的文化包孕着极大的变化与繁复性，而这种变化与繁复性，一经通过细致的感受性，自然会产生多样的复杂的结果。诗人必须更加渊博、更具暗指性、更间接，因而以之迫使（必要时甚至混乱）语言来达成意义。"参见李赋宁先生译文，见本书稿第36页。

③ 叶维廉：《叶维廉文集》第三卷，安徽教育出版社2002年版，第41—42页。

看，艾略特认为，现代社会文化"包孕极大变化与繁复性"（comprehends great variety and complexity），换言之，现代社会是复杂多变的，那么要再现这么一个复杂多变的现代社会的诗歌艺术形式也应该是复杂多变的，因此诗人"必须变得难懂"（must be difficult），"必须更加渊博，更具暗指性，更间接"（more comprehensive, more allusive, more indirect），而且诗人甚至可以为了更好地呈现诗歌主题和内容而"打乱语言的正常秩序"①。那么，在叶维廉先生看来，现代诗人的责任是要在"分歧多样"和凌乱无序的现代文明中寻找并且重新建构一个有序的"统一的基形"，一个能够包容"极大变化及繁复性"的"骨骼"，一个能够同时揭露现代文明之"痛楚"和现代人内心深处之"刀揽"，或者说一个能够将现代文明之"痛楚"和现代人内心深处之"刀揽"融为一体的"骨骼"。艾略特的诗歌不仅通过感觉意象再现了现代社会层层经验的"不洁性"，而且能够通过诗人的想象，穿过层层的感觉意象，去窥见"生命之源"，最终把感受性（诗人所感应的事物）和想象（诗人想象的事物）融为一体，变成"'绝对'之共相"，将社会意象的"不洁性"与抽象艺术的"纯粹性"融为一体并点化成现代诗歌的原型"骨骼"。

那么，现代诗人如何才能在第一次世界大战后那个复杂多样、凌乱无序的西方现代社会中重新建构一个有序统一的诗歌原型"骨骼"呢？叶维廉先生认为，"艾氏诉诸古代的神话"②，并且认为艾略特是从弗雷泽（James Frazer）的《金枝》（*The Golden Bough*）和韦斯顿（J. Weston）的《从仪式至传奇》（*From Ritual to Romance*）这两本书中获得的启示。在《〈荒原〉与神话的应用》（1961年）一文中，叶维廉先生写道："神话一词源出mythos，是一个字的意思，初民在生活中体验到一些永久不变的情感、情境，相同的形状呈现在不同的事件里，初民为了记下这些形状结构相仿的情感、情境，在没有文字之前，用一个故事把它包孕起来，以便传述。"③ 如此看来，神话首先是一个故事（story），一个蕴含着古代人民在社会生活中体验的一些永恒不变却可以呈现在不同事件上的情感和情境的

---

① ［英］托·斯·艾略特：《艾略特文学论文集》，李赋宁译，百花洲文艺出版社1994年版，第24—25页。
② 叶维廉：《叶维廉文集》第三卷，安徽教育出版社2002年版，第41—42页。
③ 叶维廉：《叶维廉文集》第三卷，安徽教育出版社2002年版，第80—81页。

故事。词典学家将神话定义为:"通常指一个蕴含着某些貌似真实的历史事件的传统故事,其目的是体现一个民族的某种世界观,或者解释某种社会实践、信仰,或者自然现象。"① 实际上,神话的起源是神秘的;神话故事并不是基于真实的历史事件或者英雄人物,因此它所传述的信念、观点或者理论都是虚构的;神话只能解释为古人对自然现象和社会生活的某种天真的解释和美好的向往。尽管如此,虽然带有一些神秘、天真、美好的元素,但是神话仍然描述了古人的世界观。假如希腊罗马神话仅仅是一系列关于宇宙世界的神秘变化和喋喋不休的诸神争吵故事的话,它们也就没有太多值得阅读和研究的价值了。我们之所以对希腊罗马神话感兴趣,就是因为它们蕴含着古代希腊和罗马人的世界观,就是因为希腊罗马神话中那些英雄人物和那些受冤屈的女性,以及那些无比强大却又随心所欲、令人恐惧的诸神的原型形象,为我们展示了古代希腊和罗马人是怎样看待他们自己及他们与宇宙世界的关系的。尽管宗教史学家常常对某个具体的神话故事的解读有不同的看法,但是他们往往最终达成共识,认为所有的神话都是通过其象征性和寓言性的语言在某个特定的文化中传达着超验的意义,体现出神话故事具有其集体无意识的共同的世界观和价值观。神话故事往往原本是口传的故事,其主人公常常具有超人的属性,其背景也具有非现实的超自然特点。

有意思的是,在《圣经·新约》中,英语单词 myth(希腊语 mythos)却是个贬义词②,具有负面的意义,可以解释为"编造的话;谎言;谣言"③,信仰被描写为想入非非、无凭无据,甚至是荒唐的话语。比如,《提摩太前书》第 1 章第 3—4 节("提醒防备假教法师")中就说:"我往马其顿去的时候,曾劝你仍住在以弗所,好嘱咐那几个人不可传异教,也不可听从荒渺无凭的话语和无穷的家谱。"④ 其中,新国际版《圣经》(NIV) 第 4 节的英文译文为:"nor devote themselves to myths and endless

---

① Frederick C. Mish, Editor-in-Chief, *Merriam-Webster's Collegiate Dictionary*, 11th ed., Springfield (Mass.): Merriam-Webster, 2003, p. 822.
② 参见 *The ESV Study Bible*, Wheaton (Illinois): Crossway, 2008。
③ 陆谷孙主编:《英汉大词典》,上海译文出版社 2007 年版,第 1284 页。
④ 《圣经·新约》(中英对照·和合本·新国际版),香港:国际圣经协会 1998 年版,第 366 页。

genealogies."① 这里与英文单词"myths"相对应的中文译文为"荒渺无凭的话语"。同样,在《提摩太后书》第4章第4节和《提多书》第1章第14节中,与英文单词"myths"相对应的中文译文为"荒渺的语言";在《彼德后书》第1章第16节中,相对应的中文译文为"捏造的虚言"②。从以上这些例子看,"myth"常常被用来批评不道德的行为。然而,在《圣经·旧约》中,如果说神话具有非世俗的超自然特点,那么只有《创世记》第1章至第2章第4节部分可以被称为神话,因为故事的背景是超自然的宇宙世界,而且主人公是神,是一个万能的超人。除此之外,似乎所有的旧约故事都是记载历史中的人物和事件。然而,事实并非如此,我们仍然可以说《创世记》第2章第4节至第11章第9节是一个神话故事,因为这里讲述的伊甸园的故事(创2:4b-3:24)、诺亚方舟的故事(创6:5-9:17)和巴别塔的故事(创11:1-9)都具有神话色彩。这些旧约故事同样蕴含着一些超凡脱俗的元素,比如,伊甸园中人类的第一个家园和建造巴别塔的示拿平原(the plain of Shinar)都很难理解为我们现实中的具体地点。再如,人类始祖被逐出天堂的日期和洪水泛滥的年份也无法在历史中找到准确的答案。此外,虽然说亚当、夏娃、诺亚及建造巴别塔的古人们都不是神,但是他们的寿命却远远超出常人,而且我们还能看到上帝为亚当和夏娃制作衣裳,并且听到上帝与诺亚的直接对话。显然,《创世记》前11章中带有明显的神话色彩,而且这种神话色彩在以色列民族古代近东邻邦埃及、迦南,特别是俗称"两河流域"的美索不达米亚民族的神话系统中同样随处可见。

叶维廉先生认为,在弗雷泽等人看来,"神话的构成是人类某种情境的体现,这种体现了的情景是原始类型(Archetypes)"③,或可简称原型,以后许多表面歧异的现象、情境,往往都是这些原型的变化。以神话本身为例,神话不下千个,但细看之下,它们都是由一个基本类型演

---

① 《圣经·新约》(中英对照·和合本·新国际版),香港:国际圣经协会1998年版,第366页。

② 《圣经·新约》(中英对照·和合本·新国际版),香港:国际圣经协会1998年版,第417页。

③ 叶维廉:《叶维廉文集》第三卷,安徽教育出版社2002年版,第41—42页。

变出来的。① 美国著名的圣经文学专家利兰·莱肯（Leland Ryken）教授在《圣经文学形式手册》一书中是这样定义"原型"（Archetype）的："一种重复出现的情节模式（如寻求或者诱惑）、人物类别（英雄或者暴君）、意象（光明或者黑暗），或者再宽泛一点说，还包括背景（罪恶的城或者天堂的园子）。原型的重要元素是它在文学作品和生活中重复出现。"②毫无疑问，《圣经》中的原型十分重要。从修辞学的视角来说，原型的复现是一种重复、一种十分有效的强调手段。在《圣经》中，这种原型主题、背景、情节、人物、意象的重复出现实际上是对《圣经》所蕴含的普世性的人生经验和意义的建构和赞美。它有利于让读者厘清贯穿于《圣经》全书或者任何一部文学作品中的核心主题。此外，识别一部文学作品中的各种原型还能够让读者在阅读中对蕴含着同样原型的文学作品产生丰富的互文联想。《圣经》原型具有复现和互文的特征，希腊罗马神话中的各种原型也同样具有这种复现和互文的特征，同样传递着各种文明中具有永恒意义的元素。或许，艾略特是"从这个认识出发，把许多歧异的现代经验与情境接源到古代的神话而赋予一种恒久的意义"③。

四 "秩序的展露"④

在《〈荒原〉与神话的应用》（1961年）一文中，叶维廉先生首先引用了两段艾略特的文学批评话语：第一是艾略特《但丁》（1929年）一文中的"一个架构……让一切情绪作有秩序的展露"⑤；第二是艾略特《论乔伊斯的〈尤利西斯〉》一文中关于诗歌创作中使用神话的作用和目的："用神话，在现代性和古代性之间掌握着一种持续的平行状态，乔伊

---

① 参见叶维廉《叶维廉文集》第三卷，安徽教育出版社2002年版。
② 笔者译自：Leland Ryken, *A Complete Handbook of Literary Forms in the Bible*, Wheaton (Illinois): Crossway, 2014, p. 27.
③ 叶维廉：《叶维廉文集》第三卷，安徽教育出版社2002年版，第41—42页。
④ "the most ordered presentation of emotions." (*The Sacred Wood*, London: Methuen & Co LTD, 1969, p. 268)
⑤ T. S. Eliot, "Dante", *The Sacred Wood*, London: Methuen, 1920, p. 168. 原文："this scaffold…is an ordered scale of human emotions." 参见叶维廉《叶维廉文集》第三卷，安徽教育出版社2002年版。

斯（James Joyce，1882—1941年）所用的方法必被后人效法……这是控制、安排，处理现代历史广大的混乱和徒然感，并赋以形义的一种方法……代替了叙述的方法，我们现在可以用神话的方法。我确实认为这是把现代世界变为可以做艺术素材的手段。"① 叶维廉先生认为，艾略特是为了"要找出一个架构来组合现代零碎复杂的经验"，才提出了采用"神话的方法"，引文中所谓的"平行状态是把现代生活的事件与古代神话的事件相联或并置，使人突悟其间的相似性而又带有迥然不同的含义"②。在艾略特看来，这么做就能够"同时解决结构和意义的问题"，也就是说，可以让原本受时空限制的琐碎的事件能够呈现出永恒的意义。③ 叶维廉先生的这两段引文准确地概述了艾略特在诗歌创作中使用神话架构的目的。假如我们再回到艾略特《但丁》一文中去，我们还会发现，艾略特坚信但丁的这个架构是一个"最为无所不包和最为有序的一切情绪的展露"④。不仅如此，在《但丁于我的意义》（1950年）一文中，笔者发现，艾略特谈到但丁对他创作《荒原》的影响时说："我当然从他［但丁］那里借用过一些诗句，试图重现某种但丁式的场景，说得更确切一点是要在读者心中激起对那场景的回忆，从而在中世纪的地狱和现代生活之间建立一种联系。"⑤ 实际上，艾略特在《荒原》中使用但丁典故的目的就是要利用对照手法，借古讽今，在读者心中呈现出一种相似的情境。比如，艾略特笔下描写伦敦城市职员从火车站拥过伦敦桥，去往办公室上班的景象，激发起诗中人的联想："我没想到死亡毁了这么多人。"（I had not thought death had undone so many）⑥ 这原本是但丁在地狱里看到不幸的芸芸众生时的感受。这些人活着的时候，不分善恶，且专门利己，毫不利人，因此但丁在《神曲·地狱篇》第3篇第55—57行写道："这样长的/

---

① 叶维廉：《叶维廉文集》第三卷，安徽教育出版社2002年版，第80页。
② 叶维廉：《叶维廉文集》第三卷，安徽教育出版社2002年版，第80页。
③ 叶维廉：《叶维廉文集》第三卷，安徽教育出版社2002年版，第80页。
④ 原文："Dante's is the most comprehensive, and the most *ordered* presentation of emotions that have ever been made。"（*The Sacred Wood*，London：Methuen & Co LTD，1969，p. 168）
⑤ ［英］托·斯·艾略特：《但丁于我的意义》，陆建德译，载陆建德主编《艾略特论文集·论文》，上海译文出版社2012年版，第154页。
⑥ T. S. Eliot, *The Complete Poems and Plays 1909–1950*, New York：Harcourt, Brace & World, Inc., 1971, p. 39.

一队人，我没想到/死亡竟毁了这许多人。"①

叶维廉先生认为，"神话往往是一条隐藏的线，把繁复杂乱不和谐不统一的片面经验接连起来，而所谓'同'，不是一对一的细节全部地重现，而是由于片面的相同，接上了原始类型故事的意义群以后，大量地发挥现有事件的特殊肌理"②。那么，在《荒原》的创作过程中，艾略特是如何考虑在第一次世界大战后西方现代社会的荒原上把那些"繁复杂乱不和谐不统一的片面经验"，或者用艾略特的话说就是"一堆破碎的偶像"③接源到"原始类型故事的意义群"里去呢？他又是如何考虑从大量充分发挥的"现有事件的特殊肌理"中，重新建构一个有序、和谐、统一的现代诗歌艺术的原型"骨骼"呢？一句话，艾略特在《荒原》一诗中是如何"诉诸古代的神话"④呢？首先，是韦斯顿（J. Weston）的《从仪式至传奇》（*From Ritual to Romance*）一书。在叶维廉先生看来，这本书中关于追寻"圣杯"（Holy Grail）的传奇故事原本记载的是关于神秘生命的启蒙仪式，叙述一个王国所面临的命运危机，大地变得干旱无水荒芜，因为统治者"渔王"（Fisher King）被一支茅刺伤而失去性功能并且卧床不起。然而，大地的复苏必须等待渔王治愈，而渔王治愈又必须等待一位武士的出现。这位武士是一位追索者（quester）。为了追寻圣杯并最终揭示圣杯的意义，这位武士必须历尽磨难，经受痛苦的考验，包括通过"凶险教堂"（Chapel Perilous）。此外，在这本书中，水是"赋生的象征"，鱼是"水的另一关联象征"，基督是"永生、死和复活的象征"，渔王是"基督的化身"，武士追寻象征着一位圣杯持护者的引领，而这个圣杯持护者往往是一位女性。其次，是弗雷泽的《金枝》一书，其中关于阿多尼斯（Adonis）、阿蒂斯（Attis）和奥锡利斯（Osiris）神话的章节中，主要叙述这几位植物神的属性、特征和以下关于植物生长的祭祀仪式：

---

① 黄宗英注释：《荒原》，载胡家峦编著《英国名诗详注》，外语教学与研究出版社 2003 年版，第 570 页。
② 叶维廉：《叶维廉文集》第三卷，安徽教育出版社 2002 年版，第 82 页。
③ 原文："A heap of broken images。"《荒原》第 22 行。
④ 叶维廉：《叶维廉文集》第三卷，安徽教育出版社 2002 年版，第 41—42 页。

原始启蒙的魔术相信植物生长死亡与季节的循环相同。

植物生长被拟人化而发展出种种仪式——后来神秘宗教的起源。

象征的应用——"性"被视为"丰收"的象征。

人取代了植物繁殖之神而被视为神的代表。

一旦仪式被违反，代替神的人将会死，土地将受天罚。

一个年轻的武士，经过许多痛苦的考验后，获得了救赎该荒原的水，然后取代死去的王，而被视为"王之复活"。[1]

由此可见，这两部关于祭祀仪式神话著作的核心主题是："王和国土的命运完全要依赖一位年轻武士的追索——对于性（因为渔王性无能的缺憾有待他得圣杯才可复原），对于文化及精神的救治。"[2] 而"在环绕着荒原所有的事件中，最重要的莫过于'追索'这一行动"[3]。因此，在艾略特的《荒原》中，诗人就扮演着诗中"追索者"的角色，为生活在大地苦旱、人心枯竭的现代荒原人"追索有关性、文化、精神方面的救治"。叶维廉先生把《荒原》中诗（中）人的追索分为两种：第一种是面对西方现代社会荒原上充满着有性无爱或者有爱却不能有性的许多两性关系案例，诗（中）人希望通过不懈的追索能够获得一种性与爱神圣结合并且获得重生的生命意义；第二种追索是"希望通过'信仰'的重认"[4]。叶维廉先生认为，诗人及融入诗中的种种角色"都没有追索成功"。根据叶维廉先生《荒原》汉译本的开篇诗行，我们看到了艾略特笔下原本应该春暖花开的阳春四月却变成了"最残忍的月份"，摆在读者眼前的不是万紫千红、万物复苏的春天，而是"从这荒废的乱石中长出"（grow/Out of this stony rubbish）的"一堆破碎的象"（A heap of broken images）；而且在这首诗歌的结尾，我们所看到的也不是追索者的成功追索，不是一种充满着性与爱的神圣结合，而是诗（中）人"我"把"这些片段""聚合起来支持我

---

[1] 叶维廉：《叶维廉文集》第三卷，安徽教育出版社2002年版，第83页。
[2] 叶维廉：《叶维廉文集》第三卷，安徽教育出版社2002年版，第84页。
[3] 叶维廉：《叶维廉文集》第三卷，安徽教育出版社2002年版，第84页。
[4] 叶维廉：《叶维廉文集》第三卷，安徽教育出版社2002年版，第84页。

的残垣"①,或者是那位"又疯了"的"西亚朗尼摩"②。因此,不论是开篇从荒废的乱石中长出来的一堆堆"破碎的象",还是结尾"聚合起来支持我的残垣"的"这些片段",艾略特笔下的现代西方"荒原"社会始终是一个大地苦旱、人心枯竭的人间地狱。"破碎的象"也好,"这些片断"也罢,都只能"是偶然一闪的暗示",始终无法呈现一种"完整的意义"。然而,在《荒原》中扮演着一个又一个失败的追索者的神话人物似乎始终面临着一种虽生犹死,甚至是生不如死的生命观景。这种失败的追索,"表示由死到复活这个循环之不能完成"③,同时也构成了贯穿于全诗始终的一种十分强烈但现代荒原人又无力挣脱的情感困境,他们求生不成,求死不得,求再生仍旧无望。实际上,笔者认为,艾略特《荒原》中的人间地狱之门就是在这种生命光景中打开的:

NAM Sibyllam quidem Cumis ego ipse oculis meis vidi in ampulla pendere, et cum illi pueri dicerent: Σίβνλλα τί θέλεις; respondebat illa: άποθανειν θέλω.④

叶维廉先生译文:

因为在甘梅城中我亲眼看见那个女巫被吊在一个笼里,
对男童所问:"女巫,你想怎样?"老是回答:"我想死。"⑤

---

① 原文:"These fragments I have shored against my ruins。"译文引自叶维廉译《荒原》,《众树歌唱:欧美现代诗100首》,人民文学出版社2009年版,第100页。
② 原文:"Hieronymo's mad again。"译文为:"西亚朗尼摩又疯了。"是基德(Kyd)《西班牙悲剧》的副标题。剧中描写西亚朗尼摩为了报被杀之仇,故意装疯卖傻,写了一个剧本,自己扮演一个角色,杀死了谋杀者。译文引自叶维廉译《荒原》,载《众树歌唱:欧美现代诗100首》,人民文学出版社2009年版,第100页。
③ 叶维廉:《叶维廉文集》第三卷,安徽教育出版社2002年版,第84页。
④ T. S. Eliot, *The Complete Poems and Plays 1909–1950*, New York: Harcourt, Brace & World, Inc., 1971, p. 37.
⑤ 叶维廉:《叶维廉文集》第三卷,安徽教育出版社2002年版,第84页。赵萝蕤先生的译文:"是的,我自己亲眼看见在古米有一个西比儿吊在笼子里,当孩子们问她:西比儿,你要什么?她回答说:我要死。"(黄宗英编:《赵萝蕤汉译〈荒原〉手稿》,高等教育出版社2013年版,第23页)

这段题词引自古罗马作家佩特罗尼乌斯创作的欧洲第一部喜剧式传奇小说《萨蒂利孔》(*Satyricon*) 第 48 章。叶维廉先生认为，女巫西比儿（Sibyl）是甘梅岩的镇守者，这让人联想起圣杯的持护者，因为她曾帮助史诗里的英雄，包括特洛伊战争中英雄埃涅阿斯（Aeneas），追寻生命的意义；同时，西比儿也是地狱之门（死与复活之门）的守护者。然而，最大的讽刺是，日神阿波罗给了西比儿永恒生命，却让她的身体日夕枯槁而不死，她只能帮助别人找到救治的途径，却无法自助，因为她被困在笼子里，而她想死（而再生）的可能性完全没有，因为她注定永生![1] 然而，死而再生这一原本是基督教义中最伟大的理念似乎始终是艾略特诗歌中的核心主题。它实际上也起源于原始时代一些关于植物生长的繁殖神话（Vegetation myths）和丰沃神话（Fertility myths）。在古代神话系统中，一个得势的神话（如耶稣基督的神话）常常是一个已失势的神话［如伊希斯（Isis）和奥西里斯（Osiris）的神话］的翻新。[2] 有关古代埃及掌管生育与繁殖的女神伊希斯和古埃及冥神与鬼判奥西里斯神话的说法不一。一说伊希斯与她的兄弟及她丈夫奥西里斯同为天地所生，后来结为夫妻，可是奥西里斯不久就被他的兄弟塞特（Set）分尸杀害了。塞特却是古代埃及的邪恶之神，人身兽头，口鼻似猪，然而伊希斯最终还是把她丈夫奥西里斯尸体的各个部分全部找回并通过神奇的魔术将其还原并且复活。这个神话故事告诉我们任何现代生活的形态似乎必然可以在古代神话系统中找到原型。实际上，这就是艾略特在《尤利西斯，秩序与神话》（"Ulysses, Order, and Myth", 1923 年）一文中称之为"神话方法"（the mythic method）的叙事手法。艾略特认为，使用神话来保持"一种现代性与古代性之间一种持续的平衡状态（a continuous parallel）"可以为现代作家提供"一种控制、安排、赋形赋义的方法（a way of controlling, of ordering, of giving a shape and significance to）来再现当代历史中普遍存在的那种无序徒然的生命光景"[3]。

---

[1] 参见叶维廉《叶维廉文集》第三卷，安徽教育出版社 2002 年版。
[2] 参见叶维廉《叶维廉文集》第三卷，安徽教育出版社 2002 年版。
[3] ［英］托·斯·艾略特《尤利西斯，秩序与神话》一文的结论，参见 Russell Elliott Murphy, *T. S. Eliot, A Literary Reference to His Life and Work*, New York: Facts on File, 2007.

五 "独特的诚实"

1960年，叶维廉先生发表过一篇题为"艾略特的批评"的论文，其目的是要说明一些批评家和读者对艾略特文学批评观点的"困惑与怀疑"。艾略特是一位"诗文并著的诗人"，写下了不少颇具规模的文学理论文章来为他自己的诗歌创作辩护。正如他在《诗的音乐》（"The Music of Poetry"）一文中的自白："在他关于诗人的评论中……他必不断地设法维护他所写的诗，同时把他欲获致的诗类划出。"[①] 首先，叶维廉先生发现，艾略特"后期的批评文字提出了许多与他早期批评文字颇为相反的看法"。在1921年发表的《玄学派诗人》一文中，"他极赞约翰·唐恩（John Donne）及马佛尔（Andrew Marvell），而大肆攻击轲连士（William Collins）、格莱（Thomas Gray）、华兹华斯（William Wordsworth）、丁尼生（Alfred, Lord Tennyson）甚至叶芝（William Butler Yeats）。其理由是：后者未能如前者一样去'感受'他们的思想"[②]。然而，当英国BBC电台1937年请他列举英国伟大的诗歌例子时，艾略特却"不假思索地举出华兹华斯的《决心与自主》（'Resolution and Independence'）及柯尔律治的《沮丧：一首颂歌》（'Dejection: An Ode'）"。在叶维廉先生看来，"一个对于经验感受特强的诗人，在他一生不同的阶段中必然会发现不同的世界……早年的艾略特惊服于唐恩的感受性微妙的融合，后来他开始注意但丁和莎士比亚的直接语势，他又转向华兹华斯"[③]。其次，艾略特一面强调"泯灭个性"（extinction of personality）的重要性，一面却坚信个人经验可以化为一个"伟大的象征"[④]。关于这第二点矛盾，叶维廉先生认为，这是任何一位诗人成长过程所必须经历的一个"追索—认可—扬弃"的过程。这个过程是"对于宇宙之'原'，对于'永久的''超脱时间的''属于精神的'事物之深探与浅出。这些事物的'真质'既存在于传统的过去，亦存在于因袭的现在，这是艾氏所有文学理论的起点"[⑤]。在艾略

[①] 叶维廉：《叶维廉文集》第三卷，安徽教育出版社2002年版，第48页。
[②] 叶维廉：《叶维廉文集》第三卷，安徽教育出版社2002年版，第49页。
[③] 叶维廉：《叶维廉文集》第三卷，安徽教育出版社2002年版，第49页。
[④] 叶维廉：《叶维廉文集》第三卷，安徽教育出版社2002年版，第49页。
[⑤] 叶维廉：《叶维廉文集》第三卷，安徽教育出版社2002年版，第49页。

特看来，艺术家的使命并不在于留恋过去，而在于寻求新的秩序重新建设并且调整那"真实"的过去，因此艺术家必须以不断比对过去与现在的办法去获得对现代世界的意识，而传统应该被视为"超脱时间的事物"之延展；真正的传统诗人应该是一个具有"历史眼观"（historical sense）的诗人。所谓"历史眼观"是"一种时间观念，也是一种超脱时间的永恒感，甚而是永恒与时间合一的感觉"①，因此，叶维廉先生认为，"这也是唯一使事物之内在实质与真性获得表达的办法"②。

除了艾略特的时间理论之外，叶维廉先生认为，艾略特在《传统与个人才能》一文中还就人与诗人、经验与艺术、情绪与感觉之间做了区别，其结论成为他其他文学批评理论的基础。首先，是"泯灭个性"的理论："事实上诗人应不断献身于一件比他自己更有价值的东西。艺术家发展的过程是继续不断地自我牺牲，继续不断地泯灭自己的个性。"③ 在艾略特看来，作为一个普通人，诗人的生命似乎可以与传统无关，但是作为一个诗人，就不能这样。诗人必须在所有传统的材料中创造一个崭新的传统，必须活用所有的个人经验来表达人类经验中共通的基本真实，因此诗人的心灵实际上就是"一个用来掌握和隐藏无数情感、片语和意象的库房……集合起来形成一种新的组合"④。诗人的心灵是一种媒介，能够"促使粗糙的个人经验溶进一个有意义的基形"之中。在《莎士比亚与塞内加的斯多葛主义》（"Shakespeare and the Stoicism of Seneca"，1927年）一文中，艾略特就与"泯灭个性"理论息息相关的思想与情感之间的重要区别进行了论述。他认为诗人背后的思想或者哲学，不论其伟大与否，都不足以判断其诗歌的伟大与否，而真正起决定性作用的因素在于诗人是否能够为其思想找出一个"情感的等值"（emotional equivalent）。用艾略特的

---

① T. S. Eliot, "Tradition and The Individual Talent", *Selected Essays*, London: Faber and Faber, 1932, p. 14.
② 叶维廉：《叶维廉文集》第三卷，安徽教育出版社2002年版，第49页。
③ 叶维廉先生译自 T. S. Eliot's "Tradition and The Individual Talent", *The Sacred Wood*, London: Methuen & Co LTD, 1969, pp. 52–53。
④ 叶维廉：《叶维廉文集》第三卷，安徽教育出版社2002年版，第52页。叶维廉先生译自 T. S. Eliot's "Shakespeare and the Stoicism of Seneca", *Selected Essays*, London: Faber and Faber, 1932, p. 135。

话说，就是"能够表达跟思想等值的情感"①。在艾略特看来，"思想"和"情感"同样重要，但丁是这样，莎士比亚也是这样。在文章中，艾略特有这么一个大胆的假设：

> 如果莎士比亚依据比较像样的哲学来写作，他就会写出不像样的诗来；他的本分是表达他那个时代中最浓烈的感情，不管依据的是当时的什么样的想法。诗歌并不像刘易斯先生（Mr. Lewis）或者默里先生（Mr. Murry）有时所设想的那样，是哲学，或是神学，或者宗教的代用品。它有它自己的功能。不过这是感情上的，并不是理智上的功能，所以不能用理智的语言来充分说明它。②

在《莎士比亚，或者诗人》（"Shakespeare, Or A Poet", 1850年）一文中，19世纪美国超验主义诗人爱默生也曾经说过："诗人是一颗与他的时代和国家气脉相应的心（a heart in unison with his time and country）。在他的作品中，没有什么想入非非的东西，而只有酸甜苦辣的认真，充满着最厚重的信仰，指向最坚定的目标，而这个目标也是他那个时代任何个人和任何阶级都了解的目标。"③ 在《莎士比亚与塞内加的斯多葛主义》一文中，艾略特说："伟大的诗人在写他自个儿的时候，就是在写他的时代。"④ 他号召每一个诗人都应该向但丁学习，"把［诗人］本人的动物的欲望变成带有永恒性、圣洁性的东西的大胆意图"，同样，应该向莎士比亚学习，必须投入一种创造诗人生命的挣扎，努力把诗人"个人的私心的痛苦化做丰富的、奇异的、具有共通性的和泯灭个性的东西"⑤。即便是在《荒原》中描写西方现代上流社会的空虚、失望和迷茫，或者是市井

---

① 原文："The poet who 'thinks' is merely the poet who can express the emotional equivalent of thought."（*Selected Essays*, Landon: Faber and Faber, 1932, p. 135）

② ［英］托·斯·艾略特：《莎士比亚与塞内加的斯多葛主义》，方平译，载陆建德主编《艾略特文集·论文》，上海译文出版社2012年版，第170页。

③ 黄宗英等译：《爱默生诗文选》，高等教育出版社2018年版，第403页。

④ ［英］托·斯·艾略特：《莎士比亚与塞内加的斯多葛主义》，方平译，载陆建德主编《艾略特文集·论文》，上海译文出版社2012年版，第170页。

⑤ 原文："to transmute his personal and private agonies into something rich and strange, something universal and impersonal."（See *Selected Essays*, London: Faber and Faber, 1932, p. 137）

小人的卑鄙、狼狈和麻木不仁，艾略特似乎也从来没有放弃挖掘他在英国浪漫主义诗人威廉·布莱克（William Blake，1757—1827 年）诗歌中所发现的一种所谓"伟大的诗所具有的那种不愉快感"（the unpleasantness of great poetry）。比如，在布莱克的《经验之歌》（Songs of Experience）中《伦敦》（"London"）一诗的最后一段，布莱克是这样写的：

> But most thro' midnight streets I hear
> How the youthful Harlot's curse
> Blasts the new-born Infant's tear,   15
> And blights with plagues the Marriage hearse. ①

杨苡先生译文：

> 但更多的是在午夜的街道上我听见
> 那年轻的娼妓是怎样地诅咒
> 摧残了新生儿的眼泪
> 用疫疠把新婚的柩车摧毁。②   15

叶维廉先生发现，艾略特在《威廉·布莱克》（"William Blake"，1920 年）一文中引用了以上 4 行诗歌并且"大加赞扬，因为他把'人'赤裸裸地展示出来"③。布莱克的《伦敦》是一首政治诗。诗人以他自己在伦敦每天亲眼看到的社会不公平现象为象征，写出了当时伦敦百姓的一种心理状态："我漫步走过每一条特辖的街道，/附近有那特辖的泰晤士河流过/在我所遇到的每一张脸上，我看到/衰弱的痕迹与悲痛的痕迹交错。//每一个成人的每一声呼喊，/每一个幼儿恐惧的惊叫，/在每一个声音，每一道禁令里面/

---

① 赵萝蕤译：《荒原》，载黄宗英编《英美诗歌名篇选读》，高等教育出版社 2014 年版，第 178—179 页。
② [英] 威廉·布莱克：《天真与经验之歌》，杨苡译，湖南人民出版社 1988 年版，第 164 页。
③ 叶维廉：《叶维廉文集》第三卷，安徽教育出版社 2002 年版，第 50 页。

我都听到了心灵铸成的镣铐。"① 这是这首诗歌的前 8 行，诗人首先用"特辖的"（charter'd）一词来修饰伦敦的街道和泰晤士河，意指在伦敦这么一个国际金融中心里，商业世界中的各公司和契约对个人所施加的压力和限制。人们戴着沉重的"心灵铸成的镣铐"，生活在"恐惧的惊叫"和"与一道禁令"之中，而被镣铐桎梏的心灵甚至把婚床视为囚车或者灵车。显然，这是诗人布莱克对工业文明给人们的生活带来的恶果所发出的最为直言不讳的抗议，而在艾略特引文的最后 3 行诗歌中，我们看到了那年轻娼妓的诅咒不仅给新生的婴儿带来了灾难，而且也给新婚的情人带来了致命的"疫疬"（"新婚的柩车"把婚礼比作葬礼）。在布莱克的笔下，伦敦这座现代化的国际大都市已经沦为一座物欲横流、人性堕落的人间地狱。② 叶维廉先生认为，布莱克之所以在文章中备受艾略特的赞扬，"不仅因为他的诗以人类的价值为依归，更重要的是：其间有'一种独特的诚实'，这种诚实在这恐惧得令人无法诚实的世界中，特别显得可怖"③。这种"独特的诚实"是一种"整个世界都在暗暗反对的诚实，因为它使人不快（unpleasant）"④。在艾略特看来，任何病态的、反常的和荒谬的东西，任何说明一个时代或者一种时尚的不健康的东西，都不具备这种品质。然而，布莱克的诗歌就具备所有伟大的诗歌所具有的那种不快感（the unpleasantness of great poetry），而这种不快感是来自布莱克这位伟大诗人卓越的去繁就简的创作技巧所创造出来的这种"独特的诚实"。在艾略特的眼里，威廉·布莱克是一个天真的人，一个有野性的人，一个修养极高却又桀骜不驯的人。或许，布莱克这种独特的人格魅力深深地打动了艾略特，而布莱克笔下这种貌似令人不快的"独特的诚实"也给艾略特笔下的《荒原》带来了"一堆破碎的象"和一座"不真实的城市"。⑤

---

① ［英］威廉·布莱克：《天真与经验之歌》，杨苡译，湖南人民出版社 1988 年版，第 164 页。
② 参见黄宗英主编《英美诗歌名篇选读》，高等教育出版社 2014 年版。
③ 叶维廉：《叶维廉文集》第三卷，安徽教育出版社 2002 年版，第 50 页。原文："It is merely a peculiar honesty, which, in a world too frightened to be honest, is peculiarly terrifying。" T. S. Eliot, "William Blake", *Selected Essays*, London: Faber and Faber, 1932, p. 317.
④ T. S. Eliot, "William Blake", *Selected Essays*, London: Faber and Faber, 1932, p. 317.
⑤ 叶维廉译：《众树歌唱：欧美现代诗 100 首》人民文学出版社2009 年版，第 80、82 页。

六 "真诗的暗示性"

1960 年，叶维廉先生在中国台湾发表了一篇题为"静止的中国花瓶——艾略特与中国诗的意象"的论文，其主要目的是"要在中国诗与艾略特诗的方法中找出一项相似点而做一平行的比较研究"，但"不涉及任何可溯源的影响［研究］"。① 虽然我们很难找到关于中国诗歌对艾略特的诗歌创作有过"如英国'玄学派诗人'那样明显可靠的影响"，也没有在艾略特的散文论著中发现关于艾略特直接受惠于埃兹拉·庞德（Ezra Pound，1885—1972 年）或者厄内斯特·费诺罗萨（Ernest Fenollosa，1853—1908 年）的"明显的表示"，但是，叶维廉先生发现，艾略特曾经"毫不迟疑地称庞德为'中国诗的发明者'（The Inventor of Chinese Poetry），并且大胆地认为'通过庞德的翻译，我们终于获得了原诗的好处'（艾略特：《埃兹拉·庞德诗选》序）"②。因此，叶维廉先生认为他的这篇论文选题是有根据的。

在叶维廉先生看来，"作为世界文学主流之一的中国诗其实也就是艾略特理想中的诗歌"③。早在他 1921 年发表的论文《安德鲁·马韦尔》（"Andrew Marvell"）中，艾略特就在 17 世纪英国玄学派诗人马韦尔的诗歌中找寻到了一种"真诗的暗示性"（the suggestiveness of true poetry）④，并且认为这种"真诗的暗示性是包围着一个熠亮、明澈的中心之灵气，那个中心与灵气是不可分的"（The aura around a bright clear center, That you cannot have the aura alone）⑤。比如，在马韦尔《少女与幼鹿》（"Nymph and the Fawn"）一诗中，马韦尔选择了一个貌似微不足道的题材，即一个少女对她心爱的一只幼鹿的感情：

---

① 叶维廉：《叶维廉文集》第三卷，安徽教育出版社 2002 年版，第 64—79 页。
② 叶维廉：《叶维廉文集》第三卷，安徽教育出版社 2002 年版，第 64—65 页。
③ 叶维廉：《叶维廉文集》第三卷，安徽教育出版社 2002 年版，第 65 页。
④ T. S. Eliot, "Andrew Marvell", *Selected Essays*, London: Faber and Faber, 1932, p. 300.
⑤ 叶维廉译自艾略特的散文《安德鲁·马韦尔》，详见《叶维廉文集》第三卷，安徽教育出版社 2002 年版，第 65 页。

> So weeps the wounded balsam; so
> The holy frankincense doth flow;
> The brotherless Heliades
> Melt in such amber tears as these.①

李赋宁先生译文：

> 受伤的香胶树就是这样流出树脂眼泪；
> 神圣的乳香树脂就是这样流出；
> 失去弟兄的太阳神三姐妹
> 融化成像这样的琥珀眼泪。②

诗中的"太阳神三姐妹"（Heliades），指希腊神话中太阳神赫利俄斯（Helios）的三个女儿。苦于她们的兄弟法厄同（Phaethon）③的死亡，这三姐妹痛哭流涕，悲痛欲绝，最终变成了三棵"受伤的香胶树"，其泪水如同琥珀般黄色的香脂，不断流出。艾略特认为，马韦尔的这几行诗蕴含着他所谓"真诗的暗示性"的特点。在艾略特看来，马韦尔在此把这位少女因失去其宠物（一只幼鹿）而伤心流涕这么一个貌似没有什么可以入诗的微小题材"和围绕在我们一切明确和具体感情周围并和这些感情混合在一起的那些像云雾一样模糊的、无穷尽的和令人恐惧的感情联系起来"④。换言之，诗中太阳神三姐妹因失去弟兄而悲痛欲绝的"琥珀眼泪"蕴含着像云雾一样模糊、无穷，甚至令人恐惧的暗示力量，而这种暗示力量就是艾略特所谓"包围着一个熠亮、明澈的中心"并且与"那个中心

---

① T. S. Eliot, "Andrew Marvell", *Selected Essays*, London: Faber and Faber, 1932, p. 300.
② ［英］托·斯·艾略特：《安德鲁·马韦尔》，李赋宁译，载《艾略特文学论文集》，百花洲文艺出版社1994年版，第40页。
③ 法厄同（Phaethon），太阳神赫利俄斯（Helios）之子，驾其父的太阳车狂奔，险使整个世界着火焚烧，幸亏宙斯（Zeus）发现这种情况并且用雷电将其击毙，使世界免遭大难。
④ T. S. Eliot, "Andrew Marvell", *Selected Essays*, London: Faber and Faber, 1932, p. 300.
［英］托·斯·艾略特《安德鲁·马韦尔》，李赋宁译，载《艾略特文学论文集》，百花洲文艺出版社1994年版，第41页。

不可分开"的"灵气"。然而，这种真诗的暗示力量是来自艾略特称之为一种"压缩的方法"所产生的意象重叠的艺术效果，即"使一连串的意象重叠或集中成一个……深刻印象"①。它能够使纯粹的诗歌，尤其是中国诗，产生强大的暗示力量。中西诗最大的区别之一就在于"中国诗拒绝一般逻辑思维及文法分析"②。也就是说，传统的中国古典诗歌存在明显的"连接媒介"的省略现象。诗人往往在诗歌行文中省略了某些动词、前置词及介系词。这是文言文的语言特征，然而正是中国古典诗歌中这种"连接媒介"的省略恰好让所有的意象能够在同一个平台上并列并且独立存在，相互之间没有任何联系。叶维廉先生认为，正是中国古典诗歌中这种貌似因"连接媒介"缺失而造成的似是而非的"无关联性"能够立刻在读者想象的脑海里形成一种"气氛"，并且能够在短短的四行诗中折射出无穷的暗示力量。③

此外，叶维廉先生认为，中西诗的另外一个区别就是中国诗能够"融会一组'自身具足'的意象（self-contained images）来达成一个总体效果"④。这种所谓"自身具足"的意象往往能够独立"背负［起］近乎一首诗的戏剧动向"，比如，杜甫《月夜忆舍弟》一诗中的"边秋一雁声"就能表达出战时的苍凉，而孟浩然《宿建德江》一诗中的"野旷天低树"就象征着人类在无穷宇宙中的微不足道。在叶维廉先生看来，这种意象就是一个"诗思"，它既独立存在，同时也为自身存在。然而，当这些独立存在的意象与诗歌元素相结合起来的时候，诗歌的寓意便更加丰富，诗歌的气象就更加恢宏。因此，叶维廉先生说："中国诗常藉这些'自身具足'的意象构成一种'情绪'或'气氛'或一种模糊不清的存在。"⑤

就诗歌意象而言，叶维廉先生认为，虽然中国古典诗歌缺乏"连接媒介"，但是中国古典诗歌的这一语言特征反而使诗中的意象能够独立存在，并且产生一种难以分清的"暧昧性"或"多义性"，以至能够带领读者在

---

① 叶维廉：《叶维廉文集》第三卷，安徽教育出版社2002年版，第61页。
② 叶维廉：《叶维廉文集》第三卷，安徽教育出版社2002年版，第62页。
③ 叶维廉：《叶维廉文集》第三卷，安徽教育出版社2002年版，第62页。
④ 叶维廉：《叶维廉文集》第三卷，安徽教育出版社2002年版，第69页。
⑤ 叶维廉：《叶维廉文集》第三卷，安徽教育出版社2002年版，第69页。

自己自由的想象世界中去重构意象之间的联系①；与此同时，中国古典诗歌中"自身具足"的意象不仅体现了诗人与世界之间的"纯然"关系，而且"增高［了］诗之弦外之音"②。那么，这种理论是否能够在艾略特的诗歌中找到佐证呢？叶维廉先生认为，虽然我们不可能在艾略特的诗歌中找到省略"连接媒介"的例子，但是艾略特"却曾企图利用意象的排列来造成一种近乎中国诗中省略了'连接媒介'所获致的效果"③。比如，在《荒原》第二章《对弈》（"A Game of Chess"）的开篇，艾略特写道：

> The Chair she sat in, like a burnished throne,
> Glowed on the marble, where the glass
> Held up by standards wrought with fruited vines, From which a golden Cupidon peeped out   80
> (Another hid his eyes behind his wing)
> Doubled the flames of seven branched candelabra
> Reflecting light upon the table as
> The glitter of her jewels rose to meet it,
> From satin cases poured in rich profusion;   85
> In vials of ivory and coloured glass
> Unstoppered, lurked her strange synthetic perfumes,
> Unguent, powdered, or liquid—④

叶维廉先生的译文：

> 她坐着的椅子，像一张光滑的御座
> 在大理石上发亮，附近有一面镜子
> 用雕着累累葡萄的镜台承住，

---

① 叶维廉：《叶维廉文集》第三卷，安徽教育出版社2002年版，第71页。
② 叶维廉：《叶维廉文集》第三卷，安徽教育出版社2002年版，第69页。
③ 叶维廉：《叶维廉文集》第三卷，安徽教育出版社2002年版，第71页。
④ T. S. Eliot, *The Complete Poems and Plays 1909 – 1950*, New York: Harcourt, Brace & World, 1971, pp. 39 – 40.

葡萄间有一个金色的丘比特探出头来　　　　　　　80
（另一个把眼睛隐在翅膀后）
这面镜子把七柱烛台的火焰变成双重
反映在桌上的光辉，正好与
她的珠宝升起的灿烂相遇，
由缎盒子的丰富宝藏中倾泻出来；　　　　　　　85
象牙的、彩玻璃的瓶子
一一打开，匿伏着她奇妙复杂的香品，
软膏，粉剂的或者流质的——①

在叶维廉先生看来，艾略特在此迫使读者把注意力集中在"那些为自身存在的意象"上（如"光滑的御座"、上了蜡的"大理石"、精致的"镜台""七柱烛台"）及诗中人灿烂的珠宝所折射出来的一个豪华的情境和她"奇妙复杂的香品"所散发出来的一种奢侈的气氛。诗人的目的是让读者自己透过这种豪华的气氛和奢侈的情境去捕捉"现实的总和"。叶维廉先生提醒我们，诗人在此并非"指述"或者"决定"这种豪华的气氛和情境，而是通过一系列意象来"暗示"一种"极尽豪华奢侈"的感觉。也就是说，诗人并没有"引带"读者去认知这个现实，而是通过意象叠加的手法把一个貌似豪华奢侈而实质"奇妙复杂"的"现实突然完全地开向［读者的］眼前"②。此处，艾略特原文中的语法结构十分晦涩，汉译《荒原》困难重重，造成"翻译中的意象显然比原文的意象单薄"③。比如，第78行原文中的"glowed"（叶先生译成"发亮"）一词"已经再没有可以建立关系的作用了，［因为］它的个性已被前面的形容词'burnished'（叶先生译成'光滑'）所夺取"。此外，"poured"（叶先生译成"倾泻出来"）一词，既可以看作谓语动词，也可以看作一个过去分词，因此，原文中此处一语双关的"poured"一词所"倾泻出来"的就不仅是原文中可以作为主语的"光""珠宝"，而且可以是作为宾语的"缎盒"

---

① 叶维廉译：《众树歌唱：欧美现代诗100首》，人民文学出版社2009年版，第83—84页。
② 叶维廉：《叶维廉文集》第三卷，安徽教育出版社2002年版，第73页。
③ 叶维廉：《叶维廉文集》第三卷，安徽教育出版社2002年版，第73页。

和"香品"。这么一来,原文中"powdered"一词原有的"含糊的人物就使整个气氛浓密起来"①。这种一语双关的艺术效果在中文译文中就比较难以体现,译文中的意象就比原文中的意象相对"单薄"。然而,笔者认为,如果我们把叶维廉先生的这一段译文与赵萝蕤先生的译文进行简单的平行比较,我们还能够从另外一个视角来欣赏艾略特诗歌创作的艺术特色,同时领略赵萝蕤先生文学翻译直译法的艺术魅力。

赵萝蕤先生译文:

> 她所坐的椅子,像发亮的宝座
> 在大理石上放光,有一面镜子,
> 架上满刻着结足了果子的藤,
> 还有个黄金的小爱神探出头来　　　　80
> (另外有个把眼睛藏在翅膀背后)
> 使七枝光的烛台加倍发亮
> 桌子上还有反射的光彩
> 又有缎盒里流着的眩目辉煌,
> 是她的珠光宝气,也站起来迎着;　　　85
> 在开口的象牙瓶五彩杯中
> 有那些奇怪的化合的香水气诱惑人
> 抹药,细粉或流汁——②

首先,是"burnished"和"glowed"这两个词,前者是用作形容词的过去分词,叶维廉先生将"a burnished throne"这一词组翻译成"光滑的[御座]",而赵萝蕤先生将其译作"发亮的[宝座]";后者是谓语动词"glowed",叶维廉先生将"glowed on the marble"翻译成"在大理石上发亮",而赵萝蕤先生的译文为:"在大理石上放光。"从两位外国文学研究学者和翻译家的译文中,我们不难发现赵萝蕤的译文"发亮的[宝座]"要比

---

① 叶维廉:《叶维廉文集》第三卷,安徽教育出版社2002年版,第73页。
② 赵萝蕤译:《荒原》,载黄宗英编《赵萝蕤汉译〈荒原〉手稿》,高等教育出版社2013年版,第46—47页。

叶维廉先生的译文"光滑的［御座］"显得更加平实和直白，而从"glowed"一词与逻辑主语的搭配上看，"放光"似乎比"发光"更为贴切，更加真切地烘托出一个叶维廉先生称之为"极尽豪华奢侈"的情境。虽然此处"放光"比起"发亮"似乎略显夸张，但是原文中的"glowed"一词不仅被置于行首，而且在前3行原本大致整齐的五音步抑扬格（iambic pentameter）的格律背景上诗人把第一个抑扬格音步（an iamb）替换成了一个扬抑格音步（a trochee），进一步强化了发亮的宝座在大理石上大放光彩这一"极尽豪华奢侈"意象的艺术效果，使译文在形式和内容两个方面高度契合并且忠实于原文，足见赵萝蕤文学翻译直译法所蕴含的深厚的美学基础。

其次，是原文第87行中的这个词组"her strange synthetic perfumes"。叶维廉先生将其翻译成"她奇妙复杂的香品"，而赵萝蕤先生在1937年的手稿中将其译作"奇怪的化合的香水气"[①]，后来在1980年的修订版中，她又将其改译成了"她那些奇异的合成香料"[②]。艾略特《荒原》第2章的英文标题为"A Game of Chess"。叶维廉先生将其译作"一局棋戏"[③]，赵萝蕤先生原译为"对弈"。这一章描写了艾略特笔下西方现代荒原上充满着不幸或者是不正常的男女两性关系。这一章的原文题目出自本诗第137行诗歌："And we shall play a game of chess"，然而这一行又是一个典故，根据艾略特自己的注释，它出自"弥得尔敦（Middleton）《女人忌讳女人》（Women Beware Women）中的一局棋"[④]。赵萝蕤先生给它加了个"译者按"："弥氏亦是戏剧家，这本剧中论到佛罗稜司的公爵（Duke of Florence）爱上了一个女子卞安格（Bianca），便请人设法与她相会，另外一个邻居栗维亚（Livia）设局把卞安格的婆婆叫来下棋，同时又令人偷偷引卞安格去会见公爵，结果这两个在下棋，而那一边的卞安格，也为

[①] 赵萝蕤译：《荒原》，载黄宗英编《赵萝蕤汉译〈荒原〉手稿》，高等教育出版社2013年版，第47页。
[②] 赵萝蕤译：《荒原》，《外国文艺》（双月刊）1980年第3期。
[③] 叶维廉译：《众树歌唱：欧美现代诗100首》，人民文学出版社2009年版，第83页。
[④] 原文："Cf. the game of chess in Middleton's *Women beware Women*." T. S. Eliot, *The Complete Poems and Plays 1909-1950*, New York: Harcourt, Brace & World, Inc., 1971, p. 51. 赵萝蕤先生此处将"A game of chess"译成"一局棋"，而在《荒原》第2章的题目上，把"A game of chess"译成"对弈"；在1980年《荒原》的修订版上，仍然保留"对弈"的译法。

财富名利所诱,服从了公爵。"① 在赵萝蕤先生看来,艾略特此处是在使用他惯用的借古讽今的手法,讽刺艾略特笔下这个"毫无正当爱情可言"的"当今世界"。② 艾略特告诉我们"a burnished throne"是影射莎士比亚名剧《安东尼与克莉奥佩特拉》(Antony and Cleopatra,1607年)第2幕第2景第190行:

> The barge she sat in, like a burnisht throne,
> Burnt on thewater. ③

赵萝蕤先生1937年的译文为:

> 她所坐的船,像发亮的宝座,在水上放光。④

莎士比亚的《安东尼与克莉奥佩特拉》是一部可歌可泣的英雄与美人的爱情悲剧故事,剧中场景宏大,海阔天空,时跨十年,地跨欧、亚、非三大洲,主人公玛克·安东尼是一位屡立战功的罗马战将,而女主角克莉奥佩特拉却是一位雍容华贵的古埃及女王。虽然安东尼与克莉奥佩特拉之间的爱情热烈而又深沉,但因无法摆脱政治及军事风云变幻的控制,最终两人双双殉情而死。艾略特《荒原》第二章《对弈》的开篇12行(第77—88行)所影射的就是安东尼与克莉奥佩特拉之间热烈而又深沉的爱情故事。然而,独具慧眼的赵萝蕤先生发现,第87行的"奇异的合成香料"泄露了天机。原来这位雍容华贵的主妇不过是现代西方荒原社会上"一位百无聊赖的上流社会女人"⑤。因此,赵萝蕤先生把第87行中的词组"her strange synthetic perfumes"译成"奇怪的化合的香水气",后来又改译成

---

① 赵萝蕤译:《荒原》,载黄宗英编《赵萝蕤汉译〈荒原〉手稿》,高等教育出版社2013年版,第169—170页。
② 赵萝蕤:《〈荒原〉浅说》,《我的读书生涯》,北京大学出版社1996年版,第22页。
③ William Shakespeare, *The Complete Works of William Shakespeare*, New York: Barnes & Noble, 1994, p. 934.
④ 赵萝蕤译:《荒原》,载黄宗英编《赵萝蕤汉译〈荒原〉手稿》,高等教育出版社2013年版,第161页。
⑤ 赵萝蕤:《〈荒原〉浅说》,《我的读书生涯》,北京大学出版社1996年版,第22页。

"她那些奇异的合成香料"。在笔者看来,赵萝蕤先生的这两种译文均可谓画龙点睛之笔。此处,不论是"化合的香水气"还是"合成香料",其气味都是不自然的,是西方现代文明之化合性或者合成性的一个缩影,象征着人与自然之间"天人合一"之关系的一种松动和疏离,因此其气味是"奇怪的",是一种异味,而这种异味的香水显然有别于来自大自然那种沁人心脾的香味。然而,在艾略特的笔下,这位全身上下珠光宝气的主妇,不仅随身带着一个个"诱惑人"的、散发着各种"奇怪的化合的香水气"的、用象牙和五彩玻璃制作的小瓶子,而且这些瓶子里还装着各种各样"软膏的、粉剂的或者流质的"香品。可见,这种庸俗的"极尽豪华奢侈"实际上是西方现代文明中一种人性异化与孤独的象征,它形象生动地暗示了艾略特笔下西方现代荒原人的生命孤独和精神幻灭。早在19世纪中叶,惠特曼(Walt Whitman, 1819—1892 年)就在他的《草叶集》(*Leaves of Grass*, 1885 年)中写过这样的诗句:

The atmosphere is not a perfume, it has not taste of the distillation, it is odorless,
It is for my mouth forever, I am in love with it,
I will go to the back by the wood and become undisguised and naked,
I am mad for it to be in contact with me. [1]　　　　　　20

赵萝蕤先生的译文为:

大气不是一种芳香,没有香料的味道,它是无气味的,
它永远供我口用,我热爱它,
我要去林畔的河岸那里,脱去伪装,赤条条地,
我狂热地要它和我接触。[2]　　　　　　20

---

[1] Walt Whitman, Leaves of Grass *and Other Writings*, New York: W. W. Norton & Company, Inc., 2002, p. 26.
[2] [美] 惠特曼:《草叶集》,赵萝蕤译,上海译文出版社1991年版,第60页。

惠特曼笔下的"大气"（atmosphere）与"芳香"（perfume）是不一样的，"大气"是直接来自大自然的，是"无气味的"，不带任何"香料的味道"，是可以令人陶醉的，因此惠特曼说："我要去林畔的河岸那里，脱去伪装，赤条条地，/我狂热地要它和我接触。"相形之下，莎士比亚名剧中那位雍容华贵的古埃及女王形象在艾略特的现代荒原上却因"暗藏着她那些奇异的合成香料"而变成了一个百无聊赖、庸俗不堪的主妇。可见，艾略特笔下"光滑的［御座］"、上了蜡的"大理石"、精致的"镜台""七柱烛台"等一系列华丽耀眼的意象也只能代表西方现代社会上流阶层的一种"极尽豪华奢侈"的豪气，而丝毫无法让读者感受到古埃及女王那种雍容华贵的形象所折射出来的一种荣华富贵的贵气。由此可见，从诗歌用典及其翻译的视角来看，如果译者把"her strange synthetic perfumes"译成"她奇妙复杂的香品"似乎就对诗人在此所采用的借古讽今手法的用意理解得不够透彻了。原文中"strange"一词似乎带有贬义的色彩，不宜译成"奇妙"而应该译成"奇异""怪异"甚至是"奇怪"，而原文中"synthetic"一词的意思也不是"复杂的"，而是"化合的""合成的"或者"人造的"。

可见，艾略特所惯用的这种借古讽今的手法每每强化了艾略特所谓"真诗的暗示性"[①]，而这种"真诗的暗示性"似乎不仅与他自己提出的"客观应和的事象"诗歌创作理论有关，而且也与叶维廉先生这里所讨论的传统中国诗中所常见的"'自身具足'的意象"[②]紧密关联。尽管这些"'自身具足'的意象"常常暗示着令人不快的生命光景，常常是"整个世界都在暗暗反对的实诚"[③]，但是这种诚实所蕴含的"不快"却是一种"伟大诗歌的不快感"（the unpleasantness of great poetry）[④]。尽管"这种诚实在这个恐惧得令人无法诚实的世界中显得特别可怕"[⑤]，但是它仍然不愧为"一种独特的诚实"（a peculiar honesty）。

[①] T. S. Eliot, "Andrew Marvell", *Selected Essays*, London: Faber and Faber, 1932, p. 300.
[②] 叶维廉：《叶维廉文集》第三卷，安徽教育出版社 2002 年版，第 69 页。
[③] T. S. Eliot, "William Blake", *Selected Essays*, London: Faber and Faber, 1932, p. 317.
[④] T. S. Eliot, "William Blake", *Selected Essays*, London: Faber and Faber, 1932, p. 317.
[⑤] T. S. Eliot, "William Blake", *Selected Essays*, London: Faber and Faber, 1932, p. 317.

第三节 "博采众长，推陈出新"
——袁可嘉论艾略特的诗与诗学

袁可嘉先生在《半个世纪的脚印——袁可嘉诗文选》一书的"自序"中说："［20世纪］三四十年代是西方新诗潮和我国新诗潮相交融、相汇合的年代。在西方，艾略特、里尔克、瓦雷里、奥登的影响所向披靡；在我国，戴望舒、卞之琳、冯至和后来所谓'九叶'诗人也推动着新诗从浪漫主义经过象征主义，走向中国式现代主义。这是一个中西诗交融而产生了好诗的辉煌时代。"① 1988年，北京的生活·读书·新知三联书店出版了袁可嘉先生的诗歌评论著作《论新诗现代化》，收录了他本人于1946—1948年在北京大学西语系任助教期间在当年沈从文主编的《大公报·星期文艺》《益世报·文艺周刊》和朱光潜主编的《文学杂志》等报刊上，以"新诗现代化"为总题目，发表的20余篇文学评论系列文章。袁可嘉先生认为这是他"生平第一个创作旺盛期"。虽然为时短暂，前后不过两年时间，但是"有点生气"。由于这一时期袁可嘉先生在北京大学西语系主讲大学一年级英语课，教学工作"相当轻闲"，所以他"有许多时间搞写作和研究"。在袁可嘉先生看来，这一时期中国新诗"现代化"有两个特点。首先，在诗歌主题思想上，诗人们既坚持反映重大社会问题，同时自由地抒发个人的心绪情感，而且力求个人感受与大众心志相互沟通，强调社会性与个人性相互融合，坚持反映论与表现论齐头并进。② 其次，在诗歌艺术方面，中国新诗"现代化"要求诗人们充分发挥形象思维的能力，寻求象征与联想的契合，让知性与感性融通，追求幻想与现实的交织渗透，强调继承与创新、民族性与世界性的完美结合。袁可嘉先生认为，这两个特点不仅使中国新诗"现代化"与西方现代派及旧式学院派诗歌在诗歌思想主题上有所区别，与西方单纯强调社会功能的流派有所区别，而且在诗歌创作艺术上，也使得中国新诗"现代化"与墨守成

---

① 参见袁可嘉《半个世纪的脚印——袁可嘉诗文选》，人民文学出版社1994年版。
② 袁可嘉：《半个世纪的脚印——袁可嘉诗文选》，人民文学出版社1994年版，第2页。

规或机械模仿的西方现代派有区别。① 然而，笔者认为，这两个特点颇有19世纪美国浪漫主义诗人惠特曼笔下《草叶集》中史诗性与抒情性兼容并蓄的特点②，因为惠特曼的特点就是"我辽阔博大，我包罗万象"③。而正如艾略特在《玄学派诗人》一文中所说的那样，为了再现一个复杂多样的现代西方世界，西方现代主义诗人同样被逼无奈，也只能变得越来越包罗万象、越来越间接、越来越晦涩难懂。④

与此同时，1947—1948年，袁可嘉先生还积极创作中国新诗，并且在沈从文、朱光潜、杨振声、冯至等著名作家主编的报刊上发表了20余首新诗。他主张中国新诗应该"走'现实、象征和玄学（指幽默机智）相结合的道路'"⑤，并且想和一些诗友们一起将萌芽于戴望舒、卞之琳等20世纪30年代新诗诗人之手的新诗运动推向一个"与西方现代派不同的中国式的现代主义诗歌运动"⑥。40年后，袁可嘉先生把20世纪30年代中国新诗"现代化"的特点总结为"中国式现代主义"，因为它在主题思想和诗歌艺术两个方面与西方现代主义诗歌"有同更有异，具有中国自己的特色"⑦。袁可嘉先生认为，20世纪30年代中国新诗诗歌理论具有其基本特点，比如，诗歌是由多种元素有机结合的一个整体；一首诗歌的成败与否取决于它的整体效果；诗歌与主客观因素紧密相连，不可缺少甚至偏执一端；诗歌表现手法的现代化问题；等等。这些特点都受英美新批评派和现代诗的启迪和影响，但是它们不仅"参证了20世纪30年代新诗发展的得失"，而且也是袁可嘉先生"用来考察中国新诗现状的一点心得"⑧。

在漫长的"半个世纪的脚印"中，艾略特似乎始终是袁可嘉先生关注的重点。早在1948年5月23日，袁可嘉先生就在《天津大公报》发表

---

① 参见袁可嘉《半个世纪的脚印——袁可嘉诗文选》，人民文学出版社1994年版。
② 参见黄宗英《惠特曼〈我自己的歌〉：一首抒情史诗》，《北京大学学报》（哲学社会科学版）2001年第4期。
③ ［美］惠特曼：《草叶集》，赵萝蕤译，上海译文出版社1991年版，第149页。
④ 参见［英］托·斯·艾略特《艾略特文学论文集》，李赋宁译，百花洲文艺出版社1994年版。
⑤ 袁可嘉：《半个世纪的脚印——袁可嘉诗文选》，人民文学出版社1994年版，第574—575页。
⑥ 袁可嘉：《半个世纪的脚印——袁可嘉诗文选》，人民文学出版社1994年版，第575页。
⑦ 袁可嘉：《半个世纪的脚印——袁可嘉诗文选》，人民文学出版社1994年版，第2页。
⑧ 袁可嘉：《半个世纪的脚印——袁可嘉诗文选》，人民文学出版社1994年版，第2—3页。

了书评文章《托·史·艾略特》，而40年后的1988年12月17日，袁先生又在《文艺报》上发表了题目为"艾略特：现代意识与传统文化的结合者"的文学评论文章。1960—1964年，为了响应"反资批修"的号召，批判当代资产阶级文艺思潮，袁先生连续在《文学评论》等报刊上发表文章，批判艾略特、新批评派、英美现代派诗歌和意识流小说。袁先生认为，这些文章虽然指出了以艾略特为代表的西方现代主义文学在思想意识方面的弱点，但是带有"政治上上纲过高，思想批评简单化，艺术上全盘否定"[①]的极端主义思潮的表现。更加"可惜"的是，1965年"文化大革命"开始后，袁可嘉先生有长达15年的时间没有机会写作研究，在他"44—58岁的成熟年代"留下了他写作生涯中的"一片巨大的空白"；直到1979年，他在政治上翻了身，他的笔头也随之"活跃起来"[②]，重新开始研究和评论西方现代派文学，撰写了《欧美现代派文学概论》（1980年）、《略论西方现代派文学》（1980年）、《六十年代以来的美国诗歌》（1980年）、《从艾略特到威廉斯》（1982年）等文学评论文章，并且与董衡巽、郑克鲁合作主编了《外国现代派作品选》（第1—4册，1980—1985年），与叶廷芳合作主编了《现代主义文学研究》（上、下册，1989年）。

1979年，在后来收录《现代派论·英美诗论》的《欧美现代派文学漫议》[③]一文和后来收录《半个世纪的脚印——袁可嘉诗文选》的《略论西方现代派文学》一文中，袁可嘉先生在讨论西方现代派文学的艺术特征时，两次引用艾略特《窗前晨景》（"Morning at the Window"）一诗进行论述。这首诗的全文如下：

Morning at the Window

They are rattling breakfast plates in basement kitchens,
And along the trampled edges of the street
I am aware of the damp souls of housemaids

[①] 袁可嘉：《半个世纪的脚印——袁可嘉诗文选》，人民文学出版社1994年版，第4页。
[②] 袁可嘉：《半个世纪的脚印——袁可嘉诗文选》，人民文学出版社1994年版，第5页。
[③] 参见袁可嘉《现代派论·英美诗论》，中国社会科学出版社1985年版。

> Sprouting despondently at area gates.
>
> The brown waves of fog toss up to me
> Twisted faces from the bottom of the street,
> And tear from a passer-by with muddy skirts
> An aimless smile that hovers in the air
> And vanishes along the level of the roofs. ①

袁可嘉先生译文：

> 地下室餐厅里早点盘子咯咯响，
> 顺着人们走过的街道两旁，
> 我感到女佣们潮湿的灵魂
> 在大门口绝望地发芽。
>
> 一阵黄色的雾向我掷来
> 街后面人们的歪脸，
> 从穿着溅满污泥的裙子的过路人那里，
> 撕下来一个空洞的微笑，它在空中飘荡，
> 朝屋顶那条水平线消失了。②

袁可嘉先生认为，"这首自由体小诗表达作者（一个天主教徒）对现代城市生活的卑微猥琐不胜轻蔑的思想"③，然而作者"未作任何正面的陈述，而是完全依靠一连串的形象来暗示"："盘子咯咯响""潮湿的灵魂/在大门口绝望地发芽""歪脸""溅满污泥的裙子""空洞的微笑"④，等等。在这首诗歌中，我们找不到任何说明性的文字，我们所看到的只是诗人"直截

---

① T. S. Eliot, *The Complete Poems and Plays 1909 – 1950*, New York: Harcourt, Brace & World, 1971, p. 16.
② 袁可嘉：《现代派论·英美诗论》，中国社会科学出版社1985年版，第69页。
③ 袁可嘉：《半个世纪的脚印——袁可嘉诗文选》，人民文学出版社1994年版，第214页。
④ 袁可嘉：《现代派论·英美诗论》，中国社会科学出版社1985年版，第69页。

了当地用形象来表现他看不起城市中丧失了宗教信仰的心灵空虚——那伙灵魂霉得要发芽的人们"①。在笔者看来,诗中人"我"的视角和语气似乎都有点居高临下的感觉,仿佛他站在自家豪宅的屋子里或者阳台上,审视着周边的"窗前晨景"。他看到地面街上几位在都市豪宅的地下厨房里替有钱人家刚刚洗刷完锅碗瓢盆的女佣们。诗人艾略特在此的遣词造句十分讲究。在诗歌的开篇第1行,诗人并没有说"They are washing breakfast plates in basement kitchens"(她们正在地下室餐厅里洗早点的盘子),而是别出心裁地采用隐喻的手法直截了当地说:"They are rattling breakfast plates in basement kitchens。"我们可以把这第一行诗直译成:"她们是地下室餐厅里咯咯作响的早点盘子。"显然,艾略特笔下把那些忙于在都市豪宅的地下厨房里替人家洗盘子的女佣们直接比喻成"咯咯作响的早点盘子"的写法是一新招,让人耳目一新,也能看出诗人在使用17世纪玄学派诗人常用的"奇思妙喻"(conceit)手法。接着在第3行,诗人并没有直接写"我看到……"(I see…)或者"我知道……"(I know…),而是选用"I am aware of"(我感到……),仿佛诗中人"我"能够感觉到那些刚从地下厨房洗完早点的盘子,身上还散发着湿气和汗味,且疲惫不堪的女佣们身上所折射出来的一种"潮湿的灵魂",而且诗人还让女佣们身上那种"潮湿的灵魂/在大门口绝望地发芽"。此处,"绝望地发芽"无疑是一种矛盾修饰(oxymoron),一方面投射出生活在资本主义社会大都市里劳动女性的无奈和绝望;另一方面又传达出这种社会制度下劳动人民对生命意义抱有一种无奈甚至是绝望的盼望。在《荒原》第一章《死者葬仪》的结尾处,有这么两行诗,其中艾略特也用到了"sprout"(发芽,长芽)一词:

That corpse you planted last year in your garden,
Has it begun to sprout? Will it bloom this year?

赵萝蕤先生的译文为:

去年你种在花园里的尸首,

---

① 袁可嘉:《现代派论·英美诗论》,中国社会科学出版社1985年版,第70页。

它长芽了吗？今年会开花吗？

笔者曾经给这两行诗加过这么一个注释："在古代传统的繁殖礼仪中，人们把神像埋入土中，以祈求丰年。耶稣和被绞死的神死后复活都与繁殖了的复苏有关，但是荒原中的人都不信教，即便见到耶稣也不认识。"① 可见，《窗前晨景》一诗中这一"潮湿的灵魂/在大门口绝望地发芽"的意象似乎印证了袁可嘉先生所谓"城市中丧失了宗教信仰的心灵空虚"，而那些"灵魂霉得要发芽的人们"居然构成了诗人笔下西方现代都市生活中这幅"窗前晨景"的主体。在艾略特看来，在第一次世界大战后的西方现代荒原上，"四月天"已经不是乔叟笔下《坎特伯雷集》开篇中那个著名的传统的万物复苏、大地回春的阳春四月，而是变成了一年四季中"最是残冷"（"the crullest month"）的月份："它在/荒地上生丁香，参合着/回忆和欲望，让春雨/挑拨呆钝的树根。"② 在这些《荒原》的开篇诗行中，人们根本就看不到春的气息和新生的景象。同样，在这幅"窗前晨景"中，我们所看到的是"那伙灵魂霉得要发芽的人们"，似乎同样是一个虽生犹死，甚至是生不如死的现代荒原意象。在这首诗的后四行中，我们首先看到，向上朝着站在都市豪宅公寓窗前或者凉台上的诗中人"我"迎面扑来的是清晨映衬着大都市里棕褐色大厦的一阵阵"迷雾"（原文是"brown fog"）；其次，向下诗中人"我"所看到的却是从都市地面街上人们那一张张"歪曲的脸"（twisted faces）上"撕下来［的］一个空洞的微笑"（aimless smile）。好一个"空洞的微笑"，没有目的，也看不到希望和生命意义！不仅如此，诗人艾略特还让这一空洞的、没有意义和看不到希望的"微笑""在空中飘荡"。艾略特此处原文中使用的是"hovers in the air"，而英文单词"hover"的意思并非"飘荡"，而是像鸟儿一样"翱翔"。我们知道，在神创世之前，神的灵就已经在黑暗的"渊面"上"运行"（hover）：

---

① 胡家峦编著：《英国名诗详注》，外语教学与研究出版社2003年版，第570页。
② 赵萝蕤译：《荒原》，载黄宗英编《赵萝蕤汉译〈荒原〉手稿》，高等教育出版社2013年版，第27页。

¹In the beginning God created the heavens and the earth. ²Now the earth was formless and empty, darkness was over the surface of the deep, and the Spirit of God was hovering over the waters.

¹起初神创造天地。²地是空虚混沌，渊面黑暗；神的灵运行在水面上。①

然而，在现代西方大都市的"窗前晨景"中，诗中人"我"所看到的并不是一片生机盎然的繁荣景象，也感觉不到"神的灵运行在水面上"，而是那"飘浮"在空中的"一个空洞的微笑"，而且这一"空洞的微笑"很快就消失在了诗中人眼前的那一排排房子的屋顶线上。可见，艾略特笔下的这种意象并置叠加的手法似乎拉近了读者与社会的距离，让读者在阅读此诗的时候有一种身临其境的切身体验，因此比较容易体会到诗人对西方现代都市文明虚伪性的讽刺和揭露。袁可嘉先生认为，"这种方法用得恰当时可以增强艺术感染的力量，有助于克服概念化"②。实际上，这是现代派诗歌创作的一个重要艺术特征，即所谓"思想知觉化"的创作方法。在《玄学派诗人》一文中，我们能够看到艾略特对这种方法的一些相关描述："一种对于思想通过感官直接的理解"（a direct sensuous apprehension of thought）、"把思想重新创造为感情"（a recreation of thought into feeling）、"把思想转变为感觉"（transmuting ideas into sensations）、"把看法转变成心情"（transforming an observation into a state of mind），以及"像你闻到玫瑰味那样地感知思想"（feel their thought as immediately as the odor of a rose）。③ 叶公超先生曾把艾略特对西方现代派诗人这种诗歌创作特征的描述直接翻译成："诗人的本领就在于点化观念为感觉和改变观察为境界。"④

---

① 《圣经·旧约》（中英对照·和合本·新国际版），香港：国际圣经协会1998年版，第1页。
② 袁可嘉：《现代派论·英美诗论》，中国社会科学出版社1985年版，第70页。
③ ［英］托·斯·艾略特：《玄学派诗人》，李赋宁译，载《艾略特文学论文集》，百花洲文艺出版社1994年版，第20—26页。英文原文见 T. S. Eliot, *Selected Essays by T. S. Eliot*, London: Faber and Faber, 1932, pp. 286–290.
④ 叶公超：《再论爱略特的诗》，载陈子善编《叶公超批评文集》，珠海出版社1998年版，第122页。

在袁可嘉先生看来，现代派的艺术手法发展迅猛，层出不穷，可谓五花八门，难以尽述。20 世纪 20 年代后期出现象征主义诗歌，三四十年代出现意识流小说，六七十年代又出现荒诞派戏剧。然而，不论表现手法如何变化，现代派艺术家们似乎有一个共同的艺术追求，那就是袁可嘉先生所说的，现代派作家们"主张用'想象逻辑'代替'观念逻辑'，强调用象征、联想和暗示来代替正面的叙述、解释或者说明"①。而这一现代主义艺术追求似乎从命题立意到表现形式的方方面面始终贯穿于现代派作品之中。诚然，在浪漫主义和现实主义的艺术作品中，我们也能找到作家们运用象征、联想和暗示的佐证，但一般具有较大的局限性，是针对某个明确的对象做局部的、间接的修饰，而现代派作家则是把象征、联想和暗示作为艺术创作的主导手法，作为作品的区别性本质特征，用来直接表达作者的思想感情。

同样是在 1979 年，在《略论西方现代派文学》一文中，笔者发现，当袁可嘉先生把《窗前晨景》作为例子阐述西方现代派文学艺术特征的时候，他对艾略特"思想知觉化"的理论有了进一步的思考。那就是他把"思想知觉化"（transmuting ideas into sensations）与"客观联系物"（bjective correlative）这两个抽象的概念捆绑在了一起："这种'思想知觉化'更理论一点的说法就叫作'思想找到了它的客观联系物'（艾略特语），情绪找到了它的'等值物'（庞德语）。"② 虽然我们没有看到文章中对这一"捆绑"有进一步的阐述，但是我们能够看到国内文学批评家对西方现代派文学核心理论的研究，特别是对艾略特现代派诗学理论核心概念阐释的系统性正在不断深入。艾略特是 1919 年在《哈姆雷特》（"Hamlet"）一文中提出"客观联系物"这一概念的："用艺术形式表现情感的唯一方法是寻找一个'客观对应物'；换句话说，是用一系列实物、场景，一连串事件来表现某种特定的情感；要做到最终形式是感觉经验的外部事实一旦出现，便能立刻唤起那种情感。"③ 1990 年，在《从现代主义到后现代主义——二十世纪英美诗主潮追踪》一文中，袁可嘉先生

---

① 袁可嘉：《现代派论·英美诗论》，中国社会科学出版社 1985 年版，第 68—69 页。
② 袁可嘉：《半个世纪的脚印——袁可嘉诗文选》，人民文学出版社 1994 年版，第 215 页。
③ ［英］托·斯·艾略特：《哈姆雷特》，载王恩衷译《艾略特诗学文集》，国际文化出版公司 1989 年版，第 13 页。

认为，尽管艾略特的文化政治思想是应当受批判的，但是，作为英美现代派诗歌的主将，艾略特在诗歌创作和诗学理论方面都作出了重大贡献。特别是艾略特早期提出的新古典主义理论观点在许多方面与象征主义理论并不矛盾。象征主义主张作家间接地抒发思想感情，而不是直接地表达作者的心绪，艾略特强调诗人应该"消灭个性"，诗歌创作就是一个"非个性化"的过程；象征主义主张诗歌创作运用象征、暗示和联想的手法，艾略特提出在诗歌创作中寻求"客观对应物"，即"用一系列实物、场景，一连串事件来表现某种特定的情感"。艾略特早期创作的《J. 阿尔弗莱德·普鲁弗洛克的情歌》《一位女士的画像》（"Portrait of a Lady"）等诗篇之所以能够以嘲弄世态而著称，是因为他采用法国象征主义作家拉福格的会话体和讽刺语调与英国玄学派诗歌的机智特技相结合的手法，在挖掘诗中人物心理方面体现出来开创性的特殊效果和艺术深度。[①]

在袁可嘉先生看来，就艾略特的代表作《荒原》的思想内容和艺术手法而言，不论是在反映危机意识的深度和广度上，还是在创作手法的新奇和复杂方面，《荒原》都不愧是现代派诗歌的杰作。袁可嘉先生认为，艾略特在《荒原》的创作中，把第一次世界大战后丧失了宗教信仰的整个西方现代世界，从精神到物质比作一个以西方传统的圣杯传奇为背景的现代荒原，再现了西方现代荒原人的醉生梦死和道德败坏，最后盼望皈依宗教以求重生的主题思想。因为这一主题思想契合了第一次世界大战后西方迷惘一代青年的悲观情绪，所以在西方诗坛风靡一时，引起了巨大反响，成为英美现代派诗歌的代表之作。此外，值得我们学习的是，袁可嘉先生画龙点睛式地总结出了艾略特《荒原》诗歌创作艺术方面的两个特点。第一，艾略特把诗歌创作与人类学、宗教神学及神话等学科相互捆绑了起来；不仅在诗歌中旁征博引，而且还给《荒原》做了52条注释，开创了后来为学院派诗人所继承的"博学诗"。第二，艾略特广泛寻找和应用"客观对应物"，通过用典形成古今对比，相互衬托，借古讽今，让诗歌思想内容及其寓意不断向纵深发展；采用蒙太奇手法让他所摄取的现实生活镜头与历史传说相互映照，在读者想象中形成一种独特的、强烈的艺

---

① 参见袁可嘉《半个世纪的脚印——袁可嘉诗文选》，人民文学出版社1994年版。

术反衬效果。① 由此可见，袁可嘉先生对"客观联系物"的认识和论述由早期的概念引用已经深入艾略特诗歌的诗歌文本释读，达到了形式与内容相互融合的高度。

　　1991 年，在《西方现代派文学的成就、局限和问题》一文中，袁可嘉先生又进一步把艾略特的"客观联系物"概念与艾略特在《传统与个人才能》一文中所倡导的古典主义"非人格化"诗学原则及"历史感"的核心诗学理论联系了起来。众所周知，1926 年，艾略特自称"在宗教上是英国国教式的天主教徒，在政治上是保皇派，在文学上是古典主义者"②。袁可嘉先生认为，艾略特的这番自我表白说明了他与传统的欧洲文学存在三个方面的紧密关联：第一，英国天主教历史悠久，艾略特的经院主义思想可追溯到中古时期；第二，保皇主义在英国同样由来已久，已经有三百余年的历史，早已自成一个传统；第三，艾略特竭力推崇欧洲文化传统，反对浪漫主义诗歌创作中诗人的自我情感宣泄和个人中心主义，明确提出古典主义"非人格化"诗学理论和诗歌创作原则，认为诗歌创作不是诗人人格和情绪的宣泄，而是人格和情绪的逃避，并且提出了针锋相对的寻找"客观对应物"的诗歌创作艺术方法。③ 我们知道，艾略特是美国人，1927 年加入英国国教会，并且改入英国国籍。王佐良先生认为，"这也是一个迹象，表明 20 世纪发生于英国文坛的事情不少是由美国人发动的，小说上的亨利·詹姆斯，诗歌方面的庞德、艾略特就是较显著的例子"④。在文学上，他一方面称自己的代表性诗作《荒原》不过是他个人对生活发出的一通完全无关紧要的、带有节奏的牢骚⑤，而另外一方面，他在诗学理论上又强调诗人必须有一种"历史意识"，应该"消灭个性"，并且应该寻找"客观联系物"。可见，艾略特的诗歌创作与诗学理论带有明显的"反浪漫主义"特征，但同时与浪漫主义诗歌之间又存在着一种

---

① 参见袁可嘉《半个世纪的脚印——袁可嘉诗文选》，人民文学出版社 1994 年版。
② 赵萝蕤：《我的读书生涯》，北京大学出版社 1996 年版，第 27 页。
③ 参见袁可嘉《半个世纪的脚印——袁可嘉诗文选》，人民文学出版社 1994 年版。
④ 王佐良：《英国诗史》，译林出版社 2008 年版，第 448 页。
⑤ 参见黄宗英《抒情史诗论》，北京大学出版社 2003 年版。

"似同而非同的复杂关系"①。我们无法把他归入浪漫主义传统,但是也不能把他纳入纯粹的古典主义文学传统,因为他不仅深切地看到了第一次世界大战后西方现代文明的深刻危机,而且创造了一整套全新的诗歌创作与诗学理论体系,为西方现代主义文学传统作出了重大贡献。或许,也正因为他看穿了西方现代文明的深刻危机,艾略特"更加坚决地要维护以罗马天主教为中心的西欧文明传统"②。有意思的是,袁可嘉先生对艾略特诗歌与诗学理论的论述充满着辩证唯物主义的观点。袁可嘉先生认为,艾略特著名的文学理论论文《传统与个人才能》一方面强调作家应该有历史感(historical sense),必须承认传统与现在的同时存在和相互作用,而另一方面,他又强调传统始终是一个动态的开放体系,它既影响后代作家的艺术创作,同时又接受后代作家的反作用,因此虽然旧的传统影响新的作家,但是新的优秀作品同样可以改变旧的传统。③ 从艾略特诗歌创作艺术的视角看,艾略特的诗歌始终因其取材于现实生活之创新而闻名,但是他这种取材于现代生活题材的创新是一种基于意大利13世纪的古典诗歌、英国17世纪的玄学派诗歌和法国19世纪的象征主义诗歌之上的诗歌艺术创新。不仅如此,艾略特诗歌艺术创新包含了他采用现代口语会话和独白的创新,然而这种诗歌语言的创新又受法国象征派诗人拉福格的启发。此外,艾略特在《J. 阿尔弗莱德·普鲁弗洛克的情歌》《荒原》等代表性诗篇的创作中注重诗中核心人物内心的刻画,这也是一种创新,但是这种刻画诗中人物内心世界的手法却采用19世纪英国诗人布朗宁的戏剧独白(dramatic monologue)。最后,艾略特机智尖刻的讽刺诗笔打破了英国浪漫主义及后来维多利亚时期呆板的诗风,让20世纪20年代的读者感到耳目一新,但是这种诗歌破格(poetic license)又仍然带有17世纪英国玄学派诗歌的明显痕迹。因此,袁可嘉先生认为,艾略特新的诗歌创作艺术实际上是"博采众长,推陈出新的结果"④。

---

① 张剑:《T. S. 艾略特:诗歌与戏剧的解读》,外语教学与研究出版社2006年版,第24页。张剑教授的这一观点将由本课题组成员张艳丽副教授在本章第四节专门论述。
② 王佐良:《英国诗史》,译林出版社2008年版,第448页。
③ 参见袁可嘉《半个世纪的脚印——袁可嘉诗文选》,人民文学出版社1994年版。
④ 袁可嘉:《半个世纪的脚印——袁可嘉诗文选》,人民文学出版社1994年版,第273页。

第四节 "似同而非同的复杂关系"
——张剑先生论艾略特的反浪漫主义诗学理论[①]

T. S. 艾略特的诗歌"迫使人们重新认识英国诗歌发展史,迫使人们用一种新的眼光来看待 17 世纪的玄学诗派、弥尔顿和浪漫主义。同时他的作品也加深了人们对法国 19 世纪象征主义诗歌的认识,使人们更加意识到借鉴别国诗歌的巨大可能性及其对本国诗歌发展的重要作用"[②]。对艾略特诗歌和文学批评的引介不仅有利于中国读者理解和欣赏西方现代派诗歌,而且对于英语诗歌中译本的文学和文化价值研究具有重要的启示意义,对中国现代诗歌的发生和发展也产生了重要影响。

张剑先生于 1996 年出版的英文专著《艾略特与英国浪漫主义传统》(*T. S. Eliot and the English Romantic Tradition*)是国内第一部艾略特研究专著,完成于他在英国留学期间,书中收录了近三百条注释与二百多种英文原版参考文献。通过丰富翔实的第一手资料和例证,张剑先生向中国学者引介西方艾略特诗学理论研究的最新进展,探究了"艾略特的'反浪漫主义'思想渊源,将艾略特的诗歌、戏剧与浪漫主义时期的诗歌作品进行比较,探讨它们之间的似同而非同的复杂关系,进而驳斥了将艾略特纳入浪漫主义传统的倾向和这种倾向带来的不良后果"[③]。张剑先生的研究推动了国内艾略特研究,促进了国内外艾略特诗学理论研究的交融,"标志着中国的艾略特研究真正直接与世界的艾学研究(T. S. Eliot Studies)接轨,参与了世界艾学研究的讨论与对话"[④],同时对理解和推进现有国内以赵萝蕤先生为代表的艾略特诗歌译介和中译本研究具有重要的现实意义。

艾略特在《传统与个人才能》中指出:"如果传统的方式仅限于追随前一代,或仅仅限于盲目地或胆怯地墨守前一代成功的方法,'传统'自

[①] 本小节由课题组成员北京联合大学应用文理学院基础教学部张艳副教授执笔。
[②] 张剑:《T. S. 艾略特:诗歌和戏剧的解读》,外语教学与研究出版社 2006 年版,第 1 页。
[③] 张剑:《T. S. 艾略特:诗歌和戏剧的解读》,外语教学与研究出版社 2006 年版,第 24 页。
[④] 董洪川:《"荒原"之风:艾略特在中国》,北京大学出版社 2004 年版,第 185 页。

然是不足称道了。"① 艾略特的传统不只是世代相传或从过去延续至今的东西，而是一种蕴含着"广泛得多的意义"的全新理念。对于"任何一个在二十五岁以上还要继续作的诗人来说"，"历史的意识"不可或缺，因为"历史的意识"能够让诗人"不仅理解到过去的过去性"，而且还要理解"过去的现存性"②，从而在过去与现在之间架构一座穿越时空的桥梁，进而完成与但丁、莎士比亚或荷马等西方文学传统中最具影响力的诗坛巨匠间的对话。一位作家或一部作品的完整意义涵盖他或它的"历史地位"与"当代价值"，即"过去因现在而改变正如现在为过去所指引"③。艾略特强调诗人要回归传统并从古典艺术经典中汲取营养，但在回归与吸收过程中，诗人与艺术家要以一种变化与发展的眼光看待可能出现在新作品与旧有的传统秩序之间的调整与适应问题。艾略特在《传统与个人才能》中提出："现存的艺术经典本身就构成一个理想秩序，这个秩序由于新的作品被介绍进来而发生变化。这个已成的秩序在新作品出现以前本是完整的，加入新花样以后要继续保持完整，整个的秩序就必须改变一下。"④这种改变是一个成长发展的过程，既是"精练化"的过程也是"复杂化"的过程。一位成熟的诗人只有将个人的感情置于历史的长河中被传统以"种种特别的意想不到的方式"加以整体性地、有机性地组合才有可能创造出不朽的经典作品。

在张剑先生看来，艾略特个人成就与英国浪漫主义传统呈现出一种"似同而非同的复杂关系"⑤，艾略特对浪漫主义传统的批评与继承是矛盾的对立统一关系，既有排斥与斗争，也有贯通与发展，只有以辩证的眼光看待，才能对艾略特的艺术成就做出公正的评价。首先，张剑先生并不否

---

① [英] 托·斯·艾略特：《传统与个人才能》，李赋宁译，载陆建德选编《荒原：艾略特文集·论文》，上海译文出版社2012年版，第2页。
② [英] 托·斯·艾略特：《传统与个人才能》，李赋宁译，载陆建德选编《荒原：艾略特文集·论文》，上海译文出版社2012年版，第2页。
③ [英] 托·斯·艾略特：《传统与个人才能》，李赋宁译，载陆建德选编《荒原：艾略特文集·论文》，上海译文出版社2012年版，第3页。
④ [英] 托·斯·艾略特：《传统与个人才能》，李赋宁译，载陆建德选编《荒原：艾略特文集·论文》，上海译文出版社2012年版，第3页。
⑤ 张剑：《T. S. 艾略特：诗歌和戏剧的解读》，外语教学与研究出版社2006年版，第24页。

认浪漫主义对艾略特的影响，他指出艾略特"在十几岁时就受到拜伦、雪莱和史文朋的影响，在他一生的创作中，艾略特对浪漫主义诗人可谓了如指掌，不仅他早年的诗歌带有他对丁尼生、济慈和罗塞蒂的模仿痕迹，而且在他成熟的诗歌中也可以找到一些能让人想起某些浪漫主义诗人的诗句"①。在"改变了的丁尼生"（"A Tennysonian Changed"）一章中，张剑先生透过艾略特的《歌：当我们穿过山丘回家》（"Song：When we came home across the hill"）、《破晓之前》（"Before Morning"）、《瑟西的宫殿》（*Circe's Palace*）等早期诗作及《J. 阿尔弗莱德·普鲁弗洛克的情歌》、《荒原》等经典诗作，从诗歌流露的"忧郁和哀伤"的情调、"庄严"（stately）的遣词及大海、灵柩、尸体、坟墓、鬼魂等意象表达方面展示了"丁尼生式"对艾略特诗歌创作的影响。同时，张剑先生指出："似乎艾略特也从丁尼生和勃朗宁那里学到了戏剧独白：他早期最好的作品就是戏剧独白诗。"② 接下来，张剑先生还以艾略特的《J. 阿尔弗莱德·普鲁弗洛克的情歌》为例，指出诗中"让我们走吧，你和我，／当黄昏在天际慢慢展开"的诗行"让人想起许多浪漫主义时期的诗人，特别是华兹华斯的'美丽的黄昏，宁静而自由'"③。不过，张剑先生在此所做的梳理与解读除了客观地展示 19 世纪浪漫派到 20 世纪现代派诗歌从语言、修辞和感情等方面的密切联系与精神传承外，更重要的目的是把艾略特"放在浪漫主义的语境里去考察，那么，他与浪漫主义的差异和他的成就将会更清楚地表现出来"④。这也与艾略特的"传统观"不谋而合，传统不再是施加于个体的"令人窒息的压力"，而是成为"积极的力量"及"灵感的源泉，加速心灵的成长与发展"⑤，因为在艾略特看来，对于一部新的作品，在它与标准之间，"它看来是适应的，也许倒是独特的，或是，它看来是独特的也许可以是适应的；但我们总不至于断定它只是这个而不是那

---

① 张剑：《艾略特与英国浪漫主义传统》，外语教学与研究出版社 1996 年版，第 16 页。
② 张剑：《艾略特与英国浪漫主义传统》，外语教学与研究出版社 1996 年版，第 27 页。
③ 张剑：《艾略特与英国浪漫主义传统》，外语教学与研究出版社 1996 年版，第 27 页。
④ 张剑：《艾略特与英国浪漫主义传统》，外语教学与研究出版社 1996 年版，第 16 页。
⑤ 张剑：《艾略特与英国浪漫主义传统》，外语教学与研究出版社 1996 年版，第 234—235 页。

个"①，这不恰恰就是一种"似同而非同的复杂关系"？

张剑先生称艾略特为"先锋"诗人，认为艾略特的到来"改变了英国文学的现存秩序，他通过诗歌和文学批评改变了一代人的文学趣味，创立了一整套新的鉴赏标准"②。张剑先生梳理了艾略特在 1917 年至 1937 年陆续发表的一系列文学批评论文：1919 年，艾略特在《传统与个人才能》中提出诗歌的"非个性化"理论，强调历史的作用，主张"诗不是放纵感情，而是逃避感情；不是表现个性，而是逃避个性"③，认为华兹华斯在《抒情歌谣集·序》（"Preface to *Lyrical Ballads*"）中关于诗歌来自"宁静中回忆出来的感情"的理论是"一个不精确的公式"。同年，艾略特在解读《哈姆雷特》中指出"用艺术形式表现情感的唯一方法是寻找一个'客观对应物'"，也就是说，艺术家在创作中可以通过"客观对应物"来表现个人情感的"非个性化"。相较浪漫主义诗歌，不难发现，浪漫主义诗人偏爱张扬的个性和炽热的情感，而现代主义诗人更多的是通过隐匿个人情感，逃遁个人的体验感受，赋予客体更多的内涵，以间接的方式引导读者去发现意义。1923 年，艾略特在《批评的功能》一文中对浪漫主义做出"零碎""幼稚""杂乱"的评价，公开反对浪漫主义诗歌的"内心呼声"及默里的浪漫主义批评标准。1933 年，艾略特在《诗歌的用处与批评的用处》（*The Use of Poetry and the Use of Criticism*）中称雪莱像"一个伶俐的和富有激情的小学生"④。1937 年，他在《诗歌与诗人》（*On Poetry and Poets*）中称拜伦只能成为"小学生的崇拜对象"⑤。张剑先生认为以上观点"有效将艾略特变成一名浪漫主义的叛逆者"⑥，也印证了他对艾略特与英国浪漫主义"背离"关系（negative relation）的判断。

张剑先生指出，尽管艾略特的诗歌在语言、主题、意象表达上与浪漫主义诗歌看似有相同之处，但实则不同且内涵复杂。艾略特不赞成在诗歌

---

① ［英］托·斯·艾略特：《传统与个人才能》，李赋宁译，载陆建德选编《荒原：艾略特文集·论文》，上海译文出版社 2012 年版，第 4 页。
② 张剑：《T. S. 艾略特：诗歌和戏剧的解读》，外语教学与研究出版社 2006 年版，第 1 页。
③ ［英］托·斯·艾略特：《传统与个人才能》，李赋宁译，载陆建德选编《荒原：艾略特文集·论文》，上海译文出版社 2012 年版，第 10—11 页。
④ T. S. Eliot, *The Use of Poetry and the Use of Criticism*, London: Faber and Faber, 1934, p. 88.
⑤ T. S. Eliot, *On Poetry and Poets*, London: Faber and Faber, 1957, p. 196.
⑥ 张剑：《T. S. 艾略特：诗歌和戏剧的解读》，外语教学与研究出版社 2006 年版，第 1 页。

创作中像浪漫主义诗人那样充分且直接地将热烈的感情流露出来，而是主张通过意象、事件、场景、典故、引语等一系列象征物将个体的主观抒情变为客观呈现，在体味、揣摩中引发所对应的思想情感，营造言有尽而意无穷的艺术境界。

以《J.阿尔弗莱德·普鲁弗洛克的情歌》为例，这是一首特殊的情歌，在诗的开头"那么就让咱们去吧，我和你，趁黄昏正铺展在天际/像一个上了麻醉的病人躺在手术台上"①出现"黄昏""手术台""病人"这一组"客观对应物"，这里的"黄昏"完全不同于威廉·华兹华斯在《这是一个美丽的黄昏》（"It is a Beauteous Evening"）中呈现的"黄昏"。华兹华斯眼中，"黄昏"是美丽的，"宁静而从容（calm and free）"，"像一位/因崇敬而屏住呼吸的修女（as a Nun/ Breathless with adoration）"，既本真纯朴、可爱可亲，同时又在极简的自然表象下蕴藏着"庄严"（solemn）与"圣洁"（divine）的神性力量，诗中静穆安详的氛围映照出和谐平静的心境。而《J.阿尔弗莱德·普鲁弗洛克的情歌》中的"黄昏"却"像一个上了麻醉的病人躺在手术台上"，处于手术前麻醉状态，近乎死亡，为人控制和左右，而无丝毫反抗之力。"黄昏"幽暗的色彩烘染了气氛，困顿与迷茫的情绪蔓延开来，呈现一幅游离于生死之间的朦胧、混沌景象。接下来，"行人稀少的大街小巷""廉价小客店""满地是锯屑和牡蛎壳的饭店"展示了现代都市的凄冷、破败和肮脏。此刻，夜幕下的街巷被比作"冗长乏味的辩论"，隐藏着居心叵测的险恶目的；而"你"不得不去面对令人困窘并茫然不知所措的麻烦。一种难以名状的不安与担忧跃然纸上，使人无比忐忑，渲染出危机四伏的绝望情绪。张剑先生援引一位评论家的话强调，艾略特"唤起人们对黄昏所有的浪漫主义联想，目的在于'彻底结束它们'"②。显然，艾略特笔下的情歌既没有浪漫主义诗歌的激情与自信，也不再是对美好爱情的憧憬与赞美，取而代之的是对现代社会丧失信仰、礼崩乐坏的描写，充满错觉与虚伪的自我欺骗，更像是心灵饱受煎熬的人在梦魇般的世界里发出的痛苦呻吟。

---

① ［英］托·斯·艾略特：《J.阿尔弗雷德·普鲁弗洛克的情歌》，汤永宽译，载陆建德选编《荒原：艾略特文集·诗歌》，上海译文出版社2012年版，第3页。

② 张剑：《艾略特与英国浪漫主义传统》，外语教学与研究出版社1996年版，第27页。

在此，张剑先生注意到艾略特对动物意象的喜爱，承载不同象征意蕴的动物形象出现在诗歌中，构成意味深刻的动物话语。正如黄宗英教授在《艾略特〈荒原〉中的动物话语》一文中提到，"利用各种动物话语（discourse of animality）来淡化诗歌中的主体意识可谓艾略特一种有效的'非个性化'创作尝试"①。艾略特在《J. 阿尔弗莱德·普鲁弗洛克的情歌》中把黄雾（the yellow fog）比作一只猫，其中一连串的动词，如："蹭"（rub）、"舔"（lick）、"流连"（linger）、"跌"（fall）、"溜过"（slip）、"围着……绕"（curl）、"沉入睡乡"（fall asleep）赋予这只猫慵懒散漫的形象：它"在窗玻璃上蹭着它的背"，"把舌头舔进黄昏的各个角落"，"在阴沟里的水塘上面流连"，"跌个仰面朝天"，"溜过平台"，"围着房子绕了一圈"，随后"沉入睡乡"。黄雾笼罩下的懒散似睡的空气，与第一节诗中"像是麻醉在手术台上的病人一样的黄昏"形成呼应。"猫"的意象惟妙惟肖地映射出普鲁弗洛克颓废、漫无目的的生活状态及胆怯、矛盾、缺乏自信的心理状态。

张剑先生还以《荒原》中的"燕子"意象为例，指出"对于成熟时期的艾略特来说，对丁尼生的引入已经不再是影响，而是反面例子"。《荒原》尾声部分"我什么时候再是燕子——啊，燕子，燕子"一行诗让人联想起丁尼生的《公主》中的："啊，燕子，燕子，你飞吧，飞向南方去吧……"丁尼生笔下的燕子有着柔软美丽的羽毛、清脆明快的啼鸣，它的温顺形象和善解人意让它成为人类的好朋友，与人类建立起亲近、友好的关系。正是基于此，丁尼生将燕子的呢喃声与喁喁情话相连，让燕子担当信使，寄寓情思，传递情人间的思念，使奔放且热切的情感扑面而来。但出现在《荒原》的燕子却变了模样，正如张剑先生所指出的，"艾略特在将燕子这个意象引入他的诗歌之前，已经把'理想'的成分挤压干净。燕子不再是情人间的信使，也与浪漫的爱情毫无关联。相反，燕子与翡绿眉拉被残暴的国王奸污及人际关系中肮脏的一面联系在了一起"②。根据奥维德的《变形记》，翡绿眉拉被姐夫蒂留斯强暴。翡绿眉拉将自己的伤

---

① 黄宗英：《艾略特〈荒原〉中的动物话语》，载汪介之、杨莉馨主编《欧美文学评论选》，北京大学出版社 2011 年版，第 50 页。

② 张剑：《艾略特与英国浪漫主义传统》，外语教学与研究出版社 1996 年版，第 27 页。

心故事织结成一幅锦绣托人送给姐姐普洛克涅。普洛克涅在盛怒之下杀了儿子依贴士，煮熟了给丈夫吃。国王持刀杀死了姐妹俩，后来，姐妹俩都变成了鸟，翡绿眉拉是夜莺，姐姐变为了燕子。① 艾略特通过这个悲剧性的神话影射第一次世界大战后两性关系的混乱和道德的沦丧，反映了当时西方世界颓废、悲观和病态的精神状态。

张剑先生在书中第十三章提到，艾略特在他 14 岁生日当天收到一本精美的《美洲东北部的飞鸟手册》(Handbook of Birds of Eastern North America)，对于这份特殊的生日礼物，艾略特表现出浓厚的兴趣，在书中"把他所认识的鸟都打上了一个钩：鹌鹑、鸽、麻雀、金翅雀、鸫等。那时的他是一个好奇的、对外界的美很敏感的孩子，当然鸟也与童年的天真和幸福联系在一起"②。在《荒原》的原注（第五章《雷霆的话》第 357 行）中，艾略特也提到他曾在魁北克州（Quebec Country）亲耳听过画眉的叫声。根据艾略特在《美洲东北部的飞鸟手册》一书中的记载，"它的叫声不以多样性和洪亮取胜，但它在调子的清纯、甜美和转换声调的圆润方面是别的鸟类无法相比的"③。由此可见，各种各样的鸟的形象出现在艾略特的诗歌中并非偶然，而是与他从小对鸟的"痴迷"有着密切的关系。对于儿时那段快乐时光的美好记忆奠定了艾略特未来诗作中对鸟的形象与意义的界定，"无论是《枯叟》中迎风展翅的海鸥，还是《荒原》中在松树林里唱'滴水歌'的寄居鸫；无论是《圣灰星期三》中那不折的翅膀，还是《东科克》结尾处在无垠的海水上飞翔的海燕，还是《烧毁的诺顿》中以翅膀反射阳光的翠鸟，它们都代表了一种正面的价值"④。在这里，通过以鸟为代表的动物意象及其构成的动物话语，艾略特打破了诗人在诗歌中对于诗歌意义的直接阐述，激活了读者的想象力，从而极大地扩展了诗歌所蕴含的深刻寓意。可见，通过"观察动物话语来解读《荒原》也

---

① 参见黄宗英编《赵萝蕤汉译〈荒原〉手稿》，高等教育出版社 2013 年版。
② 张剑：《T. S. 艾略特：诗歌和戏剧的解读》，外语教学与研究出版社 2006 年版，第 178 页。
③ 张剑：《T. S. 艾略特：诗歌和戏剧的解读》，外语教学与研究出版社 2006 年版，第 178 页。
④ 张剑：《T. S. 艾略特：诗歌和戏剧的解读》，外语教学与研究出版社 2006 年版，第 179 页。

许算得上是在寻找那种文中所不存在的内涵……它们不仅表现了诗中人个性消失的戏剧化艺术效果，而且也表现了这个'零碎整体'中动物话语的特殊艺术表现力"①。

面对波恩斯坦、李茨等评论家针对艾略特后期诗歌中出现的"快乐元素"（happy evidence）就将艾略特归类为一名后浪漫主义诗人的评估，张剑先生予以反驳。虽然传统的星星、玫瑰、花园、喷泉等意象继续出现在艾略特后期诗歌中，且艾略特早期诗歌中的各种技巧和手段并不再使用，但这并不意味着他"反对浪漫主义的主要武器已经不复存在"，而恰恰相反，艾略特通过将诗歌中的意象进行多重类比，使用哲学和神学的一些概念追溯传统，对他所经历的体验和感受进行思考，这种"超验"的本质正是艾略特在其后期诗歌创作中创造出来的一种全新的诗歌表达方式，既是对个人追求精神升华过程中经历的折磨和煎熬的再现，也是他对"传统"所做的颠覆式的阐释与崭新的表达。

综上所述，张剑先生对艾略特与英国浪漫主义之间"背离"且"似同而非同的复杂关系"的判断与阐释推进了国内学者对艾略特的"反浪漫主义"诗学理论的深入研究，对于进一步挖掘艾略特诗歌和戏剧作品的历史与当代价值意义深远，同时，对于当下国内艾略特诗歌翻译及中译本的比较研究具有重要的借鉴意义。

第五节　"文学翻译是文学接受"
——董洪川论赵萝蕤汉译《荒原》②

董洪川先生先的博士学位论文《"荒原"之风：T. S. 艾略特在中国》③及其期刊论文《赵萝蕤与〈荒原〉在中国的译介研究》④介绍了赵

---

① 黄宗英：《艾略特〈荒原〉中的动物话语》，载汪介之、杨莉馨主编《欧美文学评论选》，北京大学出版社2011年版，第54页。
② 本小节由课题组成员北京联合大学应用文理学院基础教学部崔鲜泉副教授执笔。
③ 董洪川先生在四川大学文学与新闻学院攻读比较文学与世界文学专业时的博学位论文，于2003年9月完成，并于2004年由北京大学出版社出版。
④ 参见董洪川《赵萝蕤与〈荒原〉在中国的译介与研究》，《中国比较文学》2006年第4期。

萝蕤先生翻译《荒原》的历史背景，将文学接受理论运用到翻译批评当中，指出"文学翻译是文学接受"[1]，并且引用了刘树森先生的评论"赵译《荒原》是译介到我国的第一部西方现代派力作"[2]，充分肯定了赵萝蕤先生汉译《荒原》的历史功绩。

英国著名文艺批评家理查兹说："翻译很可能是整个宇宙进化过程中迄今为止最复杂的一种活动。"[3] 各种各样的翻译理论层出不穷。近年来，越来越多的学者认识到译者的主体性对译本的重要作用，将接受理论运用到翻译批评当中，由此出现了翻译的接受理论。文学接受理论于20世纪60年代兴起于联邦德国，其代表人物是伊赛尔（Wolfgan Iser，1922—2007年）和尧斯（Hans Robert Jauss，1921—1997年）。他们强调文本与读者的关系，将文学批评研究的重点从作者与文本的关系转移到文本与读者的关系上。接受理论强调文学作品是一个过程，即从作者到文本的创作过程及文本到读者的接受过程。而将接受理论运用于文学翻译批评上，就可以把文学翻译也看作一个过程。这一过程包括三部分：第一，作者到文本的创作过程；第二，译者对文本的翻译过程；第三，译本到读者的接受过程。[4] 文学翻译的接受理论，突出译者的主体作用，逐渐受到国内学者的青睐。不少学者开始将接受理论运用于翻译批评当中，董洪川先生也是其中之一。在他的专著《"荒原"之风：T. S. 艾略特在中国》中，董洪川先生系统阐述了他的翻译接受理论的观点。

董洪川先生认为"文学翻译就是文学接受"。他的理由有三点。第一，大多数人是通过文学译本接触外国文学作品并接受其影响的，因此译本是外国文学接受的起点。第二，译者首先是一位接受者。译本具有双重意义，它既是传播的开始，更是接受的成果。第三，翻译是两种文化交汇后碰撞出的火花，故而研究外国作家作品在一个国家的接受就必须研究译

---

[1] 董洪川：《"荒原"之风：T. S. 艾略特在中国》，北京大学出版社2004年版，第119页。
[2] 刘树森：《赵萝蕤与翻译》，载赵萝蕤译《中国翻译名家自选集·赵萝蕤卷——〈荒原〉》，中国工人出版社1995年版，第4页。
[3] Edwin Gentzler, *Contemporary Translation Theories* (Second Revised Edition), Clevedon: Multilingual Matters, 2001, p. 14.
[4] 参见卞建华《文学翻译批评中运用文学接受理论的合理性与局限性》，《外语与外语教学》2005年第1期。

本。因此，艾略特诗歌和文学评论文章的翻译是中国接受艾略特诗学理论及其诗歌作品的有机部分。董洪川先生认为，在探讨《荒原》的汉译时，"接受语境、译者主体性、误读、创造性叛逆等自然成为讨论的话题"①。

从翻译历史的角度，董洪川先生阐述到"一部翻译作品的成功既有社会外部环境的作用，也有译本本身的作用"②。《荒原》是现代派诗歌的代表作。它旁征博引、艰深晦涩，给翻译带来了极大的困难。尽管如此，赵萝蕤先生于1937年初版《荒原》中译本仍然取得了巨大成功。1939年，林语堂先生主编的《西洋文学》就发表了邢光祖的书评，称"赵女士的这册译本是我国翻译界的'荒原'上的奇葩"③。此后，长达半个多世纪，中国学界对赵萝蕤先生的汉译《荒原》褒扬声此起彼伏。

董洪川先生认为赵译《荒原》的成功，一个原因是艾略特不仅在当时西方文学界的地位如日中天，而且被中国文坛广泛接受；另一个原因是"中国自身文学发展的内在需求"④。赵萝蕤先生当时认为《荒原》是西方现代派诗歌的代表作，值得向中国读者介绍，会对中国诗坛产生积极正面的影响。赵萝蕤先生说："我翻译《荒原》曾是一种类似的盼望：我们生活在一个不平常的大时代里，这其中的喜怒哀乐，失望与盼望，悲观与信仰，能有谁将活的语言来一泻数百年来我们这民族的灵魂里至痛至深的创伤与不变不屈的信心。"⑤ 由此可以看出，赵萝蕤先生翻译《荒原》是希望中国的文学界能够学习借鉴艾略特的创作风格，促进中国诗坛的进一步发展，具有很强的现实意义。

译者接受是"整个文学接受中最为独特的部分"⑥。董洪川先生认为其独特的原因有三点：一是译者接受可以通过译本反映出来；二是译者接受又受到特别的约束，比如译者需要考虑读者、出版社等；三是严肃的译者对原作的解读是经过深思熟虑、反复斟酌的。在文学翻译中，译者不仅是原作的读者和接受者，同时也是译作的作者，对原作进行再创造和改

---

① 董洪川：《"荒原"之风：T. S. 艾略特在中国》，北京大学出版社2004年版，第120页。
② 董洪川：《"荒原"之风：T. S. 艾略特在中国》，北京大学出版社2004年版，第134页。
③ 赵萝蕤：《我的读书生涯》，北京大学出版社1996年版，第2页。
④ 董洪川：《"荒原"之风：T. S. 艾略特在中国》，北京大学出版社2004年版，第136页。
⑤ 赵萝蕤：《艾略特与〈荒原〉》，《我的读书生涯》，北京大学出版社1996年版，第18页。
⑥ 董洪川：《"荒原"之风：T. S. 艾略特在中国》，北京大学出版社2004年版，第137页。

写。董洪川先生总结了赵萝蕤翻译《荒原》的三点启示意义：一是"信"字为先；二是充分利用"周边文本"（指"序""跋""注释"等），并且参阅大量文献、文学作品，充分挖掘用典，增加译者按，即译者注释；三是运用灵活的直译法。①

董洪川先生提到，在接到翻译《荒原》任务之后，赵萝蕤先生选择了比较理想的《荒原》版本，并且对《荒原》进行了全面而深入的研究。《荒原》典故繁多、旁征博引，涉及五十多部文艺作品，运用了七种语言，"晦涩正是他的精神"②。赵萝蕤先生为了忠实于原作的风格和思想内容做了多方努力。《荒原》体裁多变，因此赵先生对译文体裁反复琢磨，希望"以体裁和文风的多样性从形式上辅助再现诗中采用的不同国家与时代的语言、体裁及包孕复杂文化内涵的典故"③。赵萝蕤先生还参阅了大量文献和相关作品，以便找出诗人略去的链条中的连接物，来克服《荒原》晦涩难懂的困难，这一点从她增加的译者按可以看出。

董洪川先生认为，通过直译法，赵萝蕤译出了《荒原》的情致。他以赵译《荒原》第1—18行为例来进行说明。董洪川先生认为赵萝蕤先生的译文不仅保留了原诗的意象，准确地表达了原作的思想内容，并且与原诗的节奏保持一致，译出了原诗的情致。此外，通过灵活的直译法，赵萝蕤先生译出了《荒原》的语言风格。《荒原》集高雅与低俗于一身，既有歌剧片段也有打油诗之类的粗俗诗行；既有戏剧独白也有下等人的不雅对话；既有日常口语，又有优雅的书面语，还有粗俗的俚语，即什么都可以入诗，有大俗也有大雅，使得诗歌语言风格多变。赵萝蕤的翻译努力再现了原诗不同的语言风格。董洪川先生以原诗第142—151行为例来进行说明。他认为原诗这几行在句法、语汇、节奏上都是典型的口语风格，赵萝蕤先生的译文也同样用了口语和俚语，努力再现了原诗的口语特征，忠实

---

① 参见董洪川《赵萝蕤与〈荒原〉在中国的译介与研究》，《中国比较文学》2006年第4期。
② 黄宗英：《"晦涩正是他的精神"：赵萝蕤汉译〈荒原〉直译法互文性艺术管窥》，《北京联合大学学报》（人文社会科学版）2019年第3期。
③ 刘树森：《赵萝蕤与翻译》，载《中国翻译名家自选集·赵萝蕤卷——〈荒原〉》，中国工人出版社1995年版，第10页。

传达了原诗的风格。① 此外，董洪川先生还以《荒原》第五章为例，表明赵萝蕤先生的译文在形式和意义上较好地再现了原诗。②

总之，董洪川先生认为，"赵译本《荒原》就整体而言，确是一部难得的佳译。译者不仅对原作理解透彻，对原作的艺术价值做出了正确的判断，而且在译文中也较为成功地找到了两种语言的结合点。特别是站在文化交流的角度看，赵译对艾略特在中国的接受起到了巨大的历史作用"③。

第六节　"当前最优秀的翻译作品"
——王誉公论赵萝蕤汉译艾略特《荒原》④

1995年10月5—7日，辽宁师范大学在美丽的海滨城市大连承办了1995年全国美国文学研究会年会，即"全国T.S.艾略特研讨会"。这一年不仅恰逢全国美国文学研究会成立十五周年，而且正逢艾略特逝世三十周年。北京大学赵萝蕤先生引用了叶公超先生为她1937年初版《荒原》中译本所写的序言中的一句话作为献给本次研讨会的题词："他［艾略特］的影响之大令人感觉，也许将来他的诗本身的价值还不及他的影响的价值呢。"⑤ 北京大学李赋宁教授给本次研讨会的题词中写到，艾略特"重视诗歌的机智、精练和形式的完美"⑥。时任全国美国文学研究会会长、山东大学吴富恒教授和南京大学刘海平教授给大会发了贺函。⑦ 时任上海翻译出版社总编汤永宽教授在开幕式讲话中说，《荒原》"史诗式的内涵与意蕴，它的形式结构的独创性，得到了文坛的确认"⑧。山东大学王誉公教授在大会闭幕式上做总结发言，肯定了"我国当前艾略特研究的最新成果"⑨。会议期间，成立了"中国艾略特—庞德研究会"

---

① 参见董洪川《"荒原"之风：T.S.艾略特在中国》，北京大学出版社2004年版。
② 参见董洪川《"荒原"之风：T.S.艾略特在中国》，北京大学出版社2004年版。
③ 董洪川：《"荒原"之风：T.S.艾略特在中国》，北京大学出版社2004年版，第144页。
④ 本小节由课题组成员北京联合大学师范学院英语系张军丽副教授执笔。
⑤ 赵萝蕤：《全国T.S.艾略特研讨会题辞》，《外国文学研究》1996年第2期。
⑥ 李赋宁：《全国T.S.艾略特研讨会题辞》，《外国文学研究》1996年第2期。
⑦ 参见吴富恒、陆凡《贺函》，《外国文学研究》1996年第2期。
⑧ 汤永宽：《开幕式讲话》，《外国文学研究》1996年第2期。
⑨ 王誉公：《大会总结发言》，《外国文学研究》1996年第2期。

(T. S. Eliot-Pound Society in China)。辽宁师范大学吕文斌教授担任会长，担任副会长的包括：山东大学王誉公教授、杭州大学朱炯强教授、中国社会科学院傅浩教授、南京大学张子清教授和中国社会科学院陆建德教授。《外国文学研究》1996年第2期专门开辟了"T. S. 艾略特专栏"，刊登了十五篇会议论文和一份由蒋洪新、孙永彬提供的《T. S. 艾略特作品译本、艾略特评价研究著作及论文目录》。在这些会议论文中，涉及艾略特诗歌艺术的论文有三篇：汤永宽的《艾略特诗歌艺术的独创性》、吕文斌的《T. S. 艾略特与意象派》和徐文博的《关于艾略特诗歌的用典》；涉及长诗《荒原》的论文有六篇：王誉公、张华英的《〈荒原〉的理解与翻译》、胡铁生的《论〈荒原〉的美学思想》、关福堃的《现代主义二重奏——〈荒原〉与〈尤利西斯〉》、傅浩的《〈荒原〉六种中译本比较》、潘玉立的《〈荒原〉中的现实主义倾向》和李颖的《〈荒原〉的意境》；涉及长诗《四个四重奏》的论文有三篇：蒋洪新的《印度思想与〈四个四重奏〉探幽》、张剑的《更深的沟通——〈东科克〉对现世生活的超越》、吕崇德的《对人生与永恒的沉思——〈小吉丁〉详析》；此外，还包括三篇讨论艾略特抒情诗和诗剧的论文：陈世丹的《〈枯叟〉的主题与结构试析》、王文的《生命哲学与〈大风夜狂想曲〉中的主题意象》和张强的《论〈大教堂里的谋杀案〉的非悲剧性因素》。在国内高级别外国文学类期刊上如此集中地针对一个作家发表十五篇学术论文，这种情况实属罕见。董洪川在综述新时期三十年国内艾略特研究的时候指出："几乎没有其他外国诗人享受过如此规模的待遇。"[1]

艾略特认为我们的文化体系是多样和复杂的，而且描写这种多样和复杂的文化体系的诗歌艺术形式也应该是多样和复杂的，因此"诗人们的作品肯定是费解的"[2]。赵萝蕤先生认为，《荒原》晦涩难懂的主要原因是作者"引经据典太多"，而且这些"典故盘根错节"、交叉渗透。[3] 由此可见，译者如何在译文中全面、正确、充分地反映原文诗歌

---

[1] 董洪川：《艾略特诗歌研究》，载章燕、赵桂莲主编《新中国60年外国文学研究》第一卷上《外国诗歌与戏剧研究》，北京大学出版社2015年版，第189页。

[2] ［英］托·斯·艾略特：《玄学派诗人》，李赋宁译，载《艾略特文学论文集》，百花洲文艺出版社1994年版，第24页。

[3] 黄宗英编：《赵萝蕤汉译〈荒原〉手稿》，高等教育出版社2013年版，第3页。

并非易事。王誉公先生在对比翻译与创作本身时曾评价说,相比较而言,翻译比创作更难,因为创作是作者用母语写作,"而翻译是将一个思想和文学样式从一种文字转换为另一种文字的创造性活动",译者需要克服的"不仅有两种语言的困难,还有两种不同的社会文化所带来的种种困难"①。王誉公、张华英在其论文《〈荒原〉的理解与翻译》中指出,"赵萝蕤先生在《外国现代派作品选》中发表的《荒原》是我国当前最优秀的翻译作品"②。在该篇文章中,王誉公先生认为,直译法是赵先生"成功的关键",并且认为赵先生在"思想内容,诗歌形式和语言风格"方面,用现代汉语将原文表达的"清清楚楚,惟妙惟肖"。

  现代主义诗歌因其变化多端的题材和语言,新颖奇特的象征和意象及含沙射影的语义表达等特点决定了直译法在诗歌翻译中的"主要地位"③。在谈到《荒原》这首诗的翻译时,赵萝蕤先生曾说,"直译法是能够比较忠实反映原作……使读者能尝到较多的原作风格"④,因此"这首诗很适合于用直译法来翻译"⑤。在评论赵萝蕤先生的"直译法"译文在句式结构方面的特征时,王誉公先生认为,赵萝蕤先生所采用的"变通"手法,即在基本保留原文句式结构的前提下,仅仅变动句中词语的位置,"是'直译法'的灵魂,是译者的真功夫"⑥。王誉公先生以《荒原》正文前四句和"风信子女郎"一节为例进行说明:

    四月是最残忍的一个月,荒地上
    长着丁香,把回忆和欲望
    参合在一起,又让春雨

---

① 王誉公、张华英:《〈荒原〉的理解与翻译》,《外国文学研究》1996年第2期。
② 王誉公、张华英:《〈荒原〉的理解与翻译》,《外国文学研究》1996年第2期。
③ 王誉公、张华英:《〈荒原〉的理解与翻译》,《外国文学研究》1996年第2期。
④ 赵萝蕤:《我是怎么翻译文学作品的》,《我的读书生涯》,北京大学出版社1996年版,第613页。
⑤ 赵萝蕤:《我是怎么翻译文学作品的》,《我的读书生涯》,北京大学出版社1996年版,第613页。
⑥ 王誉公、张华英:《〈荒原〉的理解与翻译》,《外国文学研究》1996年第2期。

催促那些迟钝的根芽。①

　　王誉公先生评论到,在这四行诗句中,除第一句的英文句式符合中文表达习惯,因而按照语序逐字直译外,其他三句分别按照中文的表达习惯,将各分句中的修饰语做了必要的调整,捋清了分句的逻辑结构关系,达到了表意清晰的目的,比如,将状语"荒地上"(out of the dead land)提到该分句的句首,通过"把"字句和"让"字句分别把宾语"回忆和欲望"(memory and desire)和状语"春雨"(with spring rain)前置。

　　在笔者看来,"把"字句和"让"字句的运用及"长着"一词所体现的进行时态,不仅凸显了现在分词的主动意义,而且将原文拟人化修辞手法体现得淋漓尽致。黄宗英教授也高度评价了赵萝蕤先生的这几行译文,认为赵先生的译文不仅忠实于原作的内容和风格,而且符合汉语的表达习惯,做到了"同义词(组)遣词准确"②。黄教授还注意到,诗歌原文前三行通过三个现在分词(breeding, mixing, stirring)的弱韵(feminine ending)断句,构建了"断续徐疾"的语调和节奏及句法结构的对仗,以凸显"孤独无序、焦躁不安的现代荒原人生命光景"③。译文中赵萝蕤先生通过使用近似分词——"长着","把……参合"和"让……催促"——并置行首的方法也成功实现了断句和排比效果,"做到了前四行的重音节数与原诗基本吻合,锁定了原诗的情致和节奏"④,取得了"形神并蓄的艺术效果"⑤。

　　王先生认为四月"是苦难和复活的时间,是新生命开始萌动的时间",四月之所以"残忍",是因为"四月为了创造新生命,不得不破坏

---

①　[英]托·斯·艾略特:《荒原》,赵萝蕤译,载袁可嘉、董衡巽,郑克鲁选编《外国现代派作品选》第1册(上),上海文艺出版社1980年版,第89页。
②　黄宗英:《"晦涩正是他的精神":赵萝蕤汉译〈荒原〉直译法互文性艺术管窥》,《北京联合大学学报》(人文社会科学版)2019年第3期。
③　黄宗英:《"晦涩正是他的精神":赵萝蕤汉译〈荒原〉直译法互文性艺术管窥》,《北京联合大学学报》(人文社会科学版)2019年第3期。
④　黄宗英、邓中杰、姜君:《"灵芝"与"奇葩":赵萝蕤〈荒原〉译本艺术管窥》,《北京联合大学学报》(人文社会科学版)2014年第3期。
⑤　黄宗英:《"晦涩正是他的精神":赵萝蕤汉译〈荒原〉直译法互文性艺术管窥》,《北京联合大学学报》(人文社会科学版)2019年第3期。

冬天（死亡）那死沉沉的平静"①。赵萝蕤先生直译译文"四月是最残忍的一个月"恰到好处地体现了整章诗歌的主题"生命来自死亡和腐朽"②。

王誉公先生在评论"风信子女郎"（第35—41行）一节的译文时说，除第一行将时间状语"一年前"（a year ago）和"先"（first）分别提到主语"你"之前和之后外，其他"大多数诗行是逐字逐句翻译过来的"③。直译译文"我说不出/话，眼睛看不见，我既不是/活的，也未曾死，我什么都不知道"④生动地再现了一位"呆呆"的男青年和一位"呆若木鸡"的少女四目相对的尴尬画面："他们都停留在宇宙的静止点上，无法沟通彼此的思想感情。"⑤ 在"一年前你先给我的是风信子"一行的译文中，王誉公先生认为"'是'字可有可无。加上它，汉语的意思显得通顺明白"⑥，但是如果译文中没有"是"字，那么中文译文的句式结构与英文原文更加吻合。笔者认为增译"是"字似乎可以反映赵萝蕤先生在选择遵循原文句式结构"直译"的同时，也注重"变通"，强化上下文的逻辑联系：（收到的花是）风信子，（被叫作）风信子的女郎，（采花的地点是）风信子的园。本行的译者注指出，风信子象征春天⑦，在这样一个美好的季节，男青年手捧代表暗恋之情的风信子来表白，盼望得到热情的回应，但结果是男女双方都瞠目结舌，一言不发，他们的爱情也就无疾而终了。"是"字的存在恰恰暗示了一丝讽刺意味，荒原上的人们相互之间缺乏理解、无法沟通、孤独而绝望。

除"风信子女郎"一节展现失败的爱情外，无爱或偷情的画面贯穿诗歌第二章和第三章始终。第二章《对弈》（第77—172行）为读者展示了两幅"荒原"上女人的情感世界：第一幅（第77—138行）里呈现的是一位上流贵妇的生活起居，富丽堂皇，但是神经紧张，不懂爱情，无法

---

① 王誉公、张华英：《〈荒原〉的理解与翻译》，《外国文学研究》1996年第2期。
② 王誉公、张华英：《〈荒原〉的理解与翻译》，《外国文学研究》1996年第2期。
③ 王誉公、张华英：《〈荒原〉的理解与翻译》，《外国文学研究》1996年第2期。
④ ［英］托·斯·艾略特：《荒原》，赵萝蕤译，载袁可嘉、董衡巽、郑克鲁选编《外国现代派作品选》第1册（上），上海文艺出版社1980年版，第91页。
⑤ 王誉公、张华英：《〈荒原〉的理解与翻译》，《外国文学研究》1996年第2期。
⑥ 王誉公、张华英：《〈荒原〉的理解与翻译》，《外国文学研究》1996年第2期。
⑦ ［英］托·斯·艾略特：《荒原》，赵萝蕤译，载袁可嘉、董衡巽、郑克鲁选编《外国现代派作品选》第1册（上），上海文艺出版社1980年版，第91页。

交流。王誉公先生在评论这部分时说,那些坐在"发亮的宝座"上的现代妇女"死气沉沉",古时候翡绿眉拉反抗强暴的故事恰恰"反衬出现代女性思想感情的浅薄和贫乏"①。

王誉公先生以第105—110诗行的译文为例,表明在保住"英文诗歌的原意"方面,直译法"一字一句地紧扣原文"功不可没。②

> 凝视的人像
> 探出身来,斜倚着,使紧闭的房间一片静寂。
> 楼梯上<u>有人</u>在拖着脚步走。
> 在火光下,刷子下,她的头发
> 散成了火星似的小点子
> 亮成诗句,然后又转而为野蛮的沉寂。③

王先生发现除了"楼梯上<u>有人</u>在拖着脚步走"一行中增译了"有人"一词外,第105—110诗行基本上是"完全直译出来的",甚至是"死译"出来的,从而完整、全面地呈现了原文的思想内容和讽刺手法:"那妇人在听到楼梯上的脚步声以后的行为(梳头)和心态(欲火炽烈)与室内沉静气氛形成鲜明的对照。"④ 王誉公先生还注意到,第109—110诗行中三个并列动词——spread(out)、glowed(into)和(would)be——的译文"散(成了)""亮(成)"和"转(而)为","恰如其分,既忠实于原词词义,又符合其语言环境"⑤。笔者认为,赵萝蕤先生采用直译法,通过寥寥数行栩栩如生地临摹了房间黑暗中焦急等待的"凝视的人像"(staring form):听到楼梯间的声音后,她探身侧耳倾听,她的全部注意力都聚焦于外面,因而听不到房间里的任何声响,所以"紧闭的房间一片静寂"。当她确定楼梯上确有脚步声后,她心潮澎湃,连梳数次头发。

---

① 王誉公、张华英:《〈荒原〉的理解与翻译》,《外国文学研究》1996年第2期。
② 王誉公、张华英:《〈荒原〉的理解与翻译》,《外国文学研究》1996年第2期。
③ [英]托·斯·艾略特:《荒原》,赵萝蕤译,载袁可嘉、董衡巽,郑克鲁选编《外国现代派作品选》第1册(上),上海文艺出版社1980年版,第98页。
④ 王誉公、张华英:《〈荒原〉的理解与翻译》,《外国文学研究》1996年第2期。
⑤ 王誉公、张华英:《〈荒原〉的理解与翻译》,《外国文学研究》1996年第2期。

赵萝蕤先生曾说，"我用直译法是根据内容和形式统一这个原则"①，在翻译实践中，赵先生也忠实地实践着她对直译法的理解和感悟。笔者发现，在汉译《荒原》手稿中，赵萝蕤先生最初是把"使紧闭的房间一片静寂"（hushing the room enclosed）翻译成"紧闭的屋子更为静穆"②。对比定稿，手稿译文似乎没有把现在分词"hushing"的主动含义全面表达出来，因而没有传神地勾勒出"凝视的人像"的侧耳倾听、翘首跂踵的行为和心境。此外，手稿译文中的"屋子"也没有定稿译文中的"房间"更吻合原文"room"的语义，手稿译文中的比较级"更为"是对原文的增译，但在达意方面似乎不如"一片"对原文"enclosed"的强化效果好。手稿译文中的"静穆"多形容"安静庄严"③，与此处描写"欲火炽烈"之屋内女人的统一度不高，而定稿中的"静寂"一词更吻合原文"安静"的语义内容，更逼真地反衬出女人"倾耳细听"的专注度。

无爱或怯爱的画面继续在《对弈》一章的第二个故事（第139—172行）中继续。王誉公先生发现赵萝蕤先生在翻译该部分时刻意模仿，使用"不乏粗俗字眼"的"现代汉语的日常用语"来传递原文对话中所使用的"粗俗的伦敦方言"："打扮打扮""镶牙""看不得""痛快痛快""有的是别人""瞪了一眼""挑挑拣拣""跑掉了""别怪我没说""真不害臊""这么老相"④、"脸拉得长长的""打胎""送了她的命""傻瓜""得了""缠着你""干吗结婚"⑤，等等，从而表明赵萝蕤先生采用的"直译"手法不仅保留了原作的"基本语言特征"，也忠实于"当时人物的心态及其社会背景"⑥，更为读者生动地展示了一幅社会底层畏惧爱情、苦苦挣扎的画面。

---

① 赵萝蕤：《我是怎么翻译文学作品的》，《我的读书生涯》，北京大学出版社1996年版，第607页。
② 赵萝蕤译：《荒原》，载黄宗英编《赵萝蕤汉译〈荒原〉手稿》，高等教育出版社2013年版，第51页。
③ 中国社会科学院语言研究所词典编辑室编：《现代汉语词典》，商务印书馆2012年版，第692页。
④ 赵萝蕤先生将"这么老相"改译成"这么古董"，参见《外国文艺》（双月刊）1980年第3期。
⑤ ［英］托·斯·艾略特：《荒原》，赵萝蕤译，载袁可嘉、董衡巽、郑克鲁选编《外国现代派作品选》第1册（上），上海文艺出版社1980年版，第100—101页。
⑥ 王誉公、张华英：《〈荒原〉的理解与翻译》，《外国文学研究》1996年第2期。

无爱或偷情的主题在诗歌第三章中得到进一步发展。王誉公先生认为《火诫》（第173—311行）一章中的"火"有两层含义：第一层："燃烧，表示色欲的破坏作用"；第二层："精练，表示净化的能量"①。王誉公先生引用诗歌第三章中对伦敦打字员与长有疙瘩的青年人之间的偷情行为的译文（第249—256行），证明译文"准确表达了原诗的思想内容"②。

    时机现在倒是合式，他猜对了，
    饭已经吃完，她厌倦又疲乏，
    试着抚摸抚摸她
    虽说不受欢迎，也没受到责骂。
    ……
    最后又送上形同施舍似的一吻，
    他摸着去路，发现楼梯上没有灯……

    她回头在镜子里照了一下，
    没大意识到她那已经走了的情人；
    她的头脑让一个半成形的思想经过：
    "总算完了事：完了就好。"
    美丽的女人堕落的时候，又
    在她的房里来回走，独自
    她机械地用手抚平了头发，又随手
    在留声机上放上一张片子。③

长有疙瘩的青年人"摸着去路"离开后，打字员竟然"没大意识到"她的情人已经离开，她甚至头脑中还闪过"完了就好"的念头，可以看出打字员是受害者，她丝毫没有享受到偷情的快乐，甚至这种无爱的关系对她来说是一种负担，所以才会有"总算完了事：完了就好"的如释重负

---

① 王誉公、张华英：《〈荒原〉的理解与翻译》，《外国文学研究》1996年第2期。
② 王誉公、张华英：《〈荒原〉的理解与翻译》，《外国文学研究》1996年第2期。
③ [英]托·斯·艾略特：《荒原》，赵萝蕤译，载袁可嘉、董衡巽，郑克鲁选编《外国现代派作品选》第1册（上），上海文艺出版社1980年版，第106—108页。

的反应。之后几行诗句的译文中，赵萝蕤先生特意采用了"机械地"、"随手"等字眼凸显打字员的麻木和冷淡。

王誉公先生总结了《火诫》一章所体现的现代诗歌的三个特点：从题材层面看，现代诗歌侧重描写"人类社会丑恶的东西"，尤其是第一次世界大战后青年一代生活的"空虚、荒唐"和他们"毫无意义的爱情，甚至是调情和奸情"；从诗歌体裁层面看，现代派诗人注重使用"自由诗体、复调散文"，喜欢尝试任何行之有效的诗歌形式；从诗歌语言层面上看，诗歌正逐步疏远"歌"接近"会话"，凸显诗歌的"语言口语化"和"语言多样化"等特点。①

笔者认为，艾略特在描写这段毫无情感的偷情画面时，基本采用的是句式结构完整的散文式表达，平铺直叙，完全颠覆了诗歌在读者心中的形象。赵萝蕤先生准确地把握了艾略特诗歌的这些现代派特征，用"口语化"、散文式的语言忠实地呈现了"荒原"中了无生气、毫无意义的"奸情"。王誉公先生高度评价了赵萝蕤先生不拘泥传统，敢为人先的翻译家精神，这一精神，在当时———谈及英美诗歌，节奏、韵律等字眼就纷沓而至，一谈及诗歌翻译，意象、意境等词就跃然纸上———的大背景下，弥足珍贵："赵先生在译《荒原》的过程中，从不拘泥这些传统形式。她从实际出发，根据原作的特点，选用相应的形式和词汇，甚为完美地保留了原诗的思想和风格。"② 诗歌翻译的最难之处当属诗味的保留问题，译者在保留诗歌形式的同时，往往损失了诗味，然而赵萝蕤先生的《荒原》译文"每每体现出形式与内容相互契合的艺术境界"③。

第七节　"仍流利畅达，不失为佳译"
——读傅浩先生的《〈荒原〉六种中译本比较》

在1995年10月辽宁师范大学承办的"全国 T.S. 艾略特研讨会"上，除了山东大学王誉公、张华英教授提交了题目为"《荒原》的理

---

① 参见王誉公、张华英《〈荒原〉的理解与翻译》，《外国文学研究》1996年第2期。
② 王誉公、张华英：《〈荒原〉的理解与翻译》，《外国文学研究》1996年第2期。
③ 黄宗英编：《赵萝蕤汉译〈荒原〉手稿》，高等教育出版社2013年版，第16页。

解与翻译"的论文之外,中国社会科学院外国文学研究所的傅浩研究员也提交了一篇与汉译艾略特《荒原》直接相关的论文——《〈荒原〉六种中译本比较》。① 这篇论文不仅开艾略特《荒原》中译本版本比较研究之先河,而且对国内外国文学现代经典译作版本比较研究做了有益的探索。作者实事求是,谦虚谨慎,观点鲜明,点到为止,且论文形式新颖,别具一格,让人一目了然,笔者每次阅读均受益匪浅。傅浩在论文的开篇便直奔主题:"艾略特的名诗 The Waste Land 的中文译本,笔者迄今为止所见到的有六种,题目均译为'荒原'。"这一开篇给笔者的启示是傅浩收集了当时所有的"荒原"中译本。这一点十分重要,也十分可贵。版本比较研究的第一项基础性工作就是应该尽可能地收集所有能够收集到的不同版本。傅浩收集的六个译本如下:

译本一:赵萝蕤译,载《外国现代派作品选》第 1 册(上),上海文艺出版社 1980 年版(此译本 1937 年初版)②;

译本二:裘小龙译,载《外国诗》,外国文学出版社 1983 年 9 月版;

译本三:赵毅衡译,载《美国现代诗选》,外国文学出版社 1985 年 5 月版;

译本四:查良铮译,载《英国现代诗选》,湖南人民出版社 1985 年 5 月(此译本完成于 20 世纪 70 年代后期);

译本五:汤永宽译,载《情歌·荒原·四重奏》,上海译文出版社 1994 年 3 月版;

---

① 参见傅浩《〈荒原〉六种中译本比较》,《外国文学研究》1996 年第 2 期。

② 根据笔者调研和版本比较,袁可嘉、董衡巽、郑克鲁选编的上海文艺出版社 1980 年版《外国现代派作品选》第 1 册(上),收录的艾略特《荒原》中译本不是赵萝蕤先生翻译的上海新诗社 1937 年初版《荒原》中译本,但与 1980 年赵萝蕤先生修订后刊载于《外国文艺》(双月刊)1980 年第 3 期第 80—121 页上的中译本基本上一样;编排上不同的地方包括:(1)《外国现代派作品选》采用脚注的形式,而《外国文艺》(双月刊)所采用的是尾注的形式,同时在诗歌正文中标出行数,每隔五行标注一次;(2)《外国现代派作品选》中《荒原》的卷首引诗(Epigraph)和献辞采用原文加脚注的形式,而《外国文艺》(双月刊)则采用中文译文在先,然后是括弧加原文,再加脚注的形式;(3)在《外国现代派作品选》中,袁可嘉先生作为第一主编为艾略特写了一篇画龙点睛式的评论简介(第 74—77 页),而在《外国文艺》(双月刊)中,译者赵萝蕤先生为艾略特写了一篇综合性评论介绍(第 76—79 页)。

译本六：叶维廉译，载《诺贝尔文学奖全集》第二十四卷，台北：台湾远景出版事业公司1983年版（此译本完成于1981年，但较晚见于大陆）。①

就《荒原》一诗的重要性，傅浩说："此诗在西方曾经具有划时代的影响，而在我国，仅从译本的数量上来看，影响亦应不小。"② 实际情况就是如此！要找出第二部像《荒原》这样拥有如此之多中译本的西方现代派长诗还真不是一件容易的事情。假如从译者阵容来看，就更不可思议了！为什么这么多位我国外国文学界的杰出学者都兴致勃勃地翻译了这同一首诗歌呢？我们知道，以上六位译者在我国外国文学教学、研究和翻译领域均作出过杰出的贡献。虽然傅浩老师说叶维廉先生的"译本完成于1981年，但较晚见于大陆"，但是，我们知道，叶维廉先生是1960年就在台湾师范大学英语研究所完成了他的硕士学位论文《艾略特方法论》(*T. S. Eliot: A Study of His Method*)③，翻译发表了艾略特的《荒原》（1960年）④，而且后来到美国普林斯顿大学攻读比较文学博士学位，研究庞德翻译的中国诗，并且于1969年出版了专著 *Ezra Pound's Cathy*（普林斯顿大学出版社）。无疑，叶维廉先生是一位有杰出贡献的艾略特学者。赵萝蕤先生曾经告诉我们："《荒原》一诗必须一读，那是因为它曾经轰动一时，其影响之大之深是现代西方诗歌多少年来没有过的。"⑤ 艾略特自20世纪二三十年代进入中国之后，引起了我国学界和文学界的广泛兴趣，被认为是中国新诗发展过程中出现的"第一次最大的现代性冲击波"⑥。1995年10月5—7日，在第一次全国规模的 T. S. 艾略特专题研讨会上，赵萝蕤先生在《外国现代派作品选》中发表的《荒原》中译本被

---

① 参见傅浩《〈荒原〉六种中译本比较》，《外国文学研究》1996年第2期。
② 傅浩：《〈荒原〉六种中译本比较》，《外国文学研究》1996年第2期。
③ 叶维廉：《叶维廉文集》第三卷，安徽教育出版社2002年版，第40页。
④ 参见叶维廉译：《众树歌唱：欧美现代诗100首》，人民文学出版社2009年版。
⑤ 赵萝蕤：《〈荒原〉浅说》，《我的读书生涯》，北京大学出版社1996年版，第19页。
⑥ 孙玉石：《中国现代主义诗潮史论》，北京大学出版社1993年版，第197页。笔者转引自董洪川《艾略特诗歌研究》，载章燕、赵桂莲主编《新中国60年外国文学研究》第一卷上《外国诗歌与戏剧研究》，北京大学出版社2015年版，第186页。

王誉公先生称为"我国当前最优秀的翻译作品"①;傅浩在他的大会论文结尾是这样评价赵萝蕤先生的《荒原》中译本的:"虽完成于三十年代,但今天看来,仍流利畅达,不失为佳译。"②

就他这篇译本比较论文的目的而言,傅浩说:"六种译本各有千秋,妙处不必赘言。本文仅拟着重于其中个别较明显的可疑或不足之处,以期为后来的新译提供可资完善的参考。"可见,作者是要通过对照《荒原》原文,就六个中译本中"个别较明显的可疑或者不足之处"进行版本比较研究和分析的,进而提出"可资完善的"参考建议。在本小节中,笔者想谈谈自己学习傅浩这篇论文的一点体会和收获。首先,是《荒原》的卷首引诗(Epigraph):

Nam Sibyllam quidem Cumis ego ipse oculis meis vidi in ampulla pendere, et cum illi pueri dicerent: Σίβνλλα τί θέλεις; respondebat illa: άποθανειν θέλω.③

赵萝蕤先生1937年《荒原》中译本手稿之简体版译文为:

是的,我自己亲眼看见在古米有一个西比儿吊在笼子里,当孩子们问她:西比儿,你要什么?她回答说:我要死。④

赵萝蕤先生还给"西比儿"加了一个脚注:"西比儿是一个先知"。关于其中的ampulla一词,傅浩提出的疑问是:"此拉丁文词原义是'瓶''罐''坛',并无'笼子'之义。且英文编者注亦译为bottle或jar。不知译本一、

---

① 王誉公、张华英:《〈荒原〉的理解与翻译》,《外国文学研究》1996年第2期。
② 傅浩:《〈荒原〉六种中译本比较》,《外国文学研究》1996年第2期。
③ T. S. Eliot, *The Complete Poems and Plays 1909–1950*, New York: Harcourt, Brace & World, 1971, p. 37.
④ 赵萝蕤译:《荒原》,载黄宗英编《赵萝蕤汉译〈荒原〉手稿》,高等教育出版社2013年版,第23页。[英]托·斯·艾略特:《荒原》,赵萝蕤译,新诗社1937年版,第17页。因赵萝蕤译1937年新诗社版为竖排繁体字中译本,不宜引用,故采用笔者编辑的2013年高等教育出版社的赵萝蕤先生1937年手稿之简体字版本。

四、五、六是否另有所本。"① 带着这个疑问，笔者查阅了几本相对权威和常用的英文版英美文学和诗歌教材，结果发现 ampulla 一词在注释中的英文翻译有两种，有将其翻译为 bottle（瓶子）和 jar（罐子）的，也有将其翻译为 cage（笼子）的。其中将其翻译为 bottle 的包括：《诺顿诗歌选集》（M. Ferguson, *The Norton Anthology of Poetry*, 4th ed., New York：Norton, 1996, p. 1236）、《麦克米兰美国文学选集》（G. McMichael, *Anthology of American Literature*, 3rd ed., Vol. II, New York：Macmillan, 1985, p. 1177）、《朗曼美国文学》（D. McQuade, *The Harper Single Volume American Literature*, 3rd ed., New York：Longman, 1999, p. 2003）；将其翻译为 cage 的包括：《诺顿英国文学选集》（S. Greenblatt, *The Norton Anthology of English Literature*, 8th ed., New York：Norton, 2006, p. 2615）、《诺顿美国文学选集》（N. Baym, etc. *The Norton Anthology of American Literature*, 4th ed., Vol. II, New York：Norton, 1994, p. 1270）、《二十世纪美国诗歌》（D. Gioia, D. Mason, M. Schoerke, *Twentieth-Century American Poetry*, ed., New York：McGraw-Hill, 2004, p. 259）；此外，笔者也发现有将 ampulla 翻译成 jar 的例子，比如《诺顿现代诗歌选集》（R. Ellmann and Robert O'Clair, *The Norton Anthology of Modern Poetry*, 2nd ed., eds., New York：Norton, 1988, p. 491）。有意思的是 Richard Ellmann 和 Robert O'Clair 两位教授在他们主编的《诺顿现代诗歌选集》中所提供的注释是这么写的：

"For I saw with my own eyes the Sibyl hanging in a jar at Cumae, and when the acolytes said, 'Sibyl, what do you wish?' She replied, 'I wish to die'"（Petronius, *Satyricon*, ch. 48）Apollo had granted the Sibyl eternal life but not eternal youth, and consequently her body shriveled up until she could be put in a bottle. ②

显然，从卷首引诗的英译文中看，原文中的 ampulla 被翻译成了英文单词

---

① 傅浩：《〈荒原〉六种中译本比较》，《外国文学研究》1996 年第 2 期。
② Richard Ellmann and Robert O'Clair, eds. ' *The Norton Anthology of Modern Poetry*, 2nd ed., New York：Norton, 1988, p. 491.

jar（罐子），但从编者的注释看，原文中的 ampulla 一词又解释成英文单词 bottle（瓶子）："阿波罗给了西比尔永生，却不保她青春常在，结果她的身体不断萎缩，直至能够被装进一个瓶子。"可见，两位编者也在犹豫，究竟是要将 ampulla 翻译成 jar 还是解释为 bottle 呢？除了这些国外常用的文学和诗歌教材之外，笔者还发现比较传统的英文版教学参考书中也有将 ampulla 解释成 cage 的例子，比如，索瑟姆（B. C. Southam）编著的 *A Guide to the Selected Poems of T. S. Eliot*。索瑟姆先生是这么翻译这一卷首引诗的："Yes, and I myself with my own eyes even saw the Sybil hanging in a cage; and when the boys cried at her: 'Sybil, Sybil, what do you want?' 'I would that I were dead', she caused to answer。"① 此外，编著者还在引诗之后用括弧加上了这么一句话："This is the translation in Eliot's own edition。"由此可见，傅浩所指的译本一、四、五、六的译者将 ampulla 翻译成"笼（子）"还的确是"另有所本"。

傅浩文章中讨论的第二个问题是艾略特的献辞"il miglior fabbro"六个译本的译文为：

译本一："最卓越的匠人"
译本二："最卓越的匠人"
译本三："最杰出的艺人"
译本四："更卓越的巧匠"
译本五："高明的匠师"
译本六："更完美的匠人"

傅浩的评点如下："在意大利文里，miglior 是 buono 的比较级形式，英文编者注将以上短语译为'The better craftsman'。盖因庞德曾帮助艾略特修改此诗，故而后者认为前者'更高明'。译本四、六得之，但译本四中的'巧'字似嫌多余。"傅浩的点评十分谨慎。译本五没有译出 miglior 一词的比较级意思固然不妥，可是，为什么前三个译本都将比较级翻译成

---

① B. C. Southam, *A Guide to the Selected Poems of T. S. Eliot*, 6th ed., San Diego, New York & London: Harcourt Brace & Company, 1994, p. 133.

最高级呢？难道这三位英语专家都译错了吗？根据笔者编辑的赵萝蕤先生1937年汉译《荒原》手稿，赵萝蕤先生把这个献辞译成了"最伟大的诗人"①，1937年新诗社出版《荒原》没有改动②，而且赵萝蕤先生还给fabbro一词加了译注："此字本意是创作者（maker），近人称诗人。"③ 就意大利语的字面意思而言，fabbro一词解释为"铁匠、工匠、手艺人"，可转义为"创造者、创始者"。④ 那么，在《诺顿诗歌选集》（The Norton Anthology of Poetry，4th ed., p.1236）、《麦克米兰美国文学选集》（Anthology of American Literature，3rd ed., Vol. Ⅱ，p.1177）、《朗曼美国文学》（The Harper Single Volume American Literature，3rd ed., p.2003）、《诺顿英国文学选集》（The Norton Anthology of English Literature，8th ed., p.2615）等文学选集中，艾略特的献辞意大利语"il miglior fabbro"均被翻译成"The better craftsman"，唯独在《诺顿美国文学选集》（The Norton Anthology of American Literature，4th ed., Vol. Ⅱ，p.1270）中，被翻译成"The better maker"。可见，赵萝蕤先生认为fabbro一词的"本意是创作者（maker）"，这种解释也不是没有根据的。假如我们回到但丁《神曲·炼狱篇》第26章中去看看第117行所在的前后诗行的中英文翻译，或许能够帮助我们更好地理解艾略特此处献辞的真切含义。根据（Allen Mandelbaum）翻译的英文版《神曲·炼狱篇》（The Divine Comedy of Dante Alighieri · Purgatorio），但丁《神曲·炼狱篇》第26章第112—118行的英译文如下：

> And I to him: "It's your sweet lines that, for
> as long as modern usage lasts, will still
> make dear their very inks." "Brother," he said,
> "he there, whom I point out to you" — "he showed
> us one who walked ahead" — "he was a better

---

① 赵萝蕤译：《荒原》，载黄宗英编《赵萝蕤汉译〈荒原〉手稿》，高等教育出版社2013年版，第25页。
② ［英］托·斯·艾略特艾：《荒原》，赵萝蕤译，新诗社1937年版，第18页。
③ 赵萝蕤译：《荒原》，载黄宗英编《赵萝蕤汉译〈荒原〉手稿》，高等教育出版社2013年版，第25页。
④ 北京外国语学院《意汉词典》组编：《意汉词典》，商务印书馆1985年版，第293页。

artisan of the mother tongue, surpassing all those who wrote their poems of love or prose romances" —①

根据田德望先生的翻译,但丁《神曲·炼狱篇》第26章第112—118行的中译文如下:

> 我对他说:"您的温柔的诗,只要现代用俗语写诗之风持续下去,就会使其手抄本 仍然珍贵。""啊,兄弟啊,我用手指给你的这位",他指着前面的一个幽魂说,"是使用母语更佳的工匠,他超过一切写爱情诗和写散文传奇的作家"②。

这里诗中人"我"是但丁,而"他"指13世纪意大利著名诗人圭多·圭尼采里(Guido Guinizzelli)③;但丁在对圭尼采里说话的时候,他使用尊称"您";"前面的一个幽魂"指的是12世纪后半叶著名的普罗旺斯诗人阿尔诺·丹尼埃尔(Arnaut Daniel)。在这一章节里,圭尼采里已经完成了他命终之前的忏悔并且已经在炼狱里"净罪"④ 的过程之中;但丁和圭尼采里一前一后,沿着边际行走。当但丁赞美圭尼采里创作了"您的温柔的诗"时,圭尼采里似乎出于谦虚,便随即指给但丁看"前面的一个幽魂(即阿尔诺·丹尼埃尔)",并且说:他"是使用母语更佳的工匠,他超过一切写爱情诗和写散文传奇的作家"。这里"更佳的工匠"原文是il migli-

---

① Allen Mandelbaum, Tr., *The Divine Comedy of Dante Alighieri · Purgatorio*, New York: Bantam Books, 1982, p.247.
② [意]但丁:《神曲·炼狱篇》,田德望译,人民文学出版社2002年版,第523页。
③ [意]圭多·圭尼采里(Guido Guinizzelli, 1240—1276年),出生在意大利波伦亚(又译博洛尼亚),是13世纪著名诗人;他继承了普罗旺斯诗人和西西里诗人及托斯卡那诗派的领袖圭托内的传统,开创了"温柔的新体"诗派。晚期普罗旺斯诗人把爱情看成一种能够使人道德高尚的感情。圭尼采里最著名的雅歌《爱情总寄托在高贵的心中》(又译《高贵的心灵》)发展了这种思想,以经院哲学的方式,通过种种比喻,说明爱情来源于高贵的心。高贵的心中潜在的爱情被女性之美激发出来,成为促使人向上的道德力量。这首雅歌可以说是"温柔的新体"诗派的纲领(详见[意]但丁《神曲·炼狱篇》,田德望译,人民文学出版社2002年版,第529页注释)。
④ 《炼狱篇》第26章第91—93行译文为:"至于我的名字,我愿意满足你的愿望:我是圭多·圭尼采里,我已经在净罪,因为我在命终之前就及时忏悔了。"

or fabbro；圭尼采里的意思是丹尼埃尔用普罗旺斯俗语创作诗歌的艺术水平要比圭尼采里自己用意大利俗语写诗的水平更高，而且丹尼埃尔的诗歌艺术水平超过了所有普罗旺斯语和法语作家，因为圭尼采里所说的"爱情诗"（Versi d'amore）指用普罗旺斯语、法语和意大利语创作的抒情诗，而"散文传奇"（prose di romanzi）包括用法语写的爱情故事和冒险故事。① 由此可见，虽然圭尼采里此处嘴上说的是"更佳的工匠"，但是实际上，在他的心目中，阿尔诺·丹尼埃尔就是"最卓越的匠人"或者"最伟大的诗人"。因此，赵萝蕤先生于1937年将这一献辞翻译成"赠埃士勒·旁德/最伟大的诗人"② 也是有道理的。或许是为了更好地体现她的"比较彻底的直译法"③ 文学翻译的艺术特点，赵萝蕤先生于1979年将这一献辞改译成了"赠埃士勒·庞德最卓越的匠人"④。笔者认为，赵萝蕤先生的这一修订不仅体现了她的文学翻译直译法主张，而且更重要的是体现了她对理解原作精益求精的精神。关于这一献辞，赵萝蕤先生也曾经有过解释："艾略特把这首诗献给庞德，并称他为'最卓越的匠人'，是因为原诗比后来的定稿长将近一半，是经庞德删节才成为最后的433行的。这一删节大大改进了诗的内容和结构，这是值得诗人感激的。而且庞德写诗与成名在前，他曾多次提携艾略特，使后者终于青出于蓝。"⑤

此外，从这一献辞出处的上下文判断，这"更佳的工匠"实际上是但丁对这位12世纪普罗旺斯吟游诗人阿尔诺·丹尼埃尔的赞美，强调的是丹尼埃尔的诗歌创作艺术水平超越了所有普罗旺斯"写爱情诗和写散文传奇的作家"，而且这一献辞还与庞德有密切的关联，因为庞德《罗曼司精神》（The Spirit of Romance，1910年）的第二章不仅以此为题目，而且是专辟一章将阿尔诺·丹尼埃尔誉为当时的一位伟大诗人。此外，根据索瑟姆教授的介绍，庞德于1911—1912年曾经连续发表了12篇专门研究阿

---

① 参见［意］但丁《神曲·炼狱篇》，田德望译，人民文学出版社2002年版，第530页注释。
② 赵萝蕤译：《荒原》，载黄宗英编《赵萝蕤汉译〈荒原〉手稿》，高等教育出版社2013年版，第25页。
③ 赵萝蕤：《我是怎么翻译文学作品的》，《我的读书生涯》，北京大学出版社1996年版，第186页。
④ ［英］托·斯·艾略特：《荒原》，赵萝蕤译，《外国文艺》（双月刊）1980年第3期。
⑤ 赵萝蕤：《〈荒原〉浅说》，《我的读书生涯》，北京大学出版社1996年版，第21页。

尔诺·丹尼埃尔诗歌的文章，原本有计划集辑成书。① 显然，庞德《罗曼司精神》第二章的取名是直接来自但丁通过圭尼采里的嘴道出了他对丹尼埃尔的称赞："是使用母语更佳的工匠。"而且"他［丹尼埃尔］超过一切写爱情诗和写散文传奇的作家"。在他的论文《阿尔诺·丹尼埃尔》（"Arnaut Daniel"）的开头，庞德称阿尔诺·丹尼埃尔为"普罗旺斯雅歌最卓越的创新者"（the best fashioner of songs in the Provenςal）②。因此，笔者认为，庞德对丹尼埃尔的这一赞美与但丁称丹尼埃尔为"更佳的工匠"，以及艾略特称赞庞德为"最卓越的匠人"或者"最卓越的诗人"如出一辙。

傅浩的这篇文章总共选择了《荒原》一诗中二十四个案例进行六个中译本的比较研究。除了以上笔者进行拓展分析的《荒原》一诗题记和献辞的英文翻译比较之外，傅浩还从《荒原》正文中选择了二十二个原文片段进行六个版本的对比分析，见表1-1。

表1-1　傅浩文章中涉及《荒原》六个中译本中误解、误译及修改建议统计

序号	原文位置	误解	误译	修改建议
1	第31—34行	Kind	小孩；孩子	女孩
2	第37—41行	late	晚归	不够口语化
		I could not/ Speak	我却口舌/难言	不够口语化
		I knew nothing	一无所知	不够口语化
		I was neither/ Living nor dead	我既不是/活的，也未曾死；神魂颠倒，不生/也不死	我半死/不活
		heart	心脏	中心
3	第43—46行	clairvoyante	相士；相命家；千里眼	术士、女巫
		wicked	邪恶、恶毒；绝妙、鬼精灵	一语双关
4	第60—64行	undone	尚未处置	/

---

① 参见 B. C. Southam, *A Guide to the Selected Poems of T. S. Eliot*, 6th ed., San Diego, New York & London: Harcourt Brace & Company, 1994。

② Ezra Pound, "Arnaut Daniel", *Literary Essays of Ezra Pound*, New York: New Directions, 1968, p. 109.

续表

序号	原文位置	误解	误译	修改建议
5	第78—82行	double the flames of	加倍发光；倍添光焰	变成双重
6	第94—96行	sea-wood	沉香木；海洋森林	海水浸过的木料
		fed with copper	用铜皿供奉着；撒着铜粉；镶满了黄铜	用铜器向炉中送燃料
		the colored stone	彩色宝石	砌壁炉用的大理石
7	第110行	savagely still	更加狂蛮（译本六）	/
8	第128行	Rag	破烂（译本二）	（莎士比亚式的）欢闹
9	第135—138行	hot water	开水	热水
		closed car	关紧的汽车；轿式马车	有/带篷的车
		lidless eyes	没有眼皮的眼睛	不眠的、注视的
10	第153—154行	you can get on with it	那就听便吧	你还是能过下去的
11	第158行	antique	苍老；老古董；古老	老相
12	第160行	nearly died of young George	小乔治差点送了她的命	容易引起误解
13	第163—164行	there it is	结果就是如此；这事又来了；那怎么办；还会有孩子；你不会再有	就这么回事/就只好如此
14	第167行	in	漏译	/
		hot	新鲜	趁热
15	第171行	Ta ta	明儿见；懒安	再见
16	第231—234行	carbuncular	红玉（译本六）	痤疮（粉刺）
		house agent	小公司的职员；小店代办的伙计；小代理店的办事员	房产代理商
17	第241—242行	makes…of	/	to understand to be the meaning of
18	第322—327行	整段	因省略标点符号而误解的名词性短句	/
19	第341—342行	sterile	漏译（除译本三外）	/
20	第380—382行	Whistled	飕飕地飞；飕飕地飞扑着翅膀	蝙蝠的叫声
		crawled	俯冲	慢慢地爬行
		blackened	烟熏的	转黑；变得黑暗

续表

序号	原文位置	误解	误译	修改建议
21	第404—405行	surrender	献身；奉献	（佛教）舍
		awful daring	非凡；凛然；大胆	大无畏
		an age of	一个时代	长期
22	第414—415行	confirm	守着；守住；认定；证实	加固

根据笔者的不完全统计，因为译者对原文词句的理解误差而直接影响译文准确性的案例共有37处，其中句子理解误差的7处，其余30处属于对原文词语（包括个别词组和习语）的理解问题。傅浩不仅指出了理解上的误差和错误，而且分析了问题之所在，并且提出了修改建议。那么，我们从傅浩的这一版本比较研究中能够得到哪些启示呢？笔者认为，第一，就是傅浩经常强调的观点，即"翻译是细读的细读"①。面对《荒原》这么一首人称"晦涩正是他的精神"② 的现代长篇诗歌，无论译者多么小心翼翼，出现个别对原文词语理解误差的地方都是在所难免的，何况正如美国诗人罗伯特·弗罗斯特还曾经"小心翼翼地"（guardedly）给诗歌下过这么一个定义："诗是翻译中所丢失的东西。"③ 弗罗斯特之所以这么认为是因为诗歌中词语内在的含义"总是弯弯曲曲的"，因此"人们对词语的理解往往不尽相同"④。当然，弗罗斯特并不是说诗歌是不可译的，而是强调诗歌翻译往往是一件智者见智、仁者见仁的难事。众所周知："译事三难：信、达、雅。求其信，已大难矣！"⑤ 但是，我们深信人性是相通的。虽然人们生活的自然环境、条件及文化背景不同，但是人们毕竟还是生

---

① 傅浩：《英语诗歌的理解与翻译》，《窃火传薪：英语诗歌与翻译教学实录》，上海外语教育出版社2011年版，第105页。

② 赵萝蕤译：《荒原》，载黄宗英编《赵萝蕤汉译〈荒原〉手稿》，高等教育出版社2013年版，第241页。

③ Robert Frost, "Conversations on the Craft of Poetry", *Robert Frost on Writing* ed., Elaine Barry, New Brunswick (New Jersey), 1973, p.159. 原文："I like to say, guardedly, that I could define poetry this way: It is that which is lost out of both prose and verse in translation。"

④ Robert Frost, "Conversations on the Craft of Poetry", *Robert Frost on Writing* ed., Elaine Barry, New Brunswick (New Jersey), 1973, p.159. 原文："That means something in the way the words are curved and all that—the way the words are taken, the way you take the words。"

⑤ 严复：《天演论·译例言》，载罗新璋编《翻译论集》，商务印书馆1984年版，第37页。

活在同一个地球村里，共同用自己的智慧和力量铸造人类命运的共同体，所以人们基本的思想感情及交流思想感情的方法总是相通的，诗歌的可译性是不容置疑的。针对弗罗斯特所谓"诗是翻译中所丢失的东西"这一说法，傅浩曾经说，"诗不是在翻译中丢失的东西，而是在翻译中幸存下来的东西，那才是真正的诗"[1]，因此他强调"翻译是细读的细读"。艾略特也曾经说"真正的好诗是经得起分析的"[2]。赵萝蕤先生认为翻译严肃的文学著作的第一个起码条件就是"对作家作品理解得越深越好"[3]。一般来说，我们主张在开始翻译一首诗歌之前，译者必须认真研读和反复推敲诗歌原作，必须读懂原诗中的每一个字、每一个词、每一个标点、每一个意象、每一种格律形式、每一种修辞手法及其艺术含义。从表1-1所列举的译者对原文词句误解的案例看，多数还是因为译者对原文推敲不足、挖掘不够所造成的误解和误译现象。比如，第43—46行中的"clairvoyante"一词及其词组"a wicked pack of cards"：

原文："Madame Sosostris, famous clairvoyante, /Had a bad cold, nevertheless/Is known to be the wisest woman in Europe, /With a wicked pack of cards。"

译本一："马丹梭梭屈士，著名的相士，/患了重感冒，可仍然是/欧罗巴知名的最有智慧的女人，/带着一套恶毒的纸牌。"

译本二："梭斯脱里斯夫人，著名的千里眼，/害着重伤风，依然/是欧洲人所共知的最聪明的女子，/携带一副邪恶的纸牌。"

译本三："索索特利斯太太，出名的相士/伤风挺厉害，然而却是/全欧洲最睿智的女人，/有一副绝妙的纸牌。"

译本四："索索斯垂丝夫人，著名的相命家，/患了重感冒，但仍然是/欧洲公认的最有智慧的女人，/她有一副鬼精灵的纸牌。"

---

[1] 傅浩：《英语诗歌的理解与翻译》，《窃火传薪：英语诗歌与翻译教学实录》，上海外语教育出版社2011年版，第87页。

[2] 傅浩：《英语诗歌的理解与翻译》，《窃火传薪：英语诗歌与翻译教学实录》，上海外语教育出版社2011年版，第105页。

[3] 赵萝蕤：《我是怎么翻译文学作品的》，《我的读书生涯》，北京大学出版社1996年版，第184页。

译本五:"索梭斯特里斯太太,著名的千里眼,/患了重感冒,可她仍然是/人所熟知的欧洲最聪明的女人,/她有一副邪恶的纸牌。"

译本六:"索索斯特斯夫人,著名的千里眼,/也患了重伤风,可是啊/她仍被称为全欧最有智慧的女人,/带着一副邪恶的纸牌。"①

傅浩的评点如下:"此处 clairvoyante 是指具有超自然的遥视或预测能力的女人,似应译为'术士'或'女巫'甚至'天眼通';'相士''相命家'和'千里眼'则均不够准确。wicked 一词亦有 excellent 之义,译本三作'绝妙'、译本四作'鬼精灵',都不算错,但此词在这里亦不失其原义'邪恶'或'恶毒'。"② 笔者认为,傅浩的评点给我们的第一点重要启示就是"翻译的唯一标准就是准确"③,即语义和文体两个方面的准确。语义准确要求译者准确地把握词语的本义、引申义、联想义、象征义等,而文体准确需要译者考虑遣词造句、语气、修辞手法等构成原作者独特风格的各种元素。傅浩要求"最好每一个字的意蕴都要有着落,都要扣住……原文每一个字的意思要想方设法充分地体现出来,最好不要有遗漏"④。当然,要准确地译出每一个词语语义和文体两个方面的意蕴是不容易的。比如,前面这个案例中的"clairvoyante"和"a wicked pack of cards"。它们显然是这几行诗中的一个关键词和一个关键词组,但同时又是两个翻译难点,因此译者在翻译之前必须仔细推敲它们的字面意思及其言下之意。《荒原》诗中的"clairvoyante"一词实际上是一个法语单词,由"clair"和"voyante"两个部分即单词构成;"clair"的意思是"明亮的;清澈的"⑤;而"voyante"是法语单词"voyant"的阴性形式;"voyant"作为一个名词的意思是"有超人视力者;通灵者,预言者;〈古〉先知[《圣经》用语]: *une ~ e extra-lucide* 一位天眼通的女通灵者; *une ~ e dans une*

---

① 以上六个译本及原文均转引自傅浩《〈荒原〉六种中译本比较》,《外国文学研究》1996 年第 2 期。

② 傅浩:《〈荒原〉六种中译本比较》,《外国文学研究》1996 年第 2 期。

③ 傅浩:《英语诗歌的理解与翻译》,《窃火传薪:英语诗歌与翻译教学实录》,上海外语教育出版社 2011 年版,第 87 页。

④ 傅浩:《英语诗歌的理解与翻译》,《窃火传薪:英语诗歌与翻译教学实录》,上海外语教育出版社 2011 年版,第 98 页。

⑤ 陈振尧主编:《新世纪法汉大词典》,外语教学与研究出版社 2005 年版,第 525 页。

foire，集市上一个女算命术士；les ~ e de la Bible，《圣经》中的先知"①。根据《牛津英语词典》（OED）的解释，"clairvoyant"作为一个形容词的意思是"clear-sighted, having insight"②，其汉语意思相当于"有超人视力的；有洞察力的"③；当"clairvoyant"作为一个名词的时候，它的意思是：（1）"a clear-sighted person"④，汉语意思是"神视者，千里眼"⑤；（2）"One who possesses the faculty of clairvoyance"，汉语意思是"有洞察力的人"⑥，而且"clairvoyance"一词的英文解释包括"Keenness of mental perception of objects at a distance or concealed from sight（具有遥视或者透视的敏锐）"⑦。艾略特在诗中使用的是类似于法语阴性单词词尾" ~ e"的阴性形式"clairvoyante"。根据《牛津英语词典》的解释，当这一英语单词用于阴性的时候，它经常被当作这个法语单词的阴性形式对待（Often treated as French with female *clairvoyante*）。⑧ 可见，傅浩认为"此处 clairvoyante 是指具有超自然的遥视或预测能力的女人"，这一解释是经过仔细推敲的。那么，既然这位被诗人称为"Madame"的"Sosostris"是整个"欧罗巴最有智慧的女人"，那么，为什么傅浩认为此处把"clairvoyant·译成"'相士''相命家'和'千里眼'则均不够准确"呢？笔者发现，在赵萝蕤先生1937年初版《荒原》中译本中，这4行诗（第43—46行）的简体版译文如下：

马丹梭梭屈士，有名的女巫，

---

① 陈振尧主编：《新世纪法汉大词典》，外语教学与研究出版社2005年版，第2814—2815页。
② James A. H. Murray, eds., *The Oxford English Dictionary*, 2nd ed., Vol. Ⅲ, Oxford: Clarendon Press, 1989, p. 263.
③ 陆谷孙主编：《英汉大词典》，上海译文出版社2007年版，第339页。
④ James A. H. Murray, eds., *The Oxford English Dictionary*, 2nd ed., Vol. Ⅲ, Oxford: Clarendon Press, 1989, p. 263.
⑤ 陆谷孙主编：《英汉大词典》，上海译文出版社2007年版，第339页。
⑥ 陆谷孙主编：《英汉大词典》，上海译文出版社2007年版，第339页。
⑦ James A. H. Murray, eds., *The Oxford English Dictionary*, 2nd ed., Vol. Ⅲ, Oxford: Clarendon Press, 1989, p. 262.
⑧ James A. H. Murray, eds., *The Oxford English Dictionary*, 2nd ed., Vol. Ⅲ, Oxford: Clarendon Press, 1989, p. 263.

> 害着重伤风，可仍旧是
> 欧罗巴最有智慧的女人，　　　　　　　　　　　　　　　45
> 带着一套恶纸牌。①

　　从赵萝蕤先生的译文中可以看出，译者并没有把"Madame"这一在法语中表示女性正式称呼或者尊称的单词直接译成"夫人"或者"太太"，也没有把"famous clairvoyante"中规中矩地翻译成"著名的女相士"，而是采用了一种调侃搞笑的口语音译的手法，把原作中所蕴含的挖苦讽刺的意味保留在了译文中；此外，"Had a bad cold"没有被规规矩矩地译成"患了重感冒"，而是带有十足的口头斥责的味道："害着重伤风"。更有意思的是，"Is known to be the wisest woman in Europe"这一行在遣词造句方面，虽然使用了被动态和形容词最高级，但是原文并没有给读者留下任何正式和严肃的感觉，因为诗人此处原文中的遣词造句比较简单朴素，然而赵萝蕤先生译文的遣词造句真可谓别出心裁了，硬是把这么一个名不见经传或者说是压根儿就名不副实的"女巫"，用一种十分严肃、正式甚至有点夸张的语气和遣词造句的手法，强化深藏于字里行间的讽刺和挖苦意蕴："可仍旧是/欧罗巴最有智慧的女人。"试想，就这么一个连"夫人"或者"太太"的称呼都配不上的"女巫"，而且身体还"害着重伤风"，怎么就在赵萝蕤先生的笔下成了"仍旧是/欧罗巴最有智慧的女人"呢？虽然"the wisest"可以译成"最有智慧的"，"Europe"也可以翻译成"欧罗巴"，但是诗人这种貌似一本正经的夸张译法所蕴含的讽刺意味也同样是显而易见的。

　　此外，最后的"a wicked pack of cards"，为什么译者没有将其翻译成"一副邪恶的纸牌"或者"一副绝妙的纸牌"或者"一副鬼精灵的纸牌"，而翻译成"一套恶纸牌"呢？笔者认为，赵萝蕤先生恰恰是考虑到了"wicked"一词蕴含着一语双关的意思。此处"wicked"与前一行的"wisest"同押头韵（alliteration），而且前后相随，上下呼应，增强了其中的

---

① 赵萝蕤译：《荒原》，载黄宗英编《赵萝蕤汉译〈荒原〉手稿》，高等教育出版社2013年版，第36—37页。参见［英］托·斯·艾略特：《荒原》，赵萝蕤译，新诗社1937年版，第23页。

讽刺意蕴；如果译者将其译成"邪恶"或者"恶毒"，倒也算顺理成章，但是"wicked"一词又有"淘气的，顽皮的"的意思及英语俚语里所说的"技艺高超的""顶呱呱的"等意思，所以赵萝蕤先生把这一词组译成"一套恶纸牌"，用一个"恶"字兼顾了"wicked"一词一语双关的艺术效果，同时激发起读者一连串丰富的想象："恶毒""恶鬼""恶念""恶意""恶搞"……其实，这几行诗的理解并不简单。为了帮助读者更好地理解这几行诗歌，诗人艾略特还专门给第 46 行中的"a wicked pack of cards"加过这么一个注释：

> 我并不熟悉太洛（Tarot）纸牌的确切组成，只是用来适应我自己的方便。按照传说，这套纸牌中的成员之一是"那被绞死的人"，他有两方面适应我的目的：在我思想中，他和弗雷受（译注：《金枝》的作者 Frazer）的"被绞死的神"联系在一起，又把他和第五节中使徒到埃摩司去的路上遇到的那个戴斗篷的人联系在一起。腓尼基水手和商人出现较晚；"成群的人"和"水里的死亡"则见于第四节。"带着三根杖的人"（是太洛纸牌中有确切根据的一员）我也相当武断地把他和渔王本人联系起来。①

显然，艾略特笔下这位"有名的女巫"随身携带的太洛纸牌还真是"一套恶纸牌！"纸牌中的人物关系错综复杂，艾略特并不熟悉其中的"确切组成"，而是取其所需。赵萝蕤先生也有过一段评论，她认为这位"马丹梭梭屈士〔并〕不是什么高明的女相士，她患着重感冒，只会用太洛纸牌卜卦。在她的牌里出现了'水里的死亡'（主要人物是腓尼基水手）、带着三根杖的人（即渔王）、独眼商人和'那被绞死的人'（即耶稣），这些人物反复出现在诗中（详见译者注）"②。在赵萝蕤先生看来，如果译者没有进一步对太洛纸牌中这些关键人物之间的关联做进一步的注释，那么中国读者仍旧不容易抓住《荒原》的主题思想实

---

① 赵萝蕤译：《荒原》，载袁可嘉、董衡巽、郑克鲁选编《外国现代派作品选》第 1 册（上），上海文艺出版社 1980 年版，第 100 页。
② 赵萝蕤：《〈荒原〉浅谈》，《我的读书生涯》，北京大学出版社 1996 年版，第 22 页。

质。于是，赵萝蕤先生给1937年新诗社初译《荒原》中译本的第46行加上了一个"译者按"①。43年之后，当1980年第3期《外国文艺》（双月刊）刊登赵萝蕤先生的《荒原》中译本时，她把初版中的"译者按"修改成了译者注释"第46行"②；同年，当她的《荒原》中译本被收录《外国现代派作品选》时，赵萝蕤先生最终将这个"译注"定稿如下：

在这里把《从祭仪到神话》一书的要义概述如下：（一）故事说地方上的王，即渔王，患病了（有的认为他已年老，受了伤，传说不一），因为他的患病和衰老，所以原为肥沃之地，现在都变成了荒原。因此就需要一位少年英雄——传说他是甘温（Gawain），或帕西法尔（Perceval），或盖莱海德（Galahad）——经历种种艰险，带着一把利剑，寻求圣杯，以便医治渔王，使大地复苏。（二）荒原的痛苦在于没有温暖：没有太阳，最主要的是没有水。这种祭祀在纪元前三千多年的《吠陀经》里已经有所记载：就是恳求英居拉神释放七条大水，使土地肥美。另一个印度故事说一个年轻的婆罗门利沙斯林额和他的父亲隐居在一座山林里，与世隔绝，只知道他自己和他的父亲。一个邻国忽逢旱灾，全国缺粮。国王在求神问卜之后知道只要利沙斯林额一天保持他的童贞，他的国土也就一天保持干旱。于是，他派来一个漂亮的少女前去诱惑英雄。国王赐她一艘华丽的船只，上立一个虚设的隐士居，命她去找那个年轻的婆罗门。女子等到他父亲不在的时候才去找少年，并说她自己也是个隐士。少年天真地相信了她，为她的美丽所动，忘记了自己的宗教。他父亲警告他，但他不肯听信。女子又来找他，诱劝他到她那个更加美丽的隐士居去。于是船就直驶旱国。国王把自己的女儿赐他为妻，在结婚的那一天，他的国土又重获甘霖。这个故事和阿帖士、阿东尼士和欧西利士所载大致相同，只有些细节小有区别。圣杯的故事和这故事也有密切相关。《荒原》诗中

---

① ［英］托·斯·艾略特：《荒原》，赵萝蕤，新诗社1937年版，第70—74。参见黄宗英编《赵萝蕤汉译〈荒原〉手稿》，高等教育出版社2013年版。

② 赵萝蕤译：《荒原》，《外国文艺》（双月刊）1980年第3期。

有各种影射。(三) 圣杯代表女性, 利剑代表男性, 两者同时代表繁殖力。在神话中杯与利剑都见于太洛纸牌。这是一套中世纪的纸牌, 共七十二张, 二十二张是关键。这套牌又有四个品种: (a) 杯 (或名圣餐杯, 或名酒杯)——红桃; (b) 矛 (棍或杖)——即方块; (c) 剑——即黑桃; (d) 碟 (或圆形, 或五角形, 形式不同)——梅花。这套纸牌的来源不详, 但吉普赛人常用来占卦算命, 恐是他们传到欧洲来的。又有一说是印度传来的, 因其中一张是"主教"像, 他有一把长胡子, 背着三个十字架, 表示东方的旧时信仰; 另一张名"王"的, 发型像一个俄国的王公, 一手持一面盾牌, 上刻一头波兰鹰。(四) 鱼是古代一种象征生命力的符记, 渔王与之有关。(五) 在寻求圣杯时, 要经过一座凶险的教堂, 好比是炼狱, 经此而达到生命的顶峰。这五点和理解《荒原》一诗的内容有关, 故在此略为介绍。①

这可是一个长达近千字的注释, 在一般的现当代文学作品中译本并不多见! 可见, 赵萝蕤先生十分重视译者自身推敲原作和帮助读者理解译作的重要性。虽然赵萝蕤先生只是在注释的开头轻描淡写地说她"在这里把《从祭仪到神话》一书的要义概述如下", 而在结尾又说"这五点和理解《荒原》一诗的内容有关, 故在此略为介绍", 但是这一注释对我们把握诗歌的中心思想和理解这些关键人物起到了举足轻重的作用。作为一位作家, 艾略特也许并不难理解, 但是他的《荒原》"则是需要译者做一番比较艰苦的研究工作"②。笔者相信, 傅浩同样是在先读懂了诗中这位"有名的女巫"随身携带的那副"恶纸牌"之后, 才有可能做出他的准确判断: "此处 clairvoyante 是指具有超自然的遥视或预测能力的女人, 似应译为'术士'或'女巫'甚至'天眼通'。"

---

① 袁可嘉、董衡巽、郑克鲁选编: 《外国现代派作品选》第 1 册 (上), 上海文艺出版社 1980 年版, 第 92—93 页。
② 赵萝蕤: 《我是怎么翻译文学作品的》, 《我的读书生涯》, 北京大学出版社 1996 年版, 第 185 页。

傅浩的评点给我们的第二点启示是"翻译是学外语的一门基本功"①。从表1中看，我们发现其中一些误解误译问题是译者受其把握两种语言的精准程度所限而造成的，比如，傅浩认为第37—41行中的"晚归""口舌/难言""一无所知"等译法"不够口语化"，这涉及译者对汉语语气的敏感性及中文语体的选用问题；同样是第37—41行中的句子"I was neither/Living nor dead"，傅浩先生的建议译法"我半死/不活"显然要比"我既不是/活的，也未曾死""神魂颠倒""不生/也不死"等几种译法要合理一些，这体现了译者娴熟的汉语表达能力；其他涉及理解与表达问题的案例还包括第94—96行中的"海水浸透的木料"（sea-wood）、"用铜器向炉中送燃料"（fed with copper）和"砌壁炉用的大理石"（the colored stone）、第136行中的"带篷的车"（closed car），等等；此外，第46行中的"wicked"涉及一语双关（Pun）的修辞手法，而第380行中的"Whistled"一词涉及拟声（Onomatopoeia）的修辞手法；第322—327行中一整段诗行涉及因标点符号省略而引起名词性短句意思误解的现象；等等。傅浩认为"翻译是学外语的一门基本功，但要提高翻译水平应先提高写作水平……翻译是一个能够同时提高中文、外文——母语、外语——两方面技能的很好的手段"②。他主张译者"应当分别在两种语言的写作方面下功夫。写作水平提高了，翻译水平也会跟着提高"③。傅浩介绍过李赋宁提高外语能力的"笨"办法："他［李赋宁］在'文革'期间蹲牛棚的时候无事可干，就拿一本马恩著作选集，把德文翻译成中文，然后再把中文翻回德文。通过如此回译……来检验自己语言的准确度。"④ 表面上看，这种办法"笨"是笨了点，但是效果却是结实的。假如我们不时地练练这种貌似笨拙的功夫，兴许也就不会出现一些本来可以避免的误读和误译现象。

---

① 傅浩：《我的为学之道》，《窃火传薪：英语诗歌与翻译教学实录》，上海外语教育出版社2011年版，第27页。
② 傅浩：《我的为学之道》，《窃火传薪：英语诗歌与翻译教学实录》，上海外语教育出版社2011年版，第27页。
③ 傅浩：《我的为学之道》，《窃火传薪：英语诗歌与翻译教学实录》，上海外语教育出版社2011年版，第27页。
④ 傅浩：《我的为学之道》，《窃火传薪：英语诗歌与翻译教学实录》，上海外语教育出版社2011年版，第27页。

总之，笔者认为，傅浩先生的翻译观与赵萝蕤先生提出的从事严肃的文学著作翻译的三个基本条件有相似之处：第一，对作家作品理解得越深越好；第二，两种语言的较高水平；第三，谦虚谨慎的工作态度。[①] 在傅浩先生看来，准确是翻译的唯一标准，而要接近这一标准的途径就是在强调中文写作能力训练的同时，强化翻译作为一种"细读的细读"训练，力求在语义和文体两个层面上准确地把握原文和译文的意蕴。

[①] 参见黄宗英、邓中杰、姜君《"灵芝"与"奇葩"：赵萝蕤〈荒原〉译本艺术管窥》，《北京联合大学学报》（人文社会科学版）2014年第3期。

第二章 "我用的是直译法"
——赵萝蕤汉译《荒原》直译法艺术管窥

艾略特《荒原》一诗因其丰富的引经据典和多种语言的杂糅，而变得晦涩难懂，然而赵萝蕤先生说："这首诗很适合于用直译法来翻译"，因为"直译法是能够比较忠实［地］反映原作"。在回眸严复"信、达、雅"翻译标准的视域下，笔者在本章中试图梳理我国新诗运动前译学中的直译法基本元素，结合《荒原》第一章《死者葬仪》七个中译本的比较分析，重点阐释赵萝蕤先生文学翻译直译法所体现的精准遣词和灵动句法，特别是对艾略特借古讽今用典手法的深透理解和深湛翻译，进而窥见赵萝蕤先生文学翻译直译法在形式与内容相互契合方面的艺术造诣。

第一节 "我用的是直译法"

1982年5月，回顾自己的文学翻译工作，赵萝蕤先生在《我是怎么翻译文学作品的》一文中说："1936年，在清华肄业的最后一年，戴望舒先生约我翻译艾略特的《荒原》一诗则是我第一次正经翻译文学作品。我用的是直译法，从未想到译者应该有自己的风格……我没有翻过多少东西，比较认真的是1937年新诗社出版的艾略特的《荒原》和1980年修订的同一著作……1957年人民出版社出版的美国诗人朗弗罗长诗《哈依瓦撒之歌》……这一作品的方法和我译别的文学作品一样，是直译法，这是我从事文学翻译的唯一方法。1936年译《荒原》时，我还不是十分自觉，而现在则是十分自觉，我想将来也还是这样。"① 在这篇文章中，赵萝蕤先生比较了自己1937年和1980年两个《荒原》汉译本开篇的七行译文，并且认为她1937年的《荒原》译本是"不彻底的直译法"，而她1980年的译本是"比较彻底的直译法"②。

1980年，赵萝蕤先生在《外国文艺》（双月刊）上发表了她的译作——美国小说家亨利·詹姆斯《黛西·密勒》（*Daisy Miller*，1879年）和《丛林猛兽》（*The Beast in the Jungle*，1903年）。③ 前者是一部中篇小说，因其结构复杂、语言含蓄、情节跌宕的"詹姆斯式"风格而被作者自己称为他"所创造的最幸运的产品"④。这一时期，赵萝蕤先生"正在进行"对惠特曼及其《草叶集》的研究，已经开启了她长达12年研究和翻译美国诗人惠特曼的鸿篇巨制《草叶集》的新的征程。⑤ 赵萝蕤先生认为，"有些作家作品只需要一个大致的理解就足够了，例如朗弗罗的《哈依瓦撒之歌》；有些时候作家不难理解，而作品则是需要译者做一番比较艰苦的研究工作，如艾略特的《荒原》；有些则是为了解作品必须深刻全面地研究作者各方面的问题，特别需要了解作品的思想认识和感情力度，他的创作意图和特点，不然就无法正确理解他的作品，例如，我正在进行的惠特曼的《草叶集》"⑥。1987年，赵萝蕤先生先以单行本的形式出版了初版《草叶集》共12首诗中居首位、后来被作者称为《我自己的歌》（*Song of Myself*）的长诗⑦；1991年11月，上海译文出版社出版了赵萝蕤先生翻译的《草叶集》中文全译本⑧。

---

① 赵萝蕤：《我是怎么翻译文学作品的》，载王寿兰编《当代文学翻译百家谈》，北京大学出版社1989年版，第606—607页。

② 赵萝蕤：《我是怎么翻译文学作品的》，载王寿兰编《当代文学翻译百家谈》，北京大学出版社1989年版，第609页。

③ 参见赵萝蕤译《黛西·密勒》《丛林猛兽》，《外国文艺》（双月刊）1980年第1期。

④ 《佳作丛书·第五辑·编者前言》，人民文学出版社1989年版，第2页。

⑤ 赵萝蕤先生曾经对笔者说过，翻译《草叶集》，她花了12年时间。

⑥ 赵萝蕤：《我是怎么翻译文学作品的》，载王寿兰编《当代文学翻译百家谈》，北京大学出版社1989年版，第608页。

⑦ 赵萝蕤先生认为，"《我自己的歌》是惠特曼最早写成的、最有代表性的、最卓越的一首长诗，也是百余年来在西方出版的最伟大的长诗之一"。（《我的读书生涯》，北京大学出版社1996年版，第86页）

⑧ 赵萝蕤先生在《草叶集·译本序》中说："楚图南和李野光合译的全部《草叶集》已于1987年由人民文学出版社出版。"（见《草叶集》，23页注）因此，赵萝蕤《草叶集》中文全译本是"改革开放之后问世的第二个中文全译本"。（参见刘树森《惠特曼诗歌研究》，载申丹、王邦维总主编，张燕、赵桂莲主编：《新中国60年外国文学研究》第一卷上，北京大学出版社2015年版，第141页）

赵萝蕤先生认为，《草叶集》"代表社会发展方向的民主思想和普通劳动人民的思想、感情和生活，内容博大精深，价值是难以估量的"，而且"他［惠特曼］的诗体独树一帜，只能表达他特殊的思想内容，没有人能学，不必学，也是学不来的"①。因此"要想翻好惠特曼的诗必须把惠特曼这人，这个人的思想，弄明白。必须进到他的个性中去，不然就会犯错误，或得不到要领"②。那么，就艾略特的《荒原》而言，译者为何应该"做一番比较艰苦的研究工作"呢？译者如何才能够"进到"诗人艾略特的"个性"中去呢？赵萝蕤先生为何要选择直译法来翻译《荒原》呢？在翻译《荒原》的过程中，赵萝蕤先生又是如何做到"十分自觉"和"比较彻底的直译"呢？

第一，赵萝蕤先生认为《荒原》这首诗本身是"晦涩"的，因为诗人不仅"引用欧洲各种典故诗句"，而且将意大利文、德文、拉丁文、法文、希腊文、梵文等多种语言杂糅在这首英文诗歌之中。这给汉译此诗带来了很大的困难。赵先生认为，假如在中文译文中"仍保用原文，必致在大多数的读者面前，毫无意识，何况欧洲诸语是欧洲语系的一个系统，若全都杂生在我们的文字中也有些不伦不类"③；此外，假如"采用文言或某一朝代的笔调来表示分别，则更使读者的印象错乱，因为骈文或各式文言俱不能令我们想起波德莱尔、伐格纳、莎士比亚或但丁，且我们的古代与西方古代也有色泽不同的地方"④。在《我是怎么翻译文学作品的》一文的结尾部分，赵萝蕤先生说：

> 《荒原》这首诗很适合于用直译法来翻译，译文基本上能够接近原作的风格。我的极限的经验说明，直译法是能够比较忠实地反映原作的。必须指出，虽然译者竭力避免创造自己的风格，但是最终似

---

① 赵萝蕤：《译本序》，载［美］惠特曼《草叶集》，赵萝蕤译，上海译文出版社1991年版，第23页。
② 赵萝蕤：《我是怎么翻译文学作品的》，载王寿兰编《当代文学翻译百家谈》，北京大学出版社1989年版，第614页。
③ 赵萝蕤译：《荒原》，载黄宗英编《赵萝蕤汉译〈荒原〉手稿》，高等教育出版社2013年版，第241页。
④ 赵萝蕤译：《荒原》，载黄宗英编《赵萝蕤汉译〈荒原〉手稿》，高等教育出版社2013年版，第241页。

乎还是避免不了有一点点自己的风格。可是这种个人风格和以译者自己的风格为主的方法究竟是很有差距的。直译法使读者能够尝到较多的原作风格,这一点我想是无可非议的。①

可见,艾略特《荒原》一诗的确是"晦涩"的,而赵萝蕤先生选用直译法来翻译《荒原》也是经过深思熟虑的。她将《荒原》一诗中所出现的七种语言全部都直接翻译成中文,并且通过译者注释的形式,"努力搜求每一典故的来源和事实"②,主张"让读者自己去比较而会意"③句里行间的深刻内涵。

第二,就翻译原则而言,赵萝蕤先生使用直译法是根据形式与内容相互统一的原则。她认为形式是内容的一个重要组成部分,形式本身也是内容,因此译者没有权利去改变一个严肃作家的严肃作品,而只能是谦虚谨慎地,"忘我地向原作学习";她还说:"形式不是一张外壳,可以从内容剥落而无伤于内容……归根结底内容决定了形式。"④ 因此,对于一位真正严肃的作家而言,他的写作内容与形式一定是契合的,否则就只能是一名匠师,其作品也只能是匠师之作,而非作家之作。当然,赵萝蕤先生认为,也有内容极好而文风比较粗糙的作品,但是这类作品往往是极好的作品,而粗糙也只能是相对的粗糙。那么,译者同样没有义务代替作家去修正他的"缺点",而只能保留作者原来的面貌,因为这种粗糙往往是作者自己的风格,不必译者去改造它。⑤

第三,就翻译标准而言,赵萝蕤先生认为"文学翻译和一般翻译(如科学论文、社会科学等各项翻译工作)应当区别开来。文学翻译应

---

① 赵萝蕤:《我是怎么翻译文学作品的》,载王寿兰编《当代文学翻译百家谈》,北京大学出版社1989年版,第613页。赵萝蕤先生在文章中特别说明:"上面说的是文学翻译,特别是名著翻译,非文学的翻译是另外一回事。这里不谈这个问题。"(第613页)
② 赵萝蕤译:《荒原》,载黄宗英编《赵萝蕤汉译〈荒原〉手稿》,高等教育出版社2013年版,第243页。
③ 赵萝蕤译:《荒原》,载黄宗英编《赵萝蕤汉译〈荒原〉手稿》,高等教育出版社2013年版,第243页。
④ 赵萝蕤:《我是怎么翻译文学作品的》,载王寿兰编《当代文学翻译百家谈》,北京大学出版社1989年版,第607页。
⑤ 参见赵萝蕤《我是怎么翻译文学作品的》,载王寿兰编《当代文学翻译百家谈》,北京大学出版社1989年版。

该着重一个'信'字,而其他翻译则是着重一个'达'字(当然'信'字是谁也不可缺的)"[1]。"'信'是译者的最终目标,'达'也重要,以便不违背某一语言它本身的规律。独立在原作以外的'雅'似乎就没有必要了。"[2] 在赵先生看来,"如果'雅'字指本非原作所具有的'雅',特别如果指的是一味搞译者自己的风格则是对原作的背叛和侮蔑,就是妄自尊大"[3]。可见,信是译者的"最终目标",是文学翻译的"着重[点]",可以是一种精神、一种境界、一种追求;达指不违背语言"规律",可以是一种文体、一种句法、一种遣词方法;而"雅"则应该取决于原作的风格属性,可以是一种古雅、一种质朴、一种讽刺……

第二节 "因循本旨,不加文饰"

钱锺书先生也曾经讨论过严复《天演论·译例言》中所谓"译事三难:信、达、雅"这三个翻译标准基本元素之间的关系问题。钱锺书先生说:"译事之信,当包达、雅;达正以尽信,而雅非为饰达。依义旨以传,而能如风格以出,斯之谓信。"[4] 换言之,就信、达、雅翻译标准而言,信应当包括达和雅,达的目的正是最大限度地接近原文,做到信,而雅却并非仅仅是为了粉饰表达。译者只有依照原文的本义进行翻译,才能传译出原文的风格,这就是所谓的信。与此同时,钱锺书先生还发现严复"译事三难:信、达、雅"这三个字已经出现在三国时期佛经翻译家支谦[5](3世纪人)的《法句经序》中:

仆初嫌其为词不雅。维祇难曰:"佛言依其义不用饰,取其法不

---

[1] 赵萝蕤:《我是怎么翻译文学作品的》,载王寿兰编《当代文学翻译百家谈》,北京大学出版社1989年版,第608页。

[2] 赵萝蕤:《我是怎么翻译文学作品的》,载王寿兰编《当代文学翻译百家谈》,北京大学出版社1989年版,第610页。

[3] 赵萝蕤:《我是怎么翻译文学作品的》,载王寿兰编《当代文学翻译百家谈》,北京大学出版社1989年版,第606页。

[4] 钱锺书:《译事三难》,载《管锥篇》,转引自罗新璋编《翻译论集》,商务印书馆1984年版,第3册,第23页。

[5] 支谦:三国吴之译经家,3世纪末大月氏人,生卒年不详。

以严，其传经者，令易晓勿失厥义，是则为善。"座中咸曰：老氏称"美言不信，信言不美……今传胡［梵］义，实宜径达"。是以自偈受译人口，因循［顺］本旨，不加文饰。①

支谦乃3世纪西域末大月氏人，生卒年不详；初随族人迁至东土，寄居河南；通晓六国语言，饱览群籍，时人呼之为智囊；后避乱入吴，颇受吴王孙权之礼遇，并尊为博士，以辅导太子孙亮；从孙权黄武元年到孙亮建兴年中（222—253年），三十余年间，致力于佛典翻译，译出《维摩诘经》《太子瑞应本起经》《大明度经》等八十八部佛经，共一百一十八卷。在《法句经序》中，支谦说："诸佛典皆在天竺［印度］。天竺言语，与汉异音。云其书为天书，语为天语。名物不同，传实不易。"② 这里所谓"名物不同，传实不易"，指的是由于天竺语和汉语所指的事物及其名称不同，所以人们不容易准确传神地翻译佛经。由此，支谦根据自己的佛经汉译经验提出了自己的佛经翻译主张："今传胡［梵］义，实宜径达"和"因循［顺］本旨，不加文饰"。显然，支谦在这里强调，汉译佛经应该"实宜径达"，即最适合的方法就是径直传达；而"因循［顺］本旨，不加文饰"指的是汉译佛经应该顺着原文的本义，直接翻译，不加不必要的文饰。罗新璋先生认为：这就是我国翻译"最初的直译说"③。

我国东晋前秦高僧翻译家道安（314—385）曾经在《摩诃钵罗若波罗蜜经钞序》中说：

译胡为秦，有五失本也：一者，胡语尽倒，而使从秦，一失本也。二者，胡经尚质，秦人好文，传可众心，非文不合，斯二失本也。三者，胡经委悉，至于叹咏，叮咛反覆，或三或四，不嫌其烦，

---

① 钱锺书：《译事三难》，载《管锥篇》，转引自罗新璋编《翻译论集》，商务印书馆1984年版，第3册，第23页。
② （三国吴）支谦：《法句经序》，载罗新璋编《翻译论集》，商务印书馆1984年版，第22页。
③ （三国吴）支谦：《法句经序》，载罗新璋编《翻译论集》，商务印书馆1984年版，第22页。

而今裁斥，三失本也。四者，胡有义说。正似乱辞，寻说向语，文无以异，或千五百，刈而不存，四失本也。五者，事已全成，将更傍及，反腾前辞，已乃后说而悉除，此五失本也。①

道安，原籍常山扶柳（今河北冀县），早丧父母，12岁出家受戒，师从佛图腾②受业。虽然其貌不扬，但神智聪敏，且精勤不懈，曾日诵万言，不差一字。晋孝武帝宁康元年（373），为了躲避石赵之难，道安率弟子四百余人至襄阳，立檀溪寺铸佛像；后开创"本无宗"，东晋时期佛教般若学大家七宗之首；晚年在长安监译经卷，主张直译："案本而传，不令有损言游字；时改倒句，余尽实录也。"③ 虽然道安主张"案本而传"的直译方法，但仍然存在"损言游字"的现象，正如上文所归纳的五个"失本"之处。第一，指译文倒装语序的句法形态"失本"。"胡［梵］语尽倒，而使从秦"，指"倒"为梵语之"本"；如译梵为秦，"按梵文书，唯有言倒时顺耳"④，然而，"'改倒'失梵语之'本'，而不'从顺'又失译秦之'本'"⑤，因此钱锺书先生认为："此'本'不'失'，便不成翻译。"⑥ 第二，指译文采用秦文之"古雅"传译梵语之"雅质"所造成的

---

① （东晋）道安：《摩诃钵罗若波罗蜜经钞序》，载罗新璋编《翻译论集》，商务印书馆1984年版，第24页。
② 佛图腾（232—348年），天竺人，具有神通力、咒术、预言等灵异能力；西晋怀帝永喜四年（310）至洛阳，年已79岁，时值永嘉乱起，师不忍生灵涂炭，策杖入石勒军中，为说佛法，并现神变，石勒大为信服，稍抑其焰，并允许汉人出家为僧。石勒死后，石虎继位，尤加信重，奉为大和尚，凡事必先咨询而后行；38年间，建设寺院近900所，受业之弟子几达一万，追随者常有数百，其中堪以代表晋代之高僧者，有道安、竺法猷、竺法汰、竺法雅、僧朗、法和、法常、安令首尼等；永和四年12月8日，示寂于邺宫寺，世寿117岁；虽无述作传世，但持律严谨，且对我国佛教先觉者道安之指导，在佛教思想史上，可谓意义重大。
③ （东晋）道安：《鞞婆沙序》，载罗新璋编《翻译论集》，商务印书馆1984年版，第26页。
④ （东晋）道安：《比丘大戒序》，载罗新璋编《翻译论集》，商务印书馆1984年版，第27页。
⑤ 钱锺书：《翻译术开宗明义》，载罗新璋编《翻译论集》，商务印书馆1984年版，第29页。
⑥ 钱锺书先生还发现，道宣在《高僧传》二集卷五《玄奘传之余》中有这样的记载："自前代以来，所译经教，初从梵语，倒写本文，次乃回之，顺向此俗。"（《翻译论集》，商务印书馆1984年版，第29页）此处所谓"初从梵语，倒写本文"，就是指翻译梵语佛经经常采用倒装语序的方法。

风格"失本"。"胡经尚质"之"质"指梵语之"雅质",即梵语自有其"雅质",而"秦人好文"之"文"则指秦文之"古雅",即秦人喜欢使用文言。可见,为了让译文体现秦文之"古雅"而对梵语之"雅质"进行"润色",是一种"失本",相反,为了在译文体现梵语之"雅质"而有损秦文"古雅"之色泽,也是一种"失本"。因此,钱锺书先生说:"译者以梵之'质'润色而为秦之'文',自是'失本',以梵之'文'损色而为秦之'质',亦'失本'耳。"① 第三,指译文删减了原文中反复咏叹的"失本"。第四,指译文删除了原文中仅仅起注释或解释作用的"失本"。第五,指译文略去了部分重述前文内容的"失本"。

大约4世纪以前(公元300年以前),汉人是不可以出家为僧的,因此中国早期的著名高僧都是外国人。佛图腾门下出了道安,道安门下出了慧远,慧远和鸠摩罗什同一时代,形成南北两大中心,佛教地位更加崇高,并"逐渐征服了全中国"②。伴随着佛教在华夏大地的传教活动,译经事业也兴旺发达起来。在《佛教的翻译文学》一文中,胡适先生有过这样的描述:

> 那些印度和尚真有点奇怪,摇头一背书,就是两三万偈;摇笔一写,就是几十卷。蜘蛛吐丝,还有完了之时;那些印度圣人绞起脑筋来,既不受空间的限制,又不受时间的限制,谈世界则何止三千大千,谈天则何止三十三层,谈地狱何止十层十八层,一切都是无边无尽。所以这翻译的事业足足经过一千年之久,也不知究竟翻了几千部,几万卷;现在保存着的,连中国人做的注疏讲述在内,还足足有三千多部,一万五千多卷。③

---

① 钱锺书:《翻译术开宗明义》,载《管锥篇》,见罗新璋编《翻译论集》,商务印书馆1984年版,第4册,第29页。
② 胡适:《佛教的翻译文学》,载罗新璋编《翻译论集》,商务印书馆1984年版,第68页。
③ 胡适:《佛教的翻译文学》,载罗新璋编《翻译论集》,商务印书馆1984年版,第68页。日本刻的《大藏经》与《续藏经》共三千六百七十三部,一万五千六百八十二卷。《大正大藏经》所添还不在内,《大日本佛教全书》一百五十巨册也不在内(《翻译论集》,商务印书馆1984年版,第68页注释)。

如此浩瀚的佛经翻译工程不仅给中国古代简单朴素的宗教带来了一个宏伟富丽的宗教，而且给中国文学带来了无穷无尽的新思想、新意境、新文体和新素材，与此同时，也为中国的佛经翻译奠定了直译法的基础："因为宗教经典重在传真，重在正确，而不重在辞藻文采；重在读者易解，而不重在古雅。故译经大师多以'不加文饰，令易晓，不失本义'相勉。"①实际上，从公元 2 世纪最重要的佛经译者安世高②、安玄③、严佛调④、支曜⑤等人开始，他们的译法就被认为是"言直理旨，不加润饰"⑥。鸠摩罗什（344—413）⑦是 5 世纪初的一位译经大师，被誉为我国四大译经家之一；东晋龟兹国（新疆疏勒）人；父母奉佛出家，素有德行；罗什自幼聪敏，7 岁从母入道，游学天竺，遍参名宿，博闻强记，誉满五天竺；后归故国，王奉为师；前秦苻坚闻其德，遣将吕光率兵迎之；吕光西征既利，逐迎罗什，然于途中闻苻坚败没，逐于河西自立为王，国号后凉；罗什乃羁留凉州十八年，故通晓秦文；直至后秦姚兴攻破吕氏，罗什始得东至长安，时为东晋隆安五年（401）；姚兴礼为国师，居于逍遥园，与僧肇、僧严等一同译经。自后秦弘始五年（403）四月，罗什先后译出《中

---

① 胡适：《佛教的翻译文学》，载罗新璋编《翻译论集》，商务印书馆1984年版，第69页。
② 安世高：我国佛教初期的译经高僧，安息国人，名清，字世高，以安世之名闻名于世；为印度西北、波斯地方（今伊朗）之古王国（安息）王子；自幼以孝行著称，质敏性慈，博学多闻；父殁后，舍其王位而皈依佛门，博晓经藏；于东汉桓帝建和二年（148），经西域诸国而至洛阳，从事佛经翻译，至灵帝建宁三年（170）共 20 余年，其间先后译有《安般守意经》《阴持入经》《阿毗昙五法四谛》《十二因缘》《转法轮》《八正道》《禅行法想》《修行地道经》等约 34 部，40 卷：其所译经典，义理明晰，文字允正，辨而不华，质而不野，奠定了我国早期佛学流布的基础，而且是将禅观带入我国的第一人。
③ 安玄：汉代译经家，安息国人，生卒年不详，东汉灵帝末年至洛阳，以功拜骑都尉，故世称"都尉玄"。博通群经，以弘法为己任，渐解汉语后，常与沙门讲论道义；光和四年（181年），与严佛调共译《法镜经》2 卷、《阿含口解十二因缘经》1 卷等，皆能巧尽微旨，时人咸谓后人难能继者。
④ 严佛调：汉代僧，临淮（安徽盱眙）人，自幼玄思睿敏，博通能文，适遇安世高来华，敷扬佛法，传译梵典，师与安玄皆入其门，共译经典前后成经多种，流传于世；师所译经，省而不繁，全本巧妙，有《法镜经》2 卷、《阿含口解十二因缘经》1 卷、《濡首菩萨无上清净分卫经》等 5 部 8 卷。
⑤ 支曜：东汉译经僧，西域人，博达典籍，妙解幽微；于汉灵帝中平二年（185）抵洛阳，先后译出《成具光明定意经》等大小乘经 10 部 11 卷。
⑥ 转引自《僧传》，参见胡适《佛教的翻译文学》，载罗新璋编《翻译论集》，商务印书馆1984年版，第69页。
⑦ 鸠摩罗什，又作究摩罗什、鸠摩罗什婆、拘摩耆什婆；略称罗什、什；意译作童寿。

论》《百论》《十二门论》（以上合称"三论"），《般若经》《法华经》《大智度论》《阿弥陀经》《维摩经》《十诵律》等经论，系统地介绍了印度大乘佛教中观学派创始人龙树的中观学派学说，其译经总数300余卷。①众所周知，自佛教传入，汉译佛经日多，但所译多滞文格义，不与原本相应，罗什通达多种外国语言，所译经论内容卓拔，文体简洁晓畅，为后人所重视。然而，罗什对自己的译作并不满意：

> 天竺国俗，甚重文藻。其宫商体韵，以入弦为善。凡觐国王，必有赞德。见佛之仪，以歌叹为尊。经中偈颂，皆其式也。但改梵为秦，失其藻蔚，虽得大意，殊隔文体，有似嚼饭与人，非徒失味，乃令呕秽也。②

虽然在"改梵为秦"的过程中，罗什扫除了梵语的浮文藻饰，但因梵、秦文体迥异，罗什也只能委曲婉转务求达意。虽然罗什饱尝"嚼饭与人"的滋味和辛劳，但是他仍旧只能"得大意"，而且还不乏"失味""呕秽"之感。显然，要在"改梵为秦"中，扫除梵语的"文藻"，罗什自然没有延续直译佛经的传统方法，但是罗什却是在中国文学文风最为浮华、最重藻饰的时期，是在中国诗歌散文沦为"骈偶滥套"③ 的时期，主张使用朴实无华、通俗易晓的白话文来翻译佛经。这一事实不仅为中国文学奠定了一种崭新体裁的基础，而且也给"那最缺乏想象力的中国古文学"④ 种下了中国浪漫主义文学的种子。

从公元3世纪佛经翻译家支谦在《法句经序》中提出的"因循本

---

① 罗什的译经总数说法不一，《出三藏记集》称35部，294卷；《开元释教录》则称74部，384卷。罗什所译的经典，对我国佛教的发展有很大影响：《中论》《百论》《十二门论》，道生传于南方，经僧朗、僧诠、法朗，至隋代吉藏而集三论宗之大成；再加上《大智度论》，而成四论学派。此外，所译的《法华经》，肇启天台宗的端绪；《成实论》为成实学派的根本要典；《阿弥陀经》及《十住毗婆沙论》为净土宗所依的经论；《弥勒成佛经》促成了弥勒信仰的发达；《坐禅三昧经》的翻译，促成了"菩萨禅"的流行；《十诵律》则提供了研究律学的重要资料。

② （东晋）鸠摩罗什：《为僧睿论西方辞体》，载罗新璋编《翻译论集》，商务印书馆1984年版，第32页。

③ 胡适：《佛教的翻译文学》，载罗新璋编《翻译论集》，商务印书馆1984年版，第76页。

④ 胡适：《佛教的翻译文学》，载罗新璋编《翻译论集》，商务印书馆1984年版，第77页。

旨"和公元 4 世纪东晋前秦高僧翻译家道安在《鞞婆沙序》中所力主的"案本而传"的直译方法，到公元 5 世纪初后秦僧人、中国佛教四大译经家之一鸠摩罗什在《为僧睿论西方辞体》中所提到的"嚼饭与人"的意译方法，直译和意译这两种最基本的翻译方法就都已经在我国佛经翻译学术文献中渐显端倪，而佛经翻译实际上也是我国用文字记载翻译的开端。大约在公元 3 世纪下半叶，汉武帝通西域之后，印度佛教哲理开始相继传入中国，给我国当时固有的文明带来了一种新的思潮。我国历史上第一个重要的翻译时期就是从汉末至宋初经历了一千多年的译经事业，以隋唐为鼎盛时期。许多译经学的真知灼见均散见于这一时期的序文跋语之中。支谦的《法句经序》相传是我国最早的谈论翻译的文字记载。

明末清初是中国翻译西方自然科学的时期。根据马祖毅先生的考证，从明万历到清康熙年间，来中国传教的知名耶稣会教士就达七十人以上，而且几乎人人都有译著，共成书三百余种，其中关于自然科学的约一百二十种。① 在这些传教士中，译著最为丰富的包括 1581 年来华的意大利人利玛窦（Matteo Ricci，1552—1610 年）、1622 年来华的德国人汤若望（Johann Adam Schall von Bell，1591—1666 年）、1624 年来华的意大利人罗雅谷（Jacques Rho，1593—1638 年）和 1659 年来华的比利时人南怀仁（Ferdinand Verbiest，1623—1688 年）。仅他们四人的译著就多达七十五种。这一时期，这些来华传教的西方耶稣会教士与从事科学研究或者对科学感兴趣的中国士大夫一起开展了翻译活动，参与耶稣会教士科学翻译活动比较著名的中国士大夫包括徐光启②、李之藻③、李天经、王澂等人。然而，我国最早就翻译原则问题进行学理推敲并提出翻译标准的译学文献当推 19 世纪严复在《天演论·译例言》（1898 年）中讨论的"译事三难：信、达、雅"。

---

① 参见马祖毅《徐光启与科学翻译》，载罗新璋编《翻译论集》，商务印书馆 1984 年版。
② 徐光启（1562—1633 年），明代科学家、翻译家。他与利玛窦合译《几何原本》《测量法义》等书，在介绍西方自然科学方面贡献突出。
③ 李之藻（1565—1630 年），明代科学家、翻译家。他与傅汎际（P. Franciscus Furtado，1587—1653 年）合译的《寰有诠》《名理探》，是早期介绍西方哲学的译著。

第三节 "译事楷模"

众所周知，1898 年，严复在其《天演论·译例言》中发表了他关于翻译"信、达、雅"的三条标准：

> 一、译事三难：信、达、雅。求其信，已大难矣！顾信矣不达，虽译犹不译也，则达尚焉。海通已来，象寄之才，随地多有，而任取一书，责其能与于斯二者，则已寡矣！其故在浅尝，一也；偏至，二也；辨之者少，三也。今是书所言，本五十年来西人新得之学，又为作者晚出之书。译文取明深义，故词句之间，时有所颠倒附益，不斤斤于字比句次，而意义则不倍本文……
>
> 二、西文句中名物字，多随举随释，如中文之旁支，后乃遥接前文，足意成句。故西文句法，少者二三字，多者数十百言。假令仿此为译，则恐必不可通，而删削取径，又恐意义有漏。此在译者将全文神理，融会于心，则下笔抒词，自善互备。至原文词理本深，难于共喻，则当前后引衬，以显其意。凡此经营，皆以为达；为达，即所以为信也。
>
> 三、《易》曰："修辞立诚。"子曰："辞达而已。"又曰："言之无文，行之不远。"三者乃文章正轨，亦即为译事楷模。故信达而外，求其尔雅。此不仅期以行远已耳，实则精理微言，用汉以前字法句法，则为达易；用近世利俗文字，则求达难。往往抑义就词，毫厘千里，审择于斯二者之间，夫固有所不得已也，岂钓奇哉！……①

所谓"译事三难"，在严复看来，首先是译者很难做到忠实于原作："求其信，已大难矣！"然而，"顾信矣不达，虽译犹不译也，则达尚焉"。严复的意思是，假如译者为了追求忠实于原作，而失去其译作的通顺畅达，那么，这种翻译实际上失去了翻译的意义，等于没有翻译，因此，译文也应该做到通顺畅达。有学者认为，不论译者在翻译时是为保持原文的特色，而尽力向

---

① 卢氏慎始基斋《天演论》初版木刻本，载罗新璋编《翻译论集》，商务印书馆 1984 年版，第 137 页。

译出语靠拢；还是为了交流的通顺畅达，而在翻译时尽量靠近译入语，其结果都是一样的，译者既得不到"纯粹的译出语"，也很难得到"纯粹的译入语"。因此，"我们无法估量这种'四不像'的语言对本族语所能造成的影响有多大，但我们并不因此就不要所有的翻译原则了。对文学翻译来说，这个原则仍然应该向译入语靠拢，适当注重译出语的语言特色"①。这种文学翻译观点既强调"向译入语靠拢"又主张"适当注重译出语的语言特色"，其可取之处在于它既强调译文应该尽量贴近译入语，做到通顺，做到畅达，又强调译文应该尊重原作译出语的语言特色，忠实于原作的风格，做到忠信。同样，严复也强调我们不能够把信与达对立起来，进而否定两者在翻译标准理论上的作用。"海通已来，象寄之才，随地多有，而任取一书，责其能与于斯二者，则已寡矣！"在众多的译作当中，为什么很少有能够与原作媲美的译著呢？严复认为，有三种常见现象："其故在浅尝，一也；偏至，二也；辨之者少，三也。"所谓"浅尝"指对原文理解不够深刻；所谓"偏至"，意思大致是"偏离""偏差"，不能正确地理解原文的含义；所谓"辨之者少"，指真正能够辨明或者分辨两种语言（译出语和译入语）风格的译者不多。那么，究竟该如何翻译"西人新得之学"呢？严复先生认为译文还是应该"取明深义"，因此"词句之间，时有所颠倒附益，不斤斤于字比句次，而意义则不倍本文"。可见，严复先生所强调的信重在"取明深义"，而不需要"斤斤于字比句次"。

其次，是达，即译文应该通顺畅达。然而，中西方语言表达方式不同，句法原则迥异。"西文句中名物字，多随举随释"，而且句子长短不一，"少者二三字，多者数十百言"，给汉译带来很大的困难，而中文表达常常讲究后文"遥接前文，足意成句"，因此只有译者"将全文神理，融会于心"，才有可能在"下笔抒词"的时候，做到"自善互备"，游刃有余。或许，也只有译者真正把"全文神理，融会于心"的时候，他才有可能在翻译中遇到"原文词理本深，难于共喻"之时，做到"前后引衬，以显其意"。严复先生认为"凡此经营，皆以为达；为达，即所以为信也"。当然，也有学者对严复这里的"前后引衬，以显其意"提出了质

---

① 叶子南：《英汉翻译对话录》，北京大学出版社2003年版，第12页。

疑，并且以"严复述译"①《天演论》开篇导言第一句译文为例，证明其中的"罗马大将"和"背山而面野"具有意义"附益"的嫌疑②，认为："这类现象，就严格的翻译来说，是不行的，特别是就文艺作品的翻译来说，更是不允许的。"③可见，要恪守信达原则，译者就必须尊重原作，首先做到"全文神理"，然后才有可能达到全句神理，融会于心，顺次译出。

最后，就是雅，即文雅，指文字的古雅。"修辞立诚"出自《周易·文言传》："子曰：'君子进德修业。忠信所以进德也；修辞立其诚，所以居业也'。"严复所谓"修辞立诚"的意思是要告诉我们，"修辞"的第一要素就是忠信诚实。这是《易经》里说的。孔子说"辞达而已"的意思是语言中最重要的要素是通顺畅达。孔子还说，如果一个人的语言缺乏文字的古雅，那么他的文章是没有生命力的。因此，严复认为，信（忠信诚实）、达（通顺畅达）、雅（文言古雅）不仅是"文章正轨"，而且也是"译事楷模"；他在翻译中不仅追求信达，而且也追求"尔雅"。严复认为，他追求"尔雅"不仅仅是为了让其译作"行远"，而是为了更好地表达原作的思想，因为他发现那些包含着真知灼见的"精理微言"往往更容易使用汉代以前的文言句法加以表达，而使用"近世利俗文字"往往很难表达富有灵性的"精理微言"，而且只能导致"抑义就词"的结果，使译文与原文的意思相去甚远。权衡这两种语言的特点，严复选用古雅的文言作为他的译入语，并且认为他之所以这么做是不得已而为之，并不是

---

① 刘重德在其《试论翻译的原则》一文中指出："商务印书馆最初发行的（《天演论》）版本上明明印着'严复述译'四个字。"（转引自罗新璋编《翻译论集》，商务印书馆1984年版，第817页）可见，正如严复自己在《天演论·译例言》中所说的那样，他所谓的"达旨"不过是"取便发挥，实非正法"。刘重德认为，严复的《天演论》"不能算名副其实的翻译，只能叫作'编译'或者'述译'"。（罗新璋编：《翻译论集》，商务印书馆1984年版，第817页）

② 严复《天演论·导言一》第一句原文为："It may be safely assumed that, two thousand years ago, before Caesar set foot in southern Britain, the whole country-side visible from the windows of the room in which I write, was in what is called 'the state of nature'。"严复的译文为："赫胥黎独处一室之中。在英伦之南。背山而面野。槛外诸境。历历如在几下。乃悬想二千年前。当罗马大将恺撒未到时。此间有何景物。计惟有天造草昧。人功未施。"（转引自罗新璋编《翻译论集》，商务印书馆1984年版，第817—18页）

③ 刘重德：《试论翻译的原则》，载罗新璋编《翻译论集》，商务印书馆1984年版，第819页。

为了标新立异!

笔者在绪论中提到严复的"信、达、雅"与英国著名翻译理论家泰特勒于一百多年前在《论翻译的原则》（1790 年）中所阐述的三条翻译原则如出一辙。①

  1. 译作应该是原作思想内容的完整再现（The translation should give a complete transcript of the ideas of the original work）。

  2. 译作的风格与手法应当与原作保持一致（The style and manner of writing in the translation should be of the same character with that of the original）。

  3. 译作应当具备原作所有的流畅（The translation should have all the ease of the original composition）。

但是，我们还应该注意到，泰特勒认为他对这三条翻译标准的顺序排列是根据它们的重要性进行排列组合的，而且当译者无法兼顾三者的时候，首先应该坚持的是第一条，完全传达原作的思想，其次是第二条，译作的风格与笔调应当与原作保持一致，最后是第三条，译作应当和原作一样流畅。显然，泰特勒与严复的翻译标准在侧重点上是有不同的。如果说严复提倡"信、达、雅"，那么泰特勒似乎更加侧重"信、雅、达"。在泰特勒看来，假如译者无法兼顾三者的时候，首先应该做出牺牲的是达，是通顺畅达，而不是"风格"与"笔调"，但是在严复笔下，达是为了更好地体现信，而雅则是译者在信达之外而求之的元素。

严复所厘定的"信、达、雅"三条翻译标准，虽然对大多数译者来说不容易做到，但是在我国翻译西方典籍的历史上有着重大意义，因为他是第一位阐述和提出翻译标准的译者。作为一名译者，虽然有批评者认为他的译作"或者不是普通人所易解"②的，甚至认为严复先生"不曾对于

---

  ① 黄宗英：《"晦涩正是他的精神"——赵萝蕤汉译〈荒原〉直译法互文性艺术管窥》，《北京联合大学学报》（人文社科版）2019 年第 3 期。

  ② 蔡元培语，见《五十年来中国之哲学》第 1 页，载罗新璋编《翻译论集》，商务印书馆 1984 年版，第 151 页。

原作者负责任"①，但是也有学者认为"严复的英文与古中文程度都很高，他又很用心不肯苟且……故能勉强做到一个'达'字"，而且认为"他的译本，在古文学史［上］也应该占一个很高的地位"②。不仅如此，还有学者认为，严复的译笔不仅体现了达和雅，而且是"信达雅三善俱备"："严氏译文之佳处，在其殚思竭虑，一字不苟，'一名之立，旬月踟蹰'。故其译笔信达雅三善俱备。"③当然，也有学者认为，严复"以古今习用之说，译西方科学中之义理。故文学虽美，而义转歧……总之，严氏译文，好以中国旧观念，译西洋新思想，故失科学家字义明确之精神"④。真可谓，"译事三难：信、达、雅"。

然而，虽然褒贬不一，但是严复所提出的"信、达、雅"翻译标准却始终是每一位译者所渴望达到的标准，而他的翻译实践及其丰硕的成果不仅在中国翻译史上，而且在中国学术思想史上，均堪称一座不朽的丰碑。贺麟先生在《严复的翻译》一文中将严复的翻译分为三个阶段：初期包括《天演论》（1898年）、《法意》（1902年）、《穆勒名学》（1902年）等书；中期包括《群学肄业》（1902年）、《群己权界论》（1903年）、《社会通诠》（1903年）等书；后期包括《名学浅说》（1908年）、《中国教育议》（1914年），等等。贺麟先生认为，严复初期的翻译目的是"力求旧文人看懂"，所以他"不能多造新名词，使人费解"，结果免不了犯了"用中国旧观念译西洋新科学名词的毛病"，而且这一时期，严复认为自己的译法"尚未成熟，且无意直译，只求达旨，故于信字，似略有亏"⑤；贺麟先生认为严复中期的翻译可谓"三善俱备"，特别是《原富》的译法几乎可以"算是直译"，而且严复自己也在译事例言里说，"是译与《天演论》不同，下笔之顷，虽于全节文理不能不融会贯通为

---

① 傅斯年语，见《新潮》一卷三号第532、539页，载罗新璋编《翻译论集》，商务印书馆1984年版，第151页。
② 胡适语，参见《五十年来中国之文学》第56页，载罗新璋编《翻译论集》，商务印书馆1984年版，第151页。
③ 胡先骕语，转引自罗新璋编《翻译论集》，商务印书馆1984年版，第152页。
④ 张君劢语，转引自罗新璋编《翻译论集》，商务印书馆1984年版，第151页。
⑤ 贺麟：《严复的翻译》，载罗新璋编《翻译论集》，商务印书馆1984年版，第152页。

之，然于辞义之间无所颠倒附益"①；至于严复后期的翻译，严复在《名学浅说》的译者自序中表达了他自由意译的方法："中间义旨，则承用原书；而所引喻设譬，则多用己意更易。"②严复的这种更换例子的译法被称为"换例译法"，也曾被称为中国译学史上的一大创新方法。③当然，这种"换例译法"也只能是"信达而外，求其尔雅"的做法了。

　　就翻译实践而言，严复当时也堪称开一代之先河，作出了杰出贡献。贺麟先生总结道：第一，"严复的译文很尔雅，有文学价值"；第二，"能使旧文人看明了，合于达的标准"；第三，严复初期的译作"似乎偏重意译，略亏于信"，中期译作"则略近直译，少可讥议"，而后期译作"不甚重要，且所用译法也与前两期不同，我们可以不必深究"④。此外，贺麟先生认为，严复的翻译在"附带介绍之学说""旧史式之列传""旧思想习惯之攻击"和"对于政治社会之主张"四个方面对中国学术思想史有很大的影响。⑤同样，张嘉深在《最近之五十年》一文中认为严复"以我之古文家言，译西人哲理之书，名词句调皆出独创"⑥；在申报馆《最近五十年》一文中，不仅蔡元培先生称赞严复为"五十年来介绍西洋哲学的……第一人"，而且胡适先生也赞美严复是"介绍近世思想的第一人"⑦。罗新璋先生在其主编的《翻译论集·代序·我国自成体系的翻译理论》一文中，称严复先生为"中国思想史上第一个系统介绍西方学术的启蒙思想家"⑧，并且认为严复的《天演论·译例言》，在客观上起到了继往开来的作用，"一方面，集汉唐译经说之大成，另一方面，开近代翻译学说之先河"⑨，而且严复的"译事三难：信、达、雅"已经成为"译

---

① 严复：《〈原富〉译事例言》（1901年），载罗新璋编《翻译论集》，商务印书馆1984年版，第138页。
② 严复：《〈名学浅说〉译者自序》（1908年），载罗新璋编《翻译论集》，商务印书馆1984年版，第138页。
③ 参见贺麟《严复的翻译》，载罗新璋编《翻译论集》，商务印书馆1984年版。
④ 贺麟：《严复的翻译》，载罗新璋编《翻译论集》，商务印书馆1984年版，第153页。
⑤ 贺麟：《严复的翻译》，载罗新璋编《翻译论集》，商务印书馆1984年版，第158—159页。
⑥ 贺麟：《严复的翻译》，载罗新璋编《翻译论集》，商务印书馆1984年版，第160页。
⑦ 贺麟：《严复的翻译》，载罗新璋编《翻译论集》，商务印书馆1984年版，第160页。
⑧ 罗新璋：《我国自成体系的翻译理论》，《翻译论集》，商务印书馆1984年版，第5页。
⑨ 罗新璋：《我国自成体系的翻译理论》，《翻译论集》，商务印书馆1984年版，第6页。

书者的唯一指南，平衡译文者的唯一标准"①，被奉为当时"翻译界的金科玉律"②。

在笔者看来，第一，不论是泰特勒的"信、雅、达"，还是严复的"信、达、雅"，或者是赵萝蕤强调信达为先的文学翻译主张，其中信始终是首要的元素，译者首先必须竭力使自己的译文能够"取明深义"，即忠实于原文，又能够完整再现原作的思想内容。第二，泰特勒认为在译者无法兼顾"信、雅、达"三条原则的时候，译者应该先考虑雅，即译作与原作保持一致的风格和手法问题，而最后再考虑达，即译作是否具备原作的畅达问题。显然，严复的观点与泰特勒不同，认为达乃"为信也"，即达是方法和手段，其目的是信，而且也只有在"全文神理"的前提下，译者才有可能做到全句神理并使译文通顺畅达，进而追求译文的"文雅"或者"古雅"的风格。然而，赵萝蕤先生却认为雅必须是原作中固有的雅，而不是译者一味搞自己风格的雅，所以"独立在原作之外的'雅'似乎就没有必要了"。第三，泰特勒、严复和赵萝蕤均没有把"信、达、雅"这三条翻译原则割裂开来，而是辩证统一地去认识它们，把它们当作一个有机统一体。泰特勒认为雅应当先于达是在译者无法兼顾三者的前提下做出的判断，严复虽然说"信达而外，求其尔雅"，但同时强调"言之无文，行之不远"，因此"译事楷模"一定是"信、达、雅"三者的辩证融合。

第四节 "这样的直译"

1930年前后，商务印书馆把严复翻译的赫胥黎《天演论》等八种汉译名著重新排版翻印。但是，这一做法受到瞿秋白的质疑："这简直是拿中国的民众和青年来开玩笑。古文的文言怎么能够译得'信'，对于现在的将来的大众读者，怎么能够'达'！"③我们知道，辛亥革命之后的"五四"新文化运动不仅开创了中国白话文学的新纪元，而且也开创了中国白

---

① 罗新璋：《我国自成体系的翻译理论》，《翻译论集》，商务印书馆1984年版，第6页。
② 郁达夫：《读了珰生的译诗而论及于翻译》，载罗新璋编《翻译论集》，商务印书馆1984年版，第390页。
③ 引自瞿秋白给鲁迅的信，载罗新璋编《翻译论集》，商务印书馆1984年版，第267页。

话翻译的新纪元。这一时期,翻译实际上承担着三重任务:首先,是把原作内容介绍给中国读者;其次,是通过翻译创造出新的现代中国言语①;最后,是必须与当时的反帝反封建的阶级斗争紧密地结合起来。② 中国普罗文学③的首要任务就是把全世界无产阶级革命文学名著,特别是苏联的无产阶级革命文学名著,翻译成中文并且系统地介绍给中国读者。中国现代文学家、思想家鲁迅(1881—1936年)就是一个很好的例子。早在寻求真理的青少年时代,鲁迅就喜欢阅读发表在《时务报》《译学汇编》等报刊上关于西方近代科学、社会学和文学的名著。他不仅认真研读严复述译的英国赫胥黎《天演论》,而且接受了其中进化论思想的启蒙教育。1902—1909年的七年,鲁迅赴日留学,广泛学习国外的自然科学、哲学、社会科学和文学艺术,决心用文学为人民的思想解放和祖国的独立自由而斗争,把自己锻炼成为一名反帝反封建的革命民主主义卫士。1907年,虽然他在东京筹办的文艺刊物《新生》没有获得成功,但是他撰写并且发表了《人的历史》《科学史教编》等论著,向中国读者介绍了达尔文生物进化论学说和西方科学思想的演进。1909年,鲁迅与周作人共同翻译出版了一部介绍东欧被压迫民族和俄国现实主义短篇小说集——《域外小说集》。

1917年,俄国十月革命一声炮响,给中国送来了马克思列宁主义。1918年初,鲁迅参加了陈独秀创办《新青年》的编辑工作,积极倡导民主和科学,投身反对旧礼教和旧文学的文化运动。同年5月,鲁迅的第一部白话小说《狂人日记》在《新青年》上发表,发出了彻底反封建的第一声"呐喊",开启了他反帝反封建的伟大的文化斗争人生历程。他一生共有小说集3部,杂文集17部,散文诗集1部,回忆散文集1部,书信1400多封,以及学术著作《中国小说史略》《汉文学史纲要》等,总共400多万字。他还翻译了14个国家近100位作家的文学作品和文艺理论著作,共250万字以上。他主张"拿来主义",努力译介苏联革命文学作

---

① 引自瞿秋白给鲁迅的信,载罗新璋编《翻译论集》,商务印书馆1984年版,第266页。
② 参见冯至、陈祚敏、罗业森《五四时期俄罗斯文学与其他欧洲国家文学的翻译和介绍》,载罗新璋编《翻译论集》,商务印书馆1984年版。
③ 普罗文学:指中国的无产阶级革命文学;"普罗",译自英文单词"proletarian"(无产阶级的)。

品。1929—1933 年，他不仅翻译出版了苏联法捷耶夫的小说《毁灭》和雅各武莱夫的小说《十月》，而且还编选了《苏联作家二十人集》。1934 年以后，他不仅亲自主编了专门介绍外国文学的刊物《译文》，而且还翻译并且出版了高尔基的《俄罗斯的童话》和果戈理的《死魂灵》，给中国人民留下了极其丰富的精神食粮。

许广平曾经在《鲁迅与翻译》一文中总结说："鲁迅一生的著述，创作与翻译各占半数，从这里也可以看到他的翻译工作绝不是偶然为之的了。"[①] 究其原因，鲁迅认为，"我们的文化落后，无可讳言，创作力当然也不及洋鬼子，作品比较薄弱，是势所必至的，而且又不能不时时取法于外国。所以翻译和创作，应该一同提倡，决不可压抑了一面"[②]，不仅如此，"翻译并不比随便的创作容易，然而于新文学的发展却更有功，于大家更有益"[③]。因此，鲁迅在如何"取法于外国"的翻译，特别是文学翻译方面也倾注了他的许多心血，而且每每给后人带来深刻的启示。第一，鲁迅对待翻译的态度十分谨慎和严肃。1935 年 7 月，在最初发表于《文学》月刊第五卷第一号上的《"题未定"草》一文的开篇中，鲁迅说："我向来总以为翻译比创作容易，因为至少是无须构想的。但到真的一译，就会遇着难关，譬如一个名词或动词，写不出来，创作时候可以回避，翻译上却不成，也还得想，一直弄到头昏眼花，好像在脑子里面摸一个急于要开箱子的钥匙，却没有。严又陵说，'一名之立，旬月踌躇'[④]，是他的经验之谈，的的确确的。"[⑤]

在文章中，鲁迅回忆了自己接受《世界文库》编辑约他翻译果戈里《死魂灵》的情形。他原本认为这本书的写法平铺直叙，没有现代文学作品中那些"稀奇古怪"的东西，况且作品中还有关于 19 世纪早期人们在烛光下跳舞的描述，想必不会出现"什么摩登名词，为中国所未有，非译

---

① 原载《俄文教学》1955 年第 3 期，载罗新璋编《翻译论集》，商务印书馆 1984 年版，第 315 页。
② 鲁迅：《关于翻译》，载罗新璋编《翻译论集》，商务印书馆 1984 年版，第 289 页。
③ 鲁迅：《鲁迅全集》第四卷，人民文学出版社 2005 年版，第 147 页。
④ 严复《天演论·译例言》中的原文为："一名之立，旬月踟蹰。"载罗新璋编《翻译论集》，商务印书馆 1984 年版，第 137 页。
⑤ 鲁迅：《"题未定"草》，载罗新璋编《翻译论集》，商务印书馆 1984 年版，第 299 页。

者来闭门生造不可的"。然而,当他细读原作并准备开始翻译的时候,他却发现,虽然《死魂灵》写法平直,但是"到处是刺,有的明白,有的却隐藏";虽然原作里没有出现电灯和汽车,但是充满了19世纪上半叶所流行的菜单、赌具、服装等陌生的词语。① 为了"竭力保存它的锋头",他不仅采用了"重译"②的手法,而且是"字典不离手,冷汗不离身",并且认为"这一杯偶然自大了一下的罚酒是应该喝干的"。于是,他"硬着头皮译下去"③。在《亡友鲁迅印象记》一书中,许寿裳先生不仅回忆了鲁迅先生"矻矻孜孜,夜以继日"地翻译《小约翰》的情形,而且说:"鲁迅译果戈理的《死魂灵》,更是一件艰苦的奇功,不朽的绝笔。"④ 许寿裳先生详细描述了鲁迅翻译《死魂灵》时艰苦而认真地工作的情况:"[他]每月留出一定时间,专诚地、沈湛于中地、一心致志地在全桌面铺满了字典、词典,并有好几种译本在参考着翻译。有时因为原本词汇的丰美,在中国的方块字里找不出适当的字句来时,常常执笔三思,深佩俄文词汇的丰富与作者文字的精细和刻画的深入、细致。"⑤ 可见,鲁迅先生对待自己翻译工作的严谨态度和执着精神与赵萝蕤先生关于从事文学翻译应该深入研究作家作品、提高两种语言水平和保持谦虚谨慎的工作态度

---

① 参见鲁迅《"题未定"草》,载罗新璋编《翻译论集》,商务印书馆1984年版。
② 关于"重译"和"复译":鲁迅在《花边文学》里说:"中国人所懂的外国文,恐怕是英文最多,日文次之,倘不重译,我们将只能看见许多英、美和日本的文学作品,不但没有伊卜生[易卜生],没有伊本涅支,连极通行的安徒生的童话,西万提司的吉诃德先生,也无从看见了。这是何等可怜的眼界。自然,中国未必没有精通丹麦、诺威[挪威]、西班牙文字的人们,然而他们至今没有译,我们现在的所有,都是从英文重译的。连苏联的作品,也大抵是从英、法文重译的。"(罗新璋:《翻译论集》,商务印书馆1984年版,第318页)此外,为了补救重译的缺点,同时提高翻译的质量,鲁迅提出"非有复译不可",主张打破一部原作只能容纳一种译本的成见,认为复译可以"击退"当时翻译界的"抢译"和"乱译"现象,并且认为:"即使已有好译本,复译也还是有必要的。曾有文言译本的,现在当改译白话,不必说了。"(罗新璋编:《翻译论集》,商务印书馆1984年版,第298页)
③ 鲁迅:《"题未定"草》,参见罗新璋编《翻译论集》,商务印书馆1984年版,第299—300页。
④ 许广平:《鲁迅与翻译》,原载《俄文教学》1955年第3期,载罗新璋编《翻译论集》,商务印书馆1984年版,第320页。
⑤ 许广平:《鲁迅与翻译》,原载《俄文教学》1955年第3期,载罗新璋编《翻译论集》,商务印书馆1984年版,第320页。

这"三个起码的条件"① 已有许多相同之处了。

关于翻译的原则和标准问题，鲁迅先生坚持认为："凡是翻译，必须兼顾着两面，一当然力求其易解，一则保存着原作的丰姿。"② 显然，所谓"力求其易解"就是要求译文要明白易解，要通顺畅达，而所谓"保存着原作的丰姿"就是要求译文要忠实于原作风格，要做到信。可见，就严复的"信、达、雅"翻译标准而言，鲁迅先生要求译文既要通顺，又要忠实，既要达，又得信。在他动笔翻译果戈理的《死魂灵》之前，鲁迅曾经躲在自己的书房里，心里琢磨着这么一个问题："竭力使它归化，还是尽量保存洋气呢？"在《"题未定"草》一文中，他做了如下的解释："日本文的译者上天进君，是主张用前一法的。他以为讽刺作品的翻译，第一当求其易懂，愈易懂，效力也愈广大。所以他的译文，有时就化一句为数句，很近于解释。我的意见却两样的。只求易懂，不如创作，或者改作，将事改为中国事，人也化为中国人。如果还是翻译，那么，首先的目的，就是博览外国的作品，不但移情，也要移智，至少是知道何地何时，有这等事，和旅行外国，是很相像的；它必须有异国情调，就是所谓洋气。其实世界上也不会有完全归化的译文，倘有，就是貌合神离，从严辨别起来，它算不得翻译。"③

可见，鲁迅不认可日本译者上天进君那种只求易懂的翻译方法，不同意过多地归化原作的形式和内容的译法，并且认为所谓"完全归化的译文"实际上就是"貌合神离"，不仅在世界上是不存在的，而且也算不上严肃的文学翻译。在他看来，阅读外国文学作品，就像到外国旅行一样，"必须有异国情调"，读者必须能够感受到所谓的"洋气"，因此，严肃的文学翻译不但要"移情"，而且还必须"移智"。那么，译者如何解决译文"貌合神离"的问题呢？如何做到在"尽量保存洋气"的同时，又能

---

① 赵萝蕤：《我是怎么翻译文学作品的》，载王寿兰编《当代文学翻译百家谈》，北京大学出版社1989年版，第607—608页。参阅黄宗英、邓中杰、姜君《"灵芝"与"奇葩"：赵萝蕤〈荒原〉译本艺术管窥》，《北京联合大学学报》（人文社会科学版）2014年第3期。笔者讨论了赵萝蕤先生在《我是怎么翻译文学作品的》一文中对文学翻译者提出的"三个起码的条件"，即"对作家作品理解得越深越好""两种语言的较高水平"和"谦虚谨慎的工作态度"。
② 鲁迅：《"题未定"草》，载罗新璋编《翻译论集》，商务印书馆1984年版，第301页。
③ 鲁迅：《"题未定"草》，载罗新璋编《翻译论集》，商务印书馆1984年版，第301页。

够"竭力使它[译文]归化"呢?归根到底,译者如何才能做到让译文既能够"保存着原作的丰姿",同时又能够做到"移情"和"移智",使译文的形式与内容高度契合呢?鲁迅先生把原作的"丰姿"比作"洋鬼子",因此"谁也看不惯",但是他认为,"为比较的顺眼起见,只能改换他的衣裳,却不该削低他的鼻子,剜掉他的眼睛。我是不主张削鼻剜眼的,所以有些地方,仍然宁可译得不顺口。只是文句的组织,无须科学理论似的精密了"①。

鲁迅此处所说的"宁可译得不顺口"是针对当时有人提出"宁顺而不信"的说法提出来的。那么,鲁迅的"不顺口"是什么意思呢?为什么要接受"不顺口"的译文呢?实际上,鲁迅在1931年12月28日给瞿秋白关于翻译的一封信中,曾经讨论过他关于"宁信而不顺"的主张:

> 自然,这所谓"不顺",绝不是说"跪下"要译作"跪在膝之上","天河"要译作"牛奶路"的意思……这样的译本,不但在输入新的内容,也在输入新的表现法。中国的文或话,法子实在太不精密了……这语法的不精密,就证明思路的不精密,换一句话,就是脑筋有些糊涂。要医这病,我以为只好陆续吃一点苦,装进异样[东西]的句法去,古的,外省外府的,外国的,后来便可以据为己有。②

可见,鲁迅所倡导的"宁信而不顺"中的"不顺",并非指译文可以不通俗易懂,可以不通顺畅达;"跪下"并不是非得译成"跪在膝之上"不可,"天河"并不是非要译作"牛奶路"不可。他的意思是,既然是翻译,那就应该既"求其易懂",又得"保存着原作的丰姿",既要"输入新的内容",又得"输入新的表现法",而且译者还得想办法把新的内容"装进异样[东西]的句法",以至于最终能够将这些"新的内容""新的表现法"和"异样[东西]的句法"全部接受并且"据为己有"。显然,在形式上看,这里

---

① 鲁迅:《"题未定"草》,载罗新璋编《翻译论集》,商务印书馆1984年版,第301页。
② 鲁迅:《关于翻译的通信》,载罗新璋编《翻译论集》,商务印书馆1984年版,第275—276页。

不论是"输入新的表现法"还是"装进异样［东西］的句法"都可以解释为鲁迅提倡直译法。在《出了象牙塔》译后记中，鲁迅说："文句仍然是直译，和我历来所取的方法一样；也竭力想保存原书的口吻，大抵连语句的前后次序也不甚颠倒。"① 当然，鲁迅强调直译，并不意味着他就反对意译；他并没有把直译和意译对立起来。恰恰相反，他同样赞同译者适当地兼用意译。1929 年 9 月 15 日，鲁迅在给许霞（许广平）翻译的《小彼得》写译本序的时候，鲁迅发现译者因"拘泥原文，不敢意译，令读者看得费力"，所以他"当校改之际，就大加改译了一通，比较地近于流畅了"②。同样，在鲁迅自己的译文中，直译和意译也是有机融合的，"只有宾主之分，绝无敌我之见"③。

许多学者认为，在我国现代翻译史上，瞿秋白与鲁迅于 1931 年至 1933 年关于翻译的通信对发展和建构我国现代翻译理论起到了一定的作用。1931 年 12 月 5 日，瞿秋白在给鲁迅的一封信中说：

> 翻译——除能够介绍原本的内容给中国读者之外——还有一个很重要的作用：就是帮助我们创造新的中国的现代言语……翻译，的确可以帮助我们造出许多新的字眼，新的句法，丰富的字汇和细腻的精密的正确的表现。因此，我们既然进行着创造中国现代的新的言语的斗争，我们对于翻译，就不能够不要求：绝对的正确和绝对的中国白话文。这是要把新的文化的言语介绍给大众。④

显然，在瞿秋白烈士的眼里，外语不仅仅是一种工具，更是中国无产阶级反帝反封建斗争的一种有力武器。那么，翻译所承担的任务自然也有其双重性，它不单单是把外语作品中"原本的内容［介绍］给中国读者"，而

---

① 鲁迅：《鲁迅全集》第十三卷，载罗新璋编《翻译论集》，商务印书馆1984年版，第307页。
② 鲁迅：《小彼得·译本序》，载罗新璋编《翻译论集》，商务印书馆1984年版，第262页。
③ 李季：《鲁迅对翻译工作的贡献》，载罗新璋编《翻译论集》，商务印书馆1984年版，第309页。
④ 《鲁迅和瞿秋白关于翻译的通信》，载罗新璋编《翻译论集》，商务印书馆1984年版，第266页。

且应该担负起"把新的文化的言语介绍给［中国］大众"的责任。瞿秋白烈士此处所谓"新的文化的言语"是有其历史背景的。首先，在他看来，"五四"新文化运动之前的中国文字仍旧是"那么穷乏"，仍旧没有"完全脱离所谓'姿势语'的程度"，"一切表现细腻的分别和复杂的关系的形容词、动词、前置词，几乎没有"。中世纪遗留下来的宗法封建余孽，仍旧"束缚着中国人的活的言语"。在这种情境之中，"创造新的言语是非常重大的任务。"① 然而，欧洲的先进国家早在二三百年甚至四五百年之前就已经完成了这项任务；俄国也在一个半世纪之前的资产阶级文艺复兴运动和启蒙运动中完成了这项任务，但是中国的资产阶级却把创造"新的文化的言语"的任务留给了中国无产阶级。其次，是赵景深于1931年3月在《读书月刊》第一卷第六期上发表了一篇题为"论翻译"的文章。赵景深说：

> 我以为译书应为读者打算；换一句话说，首先我们应该注重于读者方面。译得错不错是第二个问题，最要紧的是译得顺不顺。倘若译得一点也不错，而文字格里格达，几里几八，拖拖拉拉一长串，要折断人家的嗓子，其害处当甚于误译……所以严复的信、达、雅三个条件，我认为其次序应该是达、信、雅。②

表面来看，赵景深先生是在为误译辩解，认为翻译应该把读者的接受或感受放在首位，"译得顺不顺"是衡量翻译"最要紧的"条件，并且提出"宁错而务顺，毋拗而仅信"的主张，但实际上涉及翻译是否应该忠实于原文的本质问题。假如为了达到顺的目的，翻译能够允许"错"一点的话，那么，这样的翻译就可能偏离"原本的内容"，忠实于原文/原作也就无从可谈，更不用说创造"新的文化的言语"。瞿秋白先生认为，赵景深先生这种"宁错而务顺，毋拗而仅信"的翻译主张实际上和"城隍庙里演说西洋故事"是"一鼻孔出气"，如出一辙，所以将其称为翻译界的

---

① 《鲁迅和瞿秋白关于翻译的通信》，载罗新璋编《翻译论集》，商务印书馆1984年版，第266页。

② 《鲁迅和瞿秋白关于翻译的通信》，载罗新璋编《翻译论集》，商务印书馆1984年版，第267页注释。

"愚民政策","垄断智识的学阀主义"和"普罗文学敌人的话。"① 针对赵景深先生的理论,瞿秋白先生提出了针锋相对的主张:翻译必须是"绝对的正确和绝对的中国白话文"②,并且认为这里所说的"绝对的中国白话文"是指人们朗诵起来可以懂得的普通白话,因为"真正的白话就是真正通顺的现代中国文……从一般人的普通谈话,直到大学教授的演讲的口头上的白话……它是活的言语"③。最后,在这个基础之上,瞿秋白先生就翻译的目标和方法做了总结:

> 翻译应当把原文的本意,完全正确的介绍给中国读者,使中国读者所得到的概念等于英俄日德法……读者从原文得来的概念,这样的直译,应当用中国人口头上可以讲得出来的白话来写。④

同样,鲁迅先生也不同意赵景深"宁错而务顺"的翻译主张,他主张"宁信而不顺!"当然,鲁迅先生所谓的"不顺"不是为了迁就读者而允许译文存在"不顺",甚至是一点"错",而是强调译文必须在"力求其易解"的同时"保存着原作的丰姿"⑤。显然,这是一种悖论,表面上看是相互矛盾的。鲁迅先生这里所谓的"原作的丰姿"不仅包括译文中"输入新的内容",而且也包括译文中"输入新的表现法"。然而,要让译文中所输入的"新的内容"和"新的表现法"变得通俗"易解",变成一种"中国人口头上可以讲得出来的白话",这并不是一件容易的事情。那么,如何解决翻译"力求其易解"与"保存着原作的丰姿"之间的这对矛盾呢?鲁迅先生建议:"我们的译书,还不能这

---

① 《鲁迅和瞿秋白关于翻译的通信》,载罗新璋编《翻译论集》,商务印书馆1984年版,第267页注释。
② 《鲁迅和瞿秋白关于翻译的通信》,载罗新璋编《翻译论集》,商务印书馆1984年版,第268页。
③ 《鲁迅和瞿秋白关于翻译的通信》,载罗新璋编《翻译论集》,商务印书馆1984年版,第269页。
④ 《鲁迅和瞿秋白关于翻译的通信》,载罗新璋编《翻译论集》,商务印书馆1984年版,第270页。
⑤ 鲁迅:《"题未定"草》,载罗新璋编《翻译论集》,商务印书馆1984年版,第301页。

样简单,首先要决定译给大众中的怎样的读者。"① 于是,鲁迅先生将读者分为三类,"甲,有很受了教育的;乙,有略能识字的;丙,有识字无几的"②,并且认为其中丙类在"读者"范畴之外;乙类读者也不适合阅读译作,"至少是改作,最好还是创作";唯独供给甲类读者的译本,"无论什么,我是至今主张'宁信而不顺'"。显然,在鲁迅心目中,真正阅读翻译作品的读者只有那些"很受了教育的"人,而这些受过良好教育的读者是能够接受和理解那些"装进异样[东西]的句法"的,因此,鲁迅说:

> 说到翻译艺术,倘以甲类读者为对象,我是也主张直译的。我自己的译法,是譬如"山背后太阳落下去了",虽然不顺,也决不改作"日落山阴",因为原意以山为主,改了就变成太阳为主了。③

然而,瞿秋白先生并不同意鲁迅先生以读者分类划分翻译方法的主张,并且认为,虽然"你我都主张要'借着翻译输入新的表现法'"④,但是,就翻译与写作而言,两者是不能够混淆的,因此瞿秋白先生说,"我以为不能够这样办法[分类]的",因为"既然叫作翻译,就要完全根据原文,翻译的人没有自由可以变更原文的程度"⑤。这一点也酷似后来赵萝蕤先生所强调的文学翻译中的"忘我"⑥ 的精神。

---

① 《鲁迅和瞿秋白关于翻译的通信》,载罗新璋编《翻译论集》,商务印书馆1984年版,第275页。
② 《鲁迅和瞿秋白关于翻译的通信》,载罗新璋编《翻译论集》,商务印书馆1984年版,第275页。
③ 《鲁迅和瞿秋白关于翻译的通信》,载罗新璋编《翻译论集》,商务印书馆1984年版,第276页。
④ 《鲁迅和瞿秋白关于翻译的通信》,载罗新璋编《翻译论集》,商务印书馆1984年版,第283页。
⑤ 《鲁迅和瞿秋白关于翻译的通信》,载罗新璋编《翻译论集》,商务印书馆1984年版,第286页。
⑥ 赵萝蕤:《我是怎么翻译文学作品的》,载王寿兰编《当代文学翻译百家谈》,北京大学出版社1989年版,第607页。

第五节 "翻译文学之应直译"

赵萝蕤先生认为，有不少文学作品可以采用直译法进行翻译，而且还"比较接近原句的本来面目"。赵萝蕤先生所倡导的文学翻译直译法强调：

> 保持语言的一个单位接着一个单位的次序，用准确的同义词一个单位一个单位地顺序译下去……我说的单位可以是一个词、一个短语、一个从句、一个句子。当然完全畅通无阻地就这样译下去是不可能的。一个词有时要译作短语，甚至一个从句，也可能一个短句译成一个词；从句的位置需要变更……一个字对着一个字这样的直译，这种情况不多，更多的是一个单位一个单位地对译，但要绝对服从每一种语言的、它自己的特点和规律……若要直译法不沦为僵硬的对照法全在于译者选择相应的单位是否恰当，也在于译者的句法是否灵活。站得住的句子，多半是流畅的，是符合语言规律的。[①]

显然，赵萝蕤先生所倡导的文学翻译直译法不是一个字对着一个字的"僵硬的对照法"，而是"用准确的同义词一个单位一个单位地顺序译下去"。赵先生在此强调两个要素，即恰当的单位和灵活的句法。所谓恰当的单位可以是"一个词、一个短语、一个从句、一个句子"，但关键是要寻找"准确的同义词"，按照一个单位接着一个单位的顺序，依次翻译下去，而灵活的句法不但要求流畅通顺，而且要"符合语言规律"。赵萝蕤先生之所以采用直译法从事文学翻译，"为的是竭力忠实于原作的思想内容与艺术风格"[②]。她的这一思想酷似茅盾先生关于文学翻译直译法的论述。1921年4月，茅盾先生在《小说月报》第十二卷第四期上发表了一篇题为"译文学书方法的讨论"的文章。茅盾先生指出，"翻译文学之应

[①] 赵萝蕤：《我是怎么翻译文学作品的》，载王寿兰编《当代文学翻译百家谈》，北京大学出版社1989年版，第608—609页。

[②] 赵萝蕤：《我是怎么翻译文学作品的》，载王寿兰编《当代文学翻译百家谈》，北京大学出版社1989年版，第608页。

直译，在今天已没有讨论之必要"①。1922 年 8 月，茅盾先生又在《小说月报》第十三卷第八期上一篇题为"'直译'与'死译'"的文章中说："直译的意义就浅处说，只是'不妄改原文的字句'；就深处说，还求'能保留原文的情调与风格'。"② 1934 年 3 月，在《文学》杂志第二卷第三期上的《直译·顺译·歪译》一文中，茅盾先生认为，直译在"五四"以后已经"成为权威"③，"就是反对歪曲了原文。原文是一个什么面目，就要还它一个什么面目"④。直译的意义就是"不要歪曲了原作的面目"⑤。众所周知，中文的方块字与西方的"楔形"文字，在单字形态、组词造句、遣词形式及其逻辑等方面，均存在很大的差异。那么，我们如何才能在"不要歪曲了原作的面目"的前提下，采用直译法进行文学作品的翻译呢？同样，在采用文学翻译直译法的同时，我们又怎样才能像赵萝蕤先生所倡导的那样，"竭力忠实于原作的思想内容与艺术风格"呢？

首先，赵萝蕤先生强调"用准确的同义词一个单位一个单位地顺序译下去"。同样，茅盾先生强调"直译时必须就某个字在文中的意义觅一个相当的字来翻译"，应该把一个字的"活动的意义"翻译出来。⑥ 显然，茅盾先生是反对把字典里的解释直接用在译文中的"死译"现象的。他认为，直译"并非一定是'字对字'，一个不多，一个也不少……这种'字对字'一个不多一个不少的翻译实际上是不可能的"⑦。那么，就"单字的翻译正确"而言，茅盾先生指出：

---

① 茅盾：《译文学书方法的讨论》，载罗新璋编《翻译论集》，商务印书馆 1984 年版，第 337 页。
② 茅盾：《"直译"与"死译"》，载罗新璋编《翻译论集》，商务印书馆 1984 年版，第 343 页。
③ 茅盾：《直译·顺译·歪译》，载罗新璋编《翻译论集》，商务印书馆 1984 年版，第 351 页。
④ 茅盾：《直译·顺译·歪译》，载罗新璋编《翻译论集》，商务印书馆 1984 年版，第 352 页。
⑤ 茅盾：《直译·顺译·歪译》，载罗新璋编《翻译论集》，商务印书馆 1984 年版，第 353 页。
⑥ 茅盾：《"直译"与"死译"》，载罗新璋编《翻译论集》，商务印书馆 1984 年版，第 343 页。
⑦ 茅盾：《直译·顺译·歪译》，载罗新璋编《翻译论集》，商务印书馆 1984 年版，第 352 页。

单字的翻译是一切翻译事业的起手功夫，原不独翻译文学时方始求其正确。不过翻译文学书时的单字翻译却另有要正确的所以然的理由。中国古语："因字而生句，积句而成章，积章而成篇；篇之彪炳，章无疵也；章之明靡，句无玷也；句之菁英，字不妄也。"(《文心雕龙》三十四)……"字不妄"这一句话不但作文家应该奉为格言，翻译家也应该视为格言。①

所谓"字不妄"指遣词不可以荒谬不合理，正如赵萝蕤先生所说的那样，"要绝对服从每一种语言的、它自己的特点和规律"②。赵萝蕤先生强调，译者在翻译严肃的作家与作品时，"切不可玩世不恭，开作家的玩笑，自我表现一番"，而应该"谦虚谨慎"，"处处把原著的作家置于自己之上，而不是反之"③；因此，如果译者在翻译文学作品时"一味搞译者自己的风格"，那就是"对原作的背叛与侮蔑，就是妄自尊大"。④ 那么，如何才能做到"字不妄"呢？就正确的单字翻译而言，茅盾先生建议：(1)每一个单字不可直抄字典上所译的意义，应该"审量该词在文中的身份与轻重，另译一个"；(2)应根据原著创作的时代决定所用的字的意义；(3)应该根据原作者遣词"癖性"的单字意义；(4)尽量译出原作中"形容发音不正确的俗体字"；(5)尽量译出原作中出自"粗人口里的粗字"；(6)"因时因地而异义异音的字"；(7)"照原作的样，避去滥调的熟见的字面去用生冷新鲜的字。"⑤

其次，茅盾先生提出了"句调的精神相仿"⑥。在《译文学书方法的

---

① 茅盾：《译文学书方法的讨论》，载罗新璋编《翻译论集》，商务印书馆1984年版，第338页。
② 赵萝蕤：《我是怎么翻译文学作品的》，载王寿兰编《当代文学翻译百家谈》，北京大学出版社1989年版，第608页。
③ 赵萝蕤：《我是怎么翻译文学作品的》，载王寿兰编《当代文学翻译百家谈》，北京大学出版社1989年版，第608页。
④ 赵萝蕤：《我是怎么翻译文学作品的》，载王寿兰编《当代文学翻译百家谈》，北京大学出版社1989年版，第606页。
⑤ 茅盾：《译文学书方法的讨论》，载罗新璋编《翻译论集》，商务印书馆1984年版，第340页。
⑥ 茅盾：《译文学书方法的讨论》，载罗新璋编《翻译论集》，商务印书馆1984年版，第338页。

讨论》一文中，茅盾先生指出：

> 中西文字组织的差异是翻译的第一阻碍，因此不能把原作中的句调直译到译本中来……句子的组织排列虽不能一定和原文相像，[但]句调的精神却有转移到译文中的可能……我以为句调的翻译只可于可能的范围内求其相似，而一定不能勉强求其处处相似，不过句调的精神却一毫不得放过。例如原作句调的精神是在"委婉曲折"的，译本决不宜把他化为"爽直"①。

"句调的精神却一毫不得放过"。所谓"句调"，顾名思义是句子的语调，指文学作品中人物说话的腔调或者语调。在语言形式或者文字形态上，这种"句调"本身就不容易直译，更何况"句调的精神"。茅盾先生认为，"直译句子的组织[结构]是'呆拙'的译法"，这是"一般人所可以办到"的。然而，要传神地译出句子的精神，译者就需要有一点"创作天才"，才能够捕捉到原作的"句调的精神"。如果译者抓不住"句调的精神"，势必伤及全篇的神韵，就容易将"委婉曲折"的"句调的精神"翻译成"爽直"的，甚至"难免将灰色的文章译成赤色，阴郁晦暗的文章译成光明俊伟了"②。因此，茅盾先生认为，句调精神的不失真与单字翻译的正确性是一样重要的，是文学翻译最重要的两个元素。赵萝蕤先生曾经在《艾略特与〈荒原〉》一文中说："在译文中我尽力依照着原作的语调与节奏的断续徐疾。"其目的是译出艾略特《荒原》一诗内在所蕴含的"各种情致、境界与内容不同所产生出来的不同的节奏"③。赵萝蕤先生这里所谓因作品中的不同情致、境界和内容所产生的"不同的节奏"，应该就是她在翻译《荒原》时所依附的"语调与节奏的断续徐疾"。艾略特笔下或者说赵萝蕤先生译文中的这种"语调与节奏的断续徐疾"或许就是茅盾先生所强调的文学翻译中的"句调的精神"。这种"句调的精神"是

---

① 茅盾：《译文学书方法的讨论》，载罗新璋编《翻译论集》，商务印书馆1984年版，第341页。

② 茅盾：《译文学书方法的讨论》，载罗新璋编《翻译论集》，商务印书馆1984年版，第341页。

③ 赵萝蕤：《艾略特与〈荒原〉》《我的读书生涯》，北京大学出版社1996年版，第10页。

一种节奏与思想、情感与理智兼容并蓄的"诗语",是一种永远活着的诗语。①

1923年4月,郭沫若曾经写过一篇题目为"理想的翻译之我见"②的文章,刊载在《创造季刊》第二卷第一期。在文章的开篇,郭沫若先生就指出,理想的翻译对原文的"字句""意义"和"气韵"是"不许走转"的。关于原文中的字句,郭沫若先生认为,"不必逐字逐句地呆译,或先或后,或综或析,在不损及意义的范围以内,为气韵起见可以自由移易",但是原文中的字句还是"应该应有尽有",并且认为,这种译法需要译者俱备以下四种先决条件:"译者的语学知识要丰富;对于原书要有理解;对于作者要有研究;对于本国文字要有自由操纵的能力。"③此外,郭沫若还强调,具备这几种条件"要靠穷年累月的研究"。比如,"不仅当在语学上用功,凡是一国的风土人情都应在通晓之列","原书中所有种种学识要有所涉猎","须详悉作者的内在生活与外在生活"④,等等。郭沫若先生此处所提出的"理想的翻译"的四种先决条件酷似赵萝蕤先生在论述严肃的文学著作的翻译方法时所提出的"三个起码的条件":"对作家作品理解得越深越好""两种语言的较高水平"和"谦虚谨慎的工作态度"。⑤关于赵萝蕤先生所提倡的"谦虚谨慎的工作态度"恰恰是郭沫若先生在文章中所提出的"应该唤醒译书家的责任心"⑥问题。在郭沫若先生看来,虽然翻译不是一件不可能的事情,但是终究"是件难事","是不许人轻易着手[的]":

> 如像我国的译书家今天译一本太戈儿(泰戈尔),明天又译一本

---

① 参见赵萝蕤《艾略特与〈荒原〉》,《我的读书生涯》北京大学出版社1996年版。
② 参见郭沫若《理想的翻译之我见》,原载《创造季刊》第二卷第一期,载罗新璋编《翻译论集》,商务印书馆1984年版。
③ 郭沫若:《理想的翻译之我见》,原载《创造季刊》第二卷第一期,载罗新璋编《翻译论集》,商务印书馆1984年版,第331页。
④ 郭沫若:《理想的翻译之我见》,原载《创造季刊》第二卷第一期,载罗新璋编《翻译论集》,商务印书馆1984年版,第331页。
⑤ 赵萝蕤:《我是怎么翻译文学作品的》,载王寿兰编《当代文学翻译百家谈》,北京大学出版社1989年版,第607—608页。
⑥ 郭沫若:《理想的翻译之我见》,原载《创造季刊》第二卷第一期,载罗新璋编《翻译论集》,商务印书馆1984年版,第332页。

多时妥逸夫司克（陀思妥耶夫斯基），即使他们是天生的异才，我也不相信他们有这么速成的根本的研究。我只怕他们的工作多少带些投机的性质，只看书名人名可受社会的欢迎，便急急忙忙抱着一本字典死翻，买本新书来滥译。①

针对当时这种"死翻""滥译"的现象，郭沫若先生试图通过翻译《雪莱诗选》来"唤醒译书家的责任心"。雪莱是郭沫若先生最敬爱的诗人之一。在他的心目中，"雪莱是自然的宠儿，泛神宗的信者，革命思想的健儿。他的诗便是他的生命，他的生命便是一首绝妙的好诗"②。因此，郭沫若先生说：

> 译雪莱的诗，是要使我成为雪莱，是要使雪莱成为我自己。译诗不是鹦鹉学话，不是沐猴而冠。//男女结婚是要先有恋爱、先有共鸣、先有心声的交感。我爱雪莱，我能感听得他的心声，我能和他共鸣，我和他结婚了。——我和他合而为一了。他的诗便如像我自己的诗。我译他的诗，便如像我自己在创作一样。③

好一种"恋爱""共鸣"和"心声的交感"！这个比喻不仅十分恳切，而且十分透彻、十分热烈！它正好印证了赵萝蕤先生提出关于翻译严肃的文学作品的"三个起码的条件"。假如译者不具备对原著作家作品的深刻理解，哪来的译者与原著作家作品之间的你我交融的"恋爱"呢？假如译者不具备两种语言的较高水平，哪来的原著作家作品与译者及其译作之间的"共鸣"呢？假如译者不具备"谦虚谨慎的工作态度"，哪来的原著作家作品与译者及其译作之间的"心声的交感"呢？可见，赵萝蕤先生《荒原》译著中"语调与节奏的断续徐疾"、茅盾所强调的文学翻译中的"字

---

① 郭沫若：《理想的翻译之我见》，原载《创造季刊》第二卷第一期，载罗新璋编《翻译论集》，商务印书馆1984年版，第331页。
② 郭沫若：《理想的翻译之我见》，原载《创造季刊》第二卷第一期，载罗新璋编《翻译论集》，商务印书馆1984年版，第331页。
③ 郭沫若：《理想的翻译之我见》，原载《创造季刊》第二卷第一期，载罗新璋编《翻译论集》，商务印书馆1984年版，第334页。

句的翻译正确"和"句调的精神"及郭沫若翻译的《雪莱诗集》中所蕴含的译者与原著作者之间的"恋爱""共鸣"和"心声的交感"都是译者在从事文学翻译中永远追求的"一种永远活着的诗语"。

第六节 "荒地上生丁香"

在本书绪论第六节"形式不是一张外壳"中，笔者简要比较了赵萝蕤先生1937年初版《荒原》与1980年修订版《荒原》两个中译本开篇的七行诗歌，认为赵萝蕤先生的译文不仅遣词精准，而且句法灵动，她提倡的文学翻译直译法既注重译文的形似，又追求译笔的神似，是形神并蓄二维模式的典型范例。[①] 那么，为什么赵萝蕤先生认为她"1936年"初译《荒原》的中译本是"不彻底的直译法"[②]，而"1979年［的修订本是］比较彻底的直译法"[③] 呢？如果我们进一步就艾略特《荒原》以下七个中译本中这七行开篇诗歌译文进行平行比较，或许我们能够更加深入地体会到赵萝蕤先生所倡导的文学翻译直译法在遣词造句方面的独到之处，更深刻地领会诗人艾略特核心的诗学观点，更加深切地领悟赵萝蕤先生初版《荒原》中译文的原创性及其修订版所谓"比较彻底的直译法"给我们现代诗歌翻译工作所带来的启示。

艾略特原文（1922年）：

April is the cruellest month, breeding
Lilacs out of the dead land, mixing
Memory and desire, stirring
Dull roots with spring rain.
Winter kept us warm, covering　　　　　　　　5

[①] 参见黄宗英《"晦涩正是他的精神"——赵萝蕤汉译〈荒原〉直译法互文性艺术管窥》，《北京联合大学学报》(人文社会科学版) 2019年第3期。

[②] 赵萝蕤：《我是怎么翻译文学作品的》，载王寿兰编《当代文学翻译百家谈》，北京大学出版社1989年版，第609页。

[③] 赵萝蕤：《我是怎么翻译文学作品的》，载王寿兰编《当代文学翻译百家谈》，北京大学出版社1989年版，第609页。

>   Earth in forgetful snow, feeding
>   A little life with dried tubers. ①

译文一（赵萝蕤译，1937 年手稿）：
> 四月天最是残忍，它在
> 荒地上生丁香，参合着
> 回忆和欲望，让春雨
> 挑拨呆钝的树根。
> 冬天保我们温暖，大地   5
> 给健忘的雪盖着，又叫
> 干了的老根得一点生命。②

译文二（赵萝蕤译，1980 年修订）：
> 四月是最残忍的一个月，荒地上
> 长着丁香，把回忆和欲望
> 参合在一起，又让春雨
> 催促那些迟钝的根芽。
> 冬天使我们温暖，大地   5
> 给助人遗忘的雪覆盖着，又叫
> 枯干的球根提供少许生命。③

译文之三（赵毅衡译，1985 年 5 月第 1 版）：
> 四月是最残酷的月份，在死地上
> 养育出丁香，扰混了
> 回忆和欲望，用春雨
> 惊醒迟钝的根。

---

① T. S. Eliot, *The Complete Poems and Plays 1909–1950*, New York: Harcourt, Brace & World, Inc., 1971, p. 37.
② 赵萝蕤译：《荒原》，载黄宗英编《赵萝蕤汉译〈荒原〉手稿》，高等教育出版社 2013 年版，第 26 页。
③ ［英］托·斯·艾略特：《荒原》，赵萝蕤译，《外国文艺》（双月刊）1980 年第 3 期。

第二章 "我用的是直译法"

　　冬天使我们温暖，用健忘的雪
　　把大地覆盖，用干瘪的根茎
　　喂养微弱的生命。①

译文之四（查良铮译，1985 年 5 月第 1 版）：

　　四月最残忍，从死了的
　　土地滋生丁香，混杂着
　　回忆和欲望，让春雨
　　挑动着呆钝的根。
　　冬天保我们温暖，把大地
　　埋在忘怀的雪里，使干了的
　　球茎得一点点生命。②

译文之五（裘小龙译，1985 年 9 月第 1 版）：

　　四月是最残忍的月份，哺育着
　　丁香，在死去的土地里，混合着
　　记忆和欲望，拨动着
　　沉闷的根芽，在一阵阵春雨里。
　　冬天使我们暖和，遮盖着
　　大地在健忘的雪里，喂养着
　　一个小小的生命，在干枯的球茎里。③

译文之六（叶维廉译，2009 年出版）：

　　四月是最残酷的月份，并生着
　　紫丁香，从死沉沉的地土，杂混着
　　记忆和欲望，鼓动着
　　呆钝的根须，以春天的雨丝。

---

① 赵毅衡编译：《美国现代诗选》，外国文学出版社 1985 年版，第 197 页。
② 查良铮译：《英国现代诗选》，湖南人民出版社 1985 年版，第 46 页。
③ 裘小龙译：《四个四重奏》，漓江出版社 1985 年版，第 69 页。

冬天令我们温暖，覆隐着
大地，在善忘的雪花中，滋润着
一点点生命，在干的块茎里。①

译文之七（汤永宽译，2012 年出版）：
四月是最残忍的月份，从死去的土地里
培育出丁香，把记忆和欲望
混合在一起，用春雨
搅动迟钝的根蒂。
冬天总使我们感到温暖，把大地
覆盖在健忘的雪里，用干燥的块茎
喂养一个短暂的生命。②

  第一，是译文的遣词。赵萝蕤先生说过"一个字对着一个字这样的直译，这种情况不多，更多的是一个单位一个单位地对译，但要绝对服从每一种语言的、它的自己的特点和规律"③。笔者想进一步从赵萝蕤先生所强调的译作应该"绝对服从每一种语言的、它的自己的特点和规律"这一视角来探讨赵萝蕤先生 1937 年初译《荒原》时将第 2 行中的"the dead land"译成"荒地"的译法。笔者认为这是赵萝蕤先生直译法一个绝佳的遣词案例，既忠实于原文，又符合汉语的习惯表达。首先，原文中的"the dead land"与这首诗歌的题目 The Waste Land 前后呼应；虽有一字之差，但在此意思上大致相同；"荒地"的意思是"没有开垦或者没有耕种的土地"（wasteland; uncultivated or undeveloped land），而"荒原"可指"荒凉的原野"（wasteland, wilderness）④，因此这里的"荒地"可以是

---

 ① 叶维廉译：《众树歌唱：欧美现代诗 100 首》叶维廉译，人民文学出版社 2009 年版，第 79—80 页。
 ② 汤永宽译：《荒原》，载陆建德主编《荒原：艾略特文集·诗歌》，上海译文出版社 2012 年版，第 79 页。
 ③ 赵萝蕤：《我是怎么翻译文学作品的》，载王寿兰编《当代文学翻译百家谈》，北京大学出版社 1989 年版，第 608 页。
 ④ 中国社会科学院语言研究所词典编辑室编：《汉英双语现代汉语词典》，外语教学与研究出版社 2002 年版，第 849 页。

"荒原",这里的"荒原"也可以是"荒地"。在英文中,"wasteland"一词的意思是"barren or uncultivated land"(贫瘠荒芜或者未开垦的土地);此外,"荒地"还常常指"一个荒无人烟,几乎不宜居住的地方或者地区"(an ugly often devastated or barely inhabitable place or area),或者指"某种精神或者情感上乏力和不满足的东西,比如生活方式"(something, as way of life, that is spiritually or emotionally arid and unsatisfying)①。如果我们把艾略特笔下的《荒原》(The Waste Land)当作一块荒地(wasteland),那么我们就会觉得它的的确确是一块荒芜之地、一块不毛之地,因为我们没有看到那里有能够滋润生命的雨水,那里没有水,那里找不到能够使那块荒地复苏的甘露。然而,这种水是一种催生生命的活水,是人类在不同文化中通过不同的神话故事世代相传和赞颂的一种生命的活水。这类神话故事往往把生命与柔顺(the supple)及活泼(the quickened)的象征联系在一起,又将死亡与枯干(the dried out)、枯竭(the desiccated)、呆钝(the dulled)、麻木(the numbed)等意象联想在一起。的确,"四月天[之所以变得]最是残忍",不是因为乔叟的幽灵或者他关于这一永恒主题的特殊情感仍然缠绕着艾略特《荒原》的开篇诗行之中,而是因为在这一特殊月份之中,只要人们的头脑依然清醒,就能够最清晰地看到生与死之间各种力量的较量。生活在艾略特笔下西方现代荒原上的人们不仅精神懈怠,而且力不从心,生活懒散。阳春四月,大地回春,生机勃勃,人们原本应该满怀信心,充满活力,但因战争摧毁了他们的生活和信仰,金钱和成功成为第一次世界大战后西方一代青年人的人生目标。这是一个"镀金的时代",是一个少数"英雄"醉生梦死的时代,但是对多数青年人来说,他们已经不是"战斗英雄",他们因战争而失去升学的机会,没有像样的大学文凭,找不到称心如意的工作,找不到心满意足的配偶,享受不到家庭的温暖和幸福。战争并没有给这一代青年人带来"英雄"美称,而是给他们带来了空虚、贫乏、枯涩、迷惘、孤独……西方整整一代青年人变得萎靡不振、精神懈怠、虽生犹死,甚至是生不如死。因此,人们宁愿沉湎于那"参合着/回忆与欲望"的绵绵睡梦而不愿意为这"最是

---

① *Merriam-Webster's Collegiate Dictionary*, Springfield (Mass.): Merriam-Wester, Incorporated, 2003, p. 1412.

残忍的［四月］"所唤醒。鉴于诗中笼罩在这么一种虽生犹死、生不如死的生命观景中，赵萝蕤先生在 1937 年的原创性译本中选择"荒地"一词来翻译"dead land"真可谓遣词精准了，而且她在 1980 年的修订版中并没有改动。

相形之下，如果我们把原作中"the dead land"这个核心词语翻译成"死地"[1]、"死了的／土地"[2]、"死去的土地"[3] 和"死气沉沉的地土"[4]，首先，我们会觉得有点"死译""硬译""对译"的感觉，因为它们大都不符合译入语现代汉语的表达习惯或者语言规律。习惯上，我们平时不会说"死了的土地""死去的土地""死气沉沉的地土"。即便现代汉语中有"死地"这个词语，但是它的意思是"绝境"（fatal position）[5]，指人无法生存的境地。其次，虽然以上这几种译法中都带着一个"死"字，表面上看符合直译的规律，译文中并不缺少任何原文中的基本词素单位，然而，在这些新构成的偏正结构词语中，多数存在修饰语与被修饰语之间的搭配不符合现代汉语习惯用法或者构词方法的现象，不符合译入语现代汉语的语言规律，因此也不属于赵萝蕤先生所提倡的"用准确的同义词一个单位一个单位地顺序译下去"[6] 的直译法。

此外，如果我们进一步挖掘蕴含在"荒地"这一词语翻译中形式与内容相互契合的文化内涵，我们还是能够找到一点新的收获的。我们知道，"虽生犹死"（death-in-life）[7] 是艾略特《荒原》一诗的基本主题。加德纳（Helen Gardner）认为，"《荒原》的重大主题之一是历史与时间进程问题（the problem of history and time process），其中参合着宇宙和个人拯救的愿望。从来就没有诗歌体现过过去对现在及过去对现实存在有过更大

---

[1] 赵毅衡编译：《美国现代诗选》，外国文学出版社 1985 年版，第 197 页。
[2] 查良铮译：《英国现代诗选》，湖南人民出版社 1985 年版，第 46 页。
[3] 裘小龙译：《四个四重奏》，漓江出版社 1985 年版，第 69 页。汤永宽译：《荒原》，载陆建德主编《荒原：艾略特文集·诗歌》，上海译文出版社 2012 年版，第 79 页。
[4] 叶维廉译：《众树歌唱：欧美现代诗 100 首》，人民文学出版社 2009 年版，第 79 页。
[5] 中国社会科学院语言研究所词典编辑室编：《汉英双语现代汉语词典》，外语教学与研究出版社 2002 年版，第 1818 页。
[6] 赵萝蕤：《我是怎么翻译文学作品的》，载王寿兰编《当代文学翻译百家谈》，北京大学出版社 1989 年版，第 608 页。
[7] Christopher Ricks and Jim McCue, eds., *The Poems of T. S. Eliot*, Vol. I, Baltimore: Johns Hopkins UP, p. 588.

第二章 "我用的是直译法"　169

的压力"①。关于魏士登女士《从祭仪到神话》的第二章，艾略特曾经评论说："实际上，我认为［魏士登女士所讨论的］'荒原'（waste Land）问题才真正是我们这个时代最核心的问题（the very heart of our problem）。正确理解它的位置和重要性将使得我们能够掌握线索，引导我们安全地通过这个叙述完美却充满着最为令人困惑不解的一个个迷宫的故事。"② 艾略特之所以认为这个章节"叙述完美"但"充满着最为令人困惑不解的一个个迷宫"是因为作者在这个章节的结尾说，在这些圣杯故事的传说中，"统治者的势力被削弱了……土地变得荒芜（Waste）"，而且读者必须"聚焦书中一些贯穿始终的元素"，以便最终让"那些关键的组成要素能够彰显出它们的重要性"③。不仅如此，这个章节的概要是以"荒原母题批评的重要性"（Importance of Waste Land motif for criticism）结束的。因此，原文中的"the dead land"不论是诗人再现诗中"荒原母题"的一个核心意象，还是作为这首诗歌中一个关键要素的"荒地"，对它的正确理解、释读和翻译都将举足轻重。想必，我们还记得艾略特《荒原》第三章《火的教训》④结尾部分的第 307 行："我到加太其来了。"（To Carthage then I came）⑤ 1937 年，赵萝蕤先生在给这一行诗加注释的时候，给出了这一用典的出处："见圣奥古斯丁的《自陈录》（St. Augustine's *Confessions*）：'我到加太其来了，一锅不圣洁的爱在我身旁边唱。'"⑥ 1980

---

① Christopher Ricks and Jim McCue, eds., *The Poems of T. S. Eliot*, Vol. I, Baltimore: Johns Hopkins UP, p. 588.
② Christopher Ricks and Jim McCue, eds., *The Poems of T. S. Eliot*, Vol. I, Baltimore: Johns Hopkins UP, p. 588.
③ Christopher Ricks and Jim McCue, eds., *The Poems of T. S. Eliot*, Vol. I, Baltimore: Johns Hopkins UP, p. 588.
④ 在 1980 年版《荒原》中，赵萝蕤先生将"The Fire Sermon"改译成"火诫"。
⑤ 赵萝蕤译：《荒原》，载黄宗英编《赵萝蕤汉译〈荒原〉手稿》，高等教育出版社 2013 年版，第 209 页。
⑥ 赵萝蕤译：《荒原》，载黄宗英编《赵萝蕤汉译〈荒原〉手稿》，高等教育出版社 2013 年版，第 209 页。在 1980 年版《荒原》中，赵萝蕤先生将这个诗人原注改译成："见圣奥古士丁的《自陈录》：'我到迦太基来了，一大锅不圣洁的爱在我耳朵边唱。'"［《外国文艺》（双月刊）1980 年第 3 期］奥古斯丁（354—430 年）罗马帝国基督教思想家，教父哲学的主要代表。他用新柏拉图主义哲学来论证基督教教义，把哲学和神学结合起来，宣扬"原罪说"，声称人生来都是有罪的，只有信仰上帝才能得救；鼓吹教权主义，声称人们虽然应该服从世俗政权，但世俗政权只是"世人之城"，最终将毁灭，并逐步由"上帝之城"完全取代，教会则是"上帝之城"在地上的体现。这一说法为中世纪西欧天主教的教权至上论提供了理论依据。

年，赵萝蕤先生将这一行的译文改译成"于是我到迦太基来了"①。可见，艾略特这行诗歌的英文原文是译自奥古斯丁《忏悔录》（即赵先生译为《自陈录》）第三章的开篇"我到加太其来了"，那么我们不禁要问：这个诗中人究竟从何而来呢？原来在《忏悔录》第二章的结尾，奥古斯丁是这样说的："我堕落了，离开了您，啊，我的上帝，我流浪，在这些青春的日子里，我的站位离您越来越远了，而我自己变成了一块荒地。"（I sank away from Thee, and I wandered, O my God, too much astray from Thee my stay, in these days of youth, and I became to myself a barren land）青春的奥古斯丁忏悔自己因为偏离了神的指引而成为一个流浪儿，"变成了一块荒地！"然而，生活在第一次世界大战后的西方一代青年人的生命观景更可怕："所有的上帝都死光了，所有的战争都打完了，人们所有的信仰都动摇了。"② 人们崇拜金钱，向往成功，上帝已经不再是人们所崇拜的偶像和灵魂的唯一依靠。在艾略特笔下的现代荒原上，这种精神和灵魂上的恐惧被诗人用出神入化的诗歌语言和形象生动的比喻记录了下来："四月天最是残忍，它在/荒地上生丁香，参合着/回忆和欲望，让春雨/挑拨呆钝的树根。/冬天保我们温暖，大地/给健忘的雪盖着，又叫/干了的老根得一点生命。"③ 在这里，浮现在人们眼前的似乎已经不是冬去春来的自然景象，这种传统的自然规律仿佛被打破了，不仅如此，往日那春回大地、万籁复苏的新生力量似乎也已经消失殆尽。这种"虽生犹死""生不如死"的感觉印象不仅笼罩着《荒原》的开篇，而且贯穿于《荒原》全诗始终。艾略特也因此能够在全诗的创作过程中轻松自如、游刃有余地既把诗歌当作对第一次世界大战后西方普遍存在的空虚、失望、迷惘、浮滑、烦乱、焦躁、不愿意作为等精神幻灭现象的一种文化批判武器，又把诗歌作为与人类的想象力同样古老的象征手法，来书写人类生与死永恒博弈主题的一个崭新的历史篇章。由此可见，艾略特《荒原》开篇的"the dead land"这一词语可谓诗人的点题之笔，而赵萝蕤先生选择用"荒地"来翻译艾略特笔下的现代"荒原"也着实是赵萝蕤先生直译法一个富有

---

① 赵萝蕤译：《荒原》，《外国文艺》（双月刊）1980 年第 3 期。
② F. S. Fitzgerald, *This Side of Paradise*, New York: Charles Scribner's Sons, 1920, p. 255.
③ 赵萝蕤译：《荒原》，载黄宗英编《赵萝蕤汉译〈荒原〉手稿》，高等教育出版社 2013 年版，第 26 页。

真知灼见的遣词范例。

第二，是译文的句法。在《荒原》开篇的这 7 行诗歌中，有 5 行是以动词现在分词的"-ing"形式结尾的："……breeding/……mixing/……stirring/……covering/……feeding/。"这不得不使我们在理解、释读和翻译这段诗文时，需要认真琢磨诗人艾略特遣词造句的风格及其内涵寓意。在这 7 行诗歌中，前 4 行是一个句子，主语是"April"（四月），而第 1—3 行行末的三个现在分词"……breeding/……mixing/……stirring/"均表示伴随动作，其逻辑主语仍旧是"April"（四月）；后 3 句是另外一个句子，主语是"Winter"（冬天），而第 5—6 两行行末的两个现在分词"……covering/……feeding/"也是两个伴随动作，其逻辑主语是"Winter"（冬天）。在艾略特的诗歌中，这种以动词现在分词形式结尾的诗行并不多见，只有在《灰色星期三》（"Ash Wednesday"）一诗第四部分的第 12—15 行中出现过：

原文：

> Here are the years that walk between, bearing
> Away the fiddles and the flutes, restoring
> One who moves in the time between sleep and waking, wearing
> White light folded, sheathed about her, folded.①   15

裘小龙先生译文：

> 这里是漫步在其中的岁月，始终
> 携带着长笛和提琴，使
> 在睡着和醒着的时间中走动的人复新，披着
> 笼罩着、覆盖着她那白色的光，裹了起来。②

一般说来，英语动词的现在分词表示与句子的谓语动词同时发生或者在谓

---

① T. S. Eliot, *The Complete Poems and Plays 1909-1950*, New York: Harcourt, Brace & World, 1971, p. 64.
② ［英］托·斯·艾略特：《灰色星期三》，裘小龙译，载陆建德主编《荒原：艾略特文集·诗歌》，上海译文出版社 2012 年版，第 133 页。

语动词的动作发生之前的一个动作。从现代英语句法成分的语法分析视角看，现在分词可以作句子的状语（an adverbial）①，以表示时间（time）②、原因（cause）③、条件（condition）④、方式（manner）或者作为伴随情况（an attending circumstance）⑤，或者在口语中可以表示程度（degree）⑥。从诗人艾略特《荒原》开篇这七行诗歌的排列形式看，这一连五个置于诗行行末的及物动词现在分词形式显然是诗人有意而为之的排比式呈现形式。笔者在本书绪论部分简单地讨论过赵萝蕤先生在她 1940 年发表的《艾略特与〈荒原〉》一文中关于她初译《荒原》时是如何"尽力依照着原作的语调与节奏的断续徐疾"，其目的是"可以见出艾略特《荒原》一诗内所含的各种情致、境界与内容不同所产生出来的不同的节奏"⑦。值得我们进一步深入探讨的是赵萝蕤先生发现，艾略特《荒原》中的不同节奏蕴含着不同的"情致、境界与内容"。实际上，这对赵萝蕤先生所提倡的"形式与内容［相互］统一"⑧的直译法原则提出了挑战。究竟赵萝蕤先生应该如何在翻译中机巧地处理艾略特《荒原》中不同节奏与不同"情致、境界与内容"之间的关系问题呢？在同一篇文章中，赵萝蕤先生还说：《荒原》开篇的"第一到第四行都是很慢的，和残忍的四月天同一情致。一、二、三行都在一句初开之时断句，更使这四句的节奏迟缓起来，在原诗亦然"⑨。可见，原文中的行末断句是艾略特在《荒原》开篇

---

① 参见徐立吾《当代英语实用语法》，湖南人民出版社 1980 年版。
② 动词现在分词作为时间状语（an adverbial of time），例如：*Having finished my homework*, I began to preview my lessons。（After I ［had］ finished my homework, I began to preview my lessons）
③ 动词现在分词作为原因状语（an adverbial of cause），例如：*Having been beaten seriously*, the enemy retreated。
④ 动词现在分词作为条件状语（an adverbial of condition），例如：*Heating water*, you can change it into steam。
⑤ 动词现在分词作为方式状语或者作为伴随情况（an adverbial of manner or as an attending circumstance），例如：We stood at the west end of the bridge, talking and waiting for the bus。
⑥ 在英语口语中，动词现在分词常用作程度状语（an adverbial of degree in spoken English），例如：The soup is *boiling* hot。
⑦ 赵萝蕤：《艾略特与〈荒原〉》，《我的读书生涯》，北京大学出版社 1996 年版，第 10 页。
⑧ 赵萝蕤：《我是怎么翻译文学作品的》，载王寿兰编《当代文学翻译百家谈》，北京大学出版社 1989 年版，第 607 页。
⑨ 赵萝蕤：《我是怎么翻译文学作品的》，载王寿兰编《当代文学翻译百家谈》，北京大学出版社 1989 年版，第 10—11 页。赵萝蕤先生这里说的"在一句初开之时断句"应该是指第一、二、三行的行末断句。

诗行中用来迟缓节奏的手法，所以赵萝蕤先生《荒原》译本的开篇同样在第 1、2、3、5、6 行的行末采用了行末断句的形式，以求形似，基本上做到了让译文与原文在形式上对等相似。

假如我们从诗歌格律的音韵效果上进一步加以考察，会发现艾略特《荒原》开篇的这 5 个行末断句不仅利用了移行续写的诗行（run-on lines）形式及行末及物动词与下一行行首宾语之间的移行空隙所构成的视觉距离和时间差延缓了节奏，而且因为这 5 个行末断句均以弱读音节结尾反衬了艾略特笔下现代荒原上的人们那种不愿作为、懒散懈怠的精神幻灭情致。不论是"breeding/Lilacs out of the dead land"（它在/荒地上生丁香），或者是"mixing/Memory and desire"（参合着/回忆和欲望），或者是"stirring/Dull roots with spring rain"（让春雨/挑拨呆钝的树根），不论是"covering/Earth in forgetful snow"（大地/给健忘的雪盖着），还是"feeding/A little life with dried tubers"（又叫/干了的老根得一点生命），似乎都不约而同地呼应了诗中貌似违背自然规律的逆说悖论，"四月天最是残忍"，"冬天[反倒]保我们温暖"。在这里，自然规律似乎被打破，时间顺序被搞乱，社会秩序被破坏，艾略特笔下的现代人仿佛生活在一个迷惘无序、无所寄托、虽生犹死的现实荒原之中。"万事都有定时"（A Time for Everything）[①] 的西方文化传统似乎已经不复存在，因此人们的生命光景自然充满着各种不确定的元素，生命的意义自然是无本之木、无从可谈，更何况信仰的追求、道德的守信、婚姻的责任……相形之下，中世纪时期乔叟笔下"人们渴望四方朝圣"[②] 的阳春四月在艾略特笔下的现代荒原上已经变成了"最是残忍"的"四月天"!

那么，在翻译艾略特《荒原》开篇这一连 5 个排比式的现在分词断句移行的动宾结构时，赵萝蕤先生等各位翻译家均有自己的深度考虑和独到的处理方法。在此，笔者仅从排比移行断句的句法和动宾结构的词语搭配

[①] 《圣经·新约·传道书》第 3 章《万事都有定时》第 1—8 节中说："凡事都有定期，天下万物都有定时。生有时，死有时；栽种有时，拔出所栽种的树也有时；杀戮有时，医治有时；拆毁有时，建造有时；哭有时，笑有时……喜爱有时，恨恶有时；争战有时，和好有时。"《圣经·旧约》（中英对照·和合本·新国际版），香港：国际圣经协会 1998 年版，第 1085 页。

[②] Fisher, John H. ed., *The Complete Poetry and Prose of Geoffrey Chaucer*, New York: Holt, Rinehart and Winston, 1977, p. 10.

两个方面,就几个不同译文中所体现出来的遣词造句技巧提出一点思考。

首先,是赵萝蕤先生所采用的排比移行断句形式。在 1937 年原创性的《荒原》中译本里,针对艾略特这一现在分词动宾结构移行排比的行末断句特点,赵萝蕤先生同样采用了诗歌行末断句的形式,让艾略特《荒原》开篇四行的节奏"迟缓起来",以便"和残忍的四月天同一情致"①。为了尽力模仿"原作的语调与节奏的断续徐疾",力求能够再现"艾略特《荒原》一诗内所含的各种情致、境界与内容不同所产生出来的不同的节奏"②,赵萝蕤先生在翻译处理原文中这一连 5 个行末断句的现在分词时,实际上也使用了移行续写的诗行句式 (run-on-line sentences)。她在译文中比较整齐地保留了行末断句的诗行形式,不论在视觉效果还是在听觉效果方面,都保留了原文中移行断句停顿的艺术效果,让读者在阅读时有足够的想象空间和时间,去细细品味笼罩在艾略特笔下第一次世界大战后西方现代荒原人生命中的那种虽生犹死的精神幻灭!相形之下,在赵萝蕤先生 1980 年修订版的译文中,原译中行末移行断句的排比艺术效果似乎被削弱了一些。在前 3 行中,行末断句前诗行中的音节数量从原来的 8 个音节 (2+3+3) 增加到了 13 个 (3+6+4),表面上看使得前 3 行(特别是第 2、3 行)诗歌中行末断句的特点变得模糊起来。然而,赵萝蕤先生说:"原作的头三句的最后一个字是分词,新译不可能把分词放在行尾,而'生长着'和'把……参合在一起','催促'则近似分词,因为汉语里没有由词形标志的分词。"③那么,如何才能翻译好原作头三行的最后一个单词呢?因为汉语中不存在通过词形变化来体现动词词性的分词,所以赵萝蕤先生认为"新译不可能把分词放在行尾",取而代之的办法是利用汉语"灵活的句法"。

其次,在译本二中,除了第一句改为"逐字地译"④以外,赵萝蕤先

---

① 赵萝蕤:《艾略特与〈荒原〉》,《我的读书生涯》,北京大学出版社 1996 年版,第 10 页。
② 赵萝蕤:《艾略特与〈荒原〉》,《我的读书生涯》,北京大学出版社 1996 年版,第 10 页。
③ 赵萝蕤:《我是怎么翻译文学作品的》,《我的读书生涯》,北京大学出版社 1996 年版,第 187 页。
④ 赵萝蕤先生把原译"四月天最是残忍"改译成"四月是最残忍的一个月"。新译与英文原文毫厘不差,真可谓"逐字地译"了!参见赵萝蕤《我是怎么翻译文学作品的》,《我的读书生涯》,北京大学出版社 1996 年版,第 187 页。

生选用了3个"近似［英语］分词"的中文译法。(1) 把原译"它在/荒地上生丁香"改译成"荒地上/生长着丁香"。虽然汉语中的动词"生"字可以作"产生"（cause, give rise to）解释，但是它多用于"生病""生效""惹是生非"等一些固定的表达法。假如我们把"它"看作前一句的主语"四月"，而且即便我们从拟人手法的视角把"它"与"生丁香"这一动宾结构一起构成一个句子的主谓宾结构（它……生丁香），那么"它在/荒地上生丁香"的原译也不如改译后的"荒地上/长着丁香"来得更加自然通顺，更加符合现代汉语的表达习惯。(2) 赵萝蕤先生把"参合着/回忆和欲望"改译成"把回忆和欲望/参合在一起"。在形式上看，"参合着/回忆和欲望"似乎更加贴近英文原文"mixing/Memory and desire"，而且"参合着"中的"着"，表示动作的持续状态，酷似英文中表示现在分词的标识"-ing"，但是实际上要让读者理解"［四月天］参合着/回忆和欲望"也需要读者丰富的想象和抽象思维能力，而要说"［四月天］把回忆和欲望/参合在一起"无疑更加符合现代汉语的表达习惯和方法。(3) 紧接着，赵萝蕤先生将"stirring/Dull roots with spring rain"翻译成"又让春雨/催促那些迟钝的根芽"。在这一句中，赵萝蕤先生选用"又让……"这一句式，似乎是把前4行连成了一个有机的整体"四月……把……又让……"，同时又强化了赵萝蕤先生驾驭汉语句式的灵动艺术。

最后，在后3行中，赵萝蕤先生也选用了"给……又叫……"这样类似的汉语习惯表达方法，把原译"冬天保我们温暖，大地/给健忘的雪盖着，又叫/干了的老根得一点生命"改译成"冬天使我们温暖，大地/给助人遗忘的雪覆盖着，又叫/枯干的球根提供少许生命"。就句法而言，新译选用"使……"代替原译"保……"，增强了句子中所蕴含的似非而是的悖论艺术效果，而把"又叫/……老根得一点生命"改为"又叫/枯干的球根提供少许生命"，虽然只有一字之差，把"得"改译成"提供"，但是"得一点生命"与"提供少许生命"就大不一样了，纠正了原译对词组"feed……with……"（向……供给）的理解误差，不是"叫/干了的老根得一点生命"，而恰恰相反是"叫/枯干的球根提供少许生命"，把原译的一点点生的可能性变成了一种几乎是不可能的生命光景。

相形之下，译本三似乎不仅保留了赵萝蕤先生1937年初版《荒原》

中译本的一些关键词句的译法，比如，第 1 行的形容词"残忍"、第 2 行的词组"（滋）生丁香"、第 3 行的名词"回忆""欲望"和"春雨"，第 4 行的词组"呆钝的树根"、第 5 行的句子"冬天保我们温暖"和第 7 行的词组"得一点生命"等，而且还较好地保留了艾略特《荒原》原作及赵萝蕤先生初版《荒原》中译本第 1、2、3、5、6 行中连续 5 个诗行在行末移行断句的特点；译本四在前 3 行中行末断句特点比较明显，而第 5、6 行稍显模糊一些；译本五除了注意保留第 1、2、3、5、6 行的行末断句特点之外，还创造性地使用了现代汉语中常常用来表示动作持续状态的助动词"着"，来对译原文中动词现在分词的"-ing"形式，把"breeding/……mixing/……stirring/……covering/……feeding/……"译成"哺育着/……混合着/……拨动着/……遮盖着/……喂养着/……"，在追求译文形式美方面似乎比赵萝蕤先生的原译更进了一步；译本六在不同程度上与赵萝蕤先生和裘小龙先生中译本的翻译技巧特点有相似之处，注意到了行末移行断句和助动词"着"的用法；而译本七更加注意现代汉语中的介词"从""把"和"用"的用法，"从……培育出……""把……混合在一起""用……搅动……""把……覆盖……"和"用喂养……"。可见，六位译者都有自己的创新思维，而七个译本均在排比移行断句形式的翻译上体现出不同的艺术特点。

第三，是这前七行最后一个分词短语"feeding/A little life with dried tubers"的译法。首先，笔者前面提到过，这一分词短语的逻辑主语是"winter"（冬天），其中词组"feed……with……"的意思是"向……供给"，因此译本二的译文"叫/枯干的球根提供少许生命"比译本一的译文"叫/干了的老根得一点生命"更加准确。然而，译本三的译文"用干瘪的根茎/喂养微弱的生命"，译本四的译文"使干了的/球茎得一点点生命"，译本五的译文"喂养着/一个小小的生命，在干枯的球茎里"，译本六的译文"滋润着/一点点生命，在干的块茎里"和译本七的译文"用干燥的块茎/喂养一个短暂的生命"似乎多少受了译本一的影响，或者说对词组"feed……with……"的理解与译本一相似。其次，是这个分词短语中的这个动宾词组"feeding/A little life"的译法：

译本一："叫/……得一点生命"

译本二："叫/……提供少许生命"

译本三："用……/喂养微弱的生命"

译本四："使……得一点点生命"

译本五："喂养着/一个小小的生命"

译本六："滋润着/一点点生命"

译本七："用……/喂养一个短暂的生命"

在笔者看来，译本六"滋润着/一点点生命"的译法与译本二的译法相近，但是译本六把"with dried tubers"译成了"在干的块茎里"，并且用逗号隔开，放在行末，表面上看似乎与原文形式相近，但实际上读起来拗口，不符合译入语的习惯表达。此外，译本三、五、七把"A little life"当作一个可数名词词组，分别译成了"微弱的生命""一个小小的生命"和"一个短暂的生命"，并且冠以一个表示具体动作的及物动词"喂养"，构成动宾结构词组。这种译法貌似直译，与原文"feeding/A little life"在形式上近乎对等，但是实际存在着与译本一相同的问题，即没有正确理解"feed……with……"的意思，不是"用 A 喂养 B"，而是"为 B 提供 A，因此赵萝蕤先生把"feeding/A little life with dried tubers"译成了"叫/枯干的球根提供少许生命"。最后，是原文介词词组"with dried tubers"的位置问题。译本五和译本六是译者选择把这个介词词组置于行末位置：

译本五："喂养着/一个小小的生命，在干枯的球茎里"

译本六："滋润着/一点点生命，在干的块茎里"

然，这种用一个逗号把介词词组隔开的译法能够在视觉和听觉上延缓译文的速度，以满足原作中所蕴含着的一种虽死犹生、不愿意行动的情致和生命光景，但是这种译法读起来拗口，不符合译入语的表达习惯，即赵萝蕤先生所强调的语言本身的"特点和规律"。

总之，精准的遣词和灵动的句法是赵萝蕤先生文学翻译直译法的两个基本要素。从以上对《荒原》开篇前七行不同中译本的文本比较释读中，我们可以看出赵萝蕤先生在 1937 年初版《荒原》中译本这七行关键词语和句法的翻译中，充分地体现了她所强调的要寻找"准确的同义词"和

"灵活的句法"①进行直译的观点。就"准确的同义词"而言，赵萝蕤先生用"荒地"来翻译"the dead land"要比"死地"②"死了的/土地"③、"死去的土地"④、"死气沉沉的地土"⑤等译法来得更加"准确"；就"灵活的句法"而言，赵萝蕤先生创造性地使用行末断句和移行续写诗行（run-on lines）的方法来延缓节奏和契合情致，不仅体现出译者对原作思想内涵的深入研究和深刻理解，而且高度再现了译作与原作深度融合的"形式与内容［相互］统一"⑥的契合论原则。与此同时，赵萝蕤先生1980年《荒原》修订版的译文在遣词造句方面进一步体现了译者文学翻译直译法的"准确"性和"灵活"性。比如，修订版第六行的"助人遗忘的雪"要比原译的"健忘的雪"更加准确；修订版第七行的"提供少许生命"也比原译的"得一点生命"更加精准；而修订版第一行的开篇句子"四月是最残忍的一个月"与原译"四月天最是残忍"相比，显然是"比较彻底的直译法"⑦。

如果说《荒原》原诗及赵萝蕤初版译文开篇四行的节奏，为了保持与"残忍的四月天同一情致"，而变得"很慢"，而且为了让前四行诗的节奏迟缓起来，作者和译者均在前三行采用了行末句首弱韵断句的形式，并且在行末断句之后，作者又采用移行续写诗行的手法给读者留下足够的想象空间和时间，去思考那一反常态的"最是残忍"的四月天，去观察那生长在荒地里的丁香，去想象那"参合着/回忆和欲望"的时节，去想象那"挑拨呆钝的树根"的"春雨"。接着，我们看到艾略特笔下那被"健忘的雪覆盖着"的冬天，由于它仍然能够"叫干了的老根得一点生命"，所

---

① 黄宗英：《"晦涩正是他的精神"——赵萝蕤汉译〈荒原〉直译法互文性艺术管窥》，《北京联合大学学报》（人文社科版）2019年第3期。赵萝蕤《我是怎么翻译文学作品的》，《我的读书生涯》，北京大学出版社1996年版，第185—186页。
② 赵毅衡编译：《美国现代诗选》，外国文学出版社1985年版，第197页。
③ 查良铮译：《英国现代诗选》，湖南人民出版社1985年版，第46页。
④ 裘小龙译：《四个四重奏》，漓江出版社1985年版，第69页。汤永宽译：《荒原》，载陆建德主编《荒原：艾略特文集·诗歌》，上海译文出版社2012年版，第79页。
⑤ 叶维廉译：《众树歌唱：欧美现代诗100首》，人民文学出版社2009年版，第79页。
⑥ 赵萝蕤：《我是怎么翻译文学作品的》，载王寿兰编《当代文学翻译百家谈》，北京大学出版社1989年版，第607页。
⑦ 赵萝蕤：《我是怎么翻译文学作品的》，《我的读书生涯》，北京大学出版社1996年版，第186页。

以反倒让人觉得能够"保我们温暖"。赵萝蕤先生认为，诗人艾略特在这里要表达的意思是"冬雪胜似春雨"，因为"春天引起种种心酸的回忆和欲望，而冬天则帮助人遗忘"，因此"冬天比春天更加惬意"[①]。那么，笔者认为，在翻译这第5—7行时，赵萝蕤先生的原译已经是出神入化了：

原文：

Winter kept us warm, covering   5
Earth in forgetful snow, feeding
A little life with dried tubers.[②]

译本一：

冬天保我们温暖，大地   5
给健忘的雪盖着，又叫
干了的老根得一点生命。[③]

在形式上看，赵萝蕤先生的原译基本上保留了原文第五、六两行行末断句的形态。原文采用一个主句的谓语动词带着两个表示伴随动作的现在分词短语作为状语（"kept……covering……feeding……"）。虽然赵萝蕤先生无法保留英文原作的句法结构，但是她还是巧妙地利用了汉语灵活多变的动词被动式的表达形式"给……（覆）盖着"，形成了一种强调语气的句式，而且紧接着，又是一个强调语气的句式"又叫……得……"，让人感觉到被冬雪覆盖着的大地依然顽强地存留着"一点生命"的希望，因此"冬雪胜似春雨"，"冬天[反倒]保我们温暖"。在节奏上，赵萝蕤先生认为，"第五行'冬天保我们温暖'是一口气说的，有些受歌的陶醉太深的人也许爱在'天'字之下略顿一下，但是按照说话的口气，却是七个字接连而

[①] 赵萝蕤：《〈荒原〉浅说》，《我的读书生涯》，北京大学出版社1996年版，第21页。
[②] T. S. Eliot, *The Complete Poems and Plays 1909-1950*, New York: Harcourt, Brace & World, Inc., 1971, p. 37.
[③] 赵萝蕤译：《荒原》，载黄宗英编《赵萝蕤汉译〈荒原〉手稿》，高等教育出版社2013年版，第26页。

下的,和原文相似"①。此外,赵萝蕤先生认为,译本二把译本一中的"健忘"改成"助人遗忘"是一个"较大的改动"②,因为第6行的"健忘的雪"意义不明,而"助人遗忘"和第3行的"回忆"正好意思相反,前呼后应,"雪能助人遗忘",因此冬天反比四月天温暖。可见,译本二比译本一更加接近原作,更能够体现内容和形式相互统一的翻译原则。

第七节 "夏天来得出人意料"

诗境至此,我们似乎能够更加深切地体会"冬天保我们温暖"的原因。阳春四月本是春暖花开、大地复苏的时节,可是对于生活在艾略特笔下现代"荒原"上的人们,这"四月天"只能勾起人们不愉快的回忆和欲望,而冬天反倒温暖,使人们沉湎于遗忘之中;诗人笔下的现代人似乎正在经历着一个怠惰、疲倦,甚至是憎恨的觉醒过程。这是对第一次世界大战后整个西方世界所弥漫着的一种绝望情绪的描写,而其中诗人和译者在拿捏诗歌节奏与情致之间的同一性上均可谓恰到好处,不论是行末断句移行续写所表现的"断续徐疾"的节奏感,还是那"最是残忍的"春天,以及那能够"保我们温暖"的冬季带给读者的突兀和困惑,均和西方文化传统中乔叟笔下《坎特伯雷故事》开篇的"春之歌"形成鲜明的对照:"当四月的甘露渗透了三月枯竭的根须,沐濯了丝丝茎络,触动了生机,使枝头涌现出花蕾;当和风吹香,使得山林莽原遍吐着嫩条新芽,青春的太阳已转过半边白羊座,小鸟唱起曲调,通宵睁开睡眼,是自然拨弄着它们的心弦。"③

然而,紧接着这节奏貌似断续突兀和内涵貌似令人困惑的开篇七行,诗人艾略特似乎加快了节奏,让"夏天"来得"出人意料":

原文:

    Summer surprised us, coming over the Starnbergersee

---

① 赵萝蕤:《艾略特与〈荒原〉》,《我的读书生涯》,北京大学出版社1996年版,第11页。
② 赵萝蕤:《我是怎么翻译文学作品的》,《我的读书生涯》,北京大学出版社1996年版,第187页。
③ [英]杰弗雷·乔叟:《坎特伯雷故事》,方重译,上海译文出版社1993年版,第1页。

With a shower of rain; we stopped in the colonnade,
And went on in sunlight, into the Hofgarten,   10
And drankcoffee, and talked for an hour.
Bin gar keine Russin, stamm' aus Litauen, echt deutsch.
And when we were children, staying at the archduke's,
My cousin's, he took me out on a sled,
And I was frightened. He said, Marie,   15
Marie, hold on tight. And down we went.
In the mountains, there you feel free.
I read, much of the night, and go south in the winter. ①

译本一：

夏天来得出人意料，带着一阵雨
走过斯丹卜基西；我们在亭子里躲避，
等太阳出来又上郝夫加登，   10
喝咖啡，说了一点钟闲话。
我不是俄国人，立陶宛来的，是纯德种。
而且我们小时候在大公爵那里——
我表兄家，他带我滑雪车，
我很害怕。他说，玛丽，   15
玛丽，要抓得紧。我们就冲下。
走到山上，那里你觉得自由。
大半个晚上我念书，冬天我到南方。②

译本二：

夏天来得出人意外，在下阵雨的时候
来到了斯丹卜基西；我们在柱廊下躲避，

---

① T. S. Eliot, *The Complete Poems and Plays 1909–1950*, New York: Harcourt, Brace & World, 1971, p. 37.

② 赵萝蕤译：《荒原》，载黄宗英编《赵萝蕤汉译〈荒原〉手稿》，高等教育出版社2013年版，第29页。

等太阳出来又进了霍夫加登，   10
喝咖啡，闲谈了一个小时。
我不是俄国人，我是立陶宛来的，是地道的德国人。
而且我们小时候住在大公那里
我表兄家，他带着我出去滑雪橇，
我很害怕。他说，玛丽，   15
玛丽，牢牢揪住。我们就往下冲。
在山上，那里你觉得自由。
大半个晚上我看书，冬天我到南方。①

那么，夏天为什么"来得出人意外"呢？我们知道，英国，尤其是伦敦地区，因为所处的地理纬度较高，所以夏季是一年四季中最温暖宜人的季节，也是大自然充分展示其自然之美的时节。此外，英文词组"summer's day"（夏日）不仅有"a very long day"（漫长的一天）的意思，而且还可以引申为"one of these fine days"（夏季美好的一天）②，甚至是"壮年；全盛期，兴旺时期"③。伟大的英国诗人莎士比亚在其喜剧《仲夏夜之梦》(*A Midsummer Night's Dream*，1590 年）第一幕第二场第 89—90 行中曾经将希腊神话中一对巴比伦恋人的情郎皮刺摩斯（Pyramus）描写为"一个讨人喜欢的小白脸，一个体面人，就像你可以在夏天看到的那种人；他又是一个可爱的堂堂绅士模样的人"④。此外，众所周知，在他的 14 行诗第 18 首"我能否把你比作夏季的一天？"⑤（Shall I compare thee to a summer's day?）中，诗人莎士比亚"把他的爱友比作'夏日'（a summer's day，第 1 行），暗示他的青春年华；用大宇宙的'狂风'（rough winds，第 3 行）暗示他温和的气息；用有时灼热的'天空的眼睛'（the eye of heaven，第

---

① [英] 托·斯·艾略特：《荒原》，赵萝蕤译，《外国文艺》（双月刊）1980 年第 3 期。
② *The Oxford English Dictionary*, Vol. XVII, Oxford University Press, 1989, p. 177.
③ 陆谷孙主编：《英汉大词典》，上海译文出版社 2007 年版，第 2024 页。
④ [英] 莎士比亚：《仲夏夜之梦》，朱生豪译，方平校，载《莎士比亚全集》（一），人民文学出版社 1994 年版，第 677 页。英文原文："Pyramus is a sweet-faced man; a proper man as one shall see in a summer's day; a most lovely, gentleman-like man." See *The Complete Works of William Shakespeare*, New York: Barnes & Noble, 1994, p. 282.
⑤ 屠岸译：《英国历代诗歌选》（上），译林出版社 2007 年版，第 48 页。

第二章 "我用的是直译法"　183

5 行）暗示他始终温柔的目光；用有时被乌云遮暗的太阳那'金黄的脸色'（gold complexion，第 6 行）暗示他始终明亮的脸色；用大宇宙四季的更迭暗示他'永恒的夏天'（eternal summer，第 9 行）"[1]。然而，文艺复兴时期莎士比亚笔下这一个个美如"夏季的一天"并且充满着人文主义气息的人物到了第一次世界大战后艾略特笔下西方现代荒原上却变成了一个个精神上空虚无聊和行动上麻木无助的"空心人"（The Hollow Men）[2]。这些"空心人"又是"稻草人/相互依靠/头脑里塞满了稻草"；他们仿佛"有声无形，有影无色"，他们是"瘫痪了的力量"，摆着"无动机的姿势"[3]，他们虽生犹死！可见，原本应该是充满青春和活力的"夏天"，对于生活在艾略特笔下这个现代荒原里的"空心人"来说，却"来得出人意外"。根据赵萝蕤先生的注释，"这一段情节［第 8—18 行］摘自 1913 年版玛丽·拉里希伯爵夫人（Countess Marie Larisch）的回忆录《我的过去》（My Past），反映了上流社会生活的空虚、无聊"[4]；其中"斯丹卜基西（Starnbergersee）是慕尼黑附近一湖，也是一游乐之地，艾略特用它来代表欧洲中部的现代荒原"[5]，而"霍夫加登（Hofgarten）按词义应译作'御花园'，是慕尼黑的一个公园"[6]。赵萝蕤先生认为，"自第八行至节末，节奏完全不同了，非但快而急促起来，并且在我们读者的感觉中，已由诗人的叹息而转入于一件事实的描写。读者阅读便可以了然：大概是一对（或一堆）男女照例在德国避暑，这一套谈话正是一般的生活的表现，无非如此，如此。这是残忍的四月的另一副面貌。这是荒原"[7]。那么，为什么赵萝蕤先生认为诗中所描写的这一"夏天"情节是"残忍的四月的另一副面貌"，"是荒原"呢？笔者认为，赵萝蕤先生的解读有两点值得我们特别注意：第一，是原作中的"节奏完全不同了，非但快而急促起来"；第二，是"诗人的叹息而转入于一件事实的描写"。那么，诗人艾

---

[1] 胡家峦编著：《英国明诗详注》，外语教学与研究出版社 2003 年版，第 36 页。
[2] T. S. Eliot, *The Complete Poems and Plays 1909–1950*, New York: Harcourt, Brace & World, Inc., 1971, p. 56.
[3] 裘小龙译：《空心人》，《四个四重奏》，漓江出版社 1985 年版，第 99 页。
[4] 赵萝蕤译：《荒原》，《外国文艺》（双月刊）1980 年第 3 期。
[5] 赵萝蕤译：《荒原》，《外国文艺》（双月刊）1980 年第 3 期。
[6] 赵萝蕤译：《荒原》，《外国文艺》（双月刊）1980 年第 3 期。
[7] 赵萝蕤：《艾略特与〈荒原〉》，《我的读书生涯》，北京大学出版社 1996 年版，第 11 页。

略特为什么在此要用"急促"的节奏来描写夏天在德国避暑旅行的休闲生活呢?从诗歌行文上看,斯丹卜基西的夏天虽然常常下着阵雨,但是仍然游客云集,因为这个地处德国南部慕尼黑附近的一个游乐湖区,那里"常年都是游历团荟萃的中心"①。我们可以看到诗中人"我们"先是在亭子里躲避阵雨,等太阳出来了,他们又来到霍夫加登公园,并且在公园里"喝咖啡,闲谈了一个小时"。这是人们避暑旅游常见的现象,"无非如此,如此"。然而,艾略特在此硬是将一行完全口语体的德语句子直接嵌入英文诗歌:"Bin gar keine Russin, stamm' aus Litauen, echt deutsch。"(我不是俄国人,立陶宛来的,是纯德种)这种写法似乎告诉了我们原来诗中在一起喝咖啡聊天的"我们"实际上双方素不相识。紧接着,就是来自玛丽·拉里希伯爵夫人的自传《我的过去》的一段:

> 而且我们小时候在大公爵那里——
> 我表兄家,他带我滑雪车,
> 我很害怕。他说,玛丽,　　　　　　　　　　15
> 玛丽,要抓得紧。我们就冲下。
> 走到山上,那里你觉得自由。
> 大半个晚上我念书,冬天我到南方。②

　　1954年3—4月间,乔治·莫里斯(George Morris)曾经在《支持者评论》(*Partisan Review*)上发表过一篇题目为"玛丽,玛丽,要抓得紧"("Marie, Marie, Hold on Tight")③的评论。文章发表了作者阅读玛丽·拉里希伯爵夫人的自传《我的过去》之后的4个发现:第一,玛丽·拉里希伯爵夫人的家就住在斯丹卜基西的湖边;第二,她的大表兄是大名鼎鼎的鲁道夫大公爵(Archduke Rudolph of Mayerling);第三,玛丽冬天常

---

① 赵萝蕤注释,黄宗英编:《赵萝蕤汉译〈荒原〉手稿》,高等教育出版社2013年版,第26页。

② 赵萝蕤译:《荒原》,载黄宗英编《赵萝蕤汉译〈荒原〉手稿》,高等教育出版社2013年版,第27—29页。

③ George Morris, "Marie, Marie, Hold on Tight", *Partisan Review*, XXI, March-April, 1954, pp. 231–233.

在法国东南部港市尼斯附近的一个假日游憩胜地芒通（Menton）过冬；第四，只有当她在山上的时候，她才感到心旷神怡（she felt free）。① 那么，为什么赵萝蕤先生认为这一节"反映了上流社会生活的空虚、无聊"呢？赵萝蕤先生译文又是如何映衬原作中这种空虚无聊的情致呢？笔者认为，诗人艾略特在此采用了意象对照的手法，来反衬以上流社会生活为代表的现代文明的"空虚、无聊"。显然，第8—12行的核心意象是诗中人"我们"在公园咖啡馆里，边喝咖啡，边闲聊，而且从"我不是俄国人，立陶宛来的，是纯德种"这一行中，我们还能够读出说话者"带有几分俏皮的高傲和自信"②。这一核心意象很容易让我们想起艾略特《J. 阿尔弗莱德·普鲁弗洛克的情歌》一诗中的著名诗行："我用咖啡匙一勺一勺地量尽了自己的生命。"（I have measured out my life with coffee spoons）显然，诗中人普鲁弗洛克对他所处的上流社会有所了解，而且是一位生活经历丰富的人，他在诗歌中说："我已经熟悉她们了，熟悉了她们所有的人——/熟悉了那些晚上、早晨和下午。"然而，这种生活并没有让他心驰神往，反而使他产生对生活的厌恶，因为没完没了的咖啡和闲聊是对生命的荒废，是精神生活空虚的有力佐证。假如我们回到《荒原》中来，虽然诗中人那纯种德国人的口吻能够透露出"几分俏皮的高傲和自信"，但是这种"高傲和自信"在一个陌生人面前仍然没有任何意义，同样充满着各种不确定的因素，也真可谓"如此，如此"。

但是，当诗境把我们带回到"我们小时候在大公爵那里——/我表兄家"的时候，"滑雪车"便成为第13—18行中的核心意象："我很害怕。他说，玛丽，/玛丽，要抓得紧。我们就冲下。/走到山上，那里你觉得自由。"③ 与象征着现代文明中上流社会生活的公园和咖啡不同，人们孩童时玩的雪车或者雪橇虽然给孩子们带来一点"害怕"，但是孩子们似乎还懂得"要抓得紧"，要紧紧地抓住自己的命根子："我们就冲下。/走到山上，那

---

① Margaret C. Weirick, *T. S. Eliot's The Waste Land: Sources and Meaning*, New York: Monarch Press, 1971, p. 16.

② 黄宗英、邓中杰、姜君：《"灵芝"与"奇葩"：赵萝蕤先生汉译〈荒原〉艺术管窥》，《北京联合大学学报》（人文社会科学版）2014年第2期。

③ 赵萝蕤译：《荒原》，载黄宗英编《赵萝蕤汉译〈荒原〉手稿》，高等教育出版社2013年版，第29页。

里你觉得自由。"荡过秋千的人一定都还记得那种在空中飞翔的美妙感觉,而此处坐着雪车或者雪橇"冲下"山坡的诗中人——"我们"似乎同样有一种无忧无虑、自由翱翔的感觉。当诗中人说"走到山上,那里你觉得自由"时,一种回归自然的美妙的感觉便在读者的想象中油然而生:"站在空地上,我的头颅沐浴着清爽的空气,无忧无虑,升向那无垠的天空,心中所有的丑陋的狂妄自私均荡然无存。我变成了一只透明的眼球。我化为乌有,却又洞察一切。"① 可见,在象征着现代西方上流社会生活的公园里喝咖啡聊天,只能消磨时间,荒废生命,然而诗中人对孩童时玩雪车的回忆,虽然有点令人"害怕",却美轮美奂,天真无邪,因为"很少成年人能够看懂大自然。大多数人对太阳是视而无睹……太阳只能照亮成人的眼睛,但是它可以透过一个孩子的眼睛,照亮他的心灵"②。正如爱默生所说:"在树林中,一个人可以像老蛇蜕皮一样,将岁月抛在脑后,而且不论他年纪多大,他永远是一个孩子。在树林中,人可以永葆青春……在树林中,我们恢复了理智和信仰。在树林中,我觉得这辈子都将不会有祸事临头,没有羞辱,没有灾难……"③ 在爱默生看来,"热爱大自然的人一定是一个内外感觉始终保持协调一致的人;他在成年之后仍然保持着孩童时的纯真;他与天地之间的交流已经成为他一日三餐的部分食粮"④。因此,爱默生说,当他读书和写作的时候,虽然身边没有旁人,但是他"并不孤单"⑤。

注释《荒原》第 17 行的时候,索瑟姆(B. C. Southam)在他的《艾略特诗歌导读》一书中说:"在艾略特个人的想象世界里,'群山'(mountains)象征着创作灵感的一座座高峰。"⑥ 索瑟姆教授还发现,艾略

---

① [美] 爱默生:《自然》,载黄宗英等译《爱默生诗文选》,高等教育出版社 2018 年版,第 165 页。
② [美] 爱默生:《自然》,载黄宗英等译《爱默生诗文选》,高等教育出版社 2018 年版,第 164 页。
③ [美] 爱默生:《自然》,载黄宗英等译《爱默生诗文选》,高等教育出版社 2018 年版,第 164—165 页。
④ [美] 爱默生:《自然》,载黄宗英等译《爱默生诗文选》,高等教育出版社 2018 年版,第 164 页。
⑤ [美] 爱默生:《自然》,载黄宗英等译《爱默生诗文选》,高等教育出版社 2018 年版,第 163 页。
⑥ B. C. Southam, *A Guide to the Selected Poems of T. S. Eliot*, 6th ed., San Diego, New York and London: Harcourt Brace & Company, 1994, p. 143.

特在 1921 年 5 月 22 日给多罗西·庞德（Dorothy Pound）的一封信中说，他准备这一年晚些时候到巴黎去探望庞德（Ezra Pound）一家。在这封信中，艾略特写道："在我写完我正在创作的一首小诗之后，我准备到山上去透透风。我认为那里山上的空气（mountain air）能够孕育出一部《尤利西斯》……告诉埃兹拉我正在期待着证实一种清新的空气（ozone），它的某些杰出之处能够与他［庞德］的皇冠之作相媲美。"索瑟姆教授认为，艾略特此处说的他自己的"一首小诗"无疑指的就是《荒原》。[①] 可见，艾略特笔下对现代西方文明的书写仍然与大自然有着密切的联系，人与自然的关系仍然是艾略特诗歌中一个永恒的主题。只有亲近自然、热爱自然的人，才有可能享受自然，分享大自然给予人类的馈赠。诗境至此，我们似乎就不难理解艾略特笔下的这两行诗歌了："走到山上，那里你觉得自由。/大半个晚上我念书，冬天我到南方。"

那么，就这一小节的翻译而言，我们也可以通过不同中译本的平行比较，去体会不同译者的智慧：

译本三（赵毅衡译，1985 年 5 月第 1 版）：
    夏天使人吃惊，它越过斯坦培格湖
    带来暴雨；我们在柱廊里躲了一阵
    天晴了继续朝前走，进了皇家花园，
    我们喝咖啡，聊了一小时，
    我不是俄国女人，我生在立陶宛，真正的德国人
    我们小时候，在表哥
    大公爵家里小住，他带我坐雪橇，
    我胆战心惊。他说，玛丽，
    玛丽，抓紧，于是我们往下滑。
    在山里，你感到自由。
    我看书常到深夜，冬天我去南方。[②]

[①] B. C. Southam, *A Guide to the Selected Poems of T. S. Eliot*, 6th ed., San Diego, New York and London: Harcourt Brace & Company, 1994, p. 143.

[②] 赵毅衡编译：《美国现代诗选》，外国文学出版社 1985 年版，第 197 页。

译本四（查良铮译，1985 年 5 月第 1 版）：

　　夏天来得意外，随着一阵骤雨
　　到了斯坦伯吉西；我们躲在廊下，
　　等太阳出来，便到郝夫加登　　　　　　　　　　10
　　去喝咖啡，又闲谈了一点钟。
　　我不是俄国人，原籍立陶宛，是纯德国种。
　　我们小时候，在大公爵家里做客，
　　那是我表兄，他带我出去滑雪橇，
　　我害怕死了。他说，玛丽，玛丽，　　　　　　15
　　抓紧了呵。于是我们冲下去。
　　在山中，你会感到舒畅。
　　我大半夜看书，冬天去到南方。①

译本五（裘小龙译，1985 年 9 月第 1 版）：

　　夏天使我们吃惊，从斯丹卜格西卷来
　　一阵暴雨，我们在柱廊里停步，
　　待太阳出来，我们继续前行，走进霍夫加登，
　　喝咖啡，闲聊了一个小时。
　　我根本不是俄国人，出身在立陶宛，纯粹德国血统。
　　我们孩提时，住在大公爵那里——
　　我表兄家，他带我出去滑雪橇，
　　我十分惧怕。他说，玛丽，
　　玛丽，紧紧抓住。于是我们滑下。
　　群山中，你感到自由自在。
　　大半个夜里，我读书，冬天就去南方。②

译本六（叶维廉译，2009 年出版）：

　　夏天令我们受惊；从史坦白哲湖

---

① 查良铮译：《英国现代诗选》，湖南人民出版社 1985 年版，第 46—47 页。
② 裘小龙译：《四个四重奏》，漓江出版社 1985 年版，第 69—70 页。

带来一阵骤雨；我们在柱廊内停下，
天晴时然后前行，进入藋芙园，
喝一口咖啡，闲谈一小时。
Bin gar keine Russin, stamm' aus Litauen, echt deutsch.
而年幼时，我们在大公爵那里住过，
也就是表哥那里，他会带我坐雪橇，
我很怕。他说，玛莉，
玛莉，握紧。我们就滑下去，
在那些山峦间，你会感到自由自在，
我读得很夜。冬天来时就到南方去。①

译本七（汤永宽译，2012年出版）：

夏天卷带着一场阵雨
掠过施塔恩贝格湖，突然向我们袭来；
我们滞留在拱廊下，接着我们在阳光下继续前行，　　10
走进霍夫加登，喝咖啡闲聊了一个钟头。
我根本不是俄国人，我从立陶宛来，一个地道的德国人。
那时我们还是孩子，待在大公爵的府邸，
我表哥的家里，他带我出去滑雪橇，
我吓坏啦。他说，玛丽，
玛丽，用劲抓住了。于是我们就往下滑去。
在山里，在那儿你感到自由自在。
夜晚我多半是看书，到冬天就上南方去。②

第一，就第 8 行前半句 "Summer surprised us" 而言，译本四将其译成"夏天来得意外"，基本上保留了译本一和译本二的译法，只是将赵萝蕤先生的原译"出人意料"和"出人意外"改成"意外"；译本三、译本五

---

① 叶维廉译：《众树歌唱：欧美现代诗 100 首》，人民文学出版社 2009 年版，第 80 页。
② 汤永宽译：《荒原》，载陆建德主编《荒原：艾略特文集·诗歌》，上海译文出版社 2012 年版，第 79—80 页。

和译本六采用"使……吃惊"和"令……受惊"的句式,把"surprised"当作及物动词,进行直译,三种译文均无疑义;译本七的译法却截然不同,译者把第8—9行的"Summer surprised us, coming over the Starnbergersee/With a shower of rain"当作一个句子,翻译成"夏天卷带着一场阵雨/掠过施塔恩贝格湖,突然向我们袭来"。从原文语义上看,译本七并没有理解上的错误。从原文的句法结构上看,这一行半诗文可以理解为一个主句加上一个表示伴随动作的现在分词短语和作为状语(修饰谓语动词"surprised")或者作为定语(修饰主语"Summer")的一个介词短语,所以译本七意义完整,没有漏译。译者的创新之处是打破了原文的句法结构和顺序,将原作中的介词短语"With a shower of rain"当作修饰主语的定语,但译文本身呈现出一个主谓完整的句子"夏天卷带着一场阵雨";紧接着,译者利用第八行行末换行时,读者的视线也需要跟着移行阅读的视觉效果,把原文中表示伴随动作的一个动词现在分词短语"coming over the Starnbergersee"译成"掠过施塔恩贝格湖"并且置于第九行行首,而且第八行行末不加任何标点,大大增强了"一场阵雨/掠过施塔恩贝格湖,突然向我们袭来"的艺术效果,较好地传达了原文谓语动词"surprised"(使人感觉大意外)的意思。这种译法似乎更加符合译入语汉语的语言特点和规律,且译文通顺畅达,逻辑清晰。然而,就译本七这两行诗的形式而言,它毕竟还是在句法顺序上做了重大调整,打破了原文中与诗歌所蕴含的情致保持一致的节奏:开篇四行"节奏迟缓"[1],第五行"冬天保我们温暖"[2] 有了一点"急促琐屑",而从第八行开始变成了"快而急促起来"[3]。笔者认为,赵萝蕤先生的原译及她1940年在《艾略特与〈荒原〉》一文中的分析均体现了她对原作的深刻理解和她对译作与原作必须保持形式与内容相互统一的文学翻译艺术追求:"April is the cruellest month"/"四月天最是残忍";"Winter kept us warm"/"冬天保我们温暖";"Summer surprised us"/"夏天来得出人意料"。此外,《荒原》开篇诗节中这三个关键句子的译文还体现了译者深厚的汉语功力和作诗的才能。笔者认

---

[1] 赵萝蕤:《艾略特与〈荒原〉》,《我的读书生涯》,北京大学出版社1996年版,第11页。
[2] 赵萝蕤:《艾略特与〈荒原〉》,《我的读书生涯》,北京大学出版社1996年版,第11页。
[3] 赵萝蕤:《艾略特与〈荒原〉》,《我的读书生涯》,北京大学出版社1996年版,第11页。

为，赵萝蕤先生在翻译这三个关键句子时，真可谓原创性地使用了不同的修辞手法。首先，较之使用译者所谓"比较彻底的直译法"翻译的1980年修订版译文"四月是最残忍的一个月"，赵萝蕤先生1937年初版《荒原》中的原译"四月天最是残忍"是一个强调句式。它既译出了原文中形容词"the cruellest"的最高级，又让"残忍"一词在句末落地有声。其次，"冬天保我们温暖"和"夏天来得出人意料"实际上均使用了类似矛盾修饰法（Oxymoron）的修辞手法，达到了既抓人眼球，又激发思考，仿佛第一次世界大战后的西方现代人生活在一个无常无序的社会之中，大自然馈赠给人类的时间秩序已经被打乱，原本应该春暖花开的阳春四月却变得"最是残忍"，冬天反倒让人感到温暖，而英国的夏天原本是一年四季中最美好的季节，却"来的出人意料"。这三句译文真可谓句句耐人寻味、发人深思，同时又诗意盎然，激发想象，其节奏的"迟缓""急促"和"快而急促"高度契合了艾略特笔下西方现代人因饱受"回忆和欲望"的煎熬，而只好用"咖啡匙一勺一勺地量尽人生"的一种虽生犹死、生不如死的情致。

第二，是作者直接嵌入这首英文诗歌中的一句德文，作为第12行诗歌："Bin gar keine Russin, stamm' aus Litauen, echt deutsch。"其英文意思是"I am not Russian at all; I come from Lithuania; I am a real German"①，也有英文注释者将其翻译成一个破碎的句子："Am no Russian, come from Lithuania, genuine German。"② 艾略特在《荒原》一诗中一共使用了六种外语；这是他直接嵌入的第一个外语句子，而且他并没有提供任何原注。笔者认为，这个德语句子实际上是立陶宛民族历史濒临毁灭的一个缩影。作为一个波罗的海国家，立陶宛长期受俄国人统治。虽然1918年立陶宛获得独立，但是国家领导人已经多是德国人。这句话赵萝蕤先生的原译如下：

---

① B. C. Southam, *A Guide to the Selected Poems of T. S. Eliot*, 6th ed., San Diego, New York and London: Harcourt Brace & Company, 1994, p. 142.

② B. C. Southam, *A Guide to the Selected Poems of T. S. Eliot*, 6th ed., San Diego, New York and London: Harcourt Brace & Company, 1994, p. 142.

译本一：我不是俄国人，立陶宛来的，是纯德种。①

试比较：

译本二：我不是俄国人，我是立陶宛来的，是地道的德国人。②
译本三：我不是俄国女人，我生在立陶宛，真正的德国人。③
译本四：我不是俄国人，原籍立陶宛，是纯德国种。④
译本五：我根本不是俄国人，出身在立陶宛，纯粹德国血统。⑤
译本六：Bin gar keine Russin, stamm' aus Litauen, echt deutsch。⑥
译本七：我根本不是俄国人，我从立陶宛来，一个地道的德国人。⑦

第一，从表面上看，译本二的句子比译本一更加整齐，更加通俗易懂，且句末的"地道的德国人"也比"纯德种"来得更加符合译入语汉语书面语的表达习惯，但是正如笔者在前文所提到的那样，尽管此处诗中人"我们"先是一起在"亭子"里避雨，接着到了郝夫加登公园，一边喝咖啡，一边聊天聊了一个钟头，但是最后，当我们听见其中的"我"神气十足地说他是"立陶宛来的，是纯德种"的时候，我们不仅发现原来诗中人"我们"之间素不相识，而且他们之间的谈话也不过相互吹吹牛，并没有什么实质性内容。笔者认为，赵萝蕤先生的原译似乎更加符合说话者高傲的口气，更加能够体现对话的情境，更加具有戏剧性效应。第二，译本四的译文基本上与赵萝蕤先生的原译相同，但是说"原籍立陶宛"似乎与

---

① 赵萝蕤译：《荒原》，载黄宗英编《赵萝蕤汉译〈荒原〉手稿》，高等教育出版社 2013 年版，第 29 页。
② 赵萝蕤译：《荒原》，《外国文艺》（双月刊）1980 年第 3 期。
③ 赵毅衡编译：《美国现代诗选》，外国文学出版社 1985 年版，第 197 页。
④ 查良铮译：《英国现代诗选》，湖南人民出版社 1985 年版，第 47 页。
⑤ 裘小龙译：《四个四重奏》，漓江出版社 1985 年版，第 70 页。
⑥ 叶维廉先生在其译文中保留了艾略特原文中的德语句子，但在脚注中将其翻译为"我不是俄国人，而是来自立陶宛地道的德国人"。叶维廉译：《众树歌唱：欧美现代诗 100 首》，人民文学出版社 2009 年版，第 80 页。
⑦ 汤永宽译：《荒原》，载陆建德主编《荒原：艾略特文集·诗歌》，上海译文出版社 2012 年版，第 79 页。

上下文的口语情境不符,"原籍"一词过于正式,过于文雅,而且行末的"纯德国种"也似乎不如原译"纯德种"听起来那么俏皮,那么傲气十足。第三,笔者发现译本三的译者十分细心,可能是从下文推断,这位俄国人是一位女性,因此译成了"俄国女人",而且用"生在立陶宛"和"真正的德国人"来强调说话者地道的德国人的身份。第四,译本五的译法比较正式,口语化程度也不高,不太像人们喝咖啡闲聊天时的话语。第五,译本六的译者选择在中译本中保留了原作中嵌入的德语句子,但增加了中译本的脚注:"我不是俄国人,而是来自立陶宛地道的德国人。"[1] 从译文的句式上看,其他六个译本均保留了原作的形态,即用两个逗号将这个句子分成三个部分,唯独译本六选择了"不是……而是……"的句式,把原作三个部分整合成由两个部分构成的一个语法结构完整的句子,使得译文更加符合译入语的特点和句法规律,但是译文的口语化特点有所削弱。第六,译本七的译法也可谓中规中矩,既保留了原作的句式形态,又在句子前后两个部分中使用"根本不是俄国人"和"一个地道的德国人"两种方式进行强调,形成鲜明对照,让句子更富有戏剧性,而且在排版上使用了不同的字体,以示区别。第七,就赵萝蕤先生的两种译文而言,译本二的句法结构更加齐全和规范,句法形态似乎也更加接近原文,表面上看,似乎更加符合赵萝蕤先生所说的"比较彻底的直译法",但是笔者仍然觉得赵萝蕤先生的原译比较传神,既简洁明了,又带有几分俏皮的高傲和自信,文体、口气和情致也相互吻合。

第八节 "这飘忽的城"

赵萝蕤先生认为,艾略特《荒原》第一章《死者葬仪》的开篇所呈现的是一个参合着第一次世界大战后现代西方世界各种令人心酸的"回忆和欲望"的春天,似乎冬天反倒比春天更加"惬意",颇有"冬雪胜似春雨"[2] 的感觉,因此《荒原》一诗的开篇"节奏是缓慢的,句末不断,而

---

[1] 叶维廉译:《众树歌唱:欧美现代诗100首》,人民文学出版社2009年版,第80页。
[2] 赵萝蕤:《我的读书生涯》,北京大学出版社1996年版,第21页。

是进入第二行后才断句"①。这种句末移行续写（run-on line）的手法从诗歌艺术的视觉和听觉效果上延缓了读者的阅读速度，为读者提供了琢磨和揣测诗中所蕴含的那些令人心酸的"回忆和欲望"的想象空间，似乎在形式上契合了《荒原》开篇第 1 行诗"四月天最是残忍"② 原作中所蕴含的深切情致及赵萝蕤先生译文中所体现的强调语势。从内容上看，艾略特笔下的整个西方世界真可谓大地苦旱，人心枯竭！诗人刻画了一个个栩栩如生的现代荒原意象："大地/给健忘的雪盖着"③，象征着新生的"丁香"却是从"荒地"里吃力地破土而出，"春雨/挑拨［着］呆钝的树根"④，仿佛"又叫/干了的老根得一点生命"⑤。显然，艾略特《荒原》开篇所呈现的现代西方世界春天的情致绝非中世纪英国诗人乔叟笔下西方传统文化中那个充满着鸟语花香、新生和活力的阳春四月，而是一个"最是残忍"的月份。接着，从本书第二章第七节的讨论中，我们了解到艾略特笔下西方现代荒原上的"夏天"为什么来得"出人意料"。"斯丹卜基西"也好，"郝夫加登"也罢，均为慕尼黑城里的大公园和游览胜地，都是供有钱人吃喝玩乐的地方，象征着第一次世界大战后中欧地区上流社会人们精神生活的空虚和无聊，仿佛人们已经失去了信仰，生命对他们来说没有任何意义，生活中也没有理想和追求，而只有咖啡和闲聊；不仅如此，人们生命和生活中的一切似乎都来去匆匆。从第 8 行开始，诗人让诗歌的节奏"加快了，而且口语化"⑥ 程度也提高了。在第 8—18 行这一小段中，诗人是想用简短的情节和快速而又宽松的节奏和语气来衬托诗中人行为动作中所蕴含的一种似乎飘忽不定，而且不纯粹和不严肃的两性关系。诗中人在公园的亭子里躲雨、喝咖啡、闲话等一系列行为动作只能让读者想起《J.

---

① 赵萝蕤：《我的读书生涯》，北京大学出版社 1996 年版，第 21 页。
② 赵萝蕤译：《荒原》，载黄宗英编《赵萝蕤汉译〈荒原〉手稿》，高等教育出版社 2013 年版，第 27 页。
③ 赵萝蕤译：《荒原》，载黄宗英编《赵萝蕤汉译〈荒原〉手稿》，高等教育出版社 2013 年版，第 27 页。
④ 赵萝蕤译：《荒原》，载黄宗英编《赵萝蕤汉译〈荒原〉手稿》，高等教育出版社 2013 年版，第 27 页。
⑤ 赵萝蕤译：《荒原》，载黄宗英编《赵萝蕤汉译〈荒原〉手稿》，高等教育出版社 2013 年版，第 27 页。
⑥ 赵萝蕤：《我的读书生涯》，北京大学出版社 1996 年版，第 21 页。

阿尔弗莱德·普鲁弗洛克的情歌》中那位"用咖啡匙一勺一勺地量尽了自己的生命"①的主人公普鲁弗洛克,而且,此处一起聊天的双方并不像普鲁弗洛克那样"早已经熟悉一切"(have already know them all)。②他们之间似乎还素不相识,否则我们也看不到这样自我吹嘘的诗行:"我不是俄国人,立陶宛来的,是纯德种!"③

紧接着,在第一章《死者葬仪》第19—30行中的核心意象是那"一堆破碎的偶像"④。第一次世界大战后西方世界一代青年人所崇拜的是金钱和成功,而不再是那位为了拯救人类而被绞死在十字架上的主——耶稣,因此,艾略特笔下生活在西方现代荒原世界上的人们已经是"人子"(Son of man),而非"神之子"(Son of God)。由于他们拒绝做"神之子",心中没有信仰,因此他们既"说不出,也猜不到"(You cannot say, or guess),而"只知道/一堆破碎的偶像"(know only/A heap of broken images)。⑤此外,这些缺乏信仰的西方现代荒原人不仅得不到上帝对子民的心灵滋润,而且也得不到大自然的眷顾。他们既要"承受着太阳的鞭打"⑥,而且还看不到生的希望:"枯死的树没有遮阴……礁石间没有流水的声音"(the dead tree gives no shelter ……the dry stone no sound of water)⑦,就连"蟋蟀［也］不使人放心"(the cricket no relief)⑧,真可谓大地苦旱,人心枯竭!显然,生活在这么一个找不到"遮阴",听不见"流水的声音",而只能看见"礁石"和"枯死的树"的现代荒原上,人

---

① T. S. Eliot, *The Complete Poems and Plays 1909–1950*, New York: Harcourt, Brace & World, 1971, p. 5.

② T. S. Eliot, *The Complete Poems and Plays 1909–1950*, New York: Harcourt, Brace & World, 1971, p. 5.

③ 赵萝蕤译:《荒原》,载黄宗英编《赵萝蕤汉译〈荒原〉手稿》,高等教育出版社2013年版,第29页。

④ 赵萝蕤译:《荒原》,载黄宗英编《赵萝蕤汉译〈荒原〉手稿》,高等教育出版社2013年版,第31页。参见笔者在本书绪论第7小节中的讨论。

⑤ 赵萝蕤译:《荒原》,载黄宗英编《赵萝蕤汉译〈荒原〉手稿》,高等教育出版社2013年版,第31页。

⑥ 赵萝蕤译:《荒原》,载黄宗英编《赵萝蕤汉译〈荒原〉手稿》,高等教育出版社2013年版,第31页。

⑦ 赵萝蕤译:《荒原》,载黄宗英编《赵萝蕤汉译〈荒原〉手稿》,高等教育出版社2013年版,第31页。

⑧ 赵萝蕤译:《荒原》,载黄宗英编《赵萝蕤汉译〈荒原〉手稿》,高等教育出版社2013年版,第31页。

们的命运必然就是走向死亡，因此诗人说"我要指点你恐惧在一把尘土里"（"I will show you fear in a handful of dust"）①。

那么，在讨论过西方现代人因不信神而沦为看不到生的希望的"人子"这一严肃的信仰问题之后，诗人艾略特在这一章的第31—42行嵌入了一个纯真的爱情故事。然而，这个纯真的爱情故事并没结出纯真的爱情之果，"空虚而荒凉是那大海！"（Oed' und leer das Meer）②既然求神不灵，求真也不成，那么问卜是否可以拯救西方现代荒原人的命运呢？于是，在第一章《死者葬仪》第43—59行中，出现了一位"有名的女巫"（famous clairvoyante），名叫"马丹梭梭屈士"（Madame Sosostris）。有意思的是，这位被誉为"欧罗巴最有智慧的女人"（the wisest woman in Europe）却不仅患着"重伤风"，而且只会使用"一套恶纸牌"进行卜卦。根据诗人艾略特自己对原作第46行的注释，我们了解到这套"恶纸牌"指的是"太洛纸牌"（Tarot pack of cards）。艾略特说他"不很熟悉"这套纸牌的传说，但从诗歌文本中我们还是可以看出，其中先后包括一个被"淹死的非尼夏水手"（the drowned Phoenician Sailor）、一个"多事故的女人"（The lady of situations）、一个带着"三根杖"（three staves）和一个"轮盘"（the Wheel）的"独眼的商人"（the one-eyed merchant）、一个"被绞死的人"（The Hanged Man）和"一群绕着圈子走的人"（crowds of people, walking round in a ring）。那么，根据赵萝蕤先生的理解，"那淹死的非尼夏水手"以及那位"独眼的商人"均葬身于象征着情欲的大海之中③；"那多事故的女人"的名字既包含"美女"的意思，但也可以理解为"毒花"④；那位"独眼的商人"是第207—214行中那个卖葡萄干、满口粗话的士麦拿商人⑤；"那被绞死的人"指《荒原》中与耶稣一样被害

---

① 赵萝蕤译：《荒原》，载黄宗英编《赵萝蕤汉译〈荒原〉手稿》，高等教育出版社2013年版，第33页。
② 赵萝蕤译：《荒原》，载黄宗英编《赵萝蕤汉译〈荒原〉手稿》，高等教育出版社2013年版，第35页。
③ 赵萝蕤译：《荒原》，载黄宗英编《赵萝蕤汉译〈荒原〉手稿》，高等教育出版社2013年版，第147页。
④ 赵萝蕤译：《荒原》，《外国文艺》（双月刊）1980年第3期。
⑤ 黄宗英注释：《荒原》，载胡家峦编著《英国名诗详注》，外语教学与研究出版社2003年版，第570页。

的主——繁殖神渔王（the Fisher King）。① 可是，那"一群绕着圈子走的人"又是些什么人呢？赵萝蕤先生在她的译者注释中没有提及，而诗人艾略特在其原作注释中也没有说明。笔者认为，这"一群绕着圈子走的人"似乎与第一章第 28—29 行中那"在你后面迈步跟着你的早起的影子"（Your shadow at morning striding behind you）② 以及那"站起身来迎着你的夜间的影子"（your shadow at evening rising to meet you）③ 没有什么两样。虽然他们貌似可以尽情分享现代文明所带来的物质享受，但是他们已经失去了大自然赋予人类的"自由"④；他们"不是／活着，也不死"⑤，他们"什么都不知道"⑥，仿佛是生活在现代荒原上的一群虽生犹死的行尸走肉。这些人物是艾略特笔下现代荒原上的典型人物。那么，艾略特笔下这个现代西方"荒原"又是一个什么样子呢？查良铮先生把艾略特笔下的"Unreal City"翻译为"不真实的城"⑦，赵毅衡和汤永宽先生把它译成"虚幻的城市"⑧，裘小龙先生把它译成"缥缈的城"⑨，叶维廉先生把它译作"不真实的城市"⑩，然而，赵萝蕤先生 1937 年原创性的译文却是"这飘忽的城"：

原文（*The Waste Land*, I, lines 60 – 76）：
　　Unreal City,　　　　　　　　　　　　　　　60
　　Under the brown fog of a winter dawn,
　　A crowd flowed over London Bridge, so many,

---

① 参见赵萝蕤译《荒原》，《外国文艺》（双月刊）1980 年第 3 期。
② 原作第 28 行赵萝蕤原译："你起的影子，在你后面迈步。"黄宗英编：《赵萝蕤汉译〈荒原〉手稿》，高等教育出版社 2013 年版，第 33 页。
③ 原作第 29 行赵萝蕤原译："也不像夜间的，站起身来迎着你。"黄宗英编：《赵萝蕤汉译〈荒原〉手稿》，高等教育出版社 2013 年版，第 33 页。
④ 黄宗英编：《赵萝蕤汉译〈荒原〉手稿》，高等教育出版社 2013 年版，第 29 页。
⑤ 黄宗英编：《赵萝蕤汉译〈荒原〉手稿》，高等教育出版社 2013 年版，第 35 页。
⑥ 黄宗英编：《赵萝蕤汉译〈荒原〉手稿》，高等教育出版社 2013 年版，第 35 页。
⑦ 查良铮译：《英国现代诗选》，湖南人民出版社 1985 年版，第 49 页。
⑧ 赵毅衡编译：《美国现代诗选》，外国文学出版社 1985 年版，第 199 页；汤永宽译：《荒原》，载陆建德主编《荒原：艾略特文集·诗歌》，上海译文出版社 2012 年版，第 82 页。
⑨ 裘小龙译：《四个四重奏》，漓江出版社 1985 年版，第 73 页。
⑩ 叶维廉译：《众树歌唱：欧美现代诗 100 首》，人民文学出版社 2009 年版，第 82 页。

I had not thought death had undone so many.
Sighs, short and infrequent, were exhaled,
And each man fixed his eyes before his feet.   65
Flowed up the hill and down King William Street,
To where Saint Mary Woolnoth kept the hours
With a dead sound on the final stroke of nine.
There I saw one I knew, and stopped him, crying "Stetson!
You who were with me in the ships at Mylae!   70
That corpse you planted last year in your garden,
Has it begun to sprout? Will it bloom this year?
Or has the sudden frost disturbed its bed?
Oh keep the Dog far hence, that's friend to men,
Or with his nails he'll dig it up again!   75
You! hypocrite lecteur! —mon semblable, —mon frère!"①

译本一（赵萝蕤 1937 年手稿）：

这飘忽的城，   60
在冬晨的黄雾下，
一群人流过伦敦桥，那么多，
我想不到"死亡"灭了这许多。
叹息，短促而稀少，吐出来，
每人的眼光都站住在自己脚上。   65
流上山，流下威廉王大街
到圣马利吴尔诺堂，那里有大钟
打着最后的第九下，阴沉的一声。
在那里我看见一个熟人，拦住他叫说："史丹真！
你从前在迈来船上和我是在一起的！   70
去年你种在花园里的尸首，

---

① T. S. Eliot, *The Complete Poems and Plays 1909–1950*, New York: Harcourt, Brace & World, 1971, p. 39.

> 它长芽了么？今年会开花么吗？
> 还是忽来严霜捣坏了它的花床？
> 叫这狗熊星走远，他是人们的朋友
> 不然用它的爪子会再掘它出来！　　　　　　　　　　　75
> 你！虚伪的读者——我的同类——我的弟兄！"①

赵萝蕤先生认为，艾略特"从第 60 行开始写伦敦，那'并无实体的城'"②。显然，"这飘忽的城"指伦敦，因为诗中的"伦敦桥""威廉王大街""圣马利吴尔诺[教]堂"都是这座现代城市的地标性建筑。"伦敦桥"指横跨泰晤士河的桥，始建于 1176—1209 年，取代了早期原本的木桥；19 世纪 20 年代，由约翰·伦尼父子设计重建；20 世纪 60 年代，再次重建，成为如今世人向往的伦敦城的一个旅游景点。③ 那"在冬晨的黄雾下/……流过伦敦桥"的"一群人"指每天清晨前往伦敦市商业区上班的人群，而这人群却是"那么多"。照理说，泰晤士河上的伦敦桥每天清晨挤满上班的人流，这不过是伦敦这座现代城市中一个司空见惯的现象，而"冬晨的黄雾"在 20 世纪初的伦敦也不足为奇，诗人的手法基本上是写实的，那么，艾略特此处笔下的伦敦城为什么是一座"飘忽的城"呢？我们知道，19 世纪美国诗人惠特曼在其《一路摆过布鲁克林渡口》("Crossing Brooklyn Ferry")一诗中，有过对上班族类似的描述："穿着平时服装的成群男女啊，对我说来，你们是多么新奇！/在渡船上过河回家的千百位乘客啊，对我说来，你们比想象的还要新奇，而你们这些在今后的岁月里还要从此岸到彼岸的人们，对我说来，你们比想象的更加使我关切，更加在我的默念之中。"④ 然而，在惠特曼的眼里，这些每天往返于纽约曼哈顿布鲁克林渡口的"千百位乘客"，虽然他们之间及他们与诗人

---

① 从《荒原》原作看，艾略特的"Unreal city"出现在第 60 行，因此此处应该是赵萝蕤先生的一处笔误，参见黄宗英编《赵萝蕤汉译〈荒原〉手稿》，高等教育出版社 2013 年版。
② 赵萝蕤：《我的读书生涯》，北京大学出版社 1996 年版，第 22 页。赵萝蕤先生 1980 年修订《荒原》中译本的时候，将初译"这飘忽的城"改为了"并无实体的城"。参见赵萝蕤译《荒原》，《外国文艺》（双月刊）1980 年第 3 期。
③ 参见《不列颠简明百科全书》（英文版），上海外语教育出版社 2008 年版。
④ [美]惠特曼：《草叶集》，赵萝蕤译，上海译文出版社 1991 年版，第 277 页。

之间均素不相识,但是诗人却从他们身上发现了"新奇"的东西,发现了"比想象的还要新奇"的东西:"我的这份每天每时每刻从所有事物中提取的无形食粮,/那单纯、紧凑、衔接得很好的结构,我自己是从中脱离的一个,人人都脱离,然而都还是这个结构的一部分。"① 可见,就是这些貌似平淡无奇的"穿着平时服装的成群男女"让诗人惠特曼看到了一种"新奇"的联系、一种互相捆绑、一种相互认同、一种团结和统一!就是这些"在渡船上过河回家的千百位乘客"让惠特曼看见了一种"单纯、紧凑、衔接得很好的结构!"此外,与艾略特一样,同样是在描写横跨泰晤士河的一座伦敦大桥的晨曦景象,19世纪英国浪漫主义诗人华兹华斯笔下的西敏寺桥也呈现出截然不同的气象:

大地不会显出更美的气象:
只有灵魂迟钝的人才看不见
这么庄严动人的伟大场面:
这座城池如今把美丽的晨光

当衣服穿上了:宁静而又开敞,　　　　　　　　　　　5
教堂、剧场、船舶、穹楼和塔尖
全都袒卧在大地上,面对着苍天,
沐浴在无烟的清气中,灿烂辉煌。②

这两节诗歌是华兹华斯 14 行诗《在西敏寺桥上》("Upon Westminster Bridge")的前 8 行。该诗写于 1802 年 9 月 3 日,是诗人去法国途中坐在马车上写的。虽然与艾略特以上两行描写伦敦桥"冬晨"的时节不同,但是诗中所描写的十分相似。华兹华斯笔下伦敦城把它"美丽的晨光/当[作]衣服穿上了",而且诗人声称"大地不会显出更美的气象"了!"沐浴在无烟的清气中"的整座伦敦城,它的"教堂、剧场、船舶、穹楼和

---

① [美]惠特曼:《草叶集》,赵萝蕤译,上海译文出版社 1991 年版,第 277 页。
② 转引自屠岸译《在西敏寺桥上》,载《英国历代诗歌选》,译林出版社 2007 年版,上册,第 336 页。

塔尖"完全袒卧在那一片明朗、宁静、开敞的大地上,面对着苍穹,气象万千! 相形之下,艾略特笔下的伦敦"冬晨"不仅笼罩着"黄雾",而且出人意料的是诗中人说他想不到"那么多"流过伦敦桥的人群似乎都已经被"死亡"给毁掉了。在这里,人们既看不到华兹华斯笔下美丽、庄严、动人、伟大的晨光,看不见那宁静、开敞、灿烂辉煌的伦敦"城池",也感觉不到惠特曼笔下纽约曼哈顿布鲁克林渡口那穿着平常的服装、在渡船上过河回家的千百位乘客所孕育的那种"新奇"的联系、捆绑、认同、团结和统一。在第60—62行中,诗人艾略特让读者看到的是"这飘忽的城,/在冬晨的黄雾下,/一群人流过伦敦桥,那么多"。实际上,艾略特真正想让人们看到的,第一,是波德莱尔(Charles Baudelaire)《七个老头子》("Les Sept Vieillards")一诗开篇的那座"拥挤的城市!充满梦幻的城市,/大白天里幽灵就拉扯着行人!"① 1950年,艾略特曾经声称这两行诗总结了波德莱尔对他诗歌创作的影响:"我知道那意味着什么,因为在我知道我要把它写进我自己的诗歌之前,我就已经经历过它。"② 波德莱尔笔下巴黎的"晨光熹微"似乎同样笼罩着艾略特笔下"这飘忽的城"的"冬晨的黄雾":"一片脏而黄的雾淹没了空间/……/突然,一个老人,黄黄的破衣裳/竟是模仿这多雨天空的颜色/……/他的背不驼,腰却弯了,脊椎骨/和腿形成一个直角分毫不差……"巴黎这座原本是劳动人民的城市,如今却成了一座人间地狱,罪恶渊薮!在这首诗歌的结尾,诗人波德莱尔大声地疾呼:"我的灵魂跳呀,跳呀,这艘破船,/没有桅杆,在无涯怒海上飘荡!"③ 可见,波德莱尔笔下的巴黎城,有如一艘迷失方向,飘荡在无涯怒海之上的破船,也可谓一座"飘忽的城"。

第二,在《荒原》第一章第63—65行中,艾略特似乎让我们看到了一个"死亡"之城:

---

① Baudelaire: "Fourmillante cité, cité pleine de rêves" / "Où le spectre en plein jour raccroche le passant"; 中译文见 [法] 夏尔·波德莱尔《恶之花》,郭宏安译评,漓江出版社1992年版,第119页。

② B. C. Southam, *A Guide to the Selected Poems of T. S. Eliot*, 6th ed., San Diego: Harcourt Brace & Company, 1994, p, 151.

③ [法] 夏尔·波德莱尔:《晨光熹微》,《恶之花》,郭宏安译评,漓江出版社1992年版,第122页。

我想不到"死亡"灭了这许多。
叹息，短促而稀少，吐出来，
每人的眼光都站住在自己的脚上。   65

在原作的注释中，艾略特给出了第 63 行的用典出处：Cf. *Inferno* Ⅲ，55 - 57："si lunga tratta/di gente, ch'io non avrei mai creduto/che morte tanta n'avesse disfatta."① 在此，艾略特让但丁（Dante Alighieri）把我们带进了《神曲·地狱篇》中的"愁苦之城"②：

英文译本一：

Rushed after it, in such an endless train,   55
It never would have entered in my head
There were so many men whom death had slain. ③

英文译本二：

Behind that banner trailed so long a file   55
of people—I should never have believed
that death could have unmade so many souls. ④

英文译本三：

and behind it came so long a train of people that I should never have believed death had undone so many. ⑤

---

① T. S. Eliot, *The Complete Poems and Plays 1909 – 1950*, New York: Harcourt, Brace & World, 1971, p. 51.

② ［意］但丁：《神曲·地狱篇》，田德望译，人民文学出版社 2002 年版，第 18 页。"愁苦之城"的意大利语原文为"La città dolente"，其英文译本有"the city of desolation""the suffering city""the woeful city"等。

③ Dante, *The Divine Comedy*, I: *Hell*, Tr. Dorothy L. Sayers, Melbourne: Penguin Books, 1949, p. 86.

④ Dante, *The Divine Comedy*, *Inferno*, Tr. Allen Mandelbaum, New York: Bantam Books, 1980, p. 23.

⑤ Dante, *The Divine Comedy*, *Inferno*, Tr. Charles S. Singleton, *Great Books of the Western World* ed., Mortimer J. Adler, Chicago: Encyclopaedia Britannica, 1952, p. 4.

中文译本一：

　　旗子后面涌来如此漫长不尽的人流，若非亲眼看到，我绝不相信死神已经毁掉了这么多的人。①

在这里，我们不仅已经看到了在波德莱尔笔下的西方现代都市巴黎，"大白天里幽灵就拉扯着行人"，而且又在艾略特笔下的现代都城伦敦看到"'死亡'灭了这许多［人］！"显然，艾略特的手法是借古讽今。那么，艾略特此处用典的寓意何在呢？中世纪但丁笔下这"如此漫长不尽的人流"从何"涌来"呢？为什么"死神已经毁掉了这么多的人"呢？原来这是但丁在"福星"（古罗马诗人维吉尔的灵魂）的带领下，游历地狱过程中遇见众多"失去了心智之善的悲惨的人"（the miserable race, /Those who have lost the good of intellect）② 时的反应。这些"悲惨"的亡灵之所以"失去了心智之善"是因为他们生前"既不背叛也不忠于上帝，而只顾自己"③，因此如今在地狱里，即使他们仍保有心智，但是他们也永远无法见到上帝。此外，地狱是一个神秘的幽冥世界。在那里，但丁不仅因为听到"叹息、悲泣和号哭的声音响彻无星的空中"④ 而"不禁为之伤心落泪"⑤，而且因为听见各种"奇异的语言、可怕的语音、痛苦的言辞、愤怒的喊叫、洪亮的和沙哑的嗓音"⑥ 而感到困惑不解。结果，但丁的老师（维吉尔）告诉他，那是"那些一生既无恶名也无美名的凄惨的灵魂"⑦所发出的悲鸣哀叹，因为他们盲目度过的一生如此微不足道，所以他们"没有死的希望"⑧。在但丁看来，人生在世应该有所作为，醉生梦死有如从未来过这个世界。这些亡灵生前不知道善恶，从来只顾自己，而不关心

---

① ［意］但丁：《神曲·地狱篇》，田德望译，人民文学出版社 2002 年版，第 19 页。
② ［意］但丁：《神曲·地狱篇》，田德望译，人民文学出版社 2002 年版，第 18 页。英文译文引自 Dante, *The Divine Comedy*, I: *Hell*, Tr. Dorothy L. Sayers, Melbourne: Penguin Books, 1949, p. 85。
③ ［意］但丁：《神曲·地狱篇》，田德望译，人民文学出版社 2002 年版，第 18 页。
④ ［意］但丁：《神曲·地狱篇》，田德望译，人民文学出版社 2002 年版，第 18 页。
⑤ ［意］但丁：《神曲·地狱篇》，田德望译，人民文学出版社 2002 年版，第 18 页。
⑥ ［意］但丁：《神曲·地狱篇》，田德望译，人民文学出版社 2002 年版，第 18 页。
⑦ ［意］但丁：《神曲·地狱篇》，田德望译，人民文学出版社 2002 年版，第 18 页。
⑧ ［意］但丁：《神曲·地狱篇》，田德望译，人民文学出版社 2002 年版，第 19 页。

他人，没有为善，因此他们的灵魂进不了天堂，但是他们又没有作恶，所以他们的灵魂也不沦入地狱的深层，而只能永远留在外围地狱游荡。然而，笔者认为，艾略特笔下现代荒原人的生命光景似乎比但丁笔下这些游荡在外围地狱的亡灵更加惨淡。我们似乎听不到如同但丁笔下游荡于外围地狱的亡灵的"愤怒的喊叫、洪亮的和沙哑的嗓音"，而恰恰相反，我们只能隐隐约约地听见他们"短促而［又］稀少"的"叹息"，而且他们"每人眼光都站住在自己的脚上"，心中充满着无奈的茫然。可见，艾略特现代荒原上的人们也同样是但丁笔下那些"从来没有真正生活过的可怜虫"①，真可谓求生不得，求死不成，虽生犹死！

此外，艾略特给《荒原》第 64 行还做过一个注释，暗示对但丁《神曲·地狱篇》第 4 章第 25—27 行的影射："这里没有其他悲哀的表现，只有叹息的声音使永恒的空气颤动。"② 在但丁看来，地狱是北半球一个巨大无比的深渊，从地面通到地心，其形状像一个圆形剧场或者上宽下窄的一个大漏斗，共分 9 层。而此时，在第 4 章中，但丁的老师维吉尔的灵魂正带领着他"环绕深渊的第一圈"、即第一层地狱、名叫"林勃"（Limbo）。这里聚集着众多"未受洗礼而死去的婴儿的灵魂和生在基督教以前的，信奉异教的，因立德、立功、立言而名传后世的人的灵魂"③。然而，他们的这种叹息"并非由于受苦而是由于内心的悲哀发出的"④。虽然他们生前不犯罪，甚至还有功德，但是他们没有领受过洗礼，或者生在基督教产生之前，所以他们没有机会听到福音，也未曾以恰当的方式崇拜神，因此他们死后的灵魂进不了天堂，也不可能得救，而只能在无端的盼望之中苟延残喘，看不到重生的希望。可见，但丁笔下中世纪的地狱、

---

① ［意］但丁：《神曲·地狱篇》，田德望译，人民文学出版社 2002 年版，第 19 页。
② ［意］但丁：《神曲·地狱篇》，田德望译，人民文学出版社 2002 年版，第 23 页。意大利原文为："Quivi, secondo che per ascoltare, /non avea pianto, ma' che di sospiri, /che l'aura eterna facevan tremare。"（*Inferno* IV, 25 - 27）英文译文有，"We heard no loud complaint, no crying there, /No sound of grief except the sound of sighing/Quivering for ever through the eternal air"（Tr. Dorothy L. Sayers）; "there was no outcry louder than the sighs/that caused the everlasting air to tremble"（Tr. Allen Mandelbaum）; "Here there was no complaint, that could be heard, except of sighs, which caused the eternal air to tremble"（Tr. Charles S. Singleton）等。
③ ［意］但丁：《神曲·地狱篇》，田德望译，人民文学出版社 2002 年版，第 26 页。
④ ［意］但丁：《神曲·地狱篇》，田德望译，人民文学出版社 2002 年版，第 23 页。

波德莱尔诗中的巴黎及艾略特《荒原》中的伦敦似乎都是一座座"飘忽的城",而生活在这些"飘忽的城"里的人们,不论是在中世纪还是在 20 世纪,其生命的光景似乎同样"飘忽"不定,虽有盼望,但永远看不到希望。诗境至此,艾略特借古讽今的用典目的已经一目了然。1950 年,在一篇题目为"但丁对我意味着什么"的演讲稿中,艾略特说:

> 《荒原》的读者或许还记得我描写伦敦桥上成群结队的上班族急匆匆地从地铁站赶往各自办公室的景象,它勾起了我的反应"我想不到'死亡'灭了这许多"(第 63 行);在另外一处,我有意修改了但丁的一行诗,把它写成了"叹息,短促而稀少,吐出来"(第 64 行)。我在原作上加了注释,以便让了解这个典故的读者知道我在提醒他注意这个用典,并且让他明白假如他没有意识到此处的用典就可能理解不到位。①

实际上,在这一篇演讲稿里,索瑟姆教授还发现艾略特是在哈佛大学的时候,初次接触但丁的诗歌。虽然当时艾略特才 21 岁,但是但丁却成为影响艾略特诗歌创作"持续时间最长而且是最深刻的"② 的诗人。艾略特说:"我借鉴了但丁的诗行,其目的是想要给读者的脑海里复制一些但丁诗歌中的情境,或者唤醒读者对但丁诗歌的一些记忆,并以此来建立中世纪的地狱与现代生活之间的一种联系。"③ 此外,艾略特还说:"年轻的时候,我就认为但丁简洁精练、直截了当的诗歌语言令人惊诧……为我提供了一个能够很好地矫正我所同样喜爱的那些伊丽莎白、詹姆斯一世和查理一世时代诗歌语言中的浮华夸张。"④ 可见,但丁对艾略特诗歌创作的影响不仅在于诗歌的意象,而且还在于精练的语言及直

---

① B. C. Southam, *A Guide to the Selected Poems of T. S. Eliot*, 6th ed., San Diego: Harcourt Brace & Company, 1994, p. 21.

② B. C. Southam, *A Guide to the Selected Poems of T. S. Eliot*, 6th ed., San Diego: Harcourt Brace & Company, 1994, p. 21.

③ B. C. Southam, *A Guide to the Selected Poems of T. S. Eliot*, 6th ed., San Diego: Harcourt Brace & Company, 1994, p. 21.

④ B. C. Southam, *A Guide to the Selected Poems of T. S. Eliot*, 6th ed., San Diego: Harcourt Brace & Company, 1994, p. 21.

接的表达。

第三，艾略特在《荒原》第 74 行诗处加了一个注释，提醒读者在阅读时可以与"魏勃士德（Webster）的《白魔鬼》（*The White Devil*）中的《丧歌》（"The Dirge"）①进行对照。为了进一步给中文读者提供方便，赵萝蕤先生在《荒原》初版中译本中给第 74 行加了个"译者按"，说"魏氏系英国 17 世纪的剧作家"，并且将其剧作《白魔鬼》第五幕第四场第 95—104 行（《丧歌》的前 10 行）引入注释并翻译成中文：

> Call for the robin-red breast and the wren,
> Since o'er shady groves they hover,
> And with leaves and flowers do cover
> The friendless bodies of unburied men
> Call unto his funeral dole
> The ant, the field-mouse, and the mole
> To roar him hillocks that shall keep him warm,
> And, when tombs are robbed, sustain no harm:
> Butkeep the wolf far hence, that's foe to men,
> For with his nails he'll dig them up again.②
>
> （笔者注：John Webster, *The White Devil*, V, iv, 95 - 104）

赵萝蕤先生译文：

> 招呼那些个鹪鹩和知更，
> 他们在葱郁的林上徘徊，
> 跟那些叶与花一同遮盖
> 那未曾下葬孤独的尸身。
> 把蚂蚁、田鼠和鼹鼠

---

① 赵萝蕤译：《荒原》，载黄宗英编《赵萝蕤汉译〈荒原〉手稿》，高等教育出版社 2013 年版，第 155—159 页。

② 赵萝蕤译：《荒原》，载黄宗英编《赵萝蕤汉译〈荒原〉手稿》，高等教育出版社 2013 年版，第 155 页。

叫到他的坟地上去，
给他造起几座小山，使他温暖；
既无体面的坟墓，也不受灾患；
就叫豺狼走远，他是人的仇敌，
不然会用爪子再把他们掘起。①

此外，赵萝蕤先生还做了这样的解释："狗熊星在传说上是使尼罗河两岸肥沃的星宿。关于魏勃士德的一段，兰姆（Lamb）曾说：'我从来都没有见过第二个和这个比得过去的丧歌，除了《风暴》内福迪能王子回忆淹死了的父亲而唱的山歌（见前注）。② 那是关于水的，充满了水，这是关于土地的，充满了土地的气息'。"③ 赵萝蕤先生此处"土地的气息"是什么意思呢？艾略特的注释指的是魏勃士德《白魔鬼》第五幕第四场第95—111行中科妮莉亚（Cornelia）所唱的丧歌。在这部戏剧中，科妮莉亚是剧中三个人物的母亲，维托里亚（Vittoria）、马塞洛（Marcello）和弗拉米尼奥（Flamineo）。科妮莉亚唱出这首丧歌的时候，她正在与她的儿子弗拉米尼奥谈话，因为弗拉米尼奥刚刚用剑杀死了哥哥马塞洛。科妮莉亚所唱的丧歌是从她祖母那里学来的，说的是一种迷信，即被谋杀的人的尸体会被狼掘起。实际上，科妮莉亚此处是在为她的儿子马塞洛唱丧歌。换言之，她是在为"那未曾下葬孤独的尸身"（The friendless bodies of unburied men）而唱丧歌，因此就必须"叫豺狼走远，他是人的仇敌，/不然会用爪子再把他们掘起"。所以，赵萝蕤先生认为这首丧歌"是关于土地的，充满了土地的气息"。此外，魏勃士德原诗为"狼"是"人的仇敌"，为什么艾略特要把它改为"狗"是"人们的朋友"呢？其实，这一点似乎并不难理解，在《圣经·旧约》中，狗并非"人们的朋友"，而是一种不洁净的动物（unclean animal），一种浊牲，因为它喜欢吃人的尸

---

① 赵萝蕤译：《荒原》，载黄宗英编《赵萝蕤汉译〈荒原〉手稿》，高等教育出版社2013年版，第157页。
② 赵萝蕤译：《荒原》，载黄宗英编《赵萝蕤汉译〈荒原〉手稿》，高等教育出版社2013年版，第147—149页。
③ 赵萝蕤译：《荒原》，载黄宗英编《赵萝蕤汉译〈荒原〉手稿》，高等教育出版社2013年版，第159页。

体。这在所有家畜中是最令人反感的特点,也是我们每个人都难以接受的现象,比如,在《列王纪上》第 14 章第 11 节中,耶和华说:"凡属耶罗波安的人,死在城中的,必被狗吃。"① 在第 16 章第 4 节中,耶和华又说:"凡属巴沙的人,死在城中的必被狗吃。"② 而且在《列王纪上》第 21 章和第 24 章及《列王纪下》第 9 章和第 36 章中,我们都能够找到类似的话语。此外,《圣经·诗篇》第 59 首的作者似乎还综合了狗贪得无厌、夜不归宿,甚至靠捡腐肉或者垃圾为食等习惯,并且把狗描写成人的仇敌:"我的仇敌晚上回来,像野狗狂吠,在城里荡来荡去,像野狗到处游荡,寻找食物,没有吃饱便咆哮不已。"③ 然而,这些对狗的形象比喻,如果用在贪婪的以色列看守身上似乎也恰如其分:"这些狗贪食,不知饱足。"(《以赛亚书》第 56 章第 10 节)④ 那么,既然"狗"与"狼"一样,都可以是人类的"仇敌",那么为什么艾略特同意庞德把人类的"仇敌"(foe)改为人们的"朋友"(friend)⑤ 呢?

笔者认为,第一,这种写法仍然带有艾略特借古讽今的用典目的,似乎艾略特笔下的现代荒原人面对第一次世界大战后弥漫于整个西方世界的精神幻灭已经麻木不仁,人们已经把原本是人类"仇敌"的"狼"也都当成了人类"朋友"的"狗";第二,艾略特此处用"狗"来替换"狼",也应该是艾略特惯用的连接古今的一种奇喻写法,因为在现代西方生活中,狗早已经不是"人类的仇敌",而是一种宠物,是"人们的朋友";第三,由于"弗雷泽将狗和狼都当作植物繁殖的象征"⑥,而且赵萝

---

① 《圣经·旧约》(中英对照·和合本·新国际版),香港:国际圣经协会 1998 年版,第 577 页。

② 《圣经·旧约》(中英对照·和合本·新国际版),香港:国际圣经协会 1998 年版,第 581 页。

③ 《圣经·旧约》(现代中文译本,修订版),中国基督教协会 1998 年版,第 874 页。

④ 《圣经·旧约》(中英对照·和合本·新国际版),香港:国际圣经协会 1998 年版,第 1202 页。

⑤ 艾略特《荒原》草稿中第 128 行的原文为:"Oh keep the Dog far hence, that's foe to men。"但是经过庞德的删改,这一行成了后来正式出版的《荒原》第一章的第 74 行:"Oh keep the Dog far hence, that's friend to men。"其中"foe"(仇敌)被改成了"friend"(朋友)。See Valerie Eliot, ed., *T. S. Eliot: The Waste Land, A Facsimile and Transcript of the Original Drafts Including the Annotations of Ezra Pound*, New York: Harcourt Brace Jovanovich, 1971, pp. 8 – 9.

⑥ B. C. Southam, *A Guide to the Selected Poems of T. S. Eliot*, 6th ed., San Diego: Harcourt Brace & Company, 1994, p. 156.

蕤先生认为"狗熊星是使土地肥沃的星星"①，因此艾略特笔下的"狗"实际上和魏勃士德剧中的"狼"一样，同样可以将"去年你种在花园里的尸首"掘起，不让它"长芽"和"开花"，不让死亡的灵魂有转世化身的可能。因此，如果从这个视角来理解艾略特此处的用典替换，我们得出的结论似乎就更加耐人寻味。魏勃士德在丧歌中让象征着"人的仇敌"的"豺狼"走远，以致被埋葬的死者有灵魂转世再生的机会，而艾略特《荒原》中的"狗"，虽然貌似"人们的朋友"，但也必须"走远"，否则如果让狗把"尸首"掘起，那么，生活在现代荒原上的人们死后也就没有了转世再生的希望。如果我们这么理解诗人此处的用典替换，艾略特笔下西方现代人的生命光景岂不是求生不得、求死不成了吗？因此，从这个意义上看，艾略特笔下西方现代荒原人把"人的仇敌"当作"人们的朋友"，其深刻的讽刺寓意恰好契合了《荒原》第76行中"虚伪的读者"所蕴含的情致：

你！虚伪的读者——我的同类——我的弟兄！②

艾略特原作中这一行诗是直接引用了波德莱尔《恶之花》（*Fleurs du Mal*）序诗《告读者》（"Au Lecteur"／"To the Reader"）的最后一行："虚伪的读者，——我的弟兄和同类！"③ 这首诗歌的"读者""我的同类""我的兄弟"似乎都是"虚伪的"，似乎都犯了悲观厌世的罪，生活中没有追求，生命中没有盼望，其厌世精神和不满情绪均已发展到不可收拾的地步，不仅信仰泯灭，而且道德沦丧，生命没有任何实在的意义。

诗境至此，也许是因为赵萝蕤先生考虑到了艾略特笔下现代荒原人的这种生命光景，因此在1980年修订《荒原》中译本的时候，她采用了她认为是"比较成熟的直译法"，把"这飘忽的城"改译成了"并无实体的城"：

---

① 赵萝蕤：《〈荒原〉浅说》，《我的读书生涯》，北京大学出版社1996年版，第22页。
② 黄宗英编：《赵萝蕤汉译〈荒原〉手稿》，高等教育出版社2013年版，第43页。
③ ［法］夏尔·波德莱尔：《恶之花》，郭宏安译评，漓江出版社1992年版，第5页。

并无实体的城, 60
在冬日破晓时的黄雾下,
一群人鱼贯地流过伦敦桥,人数是那么多,
我没想到死亡毁坏了这许多人。
叹息,短促而稀少,吐了出来,
人人的眼睛都盯住在自己的脚前。 65
流上山,流下威廉王大街,
直到圣马利吴尔诺斯教堂,那里报时的钟声
敲着最后的第九下,阴沉的一声。
在那里我看见一个熟人,拦住他叫道:"斯代真!
你从前在迈里的船上是和我在一起的! 70
去年你种在你花园里的尸首,
它发芽了吗?今年会开花吗?
还是忽来严霜捣坏了它的花床?
叫这狗熊星走远吧,它是人们的朋友,
不然它会用它的爪子再把它挖掘出来! 75
你!虚伪的读者!——我的同类——我的兄弟!"①

为什么赵萝蕤先生认为她1937年初版《荒原》的中译本是"不彻底的直译法"呢?而她1980年的修订版又是"比较彻底的直译法"②呢?正如赵萝蕤先生把她1937年初版《荒原》中译本开篇诗句的译文"四月天最是残忍"改为"四月是最残忍的一个月",以求其译文的遣词造句在形式上与原作"April is the cruellest month"完全吻合一样,她在此也将带有意译特点的第60行的原译"这飘忽的城"改译为"并无实体的城",以便更加直接、更加直观地再现原作"Unreal city"这一词组中形容词构词法的特点。此外,如果将赵萝蕤先生1937年初版《荒原》和1980年修订版《荒原》的两个中译本进行平行比较,我们还是能够发现赵萝蕤先生1980

---

① 赵萝蕤译:《荒原》,《外国文艺》(双月刊)1980年第3期。
② 赵萝蕤:《我是怎么翻译文学作品的》,载王寿兰编《当代文学翻译百家谈》,北京大学出版社1989年版,第609页。

年版中译本中这一节诗歌（第 60—76 行）比较明显地体现了赵先生"比较成熟的直译法"。笔者举例说明如下：

第 61 行原作："Under the brown fog of a winter dawn"
1937 年初版译文："在冬晨的黄雾下"
1980 年修订版译文："在冬日破晓时的黄雾下"

笔者分析：虽然 1980 年版的"在冬日破晓时的黄雾下"似乎不如 1937 年版的"在冬晨的黄雾下"来得简洁，且富有诗意，但是它在形式上更加贴近原作"Under the brown fog of a winter dawn"，而且就中文表达本身而言，"冬日破晓"似乎也比"冬晨"来得更加直白，也更加符合汉语的表达习惯。

第 62 行原作："A crowd flowed over London Bridge, so many"
1937 年初版译文："一群人流过伦敦桥，那么多"
1980 年修订版译文："一群人鱼贯地流过伦敦桥，人数是那么多"

笔者分析：1937 年版的"一群人流过伦敦桥，那么多"似乎与原作"A crowd flowed over London Bridge, so many"字句对等，形式上近乎完美，然而在 1980 年版的译文"一群人鱼贯地流过伦敦桥，人数是那么多"中，首先，译者增加了一个副词"鱼贯地"，强调破晓时分伦敦桥上匆忙上班的人们一个挨着一个鱼贯而行的感觉；其次，"人数是那么多"也比原译的"那么多"来得更加清晰和明朗；最后，更加重要的是修订版比原译在遣词数量上多出了 6 个字，使得这一行诗歌的修订版译文比原译要长出好多，这在形式上契合了原作的形式及其寓意，也是一种追求形式与内容相互契合的有益尝试。

第 63 行原作："I had not thought death had undone so many。"
1937 年初版译文："我想不到'死亡'灭了这许多。"
1980 年修订版译文："我没想到死亡毁坏了这许多人。"

笔者分析：赵萝蕤先生1937年版这一行诗的译文体现了译者直译法的雏形；单从音节数量上看，译作中的11个单词正好对应原作中的11个音节，毫厘不差，而且译者给"死亡"加上引号，使之拟人化，容易让读者联想到但丁、莎士比亚、邓恩等欧洲文艺复兴时期诗歌（特别是14行诗）中经常出现的死亡主题意象；"undone"一词译成"灭了"，与句中宾语从句的主语"死亡"搭配不仅完美，保留了原作中的口语语气，而且译者选用"灭了"一词的抑扬格读法去对译"undone"一词的抑扬格重音也堪称格律上的完美对等；更值得注意的是赵萝蕤先生选用"这许多"来翻译"so many"，不仅格律对等（原作和译作均为扬扬抑格），而且原作和译作的音节、语势及单词数量均完美吻合；特别值得赞扬的是"这许多"中的"这"用在形容词之前，表示强调，甚至夸张，足见赵萝蕤先生扎实的中英文功底。相形之下，赵萝蕤先生1980年版的译文，就遣词造句上看，似乎更加平实，更加直白，更接近她所提倡的文学翻译直译法。赵萝蕤先生对这一行的原译做了几处明显的改动。第一，主句的句式"我想不到……"改成了"我没想到……"，修改后的译文句式与原作"I had not thought……"完全吻合。虽然"想不到"和"没想到"这两种说法在现代汉语中都比较常见，因此这两种译法也均为佳译，但是原译句式谓语动词否定式中谓语动词与否定式符号之间的位置颠倒，实际上形成了一种强调句式，增强了一种突如其来或者豁然开朗的感觉，因此从形式上看，修订版的译文似乎更接近原作的句式，但是原译句式本身所带来的句法灵动之感似乎被弱化了一些。第二，是这行诗句中的宾语从句"death had undone so many"。原译为"'死亡'灭了这许多"，修订版改成了"死亡毁坏了这许多人"。其实，原译追求与原作形神并蓄的对等译法，字数和音节均完全对等，而且译文中拟人的用法、完成时态的译法及强调和夸张的表达，均体现了译者深厚的中英文基础和娴熟的翻译技巧。或许是为了让不熟悉但丁《神曲》的中文读者能够更好地理解艾略特此处用典的寓意，赵萝蕤先生1980年修订《荒原》时，把第63行改译成了"我没想到死亡毁坏了这许多人"。显然，"死亡毁坏了这许多人"，就这一句话本身而言，其意思清晰，但是它的寓意并不清晰。原译"这许多"改译成"这许多人"不难理解，指那些既上不了天堂又下不到深层地狱，而只能在地狱外围（第一层地狱）游荡的芸芸亡灵，因为他们是未受洗礼而死去的婴儿的亡灵，或者因为他们是异教徒的亡灵，因为他们生在基督来临之前，所以没有机会听到福音，结果信奉了异教，或者因为他们是一些生前立德、立功、立言而名传后世的亡灵。那么，"死亡"何以"毁坏了"他们呢？为什么赵萝蕤先生要将她原译的"灭了"改译成"毁坏了"呢？艾略特《荒原》中相对应的英文动词为"undone"；但丁《神曲·地狱篇》中相对应的意大利语动词为"disfatta"，意思是"惨败""溃败""失败"①；企鹅出版社 1949 年版 Dorothy L. Sayers 的译文选用"had slain"②；大不列颠百科全书出版社 1952 年版 Charles S. Singleton 的译文选择了"had undone"③；美国班塔姆（Bantam）出版社 1980 年版 Allen Mandelbaum 的译文选择了"have unmade"④。可见，英文的译法比较灵活，那么赵萝蕤先生的中文译法变更又出于什么考虑呢？笔者认为，我们还得从艾略特的用典出发，虽然但丁笔下的这些亡灵因上不了天堂而叹息、悲泣、号哭，然而他们的悲鸣哀叹说明他们的亡灵并没有被打入深层地狱，"死亡"还没有"灭了"他们，而只是因为他们生不逢时，或者死在受洗之前，或者因为没有听到福音而信了异教，或者就是因为他们虽然不信基督，但是生前有所立德、立功、立言而被留在外围地狱。如此看来，赵萝蕤先生将"灭了"改译成"毁坏了"也是有道理的。此外，如果我们回头对照一下赵萝蕤先生的学长田德望先生《神曲·地狱篇》中这几行诗歌的译文，或许我们能够从中找到赵萝蕤先生改译的答案。田德望先生选择"毁掉了"⑤，与赵萝蕤先生的译文"毁坏了"如出一辙。我们知道，赵萝蕤先生 1932—1935 年在清华大学外国文学研究所攻读硕士学位期间，她曾"跟吴可读老师读了英意对照的但丁《神曲》，唯一的同

---

① 北京外国语学院《意汉词典》组编：《意汉词典》，商务印书馆 1985 年版，第 247 页。
② "There were so many men whom death had slain." See Dante, *The Divine Comedy*, I: *Hell*, Tr. Dorothy L. Sayers, Melbourne: Penguin Books, 1949, p. 86.
③ "I should never have believed death had undone so many." See Dante, *The Divine Comedy*, *Inferno*, Tr. Charles S. Singleton, *Great Books of the Western World* ed., Mortimer J. Adler, Chicago: Encyclpaedia Britannica, 1952, p. 4.
④ "that death could have unmade so many souls." See Dante, *The Divine Comedy*, *Inferno*, Tr. Allen Mandelbaum, New York: Bantam Books, 1980, p. 23.
⑤ 田德望先生的译文如下："旗子后面涌来如此漫长不尽的人流，若非亲眼看到，我决不相信死神已经毁掉了这么多的人。"[意]但丁：《神曲·地狱篇》，田德望译，人民文学出版社 2002 年版，第 19 页。

班生［就］是田德望学长"①，而且赵萝蕤先生说："与他［田德望先生］同窗是我在清华三年中的最大收获之一。"②

  第 64 行原作："Sighs, short and infrequent, were exhaled"
  1937 年初版译文："叹息，短促而稀少，吐出来"
  1980 年修订版译文："叹息，短促而稀少，吐了出来"

笔者分析：修订版加一个"了"字，使译文中的时态逻辑更加清晰。

  第 65 行原作："And each man fixed his eyes before his feet。"
  1937 年初版译文："每人的眼光都站住在自己的脚上。"
  1980 年修订版译文："人人的眼睛都盯住在自己的脚前。"

笔者分析：相形之下，赵萝蕤先生 1937 年初版译文似乎更具有灵性，每个人的"眼光都站住在自己的脚上"。这给人一种主动行为的感觉，仿佛艾略特笔下这些生活在西方现代荒原上的人们颇有自己的立场，都能够锁定他们各自自己的事情，因此很难想象这里的"每人"实际上是影射但丁《神曲·地狱篇》中那些因为生前不信上帝，所以死后进不了天国，且已经沦为游荡在外围地狱的芸芸亡灵。笔者认为，赵萝蕤先生 1980 年版的译文似乎更加贴近原作的用典寓意。正如但丁笔下游荡在外围地狱里的芸芸亡灵那样，他们生前不信基督，且只管自己的事情，从不顾及他人，因此他们不论生前死后都永远没有机会见到上帝的脸面，也永远不可能得到拯救。艾略特笔下生活在西方现代荒原上的芸芸众生，似乎同样没有跳出自我封闭的怪圈，同样自私自利，同样不尊崇和仰慕上帝，因此他们每个人的"眼睛都盯住在自己的脚前"，也都没有机会仰慕上帝，也永远没有进入天堂的机会。

  第 66 行原作："Flowed up the hill and down King William Street"

---

① 赵萝蕤：《我的读书生涯》，北京大学出版社 1996 年版，第 2 页。
② 赵萝蕤：《我的读书生涯》，北京大学出版社 1996 年版，第 2 页。

1937年初版译文:"流上山,流下威廉王大街"
1980年修订版译文:"流上山,流下威廉王大街"

笔者分析:"威廉王大街"是1917年至1925年艾略特在伦敦劳埃兹银行(Lloyds Bank)上班的那条大街,从伦敦桥一直通向伦敦城的中心地区。应当说,赵萝蕤先生此处用"流上"和"流下"来对译原作中的"Flowed up……and down……"的表述是十分贴切的,而且契合了每日破晓时分伦敦桥上上班族人流不息,蜂拥而上,奔流而下的真实情境。

第67—68行原作:"To where Saint Mary Woolnoth kept the hours/With a dead sound on the final stroke of nine。"

1937年初版译文:"到圣马利吴尔诺堂,那里有大钟/打着最后的第九下,阴沉的一声。"

1980年修订版译文:"直到圣马利吴尔诺斯教堂,那里报时的钟声/敲着最后的第九下,阴沉的一声。"

笔者分析:这两行诗与前一行相接,构成一句话,其中"Saint Mary Woolnoth"指"圣马利吴尔诺斯教堂",建于1716—1727年,坐落在伦敦城里繁华的金融商业区,具体地说是在威廉王大街和隆巴德大街(Lombard Street)相接的拐角处,面对着艾略特于1917—1925年在劳埃兹银行上班的办公室。艾略特自己给第68行加了一个注释:"这是我常见的一种现象。"这里诗人所谓"我常见的一种现象"指圣马利吴尔诺斯教堂"报时的钟声/敲着最后的第九下"。在《圣经》中,这"最后的第九下"(the ninth hour)叫"申初",现在实际上指下午3点,是耶稣去世的时刻:"约在申初(About the ninth hour),耶稣大声喊着说:'以利!以利!拉马撒巴各大尼?'就是说:'我的神!我的神!为什么离弃我?'……耶稣又大声喊叫,气就断了。"(马太福音27:46—50)①可见,赵萝蕤先生将

---

① 《圣经·新约》(中英对照·和合本·新国际版),香港:国际圣经协会1998年版,第58页。

"a dead sound"翻译成"阴沉的一声"有她自己的考虑。

  第69行原作:"There I saw one I knew, and stopped him, crying 'Stetson'!"
  1937年初版译文:"在那里我看见一个熟人,拦住他叫说:'史丹真!'"
  1980年修订版译文:"在那里我看见一个熟人,拦住他叫道:'斯代真!'"

笔者分析:这一行并没有多少改动,只是把"叫说"改译成了"叫道",似乎更加符合译入语口语的表达方式。原作中的"Stetson""是一种帽子的牌子"①,这里指诗中人所熟悉的一个"穿着漂亮的平常人"②。

  第70行原作:"You who were with me in the ships at Mylae!"
  1937年初版译文:"你从前在迈来船上和我是在一起的!"
  1980年修订版译文:"你从前在迈里的船上是和我在一起的!"

笔者分析:同样,修订后,这一行的句法逻辑更加通顺,意思也更加明朗。

  此外,在第71—76行中,赵萝蕤先生的两种译文区别不大,但是就第60—76行这一节而言,赵萝蕤先生两个中译本译文与其他几位译者的译文又有哪些不同呢?笔者在此想就第60行的"Unreal city"、第63行的"death had undone so many"、第68行的"a dead sound on the final stroke of nine"、第74行的"keep the Dog far hence"等几处的不同译文做一点粗浅的比较。第一,是第60行"Unreal city"的译法。就赵萝蕤、查良铮、赵毅衡、裘小龙、叶维廉和汤永宽六位译者的七个中译本而言,我们就有五种不同的译文,其中译本三和译本六相同,译本四和译本七相同:

---

  ① 赵萝蕤译:《荒原》,载黄宗英编《赵萝蕤汉译〈荒原〉手稿》,高等教育出版社2013年版,第155页。
  ② 赵萝蕤译:《荒原》,载黄宗英编《赵萝蕤汉译〈荒原〉手稿》,高等教育出版社2013年版,第155页。

译本一："这飘忽的城"①
译本二："并无实体的城"②
译本三："不真实的城"③
译本四："虚幻的城市"④
译本五："缥缈的城"⑤
译本六："不真实的城市"⑥
译本七："虚幻的城市"⑦

赵萝蕤先生说："但丁诗中描写的中世纪荒原和波德莱尔的巴黎，和［艾略特笔下的］伦敦一样，都是并无实体的。"⑧为什么赵萝蕤先生将原作的"Unreal city"先是译成"这飘忽的城"，然后又改译成"并无实体的城"呢？为什么后来几位作者无一采用赵萝蕤先生的译法，而把艾略特笔下的伦敦城看作一座"不真实的城""虚幻的城市""缥缈的城"呢？首先，从艾略特此处的用典可以判断，赵萝蕤先生所说的"但丁诗中描写的中世纪荒原"实际上指但丁笔下的地狱。根据塞耶稣斯（Dorothy L. Sayers）先生英译和田德望先生汉译的但丁《神曲·地狱篇》，第三章是这样开篇的：

THROUGH ME THE ROAD TO THE CITY OF DESOLATION,
THROUGH ME THE ROAD TO SORROWS DIUTURNAL,
THROUGH ME THE ROAD AMONG THE LOST CREATION.

---

① 赵萝蕤译：《荒原》，载黄宗英编《赵萝蕤汉译〈荒原〉手稿》，高等教育出版社2013年版，第39页。
② 赵萝蕤译：《荒原》，《外国文艺》（双月刊）1980年第3期。
③ 查良铮译：《英国现代诗选》，湖南人民出版社1985年版，第49页。
④ 赵毅衡编译：《美国现代诗选》，外国文学出版社1985年版，第199页。
⑤ 裘小龙译：《四个四重奏》，漓江出版社1985年版，第73页。
⑥ 叶维廉译：《众树歌唱：欧美现代诗100首》，人民文学出版社2009年版，第82页。
⑦ 汤永宽译：《荒原》，载陆建德主编《荒原：艾略特文集·诗歌》，上海译文出版社2012年版，第82页。
⑧ 赵萝蕤：《我的读书生涯》，北京大学出版社1996年版，第22页。

> JUSTICE MOVED MY GREAT MAKER; GOD ETERNAL
> WROUGHT ME: THE POWER, AND THE UNSEARCHABLY
> HIGH WISDOM, AND THE PRIMAL LOVE SUPERNAL.
> NOTHING ERE I WAS MADE WAS MADE TO BE
> SAVE THINGS ETERNE, AND I ETERNE ABIDE;
> LAY DOWN ALL HOPE, YOU THAT GO IN BY ME. ①

田德望先生译文:

> 由我进入愁苦之城,
> 由我进入永劫之苦,
> 由我进入万劫不复的人群中。
> 正义推动了崇高的造物主,
> 神圣的力量、最高的智慧、本原的爱
> 创造了我。在我以前未有造物,
> 除了永久存在以外,
> 而我也将永世长存。
> 进来的人们, 你们必须把一切希望抛开!②

此时,诗人但丁和他的老师维吉尔来到了"地狱之门"(Gate of Hell),他们在地狱大门的过梁上读到了以上这几行诗句。不难看出,第1—3行中的"我"指"地狱之门",而6—8行中的"我"指地狱。那么,我们如何来理解引文中所说的"正义推动了崇高的造物主,/神圣的力量、最高的智慧、本原的爱/创造了我"呢?这里讲的"神圣的力量、最高的智慧、本原的爱"实际上指神权(圣父)、神智(圣子)和神爱(圣灵)三位一体的上帝。《圣经·创世记》中并没有记载上帝在创世之初就造了地狱。那么,诗中所说的"正义"又是如何"推动了崇高的造物主……

---

① Dante, *The Divine Comedy*, I: *Hell*, Tr. Dorothy L. Sayers, Melbourne: Penguin Books, 1949, p. 85.

② [意]但丁:《神曲·地狱篇》, 田德望译, 人民文学出版社2002年版, 第18页。

创造了我［地狱］"呢？基督教神学家们认为，在创造地狱之前，上帝就已经创造了天使、天体及土、水、气、火等永久存在的元素。因此，诗中说："在我以前未有造物，／除了永久存在以外，／而我也将永世长存。"那么，但丁笔下的这个"地狱"为什么是一个"愁苦之城"呢？而要进入这"愁苦之城"为什么还"必须把一切希望抛开"并且同那些"万劫不复的人群"一同去忍受那"永劫之苦"呢？其实，这些问题的答案并不难找。《圣经》中多处讲述了原本是"明亮之星、早晨之子"的六翼天使卢奇菲罗（Lucifer）因背叛上帝而变成魔鬼撒旦（Satan）并且与其结盟的邪灵一同被打入地狱的故事。比如，在《旧约·以赛亚书》（14：12—15）中，他说"我要与至上者同等"（I will make myself like the Most High），因此他"坠落阴间，到坑中极深之处"（you are brought down to the grave, to the depths of the pit）①；在《新约·路加福音》（10：18）中，耶稣对门徒说，"我曾看见撒旦从天上坠落，像闪电一样"②；《新约·启示录》（12：9）有这样的记载："大龙就是那古蛇，名叫魔鬼，又叫撒旦，是迷惑普天下的。它被摔在地上，它的使者也一同被摔下去。"③ 可见，那些如同撒旦一样的"万劫不复的人群"是没有机会逃离这"愁苦之城"的"永劫之苦"了，因为他们都是一些因永远见不到上帝而"失去了心智之善的悲惨的人"。④ 如此看来，艾略特《荒原》中所影射的这个"愁苦之城"似乎就不应该是一座"不真实的城"，或者一座"虚幻的城市"，或者一座"缥缈的城"，因为基督教神学家们为它提供了具有历史真实性的记载和描述；它已经不是一种人们主观幻想的、虚无飘渺的虚幻梦境，而是一种精神实在。虽然它有如风云或者烟雾一样飘动，但它却是一种刻骨铭心的精神存在。虽然人们看不见它的"实体"，但它已经成为一种"真实"的存在。因此，赵萝蕤先生的两种译法均不无道理，不

---

① 《圣经·旧约》（中英对照·和合本·新国际版），香港：国际圣经协会1998年版，第1131页。
② 《圣经·新约》（中英对照·和合本·新国际版），香港：国际圣经协会1998年版，第125页。
③ 《圣经·新约》（中英对照·和合本·新国际版），香港：国际圣经协会1998年版，第446页。
④ ［意］但丁：《神曲·地狱篇》，田德望译，人民文学出版社2002年版，第18页。

论是"飘忽的城"还是"并无实体的城"似乎都译出了但丁笔下所影射的那种生活在地狱里的芸芸亡灵的生命光景。同样，正如"这飘忽的城"或者"并无实体的城"一样，生活在艾略特笔下西方现代荒原上的芸芸众生，虽然生活在现代都市，能够享受现代社会的物质文明，每天忙碌于伦敦桥、威廉王大街、圣马利吴尔诺堂之间，但是他们的生命同样没有明确的坐标，没有盼望，没有实实在在的意义！因此，诗中人说："你！虚伪的读者——我的同类——我的兄弟！"

第二，是第63行的"death had undone so many"的译法。六位译者的七个中译本如下：

译本一："'死亡'灭了这许多"①
译本二："死亡毁坏了这许多人"②
译本三："死神毁了那么多人"③
译本四："死亡毁灭了这么多"④
译本五："死亡毁了这么多人"⑤
译本六："死亡尚未处置这么多"⑥
译本七："死神竟报销了那么多人"⑦

笔者认为，"death"此处是拟人用法，译成"死亡"或者"死神"应该都没有问题；"had undone"译成"灭了""毁坏了""毁灭了""毁了"意思都差不多，但是译本六和译本七将"had undone"译成"尚未处置"和"报销了"，这似乎是对艾略特此处的用典理解不够到位；"so many"译成"这许多"和"这许多人"比较契合原作的强调语气，较好地再现

---

① 赵萝蕤译：《荒原》，载黄宗英编《赵萝蕤汉译〈荒原〉手稿》，高等教育出版社2013年版，第39页。
② 赵萝蕤译：《荒原》，《外国文艺》（双月刊）1980年第3期。
③ 赵毅衡编译：《美国现代诗选》，外国文学出版社1985年版，第199页。
④ 查良铮译：《英国现代诗选》，湖南人民出版社1985年版，第49页。
⑤ 裘小龙译：《四个四重奏》，漓江出版社1985年版，第73页。
⑥ 叶维廉译：《众树歌唱：欧美现代诗100首》，人民文学出版社2009年版，第82页。
⑦ 汤永宽译：《荒原》，载陆建德主编《荒原：艾略特文集·诗歌》，上海译文出版社2012年版，第82页。

了但丁初到外围地狱所看到的那排成长队的亡灵们所面临的沮丧而又无奈的生命光景。这些亡灵生前并非作恶多端，而只是因为阴差阳错，或者生不逢时，所以他们没有听到福音，结果信了异教，失去了死后进天国的机会。但丁也为此感到惋惜和惊诧！当然，译成"这么多""那么多人""这么多人"均属佳译，只是强调语气略显不足，不如前两种译法。

第三，是第 68 行的"a dead sound on the final stroke of nine"，六位译者的七种中译本如下：

译本一："大钟/打着最后的第九下，阴沉的一声"①
译本二："报时的钟声/敲着最后的第九下，阴沉的一声"②
译本三："钟敲九点，最后的一声死气沉沉"③
译本四："大钟正沉沉敲着九点的最后一响"④
译本五："死气沉沉的声音/在九点的最后一下，指着时间"⑤
译本六："报时往往在/最后的第九下拖出死沉沉的声音"⑥
译本七："教堂的大钟/沉重的钟声正敲着九点的最后一响"⑦

显然，只有译本一、译本二和译本六的译法与其他几个译本的译法不同。根据几本常用参考书的注释，笔者认为，译本一、译本二和译本六的译法比较贴近原作所要传达的意思。我们知道诗人艾略特给这一行做过一个简单的注释，说："这是我常见的一种现象。"⑧艾略特这里所说的他"常见的一种现象"指的是圣马利吴尔诺斯教堂"报时的钟声/敲着最后的第九下，阴沉的一声"，因为 1956 年 11 月 23 日，艾略特曾经对阿吉雷

---

① 赵萝蕤译：《荒原》，载黄宗英编《赵萝蕤汉译〈荒原〉手稿》，高等教育出版社 2013 年版，第 41 页。
② 赵萝蕤译：《荒原》，《外国文艺》（双月刊）1980 年第 3 期。
③ 赵毅衡编译：《美国现代诗选》，外国文学出版社 1985 年版，第 200 页。
④ 查良铮译：《英国现代诗选》，湖南人民出版社 1985 年版，第 49 页。
⑤ 裘小龙译：《四个四重奏》，漓江出版社 1985 年版，第 73 页。
⑥ 叶维廉译：《众树歌唱：欧美现代诗 100 首》，人民文学出版社 2009 年版，第 83 页。
⑦ 汤永宽译：《荒原》，载陆建德主编《荒原：艾略特文集·诗歌》，上海译文出版社 2012 年版，第 83 页。
⑧ 赵萝蕤译：《荒原》，《外国文艺》（双月刊）1980 年第 3 期。

（J. M. Aguirre）说："在我听起来，那就是圣马利吴尔诺斯教堂大钟报时的声音，我在隆巴德大街（Lombard Street）教堂正对面［劳埃兹银行］一层楼的一间办公室里工作了好几年。"①1958年7月2日的泰晤士报（*The Times*）曾经报道过艾略特在伦敦图书馆（London Library）的一次演讲，其中讲到艾略特本人在劳埃兹银行的工作时间是每个工作日上午9：15到下午5：30，每周六只上班到午餐时间。②可见，艾略特此处在诗歌里所说的"圣马利吴尔诺斯教堂报时的钟声/敲着最后的第九下"应该不是指20世纪20年代伦敦城里每个工作日工人们开始上班的上午9点钟。那么，这"最后的第九下"究竟是几点钟呢？索瑟姆教授认为，由于艾略特此处有"dead"和"final"这样的遣词，所以有些诗评家把这"最后的第九下"与基督耶稣去世的时刻联系了起来："约在申初（About the ninth hour）……耶稣又大声喊叫，气就断了。"（马太福音27：46—50）③然而，与"申初"相对应的英文表述是"the ninth hour"，指白天的第九小时，实际上是下午3点钟，而不是指上午9点。这么看来，译本三、四、五、七把"the final stroke of nine"翻译成"9点钟"应当算是误译，而译本一、二、六将其译成"最后的第九下"是正确的译法，也再次证明赵萝蕤先生所提倡的直译法有其自身的道理和魅力。

第四，是第74行"Oh keep the Dog far hence, that's friend to men"，六位译者的七种中译本如下：

译本一："叫这狗熊星走远，他是人们的朋友"④

译本二："叫这狗熊星走远吧，它是人们的朋友"⑤

---

① 参见 Christopher Ricks and Jim McCue, eds., *The Poems of T. S. Eliot*, Vol. Ⅰ, Baltimore：Johns Hopkins UP, 2015。

② Christopher Ricks and Jim McCue, eds., *The Poems of T. S. Eliot*, Vol. Ⅰ, Baltimore：Johns Hopkins UP, 2015, p. 617.

③ 《圣经·新约》（中英对照·和合本·新国际版），香港：国际圣经协会1998年版，第58页。

④ 赵萝蕤译：《荒原》，载黄宗英编《赵萝蕤汉译〈荒原〉手稿》，高等教育出版社2013年版，第43页。

⑤ 赵萝蕤译：《荒原》，《外国文艺》（双月刊）1980年第3期。

译本三:"哦,别让狗靠近,他是人的朋友"①
译本四:"哦,千万把狗撑开,那是人类之友"②
译本五:"呵,将这狗赶远些,它是人的朋友"③
译本六:"噢提防那条狗,他是人类的朋友,要令它走开"④
译本七:"啊,要让狗离那儿远远的,狗爱跟人亲近"⑤

根据笔者前文对艾略特同意庞德将其《荒原》草稿中的人类的"仇敌"替换为"朋友"的分析,表面上看,因为艾略特《荒原》中的"狗"和魏勃士德《白魔鬼》剧中的"豺狼"一样,似乎都有吃"尸首"的习惯,但是艾略特笔下的荒原人似乎连人类的"仇敌"和"朋友"都分不清楚,都一样叫其"走远"。这反过来说明艾略特笔下的现代荒原人仍然自私自利,只相信自己,仍旧不顾及他人,也没有信仰,因此即便是人类的"朋友",他们一样"叫这狗熊星走远"。从这个层面来理解,如同几何学上的反证法,艾略特笔下生活在西方现代荒原上的芸芸众生与但丁《神曲·地狱篇》中那游荡在中世纪外围地狱的芸芸亡灵不正是如出一辙了吗?此外,笔者认为,赵萝蕤先生之所以把艾略特《荒原》原作中的"the Dog"翻译成"狗熊星",是因为她注意到了艾略特原作中的"Dog"不仅是大写的,而且前面还带了一个定冠词,所以应该指英文中的"Dog Star"或者"Sirius",其中文意思均为"天狼星""犬星"(大犬座主星、小犬座主星)。在赵萝蕤先生看来,"狗熊星是使土地肥沃的星星"⑥,因此在1937年初版《荒原》中,赵萝蕤先生把第74行译成"叫这狗熊星走远,他是人们的朋友"⑦,而在1980年的修订版中,她只增加了一个"吧"

---

① 赵毅衡编译:《美国现代诗选》,外国文学出版社1985年版,第200页。
② 查良铮译:《英国现代诗选》,湖南人民出版社1985年版,第49页。
③ 裘小龙译:《四个四重奏》,漓江出版社1985年版,第74页。
④ 叶维廉译:《众树歌唱:欧美现代诗100首》,人民文学出版社2009年版,第83页。
⑤ 汤永宽译:《荒原》,载陆建德主编《荒原:艾略特文集·诗歌》,上海译文出版社2012年版,第83页。
⑥ 赵萝蕤:《〈荒原〉浅说》,《我的读书生涯》,北京大学出版社1996年版,第22页。
⑦ 赵萝蕤译:《荒原》,载黄宗英编《赵萝蕤汉译〈荒原〉手稿》,高等教育出版社2013年版,第43页。

字:"叫这狗熊星走远吧,它是人们的朋友。"① 相形之下,其他几位译者将"the Dog"直接译成"狗",实际上并没有完整地译出原作的用典寓意,而赵萝蕤先生将其译成"狗熊星"而不是"天狼星",其手法不仅灵活,而且与荒原意象又紧密关联,直接译出来诗人用典的深刻内涵。笔者认为,赵萝蕤先生的译法既体现了译者对原作的深入研究和深刻理解,又同时是她所提倡的文学翻译直译法的又一个典型案例。

总之,在《荒原》第一章第60—76行这一节中,从冒着冬日破晓的黄雾匆匆挤过伦敦桥的茫茫人流,到涌向伦敦繁华商业中心区威廉王大街的上班族人群,直到下午听见圣马利吴尔诺斯教堂的报时大钟敲响最后阴沉的第九下的人们,诗人艾略特采用借古讽今的用典影射,结合对西方现代都市生活的写实手法,把具有代表性的20世纪初西方大都市伦敦城描写成西方现代荒原上一座"这飘忽的城"。生活在"这飘忽的城"里的西方现代荒原人饱尝着第一次世界大战后一代西方人所经受的人性孤独和精神幻灭;生活中充满着各种不确定的因素,没有目标、没有追求、没有盼望;生命中"参合"着各种复杂的"回忆和欲望"②,即便是以前"在迈里的船上"和诗中人"我"在一起的"熟人",他也叫不出名字,取而代之的是叫作"史丹真"或者"斯代真"的一种普通帽子的牌子,而且诗中人"我"所关心的问题不是信仰、成功或者金钱问题,而是"去年你种在花园里的尸首"是否已经"长芽"和"开花"了?更加虚伪和具有讽刺意义的是诗中人说:"叫这狗熊星走远吧,它是人们的朋友!"可见,生活在这座"飘忽的城"里所有的西方现代荒原人"你"都是"我的同类","我的兄弟",都是"虚伪的读者!"艾略特笔下的伦敦城早已经不是华兹华斯笔下那座把"美丽的晨光/当衣服穿上了"③的"城池",而艾略特笔下伦敦桥上的芸芸众生也早已经失去了惠特曼笔下纽约曼哈顿布鲁克林渡口那成千上万普通人身上的"新奇"④。艾略特《荒原》中的伦敦

---

① 赵萝蕤译:《荒原》,《外国文艺》(双月刊)1980年第3期。
② 赵萝蕤译:《荒原》,载黄宗英编《赵萝蕤汉译〈荒原〉手稿》,高等教育出版社2013年版,第27页。
③ 屠岸译:《在西敏寺桥上》,载《英国历代诗歌选》,译林出版社2007年版,上册,第336页。
④ [美]惠特曼:《草叶集》,赵萝蕤译,上海译文出版社1991年版,第277页。

城已经沦为波德莱尔笔下那"大白天里幽灵就［在大街上］拉扯着行人"①的巴黎城，而且与但丁在《神曲·地狱篇》中把整个中世纪欧洲描写成一座充满着"失去了心智之善"②的芸芸亡灵的地狱是一脉相承的。艾略特笔下"这飘忽的城"真可谓一座"并无实体的城"，而生活在"这飘忽的城"里的人也同样是"并无实体的！"因此，不论是中世纪地狱中的芸芸亡灵，还是波德莱尔笔下在巴黎大街上拉扯行人的"幽灵"，以及艾略特《荒原》中挣扎在"回忆与欲望"中的"你"和"我"，生命的价值和意义似乎都是"飘忽的"，都是"虚伪的"。诗境至此，如果说这些"城"都是"并无实体的"，而且生活在其中的所有人都是"虚伪的"，那么，笔者认为，赵萝蕤先生最初选择把艾略特原作中的"Unreal city"翻译成"这飘忽的城"，至今仍然是最好的译法！

---

① ［法］夏尔·波德莱尔：《恶之花》，郭宏安译评，漓江出版社1992年版，第119页。
② ［意］但丁：《神曲·地狱篇》，田德望译，人民文学出版社2002年版，第18页。

第三章 "奇峰突起,巉崖果存"
——赵萝蕤汉译《荒原》用典互文性研究

赵萝蕤先生认为艾略特诗歌创作艺术"最触目的便是他的用典"[①],其作用包括两个方面:第一,"熔古今欧洲诸国之精神的传统于一炉"[②];第二,"处处逃避正面的说法而假借他人他事来表现他个人的情感"[③]。本章在综述叶公超和赵萝蕤先生关于艾略特诗歌创作用典技巧相关论述的基础上,结合赵萝蕤先生汉译《荒原》用典的典型实例分析,挖掘其用典汉译的互文性艺术魅力。赵萝蕤先生认为《荒原》之所以难懂,主要是因为作者引经据典太多,诗中的典故盘根错节,结构上多点交叉,而且多种语言杂糅共生于同一个诗歌文本,让人感到"剪不断理还乱"[④]。因此翻译《荒原》这类赵萝蕤先生称之为"严肃的文学著作"[⑤]时,译者首先必须认真研究作者和研读作品。笔者曾经讨论过艾略特《荒原》第 22 行中这个画龙点睛的短语:"A heap of broken images。"赵萝蕤先生把它译成"一堆破碎的偶像",后来其他译者将其改译成"一堆破碎的形象""一堆支离破碎的意象""一堆破碎的象""一堆破碎的图像"等。[⑥] 这一短语之所以画龙点睛是因为《荒原》一诗"集中反映了时代精神,即第一次世界大战后西方广大青年对一切理想信仰均已破

---

① 赵萝蕤:《〈荒原〉浅说》,《我的读书生涯》,北京大学出版社 1996 年版,第 13 页。
② 赵萝蕤:《〈荒原〉浅说》,《我的读书生涯》,北京大学出版社 1996 年版,第 13 页。
③ 赵萝蕤:《〈荒原〉浅说》,《我的读书生涯》,北京大学出版社 1996 年版,第 14 页。
④ 赵萝蕤:《〈荒原〉浅说》,《我的读书生涯》,北京大学出版社 1996 年版,第 20 页。
⑤ 赵萝蕤:《我是怎么翻译文学作品的》,载王寿兰编《当代文学翻译百家谈》,北京大学出版社 1989 年版,第 607 页。
⑥ 黄宗英、邓中杰、姜君:《"灵芝"与"奇葩":赵萝蕤〈荒原〉译本艺术管窥》,《北京联合大学学报》(人文社会科学版)2014 年第 3 期。

灭的那种思想境界"①。众所周知,第一次世界大战后,整个西方世界呈现出一派大地苦旱、人心枯竭的现代"荒原"景象。那是一段"有可能把个人的思想和感情都写进了社会悲剧"的历史。② 人们的精神生活经常表现为空虚、失望、迷惘、浮滑、烦乱和焦躁。美国作家菲茨杰拉德(Francis Fitzgerald)曾在其小说《人间天堂》(*This Side of Paradise*)的结尾把第一次世界大战后西方描写成一个"所有的上帝都死光了,所有的战争都打完了和所有的信仰都动摇了"③ 的所谓的"人间天堂"。人们"惧怕贫穷,崇拜成功"④,上帝已不再是人们崇拜的偶像。可见,艾略特笔下"images"一词无疑是一个关键性词语,因为几乎所有的中文译者都动了脑筋,但是不论是将其译成"形象""意象""象"还是"图像",显然都不如赵萝蕤先生原创性的译文"偶像"那么传神、那么灵动。究其原因,笔者认为应该归功于赵萝蕤先生对原作的理解更加精准,特别是对艾略特诗歌创作中的用典技巧把握得更加惟妙惟肖,从而让读者在阅读时容易产生一种独到的用典互文联想,译出了比较视野下原作与译作之间在语言、文学、文化等多个层面上所蕴含的互文关系,达到译文的最佳效果。

第一节 "夺胎换骨"

艾略特诗歌创作中的用典问题始终是国内外艾略特诗歌与诗学理论研究的一个热门话题。早在1934年4月,叶公超先生就在《清华学报》第九卷第二期上发表了一篇题为"爱略特的诗"的文学评论文章。在这篇文章中,叶公超先生就指出,艾略特1917年发表的论文"《传统与个人才能》就可以用来说明他在诗里为什么要用典故,而且还不是只用文学一方面的典故,也可以用来说明他在诗里常用旧句或整个历史的事件来表现

---

① 赵萝蕤:《〈荒原〉浅说》,《我的读书生涯》,北京大学出版社1996年版,第19页。
② 张剑:《T. S. 艾略特:诗歌和戏剧的解读》,外语教学与研究出版社2006年版,第55—56页。
③ F. S. Fitzgerald, *This Side of Paradise*, New York: Charles Scribner's Sons, 1920, p. 255.
④ F. S. Fitzgerald, *This Side of Paradise*, New York: Charles Scribner's Sons, 1920, p. 255.

态度与意境的理由"①。此外，1937 年 4 月 5 日，叶公超先生又在《北平晨报·文艺》第 13 期上发表了一篇题为"再论爱略特的诗"的文学评论文章。② 这篇文章后来成为新诗社 1937 年初版赵萝蕤译艾略特《荒原》的序言。在这篇文章中，叶公超先生说："他［艾略特］主张用典、用事，以古代的事和眼前的事错杂着、对较着……他要把古今的知觉和情绪溶混为一，要使从荷马以来欧洲整个的文学及各个作家本国整个的文学（此当指西方人而言）有一个同时的存在，组成一个同时的局面。"③ 叶公超先生既是"艾略特在中国最早的'知音'"④，也是"我国最早系统评述艾略特"⑤ 的学者。可见，艾略特诗中的典故及他关于诗歌创作用典的诗学理论伴随着他的诗歌于 20 世纪 30 年代前后来到中国而受到国内学者的高度重视。这说明用典不仅是艾略特诗歌创作的一大特点，而且也是他诗学理论的一个重要观点。赵萝蕤先生称叶公超先生《再论艾略特的诗》一文是一篇"十分精彩的'序'"⑥。笔者认为，这篇文章又是一篇见地很深的艾略特诗歌与诗学评论文章，是一篇名副其实的"再论艾略特的诗"，十分难得！赵萝蕤先生为叶公超先生对艾略特的影响做出以下判断而感到惊叹："他的影响之大竟令人感觉，也许将来他的诗本身的价值还不及他的影响的价值呢。"并且认为"这个判断越来越被证明是非常正确的"⑦。

  叶公超先生认为，艾略特的诗歌和他的诗学理论"是可以相互印证的"。"他是一个有明确主张，有规定公式的诗人，而且他的主张与公式

---

  ① 叶公超：《爱略特的诗》，载陈子善编《叶公超批评文集》，珠海出版社 1998 年版，第 112 页。
  ② 参见叶公超《爱略特的诗》，载陈子善编《叶公超批评文集》，珠海出版社 1998 年版。
  ③ 叶公超：《爱略特的诗》，载陈子善编《叶公超批评文集》，珠海出版社 1998 年版，第 122 页。
  ④ 董洪川：《艾略特诗歌研究》，载章燕、赵桂莲主编《新中国 60 年外国文学研究》第一卷上《外国诗歌与戏剧研究》，北京大学出版社 2015 年版，第 187 页。
  ⑤ 董洪川：《艾略特诗歌研究》，载章燕、赵桂莲主编《新中国 60 年外国文学研究》第一卷上《外国诗歌与戏剧研究》，北京大学出版社 2015 年版，第 272 页。
  ⑥ 赵萝蕤：《怀念叶公超老师》，载陈子善编《叶公超批评文集》（代序），珠海出版社 1998 年版，第 3 页。参见赵萝蕤著《我的读书生涯》，北京大学出版社 1996 年版，第 240 页。
  ⑦ 赵萝蕤：《怀念叶公超老师》，载陈子善编《叶公超批评文集》（代序），珠海出版社 1998 年版，第 2 页。

确然是运用到他自己的诗里的。"① 纵观美国诗歌历史,许多现当代美国著名诗人似乎都有同样的想法,把自己的诗歌创作与诗学理论观点用文论的形式总结并记录下来,以启迪和指导自己或者后人的诗歌创作和诗学理论研究。比如,19 世纪美国浪漫主义诗人惠特曼当推这种做法的先行者和最成功的代表。1855 年,他把自己终生追求和讴歌的美国式民主思想及抒情性与史诗性兼容并蓄的诗学思想写进了著名的《草叶集·序》("Preface to *Leaves of Grass*") 之中;埃德加·艾伦·坡 (Edgar Allan Poe,1809—1849 年) 的《创作哲学》("The Philosophy of Composition", 1846 年) 和《诗歌原理》("The Poetic Principle", 1850 年) 体现了他"纯艺术"的文学价值观主张;20 世纪的罗伯特·弗罗斯特 (Robert Frost,1874—1963 年) 的《一首诗的行迹》("The Figure A Poem Makes", 1939 年) 和《永恒的象征》("The Constant Symbol", 1946 年) 反映了爱默生超验主义思想对他诗歌创作的影响;埃兹拉·庞德把他早期关于意象主义诗学思想写进了《几条戒律》("A Few Don'ts", 1913 年) 和《一个回顾》("A Retrospect", 1918 年);威廉斯 (William Carlos Williams,1883—1963 年) 以他独特的自传形式在他的《自传》(*The Autobiography of William Carlos Williams*, 1948 年) 中表达了他关于"地方性是唯一的世界性"② 等诗学主张;奥尔森 (Charles Olson, 1910—1970 年) 的《投射诗》("Projective Verse", 1950 年) 和《人类宇宙》("The Human Universe", 1951 年) 催生了他后现代主义抒情史诗《马克西姆斯诗篇》(*The Maximus Poems*, 1960—1975 年) 的创作;等等。然而,要在诗歌创作和诗学理论建构两个方面都能够登峰造极,真正做到"为诗坛重开一条生路"③ 的现代主义作家,恐怕唯有艾略特才称得上名副其实。虽然 19 世纪美国超验主义大师爱默生先后发表过《自然》(*Nature*, 1836 年)、《诗人》("The Poet", 1844 年) 等多篇影响美国诗歌与诗学理论发展的

---

① 叶公超:《再论爱略特的诗》,载陈子善编《叶公超批评文集》,珠海出版社 1998 年版,第 121—122 页。

② William Carlos Williams, *The Autobiography of William Carlos Williams*, New York: A New Directions Book, 1948, p. 391.

③ 叶公超:《爱略特的诗》,载陈子善编《叶公超批评文集》,珠海出版社 1998 年版,第 120 页。

重要诗论文章，但是现在看来，爱默生在诗歌创作方面的影响仍然不及同时代的惠特曼、狄金森（Emily Dickinson，1830—1886年）甚至艾伦·坡；他也无法与20世纪美国现代主义和后现代主义诗坛巨人艾略特、庞德、奥尔森等人媲美。如果说爱默生以其超验主义诗学理论奠定了美国诗歌创作与诗学理论发展的基础[①]，那么，艾略特则是不仅因为他的《J. 阿尔弗莱德·普鲁弗洛克情歌》《荒原》《四个四重奏》等著名诗篇集中体现了第一次世界大战后西方一代青年人精神幻灭的"时代精神"[②]而奠定了他在现代英美诗坛上"开一代诗风"[③]的先驱地位，而且还以《传统与个人才能》、《玄学派诗人》、《但丁》（"Dante"，1929年）、《德莱顿》（"John Dryden"，1921年）、《哈姆雷特》（"Hamlet"，1919年）等著名文学批评理论文章把整个20世纪西方文学批评史改写成了一个"艾略特时代"[④]，使他自己成为"一位改变了他那一代人表现方式的'天才人物'"[⑤]。

  叶公超先生在《再论爱略特的诗》一文中说，"他［艾略特］认为诗人的本领在于点化观念为感觉和改变观察为境界"，即所谓"置观念于意象之中"。[⑥] 在叶公超先生看来，艾略特的目的是"要把古今的知觉和情绪溶混为一，要使从荷马以来欧洲整个的文学及各个作家本国整个的文学（此当指西方人而言）有一个同时的存在，组成一个同时的局面"[⑦]。那么，艾略特是怎样做到"置观念于意象之中"的呢？他又是如何在自己的诗歌创作中"点化观念为感觉和改变观察为境界"的

---

  ① 参见黄宗英《爱默生与美国诗歌传统》，《北京联合大学学报》（人文社会科学版）2010年第3期。
  ② 赵萝蕤：《〈荒原〉浅说》，《我的读书生涯》，北京大学出版社1996年版，第19页。
  ③ 裘小龙：《开一代诗风》，《四个四重奏》（译本前言），漓江出版社1985年版，第1页。
  ④ 李赋宁："托·斯·艾略特是20世纪西方最有影响的诗人和文学批评家之一。有些西方文学史甚至把20世纪称作'艾略特时代'（the Age of T. S. Eliot）。"李赋宁：《译者序言》，《艾略特文学论文集》，百花洲文艺出版社1994年版，第1页。
  ⑤ 陆建德：《导言》，载陆建德主编《荒原：艾略特文集·诗歌》，上海译文出版社2012年版，第1页。
  ⑥ 叶公超：《再论爱略特的诗》，载陈子善编《叶公超批评文集》，珠海出版社1998年版，第122页。
  ⑦ 叶公超：《再论爱略特的诗》，载陈子善编《叶公超批评文集》，珠海出版社1998年版，第122页。

呢？笔者认为，叶公超先生在这篇文章中着重讨论了艾略特诗歌创作方面的两个特点。第一，艾略特"主张用典、用事，以古代的事和眼前的事错杂着、对较着"。艾略特主张在诗歌创作中用一种典型的貌似简单的动作或者情节来暗示较为深邃的"情感意态"，实际上就是艾略特所谓的"客观的关联物"（objective correlative）[①]。第二，艾略特主张诗人应该使用隐喻性的诗歌语言。"因为诗的文字是隐喻的（metaphysical）、紧张的（intensified），不是平铺直叙的、解释的，所以它必然要凝缩，要格外的锋利。"[②] 实际上，这两种主张均可以落脚到艾略特最常用的诗歌创作技巧"玄学奇喻"（metaphysical conceit）之上。叶公超先生把它归纳为"英国17世纪玄理派与法国19世纪象征派运用比较的技术，就是用两种性质极端相反的东西或者印象来对较，使它们相形之下益加明显；这种对较的功用是要产生一种惊奇的反应，打破我们习惯上的知觉，使我们从惊奇而转移到新的觉悟上。两样东西在通常的观察者看来似乎是毫不相干的，但在诗人的意识中却有异样的、猝然的联想或关系"[③]。换言之，这种"玄学奇喻"指"诗人在诗歌创作中能够把一些貌似毫不相干的、根本就不可能的比喻变成人们能够心动接受的美丽诗篇的能力"[④]。

叶公超先生认为，"艾略特之主张用典与用旧句和中国宋人夺胎换骨之说颇有相似之点。《冷斋夜话》云：'山谷言，诗意无穷，而人才有限。以有限之才追无穷之意，虽渊明少陵不得工也。不易其意，而造其语，谓

[①] 1934年，叶公超先生在《爱略特的诗》一文中将"objective correlative"翻译为"一种物界的关联东西"（见陈子善编《叶公超批评文集》，珠海出版社1998年版，第118页）；1937年，在《再论爱略特的诗》一文中，叶公超先生将"objective correlative"改译为"客观的关联物"。在《哈姆雷特》（1919年）一文中，艾略特写道："用艺术形式表现情感的唯一方法是寻找一个'客观对应物'；换句话说，是用一系列实物、场景，一连串事件来表现某种特定的情感，要做到最终形式必然是感觉经验的外部事实一旦出现，便能立刻唤起那种情感。"（王恩衷译，见陆建德主编《传统与个人才能：艾略特文集·论文》，上海译文出版社2012年版，第180页）

[②] 叶公超：《再论爱略特的诗》，载陈子善编《叶公超批评文集》，珠海出版社1998年版，第122页。

[③] 叶公超：《再论爱略特的诗》，载陈子善编《叶公超批评文集》，珠海出版社1998年版，第122页。

[④] 黄宗英：《"晦涩正是他的精神"：赵萝蕤汉译〈荒原〉直译法互文性艺术管窥》，《北京联合大学学报》（人文社会科学版）2019年第3期。

之换骨法。规摹其意而形容之，谓之夺胎法'"①。所谓"换骨"原为道教用语，意为"服食仙酒、金丹等使人化骨升"；在佛教语境中，"换骨"的意思是"得道受果"；在文学创作中，"换骨"又被用来比喻诗人在诗歌创作中善于"活用古意，推陈出新"，比如，南宋诗论家、词人葛立方在其《韵语阳秋》卷二中说："诗家有换骨法，谓用古人意而点化之。"②同样，成语"夺胎换骨"原本在道教语境中的意思是"脱去凡胎俗骨而换为圣胎仙骨"，后来被用以比喻"师法前人而不露痕迹，并能创新"，比如，宋人陈善在《扪虱新话》中曾经说："文章虽不要蹈袭古人一言一句，然古人自有夺胎换骨等法，所谓灵丹一粒，点铁成金也。"③那么，叶公超先生在这篇文章中所引用的北宋僧人诗人慧洪在其《冷斋夜话》的这段话又作何理解呢？笔者认为，照慧洪诗人的说法，"换骨法"，即"不易其意，而造其语"，意思就是活用古意，推陈出新，而"夺胎法"，即"规摹其意而形容之"，指用不同的形式去模仿古人的原意。我们知道，这位俗称"浪子和尚"的诗人慧洪，一生遭遇坎坷，但他处之泰然；在诗歌创作上，他力主自然而有文采，其诗雄健俊伟、辞意洒落、气韵秀拔。笔者认为，慧洪诗人此处所谓"山谷言，诗意无穷，而人才有限"指大自然的诗意是难以穷尽，然而诗人的才能却是有限的。那么，"以有限之才追无穷之意，虽渊明少陵不得工也"的意思就是说，假如要以人类有限的才能去挖掘大自然无限的诗意，这种宏愿即便是陶渊明、杜甫（少陵）这样的天才诗人也未必能够如愿以偿。19 世纪美国超验主义思想家、浪漫主义诗人爱默生在其《自然》一文中也有过类似的表述："大自然从不表现出它丑陋的外貌。最聪明的人也无法穷尽大自然之奥妙，或者因为发现大自然所有的完美而对它失去好奇。"④ 因此，对现代诗人而言，"夺

---

① 叶公超：《再论爱略特的诗》，载陈子善编《叶公超批评文集》，珠海出版社 1998 年版，第 125 页。慧洪的诗论《冷斋夜话》10 卷，多引苏轼、黄庭坚等人论点，也屡被胡仔《苕溪渔隐丛话》引用。

② 罗竹风主编：《汉语大词典》（简编）（上），汉语大词典出版社 1998 年版，第 936 页。南宋诗论家、词人葛立方"博极群书，以文章名一世"（沈洵《韵语阳秋序》）。《韵语阳秋》20 卷，又名《葛立方诗话》，主要是评论自汉魏至宋代诸家诗歌创作意旨之是非。

③ 罗竹风主编：《汉语大词典》（简编）（上），汉语大词典出版社 1998 年版，第 1149 页。

④ ［美］爱默生：《自然》，载黄宗英著《爱默生与美国诗歌传统》，高等教育出版社 2018 年版，第 350 页。

胎换骨"仍然不失其艺术魅力,现代诗人应该学会利用古人的智慧,使自己能够"脱去凡胎俗骨而换为圣胎仙骨",并且在此基础上能够推陈出新,真正做到"师法前人而不露痕迹,并能创新"。

首先,叶公超先生认为,慧洪诗人的这段话与艾略特关于传统的理论"很可以互相补充"。叶公超先生此处的"互相补充"真可谓独具慧眼、耐人寻味,值得我们细细思考和深入研究。在叶公超先生看来,艾略特《传统与个人才能》中所论述的"历史意识"(historical sense)"就是要使以往的传统文化能在我们各个人的思想与感觉中活着,所以他主张我们引用旧句,利用古人现成的工具来补充我们个人的不足"①。在艾略特看来,所谓"传统"指"从荷马开始的全部欧洲文学,以及在这个大范围中他[每个诗人]自己国家的全部文学"所构成的"一个同时存在的体系"②,而"个人才能"则指任何一位具体的活着的诗人。那么,作为一个个具体的活着的诗人,他不仅需要对他自己一代人的文学了如指掌,而且需要能够感觉得到由"全部欧洲文学"和"他自己国家的全部文学"所构成的这个完整的和同时存在的体系,因为他"只能在这个现存的完整的文学统一体的基础上进行新的创作"③。可见,"个人才能"并不是一种消极的力量。艾略特说:"在新作品来临之前,现有的体系是完整的。但当新鲜事物介入之后,体系若还要存在下去,那么整个的现有的体系必须有所修改,尽管修改是微乎其微的。"④换言之,每一位诗人都是在为前人已经积累起来的这个现存的完整的文学统一体添砖加瓦。尽管每个诗人个人的添砖加瓦可能是"微乎其微",但是它将对这个现存的完整的文学体系进行"修改"。因此,艾略特认为"在同样程度上,过去决定现在,

---

① 叶公超:《再论爱略特的诗》,载陈子善编《叶公超批评文集》,珠海出版社1998年版,第125页。
② [英]托·斯·艾略特:《传统与个人才能》,李赋宁译,载《艾略特文学论文集》,百花洲文艺出版社1994年版,第2页。
③ 黄宗英:《"晦涩正是他的精神":赵萝蕤汉译〈荒原〉直译法互文性艺术管窥》,《北京联合大学学报》(人文社会科学版)2019年第3期。
④ [英]托·斯·艾略特:《传统与个人才能》,李赋宁译,载《艾略特文学论文集》,百花洲文艺出版社1994年版,第3页。

[而]现在也会修改过去"①。艾略特的这一观点告诉我们:"过去存在于现在之中,即以往所有的创作都存在于现存的这个完整的统一体之中,而现在又推陈出新,即现存的这个统一体又是一个不断变化的体系,它将不断地催生其自身终将成为过去的新的创作。"② 那么,对现代诗人而言,"夺胎换骨"又意味着什么呢?如何才能做到"师法前人而不露痕迹,并能创新"呢?艾略特认为,传统并非"只是跟随我们前一代人的步伐,盲目地或胆怯地遵循他们的成功诀窍……传统是一个具有广阔意义的东西。传统并不能继承。假如你需要它,你必须通过艰苦劳动来获得它"③。众所周知,艺术的成长是个漫长而又复杂的过程,涓涓细流往往消失在沙砾之中,而只有标新立异才能胜过老生常谈。艺术家们要想标新立异,就必须通过更加艰辛的劳动,他们不仅需要了解"全部欧洲文学"和"他自己国家的全部文学",还需对他自己一代人的文学了如指掌,才能获得那种蕴含着过去的过去性和过去的现在性的"历史意识",以及一种蕴含着传统的创新。由此可见,"一位成熟的艺术家在其创作过程中就会自觉地牺牲自我和消灭个性"④,才能真正做到"师法前人而不露痕迹",把推陈出新的艺术理想建立在脱离个性、消灭个性的"历史意识"之中。

其次,在《再论爱略特的诗》一文的结尾部分,叶公超先生引用了艾略特《菲利普·马辛杰》("Philip Massinger",1920年)一文中的一段名言:"未成熟的诗人模仿;成熟的诗人剽窃;手低的诗人遮盖他所抄袭的,真正高明的诗人用人家的东西来改造成更好的东西,或者至少不同的东西。高明的诗人把他们所窃取的熔化于一种单独的感觉中,与它脱胎的原物完全不同;手低的诗人把它(他所窃取的)投入一团没有粘贴力的东西里。一个高明的诗人往往会从悠远的,另一文字的,或兴趣不同的作

---

① [英]托·斯·艾略特:《传统与个人才能》,李赋宁译,载《艾略特文学论文集》,百花洲文艺出版社1994年版,第3页。
② 黄宗英:《"晦涩正是他的精神":赵萝蕤汉译〈荒原〉直译法互文性艺术管窥》,《北京联合大学学报》(人文社会科学版)2019年第3期。
③ [英]托·斯·艾略特:《传统与个人才能》,李赋宁译,载《艾略特文学论文集》,百花洲文艺出版社1994年版,第2页。
④ 黄宗英:《"晦涩正是他的精神":赵萝蕤汉译〈荒原〉直译法互文性艺术管窥》,《北京联合大学学报》(人文社会科学版)2019年第3期。

家们截取。"① 艾略特的这段文字对我们来说并不陌生，爱默生在《莎士比亚，或者诗人》（"Shakespeare, or a Poet", 1850 年）一文的开篇就说过："伟人之所以出类拔萃，不是因为他们富有创新精神，而是因为他们视野开阔，且运筹帷幄……英雄能够把目光适当地放得更远一些，把手臂伸得更长一些。最伟大的天才就是最受惠于他人的人。"② 爱默生之所以选择莎士比亚作为诗人的代表是因为他"有一颗与他的时代和国家气脉相应的心"③。虽然莎士比亚的剧作几乎都不是他的原创作品，但是莎士比亚"善于利用他所能发现的一切素材"④。他四处借鉴前人的剧作，因为他"知道传统较之任何原创能够提供更好的虚构故事"。他就近取材，因为"他知道真正宝石的光彩，而且不论在什么地方发现，他都把它放在显赫的地方"⑤。可见，艾略特所强调的融传统与个人才能于一体的"历史意识"与爱默生所强调的诗人应该拥有的那颗"与他的时代和国家气脉相应的心"是一脉相承的。不仅如此，叶公超先生还认为，艾略特的"这几句话假使译成诗话式的文言很可以冒充北宋的论调"，因为唐宋诗人的诗句"有用古人句律而不用其原句意义"的例子，比如，北宋诗人苏轼就曾经把唐代诗人李涉《题鹤林寺僧舍》中的诗句"因过竹院逢僧话，偷得浮生半日闲"化为"殷勤昨夜三更雨，又得浮生一日凉"；再比如，黄庭坚也曾经把杜甫《梦李白》中的诗句"落月满屋梁，犹疑照颜色"化为"落日映江波，依稀比颜色"。

最后，为了印证艾略特式的"夺胎换骨"法，叶公超先生列举了艾略

---

① 叶公超：《再论爱略特的诗》，载陈子善编《叶公超批评文集》，珠海出版社 1998 年版，第 125—126 页。这段引文的英文原文参见 T. S. Eliot., *Selected Essays*, London: Faber and Faber, 1932, p. 206.
② [美] 爱默生：《莎士比亚，或者诗人》，载黄宗英著《爱默生与美国诗歌传统》，高等教育出版社 2018 年版，第 403 页。
③ [美] 爱默生：《莎士比亚，或者诗人》，载黄宗英著《爱默生与美国诗歌传统》，高等教育出版社 2018 年版，第 415 页。
④ "根据马隆的计算，莎士比亚《亨利六世上、中、下篇》三部诗剧一个有'6043 行，其中 1771 行是莎士比亚之前某位作家所写的，2373 行是莎士比亚根据前人的剧作改写的，1899 行是莎士比亚的原创作品'。"[美] 爱默生：《莎士比亚，或者诗人》，载黄宗英著《爱默生与美国诗歌传统》，高等教育出版社 2018 年版，第 406 页。
⑤ [美] 爱默生：《莎士比亚，或者诗人》，载黄宗英著《爱默生与美国诗歌传统》，高等教育出版社 2018 年版，第 406 页。

特《荒原》中影射 17 世纪英国玄学派诗人马韦尔（Andrew Marvell，1621—1678 年）笔下的两行著名诗句。叶先生认为《荒原》第三章《火诫》（The Fire Sermon）中的第 185—186 行"可是在我身后的冷风里我听见/白骨碰白骨的声音，嚜笑从耳旁传开去"①是艾略特"翻造"马韦尔《致他的娇羞的女友》（"To His Coy Mistress"）一诗中的第 21—22 行："但是在我背后我总听到/时间的战车插翅飞奔，逼近了。"② 不仅如此，叶公超先生认为，虽然艾略特的翻造诗行与马韦尔原本诗句的"音乐相似"，但是"内容已经不同了"。③ 众所周知，马韦尔《致他的娇羞的女友》一诗的主题是一个古老而又常见的主题，叫"及时行乐"，也就是古罗马诗人贺拉斯（Horace, 65-8BC）的"carpe diem"（抓住今天）④，英文解释为"seize the day"，尤指抒情诗中及时行乐的主题。诗评家们常举我国唐人绝句加以印证："劝君莫惜金缕衣，劝君惜取少年时。花开堪折只须折，莫待无花空折枝。"⑤ 在英国诗歌史上，比马韦尔略早点的英国诗人赫里克（Robert Herrick, 1591—1674 年）也有过"好花堪摘须及时"（Gather ye rosebuds while ye may）的名句。⑥ 然而，马韦尔可谓把 17 世纪英国玄学派诗人惯用的"玄学奇喻"用到了极致。在《致他的娇羞的女友》这首诗歌中，从逻辑结构、情节高潮、主题呈现，直到每个意象的选择与展开等各个方面，诗人马韦尔都倾注了他的心血，他不仅引古据今，推陈出新，而且其笔下的"玄学奇喻"更加惊妙，使之堪称"玄学派爱情诗的顶峰"⑦：

---

① 赵萝蕤译：《荒原》，载黄宗英编《赵萝蕤汉译〈荒原〉手稿》，高等教育出版社 2013 年版，第 67 页。
② ［英］马韦尔：《致他的娇羞的女友》，杨周翰译，载王佐良编《英国诗选》，上海译文出版社 1988 年版，第 133 页。英文原文参见黄宗英编《英美诗歌名篇选读》，高等教育出版社 2014 年版，第 144 页。
③ 叶公超：《再论爱略特的诗》，载陈子善编《叶公超批评文集》，珠海出版社 1998 年版，第 126 页。
④ 杨周翰：《马伏尔的诗两首》，载杨周翰著《十七世纪英国文学》，北京大学出版社 1985 年版，第 159 页。
⑤ （唐）杜秋娘：《金缕衣》，《唐诗三百首》，湖北人民出版社 1993 年版，第 174 页。
⑥ 赫里克的原诗题目为"To the Virgins, to Make Much of Time"（《致少女们，充分利用时间》）。英文原文参见黄宗英编《英美诗歌名篇选读》，高等教育出版社 2014 年版，第 121 页。
⑦ 杨周翰：《马伏尔的诗两首》，《十七世纪英国文学》，北京大学出版社 1985 年版，第 157 页。

Had we but world enough, and time,
This coyness, lady, were no crime.
We would sit down and think which way
To walk, and pass our long love's day;
…

But at my back I always hear   21
Time's winged chariot hurrying near;
And yonder all before us lie
Deserts of vast eternity.
…

Now therefore, while the youthful hue
Sits on thy skin like morning dew,
And while thy willing soul transpires   35
At every pore with instant fires,
Now let us sport us while we may.
…

Let us roll all our strength, and all
Our sweetness, up into one ball;
And tear our pleasures with rough strife
Through the iron gates of life.
Thus, though we cannot make our sun   45
Stand still, yet we will make him run. ①

杨周翰先生译文：

我们如有足够的天地和时间，
你这娇羞，小姐，就算不得什么罪过。
我们可以坐下来，考虑向哪方
去散步，消磨这漫长的恋爱时光。
……

---

① 黄宗英主编：《英美诗歌名篇选读》，高等教育出版社2014年版，第145—146页。

>   但是在我背后我总听到   21
>   时间的战车插翅飞奔，逼近了；
>   而在那远方，在我们面前，却展现
>   一片永恒沙漠，寥廓、无限。
>   ……
>   因此啊，趁那青春的光彩还留驻
>   在你的玉肤，像那清晨的露珠，
>   趁你的灵魂从你全身的毛孔   35
>   还肯于喷吐热情，像烈火的汹涌，
>   让我们趁此可能的时机戏耍吧，
>   ……
>   让我们把全身的气力，把所有
>   我们的甜蜜的爱情揉成一球
>   通过粗暴的厮打让我们的欢乐
>   从生活的两扇铁门中间扯过。
>   这样，我们虽不能使我们的太阳   45
>   停止不动，却能让它奔忙。①

从形式上看，这首诗分三段：第一段是一个虚拟的假设：如果我们俩不受时空限制，那么你这"娇羞"倒也不算什么罪过，因为我们可以慢慢地等下去，英国诗人坎皮恩（Thomas Campion，1567—1620年）也有过这样的名句："直到'樱桃熟了！'自己都会叫唤"（Till 'Cherry ripe!' themselves do cry)②；第二段是个转折：但是光阴似箭，青春难驻，"在我背后我总听到/时间的战车插翅飞奔"；第三段是结论部分：所以我们应该抓住时机，赶快相爱，"及时行乐"。从结构上看，这首诗歌酷似逻辑学中的三段论（syllogism）：

---

① 杨周翰：《马伏尔的诗两首》，载杨周翰著《十七世纪英国文学》，北京大学出版社1985年版，第155—156页。

② Thomas Campion, "There Is a Garden in Her Face", *The Norton Anthology of Poetry*, 4th ed., Margaret Ferguson, Mary Jo Salter, Jon Stallworthy, eds., New York & London: Norton, 1996, p. 253.

大前提：假如我们有无限的时间（第 1—20 行）
小前提：但是我们没有（第 21—32）
结 论：因此让我们抓住时机（第 33—46 行）

表面上看，诗人似乎在此再现了诗中人与其情人之间一段貌似嬉戏般的戏剧性对话，但实际上蕴含着一个面对死亡的严肃主题，特别是诗中第二段充满着一系列空虚失望、茫然幻灭、卑鄙狼狈、麻木不仁的意象，衬托出一片"寥廓、无限"的"永恒沙漠"："听不到情人歌声的汉白玉寝宫""染指贞操的蛆虫们""化作尘埃的古怪的荣誉""变成一堆灰烬的情欲""无人拥抱的坟墓"，等等。虽然诗人在第一段中描写这位苦恋中的诗中人时，采用了一系列不寻常的夸张意象和一种貌似轻松的口气，使得这首抒情诗开篇的语气显得格外轻快隽雅，然而随着第二段开头的一个"但是"，诗中人的语气突然转变，显得出人意料和格外紧迫，"但是在我背后我总听到/时间的战车插翅飞奔，逼近了"（第 21—22 行）；不仅如此，在第二段的结尾两行（第 31—32 行），诗人又以其非凡的想象力通过异乎寻常的"玄学奇喻"手法把第二段诗中涉及的时间与空间、爱情与死亡的核心意象点化成一个警句格言式的结尾："墓穴不错而又很幽静，/但谁能在那里谈情说爱。"（The grave's a fine and private place,/But none I think do there embrace）[1] 显然，这两行警句格言式的诗歌不仅起到了画龙点睛的作用，导入了诗中严肃的死亡主题，而且也将全诗推向了一个戏剧性的高潮。接着，第三段是全诗的结论，规劝诗中的这对情人抓住时机，及时行乐。既然诗中姑娘那犹如清晨鲜露般的青春容光和她那有情的内心所迸发出的满面羞红都无法长驻，那么就"让我们趁此可能的时机戏耍吧"，在这结尾的第三段中，我们看到了诗人马韦尔淋漓尽致地展示了 17 世纪英国玄学派诗人奇妙的"玄学奇喻"。爱情首先被出人意料地比喻作捕捉小鸟的猛禽（birds of prey）去"吞食"时间，而能够吞噬人的生命的时间又反过来被点化为"张开的巨颚"（slow-chapt），然而在这象征爱

---

[1] 周珏良注释译文，载王佐良、李赋宁等主编《英国文学名篇选注》，商务印书馆 1983 年版，第 258 页。

情的"猛禽"与象征着时间的"巨颚"的博弈中，这对苦恋的恋人必须把双方恋情的力量铸成一个球体（ball）①，才能够冲出铁铸的囚门（iron gates），让爱情最终战胜时间和死亡。因此，纵观全诗，第二段开头表示转折的连词"但是"是全诗叙事逻辑结构上的一个转折点。诗人在此突然间把第一段中那种虚拟假设和貌似轻松的夸张语气转变为第二段中那一幅幅严肃认真甚至是令人毛骨悚然的意象，并且借此把死亡这个严肃的主题导入了这首爱情诗，让诗中的情致从虚拟的夸张变成对战胜时间和死亡的严肃聚焦。"时间"被拟人化为一位古代驾驭战车插翅飞奔的勇士，从诗中人的背后追赶着这对正在苦恋之中的恋人，仿佛在迫令诗中这位"娇羞的女友"不要继续羞羞答答，而应该"抓住时机"，"及时行乐"！因此，诗人最后说：爱情"虽不能使我们的太阳／停止不动，却能让它奔忙"。换言之，诗中的恋人不但没有被时间所"吞食"，而且反过来能够让象征着时间的太阳为他们"奔忙"②！诗境至此，读者意识到的时间已经不是那要吞噬人的"张开的巨颚"，一种令人恐惧的力量，而是"一种迫令人行动的殷切催促"（an insistent urgency to action）③，一种正的能量！

然而，艾略特在《荒原》第三章《火的教训》中似乎再现了另外一种情致。诗中人究竟从他"身后的冷风"里又听到了什么呢？

> But at my back in a cold blast I hear   185
> The rattle of the bones, and chuckle spread from ear to ear④

可是在我身后的冷风里我听见   185

---

① 此处，诗人马韦尔把恋爱双方恋情的力量比喻成一个球体当推17世纪玄学派诗人使用"奇喻"手法的一个典型例子，因为同样体积的东西以球体占面积最小，速度最快，力量也最大；此外，球体成圆形，象征着事物的圆满、爱情的美满。
② 黄宗英主编：《英美诗歌名篇选读》，高等教育出版社2014年版，第148—149页。
③ Cleanth Brooks & Robert Penn Warren, "Eliot: 'The Waste Land", *Understanding Poetry*, New York: Henry Holt and Company, 1938, p. 654. 译文引文见查良铮译《T. S. 艾略特的〈荒原〉》，载《英国现代诗选》，湖南人民出版社1985年版，第75页。
④ T. S. Eliot, *The Complete Poems and Plays 1909–1950*, New York: Harcourt, Brace & World, 1971, p. 42.

白骨碰白骨的声音，憨笑从耳旁传开去①

显然，马韦尔笔下那种纯真热烈、惊天动地的爱情力量已经毫无踪影。人们已经听不见也看不到马韦尔诗中那辆"插翅飞奔"的"时间战车"，已经感受不到那种"迫令人行动的殷切催促"，取而代之的是诗中人"身后的冷风""白骨碰白骨的声音""从耳旁传开去［的憨笑］"……第一，对艾略特《荒原》上刮起的那一阵"身后的冷风"（at my back in a cold blast），赵萝蕤先生 1937 年原译为"在我身后的冷风里"②；查良铮先生翻译成"在我背后的风中"③；赵毅衡先生翻译成"在我背后，冷风骤起"④；裘小龙先生翻译成"在我背后，一阵冷风"⑤；叶维廉先生翻译成"从我背后的一阵冷风里"⑥；汤永宽先生翻译成"在我背后，在一阵冷风中"⑦。除了查良铮先生把"a cold blast"一词译成"风"，其他几位译者都保留了赵萝蕤先生的原译"冷风"。那么，原文中的英文单词"blast"一词究竟是什么意思呢？《梅里安—韦伯斯特大学词典》（Merriam-Webster's Collegiate Dictionary）给"blast"一词的第一种解释是"a violent gust of wind"⑧；陆谷孙先生主编的《英汉大词典》给出的第一种解释是"一阵（疾风等），一股（强劲的气流）；狂风、暴风"⑨。所谓"疾风"在气象学上一般指 7 级风，可谓猛烈的风、狂风、暴风，那么，赵萝蕤先生为什么没有把"a cold blast"直接翻译成"一阵寒风"，或者"寒冷的狂风""寒冷的暴风"呢？为

---

① 赵萝蕤译：《荒原》，载黄宗英编《赵萝蕤汉译〈荒原〉手稿》，高等教育出版社 2013 年版，第 67 页。
② 赵萝蕤译：《荒原》，载黄宗英编《赵萝蕤汉译〈荒原〉手稿》，高等教育出版社 2013 年版，第 67 页。赵萝蕤先生在 1980 年《外国文艺》（双月刊）第 3 期上的译本中没有改动。
③ 查良铮译：《英国现代诗选》，湖南人民出版社 1985 年版，第 54 页。
④ 赵毅衡编译：《美国现代诗选》，外国文学出版社 1985 年版，第 205 页。
⑤ 裘小龙译：《四个四重奏》，漓江出版社 1985 年版，第 81 页。
⑥ 叶维廉译：《众树歌唱：欧美现代诗 100 首》，人民文学出版社 2009 年版，第 88 页。
⑦ 汤永宽译：《荒原》，载陆建德主编《荒原：艾略特文集·诗歌》，上海译文出版社 2012 年版，第 89 页。
⑧ Frederick C. Mish ed., *Merriam-Webster's Collegiate Dictionary*, 11th ed., Springfield (Mass): Merriam-Webster, Incorporated, 2005, p.130.
⑨ 陆谷孙主编：《英汉大词典》，上海译文出版社 2007 年版，第 190 页。

什么赵萝蕤先生把它译成"冷风"呢?在现代汉语中,我们听说过乘人不备暗中射出的"冷箭",或者乘人不备而进行的零星射击叫作"冷枪",而且如果我们说"吹冷风"或者"刮冷风",那意思多半是比喻"背地里散布的消极言论"(spread rumor or gossip)①。笔者认为,首先,赵萝蕤先生的这种译法是考虑到译文能够尽可能地保留艾略特原文中引古据今的艺术效果,让马韦尔笔下那辆"插翅飞奔"的时间战车去驱散从艾略特笔下那位诗中人身后吹来的阵阵"冷风"和那笼罩在艾略特现代荒原上"白骨碰白骨的声音"及那"从耳旁传开去〔的嘤笑〕";其次,是赵萝蕤先生坚持她的文学翻译直译法。假如我们将赵萝蕤先生的这句译文"可是在我身后的冷风里我听见"与艾略特《荒原》第185行的原文"But at my back in a cold blast I hear"进行对比,我们就会发现赵萝蕤先生的译文,除了将原文中的两个介词短语合译成一个偏正结构以外,真可谓她所提倡的"用准确的同义词一个单位一个单位地顺序译下去"②的又一个典型范例。虽然"吹冷风"或者"刮冷风"在现代汉语中经常喻指背地里的流言蜚语,但是赵萝蕤先生在原作引古据今这一特定情景中从诗中人身后吹来的这一阵"冷风"似乎仍然不失其直译法所带来的直截了当的艺术魅力。

第二,根据索瑟姆教授的注释,首先,索瑟姆提醒我们将《荒原》第185行与马韦尔《致他的娇羞的女友》的开篇第1行进行比较:"Had we but world enough, and time"(我们如有足够的天地和时间)。我们知道,马韦尔笔下的诗中人实际上是在以虚拟的语气设法说服他"娇羞的女友",换言之,只有当他们恋爱可以无休止地继续下去,那么他女友对他的求爱继续羞羞答答才不算罪过。③显然,艾略特《荒原》第185行是对马韦尔这首诗开篇第1行的影射。其次,索瑟姆认为,"blast"一词在《圣经》中经常带有惩罚意思(biblical blasts of punish-

---

① 中国社会科学院语言研究所词典编辑室编:《汉英双解现代汉语词典》(2002年增补本),外语教学与研究出版社2002年版,第1172页。

② 赵萝蕤:《我是怎么翻译文学作品的》,《我的读书生涯》,北京大学出版社1996年版,第185页。

③ 参见 B. C. Southam, *A Guide to The Selected Poems of T. S. Eliot*, 6th ed., San Diego, New York, London: Harcourt Brace & Company, 1994。

ment)①，比如，在钦定本《圣经·旧约》的《以赛亚书》第 37 章第 6—7 节中，先知以赛亚对希西家王的臣仆们（servants of King Hezekiah）说：

> 以赛亚对他们说："要这样对你们的主人说，耶和华如此说：'你听见亚述王的仆人亵渎我的话，不要惧怕。我必惊动（原文作"使灵进入"）他的心，他要听见风声就归回本地，我必使他在那里倒在刀下。'"②

以赛亚是希西家王时期的一位先知。当时亚述王（King of Assyria）扬言要灭犹大（Judah）的希西家王，并且派人给犹大人送去一封信，要求他们放弃希西家王并且向亚述王投降，然而希西家王却得到了先知以赛亚的鼓励和帮助。先知以赛亚借着耶和华的话，安慰希西家王的臣仆们，让他们不仅不要惧怕"亚述王的仆人亵渎我［耶和华］的话"，而且还告诉他们耶和华"必惊动他［亚述王］的心"，换言之，耶和华必"使灵进入"亚述王的心，并且让亚述王收到一封来自亚述的信，要求他立刻回去，这样耶和华能够在亚述自己的领地置他于死地。有意思的是，"我必惊动（原文作'使灵进入'）他的心"，这一句在钦定本《圣经·旧约》中的英文是"Behold, I will send a blast upon him"③，而在英语标准版《圣经·旧约》中，这一句的英文为"Behold, I will put a spirit in him"④。可见，此处上帝的灵（spirit）似乎真像一阵猛烈的风，不仅"惊动［了］他［亚述王］的心"，而且给亚述王及他"率领的大军"（《以赛亚书》36：

---

① 参见 B. C. Southam, *A Guide to The Selected Poems of T. S. Eliot*, 6th ed., San Diego, New York, London: Harcourt Brace & Company, 1994。《圣经》引文见 Herbert Marks ed., *The English Bible* (KJV), Vol. I, OT., New York & London: Morton, 2012, pp. 1255–1256.

② B. C. Southam, *A Guide to The Selected Poems of T. S. Eliot*, 6th ed., San Diego, New York, London: Harcourt Brace & Company, 1994, p. 50. 索瑟姆的注释中只引用了前半句："Behold, I will send a blast upon him."其余引文是笔者加上的，译文参见《圣经·旧约》（中英对照·和合本·新国际版），香港：国际圣经协会 1998 年版，第 1166 页。

③ Herbert Marks ed., *The English Bible* (KJV), Vol. I, OT., New York & London: Morton, 2012, pp. 1255–1256.

④ Wayne Grudem, General ed., *ESV Study Bible*, Wheaton (Illinois): Crossway, 2008, p. 1304.

2)带来了灭顶之灾(《以赛亚书》37:36,38)。除此之外,笔者认为,从诗歌音韵效果上分析,在第 185 行"But at my back in a cold blast I hear"中,艾略特一连使用了三个强劲的押头韵的爆破音"b"及两个急促响亮的元音"ʌ""æ"和两个洪亮悠远的元音"əu""a:",不仅增强了一种突如其来的感觉,而且让读者似乎听到了身后一阵狂风骤起的音韵拟声艺术效果,大大提高了诗歌的感染力。这么看来,艾略特《荒原》里吹出的这一阵狂风,不仅让读者感受到了诗人笔下一种艺术拟声和头韵爆破的猛烈,而且还真是叫人从译者笔下这阵"身后的冷风"中感觉到了一种毛骨悚然的情致!

第二节 "奇峰突起"

关于艾略特诗歌创作的技巧特色,赵萝蕤先生认为有两点特别突出:其一,"最触目的是他的用典"①;其二,"是由紧张的对衬而达到的非常尖锐的讽刺的意义"②。然而,艾略特诗歌创作技巧的这两大特点实际上都与他的用典有关,都是他关于"历史意识"思想理论在诗歌创作中的具体实践。叶公超先生把它归结为我国宋代诗人常用的"夺胎换骨"诗歌创作手法,并且与唐宋诗人的诗歌与诗学理论进行了比较。但是,在赵萝蕤先生看来,艾略特的"引古据今与[宋人的]夺胎换骨略有一点重要的不同"③:

> 宋人之假借别人佳句慧境,与本诗混而为一,假借得好,几可乱真,因为在形式情绪上都已融为一体,辨不出借与不借;而艾略特的用典,乃是把某人或某事整个引进,奇峰突起,巉崖果存,而且是另一种语言、另一种情绪,和夺胎换骨的天衣无缝并不相同。④

赵萝蕤先生的这一发现进一步说明了艾略特用典的艺术特色。我国宋人所谓"夺胎换骨"强调活用古意,推陈出新,而且因其原本是道教用语,

---

① 赵萝蕤:《艾略特与〈荒原〉》,《我的读书生涯》,北京大学出版社 1996 年版,第 13 页。
② 赵萝蕤:《艾略特与〈荒原〉》,《我的读书生涯》,北京大学出版社 1996 年版,第 14 页。
③ 赵萝蕤:《艾略特与〈荒原〉》,《我的读书生涯》,北京大学出版社 1996 年版,第 13 页。
④ 赵萝蕤:《艾略特与〈荒原〉》,《我的读书生涯》,北京大学出版社 1996 年版,第 13 页。

它蕴含着"脱去凡胎俗骨而换为圣胎仙骨"的意思,后来引申为诗文创作中的"师法前人而不露痕迹",因此强调天衣无缝的用典艺术效果。然而,艾略特的用典方法的确不同,他似乎是有意让多种语言文字及其文学经典在他的诗歌中同时存在,造成一种在诗歌呈现形式上"左冲右突,东西纵横的气势",以体现他所谓"包含着极大的多样性和复杂性"的"文化体系"。[1] 也就是说,这种现代文化的多样性和复杂性不仅能够让现代诗人"变得越来越无所不包,越来越隐晦,越来越间接",而且为了更加直观地表达意义,这种多样性和复杂性往往能够"迫使语言就范,必要时甚至打乱语言的正常秩序"[2]。在艾略特看来,首先,现代诗歌必须增强它的客观性,必须让读者能够"像闻到一朵玫瑰的芬芳一样,立即感觉到他们(诗人们)的思想"[3]。其次,现代诗人应该向玄学派诗人学习,不仅博学多思,而且拥有强烈的情感、严肃的哲理、深挚的情操,勇于创新,不断探索各种生动、鲜明、真切的表现手法,能够使各种貌似风马牛不相及的元素玄妙地捆绑在一起,使每一首诗歌的主题成为一种内聚核力,催生一种"感受力统一"(unification of sensibility),"不断地把根本不同的经验凝结成一体"[4],"把概念变成感觉"(transmuting ideas into sensations),"把观感所及变成思想状态"(transforming an observation into a state of mind)[5],或者用叶公超先生的话说,就是:"诗人的本领在于点化观念为感觉和改变观察为境界。"[6] 艾略特的诗歌创作是这样,而赵萝蕤先生的翻译也是这样。

赵萝蕤先生认为,艾略特《荒原》中"用典之广而深"起到了两种

---

[1] [英]托·斯·艾略特:《玄学派诗人》,李赋宁译,载《艾略特文学论文集》,百花洲文艺出版社1994年版,第24页。

[2] [英]托·斯·艾略特:《玄学派诗人》,李赋宁译,载《艾略特文学论文集》,百花洲文艺出版社1994年版,第25页。

[3] T. S. Eliot, "The Metaphysical Poets", *Selected Essays*, London: Faber and Faber, 1932, p. 287.

[4] T. S. Eliot, "The Metaphysical Poets", *Selected Essays*, London: Faber and Faber, 1932, p. 287.

[5] T. S. Eliot, "The Metaphysical Poets", *Selected Essays*, London: Faber and Faber, 1932, p. 290.

[6] 叶公超:《再论爱略特的诗》,载陈子善编《叶公超批评文集》,珠海出版社1998年版,第122页。

作用。第一,"熔古今欧洲诸国之精神的传统于一炉"①;第二,"处处逃避正面的说法而假借他人他事来表现他个人的情感"②。笔者认为,赵萝蕤先生的这两点判断恰好契合了艾略特在重新审视和评价传统与个人才能之关系时所提出的关于"历史意识"这一核心诗学观点和思想理论。这种"历史意识"不仅让人"感觉到过去的过去性,而且也感觉到它的现在性";这种"历史意识"迫使作家不仅对自己的时代和国家了如指掌,而且需要了解"全部欧洲文学"及其中他本国的"全部文学";这种"历史意识"不仅能够意识到什么是超验的和什么是经验的,而且还能够意识到超验与经验相互作用和相互结合的结果。有了这种"历史意识",这个作家就不仅变成了一位成熟的作家,而且也成为传统的一部分,能够强烈地感觉到他自己的历史地位和他的当代价值。③ 因此,在一位成熟的诗人身上,过去的诗歌是他的个性的一部分,而他的创新不仅意味着"全部欧洲文学"的不断变化,而且意味着他自我个性的"脱离"和"消灭",因为有客观价值的诗歌要求诗人"不断地把自己交给某件比自己更有价值的东西"④,因为诗人本身并不是一个个性,而是一种"媒介",一种起消化、提炼和融合作用的媒介。为此,在诗歌创作中,艾略特采用广泛而又深邃的引古据今的隐喻性典故来"点化观念为感觉"和"改变观察为境界"。⑤ 可见,艾略特的这种"熔古今欧洲诸国之精神的传统于一炉"和"假借他人他事来表现他个人的情感"的诗学理论观点是极好的诗歌创作主张,而赵萝蕤先生所采用的文学翻译直译法又每每让艾略特的用典闪烁着现代文明之多样性与复杂性的文化互文光芒。

  关于艾略特"熔古今欧洲诸国之精神的传统于一炉"的用典技巧,赵萝蕤先生首先想到的是《荒原》第一章《死者葬仪》中诗人描写西方

---

① 赵萝蕤:《艾略特与〈荒原〉》,《我的读书生涯》,北京大学出版社1996年版,第13页。
② 赵萝蕤:《艾略特与〈荒原〉》,《我的读书生涯》,北京大学出版社1996年版,第14页。
③ 参见 T. S. Eliot, "Tradition and the Individual Talents", *Selected Essays*, London: Faber and Faber, 1932。
④ T. S. Eliot, "Tradition and the Individual Talents", *Selected Essays*, London: Faber and Faber, 1932, p. 17.
⑤ T. S. Eliot, "The Metaphysical Poets", *Selected Essays*, London: Faber and Faber, 1932, p. 290.

现代荒原里的一个爱情故事：

Frisch weht der Wind
Der Heimat zu
Mein Irisch Kind,
Wo weilest du?

"You gave me hyacinths first a year ago;   35
"They called me the hyacinth girl",
——Yetwhen we came back, late, from the Hyacinth garden,
Your arms full, and your hair wet, I could not
Speak, and my eyes failed, I was neither
Living nor dead, and I knew nothing,   40
Looking into the heart of light, the silence.
Oed' und leer das Meer. ①

赵萝蕤1937年译文：

风吹着很轻快，
吹送我回家园，
爱尔兰的小孩，
为什么还留恋？

"一年前你先给了我玉簪花；   35
"他们叫我作'玉簪花的女郎'"，
——可是等我们回来，晚了，从玉簪的园里来，
你的臂膊抱满，你的头发湿，我不能
说话，眼睛看不见，我不是
活着，也不死，我什么都不知道，   40

---

① T. S. Eliot, *The Complete Poems and Plays 1909–1950*, New York: Harcourt, Brace & World, 1971, p. 38.

>　　看进这光明的中心，那寂寞。
>　　空虚而荒凉是那大海。①

赵萝蕤先生认为，艾略特在"描写一件荒原里的恋爱故事时，他想起来瓦格纳《铁士登与衣索德》的故事（见第 42 行译注）便引入了其中一小曲的全部原文，并且在余音袅袅的时候又引来一句铁士登的悲欢的语句的原文"②。瓦格纳（Richard Wager，1813—1883 年）是 19 世纪德国音乐家和作家，毕生从事歌剧改革，其核心问题是研究音乐与戏剧的关系问题，主张音乐应该服务于剧情的展开，反对传统歌剧中戏剧为了音乐的展开而存在的本末倒置的关系。他的歌剧大多含有批判资本主义社会的元素，但其晚期作品因受叔本华悲观主义哲学思想的影响而带有浓重的悲观主义色彩。《特里斯坦和伊索尔德》（*Tristan and Isolde*，1865 年）是瓦格纳 1859 年完成的一部以死亡解决剧情矛盾的悲剧性歌剧。这个不幸的爱情故事起源于 12 世纪，而到了瓦格纳时代已经过多次改写和复述，直到最终被纳入包括寻找圣杯故事在内的亚瑟王传奇文学。尽管如此，在每一个版本中，包括瓦格纳的版本在内，特里斯坦作为康沃尔公爵的骑士（Cornwall knight）都经不住美丽的爱尔兰公主伊索尔德美色的诱惑，最终背叛了他的主人马克王（King Mark），也就是伊索尔德的丈夫。众所周知，《荒原》一诗中四处可见这种背叛爱情的悲剧故事，但是不论是诗中人还是读者都知道，这种对爱情的背叛往往起源于现代荒原人一些不可思议、莫名其妙的期盼和欲望及一些自欺欺人和自食其果的阴谋诡计。在这个用典例子中，艾略特分别在第 31—34 行和第 42 行两次直接引用了瓦格纳歌剧《特里斯坦和伊索尔德》中的德语原文（见艾略特原文中的斜体部分）。第 31—34 行的英文意思为："Fresh blows the wind towards the homeland. My Irish child, where are you lingering?"③ 或者："The wind blows fresh to the homeland. My Irish girl,

---

① 赵萝蕤译：《荒原》，载黄宗英编《赵萝蕤汉译〈荒原〉手稿》，高等教育出版社 2013 年版，第 34—35 页。
② 赵萝蕤：《艾略特与〈荒原〉》，《我的读书生涯》，北京大学出版社 1996 年版，第 13 页。
③ Christopher Ricks and Jim McCue, eds., *The Poems of T. S. Eliot*, Vol. Ⅰ, Baltimore: Johns Hopkins UP, 2015, p. 607.

where are you lingering?"① 赵萝蕤先生的译文为:"风吹着很轻快,/吹送我回家园,/爱尔兰的小孩,/为什么还留恋?"(1937 年手稿)第 42 行的英文意思为"Empty and waste the sea"②,或者"Desolate and empty the sea"③;赵萝蕤先生的译文为"空虚而荒凉是那大海"(1937 年手稿)。艾略特这两处引用瓦格纳歌剧的诗句形成了一个鲜明的对照。《荒原》第 31—34 行引自《特里斯坦和伊索尔德》开篇的第 1 幕第 5—8 行,而《荒原》第 42 行引自该剧结尾部分第 3 幕第 24 行。在瓦格纳《特里斯坦和伊索尔德》歌剧中,第 1 幕第 2 景描写这位康沃尔骑士特里斯坦(Tristan)和美丽的爱尔兰公主伊索尔德(Isolde)同船离开爱尔兰前往英格兰康沃尔的情境。这四行诗是船上一名水手在航行过程中唱的一首情歌,他歌唱幸福和纯朴的爱情。特里斯坦打算把伊索尔德献给马克王为后,因为马克王丧偶已久,却一直未曾续娶。就在他们的船驶近康沃尔的时候,水手唱起了这支歌,象征着特里斯坦和伊索尔德此时胸襟清净,因为他们还未尝到"爱的迷魂汤"(love potion)。可是后来,他们尝到了"爱的迷魂汤",便开始热烈地相爱。他们的秘密被特里斯坦的挚友墨洛特发现。墨洛特出卖了朋友,他带领马克王来到特里斯坦和伊索尔德幽会的地点并且将这对情侣捉奸在床。墨洛特刺伤了特里斯坦,马克王也责备特里斯坦不忠,特里斯坦只好回到自己的老家。这时,特里斯坦因身负重伤,已经奄奄一息,身边只剩下一个忠仆陪伴着他,终日凄惶寂寞。但尽管如此,特里斯坦始终痴情地在等待着他心爱的情人,希望伊索尔德最终能够回来与他团聚。特里斯坦让他的忠仆到海边去等候伊索尔德,但是他的仆人最终还是回来告诉他:"空虚而荒凉是那大海!"在歌剧的结尾,虽然伊索尔德最终还是带着一种能够挽救特里斯坦生命的魔药(a magic potion)乘船而来,但已为时太晚,她心爱的人死在了她的怀抱之中。显然,在第 31—42 行这段诗中,艾

---

① B. C. Southam, *A Guide to the Selected Poems of T. S. Eliot*, 6th ed., San Diego, New York and London: Harcourt Brace & Company, 1994, p. 145.

② Christopher Ricks and Jim McCue, eds., *The Poems of T. S. Eliot*, Vol. I, Baltimore: Johns Hopkins UP, 2015, p. 609.

③ B. C. Southam, *A Guide to the Selected Poems of T. S. Eliot*, 6th ed., San Diego, New York and London: Harcourt Brace & Company, 1994, p. 146.

略特的用典是别出心裁的,他在瓦格纳用德语创作的一个悲剧爱情故事中嵌入了一个用英文描写的"玉簪花的女郎"的恋爱故事,而且前后两段德语诗歌引文夹着一段英文诗歌,让英文和德文杂糅在同一段诗文中,在诗歌表现形式上形成了鲜明的对照,但是在内容上似乎又形成了前后呼应的艺术效果。在这一节的开头,我们仿佛看到那位水手的情歌伴随着轻快的海风,将美丽的爱尔兰姑娘吹送回家,它象征着幸福的爱情,然而在这一节的结尾,我们看到的却是那"空虚而荒凉"的大海!实际上,艾略特在此是用一个传统的悲剧性爱情故事的气氛笼罩着一个现代荒原人的爱情故事。试想,嵌入其中的"玉簪花的女郎"的恋爱故事可能是一个幸福的爱情故事吗?

> 一年前你先给了我玉簪花;　　　　　　　　　　　35
> 他们叫我作"玉簪花的女郎",
> ——可是等我们回来,晚了,从玉簪的园里来,
> 你的臂膊抱满,你的头发湿,我不能
> 说话,眼睛看不见,我不是
> 活着,也不死,我什么都不知道,　　　　　　　40
> 看进这光明的中心,那寂寞。

"玉簪花"的原文是"hyacinth(s)"。赵萝蕤先生1980年修订《荒原》译文时,把"玉簪花"改成了"风信子"。风信子在希腊神话故事中是一种花。在希腊神话的传说中,雅辛托斯(Hyacinthus)是太阳神阿波罗(Apollo)和西风之神(Zephyrus)所钟爱的一位美少年,可是雅辛托斯更喜欢太阳神,于是西风之神就决心要报复他的对手。当太阳神阿波罗和他的弟子雅辛托斯在一起玩掷环套桩的游戏时,西风之神将阿波罗掷出的铁环吹向雅辛托斯,结果正好击中雅辛托斯的头部,造成阿波罗误杀了自己心爱的门生雅辛托斯的事实。阿波罗陷入极度的忧郁悲伤之中,终日愁容满面。为了纪念雅辛托斯,阿波罗使其从血泊中长出了一朵花。这朵美丽的花朵就叫风信子花,花上带有雅辛托斯的名字,而且阿波罗还把雅辛托斯的尸体放进了天上的星座之中。可见,在希腊神话故事中,风信子是从被误杀的雅辛托斯的血泊中长出来的,他实际上象征着一位美貌少年的复

活，是为各种繁殖礼节而复活的神，因此风信子通常就是希腊神话中繁殖礼节的象征。[①] 根据弗雷泽的研究，希腊人的风信子节（Greek festival of the Hyacinthia）"标志着从春天郁郁葱葱的少年时走向干燥炎热的夏天"[②]。可见，不论是象征着繁殖礼节，还是标志着从郁郁葱葱的春天走向干燥炎热的夏天，艾略特笔下的这些风信子花本该象征着前文瓦格纳四句押韵小诗中所描写的纯洁爱情。然而，诗中的"风信子女郎"看到似乎是她不应该看到的东西："你的臂膊抱满，你的头发湿。"[③] 现代荒原中表现这种充满情欲的不正常的两性关系的情景使得诗中人"我""说不出／话，眼睛看不见"，甚至感觉到"我既不是／活的，也未曾死，我什么都不知道"，因此，我只能"望着光亮的中心看时，是一片寂静"。好一个光的中心是寂静！寂静就是再也听不到那位水手的情歌了，没有歌声，毫无声音！在前一节诗中（第19—30行），我们看到的只是"一堆破碎的偶像"（第22行），听到的又是"礁石间没有流水的声音"（第24行），接着，在这一节中，我们看到的是瓦格纳歌剧中爱情主题的落空，而听到的却是："荒凉和空虚是那大海！"可见，艾略特在此是将一个典故嵌入另外一个典故，或者说是用一个典故套着另外一个典故，以一种用典叠加的手法，来强化艾略特笔下现代荒原人所为之烦恼的悲剧性爱情观。不仅如此，艾略特在这一段诗歌中让两种不同的语言活生生地杂糅在同一个诗歌文本之中，造成了一种从表面上看是"越来越无所不包、越来越隐晦、越来越间接"的假象，但实际上由于艾略特精妙的引古据今的用典手法，惟妙惟肖地再现了西方现代荒原上的爱情悲剧主题，让读者深切地体会到了艾略特笔下这些独特的貌似"奇峰突起，巉崖果存"的用典艺术魅力。

---

① 参见黄宗英注释《荒原》，载胡家峦编著《英国名诗详注》，外语教学与研究出版社。Also see Christopher Ricks and Jim McCue, eds., *The Poems of T. S. Eliot*, Vol. I, Baltimore: Johns Hopkins UP, 2015。

② B. C. Southam, *A Guide to the Selected Poems of T. S. Eliot*, 6th ed., San Diego, New York and London: Harcourt Brace & Company, 1994, pp. 145-146.

③ 赵萝蕤先生在第35行的"译者按"中说：可参看艾略特另一首法文诗《在饭店内》（"Dans Le Restaurant"），有这样两句："Jávais sept ans, elle était plus petite, ／Elle était toute mouillée, je lui ai donné des primeréres."（"我那时候七岁，她比我还小，／她全都湿了，我给她莲香花"）艾氏把玉簪花（风信子花）和莲香花来象征春天。

第三节 "都译成了中文"

在赵萝蕤先生文学翻译直译法的译笔之下，艾略特"奇峰突起，巉崖果存"式的用典，似乎同样不失其"夺胎换骨"的艺术效果。比如，在第 31—42 行这个德语和英语两种语言杂糅相嵌的诗歌段落里，赵萝蕤先生选择将这两种语言的诗行"都译成了中文，并且与全诗的本文毫不能分别"①。笔者认为，我们在此需要考虑两个问题。第一，为什么赵萝蕤先生决定将艾略特《荒原》原诗中刻意保留不同语言相互杂糅的诗歌文本"都译成了中文"呢？第二，为什么赵萝蕤先生还要让这个德英两种语言杂糅相嵌的诗歌段落的中文译本"与全诗的本文毫不能分别"呢？我们知道，不论是在 1922 年纽约博奈与利夫莱特公司（Boni and Liveright）初版的《荒原》②中，还是在我们常用的《1909—1950 艾略特诗歌与戏剧全集》③中，或者是在《诺顿现代诗歌选集》④中，艾略特《荒原》原文中的第 31—34 行和第 42 行这两段诗文都是用斜体形式呈现的，它们保留了瓦格纳歌剧《铁士登与衣索德》的德语原文，其中嵌入了 7 行（第 35—41 行）英文诗歌，而且第 31—34 行的德语诗歌每行的行首缩进的 4 格，仿佛从视觉效果上也呼应了这 4 行二音步抑扬格的抒情诗韵律心理期待，为这个悲剧性爱情故事用典打下了戏剧性的韵律基础：

Frisch weht der Wind
Der Heimat zu
Mein Irisch Kind,
Wo weilest du?
"You gave me hyacinths first a year ago;   35

---

① 赵萝蕤译：《荒原》，载黄宗英编《赵萝蕤汉译〈荒原〉手稿》，高等教育出版社 2013 年版，第 241 页。
② 参见 Valerie Eliot ed., *T. S. Eliot: The Waste Land—A Facsimile and Transcript of the Original Drafts Including the Annotations of Ezra Pound*, New York: Harcourt Brace Jovanovich, 1971.
③ 参见 T. S. Eliot, *The Complete Poems and Plays 1909 – 1950*, New York: Harcourt, Brace & World, Inc., 1971.
④ 参见 Richard Ellmann and Robert O'Clair, eds., *The Norton Anthology of Modern Poetry*, 2nd ed., New York & London: Norton, 1988.

第三章 "奇峰突起,巉崖果存"　253

"They called me 'the hyacinth girl'",
—Yet when we came back, late, from the Hyacinth garden,
Your arms full, and your hair wet, I could not
Speak, and my eyes failed, I was neither
Living nor dead, and I knew nothing,　　　　　　　　　40
Looking into the heart of light, the silence.
Oed' und leer das Meer. ①

赵萝蕤先生1937年的原创性译文为:

风吹着很轻快,
吹送我回家园,
爱尔兰的小孩,
为什么还留恋?

"一年前你先给了我玉簪花;　　　　　　　　　　　　35
他们叫我作'玉簪花的女郎'",
——可是等我们回来,晚了,从玉簪的园里来,
你的臂膊抱满,你的头发湿,我不能
说话,眼睛看不见,我不是
活着,也不死,我什么都不知道,　　　　　　　　　40
看进这光明的中心,那寂寞。
空虚而荒凉是那大海。②

赵萝蕤先生1980年修订版译文为:

风吹着很轻快,

---

① T. S. Eliot, *The Complete Poems and Plays 1909 – 1950*, New York: Harcourt, Brace & World, 1971, p. 38.
② 赵萝蕤译:《荒原》,载黄宗英编《赵萝蕤汉译〈荒原〉手稿》,高等教育出版社2013年版,第32—35页。

吹送我回家走，
爱尔兰的小孩，
你在哪里逗留？
"一年前你先给我的是风信子， 35
他们叫我作'风信子的女郎'"，
——可是等我们回来，晚了，从风信子的园里来，
你的臂膊抱满，你的头发湿，我说不出
话，眼睛看不见，我既不是
活的，也未曾死，我什么都不知道， 40
望着光亮的中心看时，是一片寂静。
荒凉而空虚是那大海。①

从赵萝蕤先生1937年《荒原》译文手稿的形式上看，读者无法看出艾略特在《荒原》原作中刻意让德语诗行和英语诗行相互杂糅共生的意图，因为我们已经看不到原作中不同语言的诗行杂糅相嵌的呈现形态。虽然第31—34行原文的德语诗歌与第35—41行的原文英语诗歌之间保留了原文中的一行空格，但是原文中德语诗行（第31—34行和第42行）前后包裹着英语诗行的斜体呈现形态也随之消失。用赵萝蕤先生自己的话说，就是她把杂生在艾略特《荒原》原作（英文诗）中的意大利语、德语、拉丁语、法语、希腊语的诗行"都译成了中文"，而且使这些原文不是英文的诗行与全诗的英文诗行"毫不能分别"。赵萝蕤先生之所以这么做有三个理由："一则若仍保用原文，必致在大多数的读者面前，毫无意识，何况欧洲诸语是欧洲语系的一个系统，若全都杂生在我们的文字中也有些不伦不类。二则若采用文言或某一朝代的笔调来表示分别，则更使读者的印象错乱，因为骈文或各式文言俱不能令我们想起波德莱尔、伐格纳、莎士比亚或但丁，且我们的古代与西方古代也有色泽不同的地方；所以仅由注释来说明他的来源。第三就是这诗的需要注释：若是好发挥的话，几乎每一行皆可按上一种解释（interpretation），但这不是译者的事，译者仅努力搜求每一典故的来源与事实，须让读者自己去比较而会意，方可保原作的完

---

① ［英］托・斯・艾略特：《荒原》，赵萝蕤译，《外国文艺》（双月刊）1980年第3期。

整的体统。"① 笔者认为，赵萝蕤先生的这种思考和选择不仅体现了她对艾略特诗歌创作与诗学理论的深刻理解，而且也体现了她文学翻译直译法的美学思考。首先，如果让非英语诗歌仍旧杂生在中文译文中，那么虽然译文似乎保留了艾略特所谓"我们的文化体系包含极大的多样性和复杂性"② 这么一个核心诗学观点，但实际上并没有达到让读者感受到现代诗歌中的这种多样性和复杂性能够"迫使〔诗歌〕语言就范"③ 的艺术效果。中文读者仍旧很难从这种杂生着不同外语的中文诗歌译作中体会到艾略特所谓"诗人必须变得愈来愈无所不包，愈来愈隐晦，愈来愈间接"④ 的诗歌创作特点。恰恰相反，中文译文中这种不同语言杂糅共生的形态会因为中文与以上欧洲诸国语言属于不同语系而让多数中文读者感到"毫无意识"，不知所措，因此赵萝蕤先生觉得这种做法"有些不伦不类"。其次，赵萝蕤先生考虑到中西方古代文化存在"色泽不同的地方"。她说："骈文或各式文言俱不能令我们想起波德莱尔、伐格纳、莎士比亚或但丁。"所谓"文言"指我国五四运动以前通用的以古汉语为基础的书面语，而"骈文"是中国古代的一种文体名称，有别于散文，用骈体写成的文章。骈文起源于汉魏时代，以偶句为主，讲究对仗和声律；到南北朝时期，追求骈俪，文风浮艳；唐代以后，出现四字六字相间的定句，称"四六文"，即骈文的一种。众所周知，中西方语言形式不同，诗歌创作的方法不同，文化思想的内涵也不同，因此要采用中国古代注重文体形式的骈文或者语言形式相对刻板的各式文言去翻译"波德莱尔、伐格纳、莎士比亚或但丁"等西方提倡诗歌形式相对自由且注重诗歌想象和象征意义的代表性诗人的诗作，的确难度较大，比较容易造成中国读者"印象错乱"的阅读困难。因此，在翻译《荒原》时，赵萝蕤先生有了第三个方面的思考，即"这诗的需要注释"。艾略特的《荒原》处处引经据典，

---

① 赵萝蕤译：《荒原》，载黄宗英编《赵萝蕤汉译〈荒原〉手稿》，高等教育出版社2013年版，第241—243页。
② ［英］托·斯·艾略特：《玄学派诗人》，李赋宁译，载《艾略特文学论文集》，百花洲文艺出版社1994年版，第25页。
③ ［英］托·斯·艾略特：《玄学派诗人》，李赋宁译，载《艾略特文学论文集》，百花洲文艺出版社1994年版，第25页。
④ ［英］托·斯·艾略特：《玄学派诗人》，李赋宁译，载《艾略特文学论文集》，百花洲文艺出版社1994年版，第25页。

"几乎每一行皆可按上一种解释（interpretation）"，但是赵萝蕤先生认为译者不需要也没有义务为读者去解释诗人的每一个用典，而只需要帮助读者找出"每一典故的来源和事实"，必须让每一位读者自己去比较和体会其中的奥妙。或许，这也是赵萝蕤先生所追求的"保原作的完整的体统"的译法之一，或许，这也是阅读诗歌的魅力所在！因此，为了让多数中文读者不至于在阅读《荒原》时因为多种外语杂生在汉语译文之中而感到"毫无意识"，赵萝蕤先生选择了把它们全部"都译成了中文"，并且使这些欧洲诸语的诗行与全诗的英文诗行"毫不能分别"。与此同时，赵萝蕤先生给初版《荒原》中译本增加了60个"译者按"，标明了艾略特《荒原》中典故的"来源和事实"。①

笔者发现，在本书所列举的7个《荒原》中文译本中，只有叶维廉先生选择在《荒原》的中文译文中直接插入艾略特《荒原》原作中非英语诗歌的用典文本。比如，叶维廉先生翻译的第一章《死者葬仪》中第31—42行的译文如下：

  Frisch weht der Wind
  Der Heimat zu
  Mein Irisch Kind，
  Wo weilest du？
  "一年前你第一个给我风信子；
  他们就唤我作风信子姑娘。"
  ——然而当我们从风信子园回来，晚了，
  你抱了满臂，头发湿润，我不能
  说话，我的眼睛看不见，它既非活着
  亦非死去，我一无所知，
  望入光之深心，那静默。
  Oed'und Leer das Meer.②

---

① 参见赵萝蕤译《荒原》，载黄宗英编《赵萝蕤汉译〈荒原〉手稿》，高等教育出版社2013年版。
② 叶维廉译：《众树歌唱：欧美现代诗100首》，人民文学出版社2009年版，第81页。

在叶维廉先生的译文中，除了让德语诗歌原文和中文诗歌译文杂糅共生之外，艾略特原文中德语部分的斜体改成了正体，而且原文中德语诗歌行首缩进的格式也被取消，形成一段完全由德语和中文杂糅相嵌的诗歌文本。实际上，我们在叶维廉先生的中文译文中所看到的是在5行瓦格纳用德语创作的《铁士登与衣索德》诗行中嵌入了7行中文诗歌译文。从形式上看，这种翻译方法对不懂德语的中文读者来说，无疑是增加了许多阅读上的麻烦，因为读者只能暂时停下阅读，先通过查阅叶维廉先生提供的脚注，并且只能在理解这些嵌入《荒原》原诗中的德语诗歌的译文之后，才能够继续阅读叶维廉先生的中文译文。叶维廉先生认为，艾略特的《荒原》是"一首对非人性化的现代性的反映和抗衡的诗"①。叶维廉先生这里所谓的"非人性化的现代性"应该就是指艾略特笔下英美现代主义诗歌"必须变得难懂"这一事实："我们现有文化下的诗人们，显然必须变得难懂；我们的文化包孕着极大的变化和繁复性，而这种变化和繁复性，一经通过细致的感受性，自然会产生多样的复杂的结果。诗人必须更加渊博，更具暗指性，更间接，因而以之迫使（必要时甚至混乱）语言来达成意义。"② 在叶维廉先生看来，正是艾略特笔下这种"非人性化的现代性"使得现代诗歌变得越来越费解难懂，而这种费解难懂不仅迫使现代诗人变得更加"渊博"（comprehensive）、"更具暗指性"（allusive，又译"隐晦"）、更加"间接"（indirect），而且为了更好地"达成意义"，即表达意义，诗人们还不得不"迫使语言就范，必要时甚至要打乱正常的语言秩序"（李赋宁先生译文）。由此可见，艾略特在此采用德语诗歌与英语诗歌杂糅相嵌的表达形式是有他独特诗学理论基础的，而叶维廉先生在其《荒原》中文译文中保留德语（和《荒原》原文中其他非英语欧洲诸国语言）的译法同样是为了保留艾略特所提倡的现代诗歌必须体现现代派诗人那种更加"渊博""隐晦"和"间接"的"非人性化的现代性"特征。因此，笔者认为，叶维廉先生这种翻译实践也是基于他对艾略特诗歌创作

---

① 叶维廉译：《众树歌唱：欧美现代诗100首》，人民文学出版社2009年版，第78页。
② 叶维廉：《艾略特方法论》（1960年），载《叶维廉文集》第三卷，安徽教育出版社2002年版，第41页。原文见T. S. Eliot, "The Metaphysical Poets", *Selected Essays*, London: Faber and Faber, 1932, p.289；比较李赋宁先生译文，参见［英］艾略特《玄学派诗人》，李赋宁译，载《艾略特文学论文集》，百花洲文艺出版社1994年。

与诗学理论深入研究基础之上的一种有益尝试。

那么，就赵萝蕤先生1937年《荒原》汉译手稿和1980年的《荒原》汉译修订文本的形式上看，赵萝蕤先生只删除了第34行与第35行中间的空行，使这一段（第31—42行）原本德语和英语两种语言相互杂生的诗歌汉译文本在视觉效果上融合得更加完美，仿佛真正做到了"与全诗的本文毫不能分别"。但是从内容上看，赵萝蕤先生的两个译本还是有所改动。首先，是赵萝蕤先生将1937年手稿中的"玉簪花"改成了"风信子"。[1] 虽然赵萝蕤先生没有说明她在修订《荒原》汉译本的时候把"玉簪花"改译成"风信子"的理由，但是作为希腊神话中从血泊里长出来的一朵象征着繁殖和复活神的鲜花，"风信子"及"风信子的女郎"实际上是可以被看作一个圣杯的守护者。如果诗中人"我"是一位圣杯的"追寻者"并且成功地问出了有关圣杯的问题，那么"风信子的女郎"就可以给他带来爱情，而他们的结合将是一朵纯真和神圣的爱情之花，象征着他们有可能把眼前这个因为充满着不正当的两性关系而变得有性无爱、人心枯竭的现代荒原还原到远古时期的那片充满纯真爱情和生命活力的美丽沃土之上。然而，不幸的是这位圣杯的"追寻者"或者说就是诗中人"我"却"说不出/话，眼睛看不见，我既不是/活的，也未曾死，我什么都不知道"[2]。假如我们从这个意义来进一步审视艾略特《荒原》中的用典艺术，我们不仅能够深刻体会艾略特《荒原》原文中德英两种语言在此貌似相互杂糅共生但实质却是借古讽今的绝佳对照手法，而且能够更加深刻地体会艾略特诗歌创作和诗学理论中关于"玄学奇喻""客观对应物"以及"历史意识"等核心观点，而赵萝蕤先生此处将"玉簪花"改译成"风信子"的实例不仅体现了她对艾略特诗歌文本的不断研究和深刻理解，而且也体现了她对文学翻译直译法的不断追求。假如我们对赵萝蕤先生两个版本中第37—42行的译文做进一步比较，我们同样会发现她1980年的版本的确是一个"比较彻底的直译法"：

---

[1] 笔者没有找到译者把"玉簪花"改译成"风信子"的理由，但认为此处译成"风信子"更为贴切一些。

[2] ［英］托·斯·艾略特：《荒原》，赵萝蕤译，《外国文艺》（双月刊）1980年第3期。

艾略特《荒原》原文：

—Yet when we came back, late, from the Hyacinth garden,
Your arms full, and your hair wet, I could not
Speak, and my eyes failed, I was neither
Living nor dead, and I knew nothing,   40
Looking into the heart of light, the silence.
Oed' und leer das Meer. ①

赵萝蕤1937年《荒原》汉译手稿：

——可是等我们回来，晚了，从玉簪的园里来，
你的臂膊抱满，你的头发湿，我不能
说话，眼睛看不见，我不是
活着，也不死，我什么都不知道，   40
看进这光明的中心，那寂寞。
空虚而荒凉是那大海。②

赵萝蕤1980年《荒原》译文：

——可是等我们回来，晚了，从风信子的园里来，
你的臂膊抱满，你的头发湿，我说不出
话，眼睛看不见，我既不是
活的，也未曾死，我什么都不知道，   40
望着光亮的中心看时，是一片寂静。
荒凉而空虚是那大海。③

总体上看，在这段诗歌的两个中译本译文中，赵萝蕤先生文学翻译直译法的艺术追求是十分明确的。笔者认为，赵萝蕤先生是在不改变原作句

---

① T. S. Eliot, *The Complete Poems and Plays 1909 – 1950*, New York: Harcourt, Brace & World, 1971, p. 38.
② 赵萝蕤译：《荒原》，载黄宗英编《赵萝蕤汉译〈荒原〉手稿》，高等教育出版社2013年版，第32—35页。
③ [英] 托·斯·艾略特：《荒原》，赵萝蕤译，《外国文艺》（双月刊）1980年第3期。

法结构和语言顺序的基础上,努力地寻求最为贴切的同义词进行翻译,较好地体现了她所提倡的文学翻译直译法的技术要领,即"保持语言的一个单位接着一个单位的次序,用准确的同义词一个单位一个单位地顺序译下去"①。从译文的造句形式来看,原文中所有句子的语法结构和语序均未被改动;就连原文中标点符号,赵萝蕤先生也只在第 40 行中多用了一个逗号,所以这一段译文实际上也是赵萝蕤先生文学翻译直译法一个不可多得的典型案例。从译文的遣词意义来看,赵萝蕤先生 1980 年的修订版似乎又有了较大的改进。第一,除了我们前文讨论过的"玉簪"被改为"风信子"之外,原文第 38—39 换行之间的"I could not/Speak"从原来的"我不能/说话"被改译成"我说不出/话"。显然,诗中人"我"不存在会不会说话的能力问题,不是他"不能/说话",而是当他"从风信子的园里"回来的时候,看见了她的"臂膊抱满","头发湿[露]",显然是看到了什么他不该看到的事情,因此他压根儿就"说不出/话"来。第二,原文第 39—40 换行之间的句子"I was neither/Living nor dead"从原译的"我不是/活着,也不死"被改译成"我既不是/活的,也未曾死"。显然,诗中人"我"此时也像莎士比亚笔下性格犹豫的哈姆莱特一样,经受着生死抉择的折磨。不难看出,英文原文中"neither…nor…"的句式在赵萝蕤先生修订版译文中得到了进一步的强调"既不是……也未",比她原译的句式"不是……也不"显得更加正式、更加庄重,而且"未曾死"似乎要比"不死"来得更加传神、更加贴切、更加意味深远,因为它不仅译出了艾略特笔下现代荒原人那种虽生犹死,甚至是生不如死的生命光景,而且似乎断了现代荒原人期盼还原复活的念想——既然"未曾死"那也就无所谓复活了!因此,诗中人说:"我什么都不知道"!第三,是第 41 行"Looking into the heart of light, the silence"。赵萝蕤先生的原译是"看进这光明的中心,那寂寞",后来她把这一行诗改译成"望着光亮的中心看时,是一片寂静"。这里涉及三个关键词的翻译:"看进"改译成"望着";"光明"改译成"光亮";"寂寞"改译成"寂静"。笔者认为,首先,"望着……中心"比"看进……中心"更加符

---

① 赵萝蕤:《我是怎么翻译文学作品的》,《我的读书生涯》,北京大学出版社 1996 年版,第 185 页。

合汉语表达习惯,因为"看进"给人的感觉是施动者的视线接触具体的人或者物,而"望着"可以解释为"向远处看去"的意思,相对抽象一些,也给人带来一种诗性的距离。其次,"光明"是一个相对抽象的名词,"光明的中心"也让人矛盾地理解,因此"看进这光明的中心"这句话实际上是在用一个具象的动词与一个抽象的名词相互搭配,它本身是一种矛盾的修饰。然而,"光亮"及"光亮的中心"却相对具体;虽然"望着光亮的中心"给人带来一种距离感,但是它比较容易接受,因为这个动宾结构的词组本身不存在搭配问题。最后,就是把"silence"译成"寂静"要比"寂寞"更加准确。从上下文看,这里的"寂静"不单单是"寂寞"的意思,而且蕴含着现代荒原上那苦海无边的"荒凉而空虚"!由此可见,赵萝蕤先生所提倡的文学翻译直译法并不是简单地追求译出语与译入语两种语言形式之间的对等,而是要求译者在对原作有深刻理解的基础上选择"准确的同义词一个单位一个单位地顺序译下去",既要做到"绝对服从每一种语言的、它自己的特点和规律",又要使"直译法不沦为僵硬的对照法。"①

那么,对照赵萝蕤先生的两个汉译版本,其他几位译者的译文各有其自己的思考。第一,是原文的第 37 行:"—Yet when we came back, late, from the Hyacinth garden。"叶维廉先生的译文稍稍改变了原文的句法:"——然而当我们从风信子园回来,晚了。"这种处理方法让读者诵读起来的时候十分顺口,而且把"晚了"置于行末,仍然可以读出诗中人一种惋惜的口气。同样,查良铮先生、赵毅衡先生和汤永宽先生也都改变了原文的句法:"可是当我们从风信子园走回,天晚了","——可是当我们从玉簪花园晚归"和"——可是等咱们从风信子花园回家,时间已晚"。然而,把原文中的"late"译成"天晚了""晚归"或者"时间已晚"均可以接受,但似乎都限制了原文用典的想象空间,失去了原文一语双关的遣词艺术效果。虽然"天晚了""晚归"和"时间已晚"与下文的"两眼看不见""两眼模糊"和"眼睛也看不清了"均相互关联,但是读者就很难读出艾略特此处借古讽今的用典互文魅力,我们也很难体悟到诗中人

---

① 赵萝蕤:《我是怎么翻译文学作品的》,《我的读书生涯》,北京大学出版社 1996 年版,第 185—186 页。

作为一个圣杯追寻者再次错失圣杯守护者纯真爱情的机会。裘小龙先生的译文似乎保留了原句的语序,"——可是当我们回来晚了,从风信子花园而归",但是原句用两个逗号将"晚了"一词前后隔开,显然是希望读者在诵读时稍有停顿,以起到强调的修饰作用,是一种惋惜、是一种叹息……因此,从形式与内容相互契合的角度上看,赵萝蕤先生在此坚持保留原作的句法结构和呈现形态是有其深刻的译学意义,足见赵萝蕤先生文学翻译直译法简单深邃的艺术魅力!

第二,是原文的第 41 行:"Looking into the heart of light, the silence。"对照赵萝蕤先生的两种译法("看进这光明的中心,那寂寞"和"望着光亮的中心看时,是一片寂静"),笔者认为,叶维廉先生的译法更加简洁而且富有诗意:"望入光之深心,那静默。"特别值得注意的是"望入光之深心"这一句,不论是遣词还是造句,它都符合汉语的特点和规律,而且译者把"the heart of light"译成"深心"堪称神来之笔,点化了整个意境,可谓画龙点睛,要比"看进这光明的中心"和"望着光亮的中心看时"来得更加富有诗情画意。此外,从查良铮先生的译文"看进光的中心,那一片沉寂"可以看出,译者已经注意到译文中这个汉语动宾词组中动词与宾语之间的搭配问题,把"the heart of light"译成"光的中心",而不是译成"光明的中心"或者"光亮的中心",这是一种十分艺术的处理方法。那么,其他几位译者把这一行诗译成"窥看着光芒中心那一片寂静"[1]"注视着光明的中心,一片寂静"[2]"茫然谛视着那光芒的心,一片寂静"[3],等等。虽然这些译法都有其译者智慧的思考,但似乎都显得笔墨太浓,过于专注。把英文词组"looking into"翻译成"窥看着……""注视着……"和"谛视着……",这些译法本身带有"窥探""注意地看""仔细察看"等意思,但是"窥看着光芒中心""注视着光明中心""茫然谛视着那光芒的心",这几个动宾词组中的动词与其宾语之间的搭配似乎在汉语中并不多见。

第三,是艾略特《荒原》原文的第 42 行:"*Oed' und leer das Meer*。"

---

[1] 赵毅衡编译:《美国现代诗选》,外国文学出版社 1985 年版,第 198 页。
[2] 裘小龙译:《四个四重奏》,漓江出版社 1985 年版,第 71 页。
[3] 汤永宽译:《荒原》,载陆建德主编《荒原:艾略特文集·诗歌》,上海译文出版社 2012 年版,第 81 页。

这一行诗是用德语写成的，直接引自瓦格纳歌剧《铁士登与衣索德》结尾部分的第 3 幕第 24 行。根据索瑟姆先生的注释，这一行的英文意思为："Desolate and empty the sea."① 而根据克里斯托弗·里克斯和吉姆·麦丘先生（Christopher Ricks and Jim McCue）的注释，它的意思为："Empty and waste the sea."② 那么，赵萝蕤先生两个版本的译文分别为，"空虚而荒凉是那大海"和"荒凉而空虚是那大海"，赵先生仅仅把"空虚"和"荒凉"两个词的顺序掉了个先后。除了叶维廉先生采用在中文译文中保留德语原文并加脚注"空虚而荒凉，那海洋"③ 以外，其他几位译者都选择了把这一行也翻译成中文，"荒凉而空虚是那大海"④，"茫茫沧海一望空阔"⑤，"凄凉而空虚是那大海"⑥，"大海荒芜而空寂"⑦。除了汤永宽先生这一行的译文改变了字体以外，其他几位译者这一行译文的字体与前后译文的字体一致；从字体上看，读者是完全看不出艾略特《荒原》原文这一行采用斜体的语言变化的。此外，查良铮先生的译文与赵萝蕤先生 1980 年修订版的译文完全一样；裘小龙先生仅仅把"荒凉"改为"凄凉"，而其他部分完全保留了赵萝蕤先生两个译本中这一行译文的句式："凄凉而空虚是那大海"；唯独只有赵毅衡先生的译文改动较大："茫茫沧海一望空阔。"虽然赵毅衡先生的译文同样让人感觉到瓦格纳爱情故事悲剧结尾那无边苦海的"凄凉"和"空虚"，似乎还打开了一个更加宽阔的视角，甚至可以说拓展了读者的想象空间，但是较之赵萝蕤先生文学翻译直译法的译文，赵毅衡先生的译文更像是译者自己的创作。

---

① B. C. Southam，*A Guide to the Selected Poems of T. S. Eliot*，6th ed.，San Diego，New York and London：Harcourt Brace & Company，1994，p. 146.
② Christopher Ricks and Jim McCue，eds.，*The Poems of T. S. Eliot*，Vol. I，Baltimore：Johns Hopkins UP，2015，p. 609.
③ 叶维廉译：《众树歌唱：欧美现代诗100首》，人民文学出版社2009年版，第81页。
④ 查良铮译：《英国现代诗选》，湖南人民出版社1985年版，第48页。
⑤ 赵毅衡编译：《美国现代诗选》，外国文学出版社1985年版，第198页。
⑥ 裘小龙译：《四个四重奏》，漓江出版社1985年版，第71页。
⑦ 汤永宽译：《荒原》，载陆建德主编《荒原：艾略特文集·诗歌》，上海译文出版社2012年版，第81页。

第四节 "翡绿眉的变相"

艾略特原本给《荒原》第二章拟定的题目为"In the Cage"①，后来又删改成了"A Game of Chess"。瓦莱丽·艾略特（Valerie Eliot）曾经就这一删改做过一个注释，认为这里被删改的标题原来指《荒原》献辞中引自古罗马作家佩特罗尼乌斯（Petronius）的小说《萨蒂利孔》（Satyricon）中的一段话，它取代了原本从康拉德的小说《黑暗的心》（Heart of Darkness）中摘取并且准备作为《荒原》题记的一段话。②《萨蒂利孔》是佩特罗尼乌斯创作的欧洲第一部戏剧式传奇小说，艾略特《荒原》的那段题记引自这部小说的第48章，赵萝蕤先生的译文为："是的，我自己亲眼看见在古米有一个西比儿吊在笼子里，当孩子们问她：西比儿，你要什么？她回答说：我要死。"③ 实际上，艾略特《荒原》题记中这一神话用典的目的仍然是借古讽今，是想通过这个神话用典来构建现代性与古代性之间的一种平衡，进而深入挖掘和再现西方现代社会普遍存在的，如同题记中"西比儿［被］吊在笼子里"的那种虽生犹死、生不如死的生命光景。那么，艾略特为什么要将"In the Cage"删改为"A Game of Chess"呢？这个题目又该如何翻译为好呢？

实际上，《荒原》第二章删改后的题目"A Game of Chess"引自英国剧作家托马斯·米德尔顿（Thomas Middleton，1570—1627年）的同名剧作 A Game of Chess，但其情节又取自米德尔顿的另外一部题目为"女人忌讳女人"（Women beware Women）的剧作。关于《女人忌讳女人》的情节，赵萝蕤先生曾经有过一个注释："这本剧中论到佛罗棱司的公爵

---

① Valerie Eliot ed., *T. S. Eliot: The Waste Land: A Facsimile and Transcript of the Original Drafts Including the Annotations of Ezra Pound*, New York: Harcourt Brace Jovanovich, Inc., 1971, p. 11.

② 参见 Valerie Eliot ed., *T. S. Eliot: The Waste Land: A Facsimile and Transcript of the Original Drafts Including the Annotations of Ezra Pound*, New York: Harcourt Brace Jovanovich, Inc., 1971.

③ 赵萝蕤译：《荒原》，载黄宗英编《赵萝蕤汉译〈荒原〉手稿》，高等教育出版社2013年版，第23页。［英］托·斯·艾略特：《荒原》，赵萝蕤译，新诗社1937年版，第17页。笔者在第一章第七节中讨论过佩特罗尼乌斯原作中"ampulla"一词的两种译法，一种为"笼子"，另外一种译法为"瓶子"，见本书第113—114页。另外，本书第62—64页上，笔者在引用叶维廉先生观点的基础上，对《荒原》题记做了进一步释读。

(Duke of Florence)爱上了一个女子卞安格(Bianca),便请人设法与她相会,另外一个邻居栗维亚(Livia)设局把卞安格的婆婆叫来下棋,同时又令人偷偷引卞安格去会见公爵,结果这两个在下棋,而那一边的卞安格,已为财富名利所诱,服从了公爵。"[1] 可见,光天化日之下,居然媳妇在家里的一间房间里被人诱奸,而婆母却被人骗到隔壁房间里去下棋游戏。因此,在《荒原》第二章中,艾略特仍旧使用借古讽今的用典手法,通过赤裸裸地描写荒原中各种不幸或不正常的两性关系,来揭露西方现代社会生活中纯洁爱情的缺失。比如,在第二章开篇,诗人艾略特的用典直接影射莎士比亚古罗马历史悲剧《安东尼与克莉奥佩特拉》(*Antony and Cleopatra*,1606 年)中的那位雍容华贵的古埃及女王克莉奥佩特拉:"她所坐的游艇,像发光的宝座/在水上放光。"然而,在艾略特的笔下这位貌似"珠光宝气"的主妇却不过是西方上流社会一位百无聊赖的随身携带和使用"合成香料"的女人,其华丽的面纱遮盖着她虚伪的内心。此外,从剧情上看,安东尼是罗马的领袖人物之一,是一位有勇有谋的战将,有高度荣誉感的战士,集政治军事权力于一身,而克莉奥佩特拉虽然是古埃及女王,雍容华贵,却是一个弱国的女王,为了保全国家和个人的一切,她不得不出卖自己的肉体,用美色来换取强者的庇护。尽管整个剧情始终贯穿着安东尼和克莉奥佩特拉的爱情,但它绝不是莎士比亚早期写下的,如同罗密欧与朱丽叶式的单纯的爱情。虽然剧中不乏他俩情真意切、难舍难分的情境,但是他们的爱情掺杂着其他成分。最终,安东尼因战败自杀告终,克莉奥佩特拉也勇敢地结束了自己的生命。此外,更有意思的是艾略特在《荒原》第二章的结尾几行,又让读者想起了莎士比亚《哈姆雷特》(*Hamlet*,1601 年)剧中落入水中的那个天真无瑕却神智错乱的奥菲莉亚(Ophelia)。可以看出,艾略特是有意选择了两个莎士比亚悲剧性女性人物,一前一后,构成了《荒原》第二章的总体框架。不仅如此,在这个悲剧性结构框架之下,艾略特还影射了《埃涅阿斯记》中的狄多、弥尔顿诗歌中的夏娃、伊丽莎白女王、翡绿眉拉等众多女性人物,而这些女性人物多受男性的利用、侮辱、强暴或者玩弄。比如,在挖苦了那位貌

---

[1] 赵萝蕤译:《荒原》,载黄宗英编《赵萝蕤汉译〈荒原〉手稿》,高等教育出版社 2013 年版,第 169—171 页。

似"珠光宝气"却实则使用各种膏状、粉末、液体的"奇怪的化合香水"的妇人之后,艾略特的用典更加夸张并且更加富有讽刺意味,仿佛我们看到"那些奇怪的化合香水",

> 又叫窗外
> 那清凉的空气打乱了,上升的时候　　　　　　　　　　90
> 使瘦长的烛焰更为肥满,
> 又把烟缕掷上雕漆的房顶,
> 画梁上的图案也模糊不清。①

《荒原》原文:

> stirred by the air
> That freshened from the window, these ascended　　　90
> In fattening the prolonged candle-flames,
> Flung their smoke into the laquearia,
> Stirring the pattern on the cofferedceiling. ②

艾略特给第 92 行中的"laquearia"(镶金的天花板)一词加了一个注释,赵萝蕤先生将其翻译成了中文:"《依尼德》(Aeneid)第一章第七百二十六行:'点亮的灯从雕漆的金房顶上挂下来,火把的烈焰赶走了黑夜'。"③《依尼德》(又译《埃涅阿斯纪》)是维吉尔的一部史诗,堪称罗马诗歌的最高成就。史诗的背景是特洛伊城被希腊人攻陷后,特洛伊王和女神维纳斯之子埃涅阿斯与妻子离散,携带全家老小、随从及家族之神在海上漂泊。史诗始于埃涅阿斯在海上漂泊的第七年,被风暴吹到了非洲北岸的迦

---

① 赵萝蕤译:《荒原》,载黄宗英编《赵萝蕤汉译〈荒原〉手稿》,高等教育出版社 2013 年版,第 47 页。
② T. S. Eliot, *The Complete Poems and Plays 1909 – 1950*, New York: Harcourt, Brace & World, 1971, p. 40.
③ 原注为: Laquearia. V. *Aeneid*, I, 726: "dependent lychni laquearibus aureis incensi, et noctem flammis funalia vincunt." 黄宗英编:《赵萝蕤汉译〈荒原〉手稿》,高等教育出版社 2013 年版,第 163 页。

太基（Carthage）。结果迦太基女王狄多（Dido, Queen of Carthage）钟情于这位特洛伊王子埃涅阿斯，后来想留他做迦太基王。笔者上述引用的这段诗就是描写女王狄多盛宴招待伊尼亚斯（Aeneas）的情景。为了保存自身和家人的安全，埃涅阿斯只好迎合女王的爱恋，但是当天神最终命他到神赐之地去建立新王朝的时候，他便遗弃了她，致使狄多自焚身亡。虽然这个故事十分动人，特洛伊王子埃涅阿斯是一位"虔诚、孝敬、勇敢、克制、大度、仁爱"[①]的领袖人物，但是他与迦太基女王的爱情是不纯洁的。或许，这个迦太基女王的爱情故事可以看作《荒原》第 307 行中所影射的一种"不纯洁的爱情"的前奏。其中的讽刺意味不言而喻。笔者认为，翡绿眉拉的故事当推艾略特借古讽今用典的又一个典型范例：艾略特《荒原》原文（第 97—110 行）如下：

> Above the antique mantel was displayed
> As though a window gave upon the sylvan scene
> The change of Philomel, by the barbarous king
> So rudely forced; yet there the nightingale   100
> Filled all the desert with inviolable voice
> And still she cried, and still the world pursues,
> "Jug Jug" to dirty ears.
> And other withered stumps of time
> Were told upon the walls; staring forms
> Leaned out, leaning, hushing the room enclosed.
> Footsteps shuffled on the stair.
> Under the firelight, under the brush, her hair
> Spread out in fiery points
> Glowed into words, then would be savagely still.[②]   110

[①] 刘意青、陈大明编著：《欧洲文学简史》，商务印书馆 1918 年版，第 27 页。
[②] T. S. Eliot, *The Complete Poems and Plays 1909 – 1950*, New York: Harcourt, Brace & World, 1971, p. 40.

译本一（赵萝蕤先生 1937 年汉译《荒原》手稿）：

  那古旧的壁炉架上展着一幅
  犹如开窗所见的田野风物
  翡绿眉的变相，给野蛮的国王
  追逼的；可是那头夜莺   100
  叫大荒漠充满了愤恨的歌喉
  还是叫着，这世界还是追行着，
  "唧，唧"唱给脏耳朵听。
  其他那些时间的枯树根
  也都在墙上记着；凝视的人象   105
  伸着腰，伸着，紧闭的屋子更为静穆。
  脚步声在楼梯上索索的。
  在火光下，刷子下，她的头发
  散开火星的小点子
  亮成话语，凝成野蛮的静默。①   110

译本二（赵萝蕤先生 1980 年版）：

  那古旧的壁炉架上展现着一幅
  犹如开窗所见的田野景物，
  那是翡绿眉拉变了形，遭到了野蛮国王的
  强暴；但是在那里那头夜莺   100
  她那不容玷辱的声音充塞了整个沙漠，
  她还在叫唤着，世界也还在追逐着，
  "唧唧"唱给脏耳朵听。
  其他那些时间的枯树根
  在墙上留下了记认；凝视的人像   105
  探出身来，斜倚着，使紧闭的房间一片静寂。
  楼梯上有人在拖着脚步走。

---

① 赵萝蕤译：《荒原》，载黄宗英编《赵萝蕤汉译〈荒原〉手稿》，高等教育出版社 2013 年版，第 49—51 页。

在火光下，刷子下，她的头发
散成了火星似的小点子
亮成词句，然后又转而为野蛮的沉寂。①   110

从原作的句法结构看，"The change of Philomel"（"翡绿眉的变相"）是《荒原》原作这一段诗文第一个句子的主语。照理说，英文句子的主语应该出现在句首，尤其是在使用被动语态的句子里，因为英文句子往往主次分明，强调主语的主体性。然而，这个被动语句却是以一个介词短语"Above the antique mantel"开头的；紧接着是被动结构的谓语动词"was displayed"。可见，诗人艾略特在此使用了被动语态，却又把主语后置，而且在主语和谓语之间嵌入了一个由"As though"引导的表示方式的状语从句。从赵萝蕤先生1937年初版译文看，赵萝蕤先生基本上没有改变原作的句法结构，只是将原作的被动结构谓语动词"was displayed"翻译成主动语态"展着（一幅……的变相）"；但是，在1980年的修订版中，赵萝蕤先生译文的句法结构发生了变化，把原作中的名词性主语"The change of Philomel"翻译成了一个独立的句子"那是翡绿眉拉变了形"，而且初版原译的"翡绿眉"变成了修订版的"翡绿眉拉"。根据索瑟姆的注释，艾略特原作中"Philomela"的拼写为"Philomel"，词尾少了一个字母"a"，可能是想把"Philomel"与莎士比亚剧本《辛白林》（*Cymbeline*，1609年）第二幕第二场第44—46行处"Where Philomel gave up"②（翡绿眉被迫失身的地方）中的"Philomel"联系起来，或者是影射弥尔顿诗歌《沉思的人》（"IL Penseroso"）第56行"'Less *Philomel* will deign a song"③中相同的拼写方法。艾略特在《荒原》第99行原注中说，"翡绿眉拉"指奥维德（Ovid）《变形记》（*Metamorphosis*）第六卷中的"Philomela"。奥维德是与维吉尔、贺拉斯齐名的罗马三大诗人之一，其代表作为神话诗《变形记》，有"神话词典"之称，用六音步诗行写成，共15卷，由250

---

① 赵萝蕤译：《荒原》，《外国文艺》（双月刊）1980年第3期。
② William Shakespeare，*The Complete Works of William Shakespeare*，New York：Barnes & Noble，1994，p.1072.
③ John Milton，"IL Penseroso"，*Complete Poems and Major Prose* ed.，Merritt Y. Hughes，New York：The Odyssey Press，1957，p.72.

个神话故事组成，集希腊、罗马神话之大成。《变形记》的思想基础是古希腊哲学家赫拉克利特（Herakleitos）"一切皆流，万物皆变"[1] 的唯物思想和毕达哥拉斯（Pythagoras）"灵魂转世说"[2] 的唯心学说，所以各个故事相互联系，而且"故事中的人物无不变为动物、植物甚至顽石"[3]；诗人按照时间顺序，从远古开天辟地的"变形"一直写到罗马帝王恺撒化为星宿。翡绿眉拉的故事是其中的一个神话故事。赵萝蕤先生在 1937 年初版《荒原》中特意给第 99 行加了以下这个"译者按"，讲述了这个神话故事的主要内容：古希腊色雷斯国王（King of Thrace）蒂留斯（Tereus）英雄而暴烈，在他娶潘迪恩（Pandion）女儿雅典公主普洛克涅（Procne）的时候，掌管生育和婚姻的神明朱诺（Juno）没有参加，鬼神借了出丧的火把来把他们送入了洞房，因此蒂留斯与普洛克涅的婚姻就被蒙上了一层阴影。他们的长子依贴士（Itys）出生的时候，就有种种不祥的征兆。结婚五年之后，普洛克涅想念她的妹妹翡绿眉拉，并恳求她的丈夫蒂留斯到雅典去接她的妹妹来家里小住。蒂留斯同意了妻子的恳求，并且乘船到雅典丈人家里去邀请翡绿眉拉。蒂留斯一见到翡绿眉拉，便为她的美貌所折服，并且开始心怀鬼胎，非要得到她不肯罢休。在蒂留斯的苦苦央求之下，潘迪恩果然就把小女儿交给了女婿，并拜托他路上保护她。然而，翡绿眉拉的船刚刚靠岸，蒂留斯国王就把她诱入山洞，野蛮地强奸了她，并且割去了她的舌尖，把她关在洞里，不许她出来。与此同时，蒂留斯却向妻子捏造了一个关于翡绿眉拉死亡的故事，蒙骗她。翡绿眉拉在痛苦中织成了一幅锦绣（tapestry），满织着她自己的伤心故事，并托一个老女人偷偷地送给她姐姐普洛克涅王后。普洛克涅看了之后，万分愤怒，就去找回了妹妹，发誓报仇。盛怒之下，普洛克涅王后杀了自己的儿子依贴士，并将其煮熟了给丈夫蒂留斯国王吃。国王并不知道，所以一直在问他的儿子在哪里，希望儿子来和他共享美餐。这时，普洛克涅满腔愤怒地对丈夫说，你要的已经在你的肚子里了。慌恐之下，蒂留斯国王就拔刀追杀普洛克涅及其妹妹翡绿眉拉。然而，在追杀过程中，他们三人都变成了

---

[1] 全增嘏主编：《西方哲学史》（上），上海人民出版社 1983 年版，第 47 页。
[2] 全增嘏主编：《西方哲学史》（上），上海人民出版社 1983 年版，第 55 页。
[3] 杨周翰、吴达元、赵萝蕤主编：《欧洲文学史》（上），人民文学出版社 2015 年版，第 69 页。

鸟,妹妹翡绿眉拉变成一只夜莺,姐姐普洛克涅化作一只燕子,而国王蒂留斯被神罚作一种叫戴胜的鸟(a hoopoe)。①

实际上,在第97—110行这一段诗文中,艾略特影射奥维德《变形记》中这位野蛮的古希腊色雷斯国王强暴翡绿眉拉的故事,其目的仍然在于借古讽今,为本章中后续描写西方现代社会上不正当的两性关系埋下伏笔,形成鲜明的对照,所以读者不仅看到了古希腊神话中遭受强暴的翡绿眉拉"还在叫唤着"(still she cried),而且我们也看到现代西方这个"世界也还在追逐着"(still the world pursues)。因为奸淫和暴行,古今略同,所以赵萝蕤先生提醒读者注意诗人在"still the world pursues"这个句子中,诗人艾略特所使用的是一般现在时②,而翡绿眉拉的"叫唤"则使用过去时。此外,在这一段诗文的开头,艾略特把化为一头夜莺的翡绿眉拉展现在屋里古旧的壁炉架上的一幅画中,"犹如开窗所见的田野风物"。显然,诗人是想把翡绿眉拉的悲惨故事融入大自然的"田野风物",让读者能够意识到诗人此处用典的互文效应。艾略特还专门给第98行中的"the sylvan scene"(田野风物)加了一个注释,提醒读者此处他在影射弥尔顿《失乐园》(*Paradise Lost*,1665年)第四卷第140行。赵萝蕤先生在她初版《荒原》译本中,把艾略特注释中提到的《失乐园》第四卷第135—140行的英文诗歌文本和她的译文做成了这么一个"译者按":

and over head up grew
Insuperable highth of loftiest shade,
Cedar, and Pine, and Fir, and branching Palm   140
A Silvan Scene, and as the ranks ascend
Shade above shade, a woody Theatre

---

① 这个神话故事的拉丁语诗歌文本可参见奥维德《变形记》第六章第424—474行;其中本故事概要参见黄宗英编《赵萝蕤汉译〈荒原〉手稿》,高等教育出版社2013年版;其英文故事梗概参见 Margaret C. Weirick, *T. S. Eliot's The Waste Land: Sources and Meaning*, New York: Monarch Press, 1971。

② 参见赵萝蕤《〈荒原〉浅说》,《我的读书生涯》,北京大学出版社1996年版。

Of stateliest view.①

赵萝蕤先生译文：

> 　　　　　　上面长着
> 高大的树荫，高可耸天，
> 柏树，松树，杉树与棕树的枝干交横，　　　　　　　　140
> 一幅田野风物，一层一层往上升，
> 一层层的树荫，这森林的戏场
> 是最庄严的景象。②

这一段引文描写了弥尔顿《失乐园》中撒旦初到伊甸园所见到的一幅"田野风物"。笔者认为，艾略特此处用典的意图十分明确，就是想用大自然美丽的景色来衬托诗中已经变成一只夜莺的翡绿眉拉的美丽。然而，翡绿眉拉神话中的"叫唤"还是把读者带到了如今仍然"还在追逐着"的现代荒原世界。那么，从这个视角来看赵萝蕤先生的两种译文，赵萝蕤先生 1937 年初版《荒原》中的这段译文不仅体现了译者对原作的深刻理解，而且较好地体现了译者所倡导的直译法的基本特点："用准确的同义词一个单位一个单位地顺序译下去。"③ 这种直译法貌似简单，但要真正做好，还是需要译者下一番苦功。比如，诗中那个展示着"翡绿眉的变相"的壁炉架，赵萝蕤先生译文中的遣词可谓精准！在 1937 年初版《荒原》中，赵萝蕤先生选用"古旧的"来翻译原作中的"antique"一词；1980 年修订时，她并没有改动。笔者认为，作者在此希望表达的是一种古今对照的艺术效果，采用借古讽今的用典手法，连接过去与现在，让读者透过那间"紧闭的屋子"的窗户看到弥尔顿笔下的"田野风物"，那是远古人类未曾失去的"乐园"。然而，读者所看到的并不是撒旦初到伊甸

---

① John Milton, *Paradise Lost*, *Complete Poems and Major Prose* ed., Merritt Y. Hughes, New York: The Odyssey Press, 1957, p. 281.

② 赵萝蕤译：《荒原》，载黄宗英编《赵萝蕤汉译〈荒原〉手稿》，高等教育出版社 2013 年版，第 163—165 页。

③ 赵萝蕤：《我的读书生涯》，北京大学出版社 1996 年版，第 185 页。

园时所看到的那幅"田野风物"画卷——一个上帝为人类精心创造的人间"乐园";恰恰相反,展示在读者眼前的却是一幅勾起人们悲伤回忆的"翡绿眉的变相",一个因为人类的堕落而被神拒之门外的"失乐园"。笔者认为,虽然此处人们想象中的"田野风物"依旧美轮美奂,而且化为一只夜莺的翡绿眉拉画像依旧美丽逼真,但是展示这幅蕴含着人类堕落和背弃造物主的画像的壁炉架,似乎就不应该是以下几位译者所选择的"古色古香的"①、"古老的"② 和"古雅的"③:

译本三:

> 在古色古香的壁炉架上
> 好像窗子对着田野景色
> 费洛美拉变了形,被野蛮的国王
> 如此残暴地蹂躏;但是夜莺　　　　　　　　　　　　100
> 仍在用不可凌辱的声音填满荒漠,
> 她仍在向着肮脏的耳朵喊着
> "啾,啾",而世界今天还在追逼。
> 时间的其他枯萎的残株
> 在墙上写上标记;雕像瞪着眼　　　　　　　　　　105
> 探身,向前,要关着的房间保持静穆。
> 楼梯上传来拖着脚走的声音。
> 在灯光下,在刷子下,她的头发
> 闪着火一般的光点铺展开来
> 燃烧成话语,又变成野蛮的沉静。④　　　　　　　110

---

① 赵毅衡编译:《美国现代诗选》,外国文学出版社1985年版,第201页;裘小龙译:《荒原》,《四个四重奏》,漓江出版社1985年版,第76页。
② 查良铮译:《英国现代诗选》,湖南人民出版社1985年版,第50页;汤永宽译:《荒原》,载陆建德主编《荒原:艾略特文集·诗歌》,上海译文出版社2012年版,第85页。
③ 叶维廉译:《众树歌唱:欧美现代诗100首》,人民文学出版社2009年版,第84页。
④ 赵毅衡编译:《美国现代诗选》,外国文学出版社1985年版,第201页。

译本四：
　　好像推窗看到的田园景色
　　在古老的壁炉架上展示出
　　菲罗美的变形，是被昏王的粗暴
　　逼成的呵；可是那儿有夜莺的　　　　　　　　　　100
　　神圣不可侵犯的歌声充满了荒漠，
　　她还在啼叫，世界如今还在追逐，
　　"唧格，唧格"叫给脏耳朵听。
　　还有时光的其他残骸断梗
　　在墙上留着；凝视的人像倾着身，　　　　　　　105
　　倾着身，使关闭的屋子默默无声。
　　脚步在楼梯上慢慢移动着。
　　在火光下，刷子下，她的头发
　　播散出斑斑的火星
　　闪亮为语言，以后又猛地沉寂。①　　　　　　　110

译本五：
　　古色古香的壁炉上展示着，
　　仿佛一扇窗正对着林中景象，
　　翡翠眉拉的变形，她为野蛮的国王
　　如此粗暴地逼迫过；然而那里夜莺　　　　　　　100
　　曾使沙漠回荡着不可亵渎的声音，
　　她依然叫着，这世界现在依然追逐着，
　　"吱嘎，吱嘎"给肮脏的耳朵听。
　　其他的时间的枯树根
　　也都在墙上留下印记；瞪着眼睛的形象　　　　105
　　伸出着、依靠着，使这紧闭的房间一片寂静。
　　拖着的脚步声响起在楼梯上。
　　在火光下，在刷子下，她的头发

---

① 查良铮译：《英国现代诗选》，湖南人民出版社1985年版，第50—51页。

在火星似的小点子中散开
亮成话语，然后是残忍的沉默。①   110

译本六：
在那古雅的壁炉前，就像
一个窗向着林景敞开，饰列着
菲洛美拉的故事，怎样受野蛮的国王
粗暴的威逼而变形；那只夜莺依旧在那里   100
以神圣不可侵犯的声音注满整个沙漠。
而她仍然呼叫着，而世界仍然奔逐着，
"咄咄"向着污秽的耳朵。
而其他时间枯萎的残枝
也诉说在墙上；瞪着眼的形体   105
探出来，挨着，令这密闭的房间静默无声。
足音在楼梯间传出。
在火光下，在刷子下，她的发丝
披散出一条条愤怒的针子
燃烧出字句，然后狂蛮地凝止。②   110

译本七：
在那古老的壁炉上方，
仿佛是一扇眺望林木葱郁的窗子
挂着菲罗墨拉变形的图画，她被野蛮的国王
那么粗暴地强行非礼；但夜莺曾在那儿
用她那不可亵渎的歌声充塞了整个荒漠
而她仍在啼叫，今天这世界仍继续在啼叫，
向猥亵的耳朵叫着"佳佳"。
还有往昔的轶事旧闻

---

① 裘小龙译：《荒原》，《四个四重奏》，漓江出版社1985年版，第76—77页。
② 叶维廉译：《众树歌唱：欧美现代诗100首》，人民文学出版社2009年版，第84—85页。

展示在四周墙上；惹人注目的形体
身子或向前倾，或倚斜着，叫这四壁围住的房间禁声。
楼梯上步履蹀躞。
火光下，发刷下，她的长发
散成点点火星
化为语言，接着又将是一片死寂。①

  第一，就这一段诗歌前三行的句法结构而言，只有译本四的译者选择调换句中状语从句的译法，把"好像推窗看到的田园景色"放在句首的位置，其他译者均采用按照原作句法结构顺译的办法进行翻译。那么，为什么译本四的译者选择调换状语从句的位置呢？笔者认为，查良铮先生这么译的目的可能是增强屋里和窗外对比效应的需要，让窗外赏心悦目的"田园景色"与窗内那"古老的壁炉架上展示出／菲罗美的变形"形成鲜明的对照，进而激发读者对人类原始乐园的回忆，以及对人类堕落和背信弃义的思考。然而，就前三行诗歌的句法结构而言，如果译者不在第一行行末加上一个逗号，读者似乎很容易会把这个诗句的主谓宾句法结构误认为是："……田园景色……展示出／菲罗美的变形。"这似乎与原作所要表达的意思相去甚远。除此之外，笔者发现，译本七的句子结构大体上是："在……上方，／仿佛是一扇……窗子／挂着……图画。"译者在第一行译文的行末加了一个逗号，但是从后两行诗歌看，这幅"菲罗墨拉变形的图画"不论是挂在"窗子"上方，还是挂在"壁炉"上方，都不是原作的意思。可见，赵萝蕤先生的原创译文仍然可以说得上是遣词精准，句法灵动。

  第二，艾略特巧妙地将前四行（第 97—100 行前半行）这个被动结构诗句的主语"The change of Philomel"后置到第三行的行首，然后用一个过去分词短语作定语修饰主语，说明"翡绿眉变形"的原因是"遭到了野蛮国王的／强暴"（译本二）。然而，对这个过去分词短语中的动词"forced"的理解和译法，以下七个译本似乎各不相同：

---

① 汤永宽译：《荒原》，载陆建德主编《荒原：艾略特文集·诗歌》，上海译文出版社 2012 年版，第 85 页。

译本一:"给野蛮的国王/追逼的"①
译本二:"遭到了野蛮国王的/强暴"②
译本三:"被野蛮的国王/如此残暴地踩躏"③
译本四:"是被昏王的粗暴/逼成的呵"④
译本五:"她为野蛮的国王/如此粗暴地逼迫过"⑤
译本六:"怎样受野蛮的国王/粗暴的威逼而变形"⑥
译本七:"她被野蛮的国王/那么粗暴地强行非礼"⑦

不难看出,以上七种译法的六位译者对原作中的形容词"barbarous"的理解和译法大致相同,只有译本四的译者选择把"barbarous king"翻译成"昏王",其他几位译者均采用了"野蛮的国王"或"野蛮国王"的译法。然而,对其中的过去分词短语"So rudely forced"的译法有所不同。从整个过去分词短语的语法结构看,它的正常语序应该是"So rudely forced by the barbarous king。"其语法功能相当于一个定语从句:"who had been so rudely forced by the barbarous king。"其中,这位"野蛮的国王"是非谓语动词"forced"(强暴)的施动者,而且"forced"这个动作发生在整个句子谓语动词"was displayed"(第97行)之前。这是我们对这一诗句的基本语法判断。那么,问题的焦点集中在如何翻译"forced"这个过去分词。赵萝蕤先生1937年初版《荒原》中的译文为"给……追逼的",而在1980年修订版中的译文改成了"遭到了……强暴"。假如我们根据陆谷孙《英汉大词典》所提供的释义,及物动词"force"的意思为"强迫,迫使;用强力推进;用强力攻占;用暴力手段开辟(获得,促成);强行打开"⑧;等等。假如要

---

① 赵萝蕤译:《荒原》,载黄宗英编《赵萝蕤汉译〈荒原〉手稿》,高等教育出版社2013年版,第49页。
② 赵萝蕤译:《荒原》,《外国文艺》(双月刊)1980年第3期。
③ 赵毅衡编译:《美国现代诗选》,外国文学出版社1985年版,第201页。
④ 查良铮译:《英国现代诗选》,湖南人民出版社1985年版,第50页。
⑤ 裘小龙译:《四个四重奏》,漓江出版社1985年版,第76页。
⑥ 叶维廉译:《众树歌唱:欧美现代诗100首》,人民文学出版社2009年版,第84页。
⑦ 汤永宽译:《荒原》,载陆建德主编《荒原:艾略特文集·诗歌》,上海译文出版社2012年版,第85页。
⑧ 陆谷孙主编:《英汉大词典》,上海译文出版社2007年版,第727页。

用"force"一词表示"强奸"的意思,那么我们就需要采用"force oneself on/upon"这一固定的动词词组。因此,当我们了解了艾略特在此用典的目的是影射奥维德《变形记》中翡绿眉拉惨遭强暴的故事之后,我们就应该能够判断赵萝蕤先生1980年修订版中这一分词短语的译法比较准确:"遭到了野蛮国王的/强暴。"相形之下,笔者认为,虽然译本三"如此残暴地蹂躏"完整地译出古希腊色雷斯国王蒂留斯对翡绿眉拉所采取的残暴蹂躏,但是从译文遣词来看,首先,"强暴"似乎比"蹂躏"更加符合这位古希腊野蛮暴君残忍暴烈的人物性格;其次,赵萝蕤先生的译文"遭到……强暴"似乎已经干净利索地表达了原作"So rudely forced"的意思,而且掷地有声,因为译者也没有必要在用"强暴"的基础之上再加上"粗暴地"或"残暴地"等副词用以修饰;最后,从声音效果上考察,"强暴"一词似乎不仅更加符合原作"forced"一词中所蕴含的"力量""强迫""暴力"等意韵,而且其中强劲的爆破音似乎恰到好处地呼应了原作中"barbarous"一词一连两个可以看作强化蒂留斯国王"野蛮"暴行的爆破音。由此可见,虽然译本四的"逼成的呵"、译本五的"逼迫过"、译本六的"威逼"和译本七的"强行非礼"都算是正确的译法,也都有各自译者的思考,但是,相形之下,这几种译文都反映出译者对原作用典的研究不够深入,受原作动词"forced"字面意思的捆绑,因此没有能放开手脚在译文中深入挖掘诗人此处用典的互文意义,结果在译文的遣词方面都显得比较拘谨,不够精准。

第三,是原作第102行中一个过去时动词和一个现在时动词的理解与翻译问题:

原文:"And still she cried, and still the world pursues"①
译本一:"还是叫着,这世界还是追行着"②
译本二:"她还在叫唤着,世界也还在追逐着"③

---

① T. S. Eliot, *The Complete Poems and Plays 1909–1950*, New York: Harcourt, Brace & World, 1971, p. 40.
② 赵萝蕤译:《荒原》,载黄宗英编《赵萝蕤汉译〈荒原〉手稿》,高等教育出版社2013年版,第49页。
③ 赵萝蕤译:《荒原》,《外国文艺》(双月刊)1980年第3期。

译本三:"她仍在向着肮脏的耳朵喊着/'啾,啾',而世界今天还在追逼"①

译本四:"她还在啼叫,世界如今还在追逐"②

译本五:"她依然叫着,这世界现在依然追逐着"③

译本六:"而她仍然呼叫着,而世界仍然奔逐着"④

译本七:"而她仍在啼叫,今天这世界仍继续在啼叫"⑤

翻译这一行诗歌的难点有两个,其一是其中的重复手法(repetition)及两个重押头韵(heavy alliteration)的英文单词"still",其二是前后两个不同时态的动词(一个是过去时动词,另外一个是一般现在时的第三人称动词)。首先,赵萝蕤先生1937年初版《荒原》中选择了重复译文中的"还是"来对译原作中的两个"still","还是叫着,这世界还是追行着";在1980年的修订版中,赵萝蕤先生用两个"还在"替换了初版中的两个"还是":"她还在叫唤着,世界也还在追逐着。"赵萝蕤先生的译法是原创性的,而且很好地解决了对等译出原作中两个"still"所蕴含的重复和押头韵的艺术效果,可谓形神并蓄。此外,译本三采用"仍在……还在……"的译法,译本四重复"还在……还在……"的译法,译本五使用"依然……依然……"的译法,译本六用了"仍然……仍然"的译法,译本七采取了"仍在……仍继续在……"的译法。这些译法均保留了原作中采用重复和押头韵的修辞艺术效果。

其次,是如何翻译同一诗行中出现的两个不同时态的动词"still she cried"和"still the world pursues"。笔者前文提到,赵萝蕤先生曾经提醒我们在阅读的时候应该注意诗人艾略特在"still the world pursues"这个句子中使用了一般现在时。⑥ 因此,译者在翻译这一诗行的时候,就应该设

---

① 赵毅衡编译:《美国现代诗选》,外国文学出版社1985年版,第201页。
② 查良铮译:《英国现代诗选》,湖南人民出版社1985年版,第50页。
③ 裘小龙译:《四个四重奏》,漓江出版社1985年版,第76页。
④ 叶维廉译:《众树歌唱:欧美现代诗100首》,人民文学出版社2009年版,第84页。
⑤ 汤永宽译:《荒原》,载陆建德主编《荒原:艾略特文集·诗歌》,上海译文出版社2012年版,第85页。
⑥ 参见赵萝蕤《〈荒原〉浅说》,《我的读书生涯》,北京大学出版社1996年版。

法将前半行诗句中翡绿眉拉过去时的"叫唤"和后半行诗句中这个世界现在时的"追逐"翻译出来。否则，中文读者是不容易体悟出原作者的用典互文艺术的。显然，艾略特是要通过古希腊神话故事中遭受强暴的翡绿眉拉的"叫唤"把读者带进西方现代社会中如今仍然还在"追逐着"许多不正当的两性关系的人间地狱。可见，艾略特此处的用典不仅借古讽今，而且连接古今，似乎让读者看到了赫拉克利特"一切皆流"①的唯物思想，甚至体会到了毕达哥拉斯"灵魂转世说"②的理论，大大丰富和拓展了读者的想象空间。那么，赵萝蕤先生是如何翻译这前后相随的两个不同时态的英文动词呢？从1937年初版《荒原》第100—103行的译文中，我们可以看出赵萝蕤先生巧妙的直译法艺术造诣：

        可是那头夜莺　　　　　　　　　　　　　　100
叫大荒漠充满了愤恨的歌喉
还是叫着，这世界还是追行着，
"唧，唧"唱给脏耳朵听。

笔者认为，赵萝蕤先生初版《荒原》中这几行诗的译文是她所提倡的文学翻译直译法的又一个典型案例。其一，赵萝蕤先生选择用"那头夜莺"和"这［个］世界"中的两个指示代词"那"和"这"来区分过去和现在，同时又连接古今（因为出现在同一个诗句中）。其二，赵萝蕤先生用"那头夜莺……还是叫着"的叫声"叫大荒漠充满了愤恨的歌喉"，仿佛整个荒漠都回荡着翡绿眉拉在山洞里遭受野蛮国王强暴时的"愤恨的"叫声，而这种叫声伴随着野蛮的强暴声，是"唱给脏耳朵听"的。然而，尽管那"愤恨的歌喉"不仅仍然回荡于那整个荒漠，而且充满了"这［个］世界"，但是那只夜莺的叫声对于西方现代荒原上那些麻木不仁的"脏［的］耳朵"而言，仍然是听而未闻，无济于事。其三，令人意想不到是艾略特通过诗句中动词时态的变化，让生活在当今"这［个］世界"上的西方现代荒原人"还是追行着"这种野蛮的强暴，而古代神话中美

---

① 全增嘏主编：《西方哲学史》（上），上海人民出版社1983年版，第47页。
② 全增嘏主编：《西方哲学史》（上），上海人民出版社1983年版，第55页。

丽的翡绿眉拉似乎还在"给脏耳朵"唱着她那"充满了愤恨的歌喉"。从这个意义上看,诗人艾略特借古讽今的用典技巧在此可谓淋漓尽致,而赵萝蕤先生用直译法挖掘其中的用典互文效应也可谓登峰造极了。那么,相形之下,译本三选择"世界今天",译本四采用"世界如今",译本五使用"世界现在",译本七采取"今天这世界"等增词的方法来强调现在,连接古今,似乎都不如赵萝蕤先生的译法那么灵动精准。

第四,是《荒原》原作中108—110行的一段诗句:

> Under the firelight, under the brush, her hair
> Spread out in fiery points
> Glowed into words, then would be savagely still. ①   110

在这一诗句中,诗人用两个介词短语开头;接着,我们看到,主语是"her hair",谓语是"Glowed into words"和"then would be savagely still",而中间一行"Spread out in fiery points"可以看成一个作定语的过去分词短语,修饰主语"her hair"。那么,赵萝蕤先生1937年初版《荒原》的译文又是一个难得的直译法的案例:

> 在火光下,刷子下,她的头发
> 散开火星的小点子
> 亮成话语,凝成野蛮的静默。②   110

不难看出,赵萝蕤先生是在坚持她的直译法,"用准确的同义词一个单位一个单位地顺序译下去"③。应该说,她连原作中的每一个标点符号都不愿意改动。就遣词而言,其一,赵萝蕤先生创造性地选择用"火光"去直译原作中的"firelight";我们应该说赵萝蕤先生此处的"火光"要比译

---

① T. S. Eliot, *The Complete Poems and Plays 1909–1950*, New York: Harcourt, Brace & World, 1971, p. 40.
② 赵萝蕤译:《荒原》,载黄宗英编《赵萝蕤汉译〈荒原〉手稿》,高等教育出版社2013年版,第51页。
③ 赵萝蕤:《我的读书生涯》,北京大学出版社1996年版,第185页。

本三中所采用的"灯光"更加精准,因为在翡翠眉拉被野蛮的国王蒂留斯所诱惑、强暴和禁闭的山洞里是不会有灯光的。其二,赵萝蕤先生把"Spread out in fiery points"译成"散开火星的小点子"也当推赵萝蕤先生直译法的一个经典案例;她几乎是逐字顺译的,但是在关键词语的处理上,赵萝蕤先生真可谓"妙译连珠",特别是她选用"火星的小点子"去对译"fiery points",因为其中"火星"正好与上一行中的"火光"上下呼应,十分完美地译出了原作中"firelight"与"fiery"这两个单词中音韵契合的艺术重复及英文单词"fire""fiery"象征着"欲望""激情"的艺术想象。其三,赵萝蕤先生采用"她的头发……亮成话语"去直译原作中的"her hair……Glowed into words",而"亮成话语"堪称此处的点睛之笔,要比译本三的"燃烧成话语"、译本四的"闪亮为语言"、译本六的"燃烧出字句"和译本七的"化为语言"要来得更加富有诗意,而且也更加符合译入语的表达习惯。其四,就是第 110 行最后的半行诗句:"then would be savagely still."赵萝蕤先生将其原译为"凝成野蛮的静默"。在此,耐人寻味的是"savagely still"这两个英文单词貌似重押头韵(alliteration),但实则包孕着一个矛盾修饰(oxymoron)。然而,正是这个"凝成野蛮的静默"的矛盾修饰将这一段诗文的意蕴推向了高潮,因为它画龙点睛式地点化了这个古代希腊神话故事中蒂留斯国王的野蛮强暴和翡翠眉拉的无奈忍受,以及西方世界现代荒原人对待不幸和不正当两性生活的麻木不仁。因此,笔者认为,赵萝蕤先生原译的"野蛮的静默"当推她文学翻译直译法的一个点睛之笔。

第五节 "在老鼠窝里"

在 1937 年初版《荒原》的译本中,赵萝蕤先生将艾略特《荒原》原作第 115—116 行"I think we are in rats' alley/Where the dead men lost their bones"[1] 翻译成"我们也许在老鼠窝里,/死人在那里遗失了残骨"[2]。

---

[1] T. S. Eliot, *The Complete Poems and Plays 1909 – 1950*, New York: Harcourt, Brace & World, 1971, p. 40.

[2] 赵萝蕤译:《荒原》,载黄宗英编《赵萝蕤汉译〈荒原〉手稿》,高等教育出版社 2013 年版,第 51 页。

1980 年，赵萝蕤先生又将自己的原译修订为"我想我们是在老鼠窝里，/在那里死人连自己的尸骨都丢得精光"①。在《荒原》一诗中，有关老鼠或耗子（rat）的描述一共有三处。第一处就是第 115 行中的"老鼠窝"（rats' alley），另外两处分别出现在第 187—188 行"一头耗子轻轻地偷过青草地/在岸上拖着它那黏湿的肚皮"② 和第 195 行"只给耗子脚踢来踢去"③。一般说来，老鼠象征着腐朽和死亡；艾略特《荒原》中的老鼠也不例外，是西方现代荒原人精神和肉体死亡的生动写照。在《荒原》原作第 115 行的注释中，艾略特提醒读者将其与《荒原》第三章第 195 行诗歌进行比较④，因为第 194—195 行这么写着："白骨抛在一个小小低低又干的阁楼上/只给耗子脚踢来踢去。"所以这两处都提到了早已经死去的人的"尸骨"或"白骨"。那么，第 115 行中这个"老鼠窝"究竟是个什么地方？为什么死人在那里"连自己的尸骨都丢得精光"呢？假如我们回到《荒原》原作第 111—138 行中，仔细琢磨其中男女对话双方的言语，或许我们能够对第一次世界大战后西方现代社会上中等阶层的生命光景有更加深刻的了解，进而对赵萝蕤先生文学翻译直译法及其用典的翻译也会有更加深刻的认识。艾略特《荒原》原文（第 111—138 行）如下：

My nerves are bad to-night. Yes, bad. Stay with me.
Speak to me. Why do you never speak. Speak.
What are you thinking of? What thinking. What?
"I never know what you are thinking. Think."

I think we are in rats' alley　　　　　　　　　　　　　　115
Where the dead men lost their bones.

---

① 赵萝蕤译：《荒原》，《外国文艺》（双月刊）1980 年第 3 期。
② 赵萝蕤译：《荒原》，载黄宗英编《赵萝蕤汉译〈荒原〉手稿》，高等教育出版社 2013 年版，第 67 页。
③ 赵萝蕤译：《荒原》，载黄宗英编《赵萝蕤汉译〈荒原〉手稿》，高等教育出版社 2013 年版，第 69 页。
④ 参见 T. S. Eliot, The Complete Poems and Plays 1909 - 1950, New York: Harcourt, Brace & World, Inc., 1971。

"What is that noise?"
                    The wind under the door.
"Whatis that noise now? What is the wind doing?"
                    Nothing again nothing.   120
"Do
"You know nothing? Do you see nothing? Do you remember
"Nothing?"

I remember
Those are pearls that were his eyes.   125
"Are you alive, or not? Is there nothing in your head?"
                                          But
O O O O that Shakespeherian Rag—
It's so elegant
So intelligent   130
"What shall I do now? What shall I do?"
"I shall rush out as I am, and walk the street
"With my hair down, so. What shall we do to-morrow?
"What shall we ever do?"
                    The hot water at ten.   135
And if it rains, a closed car at four.
And we shall play a game of chess,
Pressing lidless eyes and waiting for a knock upon the door. ①

译本一（赵萝蕤1937年初版《荒原》第111—138行）：
　　"今晚上我精神很坏。对了，坏。陪着我。
　　"跟我说话。为什么总不说话。说啊。
　　"你在想些什么？想什么？什么？

---

① T. S. Eliot, *The Complete Poems and Plays 1909 – 1950*, New York: Harcourt, Brace & World, 1971, pp. 40 – 41.

"我从来不知道你在想什么。想。"

我们也许在老鼠窝里，　　　　　　　　　　　　115
死人在那里遗失了残骨。

"什么声音？"
　　　　　　　风在门下面。
"这是什么声音？风在做什么？"
　　　　　　　　　没有，没有什么。　　　　120
　　　　　　　　　　　　"你，
"你什么也不知道？不看见？不记得
"什么？"

我记得
这些明珠是他的眼睛。　　　　　　　　　　125
"你是活的还是死的？你脑子里竟没有什么？"
　　　　　　　　　　　　可是
啊啊啊啊这莎士比希亚式的破烂——
这样文静
这样聪明　　　　　　　　　　　　　　　　130
"我现在该做什么？该做什么？
"我就这样跑出去，走在街上
散着头发，这样。我们明天做什么？
我们都还做什么？"
　　　　　　　　十点钟的开水。　　　　　135
若是下雨，四点钟来挂有篷的汽车。
我们会对面来下一局棋，
摸着没有眼皮的眼，等门上敲的那一声。①

---

① 赵萝蕤译：《荒原》，载黄宗英编《赵萝蕤汉译〈荒原〉手稿》，高等教育出版社 2013 年版，第 51—57 页。

译本二（赵萝蕤 1980 修订版《荒原》第 111—138 行）：
"今晚上我精神很坏。是的，坏。陪着我。
"跟我说话。为什么总不说话。说啊。
"你在想什么？想什么？什么？
"我从来不知道你在想什么。想。"

我想我们是在老鼠窝里，   115
在那里死人连自己的尸骨都丢得精光。

"那是什么声音？"
      风在门下面。
"那又是什么声音？风在做什么？"
     没有，没有什么。   120
       "你
"你什么都不知道？什么都没有看见？什么都
"不记得？"
我记得
那些珍珠是他的眼睛。   125
"你是活的还是死的？你的脑子里竟没有什么？"
        可是
噢噢噢噢这莎士比希式的爵士音乐——
它是这样文静
这样聪明   130
"我现在该做些什么？我该做些什么？
我就照现在这样跑出去，走在街上
披散着头发，就这样。我们明天该做些什么？
我们究竟该做些什么？"
      十点钟供开水。   135
如果下雨，四点钟来挂不进雨的汽车。
我们也还要下一盘棋，

按住不知安息的眼睛，等着那一下敲门的声音。①

第一，笔者曾经讨论过译者在翻译这段诗文前四行（第 111—114 行）中追求形式与内容相互统一的文学翻译直译法基本原则，并且发现赵萝蕤先生的译文与原作之间不仅行文形式对等，毫厘不差，"连一个标点符号都舍不得改动"②，而且译者精准地译出了诗中男女双方一种忍受着孤独、焦躁、疑虑、困惑之煎熬的精神状态。特别是诗中这位神经质的女性那副焦躁茫然的神态似乎立刻把读者带入一种情感紧张的男女关系之中。虽然对话双方可能生活在一起，但显然缺乏沟通，相互之间缺乏了解，更不用说信任。诗中女方"我"不知道男方"你"在想什么，也不知道他要说什么，甚至说"我从来不知道你在想什么"，因此她急切地希望或者说是在追逼着对方去"想"、去"说"，而且要求对方："今晚上……陪着我。"假如我们把这里的对话双方看成一对夫妻，那么这对夫妇之间此时心灵上的隔阂似乎不亚于罗伯特·弗罗斯特《家葬》（"Home Burial"）一诗中夫妇双方因为对他们长子夭折的看法不同而导致情感濒临破裂的窘境：

"天哪，这种女人！事情竟会是这样，
一个男人竟不能说起他夭折的孩子。"

"你不能，因为你不懂该怎样说。
你要有点感情该多好！你怎么能
亲手为他挖掘那个小小的坟墓？
……
"你——你以为说说就完了。我得走——
离开这所房子。我怎么能让你——"③

---

① 赵萝蕤译：《荒原》，《外国文艺》（双月刊）1980 年第 3 期。
② 黄宗英编：《赵萝蕤汉译〈荒原〉手稿》，高等教育出版社 2013 年版，第 12 页。
③ ［美］罗伯特·弗罗斯特：《弗罗斯特集》（上），曹明伦译，辽宁教育出版社 2002 年版，第 77—79 页。

人性的孤独和异化常常表现为第一次世界大战后西方一代人的精神幻灭。这是这一时期西方主流文学的主旋律。弗罗斯特与艾略特同是 20 世纪初的西方现代作家。虽然他们选择的表现手法不同，但是第一次世界大战后一代西方人的精神幻灭是他们诗歌作品中最重要的共同主题。从表面上看，《家葬》这首诗所描写的是一个孩子夭折的故事，但实际上诗人弗罗斯特是在"挖掘 20 世纪初西方文学中的一个常见主题，即人与人之间，甚至是夫妻之间失去相互理解、相互沟通的能力"①。此外，弗罗斯特不仅在《补墙》（"Mending Wall"）一诗中说"这垒墙之处我们并不需要墙；/他那边种的松树，我这边栽的苹果，/我的苹果树绝对不会越过边界/去偷吃他树下的松果"②，而且还在《花丛》（"A Tuft of Flowers"）一诗中告诫人们："'人类共同劳动，'我由衷地对他说，'不管他们是单干还是在一起干活'。"③ 然而，在艾略特的笔下，承载着这种人性孤独与异化的载体似乎变得十分丑陋和扭曲，人与人之间的关系，特别是男女之间甚至是夫妻之间的关系，都变得令人难以琢磨，因此，用艾略特自己的话说，就是"诗人必须变得愈来愈无所不包，愈来愈隐晦，愈来愈间接，以便迫使语言就范"④。因此，在英美现代主义诗歌创作中，为更好地服务于诗歌的思想内容，诗歌语言作为诗人表达思想内容的主要形式，发生了明显的变化。那么，在这种情境之下，译者也应该按照赵萝蕤先生提出的从事文学翻译应该具备三种基本条件，深入研究作家作品；不断提高两种语言的水平；同时，培养一种"忘我"精神，谦虚地向作者学习，谨慎地处理各种不同的翻译语言难题。⑤ 对照《荒原》原作，笔者越发觉得认真重读赵萝蕤先生的译文，并且细细琢磨她提出的"用准确的同义词一个

---

① 黄宗英：《弗罗斯特研究》，上海外语教育出版社 2011 年版，第 356 页。
② ［美］罗伯特·弗罗斯特：《弗罗斯特集》（上），曹明伦译，辽宁教育出版社 2002 年版，第 52 页。
③ ［美］罗伯特·弗罗斯特：《弗罗斯特集》（上），曹明伦译，辽宁教育出版社 2002 年版，第 41 页。
④ ［英］托·斯·艾略特：《玄学派诗人》，李赋宁译，《艾略特文学论文集》，百花洲文艺出版社 1994 年版，第 25 页。
⑤ 参见黄宗英、邓中杰、姜君《"灵芝"与"奇葩"——赵萝蕤先生汉译〈荒原〉艺术管窥》，载黄宗英编《赵萝蕤汉译〈荒原〉手稿》，高等教育出版社 2013 年版。

单位一个单位地顺序译下去"① 的文学翻译直译法。就以上这段诗歌头四行的译文，赵萝蕤先生真可谓连原作的一个标点符号都不愿意改动：

艾略特《荒原》原文：

　　"My nerves are bad to-night. Yes, bad. Stay with me.
　　"Speak to me. Why do you never speak. Speak.
　　"What are you thinking of? What thinking. What?
　　"I never know what you are thinking. Think."②

赵萝蕤初版《荒原》译文：

　　"今晚上我精神很坏。对了，坏。陪着我。
　　"跟我说话。为什么总不说话。说啊。
　　"你在想些什么？想什么？什么？
　　"我从来不知道你在想什么。想。"③

与诗中人"我"这么坏的精神相比，诗中人"你"的心情又是如何呢？他似乎"总不说话"，可是他又"在想些什么？想什么？什么[呢]？"然而，笔者认为，这一连串的叩问不正好表达了《荒原》第一章《死者葬仪》中那位风信子女郎的情人看到她可能是干了什么荒唐事的心境吗？

　　　　——可是等我们回来，晚了，从风信子的园里来，
　　　　你的臂膊抱满，你的头发湿，我说不出
　　　　话，眼睛看不见，我既不是
　　　　活的，也未曾死，我什么都不知道④

---

　　① 赵萝蕤：《我是怎样翻译文学作品的》，载王寿兰编《当代文学翻译百家谈》，北京大学出版社 1989 年版，第 608 页。
　　② T. S. Eliot, *The Complete Poems and Plays 1909–1950*, New York: Harcourt, Brace & World, 1971, p. 40.
　　③ 赵萝蕤译：《荒原》，载黄宗英编《赵萝蕤汉译〈荒原〉手稿》，高等教育出版社 2013 年版，第 51 页。
　　④ 赵萝蕤译：《荒原》，《外国文艺》（双月刊）1980 年第 3 期。

那么，此处这位诗中人"你"的回答又有什么新鲜之处呢？他是否像前面那位风信子女郎的情人一样，同样"说不出/话，眼睛看不见"呢？他是否同样不知道自己是死是活，"什么都不知道"了呢？实际上，艾略特《荒原》原稿中给这位诗中人"我"的回答是"我想我们初次相见于老鼠窝里"①。1922年，《荒原》正式发表时，艾略特把诗中人"你"的回答改成了这两行诗歌：

I think we are in rats' alley   115
Where the dead men lost their bones. ②

赵萝蕤先生1937年版的原译为：

我们也许在老鼠窝里，   115
死人在那里遗失了残骨。③

1980年，赵萝蕤先生将这两行译文修订了：

我想我们是在老鼠窝里，   115
在那里死人连自己的尸骨都丢得精光。④

在笔者看来，诗人艾略特的这一改动，不仅将过去时改成了现在时，而且也将风信子女郎的风流故事改成了现代荒原男人女人之间的荒唐关系，仿佛往日的风信子花园也随之变成了眼前的这个连死人的尸骨都得丢个精光的老鼠窝。那么，其他几位译者是如何翻译这两行

---

① "I think we met first in rats' alley, /Where the dead men lost their bones." Valerie Eliot ed., T. S. Eliot: The Waste Land: A Facsimile and Transcript of the Original Drafts Including the Annotations of Ezra Pound, New York: Harcourt Brace Jovanovich, Inc., 1971, p. 11.
② T. S. Eliot, The Complete Poems and Plays 1909-1950, New York: Harcourt, Brace & World, 1971, p. 40.
③ 赵萝蕤译：《荒原》，载黄宗英编《赵萝蕤汉译〈荒原〉手稿》，高等教育出版社2013年版，第51页。
④ 赵萝蕤译：《荒原》，《外国文艺》（双月刊）1980年第3期。

诗的呢？

> 译本三："我想我们正在老鼠的巷子里，
> 　　　　这里死人连骨头都剩不下来。"①
> 译本四："我想我们是在耗子洞里，
> 　　　　死人咋爱这里丢了骨头。"②
> 译本五："我想我们在老鼠的小径里，
> 　　　　那里死人甚至失去了他们的残骸。"③
> 译本六："我想我们正处在鼠窟里，
> 　　　　死人们失去他们骨头的地方。"④
> 译本七："我想咱们是住在耗子的洞穴里
> 　　　　死人连自己的尸骨都丢失了。"⑤

在这里，我们可以讨论两个问题。第一，为什么对"rats'alley"的翻译会出现这么多种译法呢？根据克里斯托弗·里克斯和吉姆·麦丘先生（Christopher Ricks and Jim McCue）所提供的注释，"rats'alley"是英国人于1916年从法语中吸收过来的一个表达法，相当于英文的"a trench"⑥，中文可以解释为"深沟""战壕"。索瑟姆先生也在他的《艾略特诗选导读》中做过这样的注释："有人认为这是第一次世界大战西线士兵用来表达战壕的俚语（soldiers' slang for the trenches）。"⑦ 尽管索瑟姆先生没有找到这种特殊用法的佐证，但是他认为这种解释不无道理，因为"alley"一词是一个俚语行话，意思就是"战壕"，而战壕最让士兵们感到烦恼的就

---

① 赵毅衡编译：《美国现代诗选》，外国文学出版社 1985 年版，第 202 页。
② 查良铮译：《英国现代诗选》，湖南人民出版社 1985 年版，第 51 页。
③ 裘小龙译：《四个四重奏》，漓江出版社 1985 年版，第 77 页。
④ 叶维廉译：《众树歌唱：欧美现代诗100首》，人民文学出版社 2009 年版，第 85 页。
⑤ 汤永宽译：《荒原》，载陆建德主编《荒原：艾略特文集·诗歌》，上海译文出版社 2012 年版，第 86 页。
⑥ Christopher Ricks and Jim McCue, eds., *The Poems of T. S. Eliot*, Vol. Ⅰ, Baltimore: Johns Hopkins UP, 2015, p. 632.
⑦ B. C. Southam, *A Guide to the Selected Poems of T. S. Eliot*, 6th ed., San Diego: Harcourt Brace & Company, 1994, p. 161.

是战壕里那些预示着不祥征兆的老鼠，就是那些人们既熟悉又感到厌恶的耗子。1915年11月，在给他母亲的一封信中，艾略特曾经写到关于他妻子维维安（Vivien）的弟弟莫里斯·海伍德（Maurice Haigh-Wood）在前线服役的经历。艾略特告诉他母亲说："他［莫里斯］跟我说了关于老鼠和臭虫的情况简直难以置信，北部法国随处可见老鼠和臭虫，而且一只只老鼠跟猫一样大。"[①] 由此可以推断，这两行诗歌中的"rats' alley"应该指的是第一次世界大战期间英国士兵们在战场前线用于藏身的战壕，而且对于我们理解下一行诗歌的思想内容有所帮助，也没有逻辑上的困扰，因为战争是无情的，需要士兵们付出生命的代价，而且众多士兵们的牺牲是不为后人所记忆的，真可谓诗人艾略特此处所说的："在那里死人连自己的尸骨都丢得精光！"即便是这场战争的幸存者，他们也可能因为战争失去了为自己获得体面的大学文凭，或者找到一份挣钱的工作，或者收获一份幸福的爱情……实际上，这场战争是第一次世界大战后西方一代青年人理想破灭、精神幻灭的真正根源。他们是"迷惘的一代"！正如美国小说家菲茨杰拉德在其小说《人间天堂》的结尾，给这一代西方青年人下的定义那样，他们是"一代新人，比以往任何时候都更加惧怕贫穷和崇拜成功；他们长大成人，结果发现所有的上帝都死光了，所有的战争都打完了和所有的信仰都动摇了！"[②]

在我们回顾和掌握了这些背景知识之后，我们再来考察这两行诗歌的各种不同翻译方法，进而思考赵萝蕤先生所提倡的文学翻译直译法在挖掘艾略特诗歌用典互文艺术方面的技巧，或许就会有新的、更加深刻的认识。我们可以判断，译本三和译本五分别把"rats' alley"翻译成"老鼠的巷子"和"老鼠的小径"属于一种拟人的译法，似乎都没有足够的根据；译本四的"耗子洞"、译本六的"鼠窟"及译本七的"耗子的洞穴"显然对艾略特诗中的用典影射理解不够到位，诗歌文本的释读和研究还有拓展的空间。从赵萝蕤先生的两个译本看，赵萝蕤先生把1937年初版《荒

[①] B. C. Southam, *A Guide to the Selected Poems of T. S. Eliot*, 6th ed., San Diego: Harcourt Brace & Company, 1994, p. 161.

[②] 笔者译自 F. Scott Fitzgerald, *This Side of Paradise*, New York: Charles Scribner's Sons, p. 255。

原》译本中第 115 行的句法做了修订,从原译的"我们也许在老鼠窝里"改成了 1980 年修订版的"我想我们是在老鼠窝里"。赵萝蕤先生的这一修改是为了让译文更加符合她所谓的"比较彻底的直译法"①,因为赵萝蕤先生的修订版译文较之她的初版译文也可谓与艾略特的原作毫厘不差了:"I think we are in rats' alley。" 那么,赵萝蕤先生的两个译本都把原作中的"rats' alley"翻译成"老鼠窝",而两个译本前后时隔 43 年,为什么她没有改动呢?不难看出,赵萝蕤先生的译法仍然是根据她的直译法原则:"用准确的同义词一个单位一个单位地顺序译下去。"② 虽然赵萝蕤先生翻的"老鼠窝"要比以上几种别的译法在遣词上来得更加"准确",但是,笔者认为,更加重要的是"老鼠窝"还译出来艾略特此处用典的互文寓意。那些所谓的"老鼠窝"原本是战争中无数士兵们作为英勇善战、奋勇杀敌的战壕阵地,而如今第一次世界大战后却被诗人们用来形容那些人们所熟悉而又厌恶的地方。诗人艾略特的手法仍旧是借古讽今,然而赵萝蕤先生的译笔却可谓"奇峰突起,巉崖果存"了。假如我们再回到这两行诗的上下文语境之中,我们并不难发现,首先,就诗歌编排的形式而言,这两行诗是与上下两段诗文相互隔开的,是独立排版的;其次,就其思想内容而言,这两行诗歌字面上所写的是残酷的战争给人们带来的不幸;最后,就其意象而言,这两行诗歌中的"老鼠窝"及士兵们的命运包孕在这个艾略特所惯用的"奇思妙喻"(conceit)之中。诗人艾略特把战争中士兵们在战壕里饱受老鼠和臭虫的困扰及战争的灾难比作第一次世界大战后西方一代青年人的精神幻灭。他们没有体面的大学文凭,找不到理想的工作,也没有温馨幸福的家庭。他们每天需要与生命的空洞和毫无意义做斗争。即便是与一起生活的人在一起,即便是夫妻,他们之间也无法沟通、无法交流,更不用说真心相爱。于是,独具匠心、善于奇思妙想的艾略特将这两行貌似风马牛不相及的诗行巧妙地嵌入了一个貌似中等阶层的日常生活情景,取得了美妙的用典影射艺术的效果,而善于"用准确的同义词"进行直译的赵萝蕤先生收获了一个精准灵动的用典互文翻译

---

① 赵萝蕤:《我是怎么翻译文学作品的》,载王寿兰编《当代文学翻译百家谈》,北京大学出版社 1989 年版,第 609 页。
② 赵萝蕤:《我是怎么翻译文学作品的》,载王寿兰编《当代文学翻译百家谈》,北京大学出版社 1989 年版,第 608 页。

案例。

　　第二，赵萝蕤先生为什么要把她第 116 行的原译"死人在那里遗失了残骨"修订为"在那里死人连自己的尸骨都丢得精光"呢？假如对照原作，我们会发现，就造句而言，似乎赵萝蕤先生的原译相较她的修订版译文更加贴近原作的形态，且语气平实，略带遗憾和痛惜的意味，然而修订后这行诗的译文比较冗长，且读起来显得略带夸张的讽刺味道。其实，赵萝蕤先生的修改并不难理解。笔者认为，赵萝蕤先生译本一的这两行译文更接近她主张用准确的同义词进行直译的原则；虽然第 115 行的句式有所调整，但是把原作的"I think"译成"也许"也是一个准确的遣词，而且第 116 行的原译算是中规中矩，严格按照一个定语从句的语序进行翻译；然而，赵萝蕤先生译本二中这两行译文的第二行句式就有较大的变化，似乎有点超出她"用准确的同义词一个单位一个单位地顺序译下去"的原则。究其原因，笔者认为，译者是想通过略带夸张的语气来渲染战争中士兵们英勇善战的生命光景，同时影射第一次世界大战后西方一代青年人精神幻灭的生活窘境。此外，在译本一中，赵萝蕤先生用"残骨"来翻译"bones"，而在译本二中将"残骨"改成了"尸骨"。笔者认为，不论"残骨"还是"尸骨"，均属精准的遣词。然而，译本三、四、六的译者选择把"bones"直接翻译成"骨头"，而译本五选择了"残骸"。笔者认为，这几种处理方法似乎都不到位，译成"骨头"自然不算错误，而且貌似直译，但显然不如"残骨"或"尸骨"形象生动，而译成"残骸"显然不够自然，因为"残骸"虽然意指人或动物的尸骨，但往往借指残破的建筑物、机械、车辆等。此外，笔者认为，第 116 行还包孕着另外一层寓意。笔者前面引用过菲茨杰拉德的名言，他认为第一次世界大战后的西方一代青年人是"一代新人……他们长大成人，结果发现所有的上帝都死光了，所有的战争都打完了和所有的信仰都动摇了！"[1] 可见，上帝已经不再是他们崇拜的偶像，他们生活中的理想破灭了，他们生命中的信仰动摇了，因此他们"比以往任何时候都更加惧怕贫穷和崇拜成功"[2]。这

---

[1] 笔者译自 F. Scott Fitzgerald, *This Side of Paradise*, New York: Charles Scribner's Sons, p. 255。

[2] 笔者译自 F. Scott Fitzgerald, *This Side of Paradise*, New York: Charles Scribner's Sons, p. 255.

么看来，他们不仅是生活在第一次世界大战后西方现代荒原上的"老鼠窝里"，而且每天必须面对没有工作、没有金钱、没有爱情和家庭的生活窘境。在这一代青年人心中没有上帝，只有金钱；没有信仰，只崇拜成功；无所谓感恩，也无所谓寄托，真可谓虽生犹死，生不如死！因此，艾略特的这句名诗也可谓恰如其分："在那里死人连自己的尸骨都丢得精光。"

假如从用典的视角加以考察，我们也能为艾略特的这一行诗句找到佐证。在《圣经·旧约·以西结书》第 6 章第 3—7 节中，耶和华向以色列群山曾经这样预言：

> 我必使刀剑临到你们，也必毁灭你们的邱坛。你们的祭坛必然荒凉，你们的日像必被打碎，我要使你们被杀的人倒在你们的偶像面前，我也要将以色列人的尸首放在他们的偶像面前，将你们的骸骨抛撒在你们祭坛的四围。在你们一切的住处，城邑要变为荒场，邱坛必然凄凉，使你们的祭坛荒废，将你们的偶像打碎。你们的日像被砍倒，你们的工作被毁灭。①

这是上帝对那些背信弃义、崇拜偶像的以色列人的惩罚，仿佛上帝利用"刀剑"（即通过战争）让一切偶像连同它们附带的一切东西全部毁灭。那些以色列人已经建在群山上的"邱坛""祭坛""日像""偶像"都必须被"打碎"。耶和华要将那些不敬拜上帝的以色列人的"尸首"放在他们所崇拜的偶像面前，将那些背信弃义的以色列人的"骸骨"抛撒在他们祭拜偶像的祭坛周围，而且让以色列人居住的所有城邑都变成"荒场"，让他们的邱坛变得"凄凉"，他们的祭坛变得"荒废"，他们的偶像必被"打碎"，他们的"日像"必被"砍倒"，甚至连他们的工作都将必被"毁灭"。可见，上帝是要求子民绝对忠实的，容不得半点抗争，否则人类就会受到上帝"刀剑"的惩罚，而以"刀剑"作为象征的战争只能给人类带来凄惨的荒废和毁灭。相形之下，生活在第一次世界大战后西方现代荒原上的一代西方青年人，由于他们只"惧怕贫穷"并且只"崇拜

---

① 《圣经·旧约》（中英对照·和合本·新国际版），香港：国际圣经协会 1998 年版，第 1348 页。

成功",所以他们心目中只有金钱,而没有上帝!因此,他们的生命光景就只能是凄凉的"邱坛"、荒废的"祭坛"、被砍倒的"日像"、被打碎了的"偶像",而他们所生活的城邑也只能是艾略特笔下的"老鼠窝里,/在那里死人连自己的尸骨都丢得精光"。诗境至此,足见艾略特用典互文想象之深邃,而赵萝蕤先生文学直译互文寓意之深刻!

假如我们接着考察这段对话,还能够从这一对躲在"老鼠窝"里的男女的口里掏出些什么呢?这位神经质女人的"精神"似乎更加糟糕了,她的问题竟然没完没了:"什么声音?""这是什么声音?风在做什么?""你什么也不知道?不看见?不记得/什么?""你是活的还是死的?你脑子里竟没有什么?"这是诗人艾略特对第一次世界大战后西方人性孤独和异化的极写。这对男女显然不像原作接下来第139—172行中所描写的两位生活在伦敦社会底层的小市民,他们至少应该算是伦敦中等阶层的人,似乎还有机会去享受那"文静"(elegant)而又"聪明"(intelligent)的"莎士比希亚式的爵士音乐"(Shakespeherian Rag),"十点钟[会给他们]供开水"(the hot water at four),"四点钟[会]来[一辆]挂不进雨点汽车"(a closed car at four),而且心情好的时候还可以"下一盘棋"(play a game of chess)。可见,他们还是比较充分地享受着现代文明为他们提供的丰富的物质生活。然而,他们的精神生活竟然如此无聊、空虚,没有意义。诗中对话双方在这段对话中前后一连六次重复使用了"Nothing"(没有)这个单词:"你,/你什么也不知道?不看见?不记得/什么?"——"没有,没有什么。"换言之,就是诗中人"他"在说,他什么也不知道、什么也没看见、什么也不记得,没有,什么也没有!要战胜这种精神上的"什么也没有"恰恰是第一次世界大战后西方这一代青年人每天所要面临的问题。他们已经"长大成人",可是"所有的上帝都死光了,所有的战争都打完了和所有的信仰都动摇了!"① 他们没有学历、没有工作、没有爱情、没有家庭、看不到生活的出路、看不见生命的意义,因此许多人只好"用咖啡匙一勺一勺地量尽了自己的生命"。这种感觉不亚于《圣经·旧约·传道书》第一章中传道者所说的那种"虚空":"凡事都是虚

---

① 笔者译自 F. Scott Fitzgerald, *This Side of Paradise*, New York: Charles Scribner's Sons, p. 255。

空……已过的世代，无人记念；将来的世代，后来的人也不记念。"① 生命似乎没有任何意义，诗人艾略特仿佛就像一位牧师，在悲叹生活在失去生命意义的现代荒原人。真可谓"虚空的虚空，虚空的虚空，凡事都是虚空"②。不仅如此，我们注意到诗中唯一的答语是："我记得/这些明珠是他的眼睛。"显然，诗中对话双方的心事不在一起，否则怎么可能如此答非所问呢？然而，第125行的这个答语"这些明珠就是他的眼睛"当推这段诗文中最具有讽刺意义的诗句。它重复了艾略特《荒原》原作第48行出自莎士比亚《暴风雨》(Tempest)中仙童唱的《丧歌》：

> 你的父亲睡得有五丈深；
> 他的尸骨已成了珊瑚；
> 这些明珠就是他的眼睛。
> 他的一切都不会朽腐
> 却经过了海水的变换，
> 变得又丰美、又奇怪。
> 海仙们每小时敲他的丧钟：
> 叮——当
> 听啊，我听见她们——叮——当，打钟。③

这句答语貌似答非所问，但实际上艾略特是在用典影射死亡，而且这里的死亡"暗示水里有死亡"④。"可是"，艾略特又在莎士比亚笔下仙童唱出的这一行"丧歌"之后，插入了一曲1912年艾略特研究生在读期间"舞场里流行的曲调"⑤：

---

① 《圣经·旧约》（中英对照·和合本·新国际版），香港：国际圣经协会1998年版，第1082页。
② 《圣经·旧约》（中英对照·和合本·新国际版），香港：国际圣经协会1998年版，第1082页。
③ 赵萝蕤译：《荒原》，载黄宗英编《赵萝蕤汉译〈荒原〉手稿》，高等教育出版社2013年版，第149页。
④ 赵萝蕤：《〈荒原〉浅说》，《我的读书生涯》，北京大学出版社1996年版，第23页。
⑤ 赵萝蕤译：《荒原》，载黄宗英编《赵萝蕤汉译〈荒原〉手稿》，高等教育出版社2013年版，第169页。

> 啊啊啊啊这莎士比希亚式的破烂——
> 这样文静
> 这样聪明①　　　　　　　　　　　　　　　　　　　　　　130

为了适应爵士乐的节奏，原作中的"Shakespeherian"是在莎士比亚名字中加了一个"希"字，而其中的"Rag"指的就是这种"爵士音乐"。在1937年初版《荒原》中译本中，赵萝蕤先生把"that Shakespeherian Rag"译为"这莎士比希亚式的破烂"，而1980年修订版中，赵萝蕤先生将其改为了"这莎士比希亚式的爵士音乐"。赵萝蕤先生的这一改译或许的确是为了使改译后的译文更加符合"比较彻底的直译法"②。但是，笔者认为，赵萝蕤先生在1937年初版《荒原》中把"Rag"译成"破烂"应该不是误译，而是译者对西洋古典音乐的热爱所致，因为从小深受西洋古典音乐熏陶的赵萝蕤先生可能对当时美国的流行音乐并不习惯，导致她在翻译"Rag"一词时把她个人对西洋古典音乐的情感因素参合了进去，结果把"Rag"直接照着字面意思"直译"了。我们知道，赵萝蕤先生"一进小学不但开始学英语，还开始学弹钢琴"③，又在大学四年中选修了"多门音乐课"④，而且在美国芝加哥大学攻读博士学位期间，与她在芝大东方学院教授古文字学的丈夫陈梦家先生一起"听了许多音乐会，不论是交响乐、器乐、歌剧"，特别是"瓦格纳歌剧的著名女高音柯斯敦·弗莱格斯旦德［的演唱］、黑人歌唱家保罗·罗伯逊主演的莎翁名剧《奥赛罗》、弗里茨·克莱斯勒的小提琴演奏会、著名的古巴女高音比杜·萨姚的《艺术家的生活》、著名男高音劳力兹·梅尔克欧的《帕西发尔》等"⑤。根据韦里克（Margaret C. Weirick）提供的资料，当时美国流行的这首《这莎

---

① 赵萝蕤译：《荒原》，载黄宗英编《赵萝蕤汉译〈荒原〉手稿》，高等教育出版社2013年版，第169页。[英]托·斯·艾略特：《荒原》，赵萝蕤译，新诗社1937年版，第32页。
② 赵萝蕤：《我是怎么翻译文学作品的》，载王寿兰编《当代文学翻译百家谈》，北京大学出版社1989年版，第609页。
③ 赵萝蕤：《我的读书生涯》，北京大学出版社1996年版，第1页。
④ 赵萝蕤：《我的读书生涯》，北京大学出版社1996年版，第2页。
⑤ 赵萝蕤：《我的读书生涯》，北京大学出版社1996年版，第5页。

士比希亚式的爵士乐》（"That Shakespeherian Rag"），其合唱部分（Chorus）就包括以下歌词：

> That Shakespeherian Rag
> Most intelligent, very elegant,
> …
> Romeo loved his Juliet—
> …
> And you'd hear old Hamlet say,
> "To be or not to be,"
> That Shakespeherian Rag. ①

可见，尽管这一曲流行的爵士乐是"这样聪明"（Most intelligent）和"这样文静"（very elegant），但是它的主题始终离不开莎士比亚笔下的一幕幕悲剧。罗密欧与朱丽叶之间纯真爱情的结局是悲惨的；哈姆莱特可谓经受了人世间最大的痛苦和最悲惨的命运，虽然他没有为灾难所压垮，而是在个人的不幸中觉悟到了社会的不幸和不合理，但是他只能是道义上的胜利者，而在生活中他只能是事实上的失败者。所以，回到《荒原》中，我们仍然可以感受到艾略特借古讽今的用典互文影射。生活在现代荒原里的人们，不论他们能够享受多么"聪明"和"文静"的流行爵士音乐，他们的命运仍然逃脱不了成天折磨着哈姆莱特的问题："是生存还是毁灭？"②也逃脱不了整体折磨普鲁弗洛克的那个"令人困惑的问题"："那是什么？"（What is it?）③。因此，诗人艾略特让我们读者接着看到诗中这位因无助而歇斯底里地疯狂的女人也就十分自然了："我现在该做什么？该做什么？／我就这样跑出去，走在街上／散着头发，这样。我们明天做什么？／我们都还做什么？"试想，这种生命光景不就是《荒原》卷首引诗

---

① Margaret C. Weirick, *T. S. Eliot's* The Waste Land: *Sources and Meaning*, New York: Monarch Press, 1971, p. 40.
② ［英］莎士比亚：《莎士比亚戏剧》（下），朱生豪译，人民出版社 2015 年版，第 479 页。
③ T. S. Eliot, *The Complete Poems and Plays 1909–1950*, New York: Harcourt, Brace & World, 1971, p. 3.

中那位女先知西比儿回答孩子们问她要什么时,她回答说"我要死"的情境吗?西比儿被"吊在笼子里"①,然而,诗中这对对话的男女双方似乎是被囚禁在西方现代社会荒原上的一个"老鼠窝"里,孤独地"摸着没有眼皮的眼,等门上敲的那一声!"

然而,《荒原》第二章中的这个寓意深刻的"老鼠窝"意象在第三章《火诫》中变成了一只活生生的老鼠:

《荒原》原文(第183—202行):

  Sweet Thames, run softly till I end my song,
  Sweet Thames, run softly, for I speak not loud or long.
  But at my back in a cold blast I hear   185
  The rattle of the bones, and chuckle spread from ear to ear.
  A rat crept softly through the vegetation
  Dragging its slimy belly on the bank
  While I was fishing in the dull canal
  On a winter evening round behind the gashouse   190
  Musing upon the king my brother's wreck
  And on the king my father's death before him.
  White bodies naked on the low damp ground
  And bones cast in a little low dry garret,
  Rattled by the rat's foot only, year to year.   195
  But at my back from time to time I hear
  The sound of horns and motors, which shall bring
  Sweeney to Mrs. Porter in the spring.
  O the moon shone bright on Mrs. Porter
  And on her daughter   200
  They wash their feet in soda water

---

① 赵萝蕤译:《荒原》,载黄宗英编《赵萝蕤汉译〈荒原〉手稿》,高等教育出版社2013年版,第23页。[英]托·斯·艾略特:《荒原》,赵萝蕤译,新诗社1937年版,第17页。

第三章 "奇峰突起,巉崖果存" 301

> Et O ces voix d'enfants, chantant dans la coupole！①

译本一（赵萝蕤 1937 年初版《荒原》第 183—202 行）：

可爱的泰晤士,轻轻地流,等我唱完我的歌,
可爱的泰晤士,轻轻地流,我不会大声,也不多说。
可是在我身后的冷风里我听   185
白骨碰白骨的声音,魇笑从耳旁传开去。
一头耗子轻轻地偷过青草地
在岸上拖着它那黏湿的肚子
而我却在死水里垂钓
在某个冬夜一家煤气厂背后,   190
想到国王我那兄弟的沉舟
又想到他以先那王,我父亲的死亡。
白身躯光着身在又低又潮湿的地上,
白骨抛在一个小小低低又干的阁楼上,
只给耗子脚踢来踢去,年复一年。   195
但是在我背后我还是时常听见
喇叭的声音,汽车的声音,会到
春天,把薛维尼带给博尔特太太。
啊月亮在博尔特太太身上是亮的
在她女儿身上也亮   200
她们在苏打水里洗脚
啊这些孩子们的声音,在教堂顶下唱！②

然而,此处不论是第 187 行中那一头"在岸上拖着它那黏湿的肚子""轻轻的偷过青草地"的"耗子",还是在第 195 行中那头在"一个小小低低又干的阁楼上"的白骨堆里"年复一年"地"踢来踢去"的耗子,诗人

---

① T. S. Eliot, *The Complete Poems and Plays 1909–1950*, New York: Harcourt, Brace & World, 1971, pp. 42–43.
② 赵萝蕤译：《荒原》,载黄宗英编《赵萝蕤汉译〈荒原〉手稿》,高等教育出版社 2013 年版,第 67—71 页。

艾略特似乎都没有忘记用典影射安德鲁·马韦尔在《致他的娇羞的女友》一诗中,通过一系列空虚失望、茫然幻灭、卑鄙狼狈、麻木不仁的死亡意象,来敦促女友与诗中人一同及时行乐。在马韦尔的诗歌中,我们不仅听到了诗中人说"在我的背后我总听到/时间的战车插翅飞奔,逼近了"①,而且看到了诗中人在说"在那远方,在我们面前,却展现一片永恒沙漠,寥廓,无限"②。同样,在艾略特的《荒原》的《火诫》一章中,我们不仅听到了在诗中人身后那一阵令人毛骨悚然的冷风里"白骨碰白骨的声音"(第 186 行),而且还听到诗中人在说"在我背后我还是时常听见/喇叭的声音,汽车的声音"(第 196—197 行)。显然,这仍然是艾略特连接古今的用典手法,但更有意思的是,我们看到了艾略特笔下与马韦尔笔下截然不同的爱情观和爱情故事。马韦尔笔下的诗中人虽然有点求偶心切,但他是在想方设法说服"他的娇羞的女友",其爱情是纯洁的,然而在艾略特笔下,我们看到的却是另外一种男女关系:

> 　　　　　　　　到
> 春天,把薛维尼带给博尔特太太。
> 啊月亮在博尔特太太身上是亮的
> 在她女儿身上也亮　　　　　　　　　　　　200
> 她们在苏打水里洗脚
> 啊这些孩子们的声音,在教堂顶下唱!③

春天是一个大地回春、万物复苏的季节。诗人在这一段诗文的结尾(第 202 行)嵌入了一行魏尔伦(Verlaine)《帕西法尔》(*Parsifal*)中的法语诗句。艾略特的目的是通过影射教堂里仙童们赞美纯真和谦卑之美德的歌声,让读者们回忆起诗剧主人公帕西法尔是如何抵挡女巫的诱惑,并且在

---

① 杨周翰译:《致他的娇羞的女友》,载王佐良主编《英国诗选》,上海译文出版社 1988 年版,第 132 页。
② 杨周翰译:《致他的娇羞的女友》,载王佐良主编《英国诗选》,上海译文出版社 1988 年版,第 132 页。
③ 赵萝蕤译:《荒原》,载黄宗英编《赵萝蕤汉译〈荒原〉手稿》,高等教育出版社 2013 年版,第 67—71 页。

"寻到圣杯之后，洗濯基督的脚"① 的情境。然而，这些仙童们赞美耶稣的美好歌声却为薛维尼和博尔特太太及其女儿的出现所打破。艾略特在他给第 197 行的注释中，应用了戴埃（John Day，1574—1640 年）的假面剧《蜜蜂议院》（*The Parliament of Bees*）中的四行诗句：

> When of the sudden, listening, you shall hear,
> A noise of horns and hunting, which shall bring
> Actaeon to Diana in the spring,
> Where all shall see her naked skin...②

赵萝蕤先生译文：

> 你细听的时候，忽然会听到
> 号角与打猎的声音，在春天里
> 带领了阿格旦恩给达安诺
> 在那里我们会看见她的裸体……③

显然，艾略特在此是把戴埃假面剧中的诗句"在春天里/带领了阿格旦恩给达安诺"改成了《荒原》中的"到春天/把薛维尼带给博尔特太太"。在希腊罗马神话中，阿格旦恩是一位猎人，无意中看到了贞洁女神（goddess of chastity）狄安娜（Diana）④ 在与她的仙女们一起裸浴，结果被变成一只公鹿后被他自己的一群猎犬撕成碎片。那么，薛维尼和博尔特太太又是什么人呢？赵萝蕤先生说："薛维尼（Sweeney）作为典型的市侩在艾略特诗中出现过五次，他是人而猿，是兽性的代表。"⑤ 裘小龙先生在

---

① 赵萝蕤译：《荒原》，载黄宗英编《赵萝蕤汉译〈荒原〉手稿》，高等教育出版社 2013 年版，第 181 页。
② T. S. Eliot, *The Complete Poems and Plays 1909–1950*, New York: Harcourt, Brace & World, 1971, p. 52.
③ 赵萝蕤译：《荒原》，载黄宗英编《赵萝蕤汉译〈荒原〉手稿》，高等教育出版社 2013 年版，第 177—179 页。
④ 赵萝蕤先生此处译为"达安诺"。
⑤ 赵萝蕤：《〈荒原〉浅说》，《我的读书生涯》，北京大学出版社 1996 年版，第 23—24 页。

《荒原》译者注释中写道:"斯威尼(Sweeney)是'斯威尼组诗'中一个有欲无情,有身无灵的人物。"① 关于博尔特太太,一般评论认为她"是个妓女"②;赵萝蕤先生认为,博尔特太太和她的女儿用苏打水洗脚是"为了美容与长寿"③。从艾略特借古讽今的用典习惯来看,笔者认为,此处博尔特太太和她的女儿用苏打水洗脚这一细节正好与魏尔伦《帕西法尔》诗中主人公抵挡住女巫的诱惑,"寻到圣杯后,洗濯基督的脚"这一情节形成鲜明的对照。在帕西法尔"洗濯基督的脚"的情节中,我们看到的是对贞洁和谦卑的讴歌,而伴随着博尔特太太和她的女儿用苏打水洗脚这一动作的是这两个女人被月亮照亮。在赵萝蕤先生1937年初版《荒原》和1980年修订版《荒原》中译本中,第199—200行这两行译文如下:

原文:"O the moon shone bright on Mrs. Porter/And on her daughter"④

译本一:"啊月亮在博尔特太太身上是亮的/在她女儿身上也亮"⑤

译本二:"啊月亮照在博尔特太太/和她女儿身上是亮的"⑥

译本三:"哦,月光朗照在波特太太身上/朗照在她的女儿身上"⑦

译本四:"呵,月光在鲍特太太身上照耀/也在她女儿身上照耀"⑧

译本五:"啊月光明媚地映着波特夫人/和她的女儿"⑨

---

① 裘小龙译:《四个四重奏》,漓江出版社1985年版,第82页。
② 裘小龙译:《四个四重奏》,漓江出版社1985年版,第82页。
③ 赵萝蕤:《〈荒原〉浅说》,《我的读书生涯》,北京大学出版社1996年版,第24页。
④ T. S. Eliot, *The Complete Poems and Plays 1909–1950*, New York: Harcourt, Brace & World, 1971, p. 42.
⑤ 赵萝蕤:《荒原》,载黄宗英编《赵萝蕤汉译〈荒原〉手稿》,高等教育出版社2013年版,第69页。
⑥ 赵萝蕤译:《荒原》,《外国文艺》(双月刊)1980年第3期。
⑦ 赵毅衡编译:《美国现代诗选》,外国文学出版社1985年版,第206页。
⑧ 查良铮译:《英国现代诗选》,湖南人民出版社1985年版,第54—55页。
⑨ 裘小龙译:《四个四重奏》,漓江出版社1985年版,第82页。

译本六："噢，月色溶溶照在朴尔特夫人的身上/和她女儿自己的身上"①

译本七："啊明月光皎皎/把波特太太和她女儿照"②

从以上七种中译文看，赵萝蕤先生对博尔特太太和她的女儿这两个女人的遣词是比较吝啬的，仅仅说月亮照在这两个女人的身上"是亮的"，既不像以上有的译者那样，使用"明媚"或"溶溶"或"皎皎"等形容词来描写皎洁的月光，也不用"朗照"或"照耀"或"映着"等表示"明亮"意义的动词，来照亮这两位月光下的女人，而始终坚持"用准确的同义词一个单位一个单位地顺序译下去"③："啊月亮在博尔特太太身上是亮的/在她女儿身上也亮。"④"啊月亮照在博尔特太太/和她女儿身上是亮的。"⑤ 在赵萝蕤先生看来，这两位女人"决非良家女人"⑥，因此她此处的遣词十分谨慎。相形之下，假如使用"明媚""溶溶""皎皎"等形容词来描写照在这两位"决非良家女人"身上的月光，或者直接使用"朗照"或"照耀"或"映着"等动词来照亮她们，似乎都暴露出对艾略特此处借古讽今的用典影射缺乏足够的警惕。相反，我们可以说，这个案例再一次证明赵萝蕤先生文学翻译直译法遣词的精准。

第六节 "烧啊烧啊烧啊烧啊"

《荒原》第三章《火诫》以佛陀的《火诫》及奥古斯丁《忏悔录》中的短句做结（第308—311行）："烧啊烧啊烧啊烧啊/啊主啊请你救我

---

① 叶维廉译：《众树歌唱：欧美现代诗100首》，人民文学出版社2009年版，第89页。
② 汤永宽译：《荒原》，载陆建德主编《荒原：艾略特文集·诗歌》，上海译文出版社2012年版，第85页。
③ 赵萝蕤：《我的读书生涯》，北京大学出版社1996年版，第185页。
④ 赵萝蕤译：《荒原》，载黄宗英编《赵萝蕤汉译〈荒原〉手稿》，高等教育出版社2013年版，第69页。
⑤ 赵萝蕤译：《荒原》，《外国文艺》（双月刊）1980年第3期。
⑥ 赵萝蕤：《〈荒原〉浅说》，《我的读书生涯》，北京大学出版社1996年版，第24页。

出来/啊主啊救我/烧啊。"① 诗人艾略特给第308行做了以下注释:"这几个字引自佛陀的《火诫》("Buddha's Fire Sermon"),其重要性相当于《登山宝训》("The Sermon on the Mount")。《火诫》全文见亨利·克拉克·沃伦(Henry Clarke Warren,1854—1899年)的《翻译中的佛教》(*Buddhism in Translation*,哈佛东方丛书)。沃伦先生是开创西方佛教研究的先驱之一。"② 紧接着,艾略特又在注释中告诉读者,第309行"仍引自圣奥古斯丁的《忏悔录》(St. Augustine's *Confessions*)",而且他还强调说,"这里把东方和西方这两位苦行主义的代表并列,作为本诗这一部分的高潮,不是出于偶然"③。显然,艾略特此处用典目的仍然是借古讽今,他是想用这两位东西方圣哲的警句格言来谴责诗中燃烧的"情欲之火",告诫生活在西方现代荒原上的人们应该节制情欲之火。在此,诗人别出心裁的是,他把奥古斯丁的忏悔祈求直接嵌入了熊熊燃烧的佛陀火诫,形成了一个耐人寻味的意象,让奥古斯丁祈求上帝"救[他]出来"的盼望融化在了佛陀"火诫"的烈焰之中,或者说,是让我们读者看到眼前这把熊熊燃烧的"火诫"烈焰烧出了奥古斯丁的忏悔祈求。艾略特这种从东西方宗教哲学典籍中寻章摘句、广征博引的手法似乎大大拓展了现代主义诗歌创作的想象空间。

耶稣在《登山宝训·论奸淫》中说:"凡看见妇女就动淫念的,这人心里已经与她犯奸淫了。若是你的右眼叫你跌倒,就剜出来丢掉,宁可失去百体中的一体,不叫全身丢在地狱里;若是右手叫你跌倒,就砍下来丢掉,宁可失去百体中的一体,不叫全身下入地狱。"④ 在基督教的语境中,奸淫不仅侵犯了另外一个人,而且破坏了婚约,而婚约是上帝与子民关系的一种体现;此外,一个人仅仅保守肉体的纯洁是不够的,还必须保守心灵的纯洁。其实,在《圣经·旧约·十诫》中,上帝早就要求子民保持

---

① 赵萝蕤译:《荒原》,载黄宗英编《赵萝蕤汉译〈荒原〉手稿》,高等教育出版社2013年版,第93页。
② T. S. Eliot, *The Complete Poems and Plays 1909-1950*, New York: Harcourt, Brace & World, 1971, p. 53.
③ 汤永宽译:《荒原》,载陆建德主编《荒原:艾略特文集·诗歌》,上海译文出版社2012年版,第111页。
④ 《圣经·新约·马太福音》(中英对照·和合本·新国际版),香港:国际圣经协会1998年版,第8页。

心灵的纯洁,"不可奸淫","不可贪图别人的房屋;也不可贪爱别人的妻子、奴婢、牛驴,或其他东西"①。也许,这能说明为什么艾略特认为耶稣的《登山宝训》和佛陀的《火诫》一样重要。此外,艾略特此处引用《火诫》中的短句"烧啊烧啊烧啊烧啊……烧啊",还让笔者想起了一个《圣经·旧约·出埃及记》第三章第1—7节《摩西与燃烧的荆棘》的故事:

>摩西牧养他岳父米甸祭司叶特罗的羊群。一日,领羊群往野外去,到了神的山,就是何烈山(Horeb),耶和华的使者从荆棘里火焰中向摩西显现。摩西观看,不料,荆棘被火烧着,却没有烧毁(though the bush was on fire it did not burn up)。摩西说:"我要过去看这大异象,这荆棘为何没有烧坏呢?"……神说:"不要前来,当把你脚上的鞋脱下来,因为你所站之地是圣地。"又说:"我是你父亲的神,是亚伯拉罕的神、以撒的神、雅各的神。"摩西蒙上脸,因为怕看神。②

实际上,这个故事是"上帝呼召摩西"(God Calls Moses)的故事。摩西因为怕看见神而把自己的脸蒙上。这一细节印证了摩西谦卑的心灵,而谦卑是摩西性格魅力的一个重要侧面。耶稣《登山宝训》第一条教训就是"虚心的人有福了,因为天国是他们的"(Blessed are the poor in spirit, for theirs is the kingdom of heaven)。此外,这个故事片段还告诉我们,火焰可以是上帝的使者或者上帝的化身;上帝可以像荆棘一样不停地燃烧着,但始终不会烧毁。那么,艾略特笔下这熊熊燃烧的佛陀火诫之火又是怎么回事呢?火的形象在《荒原》第三章《火诫》中是一个核心意象。这一章是艾略特于1921年11月初在英国东南部的马盖特城(Margate)附近疗养的时候起草的。艾略特仍然使用借古讽今的用典影射手法,通过描写泰晤士河畔的今昔,对照伦敦各个不同阶层人物的猥琐生活,进而揭示了西

---

① 《圣经·新约·马太福音》(中英对照·和合本·新国际版),香港:国际圣经协会1998年版,第126页。
② 《圣经·旧约·出埃及记》(中英对照·和合本·新国际版),香港:国际圣经协会1998年版,第95—96页。

方现代荒原社会中存在的许多有性无爱或者性与爱难以圣合的男女关系。在第二章《对弈》中，我们已经看到了西方现代社会荒原上一种表面华丽而实质空虚的现代文明。那么，在这种浮华空虚的现代文明中，我们又看到被爱情遗弃的狄多（Dido）、失恋发疯的奥菲利娅（Ophelia）、被野蛮国王强暴的翡绿眉拉（Philomel）及因战争而与对象分居失调的莉儿（Lil）等一系列缺乏纯真爱情的男女关系，真可谓"一大锅不圣洁的爱！"

不仅如此，在第三章《火诫》的开篇，艾略特首先用典影射了文艺复兴时期英国诗人斯宾塞（Edmund Spenser）一首《祝婚曲》中的优美诗行："银波荡漾的泰晤士河岸/河岸上繁枝密布，为河水镶边，/绘出了姹紫嫣红，百花齐放，/所有的草坪有玉石珠翠镶嵌，/适合于装饰闺房，/戴在情人们头上，/迎接她们的不久的佳期，/可爱的泰晤士河轻轻流，流到歌尽头。"① 艾略特在这一章开头部分中引用了斯宾塞《祝婚曲》中每一节结尾不断重复的这一行诗句："可爱的泰晤士，轻轻地流，等我唱完我的歌！"（第176行）而且，艾略特在第183—184行中重复写道："可爱的泰晤士，轻轻地流，等我唱完我的歌，/可爱的泰晤士，轻轻流……"然而，中世纪英国诗人斯宾塞笔下泰晤士河上的欢快景象很快就被20世纪艾略特笔下因重度污染而破落不堪的景象取代。我们看到的现代文明却是"河上的帐篷倒了……仙女们已经走了"：

> 河上不再有空瓶子，夹肉面包的薄纸，
> 绸手绢，硬皮匣子，和香烟头儿
> 或其他夏夜的证据。仙女们已经走了。
> 还有她们的朋友，城里那些总督的子孙； 180
> 走了，也不曾留下地址。②

可见，斯宾塞笔下中世纪时期那条充满着美丽、神秘、浪漫、富贵的爱情色彩的泰晤士河不见了。原本"繁枝密布""河水镶边""姹紫嫣红"

---

① 黄宗英注释：《荒原》，载胡家峦编著《英国名诗详注》，外语教学与研究出版社2003年版，第575—576页。
② 赵萝蕤译：《荒原》，载黄宗英编《赵萝蕤汉译〈荒原〉手稿》，高等教育出版社2013年版，第64—65页。

"百花齐放""珠翠镶嵌"的河岸已经被到处是"空瓶子""面包纸""绸手绢""皮匣子""香烟头"和各种"夏夜的证据"取代。更重要的是"这里的仙女只是城里老板们后代的女伴,曾在这里度过几夜……少爷们也只是片刻的寻欢作乐,没有留下地址"①。诗境至此,诗中人"我"说:"在莱明河畔我坐下来饮泣……"(第182行)② 在1980年修订版中,赵萝蕤先生把第182行改成了"在莱芒湖畔我坐下来饮泣……"③ 此处,"莱芒湖"(Leman)是瑞士洛桑附近日内瓦湖的法语名称,而"'莱芒'一词古义是'情夫'或'妓女'"④。此外,笔者认为,艾略特的这一行诗歌似乎还影射了《圣经·旧约·诗篇》第137首:

> 我们曾在巴比伦的河边坐下,一追想锡安(Zion)就哭了。/我们把琴挂在那里的柳树上,因为在那里,掳掠我们的要我们唱歌;抢夺我们的要我们作乐,说:"给我们唱一首锡安歌吧!"//我们只能在外邦唱耶和华的歌呢?/耶路撒冷啊,我若忘记你,情愿我的右手忘记技巧。/我若不记念你,若不看耶路撒冷过于我所最喜乐的,情愿我的舌头贴于上膛。//耶路撒冷遭难的日子,以东人(the Edomites)说:"拆毁,拆毁,直拆到根基!"耶和华啊,求你记念这仇。/将要被灭的巴比伦城啊(注:"城"原文作"子女"),报复你像你待我们的,那人便为有福!/拿你的婴孩摔在磐石上的,那人便为有福!⑤

这首诗篇实际上是一首囚歌,写的是在巴比伦被俘的希伯来人为他们丢失自己的故乡而发出的内心的悲哀、屈辱和情操。公元前597年和公元前586年,巴比伦王尼布甲尼撒曾两次把犹大人掳往巴比伦。那些被掳的人原本在圣殿侍奉,因此会唱歌,能弹琴。在公元前586年那次被掳中,圣

---

① 赵萝蕤:《〈荒原〉浅说》,《我的读书生涯》,北京大学出版社1996年版,第23页。
② 赵萝蕤译:《荒原》,载黄宗英编《赵萝蕤汉译〈荒原〉手稿》,高等教育出版社2013年版,第67页。
③ 赵萝蕤译:《荒原》,《外国文艺》(双月刊)1980年第3期。
④ 赵萝蕤:《〈荒原〉浅说》,《我的读书生涯》,北京大学出版社1996年版,第23页。
⑤ 《圣经·旧约》(中英对照·和合本·新国际版),香港:国际圣经协会1998年版,第1017—1018页。

殿、王宫、耶路撒冷的城墙,都被焚烧拆毁。昔日耶路撒冷城的繁荣、神圣、庄严荡然无存,人民饱尝亡国之苦。那些被迫背井离乡、身居异乡的犹大人不仅思念故土,而且热爱自己的宗教生活。诗篇中,"一追想锡安就哭了"一行蕴含着他们对祖国的感情和对宗教圣地耶路撒冷的情感;"我们把琴挂在那里的柳树上"一行似乎是他们唯一能够抵制巴比伦军队暴行的行为,因为他们拒绝为掳掠者歌唱,更不愿意在四处充满偶像的外邦高唱耶和华的圣歌,为侵略者取乐。他们始终坚持爱神爱国的高贵情操,始终把耶路撒冷当作"我所最喜乐的",即"我最大的喜乐"。

那么,相形之下,虽然生活在现代荒原社会里的人们偶尔也能听到"孩子们在教堂里歌唱的声音"(第 202 行,略有改动),但是这神圣的圣歌却伴随着现代城市里"喇叭的声音,汽车的声音"(第 197 行),"城里老板们的后代"与风流"仙女"一起寻欢作乐的声音(第 180 行),诗中人"我身后的冷风里/白骨碰白骨的声音"(第 185—186 行),而最令人毛骨悚然的当推第 203—206 行所再现的那野蛮的国王铁卢(Tereu)强暴翡绿眉拉的声音:"吱吱吱/唧唧唧唧唧唧/这样野蛮的唱。/铁卢。"① 面对这么一个物欲横流、性欲无忌、没有信仰、缺乏仁爱的现代荒原社会,诗人艾略特所能够开出的药方恐怕也只能是基督的"宝训"和佛陀的"火诫"了。那么,佛陀的"火诫"又告诉了我们什么呢?笔者在此全文引用赵萝蕤先生 1937 年初版《荒原》中译本给第 308 行所提供的"译者按":

今依华伦氏的英译译出如下(译者不识梵文,故译音或有错误):
佛在优罗维勒(Uruvela)住久之后,就一直开行向伽耶顶(Gayā Head)而去,随从有一千僧侣,从前皆为带烦恼丝之僧人。在伽耶,在伽耶顶,佛即与一千僧众住下。
佛告诸僧众说:
"僧众!一切事物皆在燃烧。僧众啊,究竟是何物尽在燃烧?
"僧众!眼在燃烧;一切形体皆在燃烧;眼的知觉在燃烧;眼所

---

① 赵萝蕤译:《荒原》,载黄宗英编《赵萝蕤汉译〈荒原〉手稿》,高等教育出版社 2013 年版,第 71 页。

得之印象在燃烧；所有一切官感，无论快感或并非快感，或平常，其起源皆倚靠眼所得之印象，亦皆燃烧。

"究由何而燃烧？

"为情欲之火，为愤恨之火，为色情之火；为投生、暮年、死亡、忧愁、哀伤、痛苦、懊闷、绝望而燃烧。

"耳在燃烧，声音在燃烧……鼻在燃烧，香气在燃烧……舌在燃烧；百味在燃烧……肉体在燃烧；有触觉之一切在燃烧……思想在燃烧；意见在燃烧……思想的知觉在燃烧；思想所得之印象在燃烧；所有一切官感，无论快感或并非快感，或平常，其起源皆倚靠思想所得之印象，亦皆燃烧。

"究由何而燃烧？

"为情欲之火，为愤恨之火，为色情之火；为投生、暮年、死亡、忧愁、哀伤、痛苦、懊闷、绝望而燃烧。

"见识至此，僧众啊，有识有胆之信徒厌恶眼，厌恶形体，厌恶眼的知觉，厌恶眼所得之印象：所有一切官感，无论快感或并非快感，或平常，其起源皆倚靠眼所得之印象，亦皆厌恶。厌恶耳，厌恶声音……厌恶鼻，厌恶香气……厌恶舌，厌恶百味，厌恶肉体，厌恶有触觉之一切……厌恶思想，厌恶意见，厌恶思想的知觉，厌恶思想所得之印象；所有一切感官，无论快感或并非快感，或平常，其起源皆倚靠思想所得之印象，亦皆厌恶。有此厌恶，则扫尽情欲，情欲既去，人即自由，已得自由，即知自由；已知不能再生，而已居此圣洁生活之中，已行所适，已与世绝。"

"解释既竟，一千僧侣皆得自由，解脱秽行。"[①]

就赵萝蕤先生以上根据亨利·克拉克·沃伦英译的《翻译中的佛教》译出的"菩萨的火的教训"而言，不难看出，佛陀在这里采用了自问自答的设问形式，实际上给"僧众"讲了三个问题。第一，"究竟是何物尽在

[①] 赵萝蕤译：《荒原》，载黄宗英编《赵萝蕤汉译〈荒原〉手稿》，高等教育出版社2013年版，第209—215页。[英]托·斯·艾略特：《荒原》，赵萝蕤译，新诗社1937年版，第105—108页。

燃烧?"佛陀认为是"眼在燃烧",即一切眼所获得之形体、印象、知觉、官感,无论快感或不快感,或平常的感觉,都在燃烧。第二,"究由何而燃烧?"佛陀的回答直截了当:"为情欲之火,为愤恨之火,为色情之火;为投生、暮年、死亡、忧愁、哀伤、痛苦、懊闷、绝望而燃烧。"接着,佛陀说,"见识至此",也就说,既然有了这些认识,那么,"有识有胆之信徒"就会自觉地形成一种厌恶,就会"厌恶眼,厌恶形体,厌恶眼的知觉,厌恶眼所得之印象……"因此,佛陀实际上是讲述了第三个问题:"这些燃烧之火究由何而灭?"佛陀认为僧众在认识到各种官感和思想都在燃烧的过程中,就会自觉地产生一种对快感和见识的厌恶,而正是这种厌恶之感将最终导致火的熄灭。① 所以,佛陀最后说:"有此厌恶,则扫尽情欲,情欲既去,人即自由,已得自由,即知自由;已知不能再生,而已居此圣洁生活之中,已行所适,已与世绝。"可见,人要过上一种"圣洁[的]生活"并获得自由,首先,就必须节制情欲。然而,在艾略特笔下西方现代社会的荒原上,人们脑海里16—17世纪英国文艺复兴时期那条银波荡漾、浪漫神秘的泰晤士河消失了。取而代之的是,诗人让我们读者看到"在某个冬夜一家煤气厂背后",诗中人"我却在死水里垂钓",而心里仍旧"想到国王我那兄弟的沉舟","又想到他以先那王,我父亲的死亡"(第189—192行)。在《圣经》中,在河里捕鱼象征着寻求拯救并获得永生(《新约·路加福音》第5章第1—10节),然而这里的"水"因为地处"煤气厂背后"而重度污染,再加上"冬夜"寒冷,河水滞缓,甚至结冰,所以成为"死水";不仅如此,艾略特笔下的诗中人"我"不仅是在"死水"里垂钓,而且脑子里仍然想着"死亡",想着莎士比亚《暴风雨》第一幕第二场中那位福迪能(Ferdinand)王子覆舟后跟随仙童的歌声在荒岛上行走并且"又在哀哭国王,我父亲的沉舟"(Weeping again the King my father's wreck)。可见,西方世界的现代物质文明并没有给人们带来精神上的解脱和享受,而是把生活在现代荒原上的一代人带入了一潭"死水"。那么,这一潭"死水"从何而来呢?为什么赵萝蕤先生把原作中第189行中的"the dull canal"翻译成"死水"呢?在这里,我们

---

① 参见黄宗英注《荒原》,载胡家峦编著《英国名诗详注》,外语教学与研究出版社2003年版。

首先看看赵萝蕤先生是如何翻译《荒原》第三章第187—192行这一诗句的：

原作：

A rat crept softly through the vegetation
Dragging its slimy belly on the bank
While I was fishing in the dull canal
On a winter evening round behind the gashouse   190
Musing upon the king my brother's wreck
And on the king my father's death before him. ①

译本一：

一头耗子轻轻地偷过青草地
在岸上拖着它那黏湿的肚子
而我却在死水里垂钓
在某个冬夜一家煤气厂背后，   190
想到国王我那兄弟的沉舟
又想到他以先那王，我父亲的死亡。②

译本二：

一头老鼠轻轻穿过草地
在岸上拖着它那黏湿的肚皮
而我却在某个冬夜，在一家煤气厂背后
在死水里垂钓   190
想到国王我那兄弟的沉舟

---

① T. S. Eliot, *The Complete Poems and Plays 1909 – 1950*, New York: Harcourt, Brace & World, 1971, p. 43.

② 赵萝蕤译：《荒原》，载黄宗英编《赵萝蕤汉译〈荒原〉手稿》，高等教育出版社2013年，第66—69页。[英]托·斯·艾略特：《荒原》，赵萝蕤译，新诗社1937年版，第38—39页。

又想到在他之前的国王,我父亲的死亡。①

对照艾略特《荒原》原作,我们可以看出,这六行诗是一个完整的英文句子,一个主从复合句;前两行是主句;后四行是一个由"While"引导的状语从句,其中包含着两个现在分词短语(Musing upon⋯And on⋯),表示伴随动作;诗人仅仅在第六行行末用了一个句号。在译本一里,赵萝蕤先生1937年初版《荒原》中译本里的这几行诗歌译文可谓不折不扣的直译了。她没有改变原作的句法结构,基本上是"用准确的同义词一个单位一个单位地顺序译下去"②了,只是为了更好地符合译入语的表达习惯,在第190行行末和第192行中间增加了两个逗号。在译本二中,我们不难看出,相较译本一,赵萝蕤先生的译文更加符合译入语的表达习惯,比如,赵萝蕤先生把第187行"一头耗子轻轻地偷过青草地"改成"一头老鼠轻轻穿过草地";"耗子"改成"老鼠"可能是为了与第115行中的"老鼠窝"保持表述上的统一。"轻轻地偷过"似乎不如"轻轻穿过"来得简单而且没有语病之嫌;第189—190行的译文句式变化比较大,译者把原作中表示时间和地点的介词短语的位置做了调整,直接嵌入主句的主语与谓语部分之间。笔者认为,这一调整是有必要的,因为它使译文从句中的因果逻辑关系更加清晰,让读者在阅读时更加容易领会造成这一潭"死水"的原因,而且修改后的译文句式在编排上形成长短不一的形态,也使得这里的核心词"死水"更加突出、更抓眼球。那么,另外几个译本的译者又是如何处理原作第190行中"the dull canal"这个词语的呢?

译本三:"而我却在一个冬夜,绕到煤气厂背后,/在死沉沉的运河中垂钓"③

译本四:"而我坐在冬日黄昏的煤气厂后,/对着污滞的河水垂钓"④

译本五:"而一个冬日傍晚,在一个煤气厂后面/我正在这条沉闷

---

① 赵萝蕤译:《荒原》,《外国文艺》(双月刊)1980年第3期。
② 赵萝蕤:《我的读书生涯》,北京大学出版社1996年版,第185页。
③ 赵毅衡编译:《美国现代诗选》,外国文学出版社1985年版,第205页。
④ 查良铮译:《英国现代诗选》,湖南人民出版社1985年版,第54页。

的运河里钓鱼"①

译本六:"而我正好在阴暗的水道垂钓/一个冬日的黄昏在煤气厂后面"②

译本七:"而我在一个冬天的薄暮,离煤气厂后面不远/在那条滞缓的运河上钓鱼"③

笔者认为,不论是直译成译本三"死沉沉的运河"、译本五"沉闷的运河"、译本七"滞缓的运河",还是译本四"污滞的河水"及译本六"阴暗的水道",都属于很好的译文,特别是译本四"污滞的河水"把现代工业文明给自然生态带来的污染及冬天滞缓的河水表达得淋漓尽致。但是,如果我们从《荒原》全诗的主题来考察,那么,赵萝蕤先生的译法似乎更有道理。第一,《荒原》之所以荒芜,是因为缺水,可是诗中人"我"眼前这被现代工业文明严重污染的"死水"何以给现代荒原人带来生的希望?第二,我们前面提到,在河里打鱼象征着寻求拯救并获得永生,然而,这里的水已经是"死水",那么现代荒原人何以捕鱼?第三,现代荒原上的河水不仅貌似"污滞",而且充满着死亡,所以诗中人"我"是一边垂钓一边在想着因沉舟而死亡的"国王我那兄弟"及同样因覆舟而死的"他之前的国王,我父亲"。第四,赵萝蕤先生将"the dull canal"译成"死水"似乎还让读者想起《荒原》下一章节中诗人所描写的"水里的死亡",起到了承上启下的作用。因此,赵萝蕤先生说:"'在死水里垂钓'影射渔翁或渔王。渔王这主繁殖之神病了,或受了伤,于是大地便苦旱,而且这条水是死水。"④

那么,《荒原》中这个诗中人"我"究竟何许人也?他怎么一会儿在一个冬天的夜晚,跑到一家煤气厂背后的"死水"里去垂钓(第189—190行),一会儿又在暮色苍茫时变成一台"人体发动机"(the human engine,第216行),像一辆没有熄火的微微颤动的出租车,在下班的门口等候着?更加令人费解的是,这位诗中人"我"怎么又变成了一位"瞎

---

① 裘小龙译:《四个四重奏》,漓江出版社1985年版,第81页。
② 叶维廉译:《众树歌唱:欧美现代诗100首》,人民文学出版社2009年版,第88页。
③ 汤永宽译:《荒原》,载陆建德主编《荒原:艾略特文集·诗歌》,上海译文出版社2012年版,第90页。
④ 赵萝蕤:《〈荒原〉浅说》,《我的读书生涯》,北京大学出版社1996年版,第23页。

眼"的"老男子",还"带着皱皮的乳房?"(Old man with wrinkled female breasts,第219行)然而,正如笔者在本书第一章第七节中讨论的那样,这位名叫"帖瑞西士"(Tiresias)的瞎眼"老男子",虽然只是诗中的"一个旁观者,而并非一个真正的'人物'"①,但是由于他不仅有过两性人的生活经历,而且具备预测未来的能力,因此诗人艾略特让他成为"联络全诗"的"极重要的一个角色"。② 实际上,赵萝蕤先生在给第218行这个诗中人"帖瑞西士"加注的时候,已经指出:"帖瑞西士实亦影射冷眼旁观的诗人。"③ 那么,诗人艾略特是怎样透过这个冷眼旁观者的眼睛来看待这个性欲横流的现代荒原社会呢?而赵萝蕤先生又是如何透过这位"冷眼旁观者"的眼睛在其译文中影射诗人原作中对西方现代荒原社会上典型的有性无爱的男女关系呢?假如我们认真观察诗中第222—256行间关于一位女打字员与其男友的逢场作戏,则我们不仅能够了解诗人艾略特是如何利用"帖瑞西士"这个"冷眼旁观者"来描述西方现代荒原上荒唐的两性关系,而且也能领略赵萝蕤先生文学翻译直译法的互文艺术追求:

译本一:

打字的回家喝茶,打扫早点的碗盏,点好
她的炉子,摊开罐头食品。
外面窗上很阴险的晾着
她所晒的一堆,给太阳的残光抚摩着,   225
又在沙发上堆着(晚上是她的床)
袜子,拖鞋,衬衫,束胸的衣带。
我,帖瑞西士,年老人带着累赘的胸膛
看见了这一幕,预言了其余的——
我也在等那盼候的客人。   230

---

① T. S. Eliot, *The Complete Poems and Plays 1909 – 1950*, New York: Harcourt, Brace & World, 1971, p. 52.

② T. S. Eliot, *The Complete Poems and Plays 1909 – 1950*, New York: Harcourt, Brace & World, 1971, p. 52.

③ 赵萝蕤译:《荒原》,载黄宗英编《赵萝蕤汉译〈荒原〉手稿》,高等教育出版社2013年版,第189页。

他，这年轻的长疙瘩的人来了，
一家小店代办的书记，眼睛怪厉害，
那种下等阶级里的人，蛮有把握
正像绸缎帽子扣在勃莱福富翁的头上。
时候倒很合式，他猜对了，　　　　　　　　　235
饭也吃完了，她又烦又是疲倦，
可以开始把她温存地抚摩了，
虽说她不准要，至少也不推却。
兴奋而坚定，他立刻进攻；
探险的双手不遇见阻碍；　　　　　　　　　240
他的虚荣心也不需要回答，
还十分地欢迎这漠然的表情。
（我，帖瑞西士，都已经忍受过了，
立在和这一样的沙发或床上；
我，那曾在墙下<u>西比</u>之旁坐过的　　　　　245
又在死人中最卑微的群中走过的）
又在最后送上一个带恩惠的吻，
他摸着去路，看看楼梯上没有灯。

她回头又在镜子里照了一下，
不很理会那已经走了的爱人；　　　　　　　250
她的念头允许一个半成的思想经过：
"好吧，算完了件事：幸亏完了。"
美丽的女人堕落的时候，又
在她自己的屋子里来回走，独自
她抚平了自己的头发，又随手　　　　　　　255
在留声机上放上一张片子。①

---

① 赵萝蕤译：《荒原》，载黄宗英编《赵萝蕤汉译〈荒原〉手稿》，高等教育出版社 2013 年版，第 74—81 页。[英] 托·斯·艾略特：《荒原》，赵萝蕤译，新诗社 1937 年版，第 42—45 页。

这是西方现代荒原社会上一个典型的"美丽的女人堕落"的故事。赵萝蕤先生评论说:"这里打字员和公司小职员的性关系也是赤裸裸的禽兽交配,没有丝毫人性可言。"① 我们从中看到的是艾略特笔下西方现代荒原人一种彻底的灵魂的死亡。然而,诗人艾略特却别出心裁,他不是直接挖苦讽刺,而是透过一个所谓"冷眼旁观者"的眼睛,采用互文影射、借古讽今的手法,让一个低级趣味的现实故事增添戏剧性的色彩。从以上诗文可以看出,由于帖瑞西士特殊的身世,他实际上不仅是一个无所不见的旁观者,而且还是一个"已经忍受过了"的旁观者,因此诗人艾略特让这位"冷眼旁观者"既看见了这一幕",也"预言了其余的",大大拓展了读者的想象空间,使得这个肮脏无聊的故事有了互文对照的联想。比如,从以下第245—246这两行诗歌中,我们看到诗人艾略特用典影射古希腊剧作家索福克勒斯的《俄狄浦斯王》(Sophocles' *King Oedipus*) 和荷马史诗《奥德修记》(*Odyssey*):

原文:

    I who have sat by Thebes below the wall   245
    And walked among the lowest of the dead. ②

译本一:

    我,那曾在墙下西比之旁坐过的   245
    又在死人中最卑微的群中走过的。

众所周知,帖瑞西士曾居住在古希腊的底比斯城(Thebes,赵萝蕤先生译为"西比"),而底比斯城后来之所以沦为荒原是因为俄狄浦斯王在不明身份的情况下,杀父娶母,犯了乱伦的罪行。此外,根据荷马史诗《奥德修记》第十一卷中的描述,奥德修斯(Odysseus)在阴间(Hades)

---

① 赵萝蕤:《〈荒原〉浅说》,《我的读书生涯》,北京大学出版社1996年版,第24页。
② T. S. Eliot, *The Complete Poems and Plays 1909 – 1950*, New York: Harcourt, Brace & World, 1971, p. 44.

遇见过并且还请教过帖瑞西士。① 因此，艾略特笔下的这位"冷眼旁观者"不仅是一位见者，而且是一位行者，不仅"看见了这一幕"，而且"已经忍受过了"，还已经"预言了其余的"，真可谓无所不知了！那么，第 253 行中那个"美丽的女人堕落"的故事又是怎么回事呢？原来诗人艾略特在此仍旧是借古讽今，用典影射 18 世纪英国作家奥利弗·哥尔德斯密（Oliver Goldsmith，1728—1774 年）的传世佳作《威克菲尔德牧师传》（*The Vicar of Wakefield*）第二十四章中的一首歌。赵萝蕤先生在其"译者按"中不仅提供了英文歌词，而且还将它译成了中文：

英文原文：

When lovely woman stoops to folly,
And finds too late that men betray,
What charm can soothe her melancholy?
What art can wash her guilt away?

The only art her guilt to cover,
To hide her shame from every eye,
To give repentance to her lover,
And wring his bosom, is—to die.

赵萝蕤先生译文：

美丽的女人堕落的时候
发现男人的负心已经晚了，
什么魔术能减她的忧愁？
什么妙法能洗刷她的贞操？

要遮盖罪孽唯一的良方
只有在众人目前躲过羞耻，

---

① 参见 B. C. Southam, *A Guide to the Selected Poems of T. S. Eliot*, 6th ed., San Diego：Harcourt Brace & Company, 1994。

要使她的情人十分懊伤
而捶胸跌脚,就只有——寻死。①

艾略特在此借古讽今的用典目的仍然十分明确。《威克菲尔德牧师传》是一部以意善情美而受人喜爱的小说,但是它的情节有点荒唐。小说讲述了一位名叫普里穆罗斯(Primrose)的乡村牧师眼睁睁地看着自己的女儿奥莉维娅(Olivia)被恶少拐骗,儿子被恶少算计后受伤在押,自己也落入牢狱。正当他面临家破人亡时,突然天降救星,来了个威廉·松黑尔(William Thornhill)爵士。爵士在乡间微服私访,最终不仅救出了牧师,而且还找回了牧师的女儿。② 以上这首歌就是牧师的女儿奥莉维娅回到她被恶少拐骗诱奸的地方时唱的。在 18 世纪的英国,人们的道德观是十分严肃的,未婚男女之间发生性关系被认为是大逆不道,而女性的贞操被视为至宝。因此,这种爱情婚姻观与艾略特笔下西方现代荒原社会上这对青年男女所表现出来的那种有性无爱、有欲无情的两性关系形成了鲜明的对照。诗境至此,艾略特笔下的这个现代荒原不仅是大地苦旱、人心枯竭,而且是一个灵魂彻底死亡的荒原。在这种情境中,我们来考察和比较这段诗歌的翻译问题,或许能有些格外的收获。

第一,是第 230 行中诗中人"我"也在等候的那位"the expected guest"。赵萝蕤先生在她 1937 年初版《荒原》中将其原译为"那盼候的客人"。原文中"expect"一词的中文意思为"盼望""期望",其过去分词"expected"的中文意思是"(被)盼望的""(被)期盼的""(被)切盼的"。从以上这段引文判断,诗中这位脸上长着鸡皮疙瘩的、年轻的公司小职员与这位美丽的打字员姑娘之间似乎没有什么爱情可言,他们之间的关系是艾略特笔下西方现代荒原中一种典型的有性无爱的两性关系,正如赵萝蕤先生所说那样,完全是一种"赤裸裸的两性交配,没有丝毫人性可言"③。因此,要把"expected guest"译成"盼望的客人""期盼的客

---

① 赵萝蕤译:《荒原》,载黄宗英编《赵萝蕤汉译〈荒原〉手稿》,高等教育出版社 2013 年版,第 192—195 页。[英]托·斯·艾略特:《荒原》,赵萝蕤译,新诗社 1937 年版,第 98—100 页。
② 参见吴景荣、刘意青《英国十八世纪文学史》,外语教学与研究出版社 2000 年版。
③ 赵萝蕤:《〈荒原〉浅说》,《我的读书生涯》,北京大学出版社 1996 年版,第 24 页。

人""切盼的客人"实际上都不是准确的遣词。在1980年修订版《荒原》中译本中,赵萝蕤先生将"那盼候的客人"改成了"那盼望着的客人"[1]。笔者认为,修订后的译文所指并不明确,其意思倒更像是一个现在分词"the expecting guest"的译文,似乎改变了原作中这位"客人"被人等候的逻辑结构。相形之下,译本三采用"那将要来的客人"[2],译本四使用"那盼望的客人"[3],译本五译成"那久盼的客人"[4],译本六只译出"客人"两个字[5],而译本七的译文是"那位我盼着他来的客人"[6]。这些译法都有其译者的意图,但是意思可能有所区别。比如,译本三的"将要来的"显然不是原作"expected"的意思;译本四的"盼望的"是一个正确的译法,但是在诗中这个荒唐的两性关系故事的情境中,这个措辞是否准确值得讨论;译本五的"久盼的"显得有点夸张,译本六的译法属于一种漏译现象,而译本七的"我盼着他来的"似乎并没有完全译对,因为原作中"expected"这一过去分词的逻辑主语应该首先是那位打字员姑娘,其次才可能包括这位无所不知并且能够预测未来的"冷眼观察者",因此把"the expected guest"译成"那位我盼着他来的客人"似乎也超出了原作的意思范畴。这么看来,赵萝蕤先生在1937年初版《荒原》中使用"那盼候的客人"来对译原作中的"the expected guest",似乎仍是个灵动的直译案例。虽然"盼候"一词在汉语中并非一个固定词语,但是它还是传神地表达了诗中那位女打字员既在"盼望"也在"等候"的心情。实际上,笔者认为,赵萝蕤先生此处直译法译笔之妙处恰恰就在于译者用一个新造之词将这位美丽姑娘此时此刻既可以说是在"盼望"也可以说只是在"等候"情人的复杂心理掺合在了一起。从诗中可以看出,这两位年轻男女并非一对热恋的浪漫情侣,而且干完蠢事之后,男孩是在没有灯光的楼梯上"摸着去路"就走了,而女方却压根儿就"不很理会那已

---

[1] 赵萝蕤译:《荒原》,《外国文艺》(双月刊)1980年第3期。
[2] 赵毅衡编译:《美国现代诗选》,外国文学出版社1985年版,第207页。
[3] 查良铮译:《英国现代诗选》,湖南人民出版社1985年版,第56页。
[4] 裘小龙译:《四个四重奏》,漓江出版社1985年版,第85页。
[5] 叶维廉译:《众树歌唱:欧美现代诗100首》,人民文学出版社2009年版,第90页。
[6] 汤永宽译:《荒原》,载陆建德主编《荒原:艾略特文集·诗歌》,上海译文出版社2012年版,第92页。

经走了的爱人"（赵萝蕤先生 1980 年将第 250 行改译成了"没大意识到她那已经走了的情人"①）。显然，赵萝蕤先生的判断是正确的，而且她此处所用的新造之词也是准确的。

第二，是第 247 行"Bestows on final patronising kiss"。赵萝蕤先生在 1937 年初版《荒原》中将这一行诗译成："又在最后送上一个带恩惠的吻"；在 1980 年修订版中，她将其改译为："最后又送上形同施舍似的一吻"。相形之下，另外几个译本的译文如下：

译本三："他恩赐给她最后的吻"②
译本四："最后给了她恩赐的一吻"③
译本五："给了最后仿佛大施恩惠的一吻"④
译本六："他亲她一个最后的惠顾的吻，"⑤
译本七："他屈尊俯就亲了最后一吻"⑥

从以上七种译文看，不改变"patronising"的形容词性质，采用中文偏正结构名词性短语译法的有五种；译本三和译本七的译者选择将原作中的现在分词"patronising"译成句子中的谓语动词："他恩赐给她……""他屈尊俯就……"笔者认为，诗人艾略特此处的遣词就已经带有浓重的讽刺意味。我们知道，英文单词"patronize"一词原本的中文意思就是："资助，赞助；保护；（经常）惠顾，光顾；对……以施惠人自居，以屈尊俯就的态度对待。"⑦ 同样，就这个词语的英文解释而言，它包括："To act as a patron to, to extend patronage to; to protect, support, favor; to assume the air of a patron towards; to treat with a manner or air of condescending notice; and in commercial or colloquial use, to favor or support with one's expenditure or

---

① 赵萝蕤译：《荒原》，《外国文艺》（双月刊）1980 年第 3 期。
② 赵毅衡编译：《美国现代诗选》，外国文学出版社 1985 年版，第 208 页。
③ 查良铮译：《英国现代诗选》，湖南人民出版社 1985 年版，第 57 页。
④ 裘小龙译：《四个四重奏》，漓江出版社 1985 年版，第 85 页。
⑤ 叶维廉译：《众树歌唱：欧美现代诗 100 首》，人民文学出版社 2009 年版，第 91 页。
⑥ 汤永宽译：《荒原》，载陆建德主编《荒原：艾略特文集·诗歌》，上海译文出版社 2012 年版，第 93 页。
⑦ 陆谷孙主编：《英汉大词典》，上海译文出版社 2007 年版，第 1432 页。

custom; to frequent as a customer or visitor。"① 可见，艾略特把这么一个本身带有浓重的商业气息和施舍味道的单词用来描写现代西方社会一对上班族青年男女的恋爱关系，这种遣词方法本身就是一种十分浪漫而又刻薄的挖苦和讽刺，似乎再一次应验了菲茨杰拉德对第一次世界大战后西方社会这一整代青年人生命光景的判断："惧怕贫穷和崇拜成功。"② 在他们心目中，不光是战争结束了，而且是上帝也消失了；他们没有信仰、没有精神依托、没有生活目标、没有理想追求；他们觉得战争已经毁了他们的青春，他们失去了获得大学文凭的机会、失去了找到一份理想工作的机会、失去了寻找甜蜜爱情和建立幸福家庭的机会；他们的生命仿佛没有任何意义，不知道怎么去生活、怎么去与人沟通、怎么去爱，因此传统意义上纯洁浪漫的爱情就沦为"赤裸裸的两性交配，丝毫没有人性可言！"③ 生活在伦敦这么一个享有 20 世纪初世界上最先进的现代工业文明和商业文化的世界中心城市里，诗中这位公司小职员和这位打字员姑娘原本应该有着共同的理想和追求，他们之间的爱情原本应该充满甜蜜的浪漫，然而在艾略特的笔下，透过帖瑞西士这位"冷眼观察者"的眼睛，我们却只能看到这意味深长的"形同施舍似的一吻"。这真可谓是"美丽的女人堕落的时候"了！那么，从这个意义上来看，这几种译法也都有各自译者的考虑。不论是赵萝蕤先生原创性的"带恩惠的吻"，还是她修订后的"形同施舍似的一吻"及译本四中"恩赐的一吻"、译本五中"大施恩惠的一吻"、译本六中"惠顾的吻"都应该是正确的译法，但是笔者认为，赵萝蕤先生修订版中这个"形同施舍似的一吻"似乎更加传神一点，要比译本七的"屈尊俯就"在原作理解和译文遣词上拿捏得更加得当一些；它译出原作遣词中所深藏的讽刺意蕴，足见赵萝蕤先生对原作的细心推敲和深刻理解。这个例子当推她文学翻译直译法精准遣词的一个经典案例。

第三，是我们应该回过头来考察一下第 253 行的几种译法：

---

① *The Oxford English Dictionary*, 2nd ed., Vol. XI, Oxford: Clarendon Press, 1989, pp. 353 - 354.
② F. S. Fitzgerald, *This Side of Paradise*, New York: Charles Scribner's Sons, 1920, p. 255.
③ 赵萝蕤：《〈荒原〉浅说》，《我的读书生涯》，北京大学出版社 1996 年版，第 24 页。

原文:"When lovely woman stoops to folly"①
译本一:"美丽的女人堕落的时候"②
译本二:"美丽的女人堕落的时候"③
译本三:"可爱的女人屈身做了蠢事"④
译本四:"当美人儿做了失足的蠢事"⑤
译本五:"美丽的女人堕落的时候"⑥
译本六:"当这可爱的女人屈身愚行"⑦
译本七:"当淑女降尊屈从干了蠢事以后"⑧

这里的问题可能还是集中在如何翻译"stoops to folly"之上。英文动词"stoop"原本的意思是"俯身,弯腰",但有引申为"屈尊,屈从;自贬;堕落"的意思;就其英文的引申义而言,它包括"To bow to superior power or authority; to humble oneself, yield obedience; To submit to something burdensome; To condescend to one's inferiors or to some position of action below one's rightful dignity; To lower or degrade oneself morally; to descend to something unworthy"⑨;而英文单词"folly"是一个名词,意思为"愚笨,愚蠢;蠢事,愚行;荒唐事"⑩。可见,照字面解释,把"stoops to folly"直接翻译成"堕落",或者译成"屈身做了蠢事""屈身愚行""降尊屈从干了蠢事",或者根据上下文译成"做了失足的蠢事",都是很好的译文。然而,如果我们把艾略特笔下的这一行诗还原到他所影射的典故上

---

① T. S. Eliot, *The Complete Poems and Plays 1909–1950*, New York: Harcourt, Brace & World, 1971, p. 44.
② 赵萝蕤译:《荒原》,载黄宗英编《赵萝蕤汉译〈荒原〉手稿》,高等教育出版社2013年版,第79—80页。
③ 赵萝蕤译:《荒原》,《外国文艺》(双月刊)1980年第3期。
④ 赵毅衡编译:《美国现代诗选》,外国文学出版社1985年版,第208页。
⑤ 查良铮译:《英国现代诗选》,湖南人民出版社1985年版,第57页。
⑥ 裘小龙译:《四个四重奏》,漓江出版社1985年版,第85页。
⑦ 叶维廉译:《众树歌唱:欧美现代诗100首》,人民文学出版社2009年版,第91页。
⑧ 汤永宽译:《荒原》,载陆建德主编《荒原:艾略特文集·诗歌》,上海译文出版社2012年版,第93页。
⑨ *The Oxford English Dictionary*, 2nd ed., Vol. XVI, Oxford: Clarendon Press, 1989, p. 772.
⑩ 陆谷孙主编:《英汉大词典》,上海译文出版社2007年版,第723页。

去，同时结合对照《荒原》中所呈现的这个两性故事，我们或许对现有的几种译文就会有不同的理解和判断。首先，在小说《威克菲尔德牧师传》中，牧师普里穆罗斯的女儿奥莉维娅是被恶少拐骗诱奸的，所以在她"堕落的时候"，她"发现男人的负心已经晚了"，而唯一能够"遮盖罪孽""躲过羞耻"，并且让所谓的"情人""捶胸跌脚"的办法就只有去死。这是对纯洁爱情的赞美，是对真、善、美的讴歌！相形之下，艾略特笔下西方现代荒原中的这位女打字员所表现出来的完全是对真、善、美和纯真爱情的亵渎。她完全把两性关系当作儿戏："好吧，算完了件事；幸亏完了。"（第 252 行）由此可见，我们是不是可以认为这位女打字员与诗中这位公司小职员之间的逢场作戏并不存在"屈身做了蠢事"，或者"做了失足的蠢事"，或者"屈身愚行"，或者"降尊屈从干了蠢事"的意思呢？或许是出于这种考虑，赵萝蕤先生将"stoops to folly"理解为"堕落"，相当于"To lower or degrade oneself morally"，并且将《荒原》第 253 行诗译成了"美丽的女人堕落的时候"，足见其精准遣词的魅力。

第七节 "水里的死亡"

艾略特《荒原》原作第四章的英文题目叫"DEATH BY WATER"[①]，赵萝蕤先生在 1937 年初版《荒原》中译本里，将这个题目译成"水里的灭亡"[②]；在 1980 年的两个修订版中，赵萝蕤先生把这个题目改译成了"水里的死亡"[③]。相形之下，后来几个中译本这个题目的译法也有部分变化：

[①] T. S. Eliot, *The Complete Poems and Plays 1909–1950*, New York: Harcourt, Brace & World, 1971, p. 46.
[②] 赵萝蕤译：《荒原》，载黄宗英编《赵萝蕤汉译〈荒原〉手稿》，高等教育出版社 2013 年版，第 94—95 页。[英]托·斯·艾略特：《荒原》，赵萝蕤译，新诗社 1937 年版，第 51 页。
[③] 赵萝蕤译：《荒原》，《外国文艺》（双月刊）1980 年第 3 期；赵萝蕤译《荒原》，载袁可嘉、董衡巽、郑克鲁选编《外国现代派作品选》第 1 册（上），上海文艺出版社 1980 年版，第 111 页。

译本三:"死在水中"①
译本四:"水里的死亡"②
译本五:"水里的死亡"③
译本六:"水淹之死"④
译本七:"死于水"⑤

除了译本四、五中这个题目的译名与赵萝蕤先生的译法相同以外,译本三、六、七中这个题目的译法均不一样。那么,不同译者的不同译法有什么不同的考虑吗?作者艾略特在《荒原》一诗的注释中没有对这一章做任何注释;笔者在编辑赵萝蕤先生1937年的初版《荒原》中译本时,也发现她没有给这一章加过"译者按";但是,在1980年《外国文艺》(双月刊)第3期上刊出的修订版中,给第312行加了个"译者按":"这几行最初见于艾略特早年法语诗《在饭馆内》(1916—1917)最后的七行。"⑥赵萝蕤先生的中译文如下(此处笔者略去了法语诗原文):

腓尼基人弗莱巴斯,死了已两星期,
忘记了水鸥的鸣叫,和科尼希海的浪涛,
利润与亏损和一货舱的锡:
海下一潮流把他冲得很远,
把他带回了以前生活的各个阶段。
想想吧,这是多乖的命运;
他到底曾经是漂亮而高大的。⑦

---

① 赵毅衡编译:《美国现代诗选》,外国文学出版社1985年版,第211页。
② 查良铮译:《英国现代诗选》,湖南人民出版社1985年版,第60页。
③ 裘小龙译:《四个四重奏》,漓江出版社1985年版,第76页。
④ 叶维廉译:《众树歌唱:欧美现代诗100首》,人民文学出版社2009年版,第94页。
⑤ 汤永宽译:《荒原》,载陆建德主编《荒原:艾略特文集·诗歌》,上海译文出版社2012年版,第85页。
⑥ 赵萝蕤译:《荒原》,《外国文艺》(双月刊)1980年第3期。赵萝蕤先生提供了法语诗原文及她自己翻译的中文译文。但是,《外国现代派作品选》第1册(上)的"译注"中只提供了赵萝蕤先生的中译文,没有提供法语诗原文,参见袁可嘉、董衡巽、郑克鲁选编《外国现代派作品选》第1册(上),上海文艺出版社1980年版,第113页。
⑦ 赵萝蕤译:《荒原》,《外国文艺》(双月刊)1980年第3期。

赵萝蕤先生还在她的中译文后附上了这么一段解释:"这首诗描写饭店里一个年老的侍者在幼年时曾一度和一个女孩相好,显示了他的风华正茂,但是他因故逃跑,现在只是个失意的老人。"① 此外,赵萝蕤先生还提醒我们读者参看她给《荒原》第35行提供的"译者按",让我们注意这首法语诗《在饭馆内》中的另外两行诗歌:"我那时七岁,她比我还要小,/她全身都湿了,我给了她莲馨花。"② 赵萝蕤先生还告诉我们"艾氏用风信子和莲馨花来象征春天"③。

我们知道,"水里的死亡"这个题目实际上重复了《荒原》第一章中那位所谓"著名的女相士"马丹梭梭屈士的恐惧心理,即"[害]怕水里的死亡"(Fear death by water)。"水里的死亡"在此大致有两种解释。第一,是宗教仪式意义上的死亡,如受洗礼。当教徒接受洗礼时,应将身体完全浸入圣水,这象征着洗去身上所有的罪孽并获得精神上的新生。从这个意义上说,水里的死亡意味着重生,是一种复活的到来。这一观点在杰西·韦斯顿(Jessie Weston)《从仪式至传奇》一书中所讨论的关于繁殖仪式的例子中得到了充分的论证。在这些繁殖仪式中,人们往往先把一副繁殖神的图像放进河里,让河水将其冲走,然后举哀数日,直到最后在前方某处沙滩上又将其找回。于是,人们欢天喜地庆祝繁殖神没有毁灭于水中并且安全回归,因此大地复苏,五谷丰登。从宗教仪式的意义上看,水里的死亡意味着新生的前奏。第二,是现实意义上的死亡。诗中的弗莱巴斯被淹死了,而且他的尸体在大海里腐烂,所以他的死亡是不可能复活的。他的死意味着真的死亡。

然而,译本六的译者叶维廉先生将这一章的题目翻译为"水淹之死"④,并且认为,"水淹之死"是一种"完全解脱",因为,"死亡与时间,只能用死亡本身来征服"⑤。在叶维廉先生看来,艾略特是要在《荒

---

① 赵萝蕤译:《荒原》,《外国文艺》(双月刊)1980年第3期。
② 赵萝蕤译:《荒原》,《外国文艺》(双月刊)1980年第3期。
③ 赵萝蕤译:《荒原》,《外国文艺》(双月刊)1980年第3期。赵萝蕤先生在《外国现代派作品选》第1册(上)中提供了相同的"译注"。
④ 叶维廉译:《众树歌唱:欧美现代诗100首》,人民文学出版社2009年版,第94页。
⑤ 叶维廉译:《众树歌唱:欧美现代诗100首》,人民文学出版社2009年版,第94页。

原》第三章《火诫》中告诉人们"火能摧毁,所以一切情欲是焚烧,但火亦能净化,一如水可以赋生,亦可带来死亡"①。因此,诗人艾略特之所以把《水淹之死》放在《火诫》之后,就是要把它"看作以完全解脱感官世界的方式〔'忘记了海鸥的叫声'(第313行)〕、解脱时间有限的生命〔'驰过年岁和青春之层'(第318行)〕和解脱商业行为和心态〔'忘记……一切利润得失'(第313—314行)〕,来把情欲贪欲之火浇灭"②。

同样,译本七的译者汤永宽先生也有自己的思考。与其他学者一样,他也认为"弗莱巴斯的溺死于水,在本诗第一部分中已由索梭斯特里斯太太预卜。有些学者认为他的死是为了获得新生,也有人认为是徒然的,没有复活的希望"③,但是汤永宽先生认为,"最可能的看法,是这里代表了说话人要求人们寻求忘却,因此对他的死亡不必认作是真的溺死"④。于是,汤永宽先生将《荒原》第四章的题目译成了"死于水"。那么,艾略特《荒原》的原创译者赵萝蕤先生又是如何理解这一部分的呢?为什么将1937年版的原译"水里的灭亡"改为了"水里的死亡"呢?答案当然还是要在文本中去寻找:

原文:IV. DEATH BY WATER

  Phlebas the Phoenician, a fortnight dead,
  Forgot the cry of gulls, and the deep sea swell
  And the profit and loss.
         A current under sea
  Picked his bones in whispers. As he rose and fell
  He passed the stages of his age and youth
  Entering the whirlpool.

---

① 叶维廉:《叶维廉文集》第三卷,安徽教育出版社2002年版,第89页。
② 叶维廉:《叶维廉文集》第三卷,安徽教育出版社2002年版,第89页。
③ 汤永宽译:《荒原》,载陆建德主编《荒原:艾略特文集·诗歌》,上海译文出版社2012年版,第97页。
④ 汤永宽译:《荒原》,载陆建德主编《荒原:艾略特文集·诗歌》,上海译文出版社2012年版,第97页。

第三章 "奇峰突起,巉崖果存"

      Gentile or Jew
  O you who turn the wheel and look to windward,   320
  Consider Phlebas, who was once handsome and tall as you.①

译本一:四、水里的灭亡
  佛来勃士,那非尼夏人,死了两星期,
  忘记了水鸥的哀叫,大海的巨浪
  和一切的利害。
      海下一支流   315
  在悄语里挑选他的尸骨。他飘上落下
  经历他自己的老大和年轻
  一直流入旋涡。
      外邦人或犹太人
  啊你转着那轮盘向着风看的,   320
  想想佛来勃士,他从前也和你一样漂亮,高大的。②

译本二:四、水里的死亡
  腓尼基人弗莱巴斯,死了已两星期,
  忘记了水鸥的鸣叫,深海的浪涛
  利润与亏损。
      海下一潮流   315
  在悄声剔净他的尸骨。在他浮上又沉下时
  他经历了他老年和青年的阶段
  进入漩涡。
      外邦人还是犹太人
  啊你转着舵轮朝着风的方向看的,   320

---

 ① T. S. Eliot, *The Complete Poems and Plays 1909–1950*, New York: Harcourt, Brace & World, 1971, pp. 46–47.
 ② 赵萝蕤译:《荒原》,载黄宗英编《赵萝蕤汉译〈荒原〉手稿》,高等教育出版社 2013 年版,第 94—97 页。

回顾一下弗莱巴斯,他曾经是和你一样漂亮,高大的。①

从诗歌文本上看,《荒原》第四章似乎并不难理解。正如赵萝蕤先生所言,这首诗"最初见于艾略特早年法语诗《在饭馆内》最后的七行"②。根据韦里克先生的考证,艾略特是在 1920 年写下了这首题为"在饭馆内"的法语诗歌的。这首诗实际上是由一位不叫人喜欢的饭店侍者在为一位不说话的顾客提供服务时的一番对话构成的。这位侍者讲述了他小时候有一天在公园里正在与一个小女孩一起玩耍的情景。正当他玩得起劲的时候,突然间面前出现了一条大狗,把他给吓跑了。诗中这位顾客只是在听着,但一声不吭,他不喜欢这位侍者的相貌,而且也不喜欢硬是要他听的这个故事。诗中最后一段把这位讲故事的侍者与这位不耐烦的顾客所处的尴尬情境和弗莱巴斯的命运做了对比,因为"弗莱巴斯再也不需要为这个世界上的烦心事和肮脏事而感到烦恼了,但不幸的是,弗莱巴斯的逃脱是死亡"③。由此可见,不论是叶维廉先生把"水淹之死"当作一种"完全解脱",还是汤永宽先生主张把"死于水"理解为一种"寻求忘却",他们的观点均有道理。

然而,赵萝蕤先生"倾向于认为这首诗带有惋惜的情绪,惋惜那曾经是漂亮而高大的菲尼基人终于遇到了水里的死亡。终结的情绪比较沉重。水是情欲的大海"④。笔者认为,这首诗结尾的情绪的确"比较沉重",因为这里的死亡又是"水里的死亡",而这里的"水"仍旧是《荒原》第二、三章中的情欲之水,是情欲的大海。第一,《荒原》第四章第 313 行中"水鸥的鸣叫"和"科尼希海的浪涛"可能影射《在饭馆内》诗中那位侍者小时候与那位小女孩相好的美好回忆,同时也让我们想起《荒原》第一章第 14—17 行诗中人"我"在他表兄家所经历的那种天真、浪漫、

---

① 赵萝蕤译:《荒原》,《外国文艺》(双月刊)1980 年第 3 期。

② 赵萝蕤译:《荒原》,《外国文艺》(双月刊)1980 年第 3 期。赵萝蕤先生提供了法语诗原文及她自己翻译的中文译文。但是,《外国现代派作品选》第 1 册(上)的"译注"中只提供了赵萝蕤先生的中译文,没有提供法语诗原文,袁可嘉、董衡巽、郑克鲁选编《外国现代派作品选》第 1 册(上),上海文艺出版社 1980 年版,第 113 页。

③ Margaret C. Weirick, *T. S. Eliot's* The Waste Land: *Sources and Meaning*, New York: Monarch Press, 1971, pp. 70–71.

④ 赵萝蕤:《〈荒原〉浅说》,《我的读书生涯》,北京大学出版社 1996 年版,第 25 页。

自由的美好回忆："我表兄家，他带我滑雪车，/我很害怕。他说，玛丽，/玛丽，要抓得紧。我们就冲下。/走到山上，那里你觉得自由。"[①]然而，这种美好的回忆被一条突如其来的大狗给打断了。这条大狗似乎从天而降，既让人想起了《荒原》中为尼罗河洪水报时的狗熊星（the Dog Star），又像那条要把埋在园子里的尸首挖出来的受惊了的狗，但不管是什么，它破坏了这两个小孩相好的时光。虽然诗中没有说明这条大狗突然出现的原因，但似乎可以揣测，仿佛我们能够感受到诗中这两位相好的小孩之间隐隐约约地存在着一种具有强烈愿望却从未实现或者满足过的创伤性两性关系的记忆。这让我们联想到《荒原》第一章中"风信子女郎"当时所处的尴尬情境："可是等我们回来，晚了，从玉簪的园里来，/你的臂膊抱满，你的头发湿，我不能/说话，眼睛看不见，我不是/活着，也不死，我什么都不知道。"（第37—40行）[②] 因此，艾略特《在饭馆内》一诗中的这位侍者实际上有点像《荒原》第三章中与那位女打字员发生过两性关系的公司小职员，因为他们之间的关系显然是一种有性无爱、有欲无情的两性关系，构成了一种创伤性记忆，而在《在饭馆内》这首诗歌中那位无声的顾客似乎也是出于无奈才听着这位侍者把故事讲完。从这个意义上看，这里"水鸥的鸣叫"和"科尼希海的浪涛"都可以唤起诗中人对童年的美好的记忆，但是这些美好的记忆同时夹带着"利润和亏损"的创伤性记忆。

第二，是对《荒原》第 314 行的理解和翻译："And the profit and loss。"以下是七个中译本中第 313—314 行的译文：

译本一："忘记了水鸥的哀叫，大海的巨浪/和一切的利害。"[③]
译本二："忘记了水鸥的鸣叫，深海的浪涛/利润与亏损。"[④]

[①] 赵萝蕤译：《荒原》，载黄宗英编《赵萝蕤汉译〈荒原〉手稿》，高等教育出版社 2013 年版，第 28—29 页。
[②] 赵萝蕤译：《荒原》，载黄宗英编《赵萝蕤汉译〈荒原〉手稿》，高等教育出版社 2013 年版，第 34—35 页。
[③] 赵萝蕤译：《荒原》，载黄宗英编《赵萝蕤汉译〈荒原〉手稿》，高等教育出版社 2013 年版，第 94—95 页。
[④] 赵萝蕤译：《荒原》，《外国文艺》（双月刊）1980 年第 3 期。

译本三："他已忘了海鸥狂鸣，深海浪涌，/也忘了利润与亏损。"①

译本四："他忘了海鸥的啼唤，深渊的巨浪，/利润和损失。"②

译本五："忘记了海鸥的啼叫，汪洋的巨浪/和一切利害得失。"③

译本六："忘记了海鸥的叫声，深海的涛涌/和一切利润得失。"④

译本七："忘记了海鸥的啼鸣和大海滚滚的巨浪/也忘记了亏损与赢利。"⑤

在 1937 年初版《荒原》中，赵萝蕤先生将第 314 行翻译成"和一切的利害"。赵萝蕤先生选择用"利害"一个名词来对译原作中的两个相互并列的名词"the profit and loss"。在现代汉语中，"利害"可以解释为"利益和损害"，对等的英文表达可以是"gains and losses"。因此，我们可以说赵萝蕤先生 1937 年初版中的这个遣词不仅是精准的，而且是精练的。然而，在 1980 年修订版中，赵萝蕤先生把"利害"拆解成了"利润与亏损"。从形式上看，这一拆解显然使译文更加接近原作的形态，用译入语两个相互并列的名词去对译译出语两个相互并列的名词，更加符合她所提倡的"用准确的同义词一个单位一个单位地顺序译下去"⑥这一直译法的基本要求。从内容上看，虽然赵萝蕤先生用了"一切的利害"，但是译文的所指仍旧比较笼统，而"利润与亏损"却把诗中人"可能经了一个时期，然后和一货舱的锡在科尼希海的浪涛中同归于尽"⑦这一经历给翻译了出来。或许，这一拆解也可以帮助我们理解和区别赵萝蕤先生"1936 年不彻底的直译法"和"1979 年比较彻底的直译法"⑧。相形之下，译本

---

① 赵毅衡编译：《美国现代诗选》，外国文学出版社 1985 年版，第 211 页。
② 查良铮译：《英国现代诗选》，湖南人民出版社 1985 年版，第 60 页。
③ 裘小龙译：《四个四重奏》，漓江出版社 1985 年版，第 89 页。
④ 叶维廉译：《众树歌唱：欧美现代诗 100 首》，人民文学出版社 2009 年版，第 95 页。
⑤ 汤永宽译：《荒原》，载陆建德主编《荒原：艾略特文集·诗歌》，上海译文出版社 2012 年版，第 97 页。
⑥ 赵萝蕤：《我是怎么翻译文学作品的》，载王寿兰编《当代文学翻译百家谈》，北京大学出版社 1989 年版，第 608 页。
⑦ 赵萝蕤：《〈荒原〉浅说》，《我的读书生涯》，北京大学出版社 1996 年版，第 25 页。
⑧ 赵萝蕤：《我是怎么翻译文学作品的》，载王寿兰编《当代文学翻译百家谈》，北京大学出版社 1989 年版，第 609 页。

四的"利润和损失"、译本五的"一切利害得失"、译本六的"一切利润得失"和译本七的"亏损与赢利"也都是很好的译文，但是译本六的"利润得失"似乎将"得失"的范畴限制在了"利润"之上，因为"利润得失"是一个偏正结构的名词性词语；此外，译本七的"亏损与赢利"将原作"the profit and loss"中两个名词的先后顺序进行调换，但是笔者揣摩不出译者这一遣词位置调换的原因和目的。

第三，第315—316行中的诗句："A current under sea/Picked his bones in whispers。"赵萝蕤先生1937年初版《荒原》中的译文为："海下一支流/在悄语里挑选他的尸骨。"在1980年修订版中，赵萝蕤先生把这一诗句改译成"海下一潮流/在悄声剔净他的尸骨"。首先，赵萝蕤先生把"支流"改译成"潮流"，这个遣词更加准确。其次，赵萝蕤先生把"在悄语里挑选他的尸骨"改译成"在悄声剔净他的尸骨"，这一改译的译文堪称剔透！应当说，赵萝蕤先生的原译虽然给人有字面对译之嫌，但也不乏丰富的想象，因为她用拟人的手法让"海下一支流"去"挑选他的尸骨"，而且是"在悄语"之中。这种处理方法已经是一种浪漫的直白、一种包孕着丰富想象的直译。然而，赵萝蕤先生修订后的译文"海下一潮流/在悄声剔净他的尸骨"，仿佛他那充满情欲的血肉之躯被海下潮流一点一点地从尸骨上剔净，而且诗中这位原本漂亮而又高大的腓尼基商人弗莱巴斯淹死后在海里只留下尸骨的意象也让我们读者联想起《荒原》第二章中躲在"老鼠窝里"的那一对男女，"在老鼠窝里，/在那里死人连自己的尸骨都丢得精光"（第115—116行）。他们生活在这个现代社会里，却"什么都不知道""什么都没有看见""什么都/不记得"（第122—123行）。此外，赵萝蕤先生用"悄声剔净"去改译"在悄语里挑选"也当推是赵萝蕤先生翻译艾略特《荒原》这部传世之作中画龙点睛的传世译笔之一。因此，笔者认为，赵萝蕤先生1980年版《荒原》第315—316行这一诗句的修订版译文不仅更加传神灵动地再现了原作的寓意，而且进一步展示了译者驾驭两种语言的深厚功力。

第八节 "迫使语言就范"

在本章的最后一节，笔者还是想以艾略特《玄学派诗人》一文中这段脍炙人口的话语开篇:"在我们当今的文化体系中从事创作的诗人们的作品肯定是费解的(difficult)。我们的文化体系包含极大的多样性和复杂性,这种多样性和复杂性在诗人精细的情感上起了作用,必然产生多样的和复杂的结果。诗人必须变得愈来愈无所不包,愈来愈隐晦,愈来愈间接,以便迫使语言就范(to force language into his meaning),必要时甚至打乱语言的正常秩序来表达意义。"[1] 赵萝蕤先生对艾略特及其诗歌创作有过一段富有启示意义的论述:"艾略特高度尊重优秀的文化传统,他以博学多才著称。他在《荒原》中创造了新的诗法,他使语言服从内容,他的多种诗体反映了他的高水平,成为他的诗歌可以永垂不朽的一个有力因素。"[2] 显然,艾略特上述关于西方现代诗人在诗歌创作中必须"迫使语言就范"的观点,就是赵萝蕤先生这段评论中关于艾略特在创作《荒原》过程中"使语言服从内容"的观点。笔者在本书绪论中讨论过艾略特诗歌与诗学理论的一些核心观点,比如"感受力涣散""历史意识""个性消灭""客观对应物"等,但是就"迫使语言就范"这一特点尚未展开讨论。诗歌语言作为一种诗歌表达形式,归根结底还是要服务于诗歌内容的表达。因此,笔者试图在这一小节中聚焦《荒原》第五章《雷霆的话》(What The Thunder Said),采取翻译文本比较释读的方法,探讨赵萝蕤先生通过翻译艾略特《荒原》第五章中不同文化背景的用典案例,进而窥见艾略特在诗歌创作中"迫使语言就范"方面所作出的努力和贡献。

所谓"雷霆"(The Thunder)是指上帝发出的可怕的声音。根据艾略特本人的注释,《荒原》第五章《雷霆的话》的第一段(第322—330行)使用了三个主题:"去埃摩司(Emmaus)途中、去'凶险的教堂'(见韦斯顿女士的书)及目前东欧的腐败。"[3] "去埃摩司途中"(《圣经》中译为"在以马忤斯路上")一段讲述了"耶稣被钉死在十字架上后,又复活

---

[1] [英]托·斯·艾略特:《艾略特文学论文集》,李赋宁译,百花洲文艺出版社1994年版,第24—25页。
[2] 赵萝蕤:《〈荒原〉浅说》,《我的读书生涯》,北京大学出版社1996年版,第27页。
[3] T. S. Eliot, *The Complete Poems and Plays 1909–1950*, New York: Harcourt, Brace & World, 1971, p. 53.

了，并在他的门徒中行走"①。《圣经·新约·路加福音》第 24 章第 13—16 节中有这样的记载："正当那日，门徒中有两个人往一个村子去，这村子名叫埃摩司，离耶路撒冷约有二十五里。他们彼此谈论所遇见的这一切事。正谈论相问的时候，耶稣亲自就近他们，和他们同行；只是他们的眼睛迷糊了，不认识他。"② 在第五章《雷霆的话》③ 的开篇，艾略特是这么描述"去埃摩司途中"这一段旅程的：

原文：

  After the torchlight red on sweaty faces
  After the frosty silence in the gardens
  After the agony in stony places
  The shouting and the crying   325
  Prison and palace and reverberation
  Of thunder of spring over distant mountains
  He who was living is now dead
  We who were living are now dying
  With a little patience④   330

译本一：

  火把的红光在流汗的脸上照过以后
  花园里是那霜雪的静默以后
  经过了岩石地带的悲苦之后
  还有那些喊叫呼号   325

---

① 赵萝蕤译：《荒原》，载黄宗英编《赵萝蕤汉译〈荒原〉手稿》，高等教育出版社 2013 年版，第 217 页。

② 《圣经·新约》（中英对照·和合本·新国际版），香港：国际圣经协会 1998 年版，第 158 页。

③ 在 1937 年初版《荒原》中译本中，赵萝蕤先把第五章题目 "What The Thunder Said" 翻译成"雷霆所言"；在 1980 年修订版中，她将其改译成"雷霆的话"。笔者此处使用了后者，特此说明。

④ T. S. Eliot, *The Complete Poems and Plays 1909 – 1950*, New York: Harcourt, Brace & World, 1971, p. 47.

>   监牢皇宫和春雷的
>   回声在远山那边
>   那活着的现在死了
>   我们曾经活着的也快死了
>   只有这点耐心①

艾略特笔下现代西方荒原社会的一个重要特征就是第一次世界大战后西方社会的人们普遍丧失了宗教信仰,正如菲茨杰拉德对"迷惘一代"年轻人的描述那样:"所有的上帝都死光了,所有的战争都打完了,人们所有的信仰也都动摇了。"② 诗人艾略特还是想用自己的诗歌来唤醒西方现代荒原人对孤独、异化、精神幻灭的麻木不仁。他希望耶稣复活,希望大地复苏,希望人性的回归! 显然,《荒原》第五章是以基督在客西马尼园(Gethsemane)里祈祷时被捕的情境开篇的。从上述这段引文中,我们可以看出一些耶稣受难前的情节:耶稣被犹大出卖,在橄榄山附近的客西马尼园中祈祷时被捕,后来在耶路撒冷的各各他(Golgotha)被钉死在十字架上,因此"那活着的现在死了"。此外,"还有那些喊叫呼号/监牢皇宫和春雷的/回声在远山那边"这几行诗酷似《圣经·新约·马太福音》第27章第51节中描写耶稣断气后的情境:"忽然,殿里的幔子从上到下裂为两半,地也震动,磐石也崩裂……"③ 可是,我们为什么在此没有看到《马太福音》中接下来关于耶稣及圣徒们复活的情境呢? 比如,"坟墓也开了,已睡圣徒的身体,多有起来的。到耶稣复活以后,他们从坟墓里出来,进来圣城,向许多人显现"④。恰恰相反,艾略特在诗歌中写的是"我们曾经活着的也快死了/只有这点耐心"。这里的诗中人"我们"又是谁呢? 笔者认为,这里的"我们"就是指第一次世界大战后那一代丧失

---

① 赵萝蕤译:《荒原》,载黄宗英编《赵萝蕤汉译〈荒原〉手稿》,高等教育出版社 2013 年版,第 98—99 页。
② F. S. Fitzgerald, *This Side of Paradise*, New York: Charles Scribner's Sons, 1920, p. 255.
③ 《圣经·新约》(中英对照·和合本·新国际版),香港:国际圣经协会 1998 年版,第 58 页。
④ 《圣经·新约》(中英对照·和合本·新国际版),香港:国际圣经协会 1998 年版,第 58 页。

了宗教信仰的现代西方荒原人。他们"曾经活着",那是因为他们心中有上帝,生命有盼望,而如今他们"也快死了",那是因为他们已经不认识"那个走在你身旁的第三人"(第 360 行)了,那是因为他们心中已经没有了上帝。诗境至此,艾略特的这个"只有这点耐心"(第 330 行)似乎就更加耐人寻味了,因为"这点耐心"既可以是西方现代荒原人虽生犹死、生不如死的生命光景的真实写照,也可以是他们"又叫/干了的老根得一点生命"(第 6—7 行)的希望。笔者认为,首先,这种写法仍然属于艾略特借古讽今用典互文的惯用手法。其次,我们还可以说,这是艾略特通过连接多种宗教神话,进而让读者自己从不同文化背景的经验中去寻找诗人表达思想感情的"客观对应物"。比如,上述这段诗文给我们读者的感觉印象应该不仅仅限于耶稣受难前的最后几个场景及门徒们在埃摩司见到耶稣"流汗的脸"时所表现出来的咬牙切齿;"花园里是那霜雪的静默"恐怕也已经超出了耶稣在客西马尼园里祈祷守夜的静默;"在远山那边"的"春雷的/回声"似乎也早已带着各种繁殖神话的寓意响彻云霄,并且给苦旱的大地带来了春雨的信号。由此可见,诗中"现在死了"的那位就不仅仅是基督耶稣一人,而且可能包括荒原中那位受伤的渔王,而那些现在"快死了"的"我们"很自然地就囊括了生活在西方现代荒原社会上的芸芸众生。假如我们从这个视角看,赵萝蕤先生第 328 行的译文"那活着的现在死了"就当推为佳译,因为她巧妙地将原作诗句中的主语"He"隐藏了起来,使得"他"对基督耶稣的所指变得更加模糊,同时也使"他"的所指更加无所不包。相形之下,把第 328 行译成"那个曾经活着的人现在死了"[①],就显得其中"那个……人"的所指(耶稣)比较明确;同样,译本六的译文是"曾活着的他已经死去"[②],其中那个"曾活着的他"的所指(耶稣)也比较明确。

第 331—359 行是一段描写耶稣死后大地苦旱的荒原景象。艾略特认为这 29 行诗写得不错,并称其为"滴水歌"(the water-dripping song)[③]。

[①] 赵毅衡编译:《美国现代诗选》,外国文学出版社 1985 年版,第 212 页。

[②] 叶维廉译:《众树歌唱:欧美现代诗 100 首》,人民文学出版社 2009 年版,第 84 页。

[③] B. C. Southam, *A Guide to the Selected Poems of T. S. Eliot*, 6th ed., San Diego: Harcourt Brace & Company, 1994, p. 187.

赵萝蕤先生也认为，这两段"写得很动人，值得细读"①。虽然第 331—345 行属于节奏感较强的长句，而第 346—359 行是停顿频繁的短句，但是诗人艾略特在这两段中没有使用一个标点符号，也可谓一气呵成了。

原文：

>Here is no water but only rock
>Rock and no water and the sandy road
>The road winding above among the mountains
>Which are mountains of rock without water
>If there were water we should stop and drink　　335
>Amongst the rock one cannot stop or think
>Sweat is dry and feet are in the sand
>If there were only water amongst the rock
>Dead mountain mouth of carious teeth that cannot spit
>Here one can neither stand nor lie nor sit　　340
>There is not even silence in the mountains
>But dry sterile thunder without rain
>There is not even solitude in the mountains
>But red sullen faces sneer and snarl
>From doors of mudcracked houses　　345
>　　　　If there were water
>And no rock
>If there were rock
>And also water
>And water　　350
>A spring
>A pool among the rock
>If there were the sound of water only
>Not the cicada

---

① 赵萝蕤：《〈荒原〉浅说》，《我的读书生涯》，北京大学出版社 1996 年版，第 27 页。

And dry grass singing
But sound of water over a rock   355
Where the hermit-thrush sings in the pine trees
Drip drop drip drop drop drop drop
But there is no water[①]

译本一：

这里没有水只有岩石
岩石而没有水而有一条沙路
那路在上面深山里绕
也是岩石的大山没有水
若还有水我们就停下痛喝了   335
在岩石中间人不能停止也不能想
汗是干的脚埋在沙土里
只要有水在岩石中间
死了的山口带着烂牙床不能吐沫
这里人不能站着躺着坐着   340
就是静默也不在这些山上
只有干枯的雷下不来雨
就是寂寞也不在这些山上
只有绛红阴沉的脸讥笑怒叫
从泥干缝裂的门里出来   345
　　　　　只要有水
而没有岩石
若能有岩石
也能有水
有水   350
有泉

---

① T. S. Eliot, *The Complete Poems and Plays 1909－1950*, New York：Harcourt, Brace & World, 1971, p. 54.

　　　　岩石间的小池潭
　　　　只要有水的声音
　　　　不是知了
　　　　和枯草同唱　　　　　　　　　　　　　　355
　　　　只是水的声音在岩石上
　　　　画眉鸟在松树里唱
　　　　点滴点滴滴滴滴
　　　　只是没有水①

显然，在这段引文开头的七行（第331—336行）中，诗人艾略特是在影射《圣经·旧约·出埃及记》第17章《磐石出水》第5—6节中关于耶和华对以色列人领袖摩西的一番教导："耶和华对摩西说：'你手里拿着你先前击打河水的杖，带领以色列的几个长老，从百姓面前走过去。我必在何烈的磐石那里站在你面前，你要击打磐石，从磐石里必有水流出来，使百姓可以喝。'摩西就在以色列的长老面前这样行了。"② 我们知道，《出埃及记》讲的是神让摩西带领以色列全会众逃离埃及法老奴役的故事。这时，摩西已经带领以色列人成功地过了红海（Crossing the Red Sea），在玛拉（Marah）这个地方喝够了水，又到了以琳（Elim）和西奈（Sinai）之间一个叫"汛的旷野"（The Desert of Sin）的地方吃足了吗哪（manna），最后来到了一个叫"利菲订"（Rephidium）的地方。由于百姓没有水喝，所以他们开始向摩西抱怨说："你为什么将我们从埃及领出来，使我们和我们的儿女并牲畜都渴死呢？"仿佛这些以色列人正在岩石间的一条沙路上朗读着艾略特笔下的这些诗行：

　　　　这里没有水只有岩石
　　　　岩石而没有水而有一条沙路
　　　　那路在上面深山里绕

---

① 赵萝蕤译：《荒原》，载黄宗英编《赵萝蕤汉译〈荒原〉手稿》，高等教育出版社2013年版，第100—105页。

② 《圣经·旧约》（中英对照·和合本·新国际版），香港：国际圣经协会1998年版，第121页。

也是岩石的大山没有水
若还有水我们就停下痛喝了 335
在岩石中间人不能停止也不能想

于是,"摩西就呼救耶和华说:'我向这百姓怎么行呢?他们几乎要拿石头打死我。'"耶和华这才告诉摩西"我必在何烈的磐石那里站在你面前,你要击打磐石,从磐石里必有水流出来,使百姓可以喝"。"何烈"(Horeb)是西奈(Sinai)的另外一个名称,摩西后来就是独自一人到西奈山顶接受了神赐的"十诫"(The Ten Commandments)和"摩西律法"(The Old or Mosaic Law)来教导以色列民族。那么,艾略特笔下这些丧失了宗教信仰的现代荒原人酷像这批行走在这条只有"岩石而没有水"的沙路上的以色列人,同样需要一位像摩西这位以色列民族英雄那样,引导西方现代荒原人通过仰慕神而最终找到救命的活水。笔者认为,诗人艾略特此处用典互文的艺术真可谓"夺胎换骨"了!生活在大地苦旱、人心枯竭的西方现代荒原上的人们似乎只有等候能够拯救他们的英雄的出现,而没有任何别的出路,因为如果没有出现神迹,让生命的活水从岩石里流出,他们是没有别的活路的。然而,艾略特的用典艺术本身又呈现出"奇峰突起,巉崖果存"的气象。第五章"雷霆的话"题目本身就给人一种于无声处听惊雷的感觉,但是在表现形式上,诗人艾略特还真是别出心裁。他连一个标点符号都不愿意使用,而且前16行诗诗行相对冗长,且有节奏,因为"在岩石中间人不能停止也不能想",他们无法"痛喝",又不能停止求索、寻找,而且他们的"汗是干的",他们的"脚〔还〕埋在沙土里";在这只有岩石而没有水的现代荒原上,"死了的山口带着烂牙床不能吐沫"①,"这里人不能站着躺着坐着"。好一幅虽生犹死、生不如死的西方现代荒原的生命画卷!

假如我们将赵萝蕤先生1937年初版《荒原》中译本的上述引文与艾略特《荒原》原作进行比对,我们还不得不为赵萝蕤先生选择并坚持用直译法翻译这首诗歌而感到欣慰与叹服!艾略特给第357行"Drip drop

---

① 赵萝蕤先生在她1980年修订版《荒原》中译版中,把这一行(第339行)的译文改为:"死了的山满口都是龋齿吐不出一滴水。"笔者认为,这一修订更加形象逼真。

drip drop drop drop drop"做了一个注释:"这是画眉一族(Turdus aonalashkae pallasii),是我在魁北克州听见过的一种蜂雀类的画眉。蔡朴孟(Chapman)说(见《美洲东北方的鸟类手册》—Handbook of Birds of Eastern North America),'这种鸟最喜欢住在深山僻林里……它的鸣声并不以多变或洪亮著称,但它的声调的甜纯、易节的优美则是无与伦比的'。它的'滴水歌'确实值得欣赏。"① 假如我们用眼睛和耳朵同时细细聆听第346—349行中的这首画眉鸟"滴水歌",虽然最终仍然是"没有水"(第349行)供诗中人解渴,但是这一滴滴从深山僻林里传出来的、不仅"甜纯"而又"易节"的滴水声还真是美轮美奂、意蕴悠远,而且赵萝蕤先生的译文也可谓无与伦比了。笔者认为,第一,在遣词层面上,不论作者还是译者都充分利用了诗中关键词语的不断重复来强化荒原上满山遍野的岩石间缺水的意象。艾略特在原作第346、349、350、352、355、359行中六次重复使用了"water"一词,而在第347、348、352、355行中四次重复使用了"rock"一词,同样赵萝蕤先生也在中译本的第346、349、350、353、356、359行中六次重复使用了"水"字,而第347、348、352、356行四次重复使用了"岩石"一词。与此同时,赵萝蕤先生在译文中还创造性地在第346、349、350、351(有泉)、353行中连续五次使用了"有水""有泉"这样的字眼,来表示荒原人盼水的愿望和信心。第二,赵萝蕤先生善于"用准确的同义词"进行直译。比如,第349—352行的英文原文是这样的:"And also water/And water/A spring/A pool among the rock."而赵萝蕤先生选择用"水……水……泉……小池潭"对译原作中的"water……water……A spring……A pool"的递进关系,仿佛让我们看到了岩石出现有滴水穿石的异象和滴水穿石给现代荒原人带来的一线希望。

也能有水
有水   350
有泉
岩石间的小池潭

---

① 赵萝蕤译:《荒原》,《外国文艺》(双月刊)1980年第3期。

第三，从译文的句式层面上考察，赵萝蕤先生也可谓恪守她文学翻译直译法中所强调的"保持语言的一个单位接着一个单位的次序"① 进行直译的主张。虽然作者和译者在创作和翻译"滴水歌"的时候，都没有使用标点符号，但是原作和译作中诗歌的抑扬顿挫清晰可见，句式长短同样一目了然，而且在节奏上，译作与原作保持高度一致，一行一顿或一步一顿，明晰易节。第四，赵萝蕤先生使用拟声重复或声喻重复（onomatopoeic repetition）的方法来模拟"滴水歌"中的滴水声，堪称一绝。在诗中，作者说这种"水的声音/不是知了/和枯草同唱"（第 353—355 行），而是"水的声音在岩石上……点滴点滴滴滴滴"，宛如一只"画眉鸟在松树里歌唱！"假如是"知了"（一种蚱蜢）和"枯草"同声合唱的声音，那一定不会是诗人所说的一种"无与伦比的""甜纯、易节的优美的声调"（艾略特注释）。那么，笔者认为，艾略特笔下这"水的声音在岩石上……点滴点滴滴滴滴"的滴水声，显然就是诗人想象中那荒原岩石上滴水穿石的声音。众所周知，石之坚硬，水之柔弱，但滴水终究穿石。或许，这是诗人艾略特留给现代荒原人的一线希望。然而，滴水穿石，不仅意味着一种锲而不舍的精神，而且还喻指目标专一、持之以恒、敢字当头、义无反顾、前仆后继、至死不渝等大无畏精神。那么，诗境至此，我们似乎又在艾略特笔下这一幅虽生犹死的现代西方荒原画卷中，听到了从深远的僻林里传来的一曲可能能够给大地苦旱、人心枯竭的现代荒原人带来生命活水的"滴水歌"。

此外，在《荒原》的最后一章中，我们不仅能够听见远方传来画眉鸟美妙的"滴水歌"，而且还能够听见"有只公鸡站在屋脊上/喔喔咯咯喔喔咯咯"（第 392—393 行）。公鸡啼鸣可以驱除邪恶，结果天空中突然划过"一炷闪电。/然后一阵湿风/带来雨"（第 394—395 行）。与此同时，荒原人盼望已久的"雷声开言"了："DA/Datta…DA/Dayadhvam…DA/Damyata…"（第 401—425 行）。说来奇怪，在上述引文的第 341—345 行中，我们看到的是一些"甚至连静默（silence）也不存在"的"山上"，在那里"只有干枯的雷下不来雨"（But dry sterile thunder without

---

① 赵萝蕤：《我是怎么翻译文学作品的》，载王寿兰编《当代文学翻译百家谈》，北京大学出版社 1989 年版，第 608 页。

rain），而且那些山上还是一个"甚至连寂寞（solitude）也不存在"的地方，因为在那里，"只有绛红阴沉的脸""从泥干缝裂的门里出来""讥笑"和"怒叫"。然而，这个"干枯的雷"不仅"带来［了］雨"，而且还开口说话了。

原文：

> Then spoke the thunder 400
> DA
> *Datta*: what have we given?
> My friend, blood shaking my heart
> The awful daring of a moment's surrender
> Which an age of prudence can never retract 405
> By this, and this only, we have existed
> Which is not to be found in our obituaries
> Or in memories draped by the beneficent spider
> Or under seals broken by the lean solicitor
> In our empty rooms 410
> DA
> *Dayadhvam*: I have heard the key
> Turn in the door once and turn once only
> We think of the key, each in his prison
> Thinking of the key, each confirms a prison 415
> Only at nightfall, aetherial rumours
> Revive for a moment a broken Coriolanus
> DA
> *Damyata*: The boat responded
> Gaily, to the hand expert with sail and oar 420
> The sea was calm, your heart would have responded
> Gaily, when invited, beating obedient
> To controlling hands

第三章 "奇峰突起,巉崖果存"

     I sat upon the shore
  Fishing, with the arid plain behind me①   425

译本一:

  然后雷声开言   400
  DA
  Datta:我们给了些什么?
  朋友,热血震撼了我的心
  这一眨眼献身成圣的勇气
  是谨慎的年代所不能收回的   405
  就由这,仅由这一下,我们的生存
  不会在讣闻上记载下
  或在记忆中被那慈惠的蜘蛛下网
  或在那些瘦长的律师手开的密封下
  在我空着的屋子里   410
  DA
  Dayadhavam:我听见那钥匙
  在门里转了一次,只是一次
  我们想到钥匙,各人都在监牢里
  想到这把钥匙,各人都保守一间牢   415
  仅在黄昏的时候,世外的喧闹
  又使失意哥力来纳思一度重生
  DA
  Damyata:那条船快乐的
  答应,在那用帆用浆老练的手中   420
  海是静的,你的心也会快乐地
  答应,有人会叫你,你就服从
  那收管你的手

---

① T. S. Eliot, *The Complete Poems and Plays 1909-1950*, New York:Harcourt, Brace & World, 1971, pp. 49-50.

> 我坐在岸上
> 垂钓，背后是那片大荒地①　　　　　　　　　　　　　　425

艾略特给这里的"雷声开言"加了一个注释："'Datta, Dayadhvam, Damyata'[Give, sympathize, control（即舍予、同情、克制）]。雷的寓言的含义见《雅加——优波尼沙土》(Brihadarangaka-Upanishad) 第五卷第一节。它的译文之一见陶森（Deussen）的《吠陀经中之六十优波尼沙土》("Sechzig Upanishads des Veda") 第489页。"②后来，赵萝蕤先生又在作者注释的基础上增加了一下"译者按"：依牟勒（Friedrich Max Müller）所译的《优波尼沙土》如下：

> 般若伽底（Pragâpati）之三后代，天子，人，与阿修罗（即魔鬼）与其父般若伽底同住而为梵志（Brahmakârins——译注，此后婆罗门教之学生。婆罗门教中，分一生为四期：名最初就学期为梵志期。）修业已毕，天子问："阿阇黎，请有以教我。"彼即言一音Da，且谓："已解悟否？"众人谓："已解。即Damyata, 须驯服。"彼谓："汝已解悟。"人又问："阿阇黎，请有以教我。"彼还说其音Da，且谓："已解悟否？"众人谓："已解。即Datta, 须舍予。"彼谓："汝已解悟。"阿修罗又问："阿阇黎，请有以教我。"彼还是说其音Da，且谓："已解悟否？"众人谓："已解。即Dayadham, 须慈悲。"彼谓："汝已解悟。"至圣雷霆复再说其音Da Da Da，即驯服，舍予，慈悲。且学习此驯服，舍予，与慈悲。——译者又注：此系"佛以一音演说法，众生随类各得解"。③

---

① 赵萝蕤译：《荒原》，载黄宗英编《赵萝蕤汉译〈荒原〉手稿》，高等教育出版社2013年版，第114—121页。
② T. S. Eliot, *The Complete Poems and Plays 1909-1950*, New York: Harcourt, Brace & World, 1971, p. 54.
③ 赵萝蕤译：《荒原》，载黄宗英编《赵萝蕤汉译〈荒原〉手稿》，高等教育出版社2013年版，第222—227页。

可见，艾略特在此是使用了梵语，让雷霆开口说话的"雷霆复再说其音 Da Da Da，即驯服，舍予，慈悲"。后来，赵萝蕤先生把"驯服，舍予，慈悲"改成了"舍予、同情、克制"①。然而，这一连三个以 D 音开头的拟声词 Da Da Da 却蕴含着拯救人类世界的三大法宝："舍予、同情、克制。"从诗歌文本可以看出，第一，"舍予"（DA/Datta）意味着现代荒原人需要有"献身成圣的勇气"，需要把自己的生命完完全全地交托给神圣的上帝，而且一旦决定"舍予"就永远不能改变，因为舍予者将获得永生，死亡是奈何不了他们的，他们的"生存/不会在讣闻上记载下"。第二，"同情"（DA/Dayadhavam）被比喻成一把"钥匙"，仿佛能够打开吊押着西比儿的牢笼之门，同时让每一个被关在监牢里的失意的现代荒原人都有一次"重生"的机会；他们将破除自我封闭，自由地与他人沟通和外界联系，脱离孤独的苦海，找回生命的意义。第三，"克制"（DA/Damyata）意味着"服从"，即"服从/那收管你的手"；大海表面上看是"静的"，但实际上可能是波涛汹涌的情欲之海，因此人们必须学会"用帆用桨"，用自己那双"老练的手"，快乐地让"那条船"在大海里行稳致远，"你的心也会快乐地答应"。只有这样，只有当现代荒原人懂得"舍予"，学会"同情"，并且做到"克制"之时，眼前这个西方现代社会荒原才可能大地回春、万物复苏、人丁兴旺；也只有这样，当诗中人"我坐在岸上/垂钓"的时候，他才可能有勇气面向大海，而把"那片大荒地"抛在"背后"！

然而，赵萝蕤先生 1937 年初版《荒原》中译本和 1980 年修订版《荒原》中译文对诗人艾略特在全诗结尾处（第 433—434 行）所提出的这三大法宝的翻译略有区别：

原文："Datta. Dayadhvam. Damyata.
　　　　Shantih　shantih　shantih"②

译本一："Datta. Dayadhvam. Damyata.

---

① 赵萝蕤：《〈荒原〉浅说》，《我的读书生涯》，北京大学出版社 1996 年版，第 26 页。
② T. S. Eliot, *The Complete Poems and Plays 1909 – 1950*, New York: Harcourt, Brace & World, 1971, p. 50.

Shantih　Shantih　Shantih"①
译本二:"舍己为人。同情。克制。
平安。平安　平安"②

关于《荒原》全诗的最后一行（第434行），艾略特本人有一个注释："Shantih在此重复应用是某一优波尼沙士（《奥义书》，Upanishad）经文的正式结语。依我国文字便是'出人意外的平安'（The peace which passeth understanding）"③。在1980年修订版《荒原》译文的注释中，赵萝蕤先生增加了一个"译者按"，她认为"出人意外的平安"在此是依据《圣经·新约·腓立比书》第4章第7节："神所赐出人意外的平安，必在基督耶稣里，保守你们的心怀意念。"④此外，赵萝蕤先生在其1937年初版《荒原》的注释中还说，"这就是类乎基督教祷文的'阿们'"⑤。因此，在1937年初版《荒原》中译本结尾的最后两行，赵萝蕤先生保留了原作的梵文："Datta. Dayadhvam. Damyata. /Shantih Shantih Shantih。"而在1980年修订版《荒原》中译文的结尾，将这两行梵文诗文也译成了中文："舍己为人。同情。克制。/平安。平安　平安。"笔者认为，赵萝蕤先生的这一改动既是符合她所主张的"用准确的同义词一个单位一个单位地顺序译下去"⑥，又符合她把《荒原》中各种外语"都译成中文"⑦的基本原则。此外，从赵萝蕤先生把初版注释中的"驯服、舍予、慈悲"改为"舍予、同情、克制"这一细节看，笔者认为，赵萝蕤先生对原作及其内涵的研究也在不断深入，其译

---

① 赵萝蕤译:《荒原》，载黄宗英编《赵萝蕤汉译〈荒原〉手稿》，高等教育出版社2013年版，第121页。
② 赵萝蕤译:《荒原》，《外国文艺》（双月刊）1980年第3期。
③ 赵萝蕤译:《荒原》，《外国文艺》（双月刊）1980年第3期。
④ 《圣经·新约》（中英对照·和合本·新国际版），香港：国际圣经协会1998年版，第350页。
⑤ 赵萝蕤译:《荒原》，载黄宗英编《赵萝蕤汉译〈荒原〉手稿》，高等教育出版社2013年版，第239页。[英]托·斯·艾略特:《荒原》，赵萝蕤译，新诗社1937年版，第119页。
⑥ 赵萝蕤:《我是怎么翻译文学作品的》，载王寿兰编《当代文学翻译百家谈》，北京大学出版社1989年第1版，第608页。
⑦ 赵萝蕤译:《荒原》，载黄宗英编《赵萝蕤汉译〈荒原〉手稿》，高等教育出版社2013年版，第241页。

文也在日臻完善。与此同时，我们也可以从其他几位译者的译文中看出各自的思考和经验：

  译本三："舍予。同情。控制。
      平安。平安。平安"①
  译本四："哒塔。哒亚德万。哒密阿塔。
      善蒂，善蒂，善蒂"②
  译本五："Datta. Dayadhvam. Damyata.
      Shantih　Shantih　Shantih"③
  译本六："达沓。达也德梵。达姆雅沓
      禅安蒂　禅安蒂　禅安蒂"④
  译本七："Datta. Dayadhvam. Damyata.
      Shantih　shantih　shantih"⑤

除了译本五和译本七选择了保留原作的梵文表述之外，译本三的译者可能是根据艾略特在其注释中所提供的英文对应词"control"，而选择用"控制"来翻译梵文的"Damyata"；而译本四和译本六的译者均选择采用音译的办法，来翻译《荒原》一诗的最后两行；然而，译本六的译者似乎是主张在《荒原》中译本中保留原作中那些英语以外的不同语种的诗行，比如，第12行的德语诗行、第31—34以及第42行的德语诗行、第202行的法语诗行、第428—430行的拉丁语诗行等，因此这里采用音译的办法显得略带突兀。

  然而，从诗歌创作用典的视角看，在《荒原》全诗的结尾部分，艾略特引入了这一连串拟声重复的"Da/Datta, Da/Dayadhavam, Da/Damyata"的"雷霆的话"，不仅大大增强了诗歌的感染力，而且大大拓展了我

---

① 赵毅衡编译：《美国现代诗选》，外国文学出版社1985年版，第217页。
② 查良铮译：《英国现代诗选》，湖南人民出版社1985年版，第65页。
③ 裘小龙译：《四个四重奏》，漓江出版社1985年版，第96页。
④ 叶维廉译：《众树歌唱：欧美现代诗100首》，人民文学出版社2009年版，第100页。
⑤ 汤永宽译：《荒原》，载陆建德主编《荒原：艾略特文集·诗歌》，上海译文出版社2012年版，第103页。

们读者的想象空间，仿佛从西方经典中传出的"滴水歌"顿时伴随着来自东方经典的"雷霆的话"，给大地苦旱、人心枯竭的现代荒原带来了生命的活水。虽然诗人使用了不同语言，而且用典于东西方不同的传统文化背景，但是诗人艾略特这种"奇峰突起，巉崖果存"式的用典方法还是每每起到了画龙点睛的艺术效应。显然，这些是诗人艾略特从东方传统文化中汲取的富有诗意的说教之词，但是这三大法宝似乎与那根充满神性威力的摩西手杖及那从深山僻林里传出来的优美动听的画眉"滴水歌"一样，能够汇聚成一股内核聚力，共同来医治主宰荒原的渔王，并且迎接那只报春喜燕的归来，让那"出人意外的平安"回归人间大地！

结语 "直译法是我从事文学翻译的唯一方法"

1991年，美国芝加哥大学百年华诞，该校首次向在各自学术领域作出卓越贡献的十位校友颁发了"专业成就奖"，其中名列首位的是我国著名的外国文学研究专家和翻译家——赵萝蕤先生。[①] 1932年，赵萝蕤先生毕业于燕京大学西语系并考取清华大学外国文学研究所，攻读硕士学位；1935年，获得清华大学硕士学位后，她回到燕京大学西语系任教；1944年，赵萝蕤先生跟随丈夫陈梦家先生，赴美国芝加哥大学留学，攻读博士学位；1948年，她完成了题目为"《鸽翼》的原型研究"（The Ancestry of The Wings of Dove）的博士学位论文[②]，成为国际上最早开始研究美国小说家亨利·詹姆斯（Henry James，1843—1916年）并获得博士学位的学者之一；同年，赵萝蕤先生又回到了燕京大学西语系，担任教授并兼任西语系主任；1952年院系调整后，赵萝蕤先生成为北京大学教授，直至享年。

赵萝蕤先生天性淳朴、心胸坦荡、谦逊儒雅、治学严谨、追求真理；在"文化大革命"中，她饱受屈辱，但以坚韧的毅力，克服丧夫之痛和病魔的困扰；改革开放之后，她仍然满腔热情地投入自己所酷爱的外国文学教学、研究和翻译工作中。赵萝蕤先生一生从事外国文学教学、研究与翻译工作。1937年6月1日，赵萝蕤先生原创性的艾略特《荒原》中译本由新诗社出版，在上海发行，她也因此成为我国汉译《荒原》的第一

[①] 参见刘树森《赵萝蕤与翻译》，载赵萝蕤译《中国翻译名家自选集·赵萝蕤卷——〈荒原〉》，中国工人出版社1995年版。

[②] 感谢美国惠顿大学（Wheaton College）英文系Wayne Martindale教授通过该校图书馆为笔者向芝加哥大学图书馆购买了赵萝蕤先生于1948年12月向芝加哥大学英语语言文学系签名提交的博士学位论文电子版：The Ancestry of The Wings of Dove（Lucy M. C. Chen, December, 1948）。

人；1964—1979年，她与杨周翰、吴达元先生共同主编的《欧洲文学史》（上、下两卷）是中华人民共和国"建国后第一部欧洲文学史教科书"[①]，奠定了国内外国文学教学与研究的基础；1991年，她用十二年时间精心翻译的惠特曼《草叶集》由上海译文出版社出版，她被国外学者誉为"中国最重要的惠特曼翻译家"[②]；1994年，赵萝蕤先生在国内获得了"中美文学交流奖"和"彩虹翻译奖"。

正如赵萝蕤先生在她1937年初版《荒原》中译本的"译后记"所说的那样，翻译这首诗有许多难处，但是首先就是"这首诗本身的晦涩"[③]。艾略特之所以在《荒原》的创作中引经据典、旁征博引，而且让多种语言杂糅共生于同一个诗歌文本，使得这首西方现代主义长诗呈现出一种既包罗万象又间接晦涩的形态特征，是为了把过去与现在相互交织、相互对照，借古讽今，以唤醒第一次世界大战后西方现代社会上一代醉生梦死、精神幻灭的荒原人。因此，为了揭示战后这么一种复杂多样、浮华奢侈、肮脏畸形的现代西方文明，艾略特可谓别出心裁，展示出超人的诗歌创作天才和诗学理论天赋，不仅创作出《荒原》这样一首貌似有字天书而实质令人耳目一新的现代长诗，而且提出了"历史意识""个性消灭""客观对应物"等一系列构成英美现代主义诗歌创作与诗学理论基石的观点，成为西方现代主义乃至后现代主义诗坛上和文学批评界经久不衰的一颗明星。那么，正因为现代文明是复杂多变的，所以再现这种复杂多变的现代文明的诗歌艺术形式自然就不应该是一成不变的，现代主义诗人及其现代主义诗歌作品也自然就会变得越来越包罗万象、越来越间接晦涩、越来越离经叛道。

然而，"《荒原》一诗必须一读，那是因为它曾经轰动一时，其影响之大之深是现代西方诗歌多少年来没有过的"[④]。艾略特是"现代英

[①] 李赋宁、刘意青、罗经国主编：《欧洲文学史》第一卷，商务印书馆1999年版，第1页。
[②] 刘树森：《赵萝蕤与翻译》，载赵萝蕤译《中国翻译名家自选集·赵萝蕤卷——〈荒原〉》，中国工人出版社1995年版，第1页。
[③] 赵萝蕤译：《荒原》，载黄宗英编《赵萝蕤汉译〈荒原〉手稿》，高等教育出版社2013年版，第239页。
[④] 赵萝蕤：《〈荒原〉浅说》，《我的读书生涯》，北京大学出版社1996年版，第19页。

美诗歌中开创一代诗风的先驱"①，或者说，"艾略特本人就是一位改变了他那一代人表现方式的'天才人物'"②。早在 1937 年，当叶公超先生在给赵萝蕤先生初版《荒原》中译本作序的时候，他就预言艾略特将来的影响和价值要超过他的诗歌本身。③ 叶公超先生之所以觉得艾略特伟大，不仅是因为艾略特创作了当时风靡整个西方世界的诗篇《荒原》，而且更重要的是艾略特的诗歌创作与他的诗学理论"是可以相互印证的"④。自惠特曼开始，许多著名美国诗人似乎也有了这么一个习惯，喜欢在自己诗歌创作的基础之上，凝练和总结诗歌创作经验和诗学理论观点，并反过来继续指导自己的诗歌创作。正如英国 19 世纪浪漫主义诗人华兹华斯（William Wordsworth，1770—1850 年）和柯尔律治（Samuel Taylor Coleridge，1772—1834 年）在第二版《抒情歌谣》（*Lyrical Ballads*，2nd ed.，1800 年）发表了一篇著名的序言一样，惠特曼在 1885 年初版《草叶集》（*Leaves of Grass*，1855 年）就发表了一篇十分重要的序言，而且随后甚至发表过两篇匿名书评，以宣扬自己的诗歌创作主张。但是不论是在艾略特之前 19 世纪的美国浪漫主义诗人惠特曼、艾伦·坡（Edgar Allen Poe，1809—1849 年），还是他同时代的美国现代主义诗人弗罗斯特（Robert Frost，1874—1963 年）、威廉斯（William Carlos Williams，1883—1963 年）、庞德（Ezra Pound，1885—1972 年），以及在他之后的美国后现代主义诗人金斯堡（Allen Ginsberg，1926—1997 年）、奥尔森（Charles Olson，1910—1970 年），等等，在诗学理论上的建树和影响都远远不及艾略特。

艾略特认为，"诗人的本领在于点化观念为感觉和改变观察为境界"⑤。如果说爱默生是美国作家中"最早发现自然是人类思想的载体

---

① 裘小龙：《开一代诗风》，《四个四重奏》，漓江出版社 1985 年版，第 1 页。
② 陆建德：《荒原：艾略特文集·导言》，上海译文出版社 2012 年版，第 I 页。
③ 参见叶公超《再论爱略特的诗》，载陈子善编《叶公超批评文集》，珠海出版社 1998 年版。
④ 叶公超：《再论爱略特的诗》，载陈子善编《叶公超批评文集》，珠海出版社 1998 年版，第 121 页。
⑤ 叶公超：《再论爱略特的诗》，载陈子善编《叶公超批评文集》，珠海出版社 1998 年版，第 122 页。

的人"①，因为只有在树林中，人才可以永葆青春，只有站在空地上的时候，人们心中所有丑陋的狂妄自私才可以荡然无存。② 同样，艾略特勤于挖掘和利用文字的隐喻性和艺术张力，善于用简单的动作或情节来暗示复杂深邃的情感；他喜欢用典用事，来把古代的事和眼前的事相互联系、相互捆绑、相互对照，不遗余力地拓展读者的想象空间，因此每每让我们读者能够深切地感受到，当他貌似在写他自己的时候，他实际上是在刻画他的时代，是在书写他的世界。唯有不同的是，爱默生的诗歌主要描写大自然给人类想象世界的馈赠，而艾略特却更喜欢挖掘欧洲现代都市生活给人们的精神生活带来的启示。尽管艾略特自己说："对我来说，《荒原》仅仅是个人的、完全无足轻重的、对生活不满的一通牢骚；它通篇就是一通有节奏的牢骚（rhythmical grumbling）。"③ 但是他的《荒原》揭示了西方现代工业社会中一种大地苦旱、人心枯竭、精神空虚、理想破灭的生命光景。不论是艾略特早期的诗作（《荒原》《稻草人》），还是他的晚期诗作（如《圣灰星期三》《四个四重奏》等），其抒情性与史诗性兼容并蓄的创作特点是不言而喻的。张子清先生认为，艾略特最突出的文学主张可大致归纳为两点：第一，"继承历史传统，创作需要历史感，要在继承的基础上不断创新"；第二，"诗歌创作非人格化，寻求客观关联物，避免浪漫主义诗人的感情泛滥，寄思想于感情之中，力戒感受力的分化"④。在本书的绪论部分，笔者对艾略特关于"感受力涣散""历史意识""个性消灭""客观对应物"等部分核心诗学理论观点进行了概述，并且结合《荒原》中译本的案例比较分析，对赵萝蕤先生文学翻译直译法在汉译《荒原》用典方面的互文性艺术进行了初步挖掘。

笔者曾经讨论过赵萝蕤先生关于从事文学翻译应该注意的三个基本条

---

① 黄宗英：《爱默生与美国诗歌传统》，高等教育出版社 2018 年版，第 14 页。
② 参见 [美] 爱默生：《自然》，载黄宗英等译《爱默生诗文选》，高等教育出版社 2018 年版。
③ Valerie Eliot ed., *T. S. Eliot: The Waste Land: A Facsimile and Transcript of the Original Drafts Including the Annotations of Ezra Pound*, New York: Harcourt Brace Jovanovich, Inc., 1971, p. 1.
④ 张子清：《二十世纪美国诗歌史》第一卷，南开大学出版社 2018 年版，第 144 页。

件,"对作家作品理解越深越好"①、"两种语言的较高水平"② 和 "谦虚谨慎的工作态度"③。这三个基本条件貌似简单,但哲理深刻。假如我们对作家作品缺乏正确的理解和深入的研究,我们就无法译出原作的风格和特点,更不用说把握严肃的文学作品的 "思想认识和感情力度"④,去挖掘像《荒原》这样艰涩复杂的现代诗歌文本之间的互文关系。假如我们缺乏两种语言的较高水平,我们就无法保证对原作内容的正确理解及译文的精准遣词和灵动句法。假如我们缺乏谦虚谨慎的工作态度,我们在翻译过程中就很容易 "玩世不恭,开作家的玩笑,自我表现一番"⑤。就《荒原》而言,赵萝蕤先生认为 "这首诗很适合于用直译法来翻译"⑥,因为"直译法是能够比较忠实反映原作……使读者能尝到较多的原作风格"⑦。如果说 "诗是翻译中所丢失的东西"⑧,那么译诗难就难在保留原诗的诗味。译诗常常是形式移植完美无缺,但诗味荡然无存。然而,赵萝蕤先生的译笔每每体现出形式与内容完美契合的艺术境界。从本书就赵萝蕤先生1937 年初版艾略特《荒原》中译本及她 1980 年修订版译文与其他五位译者的中译本进行抽样案例比较的情况看,形式与内容相互契合的原则不仅是文学创作的基本原则,也是文学翻译者必须遵循的一条翻译原则,而且赵萝蕤先生也说:"我用直译法是根据内容与形式统一这个原则。"⑨ 赵萝

---

① 赵萝蕤:《我是怎么翻译文学作品的》,载王寿兰编《当代文学翻译百家谈》,北京大学出版社 1989 年版,第 606 页。

② 赵萝蕤:《我是怎么翻译文学作品的》,载王寿兰编《当代文学翻译百家谈》,北京大学出版社 1989 年版,第 608 页。

③ 赵萝蕤:《我是怎么翻译文学作品的》,载王寿兰编《当代文学翻译百家谈》,北京大学出版社 1989 年版,第 608 页。

④ 赵萝蕤:《我是怎么翻译文学作品的》,载王寿兰编《当代文学翻译百家谈》,北京大学出版社 1989 年版,第 608 页。

⑤ 赵萝蕤:《我是怎么翻译文学作品的》,载王寿兰编《当代文学翻译百家谈》,北京大学出版社 1989 年版,第 608 页。

⑥ 赵萝蕤:《我是怎么翻译文学作品的》,载王寿兰编《当代文学翻译百家谈》,北京大学出版社 1989 年版,第 613 页。

⑦ 赵萝蕤:《我是怎么翻译文学作品的》,载王寿兰编《当代文学翻译百家谈》,北京大学出版社 1989 年版,第 613 页。

⑧ Robert Frost, "Conversations on the Craft of Poetry", *Robert Frost on Writing* ed., Elaine Barry, New Brunswick (New Jersey): Rutgers University Press, 1973, p. 159.

⑨ 赵萝蕤:《我是怎么翻译文学作品的》,载王寿兰编《当代文学翻译百家谈》,北京大学出版社 1989 年版,第 607 页。

蕤先生强调信与达，但也说："独立在原作以外的'雅'似乎就没有必要了。"① 她认为译者应该自觉"遵循［两种语言］各自的特点与规律"，"竭力忠实于原作的思想内容与艺术风格"②。在《我是怎么翻译文学作品的》这篇文章中，赵萝蕤先生说："直译法是我从事文学翻译的唯一方法。1936年译《荒原》时，我还不是十分自觉，而现在则是十分自觉，我想将来也还是这样。"③

---

① 赵萝蕤：《我是怎么翻译文学作品的》，载王寿兰编《当代文学翻译百家谈》，北京大学出版社1989年版，第610页。
② 赵萝蕤：《我是怎么翻译文学作品的》，载王寿兰编《当代文学翻译百家谈》，北京大学出版社1989年版，第608页。
③ 赵萝蕤：《我是怎么翻译文学作品的》，载王寿兰编《当代文学翻译百家谈》，北京大学出版社1989年版，第607页。

附录1　艾略特:《荒原》原文(1922年)

The Waste Land[①]
1922

"NAM Sibyllam quidem Cumis ego ipse oculis meis vidi in ampulla pendere, et cum illi pueri dicerent: Σίβυλλατίθέλεις; respondebat illa: ἀποθανειν θέλω."

For Ezra Pound
il miglior fabbro.

Ⅰ. THE BURIAL OF THE DEAD

April is the cruellest month, breeding
Lilacs out of the dead land, mixing
Memory and desire, stirring
Dull roots with spring rain.
Winter kept us warm, covering   5
Earth in forgetful snow, feeding
A little life with dried tubers.
Summer surprised us, coming over the Starnbergersee
With a shower of rain; we stopped in the colonnade,

[①] T. S. Eliot, *The Complete Poems and Plays 1909–1950*, New York: Harcourt, Brace & World, 1971, pp. 37–50.

And went on in sunlight, into the Hofgarten, 10
And drank coffee, and talked for an hour.
Bin gar keine Russin, stamm' aus Litauen, echt deutsch.
And when we were children, staying at the archduke's,
My cousin's, he took me out on a sled,
And I was frightened. He said, Marie, 15
Marie, hold on tight. And down we went.
In the mountains, there you feel free.
I read, muchof the night, and go south in the winter.

What are the roots that clutch, what branches grow
Out of this stony rubbish? Son of man, 20
You cannot say, or guess, for you know only
A heap of broken images, where the sun beats,
And the dead tree gives no shelter, the cricket no relief,
And the dry stone no sound of water. Only
There is shadow under this red rock, 25
(Come in under the shadow of this red rock),
And I will show you something different from either
Your shadow at morning striding behind you
Or your shadow at evening rising to meet you;
I will show you fear in a handful of dust. 30

Frisch weht der Wind

Der Heimat zu

Mein Irisch Kind,

Wo weilest du?

"You gave me hyacinths first a year ago; 35
"They called me the hyacinth girl."
—Yet when we came back, late, from the Hyacinth garden,
Your arms full, and your hair wet, I could not
Speak, and my eyes failed, I was neither

Living nor dead, and I knew nothing, 40
Looking into the heart of light, the silence.
Oed' und leer das Meer.

Madame Sosostris, famous clairvoyante,
Had a bad cold, nevertheless
Is known to be the wisest woman in Europe, 45
With a wicked pack of cards. Here, said she,
Is your card, the drowned Phoenician Sailor,
(Those are pearls that were his eyes. Look!)
Here is Belladonna, the Lady of the Rocks,
The lady of situations. 50
Here is the man with three staves, and here the Wheel,
And here is the one-eyed merchant, and this card,
Which is blank, issomething he carries on his back,
Which I am forbidden to see. I do not find
The Hanged Man. Fear death by water. 55
I see crowds of people, walking round in a ring.
Thank you. If you see dear Mrs. Equitone,
Tell her I bring the horoscope myself:
One must be so careful these days.

Unreal City, 60
Under the brown fog of a winter dawn,
A crowd flowed over London Bridge, so many,
I had not thought death had undone so many.
Sighs, short and infrequent, were exhaled,
And each manfixed his eyes before his feet. 65
Flowed up the hill and down King William Street,
To where Saint Mary Woolnoth kept the hours
With a dead sound on the final stroke of nine.

There I saw one I knew, and stopped him, crying "Stetson!
"You who were with me in the ships at Mylae!   70
"That corpse you planted last year in your garden,
"Has it begun to sprout? Will it bloom this year?
"Or has the sudden frost disturbed its bed?
"Oh keep the Dog far hence, that's friend to men,
"Or with his nails he'll dig it up again!   75
"You! hypocrite lecteur! —mon semblable,—mon frère!"

II. A GAME OF CHESS

The Chair she sat in, like a burnished throne,
Glowed on the marble, where the glass
Held up by standards wrought with fruited vines
From which a golden Cupidon peeped out   80
(Another hid his eyes behind his wing)
Doubled the flames of sevenbranched candelabra
Reflecting light upon the table as
The glitter of her jewels rose to meet it,
From satin cases poured in rich profusion;   85
In vials of ivory and coloured glass
Unstoppered, lurked her strange synthetic perfumes,
Unguent, powdered, or liquid—troubled, confused
And drowned the sense in odours; stirred by the air
That freshened from the window, these ascended   90
In fattening the prolonged candle-flames,
Flung their smoke into the laquearia,
Stirring the pattern on the coffered ceiling.
Huge sea-wood fed with copper
Burned green and orange, framed by thecoloured stone,   95
In which sad light a carvèd dolphin swam.

Above the antique mantel was displayed
As though a window gave upon the sylvan scene
The change of Philomel, by the barbarous king
So rudely forced; yet there the nightingale   100
Filled all the desert with inviolable voice
And still she cried, and still the world pursues,
"Jug Jug" to dirty ears.
And other withered stumps of time
Were told upon the walls; staring forms   105
Leaned out, leaning, hushing the room enclosed.
Footsteps shuffled on the stair.
Under the firelight, under the brush, her hair
Spread out in fiery points
Glowed into words, then would be savagely still.   110

"My nerves are bad to-night. Yes, bad. Stay with me.
"Speak to me. Why do you never speak. Speak.
"What are you thinking of? What thinking. What?
"I never know what you are thinking. Think."

I think we are in rats' alley   115
Where the dead men lost their bones.

"What is that noise?"
      The wind under the door.
"What is that noise now? What is the wind doing?"
      Nothing again nothing.   120
        "Do
"You know nothing? Do you see nothing? Do you remember
"Nothing?"

I remember

Those are pearls that were his eyes.   125

"Are you alive, or not? Is there nothing in your head?"

                                                                         But

O O O O that Shakespeherian Rag—

It's so elegant

So intelligent   130

"What shall I do now? What shall I do?"

"I shall rush out as I am, and walk the street

"With my hair down, so. What shall we do to-morrow?

"What shall we ever do?"

                                      The hot water at ten.   135

And if it rains, a closed car at four.

And we shall play a game of chess,

Pressing lidless eyes and waiting for a knock upon the door.

When Lil's husband got demobbed, I said—

I didn't mince my words, I said to her myself,   140

HURRY UP PLEASE ITS TIME

Now Albert's coming back, make yourself a bit smart.

He'll want to know what you done with that money he gave you

To get yourself some teeth. He did, I was there.

You have them all out, Lil, and get a nice set,   145

He said, I swear, I can't bear to look at you.

And no more can't I, I said, and think of poor Albert,

He's been in the army four years, he wants a good time,

And if you don't give it him, there's others will, I said.

Oh is there, she said. Something o' that, I said.   150

Then I'll know who to thank, she said, and give me a straight look.

HURRY UP PLEASE ITS TIME

If you don't like it you can get on with it, I said.

Others can pick and choose if you can't.
But if Albert makes off, it won't be for lack of telling. 155
You ought to be ashamed, I said, to look so antique.
(And her only thirty-one.)
I can't help it, she said, pulling a long face,
It's them pills I took, to bring it off, she said.
(She's had five already, and nearly died of young George.) 160
The chemist said it would be all right, but I've never been the same.
You are a proper fool, I said.
Well, if Albert won't leave you alone, there it is, I said,
What you get married for if you don't want children?
HURRY UP PLEASE ITS TIME 165
Well, that Sunday Albert was home, they had a hot gammon,
And they asked me in to dinner, to get the beauty of it hot—
HURRY UP PLEASE ITS TIME
HURRY UP PLEASE ITS TIME
Goonight Bill. Goonight Lou. Goonight May. Goonight. 170
Ta ta. Goonight. Goonight.
Good night, ladies, good night, sweet ladies, good night,
good night.

III. THE FIRE SERMON

The river's tent is broken: the last fingers of leaf
Clutch and sink into the wet bank. The wind
Crosses the brown land, unheard. The nymphs are departed. 175
Sweet Thames, run softly, till I end my song.
The river bears no empty bottles, sandwich papers,
Silk handkerchiefs, cardboard boxes, cigarette ends
Or other testimony of summer nights. The nymphs are departed.
And their friends, the loitering heirs of city directors; 180

Departed, have left no addresses.
By the waters of Leman I sat down and wept...
Sweet Thames, run softly till I end my song,
Sweet Thames, run softly, for I speak not loud or long.
But at my back in a cold blast I hear   185
The rattle of the bones, and chuckle spread from ear to ear.
A rat crept softly through the vegetation
Dragging its slimy belly on the bank
While I was fishing in the dull canal
On a winter evening round behind the gashouse   190
Musing upon the king my brother's wreck
And on the king my father's death before him.
White bodies naked on the low damp ground
And bones cast in a little low dry garret,
Rattled by the rat's foot only, year to year.   195
But at my back from time to time I hear
The sound of horns and motors, which shall bring
Sweeney to Mrs. Porter in the spring.
Othe moon shone bright on Mrs. Porter
And on her daughter   200
They wash their feet in soda water
Et O ces voix d'enfants, chantant dans la coupole!

Twit twit twit
Jug jug jug jug jug jug
So rudely forc'd.   205
Tereu

Unreal City
Under the brown fog of a winter noon
Mr. Eugenides, the Smyrna merchant

Unshaven, with a pocket full of currants   210
C. i. f. London: documents at sight,
Asked me in demotic French
To luncheon at the Cannon Street Hotel
Followed by a weekend at the Metropole.

At the violet hour, when the eyes and back   215
Turn upward from the desk, when the human engine waits
Like a taxi throbbing waiting,
I Tiresias, though blind, throbbing between two lives,
Old man with wrinkled female breasts, can see
At the violet hour, the evening hour that strives   220
Homeward, and brings the sailor home from sea,
The typist home at teatime, clears her breakfast, lights
Her stove, and lays out food in tins.
Out of the window perilously spread
Her drying combinations touched by the sun's last rays,   225
On the divan are piled (at night her bed)
Stockings, slippers, camisoles, and stays.
I Tiresias, old man with wrinkled dugs
Perceived the scene, and foretold the rest—
I too awaited the expected guest.   230
He, the young man carbuncular, arrives,
A small house agent's clerk, with one bold stare,
One of the low on whom assurance sits
As a silk hat on a Bradford millionaire.
The time is now propitious, as he guesses,   235
The meal is ended, she is bored and tired,
Endeavours to engage her in caresses
Which still are unreproved, if undesired.
Flushed and decided, he assaults at once;

Exploring hands encounter no defence;　　　　　　　　　　240
His vanity requires no response,
And makes a welcome of indifference.
(And I Tiresias have foresuffered all
Enacted on this same divan or bed;
I who have sat by Thebes below the wall　　　　　　　　　245
And walked among the lowest of the dead.)
Bestows on final patronising kiss,
And gropes his way, finding the stairs unlit...

She turns and looks a moment in the glass,
Hardly aware of her departed lover;　　　　　　　　　　　250
Her brain allows one half-formed thought to pass:
"Well now that's done: and I'm glad it's over."
When lovely woman stoops to folly and
Paces about her room again, alone,
She smoothes her hair with automatic hand,　　　　　　　255
And puts a record on the gramophone.

"This music crept by me upon the waters"
And along the Strand, up Queen Victoria Street.
O City city, I can sometimes hear
Beside a public bar in Lower Thames Street,　　　　　　260
The pleasant whining of a mandoline
And a clatter and a chatter from within
Where fishmen lounge at noon: where the walls
Of Magnus Martyr hold
Inexplicable splendour of Ionian white and gold.　　　　265

　　　The river sweats
　　　Oil and tar

The barges drift
With the turning tide
Red sails   270
Wide
To leeward, swing on the heavy spar.
The barges wash
Drifting logs
Down Greenwich reach
Past the Isle of Dogs.   275
   Weialala leia
   Wallala leialala

Elizabeth and Leicester
Beating oars   280
The stern was formed
A gilded shell
Red and gold
The brisk swell
Rippled both shores   285
Southwest wind
Carried down stream
The peal of bells
White towers
   Weialala leia   290
   Wallala leialala

"Trams and dusty trees.
Highbury bore me. Richmond and Kew
Undid me. By Richmond I raised my knees
Supine on the floor of a narrow canoe."   295

"My feet are at Moorgate, and my heart
Under my feet. After the event
He wept. He promised 'a new start.'
I made no comment. What should I resent?"

"On Margate Sands.   300
I can connect
Nothing with nothing.
The broken fingernails of dirty hands.
My peoplehumble people who expect
Nothing."   305
      la la

To Carthage then I came

Burning burning burning burning
O Lord Thou pluckest me out
O Lord Thou pluckest   310

burning

IV. DEATH BY WATER

Phlebas the Phoenician, a fortnight dead,
Forgot the cry of gulls, and the deep seas swell
And the profit and loss.
               A current under sea   315
Picked his bones in whispers. As he rose and fell
He passed the stages ofhis age and youth
Entering the whirlpool.
               Gentile or Jew

O you who turn the wheel and look to windward, 320
Consider Phlebas, who was once handsome and tall as you.

V. WHAT THE THUNDER SAID

After the torchlight red on sweaty faces
After the frosty silence in the gardens
After the agony in stony places
The shouting and the crying
Prison and palace and reverberation 325
Of thunder of spring over distant mountains
He who was living is now dead
We who were living are now dying
With a little patience 330

Here is no water but only rock
Rock and no water and the sandy road
The road winding above among the mountains
Which are mountains of rock without water
If there were water we should stop and drink 335
Amongst the rock one cannot stop or think
Sweat is dry and feet are in the sand
If there were only water amongst the rock
Dead mountain mouth of carious teeth that cannot spit
Here one can neither stand nor lie nor sit 340
There is not even silence in the mountains
But dry sterile thunder without rain
There is not even solitude in the mountains
But red sullen faces sneer and snarl
From doors of mudcracked houses 345
          If there were water

And no rock
If there were rock
And also water
And water
A spring   350
A pool among the rock
If there were the sound of water only
Not the cicada
And dry grass singing
But sound of water over a rock
Where the hermit-thrush sings in the pine trees   355
Drip drop drip drop drop drop drop
But there is no water

Who is the third who walks always beside you?   360
When I count, there are only you and I together
But when I look ahead up the white road
There is always another one walking beside you
Gliding wrapt in a brown mantle, hooded
I do not know whether a man or a woman   365
—But who is that on the other side of you?

What is that sound high in the air
Murmur of maternal lamentation
Who are those hooded hordes swarming
Over endless plains, stumbling in cracked earth   370
Ringed by the flat horizon only
What is the city over the mountains
Cracks and reforms and bursts in the violet air
Falling towers
Jerusalem Athens Alexandria   375

Vienna London

Unreal

A woman drew her long black hair out tight
And fiddled whisper music on those strings
And bats with baby faces in the violet light   380
Whistled, and beat their wings
And crawled head downward down a blackened wall
And upside down in air were towers
Tolling reminiscent bells, that kept the hours
And voices singing out of empty cisterns and exhausted wells.   385

In this decayed hole among the mountains
In the faint moonlight, the grass is singing
Over the tumbled graves, about the chapel
There is the empty chapel, only the wind's home.
It has no windows, and the door swings,   390
Dry bones can harm no one.
Only a cock stood on the rooftree
Co co rico co corico
In a flash of lightning. Then a damp gust
Bringing rain   395

Ganga was sunken, and the limp leaves
Waited for rain, while the black clouds
Gathered far distant, over Himavant.
The jungle crouched, humped in silence.
Then spoke the thunder   400
DA
Datta: what have we given?
My friend, blood shaking my heart

The awful daring of a moment's surrender
Which an age of prudence can never retract   405
By this, and this only, we have existed
Which is not to be found in our obituaries
Or in memories draped by the beneficent spider
Or under seals broken by the lean solicitor
In our empty rooms   410
DA
Dayadhvam: I have heard the key
Turn in the door once and turn once only
We think of the key, each in his prison
Thinking of the key, each confirms a prison   415
Only at nightfall, aetherial rumours
Revive for a moment a broken Coriolanus
DA
Damyata: The boat responded
Gaily, to the hand expert with sail and oar   420
The sea was calm, your heart would have responded
Gaily, when invited, beating obedient
To controlling hands

      I sat upon the shore
Fishing, with the arid plain behind me   425
Shall I at least set my lands in order?
London Bridge is falling down falling down falling down
Poi s'ascose nel foco che gli affina
Quando fiamuti chelidon—O swallow swallow
Le Prince d'Aquitaine à la tour abolie   430
These fragments I have shored against my ruins
Why then Ile fit you. Hieronymo's mad againe.
Datta. Dayadhvam. Damyata.

Shantih   shantih   shantih

Notes on "The Waste Land"[①]

Not only the title, but the plan and a good deal of the incidental symbolism of the poem were suggested by Miss Jessie L. Weston's book on the Grail legend: *From Ritual to Romance* (Cambridge). Indeed, so deeply am I indebted, Miss Weston's book will elucidate the difficulties of the poem much better than my notes can do; and I recommend it (apart from the great interest of the book itself) to any who think such elucidation of the poem worth the trouble. To another work of anthropology I am indebted in general, one which has influenced our generation profoundly; I mean *The Golden Bough*; I have used especially the two volumes *Adonis, Attis, Osiris*. Anyone who is acquainted with these works will immediately recognize in the poem certain references to vegetation ceremonies.

Ⅰ. THE BURIAL OF THE DEAD

Line 20. Cf. Ezekiel II. i.

23. Cf. EcclesiastesXII, v.

31. V. Tristan und Isolde, I, verses 5 – 8.

42. Id. III, verse 24.

46. I am not familiar with the exact constitution of the Tarot pack of cards, from which I have obviously departed to suit my own convenience. The Hanged Man, a member of the traditional pack, fits my purpose in two ways: because he is associated in my mind with the Hanged God of Frazer, and because I associate him with the hooded figure in the passage of the disciples to Emmaus in Part V. The Phoenician Sailor and the Merchant appear later; also the "crowds of people," and Death by Water is executed in Part IV. The Man with Three Staves (an authentic member of the Tarot pack) I associate, quite arbitrarily, with the Fisher

---

[①] T. S. Eliot, *The Complete Poems and Plays 1909 – 1950*, New York: Harcourt, Brace & World, Inc., 1971, pp. 50 – 55.

King himself.
> 60. Cf. Baudelaire:
>> "Fourmillante cité, cité pleine de rêves,
>> "Où le spectre en plein jour raccroche le passant."
> 63. Cf. Inferno III, 55 – 57:
>> "si lunga tratta
>> di gente, ch'io non avrei mai creduto
>> che morte tanta n'avesse disfatta."
> 64. Cf. Inferno IV, 25 – 27:
>> "Quivi, secondo che per ascoltare,
>> "non avea pianto, ma' che di sospiri,
>> "che l'aura eterna facevan tremare."
> 68. A phenomenon which I have often noticed.
> 74. Cf. the Dirge in Webster's *White Devil*.
> 76. V. Baudelaire, Preface to *Fleurs du Mal*.

II. A GAME OF CHESS

> 77. Cf. *Antony and Cleopatra*, II, ii, 1. 190.
> 92. Laquearia. V. *Aeneid*, I, 726:
>> dependent lychni laquearibus aureis incensi, et noctem flammis funalia vincunt.
> 98. Sylvan scene. V. Milton, *Paradise Lost*, IV. 140.
> 99. V. Ovid, *Metamorphoses*, VI, Philomela.
> 100. Cf. Part III, l. 204.
> 115. Cf. Part III, l. 195.
> 118. Cf. Webster: "Is the wind in that door still?"
> 126. Cf. Part I, l. 37, 48.
> 138. Cf. the game of chess in Middleton's *Women beware Women*.

III. THE FIRE SERMON

> 176. V. Spenser, *Prothalamion*.

192. Cf. *The Tempest*, I, ii.

196. Cf. Marvell, *To His Coy Mistress*.

197. Cf. Day, *Parliament of Bees*:

> "When of the sudden, listening, you shall hear,
>
> "A noise of horns and hunting, which shall bring
>
> "Actaeon to Diana in the spring,
>
> "Where all shall see her naked skin..."

199. I do not know the origin of the ballad from which these lines are taken: it was reported to me from Sydney, Australia.

202. V. Verlaine, *Parsifal*.

210. The currants were quoted at a price "carriage and insurance free to London"; and the Bill of Lading etc. were to behanded to the buyer upon payment of the sight draft.

218. Tiresias, although a mere spectator and not indeed a "character," is yet the most important personage in the poem, uniting all the rest. Just as the one-eyed merchant, seller of currants, melts into the Phoenician Sailor, and the latter is not wholly distinct from Ferdinand Prince of Naples, so all the women are one woman, and the two sexes meet in Tiresias. What Tiresias *sees*, in fact, is the substance of the poem. The whole passage from Ovid is of great anthropological interest:

> '... Cum Iunone iocos et maior vestra profecto est
>
> Quam, quae contingit maribus,' dixisse, 'voluptas.'
>
> Illa negat; placuit quae sit sententia docti
>
> Quaerere Tiresiae: venus huic erat utraque nota.
>
> Nam duo magnorum viridi coeuntia silva
>
> Corpora serpentum baculi violaverat ictu
>
> Deque viro factus, mirabile, femina septem
>
> Egerat autumnos; octavo rursus eosdem
>
> Vidit et 'est vestrae si tanta potentia plagae,'
>
> Dixit 'ut auctoris sortem in contraria mutet,
>
> Nunc quoque vos feriam!' percussis anguibus isdem

> Forma prior rediit genetivaque venit imago.
>
> Arbiter hic igitur sumptus de lite iocosa
>
> Dicta Iovis firmat; gravius Saturnia iusto
>
> Nec pro materia fertur doluisse suique
>
> Iudicis aeterna damnavit lumina nocte,
>
> At pater omnipotens (neque enim licet inrita cuiquam
>
> Facta dei fecisse deo) pro lumine adempto
>
> Scire futura dedit poenamque levavit honore.

221. This may not appear as exact as Sappho's lines, but I had in mind the "longshore" or "dory" fisherman, who returns at nightfall.

253. V. Goldsmith, the song in *The Vicar of Wakefield*.

257. V. *The Tempest*, as above.

264. The interior of St. Magnus Martyr is to my mind one of the finest among Wren's interiors. See *The Proposed Demolition of Nineteen City Churches*: (P. S. King & Son, Ltd.).

266. The Song of the (three) Thames-daughters begins here. From line 292 to 306 inclusive they speak in turn. V. *Götterdämmerung*, III, i: The Rhine-daughters.

279. V. Froude, *Elizabeth*, Vol. I, ch. iv, letter of De Quadra to Philip of Spain: "In the afternoon we were in a barge, watching the games on the river. (The queen) was alone with Lord Robert and myself on the poop, when they began to talk nonsense, and went so far that Lord Robert at last said, as I was on the spot there was no reason why they should not be married if the queen pleased."

293. Cf. *Purgatorio*, V, 133:

> "Ricorditi di me, che son la Pia;
>
> "Siena mi fe', disfecemi Maremma."

307. V. St. Augustine's *Confessions*: "to Carthage then I came, where a cauldron of unholy loves sang all about mine ears."

308. The complete text of the Buddha's Fire Sermon (which corresponds in importance to the Sermon on the Mount) from which these words are taken, will be found translated in the late Henry Clarke Warren's *Buddhism in Translation*

(Harvard Oriental Series). Mr. Warren was one of the great pioneers of Buddhist studies in the Occident.

309. From St. Augustine's *Confessions* again. The collocation of these two representatives of eastern and western asceticism, as the culmination of this part of the poem, is not an accident.

V. WHAT THE THUNDER SAID

In the first part of Part V three themes are employed: the journey to Emmaus, the approach to the Chapel Perilous (see Miss Weston's book), and the present decay of eastern Europe.

357. This is *Turdus aonalaschkae pallasii*, the hermit-thrush which I have heard in Quebec Province. Chapman says (*Handbook of Birds in Eastern North America*) "it is most at home in secluded woodland and thickety retreats... Its notes are not remarkable for variety or volume, but in purity and sweetness of tone and exquisite modulation they are unequalled." Its "water-dripping song" is justly celebrated.

360. The following lines were stimulated by the account of one of the Antarctic expeditions (I forget which, but I think one of Shackleton's): it was related that the party of explorers, at the extremity of their strength, had the constant delusion that there was *one more member* than could actually be counted.

367 - 77. Cf. Hermann Hesse, *Blick ins Chaos*: "Schon ist halb Europa, schon ist zumindest der halbe Osten Europas auf dem Wege zum Chaos, fährt betrunken im heiligen Wahn am Abgrund entlang und singt dazu, singt betrunken und hymnisch wie Dmitri Karamasoff sang. Ueber diese Lieder lacht der Bürger beleidigt, der Heilige und Seher hört sie mit Tränen."

402. "Datta, dayadhvam, damyata'" (Give, sympathize, control). The fable of the meaning of the Thunder is found in the *Brihadaranyaka-Upanishad*, 5, 1. A translation is found in Deussen's *Sechzig Upanishads des Veda*, p. 489.

408. Cf. Webster, *The White Devil*, V, vi:

"... they'll remarry

Ere the worm pierce your winding-sheet, ere the spider

Make a thin curtain for your epitaphs."

412. Cf. *Inferno*, XXXIII, 46:

"ed io sentii chiavar l'uscio di sotto

all'orribile torre."

Also F. H. Bradley, *Appearance and Reality*, p. 346.

"My external sensations are no less private to myself than are my thoughts or my feelings. In either case my experience falls within my own circle, a circle closed on the outside; and, with all its elements alike, every sphere is opaque to the others which surround it... In brief, regarded as an existence which appears in a soul, the whole world for each is peculiar and private to that soul."

425. V. Weston, *From Ritual to Romance*; chapter on the Fisher King.

428. V. *Purgatorio*, XXVI, 148.

"'Ara vos prec per aquella valor

'que vos guida al som de l'escalina,

'sovegna vos a temps de ma dolor.'

Poi s'ascose nel foco che gli affina."

429. V. *Pervigilium Veneris*. Cf. Philomela in Parts II and III.

430. V. Gerard de Nerval, Sonnet *El Desdichado*.

430. V. Kyd's *Spanish Tragedy*.

434. Shantih. Repeated as here, a formal ending to an Upanishad. "The Peace which passeth understanding" is our equvalent to this word.

附录2　赵萝蕤译:《荒原》 (1937年版手稿)[*]

《荒原》

一九二二　美国　艾略特原作
一九三七　中国赵萝蕤翻译

"Nam Sibyllam quidem Cumis ego ipse oculis meis vidi in ampulla pendere, et cum illi pueri dicerent: Σίβνλλατίθέλεις; respondebat illa: ἀποθανειν θέλω."

"是的，我自己亲眼看见在古米有一个西比儿吊在笼子里，当孩子们问她：西比儿，你要什么？她回答说：我要死。"

For Ezra Pound
il miglior fabbro.

赠埃士勒·旁德
最伟大的诗人

---

[*]　黄宗英编：《赵萝蕤汉译〈荒原〉手稿》，高等教育出版社2013年版。因篇幅所限，未能包含作者原注和译者按，特此说明。

一　死者葬仪

四月天最是残忍，它在
荒地上生丁香，参合着
回忆和欲望，让春雨
挑拨呆钝的树根。
冬天保我们温暖，大地　　　　　　　　　　5
给健忘的雪盖着，又叫
干了的老根得一点生命。
夏天来得出人意外，带着一阵雨
走过斯丹卜基西；我们在亭子里躲避，
等太阳出来又上郝夫加登，　　　　　　10
喝咖啡，说了一点钟闲话。
我不是俄国人，立陶宛来的，是纯德种。
而且我们小时候在大公爵那里——
我表兄家，他带我滑雪车，
我很害怕。他说，玛丽，　　　　　　　15
玛丽，要抓得紧。我们就冲下。
走到山上，那里你觉得自由。
大半个晚上我念书，冬天我到南方。

什么树根在捉住，什么树枝在从
这堆石头的零碎中长出？人子阿，　　　20
你说不出，也猜不到，因为你只知道
一堆破碎的偶像，承受着太阳的鞭打，
枯死的树没有遮阴，蟋蟀不使人放心，
礁石间没有流水的声音。只有
影子在这块红石下，　　　　　　　　　25
（请走进这块红石下的影子）
我要指点你一件事，它不像
你早起的影子，在你后面迈步，

也不像夜间的，站起身来迎着你；
我要指点你恐惧在一把尘土里。 30

  风吹着很轻快，
  吹送我回家园，
  爱尔兰的小孩，
  为什么还留恋？

"一年前你先给了我玉簪花； 35
他们叫我做'玉簪花的女郎'",
——可是等我们回来，晚了，从玉簪的园里来，
你的臂膊抱满，你的头发湿，我不能
说话，眼睛看不见，我不是
活着，也不死，我什么都不知道， 40
看进这光明的中心，那寂寞。
空虚而荒凉是那大海。

马丹梭梭屈士，有名的女巫，
害着重伤风，可仍旧是
欧罗巴最有智慧的女人， 45
带着一套恶纸牌。这里，她说，
是你的一张，那淹死的非尼夏水手，
（这些明珠就是他的眼睛。看！）
这是贝洛岛纳，岩石的主人
那多事故的女人。 50
这人带了三根杖，这是轮盘，
这是个独眼的商人，这张牌
是空的，他抗在背上
不许我看见。我找不着
'那被绞死的人。'怕水里有死亡。 55
我看见一群人绕着圈子走。

谢谢你。若是你看见爱结东太太
就说我自己给她带那张命书,
这年头人得小心啊。

这飘忽的城, 60
在冬晨的黄雾下,
一群人流过伦敦桥,那么多,
我想不到'死亡'灭了这许多。
叹息,短促而稀少,吐出来,
每人的眼光都站住在自己脚上。 65
流上山,流下威廉王大街
到圣马利吴尔诺堂,那里有大钟
打着最后的第九下,阴沉的一声。
在那里我看见一个熟人,拦住他叫说:"史丹真!
你从前在迈来船上和我是在一起的! 70
去年你种在花园里的尸首,
它长芽了么?今年会开花么?
还是忽来严霜捣坏了它的花床?
叫这狗熊星走远,他是人们的朋友
不然用它的爪子会再掘它出来! 75
你!虚伪的读者——我的同类——我的弟兄!"

二 对弈

她所坐的椅子,像发亮的宝座
在大理石上放光,有一面镜子,
架上满刻着结足了果子的藤,
还有个黄金的小爱神探出头来 80
(另外有个把眼睛藏在翅膀背后)
使七枝光的烛台加倍发亮
桌子上还有反射的光彩
又有缎盒里流着的眩目辉煌,

是她的珠光宝气，也站起来迎着； 85
在开口的象牙瓶五彩杯中
有那些奇怪的化合的香水气诱惑人
抹药，细粉或流汁——恍惚的，混杂的，
使知觉淹没在香气里；又叫窗外
那清凉的空气打乱了，上升的时候 90
使瘦长的烛焰更为肥满，
又把烟缕掷上雕漆的房顶，
画梁上的图案也模糊不清。
庞大的木器吃饱了黄铜
青青黄黄地亮着，四周镶的五彩石， 95
又有浮雕的海豚在愁惨的光中游着。
那古旧的壁炉架上展着一幅
犹如开窗所见的田野风物
翡绿眉的变相，给野蛮的国王
追逼的；可是那头夜莺 100
叫大荒漠充满了愤恨的歌喉
还是叫着，这世界还是追行着，
"唧，唧"唱给脏耳朵听。
其他那些时间的枯树根
也都在墙上记着；凝视的人象 105
伸着腰，伸着，紧闭的屋子更为静穆。
脚步声在楼梯上索索的。
在火光下，刷子下，她的头发
散开火星的小点子
亮成话语，凝成野蛮的静默。 110

"今晚上我精神很坏。对了，坏。陪着我。
"跟我说话。为什么总不说话。说啊。
"你在想些什么？想什么？什么？
"我从来不知道你在想什么。想。"

我们也许在老鼠窝里, 115
死人在那里遗失了残骨。

"什么声音?"
　　　　　　　风在门下面。
"这是什么声音?风在做什么?"
　　　　　　没有,没有什么。 120
　　　　　　　　　　　　"你,
"你什么也不知道?不看见?不记得
"什么?

我记得
这些明珠是他的眼睛。 125
"你是活的还是死的?你脑子里竟没有什么?"
　　　　　　　　　　　　　可是
啊啊啊啊这莎士比希亚式的破烂——
这样文静
这样聪明 130
"我现在该做什么?该做什么?
"我就这样跑出去,走在街上
散着头发,这样。我们明天做什么?
我们都还做什么?"
　　　　　　　十点钟的开水。 135
若是下雨,四点钟来挂有蓬的汽车。
我们会对面来下一局棋,
摸着没有眼皮的眼,等门上敲的那一声。

丽儿的丈夫退伍的时候,我说——
我真不含糊,我就对她说, 140
　　请快罢,时候到了

埃伯回来你打扮打扮罢。
他也要知道给你修牙的钱
是怎么花的。他说的时候我也在。
把他们都拔了罢,丽儿,装一副好的,　　　　145
他说,我简直看你这样子受不了。
我也受不了,我说,想想可怜的埃伯
在军队里混了四年,他也要乐一阵,
你不叫他乐,有的是别人,我说。
啊,是吗,她说。差不多,我说　　　　　　150
我知道该感谢谁,她说,向我瞪着眼。
　请快罢,时候到了。
你不肯,也只好随便了,我说,
你不能,人家还能挑挑选选呢。
埃伯若撒手,可别怪我不说。　　　　　　　155
你真不怕羞,我说,这副枯黄相。
(她还只三十一。)
没法,她说,把脸拉得长长的,
就是吃的药丸子,打胎,她说。
(她已经有了五个。小佐治差点治死了她。)　160
医生说不久就好,可再不能比原先了。
你真是傻子,我说。
得了,埃伯不肯,又怎么办,我说,
不要孩子你干吗出嫁?
　请快罢,时候到了　　　　　　　　　　　165
啊,那天星期埃伯在家,他们吃烧火腿,
他们叫我进去吃饭,叫我趁热吃——
　请快罢,时候到了
　请快罢,时候到了
明儿见,毕尔。明儿见,鲁。明儿见,美。明儿见。　170
Ta,ta。明儿见,明儿见。
明天见,太太,明天见,好太太,明天见,明天见。

三　火的教训

河上的帐篷倒了，树叶留下最后的手指
握紧拳，又沉到潮湿的岸边上去了。那风
经过了棕黄色的大地听不见。仙女们已经走了。　　　　175
可爱的泰晤士，轻轻地流，等我唱完我的歌。
河上不再有空瓶子，夹肉面包的薄纸，
绸手绢，硬皮匣子，和香烟头儿
或其他夏夜的证据。仙女们已经走了。
还有她们的朋友，城里那些总督的子孙；　　　　　180
走了，也不曾留下地址。
在莱明河畔我坐下来饮泣……
可爱的泰晤士，轻轻地流，等我唱完我的歌，
可爱的泰晤士，轻轻地流，我不会大声，也不多说。
可是在我身后的冷风里我听　　　　　　　　　　　185
白骨碰白骨的声音，愿笑从耳旁传开去。
一头耗子轻轻地偷过青草地
在岸上拖着它那黏湿的肚子
而我却在死水里垂钓
在某个冬夜一家煤气厂背后，　　　　　　　　　　190
想到国王我那兄弟的沉舟
又想到他以先那王，我父亲的死亡。
白身躯光着身在又低又潮湿的地上，
白骨抛在一个小小低低又干的阁楼上，
只给耗子脚踢来踢去，年复一年。　　　　　　　　195
但是在我背后我还是时常听见
喇叭的声音，汽车的声音，会到
春天，把薛维尼带给博尔特太太。
啊月亮在博尔特太太身上是亮的
在她女儿身上也亮　　　　　　　　　　　　　　　200
她们在苏打水里洗脚

啊这些孩子们的声音,在教堂顶下唱!

吱吱吱
唧唧唧唧唧唧
这样野蛮的唱。 205
铁卢
这飘忽的城
在冬日中午的黄雾下
尤吉尼地先生,那薛玛纳商人
还没光脸,带了一口袋葡萄干 210
c. i. f: 伦敦:公文放在目前,
用平民化的法语请我
在凯能街饭店吃午饭,
再把周末消耗在大都市。

到暮色苍茫的时刻,眼与背脊 215
都从公事台上抬起来,这架人肉机器等候
如同一辆汽车般颤动而等候。
我,帖瑞西士,虽然瞎眼,在两种生命中颤动,
老男人袋着皱皮的乳房,能在
暮色苍茫间看见,黑夜挣着腰 220
赶人回家,把水手从海上带回家,
打字的回家喝茶,打扫早点的碗盏,点好
她的炉子,摊开罐头食品。
外面窗上很阴险的掠着
她所晒的一堆,给太阳的残光抚摩着, 225
又在沙发上堆着(晚上是她的床)
袜子,拖鞋,衬衫,束胸的衣带。
我,帖瑞西士,老年人带着累赘的胸膛
看见了这一幕,预言了其余的——
我也在等那盼候的客人。 230

他，这年青的长疙瘩的人来了，
一家小店代办的书记，眼睛怪厉害，
那种下等阶级里的人，蛮有把握
正像绸缎帽子扣在勃莱福富翁的头上。
时候倒很合式，他猜对了，   235
饭也吃完了，她又烦又是疲倦，
可以开始把她温存地抚摩了，
虽说她不准要，至少也不推却。
兴奋而坚定，他立刻进攻；
探险的双手不遇见阻碍；   240
他的虚荣心也不需要回答，
还十分地欢迎这漠然的表情。
（我帖瑞西士都已经忍受过了，
立在和这一样的沙发或床上；
我，那曾在墙下西比之旁坐过的   245
又在死人中最卑微的群中走过的。）
又在最后送上一个带恩惠的吻，
他摸着去路，看看楼梯上没有灯。

她回头又在镜子里照了一下，
不很理会那已经走了的爱人；   250
她的念头允许一个半成的思想经过：
"好吧，算完了件事：幸亏完了。"
美丽的女人堕落的时候，又
在她自己的屋子里来回走，独自
她抚平了自己的头发，又随手   255
在留声机上放上一张片子。

"这音乐在水上从我的身旁游过"
经过司经特，直到维多利亚街。
啊，城，城，我有时候听见

在公寓旁边，泰晤士下街 260
那悦耳的梅独铃的号叫
还有那里面的嘈杂喧闹
是渔翁们到了中午休息：那里
殉道堂的墙上还有
说不尽的伊沃宁的荣华，白的与金黄的。 265

长河流汗
流油与煤油
船只漂泊
顺着来浪
红帆 270
张大
随风而下，跟着墙桅摇。
船只洗着
漂流的巨木
流下格林维基 275
经过群犬岛。

    Weialala leia
    Wallala leialala

伊丽莎白和莱斯德
打着浆 280
船尾变成
一枚金镶的蚌壳
发红发黄
轻快的起浪
泛上两岸 285
西南风
带下水

是大钟的共响
白的危塔
Weialala leia
Wallala leialala

290

"电车和带泥土的树。
赫勃来生我下来。李去猛和克幽
毁了我。在李去猛我举起双膝
仰卧在一支小船的板上。"
"我的脚在摩尔该,我的心
在我的脚下。那件事后
他哭了。他允许'重新做人'。
我不加批评。我怨什么?"

295

"在玛该沙滩
我不能将
虚无与虚无联起来。
腌臜手上的碎指甲。
我们这种下等人,不希望
什么。"

300

305

la la

我到加太其来了

烧啊烧啊烧啊烧啊
啊主啊请你救我出来
啊主啊救我

310

烧啊

四　水里的灭亡

佛来勃士，那非尼夏人，死了两星期，
忘记了水鸥的哀叫，大海的巨浪
和一切的利害。
　　　　　　　　海下一支流　　　　　　　　315
在悄语里挑选他的尸骨。他飘上落下
经历他自己的老大和年青
一直流入旋涡。
　　　　　　　　外邦人或犹太人
啊你转着那轮盘向着风看的，　　　　　　320
想想佛来勃士，他从前也和你一样漂亮，高大的。

五　雷霆所言

火把的红光在流汗的脸上照过以后
花园里是那霜雪的静默以后
经过了岩石地带的悲苦之后
还有那些喊叫呼号　　　　　　　　　　　325
监牢皇宫和春雷的
回声在远山那边
那活着的现在死了
我们曾经活着的也快死了
只有这点耐心　　　　　　　　　　　　330

这里没有水只有岩石
岩石而没有水而有一条沙路
那路在上面深山里绕
也是岩石的大山没有水
若还有水我们就停下痛喝了　　　　　　335
在岩石中间人不能停止也不能想
汗是干的脚埋在沙土里

只要有水在岩石中间
死了的山口带着烂牙床不能吐沫
这里人不能站着躺着坐着 340
就是静默也不在这些山上
只有干枯的雷下不来雨
就是寂寞也不在这些山上
只有绛红阴沉的脸讥笑怒叫
从泥干缝裂的门里出来 345
    只要有水
而没有岩石
若能有岩石
也能有水
有水 350
有泉
岩石间的小池潭
只要有水的声音
不是知了
和枯草同唱 355
只是水的声音在岩石上
画眉鸟在松树里唱
点滴点滴滴滴滴
只是没有水

谁是那个走在你身旁的第三人？ 360
我数的时候，只有你和我在一起
可是我抬头望着那白颜色的路
总有另外一个在你身旁走
掩闪着，裹着棕黄色的大衣，带头蓬
我不知道他是男人还是女人 365
但在你身旁走的那一个是谁？

这是什么声音很高的在天上
慈母的哀伤的呢喃
这些带头蓬的一堆人群是谁
在无边的平原上挤,在裂缝的地上跌碰　　　　　370
只给那扁平的水平线包围着
这是什么城在山上
爆裂改造又在紫气暮色中奔涌出来
倒了的塔
耶路撒冷雅典阿力山大　　　　　　　　　　　　375
维亚纳伦敦
飘忽的

一个女人抽出她的长黑发,紧紧地
在这些弦上弹出细碎的音乐
蝙蝠带着孩子脸在紫光里　　　　　　　　　　　380
吹哨,扑着翅膀
把头冲下爬一面乌黑的墙
倒挂在空气里是那些高塔
敲着令人回忆的钟,报告时刻
还有声音在空的水池,干的井里唱。　　　　　385

在山间那个朽烂的洞里
在幽暗的月光下,小草在倒塌的
坟墓上唱歌,靠近教堂的
只是个空的教堂,只是风的家。
没有窗子,门户吊在那里　　　　　　　　　　　390
枯骨不能害什么人。
只有公鸡站在屋脊上
喔喔咯咯喔喔咯咯
像一炷闪电。然后一阵湿风
带来雨　　　　　　　　　　　　　　　　　　　395

甘格淹没了，那些软弱的小叶
等着雨来，乌黑的浓云
在远处集合，在喜马望山上。
那莽丛躲闪，在静中蹲着。
然后雷声开言 400
DA
Datta：我们给了些什么？
朋友，热血震撼了我的心
这一眨眼献身成圣的勇气
是谨慎的年代所不能收回的 405
就由这，仅由这一下，我们的生存
不会在讣闻上记载下
或在记忆中被那慈惠的蜘蛛下网
或在那些瘦长的律师手开的密封下
在我空着的屋子里 410
DA
Dayadhavam：我听见那钥匙
在门里转了一次，只是一次
我们想到钥匙，各人都在监牢里
想到这把钥匙，各人都保守一间牢 415
仅在黄昏的时候，世外的喧闹
又使失意哥力来纳思一度重生
DA
Damyata：那条船快乐的
答应，在那用帆用浆老练的手中 420
海是静的，你的心也会快乐的
答应，有人会叫你，你就服从
那收管你的手

我坐在岸上
垂钓，背后是那片大荒地 425

我要不要将田地收拾好？
伦敦桥塌下来了，塌下来了，塌下来了，
就把他放在烈火里烧炼他们
什么时候再是燕子——啊，燕子，燕子，
阿其坦的王子在塔上受贬　　　　　　　　　　　430
我把这些零碎堆在我的残骨上
得啦，我就叫你瞧瞧。希罗尼母又发疯了。
Datta. Dayadhvam. Damyata.
　　　Shantih　　Shantih　　Shantih

附录3　赵萝蕤译:《荒原》(1980年)[*]

荒　原

[英国] 托马斯·艾略特
赵萝蕤译

是的，我自己亲眼看见古米的西比儿吊在一个笼子里。孩子们在问她，"西比儿，你要什么"的时候，她回答说，"我要死"。（"NAM Sibyllam quidem Cumis ego ipse oculis meis vidi in ampulla pendere, et cum illi pueri dicerent: Σίβνλλατίθέλεις; respondebat illa: άποθανειν θέλω ."）

献给埃士勒·庞德　最卓越的匠人（For Ezra Pound *il miglior fabbro*）

一　死者葬仪

四月是最残忍的一个月，荒地上
长着丁香，把回忆和欲望
参合在一起，又让春雨
催促那些迟钝的根芽。
冬天使我们温暖，大地
给助人遗忘的雪覆盖着，又叫
枯干的球根提供少许生命。
夏天来得出人意外，在下阵雨的时候

---

* 赵萝蕤译:《荒原》,《外国文艺》（双月刊）1980年第3期。因篇幅所限，未能包含"注释"（含作者原注和译者按），仅供参考，特此。

来到了斯丹卜基西；我们在柱廊下躲避，
等太阳出来又进了霍夫加登，   10
喝咖啡，闲谈了一个小时。
我不是俄国人，我是立陶宛来的，是地道的德国人。
而且我们小时候住在大公那里
我表兄家，他带着我出去滑雪橇，
我很害怕。他说，玛丽，   15
玛丽，牢牢揪住。我们就往下冲。
在山上，那里你觉得自由。
大半个晚上我看书，冬天我到南方。

什么树根在抓紧，什么树枝在从
这堆乱石块里长出？人子啊，   20
你说不出，也猜不到，因为你只知道
一堆破碎的偶像，承受着太阳的鞭打，
枯死的树没有遮阴，蟋蟀的声音也不使人放心，
礁石间没有流水的声音。只有
这块红石下有影子，   25
（请走进这块红石下的影子）
我要指点你一件事，它既不像
你早起的影子，在你后面迈步，
也不像傍晚的，站起身来迎着你；
我要给你看恐惧在一把尘土里。   30

风吹着很轻快，
吹送我回家走，
爱尔兰的小孩，
你在哪里逗留？
"一年前你先给我的是风信子；   35
他们叫我做'风信子的女郎'"，
——可是等我们回来，晚了，从风信子的园里来，

你的臂膊抱满,你的头发湿,我说不出
话,眼睛看不见,我既不是
活的,也未曾死,我什么都不知道,   40
望着光亮的中心看时,是一片寂静。
荒凉而空虚是那大海。

马丹梭梭屈士,著名的女相士,
患了重感冒,可仍然是
欧罗巴知名的最有智慧的女人,   45
带着一套恶毒的纸牌。这里,她说,
是你的一张,那淹死了的腓尼基水手,
(这些珍珠就是他的眼睛,看!)
这是贝洛多纳,岩石的女主人,
一个善于应变的女人。   50
这人带着三根杖,这是"转轮",
这是那独眼商人,这张牌上面
一无所有,是他背在背上的一种东西。
是不准我看见的。我没有找到
"那被绞死的人"。怕水里的死亡。   55
我看见成群的人,在绕着圈子走。
谢谢你。你看见亲爱的爱奎东太太的时候
就说我自己把天宫图给她带去,
这年头人得小心啊。

并无实体的城,   60
在冬日破晓时的黄雾下,
一群人鱼贯地流过伦敦桥,人数是那么多,
我没想到死亡毁坏了这许多人。
叹息,短促而稀少,吐了出来,
人人的眼睛都盯住在自己的脚前。   65
流上山,流下威廉王大街,

直到圣马利吴尔诺斯教堂,那里报时的钟声
敲着最后的第九下,阴沉的一声。
在那里我看见一个熟人,拦住他叫道:"斯代真!
你从前在迈里的船上是和我在一起的! 70
去年你种在你花园里的尸首,
它发芽了吗?今年会开花吗?
还是忽来严霜捣坏了它的花床?
叫这狗熊星走远吧,它是人们的朋友,
不然它会用它的爪子再把它挖掘出来! 75
你!虚伪的读者!——我的同类——我的兄弟!"

二 对弈

她所坐的椅子,像发亮的宝座
在大理石上放光,有一面镜子,
座上满刻着结足了果子的藤,
还有个黄金的小爱神探出头来 80
(另外一个把眼睛藏在翅膀背后)
使七枝光烛台的火焰加高一倍,
桌子上还有反射的光彩
缎盒里倾注出的眩目辉煌,
是她珠宝的闪光也站起来迎着; 85
在开着口的象牙和彩色玻璃制的
小瓶里,暗藏着她那些奇异的合成香料——
膏状,粉状或液体的——使感觉
局促不安,迷惘,被淹没在香味里;受到
窗外新鲜空气的微微吹动,这些香气 90
在上升时,使点燃了很久的烛焰变得肥满,
又把烟缕掷上镶板的房顶,
使天花板上的图案也模糊不清。
大片海水浸过的木料洒上铜粉
青青黄黄地亮着,四周镶着的五彩石上, 95

有雕刻着的海豚在愁惨的光中游泳。
那古旧的壁炉架上展现着一幅
犹如开窗所见的田野景物,
那是翡绿眉拉变了形,遭到了野蛮国王的
强暴;但是在那里那头夜莺　　　　　　　　　100
她那不容玷辱的声音充塞了整个沙漠,
她还在叫唤着,世界也还在追逐着,
"唧唧"唱给脏耳朵听。
其他那些时间的枯树根
在墙上留下了记认;凝视的人像　　　　　　105
探出身来,斜倚着,使紧闭的房间一片静寂。
楼梯上有人在拖着脚步走。
在火光下,刷子下,她的头发
散成了火星似的小点子
亮成词句,然后又转而为野蛮的沉寂。　　　110

"今晚上我精神很坏。是的,坏。陪着我。
"跟我说话。为什么总不说话。说啊。
"你在想什么?想什么?什么?
"我从来不知道你在想什么。想。"

我想我们是在老鼠窝里,　　　　　　　　　115
在那里死人连自己的尸骨都丢得精光。

"那是什么声音?"
　　　　　　　风在门下面。
"那又是什么声音?风在做什么?"
　　　　　　　没有,没有什么。　　　　　　120
　　　　　　　　　　　"你
"你什么都不知道?什么都没看见?什么都
"不记得?"

我记得
那些珍珠是他的眼睛。 125
"你是活的还是死的？你的脑子里竟没有什么？"
　　　　　　　　　　　　　　可是
噢噢噢噢这莎士比希亚式的爵士音乐——
它是这样文静
这样聪明 130
"我现在该做些什么？我该做些什么？
我就照现在这样跑出去，走在街上
披散着头发，就这样。我们明天该做些什么？
我们究竟该做些什么？"
　　　　　　　十点钟供开水。 135
如果下雨，四点钟来挂不进雨的汽车。
我们也还要下一盘棋，
按住不知安息的眼睛，等着那一下敲门的声音。

丽儿的丈夫退伍的时候，我说——
我毫不含糊，我自己就对她说， 140
　请快吧时间到了
埃尔伯特不久就要回来，你就打扮打扮吧。
他也要知道给你镶牙的钱
是怎么花的。他给的时候我也在。
把牙都拔了吧，丽儿，配一副好的， 145
他说，实在的，你那样子我真看不得。
我也看不得，我说，替可怜的埃尔伯特想一想，
他在军队里耽搁了四年，他想痛快痛快，
你不让他痛快，有的是别人，我说。
啊，是吗，她说。就是这么回事，我说。 150
那我就知道该感谢谁了，她说，向我瞪了一眼。
　请快吧时间到了
你不愿意，那就听便吧，我说。

你没有可挑的，人家还能挑挑拣拣呢。
要是埃尔伯特跑掉了，可别怪我没说。 155
你真不害臊，我说，看上去这么古董。
（她还只三十一。）
没办法，她说，把脸拉得长长的，
是我吃的那些药片，为打胎，她说。
（她已经有了五个。小乔治差点送了她的命。） 160
药店老板说不要紧，可我再也不比从前了。
你真是个傻瓜，我说。
得了，埃尔伯特总是缠着你，结果就是如此，我说，
不要孩子你干吗结婚？
请快吧时间到了 165
说起来了，那天星期天埃尔伯特在家，他们吃滚烫的烧火腿，
他们叫我去吃饭，叫我趁热吃——
请快吧时间到了
请快吧时间到了
明儿见，毕尔。明儿见，璐。明儿见，梅。
　　明儿见。 170
再见。明儿见，明儿见。
明天见，太太们，明天见，可爱的太太们，
明天见，明天见。

三　火诫

河上树木搭成的帐篷已破坏：树叶留下的最后手指
想抓住什么，又沉落到潮湿的岸边去了。那风
吹过棕黄色的大地，没人听见。仙女们已经走了。 175
可爱的泰晤士，轻轻地流，等我唱完了歌。
河上不再有空瓶子，夹肉面包的薄纸，
绸手绢，硬的纸皮匣子，香烟头
或其他夏夜的证据。仙女们已经走了。
还有她们的朋友，最后几个城里老板们的后代； 180

走了,也没有留下地址。
在莱芒湖畔我坐下来饮泣……
可爱的泰晤士,轻轻地流,等我唱完了歌。
可爱的泰晤士,轻轻地流,我说话的声音不会大,
　　也不会多。
可是在我身后的冷风里我听见
白骨碰白骨的声音,嚎笑从耳旁传开去。　　　　　　185
一头老鼠轻轻穿过草地
在岸上拖着它那黏湿的肚皮
而我却在某个冬夜,在一家煤气厂背后
在死水里垂钓　　　　　　　　　　　　　　　　　190
想到国王我那兄弟的沉舟
又想到在他之前的国王,我父亲的死亡。
白身躯赤裸裸地在低湿的地上,
白骨被抛在一个小小低低又干的阁楼上,
只有老鼠脚在那里踢来踢去,年复一年。　　　　　　195
但是在我背后我时常听见
喇叭和汽车的声音,将在
春天里,把薛维尼送到博尔特太太那里。
啊月亮照在博尔特太太
和她女儿身上是亮的　　　　　　　　　　　　　　200
她们在苏打水里洗脚
啊这些孩子们的声音,在教堂里歌唱!

吱吱吱
唧唧唧唧唧唧
受到这样的强暴。　　　　　　　　　　　　　　　205
铁卢
并无实体的城
在冬日正午的黄雾下
尤吉尼地先生,那个士麦那商人

还没光脸，袋里装满了葡萄干　　　　　　　　　　210
到岸价格，伦敦：见票即付，
用粗俗的法语请我
在凯能街饭店吃午饭
然后在大都会度周末。

在那暮色苍茫的时刻，眼与背脊　　　　　　　　215
从桌边向上抬时，这血肉制成的引擎在等候
像一辆出租汽车那样颤动而等候时，
我，帖瑞西士，虽然瞎了眼，在两次生命中颤动，
年老的男子却有布满皱纹的女性乳房，能在
暮色苍茫的时刻看见晚上一到都朝着　　　　　　220
家的方向走去，水手从海上回到家，
打字员到喝茶的时候也回了家，打扫早点的残余，点燃了
她的炉子，拿出罐头食品。
窗外危险地晾着
她快要晒干的内衣，给太阳的残光抚摸着，　　　225
沙发上堆着（晚上是她的床）
袜子，拖鞋，小背心和用以紧身的内衣。
我，帖瑞西士，年老的男子长着皱褶的乳房
看到了这段情节，预言了后来的一切——
我也在等待那盼望着的客人。　　　　　　　　　230
他，那长疙瘩的青年到了，
一家小公司的职员，一双色胆包天的眼，
一个下流家伙，蛮有把握，
正像一顶绸帽扣在一个布雷德福德的百万富翁头上。
时机现在倒是合式，他猜对了，　　　　　　　　235
饭已经吃完，她厌倦又疲乏，
试着抚摸抚摸她
虽说不受欢迎，也没受到责骂。
脸也红了，决心也下了，他立即进攻；

探险的双手没遇到阻碍； 240
他的虚荣心并不需要报答，
还欢迎这种漠然的神情。
(我，帖瑞西士，都早就忍受过了，
就在这张沙发或床上扮演过的；
我，那曾在底比斯的墙下坐过的 245
又曾在最卑微的死人中走过的。)
最后又送上形同施舍似的一吻，
他摸着去路，发现楼梯上没有灯……

她回头在镜子里照了一下，
没大意识到她那已经走了的情人； 250
她的头脑容许一个半成形的思想经过：
"总算完了事：完了就好。"
美丽的女人堕落的时候，又
在她的房里来回走，独自
她机械地用手抚平了头发，又随手 255
在留声机上放上一张片子。
"这音乐在水上悄悄从我身旁经过"
经过斯特兰德，直到女王维多利亚街。
啊，城啊城，我有时能听见
在泰晤士下街的一家酒店旁 260
那悦耳的曼陀铃的哀鸣
还有里面的碗盏声，人语声
是鱼贩子到了中午在休息：那里
殉道堂的墙上还有
难以言传的伊沃宁的荣华，白的与金黄色的。 265

长河流汗
流油与焦油
船只漂泊

顺着来浪
红帆 270
大张
随风而下，在沉重的桅杆上摇摆。
船只冲洗
漂流的巨木
流到格林威治河区 275
经过群犬岛。
     Weialala leia
     Wallala leialala

伊丽莎白和莱斯特
打着浆 280
船尾形成
一枚镶金的贝壳
红而金亮
活泼的波涛
使两岸起了细浪 285
西南风
带到下游
连续的钟声
白色的危塔
     Weialala leia 290
     Wallala leialala

"电车和堆满灰尘的树。
海勃里生了我。里其蒙和丘
毁了我。在里其蒙我举起双膝
仰卧在独木舟的船底。 295

"我的脚在摩尔该，我的心

在我的脚下。那件事后
他哭了。他答应'重新做人'。
我不作声。我该怨恨什么呢?"

"在马该沙滩   300
我能够把
乌有和乌有联结在一起。
脏手上的破碎指甲。
我们是伙下等人,从不指望
什么。"   305
    啊呀看哪
于是我到迦太基来了

烧啊烧啊烧啊烧啊
主啊你把我救拔出来
主啊你救拔   310

烧啊

四　水里的死亡

腓尼基人弗莱巴斯,死了已两星期,
忘记了水鸥的鸣叫,深海的浪涛
利润与亏损。
    海下——潮流   315
在悄声剔净他的尸骨。在他浮上又沉下时
他经历了他老年和青年的阶段
进入旋涡。
    外邦人还是犹太人
啊你转着舵轮朝着风的方向看的,   320
回顾一下弗莱巴斯,他曾经是和你一样漂亮、高大的。

五　雷霆的话

火把把流汗的面庞照得通红以后
花园里是那寒霜般的沉寂以后
经过了岩石地带的悲痛以后
又是叫喊又是呼号　　　　　　　　　　　　325
监狱宫殿和春雷的
回响在远山那边震荡
他当时是活着的现在是死了
我们曾经是活着的现在也快要死了
稍带一点耐心　　　　　　　　　　　　　330

这里没有水只有岩石
岩石而没有水而有一条沙路
那路在上面山里绕行
是岩石堆成的山没有水
若还有水我们就会停下来喝了　　　　　　335
在岩石中间人不能停止或思想
汗是干的脚埋在沙土里
只要岩石中间有水
死了的山满口都是龋齿吐不出一滴水
这里的人既不能站也不能躺也不能坐　　　340
山上甚至连静默也不存在
只有枯干的雷没有雨
山上甚至连寂寞也不存在
只有绛红阴沉的脸在冷笑咆哮
在泥干缝裂的房屋的门里出现　　　　　　345
　　　　　　只要有水
而没有岩石
若是有岩石
也有水

有水
有泉 350
岩石间有小水潭
若是只有水的响声
不是知了
和枯草同唱
而是水的声音在岩石上 355
那里有蜂雀类的画眉在松树里歌唱
点滴点滴滴滴滴
可是没有水

谁是那个总是走在你身旁的第三人？ 360
我数的时候，只有你和我在一起
但是我朝前望那白颜色的路的时候
总有另外一个在你身旁走
悄悄地行进，裹着棕黄色的大衣，罩着头
我不知道他是男人还是女人 365
——但是在你另一边的那一个是谁？

这是什么声音在高高的天上
是慈母悲伤的呢喃声
这些戴头罩的人群是谁
在无边的平原上蜂拥而前，在裂开的土地上
　　蹒跚而行 370
只给那扁平的水平线包围着
山那边是哪一座城市
在紫气暮色中开裂、重建又爆炸
倾塌着的城楼
耶路撒冷雅典亚历山大 375
维也纳伦敦
并无实体的

一个女人紧紧拉直着她黑长的头发
在这些弦上弹拨出低声的音乐
长着孩子脸的蝙蝠在紫色的光里 380
飕飕地飞扑着翅膀
又把头朝下爬下一垛乌黑的墙
倒挂在空气里的是那些城楼
敲着引起回忆的钟,报告时刻
还有声音在空的水池、干的井里歌唱。 385

在山间那个坏损的洞里
在幽暗的月光下,草儿在倒塌的
坟墓上唱歌,至于教堂
则是有一个空的教堂,仅仅是风的家。
它没有窗子,门是摆动着的, 390
枯骨伤害不了人。
只有一只公鸡站在屋脊上
咯咯喔喔咯咯喔喔
唰地来了一炷闪电。然后是一阵湿风
带来了雨 395

恒河的水位下降了,那些疲软的叶子
在等着雨来,而乌黑的浓云
在远处集合,在喜马望山上。
丛林在静默中躬着背蹲伏着。
然后雷霆说了话。 400
DA
Datta:我们给了些什么?
我的朋友,热血震动着我的心
这片刻之间献身的非凡勇气
是一个谨慎的时代永远不能收回的 405

就凭这一点，也只有这一点，我们是存在了
这是我们的讣告里找不到的
不会在慈祥的蛛网披盖着的回忆里
也不会在瘦瘦的律师拆开的密封下
在我们空空的屋子里   410
DA
Dayadhvam：我听见那钥匙
在门里转动了一次，只转动了一次
我们想到这把钥匙，各人在自己的监狱里
想着这把钥匙，各人守着一座监狱   415
只在黄昏时候，世外传来的声音
才使一个已经粉碎了的柯里欧来纳思一度重生
DA
Damyata：那条船欢快地
做出反应，顺着那使帆用桨老练的手   420
海是平静的，你的心也会欢快地
做出反应，在受到邀请时，会随着
引导着的双手而跳动
     我坐在岸上
垂钓，背后是那片干旱的平原   425
我应否至少把我的田地收拾好？
伦敦桥塌下来了塌下来了塌下来了
然后，他就隐身在炼他们的火里。
我什么时候才能像燕子——啊，燕子，燕子，
阿基坦的王子在塔楼里受到废黜
这些片段我用来支撑我的断垣残壁   430
那么我就照办吧。希罗尼母又发疯了。
舍己为人。同情。克制。
平安。平安　平安。

附录4 "灵芝"与"奇葩":赵萝蕤《荒原》译本艺术管窥*

黄宗英 邓中杰 姜 君**

摘　要:赵萝蕤先生曾经说,直译法是她从事文学翻译的唯一方法,其理论根据是形式与内容相互统一的原则。虽然内容最终决定形式,但是形式也是内容的一个重要组成部分。赵萝蕤先生认为,在翻译严肃的文学作品时,第一,译者必须深刻全面地研究作家及其作品,深入了解作者的思想认识、感情力度、创作目的和特点;第二,必须具备两种语言的较高水平,才能较好地体现作者风格和表达作品内容;第三,必须谦虚谨慎,忘我地向原作学习。通过赵萝蕤先生1937年《荒原》译本手稿与国内出版的几个《荒原》译本之间的比较与分析,本文探讨赵萝蕤先生坚持用直译法翻译严肃的文学作品的理论和实际应用价值。

关键词:赵萝蕤;《荒原》;直译法

引　言

1936年年底,上海新诗社戴望舒先生约赵萝蕤先生翻译艾略特的《荒原》。赵萝蕤先生在短短的一个月时间内译完了《荒原》全诗并将诗人原注和译者注释整理编译在一起;1937年夏天,这本译著由叶公超先

---

* 黄宗英、邓中杰、姜君:《"灵芝"与"奇葩":赵萝蕤〈荒原〉译本艺术管窥》,《北京联合大学学报》(人文社会科学版)2014年第2期。

** [作者简介] 黄宗英(1961—),男,福建莆田人,北京联合大学应用文理学院教授;邓中杰(1972—),男,湖北武汉人,高等教育出版社副编审;姜君(1980—),男,河北唐山人,北京联合大学应用文理学院讲师。

生作序，伴随着七七卢沟桥事变的枪炮声，便悄然地问世了。1939年，邢光祖先生在《西洋文学》杂志上发表评论说："艾略特的《荒原》是近代诗的'荒原'中的灵芝，而赵［萝蕤］女士的译本是我国翻译界的'荒原'上的奇葩。"① 赵萝蕤先生是如何在这么短的时间内将这首艰深晦涩的现代派"怪诗"译成我国文学翻译史上的一朵"奇葩"呢？通过赵萝蕤先生《荒原》译本手稿与赵毅衡、查良铮、裘小龙等几位学者多个不同译本之间的比较分析，笔者着重从形式与内容相互契合的角度，理解和学习赵萝蕤先生在翻译严肃的文学作品时所倡导的直译法。

一 "一堆破碎的偶像"

在艾略特《荒原》第一章《死者葬仪》的第22行中，出现了这么一个画龙点睛的短语："A heap of broken images。"我国著名翻译家赵萝蕤先生把它译成"一堆破碎的偶像。"笔者认为这一短语之所以画龙点睛是因为《荒原》一诗"确实表现了一代青年对一切的'幻灭'"②。众所周知，第一次世界大战后，整个西方世界呈现出一派大地苦旱、人心枯竭的现代"荒原"景象③；那是一段掺杂着个人思想感情和社会悲剧的"历史"④，人们的精神生活经常表现为空虚、失望、迷惘、浮滑、烦乱和焦躁。那么，笔者之所以想从这一短语说起，是因为其中的英文单词"image"比较有意思。记得北京大学英文系王式仁教授1986年春给英文系本科生开设"英诗选读"课时，他在第一堂课里讲解布朗宁的《深夜幽会》（"Meeting at Night"）一诗作为课程导论。这是一首爱情诗，但是诗人在诗中压根儿就不提"爱（情）"，而是把各种能够调动读者感官的意象运用得淋漓尽致，给读者留下了一幅初恋幽会的动人景象。为了拉近英语诗歌与现实生活的距离，王式仁教授可谓别出心裁，先给初学英诗的同学们讲了两则英文广告，其中一则是意大利飞亚特（Fiat）轿车的广告，"Italian Spacecraft"，

---

① 赵萝蕤：《我的读书生涯》，北京大学出版社1996年版，第3页。
② 赵萝蕤：《我的读书生涯》，北京大学出版社1996年版，第19页。
③ 黄宗英：《抒情史诗论》，北京大学出版社2003年版，第83—89页。
④ 张剑：《T. S. 艾略特：诗歌和戏剧的解读》，外语教学与研究出版社2006年版，第55—56页。

而另外一则是日本尼康相机的广告:"No One Cares More About Your Image"。王教授认为前者中"Spacecraft"一词可以引起读者关于现代科技的无限遐想,而后者中"Image"一词也同样耐人寻味。首先,"Image"一词可以解释为"图像"(picture),因为尼康相机是世界上最好的相机之一,所以您不需要担当它的"图像";其次,尼康相机是世界上最昂贵的相机之一,因此您也不用担当您的"形象"(picture in your mind)问题。王教授的这个例子既引起了同学们学习英文单词丰富的联想意义的思考,同时打消了初学英诗者的畏难情绪和思想顾虑,大大激发了学生的兴趣和自信。那么,艾略特《荒原》第一章中的这个短语又该怎么翻译呢?

根据孙致礼先生的统计,艾略特《荒原》一诗至少有七个版本:赵萝蕤译《荒原》("新诗社丛书"1937年版);赵萝蕤译,载袁可嘉主编《外国现代派诗选》(上海文艺出版社1980年版);叶维廉译,载《诺贝尔文学奖全集》第二十四卷(台湾远景出版事业公司);裘小龙译,载《外国诗》(外国文学出版社1983年版);赵毅衡译,载《美国现代诗选》(外国文学出版社1985年版);查良铮译,载《英国现代诗选》(湖南人民出版社1985年版);汤永宽译,载《情歌·荒原·四重奏》(上海译文出版社1994年版);赵萝蕤译,载《世界名家名著文库——荒原》(人民日报出版社2000年版)。[①] 此外,笔者还收集了裘小龙译《荒原》,载《获诺贝尔文学奖作家丛书——四个四重奏》(漓江出版社1985年版,第67—96页);赵萝蕤译《荒原》,载《中国翻译名家自选集·赵萝蕤卷——〈荒原〉》(中国工人出版社1995年版,第1—34页);周明译《荒原》,载《基督教文学经典选读》(下)(北京大学出版社2004年版,第816—819页),等等。那么,这么多版本的译者都是如何翻译第22行中的这个短语的呢?

首先,请看赵萝蕤老师1937年的译文手稿:

原文:

  What are the roots that clutch, what branches grow

  Out of this stony rubbish? Son of man, 20

[①] 参见孙致礼主编《中国的英美文学翻译:1949—2008》,译林出版社2009年版。

附录 4 "灵芝"与"奇葩"：赵萝蕤《荒原》译本艺术管窥

You cannot say, or guess, for you know only
A heap of broken images, where the sun beats,
And the dead tree gives no shelter, the cricket no relief,
And the dry stone no sound of water. ①

译文：

什么树根在捉住，什么树枝在从
这堆石头的零碎中长出？人子啊，   20
你说不出，也猜不到，因为你只知道
一堆破碎的偶像，承受着太阳的鞭打，
枯死的树没有遮阴，蟋蟀不使人放心，
礁石间没有流水的声音。②

赵萝蕤先生曾经对自己 1937 年的译本做过几次修改。比如，1995 年版这段诗文第 19 行中的"捉住"改成"抓紧"，"这堆石头的零碎中"改成"这堆乱石块里"，"蟋蟀不使人放心"改成了"蟋蟀的声音也不使人放心"。③ 这些改译使诗中一种焦躁无序、毫无盼望的现代心绪更加明朗，表述更加清晰。但是赵萝蕤先生始终没有改动第 22 行的译法。那么，其他几位译者对第 22 行中这个短语的译法却各自不同：

赵毅衡译（1985）："一大堆破碎的形象"④
查良铮译（1985）："一堆破碎的形象"⑤
裘小龙译（1985）："一堆支离破碎的意象"⑥

---

① T. S. Eliot, *The Complete Poems and Plays 1909–1950*, New York: Harcourt, Brace & World, Inc., 1971, p. 37.
② 黄宗英编：《赵萝蕤汉译〈荒原〉手稿》，高等教育出版社 2013 年版，第 31 页。
③ 赵萝蕤译：《中国翻译名家自选集·赵萝蕤卷》，中国工人出版社 1995 年版，第 2 页。
④ 赵毅衡编译：《美国现代诗选》，外国文学出版社 1985 年版，第 198 页。
⑤ 查良铮译：《英国现代诗选》，湖南人民出版社 1985 年版，第 47 页。
⑥ 裘小龙译：《四个四重奏》，漓江出版社 1985 年版，第 70 页。

周明译（2004）："一堆破碎的图像"①

在笔者看来，不论是译成"形象""意象"还是"图像"，不同译者都会有各自不同的解释和道理，因为诗歌的语言本身就是形象化的语言，何况现代主义诗歌创作更加注重意象的作用。但是，不同的译法给读者传递的信息（量）是不同的。《荒原》是一部十分严肃的文学作品，因此它需要"译者作一番比较艰苦的研究工作……对作家作品理解得越深越好"②。这是赵萝蕤先生对从事文学翻译提出的第一个条件。那么，赵萝蕤先生为什么把这个短语中的"image"一词翻译成"偶像"呢？首先，赵先生研究了诗人为第20、23行分别提供的两个原注："对照《旧约·以西结书》第2章第1节"和"对照《旧约·传道书》第12章第5节。"③《旧约·以西结书》第2章第1节上说："他对我说：'人子啊，你站起来，我要和你说话。'"《旧约·以西结书》讲述的是上帝与先知以西结之间的谈话。上帝选择以西结作为他的代言人，去警告以色列人并让他们悔过自新。因此，从某种意义上说，以西结可以被看成来拯救荒原的使者。然而，上帝告诫以西结说，以色列人是一个叛逆的民族。他们对他的警告将听而不从。④ 由于上帝已不再是以色列人所崇拜的偶像，所以他们的灵魂就无法得到拯救，他们也就只能像荒原上的人那样，饱受无端的磨难："在你们一切的住处，城邑要变为荒场，邱坛必然凄凉，使你们的祭坛荒废，将你们的偶像打碎，你们的日像被砍倒，你们的工作被毁灭。"⑤ 不仅如此，《旧约·传道书》第12章第5节中说："人怕高处，路上有惊慌，杏树开花，蚱蜢成为重担，人所愿的也都废掉，因为人归他永远的家，吊丧的在街上往来。"艾略特在这里想提醒读者的是"那些背叛上帝的人注定要生活在一块事与愿违、寸

---

① 周明译：《荒原》，载苏欲晓等译《基督教文学经典选读》（下），北京大学出版社2004年版，第818页。

② 赵萝蕤：《我是怎么翻译文学作品的》，载王寿兰编《当代文学翻译百家谈》，北京大学出版社1989年版，第605—606页。

③ T. S. Eliot, *The Complete Poems and Plays 1909–1950*, New York: Harcourt, Brace & World, Inc., 1971, p. 50.

④ 黄宗英注释，载胡家峦编著《英国名诗详注》，外语教学与研究出版社2003年版，第568页。

⑤ 参见《旧约·以西结书》第6章第6节。

草不长的荒地上"①。可见赵萝蕤先生在此将"image"一词翻译成"偶像"是准确完美的。赵先生译笔下的这"一堆破碎的偶像"传神地把圣经故事中典型的荒原寓意植入了艾略特形象地体现第一次世界大战后西方一代青年人精神幻灭的现代荒原之上。

其次,《荒原》一诗发表于1922年。艾略特不同意许多评论家对这首诗歌的评论,不愿意承认《荒原》的主题是表现西方"一代人的精神幻灭"(disillusionment of a generation)②。他认为《荒原》只不过他"个人对生活的满腹牢骚"(a personal and wholly insignificant grouse against life)。③然而,"牢骚"是有思想内容的语言。当语言受情感控制却未被情感征服的时候,这种语言综合了情感和理智的元素,或许也就是艾略特所谓"有节奏的牢骚"(rhythmical grumbling)。这种"牢骚"一旦发出,它便成为"西方人情感与精神枯竭"④ 的直接宣泄和对西方现代文明"荒原"的极写。在这个所谓的"人间天堂"中,"所有的上帝都死光了,所有的战争都打完了,人们所有的信仰都动摇了"⑤。在第一次世界大战后的西方世界,人们惧怕贫穷,崇拜金钱和成功。在艾略特笔下的现代"荒原"中,我们窥见了西方病态的文明、反常的内心世界和畸形的社会。那么,在这么一个"迷惘"的时代背景之下,赵萝蕤先生译笔下的这"一堆破碎的偶像"真可谓画龙点睛之笔了。

二 "四月天最是残忍"

赵萝蕤先生提出文学翻译的第二个基本条件是:"两种语言的较高水

---

① 黄宗英注释,载胡家峦编著《英国名诗详注》,外语教学与研究出版社2003年版,第568页。

② T. S. Eliot, *Selected Essays*, London: Faber and Faber, 1951, p. 368.

③ See Valerie Eliot ed., *The Waste Land: A Facsimile and Transcrpt of the Original Drafts*, New York & London: A Harvest/HBJ Book, p. 1.

④ B. C. Southam, *A Guide to The Selected Poems of T. S. Eliot*, 6th ed., San Diego, New York & London: A Harvest Original, 1996, p. 126.

⑤ 笔者译自 F. Scott Fitzgerald, *This Side of Paradise*, New York: Charles Scribner's Sons, 1920, p. 255.

平。"① 那么，赵萝蕤先生是如何具备英汉两种高水平的语言基础的呢？从《我的读书生涯》一文中，我们可以知道她7岁进［苏州］景海女子师范学校读一年级，同时开始学习英语。虽然她的父亲赵紫宸先生早年留学美国，但是他的中国传统文化修养极深。他亲自教女儿吟诵《唐诗三百首》和《古文观止》。小学阶段，赵萝蕤不但跳过了三年级，而且六年级时她的语文成绩被评为全校第一。1926年，因父亲就职燕京大学，14岁的赵萝蕤跟随家人来带北京。虽然她考上了高三，但因年龄小，父亲让她从高二读起。1928年，16岁的赵萝蕤升入燕京大学中文系，酷爱文学。然而，18岁那年，她的英国文学老师劝她改学英国文学，以扩大眼界。征得父亲同意之后，她便转系改学英国文学。她酷爱英国小说，从父亲的藏书中选读了狄更斯、萨克雷、哈代的小说，家里没有的就到图书馆借。1932年，当她20岁燕京大学毕业报考清华大学外国文学研究所研究生时，英语得了满分。上研究生时期，她听了吴宓老师的"中西诗比较"、叶公超的"文艺理论"、温德老师的许多法国文学课（司汤达、波德莱尔、梵乐希等），还与田德望一起听了吴可读老师为他们讲授的英意对照的但丁《神曲》课。② 1936年年底，应新诗社戴望舒先生之约，赵萝蕤翻译了艾略特的《荒原》。1937年夏天，这本译作由叶公超先生作序在上海问世。在抗日战争爆发后的七八年时间里，赵萝蕤一直失业，只能跟随在西南联大就职的丈夫陈梦家，在家里操持家务。可是她终究是个读书人。她"在烧柴锅时，腿上放着一本狄更斯"③。

1944年，因为陈梦家先生应邀到芝加哥东方学院教授古文字学，赵萝蕤获得了到芝加哥大学学习英语的机会。赵萝蕤先生认为那是她一生中最重要的四年，因为20世纪40年代恰逢芝加哥大学英语全盛的时代，云集着众多国际著名学者：18世纪英国文学专家克莱恩教授，莎士比亚和玄学派诗歌专家乔治·威廉森教授，19世纪小说和文本精读专家法国著名学者卡萨缅（Louis Cazamian）的高徒布朗教授（E. K. Brown），狄更斯与英国文学专家沙伯尔教授（Morton D. Zabel），古英语、中世纪

---

① 赵萝蕤：《我是怎么翻译文学作品的》，载王寿兰编《当代文学翻译百家谈》，北京大学出版社1989年版，第608页。

② 参见赵萝蕤《我的读书生涯》，北京大学出版社1996年版。

③ 赵萝蕤：《我的读书生涯》，北京大学出版社1996年版，第3页。

英语和乔叟专家赫尔伯特教授（Hulbert）以及美国文学专家维尔特教授（Napier Wilt）。[1] 这些专家教授不但学识渊博、讲解精湛，而且善于举一反三，详细剖析。当时芝加哥大学是美国最早开设美国文学课的大学，赵萝蕤在第四年的时候，决定专修美国文学，并对小说家亨利·詹姆斯感兴趣，几乎读完了他的全部作品。1948年冬，赵萝蕤学成回国。那年，她36岁。

回顾赵萝蕤老师的求学历程，我们更加意识到"两种语言的较高水平"对一位从事翻译工作的人是多么重要，特别是主张直译法的译者。赵萝蕤老师认为有不少作品可以采用直译法（保持语言的一个单位接着一个单位的次序，用准确的同义词一个单位一个单位地顺序译下去），但要绝对服从每一种语言自身的特点和规律。如果要避免直译法沦为僵硬的对照译法，那么关键在于译者驾驭句法的能力是否灵活，是否传神。[2] 比如，对照《荒原》英文原诗开篇的7行，赵先生1937年的译文如下：

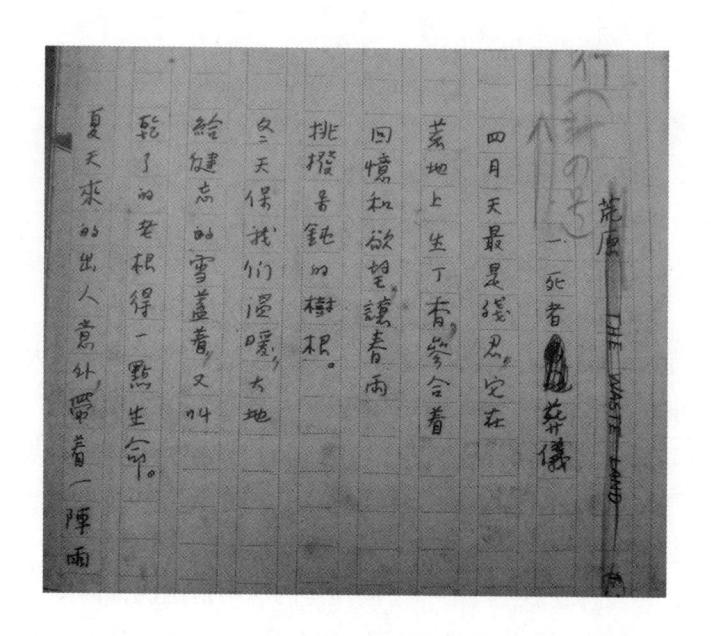

荒原

一 死者葬仪

THE WASTE LAND

四月天最是残忍的，在
荒地上生了丁香参合着
回忆和欲望，让春雨
挑拨着钝的树根。
冬天保我们温暖，大地
给健忘的雪盖着，又叫
乾了的老根得一点生命。
夏天来的出人意外，带着一陈雨

---

[1] 参见赵萝蕤《我的读书生涯》，北京大学出版社1996年版。
[2] 参见赵萝蕤《我的读书生涯》，北京大学出版社1996年版。

原文：

> April is the cruellest month, breeding
> Lilacs out of the dead land, mixing
> Memory and desire, stirring
> Dull roots with spring rain.
> Winter kept us warm, covering   5
> Earth in forgetful snow, feeding
> A little life with dried tubers.①

译文：

> 四月天最是残忍，它在
> 荒地上生丁香，参合着
> 回忆和欲望，让春雨
> 挑拨呆钝的树根。
> 冬天保我们温暖，大地   5
> 给健忘的雪覆盖着，又叫
> 干了的老根得一点生命。②

这段开篇诗行是诗人对极度空虚、贫乏、枯涩、迷惘的现代西方社会荒原的极写。中世纪乔叟笔下"春之歌"中所描写的"甘霖""花蕾"和"新芽"在艾略特笔下都已消失得无影无踪。现代人已经听不见春天树上鸟儿的歌声，也看不到那"通宵睁开睡眼"的小鸟。往日的"丝丝茎络"变成了如今"呆钝"的"老根"，没有春的气息，只剩下"一点生命"。现代荒原上的人们似乎经历了一个懒洋洋的、不情愿的，甚至是愤懑不平的苏醒过程。赵萝蕤先生曾经在1940年5月14日的《时事新报》上发表

---

① T. S. Eliot, *The Complete Poems and Plays 1909–1950*, New York: Harcourt, Brace & World, Inc., 1971, p. 37.、

② 黄宗英编：《赵萝蕤汉译〈荒原〉手稿》，高等教育出版社2013年版，第27页。

过一篇题为"艾略特与《荒原》"的文章，讨论了她如何努力做到让译文传达原诗的"情致""境界"和"节奏"：

> 这一节自第一到第四行都是很慢的，和残忍的四月天同一情致。一、二、三行都在一句初开之时断句，更使这四句的节奏迟缓起来，在原诗亦然。可是第五行"冬天保我们温暖"是一口气说的，有些受歌的陶醉太深的人也许爱在"天"字之下略顿一下，但是按照说话的口气，却是七个字接连而下的，和原文相似：（Winter kept us warm）是一气呵成的句子，在一至七行中是一点生命力，有了这一点急促琐屑，六与七行才不至疲弱而嘶哑。①

赵萝蕤老师的评论至少说明了三个问题。第一，她注意到了诗人在前四行用"断句"来达到"节奏迟缓"的艺术效果②，其译诗的句法与原诗完全对称。第二，赵先生注意到了原诗前三行的弱韵结尾（feminine ending），而且是一连三个及物动词分词的弱韵结尾。虽然弱韵结尾不容易汉译，但是赵先生选用了"生""参合"和"挑拨"三个及物动词来翻译原诗中"breeding""mixing"和"stirring"三个及物动词，而且做到了前四行的重音节数与原诗基本吻合，锁定了原诗的情致和节奏。第三，赵先生在文章中说："在译文中我尽力依照着原作的语调与节奏的断续徐疾。"③"断续徐疾"恐怕是表现孤独无序、焦躁不安的现代荒原人生命光景最真实有效的节奏，而赵萝蕤先生却用一句貌似简单的口语，改变了前面迟缓的语速："冬天保我们温暖。"这句话口气"急促琐屑"，却又耐人寻味：冬天何以保我们温暖呢？原来诗人是在抨击现代荒原上无所事事、无可奈何的人群。可见，译者当时将原诗中的"kept"一词译成"保"字也是基于对原文的透彻理解和对汉语的游刃有余。赵先生在此既直译了原诗的句法结构，又传神地译出了原诗的讽刺口气。

此外，《荒原》第一节第 12 行原文是德语："Bin gar keine Russin,

---

① 赵萝蕤：《我的读书生涯》，北京大学出版社 1996 年版，第 10—11 页。
② 此外，笔者认为前三行的弱韵结尾（feminine ending）也是诗人放慢节奏的音韵手法。
③ 赵萝蕤：《我的读书生涯》，北京大学出版社 1996 年版，第 10 页。

stamm'aus Litauen, echt deutsch。"诗人没有提供原注,英文意思是"I am not Russian at all; I come from Lithuania; I am a real German"。也有英文注释者将其翻译成破碎的句子:"Am no Russian, come from Lithuania, genuine German。"这个句子是立陶宛民族历史濒临毁灭的一个缩影。作为一个波罗的海国家,立陶宛长期受俄国人统治。虽然直到1918年才获得独立,但是国家的领导人已经多是德国人。这句话赵先生的原译如下:

赵萝蕤译:"我不是俄国人,立陶宛来的,是纯德种。"① 12

试比较:

赵毅衡译:"我不是俄国女人。我生在立陶宛,真正的德国人。"②
查良铮译:"我不是俄国人,原籍立陶宛,是纯德国种。"③
裘小龙译:"我根本不是俄国人,出身在立陶宛,纯粹德国血统。"④
周明译:"我不是俄国人,我是立陶宛来的,是地道的德国人。"⑤

赵毅衡先生十分细心,可能从下文推断,这位俄国人好像是女性,因此译成"俄国女人",而且用"生在立陶宛"和"真正的德国人"来强调说话者的纯种身份,比较合理,但笔者觉得"Russian"译成"俄国女人"有画蛇添足的感觉。查良铮先生的译法基本上没有改动,但是"原籍"一词显得有点过于文雅,与此处上下文的口语体不符。裘小龙先生的译法比较正式,口语化程度也不高,不太像人们喝咖啡闲聊天时的话语。周明的译法与赵先生

---

① 黄宗英编:《赵萝蕤汉译〈荒原〉手稿》,高等教育出版社2013年版,第29页。
② 赵毅衡编译:《美国现代诗选》,外国文学出版社1985年版,第196页。
③ 查良铮译:《英国现代诗选》,湖南人民出版社1985年版,第47页。
④ 裘小龙译:《四个四重奏》,漓江出版社1985年版,第70页。
⑤ 周明译:《荒原》,载苏欲晓等译《基督教文学经典选读》(下),北京大学出版社2004年版,第817页。

1995 年以后的修订版一样，但是笔者仍然觉得还是赵萝蕤老师的原译比较传神，既简洁明了，又带有几分俏皮的高傲和自信，文体和口气也相互吻合。

三 "在两种生命中颤动"

赵萝蕤先生提出文学翻译的第三个基本条件是："谦虚谨慎的工作态度。"① 在半个世纪的翻译生涯中，赵萝蕤先生始终坚持用直译法从事文学翻译。她认为"直译法能够比较忠实地反映原作"②，因为直译法的基本原则是追求形式与内容的相互统一。形式之所以重要是因为形式能够最完备地表达内容。好的内容需要好的形式来表达，形式不仅仅是一张外壳，可以从内容剥落而无伤于内容。当然，只有好的形式，而没有好的内容，作品同样是无本之木，无从可谈。虽然内容最终决定形式，但是形式实际上也是内容的一个重要组成部分。此外，赵先生认为"译者没有权利改造一个严肃作家的严肃作品，只能十分谦虚地、忘我地向原作学习"③。尤其是在翻译严肃作家的严肃作品时，译者应当"处处把原著的作家置于自己之上，而不是反之"。那么，赵先生是如何在《荒原》原译中实践她的这种"忘我"精神呢？

原文：

"My nerves are bad tonight. Yes, bad. Stay with me.
"Speak to me. Why do you never speak. Speak.
"What are you thinking of? What thinking? What?
"I never know what you are thinking. Think."④

---

① 赵萝蕤：《我是怎么翻译文学作品的》，载王寿兰编《当代文学翻译百家谈》，北京大学出版社 1989 年版，第 608 页。
② 赵萝蕤：《我是怎么翻译文学作品的》，载王寿兰编《当代文学翻译百家谈》，北京大学出版社 1989 年版，第 613 页。
③ 赵萝蕤：《我是怎么翻译文学作品的》，载王寿兰编《当代文学翻译百家谈》，北京大学出版社 1989 年版，第 607 页。
④ T. S. Eliot, *The Complete Poems and Plays 1909 – 1950*, New York: Harcourt, Brace & World, Inc., 1971, p. 38.

赵萝蕤原译：

"今晚上我精神很坏。对了，坏。陪着我。
"跟我说话。为什么总不说话。说啊。
"你在想些什么？想什么？什么？
"我从来不知道你在想什么。想。"①　　　　　　　　114

《荒原》原著中诗体繁多、句法复杂、语气微妙。赵萝蕤先生始终是"尽力使每一节译文接近原文而不是自创一体"②。从以上这一节译文看，赵先生可谓不折不扣地在实践她的"忘我"精神了。对照原文，我们发现赵先生连一个标点符号都舍不得改！然而，这种"直译"并非一种简单的对译，而是一种深思熟虑的艺术创造。如果我们把原文中的"Stay with me"译成"留下陪我"③，那么我们发现这个译文不仅比原文多出一个音节，而且可能会让读者对诗中的"你"和"我"之间的关系多了几分揣测。假如我们把第113行译成"你在想什么？想什么？想什么？"④那么我们不难发现这一连三个"想什么？"可能就把这行诗简单地理解为一个问句了？读者就难以感觉到原诗中所掺杂着孤独、焦躁、疑虑、疑惑的"精神"状态。假如我们把第114行翻译成"我老是不明白你在想什么。想吧"⑤。那么，我们可能会发现这种译法比赵萝蕤的原译似乎多了几分宽容。实际上，这最后一个字"想"恰恰是艾略特笔下现代荒原人自我封闭、自我捆绑的典型动作："你，/你什么都不知道？不看见？不记得/什么？"（第121—123行）"你是活的还是死的？你脑子里竟没有什么？"（第125行）"我现在该做什么？我该做什么？/我就这样跑出去，走在街上/散着头发，这样。我们明天做些什么？/我们都还做什么？"（第131—134行）⑥

---

① 黄宗英编：《赵萝蕤汉译〈荒原〉手稿》，高等教育出版社2013年版，第51页。
② 赵萝蕤：《我是怎么翻译文学作品的》，载《当代文学翻译百家谈》，北京大学出版社1989年版，第610页。
③ 赵毅衡编译：《美国现代诗选》，外国文学出版社1985年版，第202页。
④ 赵毅衡编译：《美国现代诗选》，外国文学出版社1985年版，第202页。
⑤ 赵毅衡编译：《美国现代诗选》，外国文学出版社1985年版，第202页。
⑥ 黄宗英编：《赵萝蕤汉译〈荒原〉手稿》，高等教育出版社2013年版，第55—57页。

赵萝蕤老师谦虚谨慎的工作态度还体现在她翻译《荒原》时，为读者提供的详细注释上。赵萝蕤先生在其"译后记"中说，翻译这首诗的难处之一就是"需要注释：若是好发挥的话，几乎每一行皆可按上一种解释（interpretation），但这不是译者的事，译者仅努力搜求每一典故的来源与事实，须让读者自己去比较而会意，方可保原作的完整的体统"①。艾略特为《荒原》提供了 52 个原注②，多数只指出他用典的出处，而不提供典故文本，说明性文字很少，对不熟悉这些典故的读者帮助不大。因此，在翻译原著时，赵萝蕤老师首先给原注增加了必要的"译者案"，为读者提供典故文本或者故事概要；其次，赵先生另外增补了 26 个"译者案"，弥补了原注的不足。难能可贵的是赵先生旁征博引、钩隐抉微，提供了大量权威可靠的注释，大大减少了阅读难度，同时拓展了读者的想象空间。比如，《荒原》第三章《火的教训》（"The Fire Sermon"）③ 开篇的前 15 行诗：

　　河上的篷帐倒了，树叶留下的最后手指
　　握紧拳，又沉到潮湿的岸边上去了。那风
　　经过了棕黄色的大地听不见。仙女们已经走了。　　　175
　　可爱的泰晤士，轻轻地流，等我唱完我的歌。
　　河上不再有空瓶子，夹肉面包的薄纸，
　　绸手绢，硬皮匣子，和香烟头儿
　　或其他夏夜的证据。仙女们已经走了。
　　还有她们的朋友，城里那些总督的子孙，　　　180
　　走了，也不曾留下地址。
　　在莱明河畔我坐下来饮泣……
　　可爱的泰晤士，轻轻地流，等我唱完我的歌。
　　可爱的泰晤士，轻轻地流，我不会大声也不会多说。④

---

① 黄宗英编：《赵萝蕤汉译〈荒原〉手稿》，高等教育出版社 2013 年版，第 243 页。
② 参见 T. S. Eliot, *The Complete Poems and Plays 1909–1950*, New York: Harcourt, Brace & World, Inc., 1971。
③ 赵萝蕤先生后来改译为"火诫"。
④ 黄宗英编：《赵萝蕤汉译〈荒原〉手稿》，高等教育出版社 2013 年版，第 65—67 页。

关于这一节诗文，艾略特给第 176 行加了一个注释："见斯宾瑟的《祝婚曲》（Spenser：Prothalamion）。"赵萝蕤先生另外为第 176 行增补了"译者案：斯氏曲中形容泰晤士河上的愉快，并有这样一句作为全诗的副歌"。此外，赵先生又给第 179 行增补了一个"译者案：这是指现代的河上仙女"。赵先生的两个注释帮助我们更好地理解诗人在此借古讽今的手法。首先，"可爱的泰晤士，轻轻地流，等我唱完我的歌"这一行来自斯宾塞《祝婚曲》："银波荡漾的泰晤士河岸/河岸晒纳感繁枝密布，为河水镶边，/绘出了姹紫嫣红，百花齐放，/所有的草坪有玉石珠翠镶嵌，'适合于装饰闺房，/戴在情人头上，/迎接她们的佳期，它就在不久/可爱的泰晤士河轻轻流，流到歌尽头。"它带给读者的联想是文艺复兴时期《祝婚曲》中那神秘浪漫的"仙女"。其次，相形之下，那些现代泰晤士河上的仙女们"只是城里老板们后代的女伴，曾在这里度过几个夏夜，也不知除野餐一通外还干了什么荒唐事，没有明说，但可以猜测"①。那些少爷们仅仅是寻欢作乐，"也不曾留下地址"。赵先生的在此注释虽然简约，但并不简单。它们还是触及了现代泰晤士河畔那一幕幕令人触目惊心、至深至痛的肮脏的两性关系。

然而，每当涉及诗歌主题、核心人物、意象、情景的时候，赵萝蕤先生总是努力提供细微具体的注释，帮助读者把握正确的意思。比如，虽然赵先生没有对第三章《火的教训》的题目补充注释，但是由于火的形象是这一章的核心意象，因此赵先生还是在这一章结尾的第 308 行，做了一个全诗最长的注释，长达 800 余字，将西方佛学研究鼻祖亨利·柯拉克·华伦（Henry Clarke Warren）《翻译中的佛教》（*Buddhism in Translation*）一书中的佛陀的《火诫》全文译出，暗示读者："尽管人们受情欲之火的百般奴役，但是炼狱之火却能净化一切赖于感官的感觉印象，使现代生活返朴归真。"②那么，艾略特在这首诗中所做的最长的注释当推第 218 行中"Tiresias"（帖瑞西士）这一角色的注释：

---

① 赵萝蕤：《我的读书生涯》，北京大学出版社 1996 年版，第 23 页。
② 黄宗英注释：《荒原》，载胡家峦主编《英国名诗详注》，外语教学与研究出版社 2003 年版，第 575 页。

帖瑞西士（Tiresias）虽然只是一个旁观者，而并非一个真正的"人物"，却是诗中极重要的一个角色，联络全诗。正如那个独眼商人和那个卖小葡萄干的，一齐化入了那个腓尼基水手这个人物中，而后者也与那不勒斯（Naples）的福迪能（Ferdinand）王子没有明显的区别，所以所有的女人只是一个女人，而两性在帖瑞西士身上融合在一起。帖瑞西士所看见的，实在就是这首诗的本体。奥维德的一段，在人类学上看来，很有价值。[①]

帖瑞西士之所以是诗中"极重要的一个角色"，又能够"联络全诗"，因为帖瑞西士是因为他具有两性人的属性。根据法兰克·吉士德斯·弥勒氏的英译《变形记》第三卷，帖瑞西士有一次因为用手杖打了一下，触怒了正在树林里交媾的两条大蟒。突然，他由男子一变而为女人，而且一过就是七年光景。到了第八年，他又看见这两条蟒蛇，就说："我打了你们之后，竟有魔力改变了我的本性，那么我再打你们一下。"说着，他又打了大蟒，自己又变回出生时的原形。因此，帖瑞西士既经历过男人的生活又有女人的经历，在《荒原》中变得十分重要。那么，我们究竟该怎么翻译它呢？

原文：

　　I Tiresias, though blind, throbbing between two lives[②]

译文：

　　赵萝蕤译：我，帖瑞西士，虽然瞎眼，在两种生命中颤动[③]

　　赵毅衡译：我，梯雷西亚斯，虽然眼瞎，心却跳在两个生命中之间[④]

[①] 黄宗英编：《赵萝蕤汉译〈荒原〉手稿》，高等教育出版社 2013 年版，第 83—85 页。
[②] T. S. Eliot, *The Complete Poems and Plays 1909-1950*, New York: Harcourt, Brace & World, Inc., 1971, p. ? .
[③] 黄宗英编：《赵萝蕤汉译〈荒原〉手稿》，高等教育出版社 2013 年版，第 73 页。
[④] 赵毅衡编译：《美国现代诗选》，外国文学出版社 1985 年版，第 206—207 页。

查良铮译：我，提瑞西士，悸动在雌雄两种生命之间①
裘小龙译：我，铁瑞西斯，虽然失眠，在两条生命之间颤动②

对照几种译文，笔者仍然觉得赵萝蕤老师的译法比较自然传神、遣词细心、句法恰当、语气含蓄。赵毅衡老师试图用增词法译出动词"throbbing"的逻辑主语，使译文表述更加明白："虽然眼瞎，心却……"，但是诗人艾略特似乎没有意思要具体描写诗中人"我"的心态，而是更多地暗示诗中人"我"所代表的那种无法掌握自己命运的现代人的生命光景。查良铮先生此处出现了漏译现象，没有译出"though blind"，而且"悸动在雌雄两种生命之间"同样存在增词法带来的麻烦，因为假如读者没有搞清楚"Tiresias"两性人的特征，那么"雌雄两种生命"的出现也只能起到提醒读者的作用，也无法译出典故的内涵，况且"悸动"一词显得比较温文，文体特征过于正式。裘小龙先生的译法虽然改动不多，但"失眠"应该是一个误译，而且"两条生命"似乎比"两种生命"更加明确，但实际上所传达的信息反而不够准确。从这个例子可以看出，赵萝蕤先生的译文比较接近原作的风格。虽然译者免不了有一点自己的风格，但是这种个人风格和以译者自己的风格为主的方法是有很大差别的。

总之，赵萝蕤先生对从事文学翻译所提出的三个基本条件——深刻全面地研究作家及其作品、具备两种语言的较高水平和谦虚谨慎的忘我精神，虽然语言朴素，但是意义深刻。而本文所列举的几个例子说明了形式与内容相互统一的原则是文学翻译（尤其是直译法）的基本方法。赵萝蕤先生认为"《荒原》这首诗很适合于用直译法来翻译，"因为"直译法是能够比较忠实反映原作……使读者能尝到较多的原作风格"③。这一结论是赵萝蕤先生长期从事文学翻译实践得出的真知灼见。她的《荒原》原译不愧为我国翻译历史上的"奇葩"。

---

① 查良铮译：《英国现代诗选》，湖南人民出版社1985年版，第55页。
② 裘小龙译：《四个四重奏》，漓江出版社1985年版，第83页。
③ 赵萝蕤：《我是怎么翻译文学作品的》，载王寿兰编《当代文学翻译百家谈》，北京大学出版社1989年版，第613页。

参考文献：

Eliot, T. S., *Selected Essays*, London: Faber and Faber, 1951.

T. S. Eliot, *The Complete Poems and Plays 1909 – 1950*, New York: Harcourt, Brace & World, Inc., 1971.

Eliot, Valerie ed., *The Waste Land: A Facsimile and Transcript of the Original Drafts*, New York & London: A Harvest/HBJ Book.

Southam, B. C., *A Guide to The Selected Poems of T. S. Eliot*, 6th ed., San Diego, New York & London: A Harvest Original, 1996.

Fitzerald, F. Scott., *This Side of Paradise*, New York: Charles Scribner's Sons, 1920.

查良铮译：《英国现代诗选》，湖南人民出版社1985年版。

黄宗英：《抒情史诗论》，北京大学出版社2003年版。

黄宗英注释：《荒原》，载胡家峦编《英国名诗详注》，外语教学与研究出版社2003年版。

黄宗英编：《赵萝蕤汉译〈荒原〉手稿》，高等教育出版社2013年版。

裘小龙译：《四个四重奏》，漓江出版社1985年版。

苏欲晓等译：《基督教文学经典选读》（下），北京大学出版社2004年版。

孙致礼主编：《中国的英美文学翻译：1949—2008》，译林出版社2009年版。

王寿兰编：《当代文学翻译百家谈》，北京大学出版社1989年版。

张剑：《T. S. 艾略特：诗歌和戏剧的解读》，外语教学与研究出版社2006年版。

赵萝蕤：《我的读书生涯》，北京大学出版社1996年版。

赵萝蕤译：《中国翻译名家自选集·赵萝蕤卷》，中国工人出版社1995年版。

赵毅衡编译：《美国现代诗选》，外国文学出版社1985年版。

参考文献

中文专著（包括译著）

［法］夏尔·波德莱尔：《恶之花》，郭宏安译评，漓江出版社1992年版。

［古罗马］奥古斯丁：《忏悔录》，周士良译，商务印书馆1981年版。

［美］拉尔夫·沃尔多·爱默生：《自然》，载黄宗英等译《爱默生诗文选》，高等教育出版社2018年版。

［美］罗伯特·弗罗斯特：《弗罗斯特集》（上），曹明伦译，辽宁教育出版社2002年版。

［美］托·斯·艾略特：《艾略特诗学文集》，王恩衷译，国际文化出版公司1989年版。

［美］托·斯·艾略特：《传统与个人才能》，李赋宁译，载陆建德选编《荒原：艾略特文集·论文》，上海译文出版社2012年版。

［美］托·斯·艾略特：《荒原：艾略特文集·诗歌》，陆建德主编，上海译文出版社2012年版。

［美］托·斯·艾略特：《荒原》，载查良铮译《英国现代诗选》，湖南人民出版社1985年版。

［美］托·斯·艾略特：《荒原》，赵萝蕤译，新诗社1937年版。

［美］托·斯·艾略特：《荒原》，赵萝蕤译，载《外国文艺》（双月刊）1980年第3期。

［美］托·斯·艾略特：《荒原》，赵毅衡译，载赵毅衡编译《美国现代诗选》，外国文学出版社1985年版。

［美］托·斯·艾略特：《荒原》，周明译，载苏欲晓等译《基督教文学经典选读》（下），北京大学出版社2004年版。

［美］托·斯·艾略特：《四个四重奏》，裘小龙译，漓江出版社1985年版。

［美］托·斯·艾略特：《艾略特文学论文集》，李赋宁译，百花洲文艺出版社1994年版。

［美］惠特曼：《草叶集》，赵萝蕤译，上海译文出版社1991年版。

［意大利］但丁：《神曲·地狱篇》，田德望译，人民文学出版社2002年版。

［英］杰弗雷·乔叟：《坎特伯雷故事》，方重译，上海译文出版社1993年版。

［英］威廉·布莱克：《天真与经验之歌》，杨苡译，湖南人民出版社1988年版。

［英］威廉·莎士比亚：《莎士比亚戏剧》（下），朱生豪译，人民文学出版社2015年版。

［英］威廉·莎士比亚：《仲夏夜之梦》，朱生豪译，方平校，载《莎士比亚全集》（一），人民文学出版社1994年版。

《不列颠简明百科全书》（英文版），上海外语教育出版社2008年版。

北京外国语学院《意汉词典》组编：《意汉词典》，商务印书馆1985年版。

曹顺庆等：《比较文学论》，四川教育出版社2002年版。

陈振尧主编：《新世纪法汉大词典》，外语教学与研究出版社2005年版。

陈子善编：《叶公超批评文集》，珠海出版社1998年版。

董洪川：《"荒原"之风：艾略特在中国》，北京大学出版社2004年版。

傅浩：《窃火传薪：英语诗歌与翻译教学实录》，上海外语教育出版社2011年版。

亨利·詹姆斯：《黛西·密勒》《丛林猛兽》，赵萝蕤译，《外国文艺》（双月刊）1980年第1期。

胡家峦编著：《英国名诗详注》，外语教学与研究出版社2003年版。

黄宗英：《爱默生与美国诗歌传统》，高等教育出版社2018年版。

黄宗英等译：《爱默生诗文选》，高等教育出版社2018年版。

黄宗英：《弗罗斯特研究》，上海外语教育出版社2011年版。

黄宗英：《美国诗歌诗论》，中国社会科学出版社2020年版。

黄宗英：《抒情史诗论》，北京大学出版社2003年版。

黄宗英编著：《英美诗歌名篇选读》，高等教育出版社2014年第2版。

黄宗英编著：《圣经文学导读》，高等教育出版社 2015 年第 2 版。

黄宗英译：《圣经文学导论》，北京大学出版社 2007 年版。

黄宗英编：《赵萝蕤汉译〈荒原〉手稿》，高等教育出版社 2013 年版。

《佳作丛书·第五辑·编者前言》，人民文学出版社 1989 年版。

李赋宁、刘意青、罗经国主编：《欧洲文学史》（第一卷），商务印书馆 1999 年版。

刘意青、陈大明编著：《欧洲文学简史》，商务印书馆 2018 年版。

鲁迅：《鲁迅全集》第四卷，人民文学出版社 2005 年版。

陆谷孙主编：《英汉大词典》，上海译文出版社 2007 年版。

陆建德主编：《荒原：艾略特文集·诗歌》，上海译文出版社 2012 年版。

陆建德选编：《荒原：艾略特文集·论文》，上海译文出版社 2012 年版。

罗新璋编：《翻译论集》，商务印书馆 1984 年版。

罗竹风主编：《汉语大词典》（简编）（上、下），汉语大词典出版社 1998 年版。

吕叔湘主编：《汉英双解现代汉语词典》（2002 年增补本），外语教学与研究出版社 2002 年版。

裘小龙译：《四个四重奏》，漓江出版社 1985 年版。

全增嘏主编：《西方哲学史》（上），上海人民出版社 1983 年版。

全增嘏主编：《西方哲学史》（下），上海人民出版社 1985 年版。

《圣经·旧约》（现代中文译本，修订版），中国基督教协会 1995 年版。

《圣经·旧约》（中英对照·和合本·新国际版），国际圣经协会 1998 年版。

《圣经·新约》（中英对照·和合本·新国际版），国际圣经协会 1998 年版。

孙玉石：《中国现代主义诗潮史论》，北京大学出版社 1993 年版。

孙致礼主编：《中国的英美文学翻译：1949—2008》，译林出版社 2009 年版。

屠岸译：《英国历代诗歌选》（上），译林出版社 2007 年版。

汪介之、杨莉馨主编：《欧美文学评论选》，北京大学出版社 2011 年版。

王寿兰编：《当代文学翻译百家谈》，北京大学出版社 1989 年版。

王佐良、李赋宁等主编：《英国文学名篇选注》，商务印书馆 1983 年版。

王佐良：《英国诗史》，译林出版社2008年版。

王佐良编：《英国诗选》，上海译文出版社1988年版。

吴景荣、刘意青：《英国十八世纪文学史》，外语教学与研究出版社2000年版。

徐立吾：《当代英语实用语法》，湖南人民出版社1980年版。

杨周翰、吴达元、赵萝蕤主编：《欧洲文学史》（上），人民文学出版社2015年版。

杨周翰著：《十七世纪英国文学》，北京大学出版社1985年版。

叶维廉：《叶维廉文集》第三卷，安徽教育出版社2002年版。

叶维廉译：《众树歌唱：欧美现代诗100首》，人民文学出版社2009年版。

叶子南：《英汉翻译对话录》，北京大学出版社2003年版。

袁可嘉、董衡巽、郑克鲁选编：《外国现代派作品选》第1册（上），上海文艺出版社1980年版。

袁可嘉：《半个世纪的脚印——袁可嘉诗文选》，人民文学出版社1994年版。

袁可嘉：《现代派论·英美诗论》，中国社会科学出版社1985年版。

查良铮译：《英国现代诗选》，湖南人民出版社1985年版。

张剑：《T. S. 艾略特：诗歌和戏剧的解读》，外语教学与研究出版社2006年版。

张剑：《艾略特与英国浪漫主义传统》，外语教学与研究出版社1996年版。

张铁夫主编：《新编比较文学教程》，湖南人民出版社1997年版。

张子清：《二十世纪美国诗歌史》三卷本，南开大学出版社2018年版。

章燕、赵桂莲主编：《新中国60年外国文学研究》第一卷上《外国诗歌与戏剧研究》，北京大学出版社2015年版。

赵萝蕤：《我的读书生涯》，北京大学出版社1996年版。

赵萝蕤：《读书生活散札》，南京师范大学出版社2009年版。

赵萝蕤译：《中国翻译名家自选集·赵萝蕤卷——〈荒原〉》，中国工人出版社1995年版。

赵毅衡编译：《美国现代诗选》，外国文学出版社1985年版。

中国社会科学院语言研究所词典编辑室编:《现代汉语词典（汉英双语版）》,外语教学与研究出版社 2002 年版。

中国社会科学院语言研究所词典编辑室编:《现代汉语词典》,商务印书馆 2012 年版。

中文论文

卞建华:《文学翻译批评中运用文学接受理论的合理性与局限性》,《外语与外语教学》2005 年第 1 期。

董洪川:《赵萝蕤与〈荒原〉在中国的译介与研究》,《中国比较文学》2006 年第 4 期。

傅浩:《〈荒原〉六种中译本比较》,《外国文学研究》1996 年第 2 期。

黄宗英、邓中杰、姜君:《"灵芝"与"奇葩":赵萝蕤〈荒原〉译本艺术管窥》,《北京联合大学学报》(人文社会科学版) 2014 年第 3 期。

黄宗英:《"晦涩正是他的精神":赵萝蕤汉译〈荒原〉直译法互文性艺术管窥》,《北京联合大学学报》(人文社会科学版) 2019 年第 3 期。

黄宗英:《"奇峰突起。巉崖果存":赵萝蕤汉译〈荒原〉用典互文性艺术管窥》,《北京联合大学学报》(人文社会科学版) 2020 年第 3 期。

黄宗英:《艾略特〈荒原〉中的动物话语》,载汪介之、杨莉馨主编《欧美文学评论选》,北京大学出版社 2011 年版。

黄宗英:《"一切终归会好"——艾略特的抒情史诗〈四个四重奏〉》,载郭继德主编《美国文学研究》,山东大学出版社 2016 年版。

黄宗英:《爱默生与美国诗歌传统》,《北京联合大学学报》(人文社会科学版) 2010 年第 3 期。

刘树森:《赵萝蕤与翻译》,载赵萝蕤译《中国翻译名家自选集·赵萝蕤卷——〈荒原〉》,中国工人出版社 1995 年版。

汤永宽:《开幕式讲话》,《外国文学研究》1996 年第 2 期。

王誉公、张华英:《〈荒原〉的理解与翻译》,《外国文学研究》1996 年第 2 期。

王誉公:《大会总结发言》,《外国文学研究》1996 年第 2 期。

吴富恒、陆凡:《贺函》,《外国文学研究》1996 年第 2 期。

杨周翰:《马伏尔的诗两首》,载杨周翰著《十七世纪英国文学》,北京大学出版社 1985 年版。

赵萝蕤：《〈荒原〉题解与注解》，载王佐良、李赋宁等主编《英国文学名篇选注》，商务印书馆 1983 年版。

赵萝蕤：《全国 T. S. 艾略特研讨会题辞》，《外国文学研究》1996 年第 2 期。

赵萝蕤：《我是怎么翻译文学作品的》，载王寿兰编《当代文学翻译百家谈》，北京大学出版社 1989 年版。

中文诗歌

［英］安德鲁·马韦尔：《致他的娇羞的女友》，杨周翰译，载王佐良编《英国诗选》，上海译文出版社 1988 年版。

［英］威廉·华兹华斯：《在西敏寺桥上》，屠岸译，载《英国历代诗歌选》，上册，译林出版社 2007 年版。

杜秋娘：《金缕衣》，载《唐诗三百首》，湖北人民出版社 1993 年版。

裘小龙译：《荒原》，《四个四重奏》，漓江出版社 1985 年版。

汤永宽译：《荒原》，载陆建德主编《荒原：艾略特文集·诗歌》，上海译文出版社 2012 年版。

叶维廉译：《荒原》，《众树歌唱：欧美现代诗 100 首》，人民文学出版社 2009 年版。

查良铮译：《荒原》，《英国现代诗选》，湖南人民出版社 1985 年版。

赵萝蕤译：《荒原》，载黄宗英编《赵萝蕤汉译〈荒原〉手稿》，高等教育出版社 2013 年版。

赵萝蕤译：《荒原》，《外国文艺》（双月刊）1980 年第 3 期。

赵萝蕤译：《荒原》，载袁可嘉、董衡巽、郑克鲁选编《外国现代派作品选》第 1 册（上），上海文艺出版社 1980 年版。

赵毅衡译：《荒原》，载赵毅衡编译《美国现代诗选》，外国文学出版社 1985 年版。

外文专著

Adams, Hazard ed. , *Critical Theory Since Plato*, San Diego: HBJ, 1971.

Barry, Elaine ed. , *Robert Frost on Writing*, New Brunswick (New Jersey):

Rutgers University Press, 1973.

Brooks, Cleanth & Robert Penn Warren, *Understanding Poetry*, New York: Henry Holt and Company, 1938.

Dante, *The Divine Comedy*, *Inferno*, Tr. Charles S. Singleton, *Great Books of the Western World*, Mortimer J. Adler ed., Chicago: Encyclopaedia Britannica, 1952.

Dante, *The Divine Comedy*, *I: Hell*, Tr. Dorothy L. Sayers, Melbourne: Penguin Books, 1949.

Dante, *The Divine Comedy*, *Inferno*, Tr. Allen Mandelbaum, New York: Bantam Books, 1980.

Dante, *The Divine Comedy*, *Purgatorio*, Tr. Allen Mandelbaum, New York: Bantam Books, 1982.

Eliot, T. S., *On Poetry and Poets*, London: Faber and Faber, 1957.

Eliot, T. S., *Selected Essays*, London: Faber and Faber, 1932.

Eliot, T. S., *The Complete Poems and Plays 1909 – 1950*, New York: Harcourt, Brace & World, Inc., 1971.

Eliot, T. S., *The Sacred Wood*, London: Methuen, 1920.

Eliot, T. S., *The Use of Poetry and the Use of Criticism.* London: Faber and Faber, 1934.

Eliot, Valerie ed., *T. S. Eliot: The Waste Land — A Facsimile and Transcript of the Original Drafts Including the Annotations of Ezra Pound*, New York: Harcourt Brace Jovanovich, Inc., 1971.

Ellmann, Richard and Robert O'Clair, eds., *The Norton Anthology of Modern Poetry*, 2nd ed., New York & London: Norton, 1988.

Ferguson, Margaret, Mary Jo Salter and Jon Stallworthy, eds., *The Norton Anthology of Poetry*, 4th ed., New York & London: Norton, 1996.

Fisher, John H. ed., *The Complete Poetry and Prose of Geoffrey Chaucer*, New York: Holt, Rinehart and Winston, 1977.

Fitzgerald, F. Scott, *This Side of Paradise*, New York: Charles Scribner's Sons, 1920.

Fussell, Paul, *Poetic Meter and Poetic Form*, Revised ed., New York: Random House, 1979.

Gentzler, Edwin, *Contemporary Translation Theories* (Second Revised Edition), Clevedon: Multilingual Matters Ltd, 2001.

Grudem, Wayne, General ed., *ESV Study Bible*, Wheaton (Illinois): Crossway, 2008.

Marks, Herbert ed., *The English Bible* (KJV), Vol. I, OT., New York & London: Morton, 2012.

Miller, James E. Jr., *t. s. eliot: The Making of an American Poet*, University Park: The Pennsylvania State University Press, 2005.

Milton, John, *Complete Poems and Major Prose*, Merritt Y. Hughes ed., New York: The Odyssey Press, 1957.

Mish, Frederick C, Editor-in-Chief, *Merriam-Webster's Collegiate Dictionary*, 11th ed., Springfield (Mass.): Merriam-Webster, 2003.

Murray, James A. H., eds., *The Oxford English Dictionary*, 2nd ed., Vol. III, Oxford: Clarendon Press, 1989.

Murrphy, Russell Elliott, *T. S. Eliot: A Literary Reference to His Life and Work*, New York: Facts on File, 2007.

Pound, Ezra, *Literary Essays of Ezra Pound*, New York: New Directions, 1968.

Ricks, Christopher and Jim McCue, eds., *The Poems of T. S. Eliot*, Vol. I, Baltimore: Johns Hopkins University Press, 2015.

Ryken, Leland, *Words of Delight: A Literary Introduction to the Bible*, Grand Rapids (Michigan): Baker Book House, 1992.

Ryken, Leland, *A Complete Handbook of Literary Forms in the Bible*, Wheaton (Illinois): Crossway, 2014.

Ryken, Leland, *Literary Introductions to the Books of the Bible*, Wheaton (Illinois): Crossway, 2015.

Ryken, Leland, and Philip Graham Ryken, general eds., *The Literary Study Bible* (ESV), Wheaton (Illinois): Crossway, 2007.

Shakespeare, William, *The Complete Works of William Shakespeare*, New York: Barnes & Noble, 1994.

Southam, B. C., *A Guide to the Selected Poems of T. S. Eliot*, 6th ed., San Diego, New York & London: Harcourt Brace & Company, 1994.

The Oxford English Dictionary, 2nd ed., Vol. XVII, Oxford: Oxford University Press, 1989.

The Oxford English Dictionary, 2nd ed., Vol. XI, Oxford: Clarendon Press, 1989.

The Oxford English Dictionary, 2nd ed., Vol. XVI, Oxford: Clarendon Press, 1989.

Tytler, Alexander Fraser, *Essays on the Principles of Translation*, Beijing: Foreign Language Teaching and Research Press, 2007.

Weirick, Margaret C., *T. S. Eliot's* The Waste Land: *Sources and Meaning*, New York: Monarch Press, 1971.

Whitman, Walt, *Leaves of Grass and Other Writings*, New York: W. W. Norton & Company, Inc., 2002.

Williams, William Carlos, *The Autobiography of William Carlos Williams*, New York: A New Directions Book, 1948.

外文论文

Brooks, Cleanth & Robert Penn Warren. "Eliot: The Waste Land." *Understanding Poetry*. New York: Henry Holt and Company, 1938.

Frost, Robert, "Conversations on the Craft of Poetry", *Robert Frost on Writing*, Elaine Barry ed., New Brunswick (New Jersey): Rutgers University Press, 1973.

Morris, George, "Marie, Marie, Hold on Tight", *Partisan Review*, XXI (March – April, 1954).

后　　记

　　真巧，这本书可能正好在今年我60周岁退休的时候面世！2005年1月，我调入北京联合大学应用文理学院任教。当年，在学院科研处的指导帮助下，我获批了北京联合大学第一项教育部人文社会科学研究一般项目"罗伯特·弗罗斯特研究"（编号：05JA750.47-99003）；2011年8月，上海外语教育出版社出版了该项目结题成果专著《弗罗斯特研究》（44.6万字）。2013年5—7月，经过校学术委会和北京市教委专家组的双重答辩评选，我有幸获批了北京联合大学第一项外语类北京市教育委员会社会科学计划重点项目"爱默生与美国诗歌传统"（编号：13WYB054）；2018年7月，高等教育出版社出版了该项目主要结题成果同名专著《爱默生与美国诗歌传统》（61.4万字）和课题组成员合译的《爱默生诗文选》（中英对照）。2015年，我获批了北京联合大学第一项外语类国家社会科学基金一般项目"比较视野下的赵萝蕤汉译《荒原》研究"（编号：15BWW013）；中国社会科学出版社将在今年出版该项目结题成果同名专著《比较视野下的赵萝蕤汉译〈荒原〉研究》（45.9余万字）。这三个科研项目是我在北京联合大学任职15年间完成的主要科研项目。有幸的是这三个项目均能顺利结题并以专著形式面世，这首先应该感谢北京联合大学及其应用文理学院领导和同仁们对我的厚爱和支持！

　　北京联合大学应用文理学院有一个很好的国家级科研项目培育机制，特别是国家社会科学基金项目的培育工作。自2005年我到应用文理学院任职以来，每年春节后的第一项工作就是国家社会科学项目的申报工作。作为一名普通教师，2015年以前，虽然我屡战屡败，但是我坚持每年申报，每年春节后我都积极参加张宝秀院长亲自组织的社会科学项目文本专家辅导会议，我的几个本子都经过数年打磨，现任北京联合大学特聘教授李建平研究员、张宝秀院长都曾亲自帮助我修改过申报文本。2016 年 10 月以来，学院让我主持科研处工作，虽然我本人不便继续申报，但是坚持协助学院组织好每年的社会科学项目文本专家辅导会议，坚持聘请专家手把手地指导青年教师进行项目选题和文本撰写，夯实学院科研项目申报与研究的基础。我主持的国家社会科学项目"比较视野下的赵萝蕤汉译《荒原》研究"，在项目申报初期，得到北京大学王式仁教授对申报文本的选题和研究内容的耐心指导，而申报文本的各个论证环节得到了张宝秀院长的严格把关。记得张院长当时对我说："申报成功的人往往都是坚持修改本子到截止时间最后一分钟的人。"假如没有学校和学院的培育机制，没有老师和专家们的辛勤付出，我要获批国家社会科学外国文学类项目难度会很大。为此，我感谢始终关心我的恩师王式仁教授和北京联合大学应用文理学院的领导和老师们！

根据项目申报设计，这本《比较视野下的赵萝蕤汉译〈荒原〉研究》以赵萝蕤先生文学翻译论著为理论主线，以赵萝蕤先生 1937 年初版《荒原》中译本为蓝本，以叶维廉、裘小龙、查良铮、赵毅衡和汤永宽先生的五个《荒原》中译本为参照，从文学翻译在语言、文学、文化比较的视野，运用文学翻译抽样文本释读比较的方法，梳理、分析、比较、评论和总结赵萝蕤终身恪守的文学翻译直译法的基本原则和主要观点及其学术价值。作为项目负责人，笔者在结题报告中列举了在本项目研究过程中本人独立发表的八篇论文，其中七篇是 CSSCI 来源期刊论文，超过了原定计划，但因国家社会科学项目结题成果查重比例限制，只有《"晦涩正是他的精神"——赵萝蕤汉译〈荒原〉直译法互文性艺术管窥》［载《北京联合大学学报》（人文社会科学版）2019 年第 3 期］和《"奇峰突起，巉崖果存"：赵萝蕤汉译＜荒原＞用典互文性艺术管窥》［载《北京联合大学学报》（人文社会科学版）2020 年第 3 期］两篇直接涉及本项目研究的核心观点。

回顾研究过程，该项目研究最初得益于我编辑《赵萝蕤汉译〈荒原〉手稿》（高等教育出版社 2013 年版）的工作。我深深地为赵萝蕤先生提出的从事文学翻译的"三个起码的条件"所打动，即"对作家作品理解越深越好""两种语言的较高水平""谦虚谨慎的工作态度"。我撰写了《"灵芝"与"奇葩"：赵萝蕤先生〈荒原〉译本艺术管窥》一文（见附录),经《赵萝蕤汉译〈荒原〉手稿》策划编辑邓中杰老师建议,作为代序;后来,吸收了邓中杰编辑和我的同事姜君老师的一些修改建议,发表在《北京联合大学学报》(人文社会科学版)2014年第3期上(全文见本书附录4)。2015年5月,该项目立项批复之后,在我妻子陈炜老师(时任北京大学学工部管理科主任)的协助下,我利用课余时间回到北京大学图书馆,根据刘树森、蒋洪新、张剑、董洪川等几位国内赵萝蕤、艾略特研究专家所做的相关研究和提供研究线索,特别是相关参考文献目录,查阅并收集了该项目研究的大部分资料,复印了近百篇相关学术论文,以及《叶公超批评文集》、《叶维廉文集》第三卷、《外国现代派作品选》第1册(上)、《外国文学研究》(1996年第2期)等重要文献,为课题组开展后续研究奠定了基础。南开大学外国语学院刘英教授帮助我扫描了弥足珍贵的新诗社1937年初版赵萝蕤先生《荒原》中译本原件;美国惠顿学院英语系讲授世界文学和中国近现代文学的Wayne Martindale教授帮助我收集到了赵萝蕤先生1948年12月向芝加哥大学英语语言文学系签名提交的博士学位论文(*An Ancestry of The Wings of Dove*, Lucy M. C. Chen, December, 1948)电子版;美国惠顿学院著名《圣经》文学专家Leland Ryken教授和校长Philip Graham Ryken教授为我提供了大量《圣经》文学相关论著,拓展了本课题的研究视野。最后,虽然赵萝蕤先生的弟弟赵景心和弟妹黄哲老师近年相继去世,但是他们生前为我提供了赵萝蕤先生1937年《荒原》中译本手稿、赵萝蕤先生学术研究文集《我的读书生涯》、赵萝蕤先生《读书生活散扎》、赵萝蕤先生父亲赵紫宸先生的诗集和《文集》(四卷本)等许多资料,同样弥足珍贵,使课题研究有了比较厚实的资料基础。

与此同时,国内英美诗歌教学与研究界的许多专家和同仁们也为我本人和我的团队提供了许多学习和交流的机会。我们充分利用国内英美诗歌学术交流活动的机会,广泛收集并认真研读国内外关于艾略特诗歌与诗学理论批评文献资料。我鼓励课题组成员积极参加国内外国文学研究学术研讨会,并且能够以身作则,要求课题组成员每次参加学术会议必须提交学术论文全文,不断提高北京联合大学外国文学的学术研究基础,广泛开展学术交流,虚心向国内外英美文学专家、教授学习。近年来,中国英语诗歌研究会会长区𫓧教授、中美诗歌与诗学研究会秘书长罗良功教授、美国文学研究会会长朱刚教授为我们课题组提供了不少学习交流的机会，比如，2016 年 11 月 4 日，我带领课题组在"中国英语诗歌研究会年会"（河北廊坊）上做了专题汇报，介绍我校首门教育部"爱课程网——中国大学 MOOC"课程"英美诗歌名篇选读"的建设情况，该课程于 2016 年被评为"国家级精品视频公开课"，2018 年获批"国家精品在线开放课程"，2020 年入选"首批国家一流本科课程"（线上）。2017 年 10 月 12 日，我和华中师范大学外国语学院院长罗良功教授在北京联合大学应用文理学院共同主持了有我国著名诗人西川、欧阳江河、著名旅美女诗人明迪、现任美国桂冠诗人 Tracy Smith 等多国著名诗人参加的"相聚北京：中外诗歌朗诵会"；2021 年 1 月 3 日，受美国文学研究会第 20 届年会哈尔滨工业大学组委会的委托，我主持了第 25 组"跨学科视野下 T. S. 艾略特研究"的研讨；我本人和张艳、张军丽、崔鲜泉四位北京联合大学教师代表课题组分别做了小组发言交流，各自汇报了参与"比较视野下的赵萝蕤汉译〈荒原〉研究"项目研究的成果，体现了北京联合大学在外国文学研究方面的坚持和成绩。

在研究过程中，笔者主要采用文学翻译文本释读比较的方法，对精心选定的国内相对权威和常用的七个艾略特《荒原》中译本进行版本比较研究；在广泛收集与本课题研究相关的国内外研究文献资料的基础上，加强对艾略特诗歌与诗学理论的学习和研读，努力夯实课题研究和写作基础。本书绪论"晦涩正是他的精神"着重释读"感受力涣散""历史意识""个性消灭""客观对应物"等艾略特核心诗歌与诗学理论观点，并在此基础上画龙点睛式地结合不同翻译文本的比较释读，窥见赵萝蕤先生汉译《荒原》的直译法的艺术魅力。第一章"不失为佳译"，对国内艾略特诗学及汉译《荒原》评论进行述评；注重挖掘国内艾略特诗歌与诗学理论及汉译《荒原》研究过程中具有里程碑意义的学者和专论的原创性学术价值，包括国内 20 世纪 30 年代同时在清华大学和北京大学讲授西方文论的叶公超先生的相关论述、20 世纪 60 年代我国台湾地区艾略特研究成就最高的叶维廉先生、"文化大革命"前后国内一代外国文学研究学者的杰出代表袁可嘉先生的相关论著、改革开放以后国内艾略特诗歌与诗学理论的杰出研究者张剑、傅浩、董洪川等教授的论著。为了避免重复研究，也为了方便课题组成员参与写作，我放弃了常规的文献综述，力求聚焦重点，挖掘新意，请北京联合大学应用文理学院张艳副教授执笔撰写了第一章第四节"'似同而非同的复杂关系'——张剑先生论艾略特的反浪漫主义诗学理论"，请北京联合大学应用文理学院崔鲜泉副教授执笔撰写了第一章第五节"'文学翻译是文学接受'——董洪川论赵萝蕤汉译《荒原》"，请北京联合大学师范学院张军丽副教授执笔撰写了第一章第六节"'当前最优秀的翻译作品'——王誉公论赵萝蕤汉译艾略特《荒原》"。

在第二章"我用的是直译法"中，通过梳理我国新诗运动前译学中的直译法基本元素，结合《荒原》第一章《死者葬仪》的七个中译本比较分析，我重点释读赵萝蕤先生文学翻译直译法所体现的精准遣词和灵动句法，特别是对艾略特借古讽今用典手法的深刻理解和深邃翻译，进而窥见赵萝蕤先生文学翻译直译法在形式与内容相互契合方面的艺术成就。在第三章"奇峰突起，巉崖果存"中，我以叶公超先生和赵萝蕤先生对艾略特诗歌用典不同观点的比较研究为基础，结合赵萝蕤先生汉译《荒原》用典的案例分析，进一步聚焦赵萝蕤先生汉译《荒原》用典的互文性研究，深入探讨赵萝蕤先生坚持采用貌似简单的直译法来翻译艾略特笔下这首不仅包罗万象、间接晦涩，而且是七种语言杂糅共生于同一个诗歌文本的现代主义长篇诗歌的艺术魅力。

就该项目研究的学术价值和应用价值而言，第一，该项目研究属国内外国文学领域内第一次以一位译者的一部译著研究成功立项的国家社会科学基金一般项目，具有开创性的学术价值和意义，因此，我能带领我们北京联合大学团队承担此重任实属光荣。第二，赵萝蕤先生强调，在翻译严肃的文学作品时，译者必须深刻全面地研究作家及其作品，深入了解作者的思想认识、感情力度、创作目的和特点；同时，译者必须具备两种语言的较高水平，才能较好地体现作者风格和表达作品内容；此外，译著还必须谦虚谨慎，忘我地向原作学习。通过赵萝蕤先生两个《荒原》中译本与国内其他《荒原》中译本之间的比较与分析，探讨赵萝蕤先生坚持用直译法翻译严肃的文学作品的丰富实践经验，不难发现，赵萝蕤先生的翻译理论貌似简单，实则深邃，对培养合格的文学翻译人才具有较高的理论研究和实际应用价值。第三，本项目研究从深度研读艾略特诗学理论和诗歌作品入手，深刻理解和体会艾略特关于"感受力涣散""历史意识""个性消灭""客观对应物"等核心诗学理论观点，精选《荒原》各章节中不同译本的代表性中译文案例进行平行比较，紧扣赵萝蕤先生初译《荒原》所遇到的三个"难处"（原作的晦涩问题、译文的体裁和文体问题以及译文"需要注释"问题），始终坚持采用文本释读方法，结合《荒原》不同中译本的文本比较释读，把艾略特的诗学理论回归他的诗歌创作实践并在中文翻译中得到印证，进而窥见赵萝蕤先生文学翻译直译法在互文统一方面的独到之处。第四，赵萝蕤先生认为，艾略特诗歌创作艺术"最触目的便是他的用典"。本课题研究将叶公超先生关于艾略特诗歌用典类似与中国宋人"夺胎换骨"之说的观点和赵萝蕤先生关于艾略特诗歌用典有如"奇峰突起，巉崖果存"的观点进行比较研究，仍然力求以扎实的《荒原》中译本典型案例的诗歌文本释读为基础，揭示赵萝蕤先生《荒原》用典汉译互文统一的理论研究和实际应用价值，为文学翻译（特别是诗歌翻译）研究和实践打开了一个新的视角，同时提供了一个翻译文本释读的范例。

然而，面对艾略特丰富深邃的诗学理论和诗歌文本以及赵萝蕤先生精准灵动的诗歌翻译，我本人投入项目研究的时间和精力是远远不足的，特别是我自身的研究能力和水平有限，对课题组成员的指导也受限制；虽然该项目研究注重翻译文本比较释读，案例相对典型，部分文本释读有一定深度，但是对赵萝蕤文学翻译理论的归纳和总结明显不足，只能起到抛砖引玉的作用，希望同行专家多多批评指正为盼，特此致谢！

最后，特别感谢中国社会科学出版社编辑郝玉明博士在过去一年多编辑此书过程中给我的许多耐心指导和鼓励！

黄宗英
北京市海淀区西二旗
智学苑 7 号楼 1 单元 601 公寓
2021 年 1 月 18 日